피눈물 산천을 물들인

붉은 민들레

- 홍의장군과 임진란의 백성들

김 우 진 지음

도서
출판 정음서원

시대의 끝을 넘어 영웅으로 살아 면면이 이어오는 백성들의 이야기

재미와 감동을 다 잡은
임진왜란 영웅들의 활약을 그린 드문 수작

기자들은 "아는 것도 없고 모르는 것도 없다."라는 말을 종종 한다. 반대인 경우도 전혀 없지는 않으나 보통 자신들의 직업을 겸손하게 낮추어 이를 때 쓰는 말이다. 실제로 이 세상에는 기자들이 말하듯 우리가 아는 것도 없고 모르는 것도 없는 일이나 사건들이 있다. 장구한 우리 역사에서는 임진왜란이 바로 그렇지 않을까 싶다.

민족이 무려 7년 동안이나 겪은 참화인데도 정작 현대를 살아가는 우리는 이를 잘 아는 것 같으면서도 깊이 생각해 보면 많이 모르기도 한다. '난중일기'나 '징비록'의 존재는 말할 것도 없고 해방 이후 무수히 많은 임진왜란 관련 영화나 드라마, 소설 등이 제작됐는데도 그렇다. 아마 "너무나도 잘 안다, 모를 수가 없다."라고 생각하는 착시 현상 때문이 아닐까 싶다.

저자 김우진은 이런 사실을 일찍부터 주목했다. 그래서 최소한 임진왜란 당시 활약한 우리의 영웅들만은 진짜 너무나도 잘 알 수 있게 하려는 목적을 가지고 이 소설 『붉은 민들레 - 홍의장군과 임진의 백성들』을 썼다고 한다. 제목 자체만 놓고 보면 김 작가는 홍의장군 곽재우를 전면에 내세웠다. 그러나 소설을 읽어가다 보면 우리 땅을 지키고자 했던 수많은 백성들과 이순신을 비롯한 임진왜란의 영웅들이 모두 주인공들이라는 사실을 알 수 있다. 한마디로 임진왜란 영웅들의 열전이라고 해도 좋지 않나 보인다.

기자는 김 작가를 너무나도 잘 안다. 젊은 시절 사회 변화를 위해 보탬이 되고자 노동현장에 투신한 다음 뜻한 바 있어 베이징에서 20여 년 가까이 북경중의약학 대학과 중국정법대학에서 중의학과 국제 정치학을 공부하면서 사업을 병행한 그는 그러한 경험 때문인지 사람의 다양성의 가치에 대해 소중히 생각했다. 기자와는 서로를 인정하는 두주불사인 탓에 약 10여 년 동안은 술친구로도 거의 매일 어울렸다. 서로의 사생활까지 모두 다 안다고 할 수 있었다.

그러나 이야기 꾼인 그 한테서 이 책에 대한 추천의 글을 써달라는 부탁에 깜짝 놀랐다. 글을 몇 시간 만에 순식간에 읽어본 다음에는 무릎까지 쳤다. 첫 장편소설이 웬만한 기성작가의 그것들보다 수준이 높았으니 그럴 만도 했다.

전쟁의 참화를 그린 작품에 대해 사용하면 곤란한 말이기는 하나 이 소설은 일단 재미있다. 속된 말로 입담 하나 만큼은 작고한 백기완 선생 정도는 된다는 그다운 작품을 탈고했다고 할 수 있겠다. 저자의 살아 왔던 다양한 이력을 장착한 눈으로 임진왜란 시기 전반을 조망한 작품은 곽재우 등 영웅들의 목숨을 아끼지 않은 애국애민 정신이나 당시 살았던 인간 군상들의 인간적인 번민 등에 까지 가닿아 있어 상당한 감동까지 안겨준다.

두 말이 필요 없는 수작이라고 해야 한다. 뿐만 아니라 당시 동아시아 실서를 바꾼 임진, 칠년 전쟁을 이해하는데 전혀 시간이 아깝지 않을 듯하다. 기자가 완독 후에 중국이나 일본에서도 출판이 됐으면 하는 생각이 든 것도 바로 이 소설의 역사적 가치를 단적으로 말해준다고 할 수 있다.

젊지 않은 나이에 장편 역사소설을 쓴다는 것은 쉬운 일이 아니다. 그런데도 김 작가는 이 어려운 일을 해냈다. 그의 무운장구를 빌면서 또 다른 대작의 출현을 기대해 본다.

2026년 3월 2일

베이징 차오양(朝陽)구 왕징(望京) 우거에서

소설가, 번역작가 아시아투데이 홍 순 도 베이징 특파원 씀

차례

제 2 부 들불이 일어나기 시작했다

제 3 부 무능한 조정에 단비는 내렸으나…

제 4 부 마침내 끝나는 전쟁

제 1 부

몰려오는 먹구름, 달려드는 거머리

당쟁으로 시작된 궁중 암투

어느새 해가 두둥실 떠 올라 울바자 안으로 눈부신 볕을 쏟아 부었다. 뒷짐을 지고 마당을 거닐던 율곡 이이는 햇살이 퍼지자 방안에 들어가 검소한 식사를 하고 생각했던 바를 종이 위에 옮겼다. 그의 손에 쥐어진 붓 끝에서 나온 힘찬 글자들이 줄지어 일어서며 엄숙한 문장으로 변화했다.

그는 우선 도탄에 빠진 백성들의 처지와 조정 정사의 문란함을 쓰고 이어서 국력이 약화되는 틈에 외적의 침입을 받을 수 있는 위험과 그에 대비하여 군사를 배양할 방책을 서술하였다.

"권신과 간신들이 정치를 소란케 한 이후로는 위에서나 아래에서나 모두 뇌물 만을 일삼기 때문에 벼슬도 뇌물이 아니면 올라가지 못하고 송사도 뇌물이 아니면 이기지 못하고 죄도 뇌물이 아니면 면할 수 가 없게 되어 모든 관리들이 못된 짓을 본 받고 이속들은 붓질이나 술 수로 농간질을 하는데 까지 이르렀다. 이것들은 참으로 정치를 어지럽게 하고 나라를 망치는 괴질인 것이다."

나라의 정치가 이렇게 부패하다 보니 탐관오리들의 도색질은 갈수록 심해졌고 질탕스러운 풍류에취해 태평성대의 꿈도 어두워만 갔다.

"지금의 폐단을 다 말하려면 하루를 해도 모자를 것이다. 만일 지금 이대로 가면서 오늘의 정치를 개혁하지 않는다면 아무리 어진 국왕이 위에 있고 어진 신하가 아래 있더라도 수년이 못 가서 백성들은 생선이 썩어지고 흙이 무너지는 것과 같이 되고 말 것이다. 그 외에도 크게 우려되는 것이 있다. 지금 백성들의 정형을 보면 죽어가는 사람의 숨이 넘어가는 것과 같다. 만일 남이나 북에서 침략군이 쳐들어온다면 질풍이 낙엽을 쓸어 버리듯 할 것이니 그러면 백성들은 그렇다 치더라도 나라가 어떻게 되겠는가. 이것을 생각하면 통곡이 터져 나오는 것을 금할 수 없다. 금방 숨이 넘어 갈 듯한 상태에 처해있는 불쌍한 사람들이 얼마나 처절한 상황인가…"

십만 양병을 주장하던 이이는 외적의 침입을 내다보며 나라의 운명을 놓고 개탄하였으나 이렇다 할 도리와 묘책이 서지 않았다. 한편으로는 조정의 백관들은 모두 동서 양당의 한쪽에 가담하여 서로 다투는 판이 그야말로 투견장과 같았다.

비교적 식견과 덕을 겸비한 사람들을 교류하게 하여 일을 만들려 해도 동서가 신경을 곤두세우고 서로 질시하는 판국이라 그럴 수도 없었다. 당쟁은 날이 갈수록 극심해갔다. 이이는 비통한 마음을 다잡고 동서를 화해시키려 했으나 오히려 동서 양당이 이이를 모해하여 선조께 상소를 올리기도 했었다.

이이는 자기를 해하려던 사람들이 모두 선조의 노여움을 사서 귀양가는 것을 보게 되자 곧 자리를 내놓고 황해도 석담으로 내려갔다. 이때 그는 서울 대사동 집을 떠나며 다음과 같이 시를 남겼다.

이 나라를 구원할 방법이 없으니
전원에서 농사 지음이 마땅하오나
하방한 강촌에서도 나의 마음은
언제나 조정을 떠나지 못하오리

기울어져가는 나라의 운명을 근심하여 마음을 끓이던 이이는 그후 서울로 다시 올라왔으나 어느덧 심신의 피로를 못 이겨 병석에 눕게 되었다. 그는 중태에 빠져 죽음을 눈앞에 둔 마지막 날까지 북방 요새로 가는 서익을 불러서 군사 방략을 알려주며 국방을 부탁하였고 문병하러 온 정철에게는 당쟁이 더 번져지지 않도록 해줄 것을 절절히 당부하였다. 그때 동갑으로서 친한 벗이자 서인당의 영수인 정철의 손을 잡고 한 말은 이러하였다.

"나는 병이 들어 이른 나이에 죽거니와 송강은 아직 앞날이 있으니 내가 이 세상을 하직한 후에라도 부디 동인 당의 영수와 화합하기 바라외다"

"송강이 동서로 하여금 서로 합심하여 국사를 돌보게 하고 국방에 각별한 힘을 기울여 주신다면 나는 마음 놓고 눈을 감으리다"

이것이 이이의 마지막 말이었다. 국책을 바로세우고 십만양병을 성사시켜보려고 노심초사하던 그는 뜻을 이루지 못하고 마흔 아홉 살을 일기로 1584, 갑신년 정월 열 엿새 날 서울 대사동 자택에서 세상을 떠나고 말았다.

이이가 운명을 달리할 무렵 지배층의 문화는 이렇게 흘러가고 있었다. 조선왕조 건국이래 명종 왕에 이르기까지 이백 여년 간은 대체로 평온한 시기였다. 이웃나라들이 대군을 휘몰아 침략해 온 적도 물론 없었고 간혹 변방을 소란케 하는 외적의 침략이 있기는 하였으나 그것은 그때마다 진압된 자그마한 사건들에 지나지 않았다. 그렇다고 하여 이 같은 평화가 좋은 결과를 가져다 준 것도 아니었다.

지배층인 양반 사대부들은 새로운 것을 연구해 보려고는 하지않고 태고의 허황된 정치와 유가의 경서와 과거 역사를 들춰내면서 대의명분이요 도덕윤리요 하는 허례허식과 공리 공담을 일삼았다.

그들은 저마다 도덕군자로 자처하면서 조금이라도 유교에 어긋나는 것은 덮어놓고 무시하였으며 모든 것을 유교 도덕의 잣대로 평가했다. 특히 학문적 재주가 변변치 않으면 천한 놈으로 불렸고 혼인을 잘못해도 잡놈으로 대접하였으며 도의 실천에 흠이 있으면 사귀지 않으며 사대부들 출신이지만 갑옷을 입고 투구를 쓴 무사나 장사하는 사람들이면 역시 천대하였다.

조선 정부가 유교 도덕을 그리도 완강히 내세운 것은 왕권을 강화하고 지배체제를 공고히 하기 위해서였다. 이로부터 유교 도덕규범을 기본으로 하는 문화가 정치적 기반을 이루었고, 삼강오륜의 철저한 구현자가 양반 지배층으로 등장하게 되었으며 그 문화 외에 다른 것은 돌아보려고 하지 않았으니 과연 기울어지는 나라의 대들보에 거미줄이 슬고 넓은 대궐 마당에는 잡풀이 풍성해질 수 밖에 없었다.

이런 세태에 누가 나라를 굳건히 지키려 하며 누가 물산을 위해 국가의 부강을 위해 힘쓰겠는가. 명문 귀족들은 날마다 흥청거리면서 하는 일 없이 대를 물려가며 부귀영화를 누렸고 비루한 선비들은 부귀 영달만을 위해 옛 성인의 문장을 외우느라 여념이 없있다. 양반 사내부들은 서마다 도덕군자라고 자처하였으나 그렇다고 하여 주색을 멀리하는 것도 아니었다.

뿐만 아니라 이이가 운명할 무렵 당쟁 또한 본격화 되고 있었다. 기본적으로 당쟁은 권력과 재부를 누가 더 많이 차지하느냐 하는 추잡한 이기심의 소산이다. 얼핏 보면 옳고 그른 것을 따져 잘못된 일을 바로잡으려는 것 같이 보이고, 어떤 경우 그럴 듯한 주장도 없지는 않지만 그 내막을 들여다 보면 한 토막의 고기를 놓고 서로 물고 뜯는 개싸움과 비슷하다.

당쟁에 뛰어든 자들 중에는 더러 아무런 뜻과 목적이 없이 그저 남이 하는 데로 따르는 줏대 없는 이도 있기는 하였다. 당쟁이란 가장 추하고 무섭고 혹독하고 끈덕진 다툼질이었다. 두 파로 갈려 물고 늘어지는 싸움. 이것은 독을 먹고 대드는 무시무시한 쟁투였다.

이 파쟁의 시초에는 싸움이 미미해 보였는데 그것으로 그치지 않았다. 몇몇이 상대방을 시비하며 돌아가던 것이 얼마 안되어 영의정 이하 육조의 5~6품관인 전랑과 좌랑인 낭관들에 이르기까지 거의가 어느 한 당에 휘말려 들었고 조정은 두 갈래로 갈라지게 되었다.

이중환은 택리지에서 당쟁의 시초를 다음과 같이 서술하고 있다.

선조 때에 김효원은 명망이 높아 이조 전랑이 되었다. 당시 이조 참의였던 심의겸은 임금의 외척이었는데 효원을 방해하여 전관을 허락하지 않았다. 효원은 이름난 집 자재로서 학문과 문장으로 이름이 있었을 뿐만 아니라 어진 사람을 잘 추대하여 능력 있는 사람에게 자리를 양보하므로 젊은 관리들의 인심을 크게 얻었다. 그래서 이 때에 젊은 사람들이 떠들썩하게 일어나 심의겸을 가리켜 어진 사람을 방해하면서 권세를 부린다고 공격하였다.

심의겸도 비록 왕실의 외척이었지만 일찍이 권세 있는 악한 신하들을 물리치고 사료들을 조정에 앉힌 공로가 있어서 나이 많고 높은 벼슬을 하고 있던 사람들은 그를 옹호하였다.

여기에서 선배와 후배가 갈라지면서 크게 드러내놓고 싸우는데 까지 이르렀다. 이조 참의였던 심의겸이 전랑인 김효원의 전관을 허락하지 않아서 다툼질을 하게 되었다고 하였지만 이 한마디 말에도 따져보면 참으로 복잡한 내용이 있다.

여기서 전관이란 곧 인사 관계를 보는 관직을 말하는 것이니 이야말로 세력다툼이 아니고 다른 그 무엇이겠는가. 당쟁의 시초는 이렇게 시작되었다. 그리하여 동인과 서인이라는 이름이 1583, 계미년과 1584, 갑신년 사이에 생겼는데 김효원의 집이 동쪽에 있으므로 그를 따르는 일당을 동인이라고 불렀고 심의겸의 집은 서쪽에 있었으므로 역시 그 무리를 서인이라고 부르게 되었다.

선조는 처음에 이 일을 별로 대수롭지 않게 보고 마음을 쓰지 않았다.

그러다가 하찮은 시비로만 보이던 것이 차차로 크게 번져지니 이에 심상치 않음을 느끼고 빠른 수습책을 세웠다. 선조는 두 사람을 다 내직에서 외직으로 보내면 시비거리가 없어 지리라고 단순하게 생각하고 김효원을 함경도 보령 부사로 심의겸을 개성 요수로 임명하여 내려 보내려고 하였다.

이를 알게 된 이이는 선조에게 상주하여 김효원을 삼척 부사로 다시 임명하여 보내도록 하였다. 그는 심의겸을 개성 요수로 내려 보내고 김효원을 변방의 부사로 보낸다면 효원을 지지하는 젊은 사대부들이 시끄럽게 들고 일어날까 봐 염려하였던 것이다.

조선의 태조 이성계는 고려 때 임금의 권한이 약하고 공신들의 세력이 강하였던 폐단을 알고 관직을 임명하는 제도로 중앙과 지방 관직에 임명하는 권한을 오로지 이조에 주어 의정부를 거치지 아니하고 직접 임금의 비준을 받게 했다.

한편 이조판서의 권한이 너무 커질 것을 고려하여 삼사의 임명권을 비롯한 중요 인사는 이조의 선랑인 좌랑과 성랑으로 하여금 전임하게 하여 때에 따라서는 판서를 거치지 아니하고 전랑이 곧바로 임금의 비준을 받아 처리하게 되었다.

택리지에 의하면 조선의 전랑은 지위가 비록 낮아도 인사의 권한을 쥐고 있었다. 또한 전랑은 높은 벼슬자리인 정승 판서 등 삼공 육경도 삼사의 제신으로 하여금 논하게 할 수 있었다. 이 시기에는 무엇보다 염치를 숭상하고 명분과 절조를 중히 여겼으니 일단 탄핵을 받게 된 다음에는 아무리 높은 벼슬에 있는 사람이라도 벼슬자리를 내놓았다. 이조 전랑은 이와 같이 품계가 비록 높지는 않아도 권한이 대단한 벼슬자리였다.

이것은 임금이 중요 관직들에 임명하는 권한을 높은 벼슬아치들에게 주지 않고 자기가 틀어쥐며 관헌들이 서로 감시 통제하도록 하고 신하 된 자로서 분수에 지나치는 행동을 하거나 감히 왕권을 농락하려는 마음을 가지지 못하도록 하기 위하여 만든 제도이다.

그러므로 조선의 전랑 자리는 삼사가운데서 덕망이 있다고 인정되는 자로서 반드시 임금의 마음에 들어야 오를 수 있었다. 그뿐 아니라 전랑 벼슬을 하던 자는 자리를 내놓을 때 임금 앞에서 자기를 대신할 사람을 스스로 천거하게 되어 있었다.

이처럼 이조 전랑이라는 특수한 자리는 임금을 제외한 그 누구의 권한으로도 앉히지 못하는 관직이었다. 또한 한번 이조 전랑이 되면 특별한 사고가 없는 한 순탄하게 정승 판서 등의 자리에 올라갔다. 소소한 이조 전랑이 이러한 국가 요직이었으니 벼슬길에 나선 자라면 누구든 이 자리를 엿보지 않을 리가 없었다.

이 당시에 동인파는 청렴한 후진이 많았으나 서인은 나이 지긋한 벼슬아치들이 일부 있었을 뿐이요 그들을 좇는 사람들 조차 인맥이 약했다. 그런데다가 심의겸과 김효원을 차등을 두어 외직에 내려 보냈다는 공론이 벌어지니 적지않은 사람들이 동인 세력을 지지하고 합류하게 됐다.

동인들은 서인인 윤현의 숙부 윤두수와 윤군수가 요직에 있으면서 매번 서인을 부추기고 동인을 억제하는 모의를 한다고 분분히 논의하던 끝에 윤두수가 뇌물을 받았다고 탄핵하는데 이르렀다.

동인들은 그것으로 그치지 않고 윤씨의 세 숙질을 조정에서 내보내야 한다고 벌떼처럼 들고 일어나 급기야 윤두수 일족을 내치고 말았다. 윤두수 일족이 조정에서 물러난 다음 파쟁은 더욱 격렬해져 서로 물고 뜯고 중상모략하는 일이 끊임없이 벌어졌다.

이들의 싸움질에 신물이 난 선조는 그 누구의 말도 듣지 않았으며 인재 여하를 막론하고 오직 말없는 사람만을 골라 요직에 등용하는 방향을 취했다.

이 시기에 시정을 논의하려고 시골에서 서울로 올라온 이이에게 김천일이 한 말은,

"지금 나라의 형세가 위태롭기 그지없으니 공은 올라왔던 길에 머물러 앉아 나라 일을 수습해야지 돌아가려고 해서는 안되겠습니다. 공이 지금의 조정 형세를 알고도 그냥 돌아간다면 국사를 외면하는 사람이 될 것입니다. 지금은 요순의 정사 같은 원대한 뜻을 논할 때가 아니라 다만 입을 다물고 자리를 지키면서 속으로 인재를 아끼고 동서 양당이 합심하여 나가도록 하는데 뜻을 펼 때라고 생각합니다".

"나는 또한 지금 세상에는 모든 사람들이 영무자의 어리석음[1]을 배워야 하겠다고 생각합니다"

김천일의 이 말에서 당쟁으로 어지러워졌던 그 시기 나라의 형편과 함께 신하의 옳은 충고를 들으려 하지 않고 말없는 사람이면 무능한 자일지라도 등용하는 선조에 대한 은근한 비난을 엿보게 된다.

바로 그 해 동짓달에 선조는 강사상을 우의정으로 등용한 다음 우의정으로 있던 노수신을 좌의정으로 인면했다.

강사상이 우의정으로 등용된 것은 그가 인재어서가 아니라 날이 없는 사람이기 때문이었다. 그는 원래 무능한 것은 둘째치고 천치에 가깝다고 할 만치 미련하고 용렬하며 쓸모 없는 위인이었다.

"강사상이 조정에 들어 온지 십년 동안 한마디의 시사를 논한 적이 없었고 매일 한다는 소리가 나라가 잘 다스려지고 어지러워 짐은 하늘에 달려있으니 사람의 욕심으로 할 바가 아니다."

라고 하며 공론을 들으려 하지도 않고 공론에 참가하지도 아니하였다. 사사로운 인정에 기울어지는 적도 없으며 모든 것을 자연에 맞길 따름이요 음주하기를 좋아하나 취하면 더욱 말이 없고 사람을 대할 때마다 매양 손으로 코를 문지를 뿐이었다.

---

1) 영무자: 나라에 도가 행해질 때는 지혜를 발휘하고, 어지러울때는 어리석은 체하여 몸을 잘 보전했다는 춘추 시대 위나라 사람.

강사상이 우정승으로 임명 받던 날 선조의 후궁인 정철의 조카 정귀인이 술상을 차려놓고 숙부와 마주하며 말하기를,

"사람이 세상에 산다는 것이 일장춘몽이온데 어찌 그렇게 사오리까. 바라옵건대 숙부님도 입을 다무시고 코나 문지르시며 재상 자리나 하나 따서 궁핍한 가족들이나 살리시지요."

하니 곁에서 듣던 사람들이 웃었다.

이것은 용렬하고 쓸모 없는 강사상이 말이 없는 복을 타고난 덕분에 우정승 이라는 높은 벼슬에 오른 것을 어이없이 여기며 선조의 처사를 비웃어 한 말이다. 물론 정귀인의 이 말의 이면에는 취한 후에 말이 많은 삼촌 정철에 대한 충고도 없지는 않았다.

당쟁을 멈춰보려는 해결책이, 말이 없고 어리석은 자들만 높은 벼슬자리에 등용한 선조의 무사 안일한 선택은 오히려 불에 기름을 붓고 부채질한 격이 되었으며 그리하여 기울어져가는 나라의 운명은 더욱 참담할 뿐이었다.

바다건너 왜 땅에는 바로 이 같은 조선을 넘보며 회심의 미소를 짓고 있는 자가 있었으니 그가 곧 오랜 기간에 걸친 전국시대를 통일하고 전국의 육십 여 주를 휘어잡은 도요토미 히데요시였다.

몽롱한 태평성대가 영원히 지속될 줄로 믿고 있는 조선의 양반 세력들은 전란의 위험을 전혀 느끼지 못했고 또 그러한 위험이 닥쳐오고 있는 것을 알려고도 하지 않았다. 그러하기에 외적의 침입을 막아낼 만한 방비책을 세울 수 없었음은 두말할 것도 없다.

2

당쟁으로 인한 '기축옥사'의 전말

　조헌이 길주 영덕으로 귀양간 후 석 달이 지났을 때 정여립의 대역 모반이 드러나 조정에서는 무서운 옥사가 벌어졌다.

　처음에는 서인이었다가 나중에는 동인이 된 정여립으로 말하면 슽한 벼슬에 있으면서 당쟁에 한 몫 끼어들어 사기를 추천해준 청렴 결백한 이이를 헐뜯다가 선조의 명을 받아 쫓겨 난 야심가였다.

　조정에서 물러나 고향인 전주로 내려간 그는 자칭 죽도선생이라고 하며 전주 일대의 태인현 등 정읍의 군사들과 공사일을 하는 잡부들을 모아 대동계라는 계를 조직해서 매달 보름날 그들을 한곳에 모아 주연을 베풀고 궁술과 검술을 훈련시켰다.

　정여립의 대동계를 처음에는 누구나 하찮게 보았다. 하지만 한 두 해가 지나자 그 세력이 눈에 띄게 달라져 군사들의 세력이 군현이나 도의 감영을 훨씬 능가하게 되었다. 1587, 정해년에는 그가 전주 부윤 남언경의 청을 받고 대동계의 군사들을 지휘하여 전라도 일대에 침입한 왜구를 물리친 적도 있었다.

　이토록 대동계의 힘이 강하였음에도 불구하고 지방에서는 그닥 색다르게 보지 아니하고 한낱 무예를 숭상하는 계로만 여겼다. 그러니 여립이 안심하고 장차 더 크게 일을 벌리려 하였음은 두말할 것도 없다. 그는 해주의 지함두와 운봉의 승려 의연 등을 심복으로 삼고 군사를 조련하는 한편 군량도 마련해 나갔다.

그 동기가 어떤 것인지는 알 수 없어도 조선 초에 항간에서 정씨 도읍설과 이씨가 망하고 정씨가 일어선다는 말이 떠돌았는데 여립은 전해 내려오는 이 요설을 거사의 좋은 미끼로 삼을 그럴듯한 생각도 하였다. 그리하여 지함두, 의연 등과 더불어 구월산을 돌아본 다음 계룡산으로 들어간 그는 보름 정도 머물면서 대역 모의를 거듭하였으며 의연을 시켜 정씨 왕국설을 유포시켰다.

전라도 운봉 태생인 의연은 요동 사람으로 자처하면서 오래지 않아 정씨 세상이 온다는 말을 하며 전라도의 여러 고을과 명산들을 돌아다녔다. 의연이 퍼뜨린 말은 사실 황당한 것이었지만 그 당시 사람들을 속이는 데는 충분하였다.

"내가 요동에 있을 때 동방을 바라보니 하늘이 지목하신 왕기가 있었다. 또 한양에 와보니 왕기가 호남에 서려 있고 호남에 들어서니 그것이 정씨 댁에 서려 있었다"

의연이 퍼뜨린 이같이 허황한 말은 참으로 순풍에 돛을 단 듯 얼마 안가서 전라도 내에 좍 퍼졌다. 한편 정여립은 李씨는 망하고 鄭씨는 흥한다는 '목자망전업흥'이라는 한문 글자 여섯 글자를 옥돌에 새긴 다음 의연을 불러들여 지리산 동굴에 가져다 놓게 하였다.

그 후 계룡산에 있던 의연은 지리산 유람을 간다더니 며칠 만에 돌아와서 황해도 사람 변숭복, 박언령 등과 같이 앉아있는 정여립 앞에 그 옥돌을 내놓으며 이렇게 말했다.

"소인은 지리산 유람 중에 처음 보는 큰 석굴에 들어갔다가 참으로 신기한 것을 보았습니다. 한 구석에서 신기한 빛이 뿜어 나오기에 다가가 본즉 이 옥돌이 있었습니다.

소인이 하도 이상하여 찬찬히 살펴보니 이처럼 깊이 새겨진 글자들이 금빛 찬란한 빛을 뿜고 있는 것이 아니겠습니까 그래서 밖으로 조심스럽게 가지고 나왔는데 문득 그 금빛이 사라지고 이와 같이 글자만 남았습니다. 정녕 이보다 더 희한한 일이 어디 또 있겠습니까.

이는 필시 하늘이 죽도 선생을 이 나라 왕으로 천거하시는 뜻인가 봅니다. 그러니 어찌 천도를 모른다 하겠습니까"

의연의 이 같은 말을 들은 변숭복과 박언령은 크게 놀라 그 옥돌을 바라보았다. 과연 거기에는 한문 여섯 글자가 정자로 또렷이 새겨져 있었다.

박언령과 변숭복은 이때부터 정여립을 하늘이 지목한 인물임을 의심하지 않고 해서 지방을 돌아다니며 소문을 퍼뜨렸다. 일이 이렇게 되자 황해도 일대의 수많은 백성들은 그 요설을 진심으로 믿게 되었다. 심지어 그들은 '전라도 전주에 성인이 나타나 우리같이 못사는 백성들을 구원해주고 징차 대평성대를 이룬다' 라는 밀까지 하는 정도에 이르렀다.

이렇듯 교묘하게 일을 꾀하던 정여립은 민심이 그 허무맹랑한 소문에 쏠리는 것을 보고 이제는 때가 되지 않았는가 생각하며 심복들과 면밀히 거사 계략을 논의하였다.

당시 구월산 중들 가운데에는 이에 가담한 자들이 적지 않았는데 그들은 거사를 앞두고 그 준비를 남모르게 서두르며 일을 진척 시키고 있었다.

하지만 행동이 몹시 서툴고 비밀스럽지 못하니 같은 무리가 아닌 중 의엄의 눈에 띄게 되었다. 그들이 하는 이상한 행동을 보고 심상치 않음을 느낀 의엄은 재령군수 박춘간을 찾아가서 자기가 보고 들은 바를 샅샅이 고해바쳤다.

한편 안악유생 조구라는 자는 자기가 정여립의 제자라고 하면서 사람들을 많이 모아 때없이 주연을 베풀다 보니 사람들의 의심을 받고 있었다. 하는 짓이 무언가 색다른 점이 있고 자못 수상하였던 것이다. 이를 전부터 의심하던 안악군수 이축은 어느 날 조구를 잡아들여 무작정 매를 치고 나서 네가 지금 무슨 짓을 하고 있는지 이실 직고하라고 심문을 했다.

조구는 심약한 자라 처음은 조금 견디었지만 무서운 매에 못 이겨 얼마 안 가서 있는 사실을 다 불고 말았다. 이에 크게 놀란 이축은 즉시 황해도 관찰사 한준을 찾아가 상의하고 그 밤으로 신천 군수 한응인과 더불어 서울로 급히 올라갔으며 이 사실을 두 사람의 연명으로 선조에게 보고하였다.

이날이 1589, 기축년 시월 초이튿날이었다. 선조는 안악, 신천군수들의 밀계를 보고 기절초풍할 정도로 놀랐다. 국왕의 자리를 노리고 벌써 많은 군사를 길렀으며 거사를 위한 만반의 준비도 갖추었으니 그럴 만도 하였다.

밀계를 받아본 때는 밤이 퍽 깊었건만 눈앞에 지옥을 본 듯한 선조는 지체없이 삼정승, 육승지, 금부당상, 입직도총관 들을 불러들여 이 사실을 알리며 수선을 떨었다. 뜬눈으로 밤을 새운 그는 날이 밝자 선전관과 금부도사를 황해도와 전라도에 보내라고 명령하였다.

선조는 며칠 동안 불안한 마음에 안절부절 못하였다. 초이레날에는 전라도에 내려간 금부도사 유담으로부터 정여립이 도주하여 집에 없다는 소식이 올라왔다. 선조는 즉시 대신들과 포도대장을 불러들여 도망친 정여립을 잡을 대책을 논의하였다.

이어 여드렛날부터는 그의 명령으로 삼정승 이하 판부사 김기영 금부당상, 양사 장관들이 모여 황해도에서 잡아온 죄인들을 심문하기 시작하였다.

조정이 이처럼 불가마 끓듯 어지러울 때 이 소식을 듣고 고양군에서 올라온 정철은 선조에게 글을 보내며 역적을 잡아보겠다고 하였다. 선조는 정철이 복잡한 시기에 나타난 것이 몹시 반가웠다. 그래서

"경의 충절을 보리라"

하며 그에게 역적을 잡을 데 대한 임무를 주었다. 일이 이렇게 되니 조정 안팎은 더욱 흉흉한 공기가 떠돌았다. 이 모반 음모에 과연 그 어떤 참극이 벌어지겠는지 또 그것이 어느 누구에게 미치겠는지 전혀 예측할 수도 없었다.

사람들은 서로 만나면 눈을 휘둥그렇게 뜨고 쑥덕거리면서도 입을 가리키며 쉬쉬 하였다. 서울에서 전주로 가는 길과 안악, 재령으로 가는 길로 파발꾼들이 쉴없이 달리고 대궐 안의 국청에서는 무서운 심문이 벌어졌다. 어느덧 어마어마한 공기가 된서리처럼 궁성 안팎을 차갑게 휘감아 몰아치고 있었다.

어제는 정여립의 생질인 정집이 뼈가 부서지고 살이 찢기는 고문에 추국을 당하고 연이어 황해도에서 잡혀온 죄인들과 함께 형장의 이슬로 사라졌다. 벌을 좀 면케 볼끼히여 스스로 밝힌 지들은 그날로 목이 달아났다.

삼남으로 가는 길로는 죄인 잡는 일을 독촉하기 위하여 지방에 파견하는 독포사의 특명을 받은 정윤호, 이대해, 정숙남 등의 차사들이 요란한 차림으로 행차하여 그들을 보는 장안 사람 모두가 몸에 소름이 돋아 어지간히 떨었다. 서울 장안의 분위기가 몹시 불안하고 흉흉한 데 동짓달 찬바람같이 섬뜩한 소문은 날로 퍼지고 새로웠다.

"황헤도에서 죄인들이 끌려와 조사를 받다가 모두 죽음을 딩했다더군. 안악군수 황인륜과 방이선이 자수해왔는데 그 자리에서 육시처참 당하고 말았다지…"

이것은 그래도 실정을 좀 안다는 양반명색의 벼슬아치들과 유생들이 하는 말이고 식자가 부족한 서울 장안 일반 백성들 속에서도 그럴듯한 말들이 퍼져 나갔다.

"역적은 조정의 삼정승 속에도 있고 판서님네들과 당상관님네들 속에도 있다니까. 이제 며칠 안가서 조정안이 발칵 뒤집히고 말게야. 이번 옥사는 상감님이 몸소 보는데 한치라도 걸리면 용서가 있을라고… 지금은 그전에 대사헌을 하면서 탐관오리들을 요절내던 정철이란분이 나서서 역적들을 잡아 들인다니 이번에는 아마 사정이 없을거야"

소박한 백성들의 이 같은 말에는 추측에 지나지 않는 것도 있지만 따져보면 양반들의 생각보다 더 깊고 현명한 진실이 소문처럼 흘러 다니고 있었다. 그들 속에서는 또 이런 소문도 돌아갔다.

"지금 대궐안에서는 누구 입에서 무슨 말이 터져 나올지 몰라 사대부님네들이 서로 얼굴만 쳐다보며 가시밭에 앉은 듯이 모두 불안해서 벌벌 떤다고 하데. 역적의 거두는 전주에 있었는데 벌써 섬으로 도망쳐서 못 잡고 그 아들만 잡아왔다더군…"

이렇게 서울 장안에 떠도는 풍문은 아침저녁으로 새로웠는데 그 뜬소문인 즉 근거가 없는 것도 아니었다. 어떻게 된 영문인지는 몰라도 그 소문에는 오히려 이제 앞으로 벌어질 일을 예측하여 알아맞힌 말들도 있고 또 어떤 경우에는 사실인 것도 있었다.

십칠 일에는 전주로 갔던 선전관 이용준과 내관 김양보가 정여립의 아들 옥남을 잡아왔다. 결국 정여립의 아들이 잡혀왔다는 소문도 맞아떨어진 셈이 되었다.

일인즉 참으로 묘하게 되었다. 정여립은 비밀리에 진척시키던 일이 탄로난 것을 알아차린 후에 자기 심복 변사와 아들 옥남을 데리고 죽도에 숨어있었다. 관군의 포위망에 걸려 빠져나갈 수 없게 되니 그 자리에서 변사와 옥남을 찔러 죽이고 자신도 자살하자고 하였다. 하지만 옥남은 칼에 빗 맞아서 관군에게 쉽사리 잡혀 서울까지 호송되어 왔던 것이다.

선정전에는 벌써 무시무시한 형구들이 갖추어졌다. 선조는 이를 부득부득 갈면서 선정전에 나와 정옥남을 직접 국문하였다.

이 무렵 승정원에는 벼슬아치들과 지방유생들의 상소가 끊임없이 올라왔다. 그것은 정여립이 접촉한 사람들이 주로 동인이었던 까닭에 서인들이 때를 만난 듯이 머리를 쳐들고 동인 일파들을 헐뜯는 상소를 올렸다.

"김우옹, 이발이 역적과 친밀하였으니 엄격히 추궁하옵소서. 우정승 정언신과 이조참판 아무개는 역적과 신분이 두터웠을 뿐더러 역적의 조카 정집과도 가까운지라 엄히 추국하면 반드시 결탁한 흔적이 나오겠으니 옥사를 엄히 다스리옵소서. 홍종록, 정창연, 백유양도 국문하여 주옵소서"

이렇듯 연일 들어오는 분분한 상소와 추국장 앞에서 영의정 이산해 이하 조정안의 벼슬아치들은 모두 떨었다. 정집이 문초를 당한 그날로 홍종록 등과 함께 이발, 이길이 역적 연루자로 혐의를 받고 국청으로 잡혀 들어갔다.

"수원부사 홍가신, 숭문원 권지정, 윤경립 급제 임궁로 등이 역적과 이러저러하게 연루되오이다"

사간원에서 기문이 올라가니 사헌부의 기문이 올라갔을 때처럼 그 즉시로 지목된 자들이 잡혀 들어갔다. 그것은 조정의 내직에 있건 외직에 있건 아무런 차이가 없었다.

정여립과 친척 동향 관계에 있는 사람은 물론 평상시에 그와 조금이라도 친분이 있었거나 교제만 한 사람이면 모조리 걸려드는 판이었다. 게다가 국청에 잡혀 들어가 국초를 당하는 자들의 입에서 누가 역적과 가까왔소 누가 어떠했소 하고 엉뚱한 말이 툭툭 튀어나오기도 했다.

어제는 정집이 고문에 못 이겨 육 칠 명의 이름을 되는 데로 마구 불었다면 오늘은 백유양의 입에서 예조판서 유성룡의 이름이 튀어나왔다.

얼마 지나서는 조정 내부에서가 아니라 지방 관장들과 지방 유생들 속에서도 역적 혹은 그 연루자를 고발하는 상소가 계속 올라왔다. 이러고 보니 조정의 관원들은 언제 누구의 입과 누구의 상소에서 제 이름이 튀어나오고 또 이런 틈을 타서 누가 자기를 모해하려 들겠는지 몰라 바늘방석위에 앉은 듯 한시도 마음을 놓을 수 없었다.

그들에게 이제는 가까운 친구도 없었다. 나 아니면 남이었다. 그러지 않아도 동인이요 서인이요 하고 파를 갈라 서로 모함해오던 터에 대역 모반이라는 어마어마한 큰 변을 당하고 보니 모두 정신이 송두리째 빠져나간 듯 전전긍긍하는 판세였다.

연루자로 지목되어 국문을 받던 사람들은 귀신도 모르게 형장의 이슬로 사라지곤 하였다. 당파싸움이 이제는 누가 이 대역 모반이라는 그물에 걸려들어 죽고 누가 여기서 벗어나 사느냐 하는 생사의 갈림으로 변하여 갔다.

역적과 그 연루자를 잡는 그물에는 주로 동인들이 많이 걸려들었다. 그것은 정여립이 원래 동인이었던 까닭이었다. 하지만 동인들은 공포 속에 위축돼 있으면서도 서인들의 거동을 예리하게 살피며 복수의 기회를 노리고 있었다.

조정의 이 같은 분위기 속에서도 안심하고 마음 편히 지내는 사람이 있었다면 그것은 정여립의 반역 음모를 고발한 재령군수 박충간, 안악군수 이축, 신천군수 한응인 같은 사람뿐이었다. 이들은 하루아침에 당상관으로 뛰어올라 박충간은 형조참판으로 이축은 공조참판으로 한응인은 호조참판으로 등용되고 며칠 후에는 다시 왕명으로 공신이 되어 그 의기가 자못 양양하였다.

국청에서는 연일 가혹한 추국과 고문이 벌어졌다. 이때 재판관인 위관은 새로 오정승이 된 정철이었다. 그의 말 한마디면 목숨이 왔다갔다 하는 판이라 동인들의 원한 서린 눈초리는 서인인 정철의 일거일동에 예리하게 쏠리고 있었다.

해가 세차례 바뀌어 신묘년이 되었다. 그 동안 조정에서는 정여립의 대형 모반 획책 사건의 옥사로 하여 어느 하루도 조용한 날이 없었다. 그 기간, 이 옥사에 걸려들어 수많은 동인들이 죽고 귀양도 갔다. 그러나 신묘년에 들어서면서부터는 옥사에서 나타난 편향이 차츰 분분한 논의를 일으키기 시작하였다.

특히 최영경이 억울한 누명을 쓰고 죽은 후에 공격의 화살이 정철에게 집중되었다. 그것은 두말할 것도 없이 동인들의 공격이었다. 사헌부 사간원 양사에서도 정철에 대한 비난이 분분하였다.

어느덧 형세가 바뀌어 이번에는 동인들이 서인파를 공격하게 되었다. 동인들은 정철을 위시한 서인당의 많은 벼슬아치들이 애매한 사람들을 모함하고 해쳤으니 용서없이 파직시키고 귀양 보내어 엄히 다스려야 한다고 떠들었다.

그들은 위관 정철의 허물이 나타나자 벌떼처럼 일어나 여기저기서 살기 어린 화살을 날려 보내었다. 정철의 목을 따자는 상소도 쉴 세 없이 선조에게 올라갔다. 그런데 성여립의 대형 보반사건을 위간이었던 정철이 다루었다 하여도 실상은 그에게만 죄가 있는 것도 아니었다.

서로 물고 뜯는 것이 버릇처럼 굳어진 벼슬아치들의 독침이 아무나 마구 찔렀고 문약하고 우유부단한 선조가 골머리를 앓으면서도 사태를 바로잡을 줄 몰랐기 때문이라고도 할 수 있다. 사실 정철로 말하면 성품이 강직하고 청렴하며 지체 높은 벼슬아치 치고는 정의감도 없는게 아니었다. 선조는 한때 그를

"정철은 그 마음이 바르고 그 행실이 단정하며 그 입이 곧다. 그래서 세속 사람들이 용납하려 하지 않고 사람들에게 미움도 받는다. 그는 직무에 무한히 충실하다. 그의 깨끗한 충정과 젆조 이기에 대해서는 추목까지도 모르지 않는다. 실로 그는 조정안이 독수리요 대청 위의 맹호이다"

선조의 이 평이 꼭 정확하다고는 볼 수 없으나 그와 같은 점이 있는 것도 사실이다. 정철에 대한 문헌자료들에는 그의 대가 바르고 청렴한 성품과 함께 성미가 급하고 매사에 신중치 못한 결함이 지적 되어있다.

그러니 정철이 위관으로 있을 때 일을 신중치 못하게 처리하여 죄 없는 사람들이 해를 당한 사실도 더러 있을 것이다. 정철은 이 무렵에 설상가상으로 왕세자의 책봉 문제를 논의하다가 선조의 오해를 사서 더욱 곤경에 처하게 되었다.

3

당쟁으로 인한 조선 정사의 문란함

1590, 경인년 어느 여름날 이었다. 의정부의 조용한 뒷방에서 좌정승으로 승진한 정철은 우정승 유성룡과 왕세자 책봉 문제를 논하고 있었다.

지난 오월에 의정부에 들어온 후 일국의 국사를 총괄하는 정승이 되이 생각힐 것이 많있던 유성룡이 왕세자 책봉을 누가 하넌 좋겠느냐는 말을 먼저 꺼냈지만 정철은 마지못해 자기의 소견을 피력했다.

사실 다섯 후궁들에게서 나온 왕자가 자그마치 열 세명인 데다가 정실 왕비 박중전의 몸에서는 손을 보지 못하여 대군이나 공주가 하나도 없었으므로 장차 누구를 왕세자로 정하느냐 하는 것은 실로 심각한 중대사가 아닐 수 없었다.

돌이켜보면 조선왕조 개국이래 이방원으로부터 지금에 이르기까지 왕실의 후계자를 누구로 정하느냐 하는 문제에서는 왕실의 피의 교훈이 너무도 많았고 또 왕세자를 둘러싸고 파생된 신하들의 정권 쟁탈전은 언제나 소름끼치는 참화를 빚어내곤 하였다.

이러한 전례를 염두에 두고 나라의 운명을 걱정하여 하는 유성룡의 말이었지만 정철은 얼른 응대 하기를 꺼렸다. 그러자 유성룡이 서슴지 않고 세자 책봉을 하자면 왕비의 소생인 대군이 없는 이상 후궁의 소생인 군들 중에서 세자가 나와야 하니 광해군으로 하는 것이 지당 하다는 것을 말하였다.

이러한 유성룡의 제의에 정철도 마지못해 찬성하였다. 유성룡은 정철과 의견이 일치 된 바에 이왕에 꺼낸 의견을 성사시켜 보고싶어 자기의 소견을 말하였다.

"그럼 내일 영상대감과 우리 같이 마주앉아 합의를 본 후에 우리 삼 정승의 명의로 전하께 이 사실을 올려 윤허를 얻게 함이 어떠하리이까"

정철은 이번에도 유성룡의 말에 선뜻 응하지 않았다. 그의 얼굴에는 잠깐 어두운 그림자가 드리우는 듯도 했다.

"왜 대감은 말씀이 없으시오"

유성룡이 답답하여 다그쳐 물었다.

그래도 정철은

"허허"

하는 탄식 비슷한 소리만 내고는 고개를 숙였다.

그는 영의정 이산해가 후궁 인빈의 오라비 김공량과 가깝고 선조의 총애를 받는 인빈이 자기 몸에서 나온 왕자를 세자로 내세우려는 야심이 있다는 것과 그 인빈이란 위인의 권모술수가 비상하다는 것을 알고 있기 때문에 유성룡의 말이 마음에 들지 않았던 것이다.

한참 후에 정철은 조용히 입을 열었다.

"영상대감이 우리와 뜻을 달리하면 어떻게 하리까"

"그라고 뜻을 달리 할리야 있겠소이까. 내일 아침에 자리를 같이해 봅시다"

"글쎄 대감의 뜻을 막지는 않겠소만 영상대감이 뜻을 같이 하겠는지…"

"우리 두 사람이 합의됐으니 영상대감도 우리를 따르리다. 그가 뜻을 달리한다면 거기에는 벌써 간특한 딴마음이 있는 것인즉. 설마 영상대감이 그렇게 하리까. 만약 영상대감이 뜻을 달리한다면 우리 두 사람이 합의 된 뜻으로 설복해 봅시다"

그날 밤 정철은 저녁밥을 먹은 후에 부드러운 달빛을 밟으며 밤이 늦도록 후원을 거닐었다. 그는 기축년 옥사사건으로 하여 어수선한 때에 동궁 책봉 문제까지 같이 논의하게 되어 더욱 복잡해질 앞날이 근심스러웠다.

매사에 우유부단하고 석연치 못하며 마음속이 깨끗하지도 않은 이산해가 또 김공량이와 무슨 꿍꿍이를 벌릴지 참으로 알 수 없는 노릇이었다.

김공량이 누이 후궁 인빈은 중전 박씨가 자손이 없는 것을 기회로 왕세자를 보기 위해 무당 점쟁이 중들을 불러들여 갖은 요사를 나하넌 끝에 왕자를 자그마치 사형제, 옹주는 오형제를 낳았다. 그 왕자들과 옹주들은 이미 장성하여 명문가에 장가들고 시집가서 세력이 이만저만이 아니었다. 누이 덕분에 하찮은 벼슬자리나마 한자리 차지한 김공량까지 이 무렵에 와서는 안하무인이 되어 못하는 짓이 없었다.

선조실록에는 하나의 중인이나 다름없는 김공량이 나타난 이후로 저자에서는 그에 대한 비난이 분분하였는데 장사치들은 원망을 품고 그를 저주하면서 주인의 뇌물을 받는다고 하였다는 것과 공량이 조정의 정사에 참견하고 심지어는 관리 임명에까지 참여하여 좌지우지하려 드니 만천하가 격분을 참지 못하였다는 것이 기록되어 있다.

하지만 당시에는 그 누구도 김공량을 감히 규탄하지 못하였다. 그것은 그가 선조의 총애를 받는 인빈 김씨의 오라비였기에 규탄은 커녕 오히려 김공량에게 붙어서 일을 도모하려는 자들이 나타나 밤마다 그의 집을 찾아가는 형편이었다.

이런자들은 예외없이 조정의 벼슬아치들이었다.

선조실록에 의하면 그때 서울 종로거리 중로에 방이 하나 붙어있었는데 거기에는 이산해가 김공량에게 비굴하게 아부하는 차마 눈뜨고 볼 수 없는 그림이 그려져 있었다고 한다. 김공량에 대한 백성들의 원한이 얼마나 컸으면 이런 방이 붙기까지 하겠는가.

이 사실을 잘 아는 정철은 동궁 책봉 문제를 평범히 생각할 수 없었다. 그의 머릿속에는 이산해, 김공량, 인빈 김씨 세 사람의 아니꼬운 얼굴들이 차례대로 나타났다가는 지워지고 지워졌다 가는 또 나타나곤 하였다.

다음날 아침에 삼정승들은 자리를 같이하였다. 이때 왕세자를 광해군으로 책봉하도록 하는 것을 상감께 세 정승의 합의된 명의로 건의하자고 좌우 두 정승이 의견을 내놓자 이산해는 급소를 찔린 사람처럼 안색이 확 달라졌다. 정면에서 대놓고 반대할 수 없었던 그는 아직 상감이 집정하고 있는 때에 동궁 책봉이 그리도 급하겠느냐고 하며 대답을 회피하려고 하였다.

허지만 두 정승이 그의 이 같은 속셈을 알고 양단간에 결단을 내리라고 다그치며 동궁을 광해군으로 책봉하는 것이 공정한 처사임을 이치정연하게 말하니 그도 하는 수 없어 수긍하고 말았다.

그날 밤이었다. 이산해는 김공량을 불러 낮에 있었던 사실을 알려준 다음 정철이 신성군을 죽이려고 한다고 엉뚱한 말까지 덧붙였다. 그리고는 한시바삐 인빈 김씨에게 알리는 것이 좋겠다고 하였다. 이산해가 왜 김공량을 불러서 정철이 신성군을 죽이려 한다는 허위날조까지 하였겠는가. 여기에는 동서 양당의 무서운 당쟁이 자리잡고 있었다.

정여립 사건 이후 선조는 정여립과 관련되는 안팎의 동인들을 많이 제거하고 서인의 영수인 정철을 우의정으로 성혼을 이조참판으로 올려놓았다.

그러면서도 한편으로는 이산해를 좌의정으로 임명함으로써 서인들의 세력 팽창을 저지시키려고 하였다. 그러자 서인들은 이에 대처하여 자기들의 세력 확대에 장애가 되는 이산해를 제거하려고 교묘한 계책을 꾸몄다.

그들은 호남의 유생 정암수 등을 내세워 오십여명으로 구성된 연명 상소로서 이산해를 역적과 내통한 인물이라고 규탄하게 하였다. 그러나 선조는 이를 곧이듣지 않을뿐더러 도리어 서인들을 억제하려고 이산해를 영의정 자리에 올려놓고 얼마 후에는 유성룡을 우의정으로 임명하였다.

한편 서인들의 공격에 겁을 먹은 이산해는 송익필로부터 정철과 성혼이 자기를 모해하려 한다는 말을 듣자 어떻게든 이 위험에서 벗어나보려고 서인들을 먼저 공격할 기회를 노리고 있었다.

그런 상황에 놓인 이산해에게 있어서 세자 책봉 문제가 상정된 것은 좋은 기회가 아닐 수 없었다. 그는 이 기회에 정철을 모함하고 자기의 지위를 확고하게 하려고 하였다.

이산해가 공량에게 한 말은 곧 인빈 김씨의 기에 들어갔다. 그 밤으로 인빈 김씨를 찾아간 공량이 부니 신성군의 목숨을 十원하고 왕세자 자리를 광해군에게 빼앗기지 않도록 손쓸 것을 당부하고 돌아갔던 것이다.

인빈 김씨는 예나 지금이나 선조의 총애를 제일 받는 후궁이며 다른 왕비나 후궁들에게는 볼 수 없는 남다른 애교와 권모술수를 지닌 여인이었다.

지금 후궁이라고는 하나 사실은 선조에게는 첫 여자였다. 어려서 궁녀로 들어간 그는 당시 왕비였던 심씨의 사랑을 받아 일찍이 궁중에 출입하여 명종의 총애까지 받았다.

명종은 슬하에 자식이 없었다. 그는 나이가 들어 왕세자를 더는 바랄 수 없게 되니 여러 조카들 중에서 하성군에게 대를 잇게 할 뜻을 품고 그를 가끔 불러다 만났으며 정지연 등을 선생으로 택하여 하성군의 공부를 돕게 하였다.

이때에 궁중나인으로 있던 영민한 김씨는 벌써 하성군이 장차 명종의 뒤를 이을 왕세자라는 것을 간파하고 화려한 단장으로 요염기를 찰찰 흘리며 그 앞에 나타났다.

열 다섯 살의 하성군은 궁궐에 갈 때 마다 유달리 요염한 김씨의 자태에 현혹되어 집에 가서도 잠을 제대로 잘 수 없었다. 싱그러운 꽃 향기에 취한 젊은 그는 설레이는 가슴을 부여안고 곧잘 달콤한 꿈을 꾸곤 하였다.

한 해 후 정묘년 유월 명종이 세상을 떠나자 영의정 이준경은 왕비와 토의하여 도승지 이양원 동부승지 박소립 형조판서 원혼 등을 시켜 하성군을 궁궐로 맞이 했다.

칠월 초하룻날에는 하성군이 왕위에 오르는 예식이 거행되었다. 열여섯 어린 나이에 왕이 된 선조는 궁중에 들어오자마자 궁중 나인 김씨에게로 쏠리는 마음을 걷잡지 못하였다.

김씨는 인물이 두드러져서 어디서나 사람들의 눈을 끄는 여인이었다. 그는 새로 즉위한 선조의 시봉 나인이 되자 몸단장을 더 잘하기 위해 온갖 재간을 다 부렸다. 그는 세 갈래로 딴 머리를 금봉채로 단장하고 분으로 얼굴 화장을 피어나는 꽃 같이 환하게 하였으며 아침 저녁으로 화려한 옷을 갈아입고 궁에 출입하곤 하였다. 사람들은 온 세상의 아름다움이 그 한 몸에서 피어난 것 같아 놀란 시선으로 그를 보곤 하였다.

그때마다 선조의 눈에는 열기가 돌았고 왕과 시선이 마주치는 때는 김씨의 애절한 눈동자도 젖어있었다. 총명하고 눈치 빠른 김씨는 젊은 왕의 마음을 현혹시켜 놓고 낮에는 되도록 궁에 나타나지 않았다. 그러다 밤만 되면 세수방 나인을 대신하여 목욕물을 덥히기도 하고 때로는 발 씻을 물을 들고 편전에 나타나기도 하였다. 그는 물을 차지도 덥지도 않게 조절해가지고 들어와서 왕의 버선을 벗긴 다음 바지를 걷어 올리고 정성껏 발을 씻어주었다.

그는 선조 앞에서 항상 수줍어하는 자태를 보였다. 실상 그 나이에 수줍기도 했을 것이다. 김씨는 침전에 물을 들고 들어 올 때는 얼굴에 홍조가 어리고 귀뿌리까지도 새빨개져 있었다. 그는 그 수줍음 속에 보일락 말락 하는 미소를 지을 줄도 알았다. 왕은 순결한 처녀의 지성이 깨끗하게 느껴져 더욱 마음이 끌렸다.

다음 해 어느 봄날 밤 김씨는 발 씻을 물을 들고 왕의 침실에 들어갔다. 왕은 평상에 누워있다가 그가 들어오니 얼굴에 웃음을 띠고 일어나 앉았다. 홍조 어린 얼굴을 숙인 채 버선을 벗기고 바지를 걷어 올리는 요염한 김씨를 바라보는 왕의 눈에는 야릇한 빛이 번쩍였다.

순결한 총각으로 아직 이성과의 접촉이 없는 열 일곱 살의 왕은 보드라운 처녀의 손길이 발에 닿는 순간 가슴이 쿵당거리고 뜨거운 기운이 일어남을 느꼈다. 평상에 앉아 걷어 올린 두 다리 사이에 머리를 숙이고 발을 씻는 열여섯 궁녀를 바라보는 왕의 입에서는 뜨거운 입김이 저절로 터져 나왔다.

선조는 그 해에 박중전을 왕비로 맞이하고 이어 시봉나인 김씨를 내명부에 귀인으로 일품 관작에 올리고 정식 후궁으로 삼았다.

김공량이 왔다간 후 인빈 김씨는 반들거리는 눈을 자주 깜박이며 안절不절 못히였다. 가슴에서 불이 니는 시기심을 정녕고 누를 수가 없었던 것이다.

"흥 어디보자. 정대감이 광해를 세자로 추대해. 누가 저보고 세자를 추대하라고 했기에 지 맘대로 세자를 책봉한단 말이냐. 어림도 없다"

이렇게 김씨가 앙앙거리고 있을 때 밖에서 '시위'하는 소리가 나더니 등 촛불이 문살에 비쳐들었다. 이어 옥교가 월대에 와서 멎는 소리가 들렸다. 인빈은 발딱 일어나 헝크러진 머리를 가다듬고 나서 방문을 열고 나가 왕을 맞아들였다.

인빈 김씨는 금 촛불을 두개나 더 켜 놓고는 금잔에 향온주를 찰랑찰랑 부어 왕에게 권하였다. 왕은 술잔을 받아 들고 인빈의 손목을 잡더니 흡족한 미소를 띄우고 잔을 비웠다.

인빈 김씨는 음기가 도는 야릇한 웃음을 그에게 던지며 연거푸 술을 따랐다. 왕은 그의 웃음이 자기의 가슴을 간지르며 다가오자 인빈을 바짝 잡아 끌어 그의 허리를 감아 쥐고 술잔을 연거푸 기울였다.

왕은 음풍농월과 풍류를 좋아하는 위인이라 많은 궁녀들을 가까이 하였으나 후궁들과 궁녀들을 접촉하면 할수록 더욱 가까워지는 것은 인빈 김씨였다. 아무리 여럿을 대하여 봐도 김인빈 만큼 자기의 넋을 사로잡고 황홀한 쾌감으로 이끌면서 만족을 주는 여인은 없었다. 그리하여 인빈은 왕을 지 마음 내키는 데로 부리기도 하고 호가호위하며 거슬리는 자들을 제거하기도 하였다.

취기가 차츰 오르자 선조는 천하를 호령하던 그 위엄은 어디다 버렸는지 인빈의 아양에 고스란히 빠져 그의 농간대로 움직였다. 이때라고 생각한 인빈은 왕을 침실로 이끌었다. 화려한 금침에 들어간 인빈은 왕의 품에서 한동안 재롱을 피우듯 아양을 떨다가 훌쩍훌쩍 눈물을 흘렸다.

"왜 그러는고"

"상감마마 신성군을 살려주소서"

"그게 무슨 소린고"

"삼정승들이 세자를 책봉하기위해 상감께 광해를 추대하였다 하옵는데 상감은 어찌 모른척 하시나이까. 저를 총애하신다 함은 빈말 뿐이시니 누구를 믿고 사오리까"

"뭣이 삼정승이 세자를 추대하다니…"

"어이 모르는 척 하시오이까"

"어허 내가 시퍼렇게 살아 앞이 창창하거니 벌써 무슨 세자를 책봉한단 말인고"

왕은 노기 등등하여 어쩔 줄을 모른다. 인빈은 왕의 가슴에 불을 질러 놓고는 거기에 연거푸 부채질을 한다.

"정대감이 나서서 광해를 추대하자고 하여 삼정승이 하나같이 동의하고 오늘 아침에 상감께 품했다 하옵는데 상감은 어이 모르신다 하시나이까. 광해를 세자로 책봉하려는 정대감의 검은 속에는 무서운 칼이 품어 있사오니 신성이 어찌 살기를 바라리까"

"정철이 광해를 지멋대로 왕세자로... 발칙한 자로다. 내가 아직 시퍼렇게 살아 있는데도 벌써부터 그래…"

왕은 정철이 정말로 광해군을 끼고 서인당파의 세력으로 정사를 좌지우지하자는 무서운 꿈을 꾸고있다고 생각하였다. 이 말을 듣고 선조는 정철을 간신이라고 생각해서 노여움을 삭이지 못하여 늘 얼굴이 시퍼래 있었다.

이를 보고 동인들이 들고 일어났다. 지금껏 고개를 숙이고 정세를 관망하던 그들은 비로소 때를 만난 듯이 정철을 비롯한 서인들에게 맹렬한 공격을 가하였다.

그것은 붙는 불에 기름을 뿌리는 격으로 신조의 화를 더욱 돋구있다. 극도로 노한 선조는 정철을 역신이라고 탐해 하면서 그가 위간으로 있을 때 피해 당한 사람들을 복직 또는 승직시키라는 명까지 내렸다.

그리고 곧 정철을 멀리 외진 곳으로 유배 보내라는 분부를 내렸다. 얼마 후 그는 귀양지로 떠나게 되었다. 귀양지가 처음에는 영천으로 정해졌으나 다시 논의하던 끝에 강계로 정해지게 되어 금부도사 이태수가 그를 압송해갔다.

정철은 귀양지로 향하던 도중 병을 만나 몹시 고생하였다. 이에 매우 난처하게 된 금부도사 이태수는 순안에 도착하자마자 정철의 병이 위중하므로 지체할 수 밖에 없다는 것을 조정에 알렸다. 이 사실을 알게 된 선조는 노발대발 하면서 정철이 어찌나 미웠던지 다음과 같은 명령을 내렸다.

"태수가 제 멋대로 도중에서 머물러 이레 길을 스무 날이 넘도록 못 데리고 갔으니 당장 그를 잡아다 추국하라. 저런 성품이 간사하고 악독함으로 귀양가서도 잡인들과 결합하여 무슨 일을 저지를지 모르니 그 처소에 가시울타리를 든든히 하도록 하라."

정철을 조정안의 맹호라고 극구 찬양하던 선조가 갑자기 돌변하게 된 데는 온몸에 교태가 철철 흐르는 인빈 김씨의 작용이 적지 않았다.

이 일을 계기로 하여 윤두수, 윤권수 형제, 황정욱, 황형, 구우면, 이해수 등 적지 않은 서인들이 같은 일당으로 몰려 규탄을 받고 파직되었으며 귀양가는 사람들도 많았다.

도요토미 히데요시가 왜국 육십여 주의 힘을 온통 기울여 곧 바다를 건너 쳐들어오려고 하고 있을 때 이 나라의 양반 사대부들은 이렇듯 대역 모반이요 세자 책봉이요 동인이요 서인이요 하면서 나라의 방비책은 안중에도 없이 진흙탕 싸움만 하였으니 어찌 한심한 일이 아니겠는가.

4

당쟁을 넘어선 율곡의 선견지명

국가 정치의 폐단을 바로잡기 위한 이이의 활동이 한창 벌어지고 있을 때 열혈 청년 곽재우는 이이를 추앙하는 많지 않던 사람 중의 하나였다. 곽재우는 명망 있는 유학자 남명 조식의 제지이며 외손녀의 남편이다. 그는 조식의 수많은 문생들 중에서 동강 김우옹과 함께 스승의 각별한 사랑을 받은 수제자였다. 그래서 김우옹에 이어 조식의 사위가 되었다.

재우는 어렸을 때 남명 조식을 누구보다도 존경하고 따랐으나 나이 들고 세상물정에 조금 눈을 뜨게 되자 스승의 고루한 견해에 점차 불만을 느끼게 되었다.

무진(1568)년에 조식은 왕에게 올리는 정치 요강을 작성하였는데 조정의 벼슬아치들과 양반들의 끝없는 탐욕은 보려 하지 않고, 백성들의 굶주리고 헐벗는 원인이 이속들의 농간질과 중간착취에 있다고 서술하였다.

그때 겨우 열 일곱 살 밖에 안 된 재우는 그것이 옳은 견해가 아니라고 생각하고 자기의 스승이며 처 외조부인 조식 앞에서 백성들이 그처럼 참혹한 처지에 놓인 것은 조정백관들과 양반사대부들에게 그 책임이 있다는 자기의 견해를 조심스럽게 전달한 다음 정치 요강 초안을 수정 하는게 좋지 않느냐고 간곡하게 말하였다. 허나 조식은 그 의견을 다만 철 없는 젊은이의 말로 받아들였을 뿐이었다. 재우는 이런 일을 겪은 후 스승에 대한 존경심이 점차 사라지면서 마음이 허전해 지는 것을 금할 수가 없었다.

이 공허감은 율곡 이이의 시정개혁안이 다소간 메꿔 주었다. 기사 (1569)년에 동호문답을, 갑술(1574)년에는 만언봉사를 저술하여 임금에게 올린 이이는 그 글들에서 당시의 고질적 폐단들을 상세히 지적하고 온갖 폐단들을 없애며 군정을 바로잡아 나라의 방비책을 세우는데 대한 방안을 내놓았었다.

재우는 그 글들을 직접 볼 수는 없었지만 부친에게서 대강 들은 것 만으로도 이이의 학식과 경륜과 우국 충절을 넉넉히 알 수 있었다. 이로부터 그는 자기에게 글을 가르쳐준 남명 조식보다 어느덧 이이를 더 존경하게 되었다. 그는 한번도 만나보지 못한 이이를 말없는 스승으로 여기고 초목이 물을 빨아들이듯이 그 지혜로운 생각과 견해들을 받아들였다.

문란해진 나라의 기강과 헐벗고 굶주려 쓰러지는 백성들, 당쟁에 눈이 어두워 돌아가는 조정의 백관들과 남북으로 뻗쳐오는 외적의 침략 위험 등, 이 모든 것을 생각하는 재우의 가슴 속에서는 젊은 피가 끓어 올랐다.

청렴하고 강직한 재우의 부친 곽월은 자식들에게 늘 사람이 오장육부가 건전해야 건강을 유지할 수 있는 것처럼 나라도 조정의 관리들과 각 고을 장관들이 백성들을 바로 다스려 옳은 정사를 펴야 부강해진다는 것을 이야기하곤 하였다. 재우는 민폐를 바로잡고 군정을 개혁하여 나라의 방책을 세워야 한다는 이이의 주장을 다시 한 번 되새겨 보며 저도 모르게 두 주먹을 불끈 틀어쥐었다.

"민폐를 청산 한 후에는 반드시 나라의 방비책을 세워야 한다. 나라 가 있어야 백성이 있고 사직이 보존되어야 신하들도 자기의 직분을 다

할 것이 아니냐. 그렇다면 내 이제 무엇을 해야하는가"

그는 학문을 중시하는 것도 나쁘지는 않지만 무과에 올라 나라의 사직을 보위함으로써 신하의 도리를 다 하는 것이 지금 자기의 응당한 본분처럼 생각되었다.

재우가 이런 마음을 가지게 되기까지에는 부친 곽월의 영향이 적지 않게 미치고 있었다. 곽월은 사나이는 응당 문무를 겸비해야 하며 나라가 위급할 때에는 서슴없이 한 몸 바쳐 나서야 한다고 자식들을 가르쳐 왔다. 그는 자기 집안 사람들이 무예에 능통할 것을 요구하였으며 그것을 가풍으로 삼기까지 하였다. 그의 이러한 노력은 헛된 것이 아니었다.

곽씨 일가는 임진왜란이 일어나자 한결같이 나라를 위한 싸움에 나서서 용맹을 떨쳤다. 곽월은 비록 군사를 통솔하는 무관이 아니었으나 무예에 능하였고 군사를 깊이 알고 있는 사람이었다. 이같이 무를 중시하는 부친의 교훈을 받으며 무예를 숭상하는 가풍 속에서 자란 재우는 일찍이 모든 학문을 섭렵하기 위해 노력하는 한편 무예도 열심히 익혔다.

곽월은 재우가 스무 살이 지나자 그를 자기의 부임지에 데리고 가서 세속 인심과 민정을 헤아려보며 수양을 쌓게 하였고 일반 학문과 무예도 연마하도록 하였다.

그러는 사이에 재우는 어느덧 문무를 겸비한 늠름한 대장부로 자랐다. 그의 앞에는 눈부신 공명의 길이 열려 있었다. 그는 자기가 바라는 것은 무엇이나 성취할 자신이 있었다. 학문으로 이름을 떨치는 학자가 되거나 백성들에게 선정을 베풀어 칭송을 받는 관리가 될 수도 있었다.

하지만 그는 지금 문관보다도 갑옷 투구에 큰 칼을 차고 나라를 지키는 것 만이 대장부의 일인 듯 생각하고 있었다. 재우는 군정을 개혁하여 나라의 방비책을 세워야 한다는 이이의 주장을 행동으로 실천하는 것이 자기의 책임처럼 느껴지기도 하였다.

재우는 공명 출세를 바라는 세속 양반들과는 전혀 뜻이 달랐으므로 문과가 아니라 무과에 응시하였고 거기서 당연 장원으로 뽑혔다. 재우는 그것이 진정으로 기뻤다. 얼마전에 세상을 떠난 이이의 뜻을 받들어 나라의 방비를 튼튼히 세우는 국사에 자기 한 몸을 바칠 수 있는 길이 환히 트인 것 같았다.

그런데 어사화를 받으러 대궐에 들어가니 왕명이 새로 내려 그 장원급제가 취소되었다고 하는 것이었다. 재우의 시지를 본 시관이 그것을 영웅의 기상이 담긴 웅건한 글이라고 하면서 그를 장원으로 뽑아 첫 자리에 써서 붙였으나 다음날 상감이 내조 병조판서들과 함께 시지를 다시보고 대뜸 온당치 못한 글로 평가하며 장원급제를 취소하게 하였다고 말했다.

자기의 글이 왕과 조정대신들의 비위를 거스르게 되리라고는 정녕 생각도 못했던 그였다. 고구려의 안시성주 양만춘이 백만 대군을 몰고 이 나라에 침입한 외국 군대를 물리친 영용함을 찬양한 글이 사대주의 사상에 물 젖은 조정의 비위에 맞지 않았던 것이니 애국자 재우의 마음이 어떠하였으랴.

"두 번 다시 과거를 보지 않으리라. 벼슬길은 덕인군자나 남아장부
가 걸을 길이 아니다."

재우는 며칠 후 의령의 집으로 돌아왔다. 그는 그 후에도 손에서 병서를 놓지 않고 변함없이 무예를 익혔으며 때로는 사냥도 즐겨 하였다. 하지만 재우가 장차 어떤 사람이 될지는 아직 그 자신을 포함하여 누구도 알지 못했다.

퇴계 이황의 수제자였던 유성룡은 당시 덕망 있는 사람으로 널리 알려져 있었다. 특히 선조의 신임이 두터웠다. 선조는 그를 군자라고 이르면서 금세의 태현이라고까지 하였다. 그러니 식견이 편협하고 마음이 옹졸한 사람은 결코 아니었다.

허나 이이처럼 국방과 국력배양의 시정책을 깊이 생각하지 못했고 정

사에서도 이이만큼 달관하지 못한 것도 사실이었다. 원래 처음부터 당쟁에 가담한 그는 후에 남인의 거두가 되었으며 늘 영남출신 특히 퇴계 이황의 문생들을 돌봐주고 옹호하기 위해 힘썼다.

이처럼 유성룡은 많은 경우 당파의 안목에서 갈라보았고 그러던 나머지 나라의 운명과 관련된 중대사에서도 심사숙고하여 신중히 처리하는 능력은 이이보다 부족했다.

그는 임진란을 겪고 난 뒤에 이이의 십만 양병의 주장을 따르지 않은 것을 몹시 후회하였다. 선조의 신임이 두터웠고 조정안에서 인망이 높았던 그가 처음에는 비록 편견에 사로잡혀 십만 양병을 반대하였다 하더라도 자기의 잘못된 생각을 돌려 시정 계획에 원대한 뜻을 품은 이이를 적극 도왔더라면 그토록 쓰라린 임진년의 참화를 입지 않았을 수도 있었을 것이다.

이런고로 아무리 식견이 높고 성품이 온후한 사람도 어느 한 당파에 가담한 경우 눈은 흐려지며 옳고 그른 것도 식별하지 못하게 됨을 능히 짐작할 수 있다.

당파에 속한 무리들이 서로 시비하고 깎고 모해하는 일이 더욱 잦아지는 데다가 그것을 위엄으로 눌러야 할 선조 자신의 우유부단한 행동으로 말미암아 정사 전반이 뒤죽박죽이 되다 보니 국사는 어느 한가지도 바로잡힐 수가 없었다.

이제는 조정의 골간이라고 하는 삼사까지도 한쪽 당에 기울어져서 하찮은 일을 들고 일어나 국왕에게 시비를 걸었으며 재상들은 물론 조정의 백관과 지방의 유생들까지 당색을 띠고 누가 어떻소 누구의 소행이 부당하고 누가 간신이요 하며 상소를 올리는 것이 일상사가 되었다.

이리하여 미친 듯이 갈팡질팡 하는 그 흐름에 실려 목적없이 떠가는 조정의 운명은 화난 풍파에 뛰어든 하나의 자그마한 돛단 배와 같이 되고 말았다.

기축(1589)년 초여름이었다.

바다건너 왜 땅에서는 도요토미 히데요시가 당장 쳐들어오겠다고 미친 듯 날뛰고 조선에서는 서울 동평관에 머물러있는 소요시도모 일행이 갖은 꾀를 다 써가며 선조와 조정의 관리들을 가지고 놀고 있었다.

예년에 없는 찌는 듯 무더운 어느 날 시퍼런 도끼를 든 한 중년의 선비가 승정원 앞에 나타났다. 그 선비는 한 손에 도끼를 틀어쥐고 다른 한 손에는 큼직한 봉투를 든 체 주저없이 안으로 들어갔다.

약간 광대뼈가 나오고 길쭉한 그의 얼굴은 몹시 창백 하였으나 커다란 두 눈에서는 불이 펄펄 이는 것 같았다. 승정원 안에 있던 도승지 이하 육승지 모두는 도끼를 들고 다가오는 그 서슬에 놀라 어쩔 바를 몰라 하였다.

"옥천 고을 조헌이 이 상소를 올리오 합문 앞에서 답을 기다린다고
  전하께 알려주기 바라오"

선비는 이 한마디를 남긴 체 도포 자락을 날리며 밖으로 나갔다. 도승지와 여러 승지들은 한마디 말도 못하고 그저 멍청히 있을 뿐이었다.

그 중년 선비는 어지러운 나라의 폐단을 바로 잡으려고 여러 차례 상소하다가 종당에는 선조의 미움을 받아 초야에 묻혀 있으면서도 이이의 뒤를 이어 십만 양병을 강하게 주장하던 전 전라도사 조헌이었다.

조정 백관들 중에 조헌이라면 모르는 이가 없었다. 태도가 바른 그는 자기가 옳다고 생각하는 경우에는 당장 벼락이 내린다 해도 꿈쩍하지 않았으며 입신양명을 위해 처세하는 세속 벼슬아치들과는 성정이 달랐다. 일찍이 성균관에서 공부하던 때부터 왕정의 옳고 그른 것을 들고나와 논하여 꾸짖고 청년시절에도 이미 상소도 많이 하였다.

한참이 지나 그의 상소는 승정원을 거쳐서 선조의 손에 들어갔다. 상소를 집어 든 선조는 눈 쌀을 잔뜩 찌푸리고 용이 꿈틀거리는 듯한 필치로 내려 쓴 글을 죽 내려 읽었다.

조헌의 상소에는 나라 정사의 그릇된 폐단을 바로잡는 일과 왜의 침입을 목전에 둔 이 시각에 그 침입 여부를 논하면서 왜국 사신들을 어루만질 것이 아니라 그 일당의 목을 가차없이 베어야 하며 명나라 류큐 등과 연합하여 왜 땅으로 쳐들어 가는 것이 지당하다는 것, 이렇게 되면 도요토미 히데요시에게 멸문 당한 영주들은 이 기회에 벌떼같이 일어날 것인즉 지체 말고 이웃 두나라에 사신을 보낼 필요가 있다는 완강한 주장이 들어 있었다.

조헌은 또한 자기의 상소에서 팔도에 즉시 군령을 내려 불의의 변에 대처할 만반의 준비를 갖추게 하며 중요한 요새들에 강한 무력을 배치할 것을 역설하고 이순신을 비롯한 여러 명의 장수들도 천거하였다.

선조는 그 상소문을 다 읽고 나서 북받치는 화를 누르지 못하여 그것을 신경질적으로 책상 위에 홀 던져버렸다.

"허면, 왜의 침입이 박도했다고 단정하니 필경은 나를 협박하는게 아니냐. 그래 과연 그러한 징조가 보인단 말인가. 어허 불손하도다"

이렇게 생각하는 선조의 눈앞에는 시끄럽게 굴며 과격한 상소를 함부로 올려 조정안을 벌컥 뒤집고 소란케 했던 조헌의 찬바람 이는 모습이 떠올랐다. 순간 그의 얼굴에는 가벼운 경련이 일었다. 얼마 후 선조는 미간을 찌푸리며

"어허 괘씸하도다"

하고 혼자서 중얼거린 다음 침전에서 일어나 나가고 말았다. 그날 밤이 침전에는 들어오는 사람이 없었다. 선조의 책상에 놓인 상소에는 누구 하나 보는 사람도 건드리는 사람도 없이 펼쳐진 그대로 하룻밤 고스란히 묵었다.

한편 승정원 합문 앞에서는 조헌이 도끼를 틀어쥐고 꿇어 엎드린 채 선조의 대답이 있기를 기다리고 있었다. 날씨가 몹시 무더웠던 탓인지

먼동이 터올 무렵이 되자 맑은 하늘이 캄캄하게 흐려지더니 비가 쏟아져 내렸다.

이따금 번갯불이 빗발 사이로 빛나며 확 퍼지다가 사라지고 하늘을 구르며 내달리는 우뢰가 천지를 뒤집어 엎을 듯 꽈르릉거리며 무시무시한 소리가 일었다. 비가 억수로 내리건만 조헌은 여전히 꿇어 엎드리고는 꼼짝하지 않았다.

비는 연 사흘 쉼없이 쏟아지고 음산한 바람이 아우성쳤다. 하지만 사흘 밤낮을 합문 앞에서 한치도 움직이지 않는 조헌에게 뇌성벽력이나 태풍은 아무것도 아니었다. 그는 나라가 보존되느냐 왜적의 말발굽에 짓밟히느냐 하는 것 외에는 그 무엇도 안중에 없었다.

사흘 밤 사흘 낮을 밥 한술 잠 한숨 거르고 녹아 붙은 듯 엎드려 있는 그는 합문 앞으로 흘러나오는 빗물 속에 하반신을 푹 담그고 있었다. 온몸이 오한으로 후들후들 떨렸다. 끊임없이 몰아치던 비바람은 사흘째 만에 점차 잠잠해 지더니 저녁 무렵에는 깨끗이 멎고 말았다.

어느새 부챗살 같은 황금빛 햇살이 구름을 뚫고 퍼져가더니 합문을 노을로 붉게 물들였다. 조헌은 붉은 빛을 남기며 서산으로 기우는 해를 서글픈 눈길로 말없이 바라보았다. 황혼이 자기의 젖은 몸을 부드러운 손길로 어루만지는 것 같이 느껴졌던 것이다.

그는 문득 붉은 햇살을 향하여 몸을 벌떡 일으키려고 하였다. 그러나 엉거주춤한 자세로 일어서다가 그 자리에 통나무 넘어가듯 쿵 하고 넘어지고 말았다. 흙탕물에 잠겼던 다리는 저리다 못해 이제는 굳어져 피도 통하지 않는 것 같았다.

또 한번 몸을 비틀며 버텨 보았으나 장작깨비처럼 뻣뻣해진 양다리가 전혀 말을 듣지 않았다. 몇 번 안간힘을 쓴 탓인지 송곳으로 온몸을 사정없이 쑤시는 듯한 통증만이 일시에 몰려들었다. 다시 허우적거리던 그는 그대로 땅에 엎어지며 버럭 소리를 질렀다.

"국운이 기운다. 국운이. 허어어어 만백성이 가련쿠나"

그의 구슬픈 목소리는 승정원에 메아리쳐 멀리 울려갔다.

"어찌하여 조정은 대답이 없느냐. 어째서 이 애끓는 호소를 외면하는 것이냐"

그는 너무도 분통해서 도끼로 자기 머리를 짓찧었다. 머리에서 흘러내린 피가 얼굴과 어깨며 앞가슴을 붉게 물들였다. 해 저문 저녁 하늘가를 나라든 까마귀가 합문 지붕 위에 앉아서 청승맞게 까옥까옥 우짖었다. 승정원 앞길을 지나가던 벼슬아치들은 피로 얼룩진 조헌의 모습을 보고는 기절초풍하여 꽁무니를 빼곤 하였다.

결국 전 이조판서 심희수가 하인들을 데리고 와서 정신을 잃고 쓰러져있는 조헌을 일으켜 세워 가마에 실어갔다.

이 소문은 그날로 조정안에 확 퍼졌으며 삼사에서는 큰 변이니 난 듯 소란을 피웠다. 조헌의 행동과 상소 내용을 놓고 조정 백관늘은 누 파로 갈라져서 싸움이 벌어졌다. 동인들은 그가 서인인 까닭에 동인들은 엄한 형을 적용하는게 옳다고 하였고 서인들은 그러한 우국지사에게 형을 주는 것이 부당한 처사임을 누누히 강조하였다.

선조는 조헌을 귀양 보내자는 홍문관의 제의에 동의하였다. 조헌이 이틀 만에 정신을 차리자 기운없이 누워 있는 그의 앞에서 심희수는 다음과 같은 시를 읊었다.

강물에 비친 가을 달인양 맑고 맑은 그대의 애국 정기여

어두운 구름 덮였으니 홍수가 지려느냐 폭풍이 일려느냐

이는 조헌의 우국지성에 감복 된 마음속 진정이 숨김없는 울분에 찬 목소리였다. 닷 세가 지난 다음 충청도 옥천 집으로 실려간 조헌은 몸도 제대로 가누지 못하였건만 채 사흘이 못되어 서울에서 따라 내려온 나졸

들의 호송 하에 귀양길을 떠났다.

이 무렵 왜국 사신 소요시도모 일행은 서울 동평관에서 국빈으로 우대를 받고 있었다.

5

출정 준비를 마친 히데요시

　왜국의 수도 교토의 한 가운데 단풍 숲으로 허리를 두른 높은 누각이 두드러지게 솟아 있다. 금방이라도 날아가려는 듯 날개를 편 누각 처마 밑의 분칠한 벽은 한 낮의 뜨거운 햇볕을 받아 눈이 시리도록 히얗게 보인다. 지붕의 청기와도 청룡의 비늘처럼 반짝거려 보는 사람으로 하여금 잔물결이 일렁거리듯 한다.

　이 고루 누각은 오사카에 자리잡고 있던 도요토미 히데요시가 수 많은 백성들의 피땀을 짜내어 준공한 후 옮겨 놓은 이른바 주라쿠 다이라는 궁전이다. 주라쿠 다이 궁전 주변에는 늙은 삼나무와 참대나무 숲이 무성한데 귤나무, 유자나무도 드문드문 섞여 있다.

　수 백 간을 헤아리는 거창한 누각의 기둥들은 무늬가 곱고 미끈한 나무들로 고르게 가지런이 세운 후 높이가 엄청나게 큰 돌들을 다듬어 쌓아놓았다. 황금빛을 띤 기둥의 들보들은 붉은 옷칠로 무늬를 놓아 그 광채가 더욱 빛나는 것 같다.

　오늘따라 길 양쪽에 코끼리가 끄는 수레 앞에 보초들이 줄지어 섰다. 깃대에는 큰 등을 하나씩 달았으니 밤에도 대낮처럼 밝을 것이 틀림없다. 아마 무슨 큰 행사가 있는 모양이다.

호피 방석 의자에 두 다리를 쩍 벌리고 도도하게 앉아서 부하들의 얼굴들을 한동안 말없이 둘러보던 히데요시는 좌중의 뭇 시선을 받으며 마침내 입을 열었다.

"오늘 제장들을 부른 것은 국가의 백년지대계를 도모하려 함이다. 내가 이미 덴쇼 9년(1581)부터 누차 말한 바와 같다. 나는 우선 조선을 정벌한 후 명나라를 굴복시킴으로써 나의 아름다운 이름을 만대에 빛내고 그 땅을 각 제장들에게 골고루 나눠 줄 것이다. 그러니 미리 말해 두지만 제장들도 나에게 충성을 다바쳐야 한다.

나는 이미 고니시 유키나가와 츠시마의 수호 소요시시게 부자를 시켜 조선 국왕이 신하의 예를 갖추고 내조할 것과 우리 대군이 명나라 정벌을 할 때 선봉에 나설 것을 국서로써 전한 바 있다

그런데 조선 국왕은 회답 서신에 이르기를 일본이 명나라를 친다 함은 벌이 거북이 잔등을 쏘는 격이다라고 하였다. 이런 무엄하고 오만 무례한 자가 또 어디에 있겠느냐

내 모름지기 조선 국왕을 사로잡아 한을 풀려 하니 각 장수들은 있는 힘껏 나의 뜻을 받들어야 한다 이제 그대들은 나의 명령을 명심하여 들으라.

동쪽 류쿠로부터 서쪽 시코쿠 큐슈에 이르기까지 북쪽 아키타로부터 남쪽 주코쿠에 이르기까지 모든 연해지국의 제장들은 봉록 십 만 석 당 큰 함선 두 척 씩을 바치되 그 비용은 우선 반액을 지불하고 나머지는 준공이 되면 차제로 지불케 할 것이다

출정은 명년 삼월로 정하며 공격 순서는 선봉군이 먼저 조선에 쳐들어가고 그밖에 큐슈, 시코쿠의 군사들은 이월부터 삼월에 걸쳐 출동하며, 동북 제국의 군사들은 육로로 큐슈와 나고야에 와서 대기하면서 나의 차후 명령을 기다릴 것이다

나고야는 산을 등지고 바다에 면하였을 뿐더러 지세 또한 평탄 하

니 십만의 군사가 능히 주둔할 만한 곳이다. 그곳을 나의 본령으로 정한다. 그런즉 장차 큐슈의 제후들은 이곳에 성세를 구축하고 길을 닦아 출정 준비에 유감이 없도록 진력하라"

전신의 신경을 귀와 눈에 모으고 있던 왜장들은 히데요시의 말이 끝나자 하나같이 숨을 죽였다. 그것은 저도 모르게 나오는 한숨을 막기 위해서였다. 큰 짐이나 진 것처럼 은근히 걱정을 하는 이들의 미간에는 알 듯 말듯한 시름이 있었다.

좌우를 둘러보던 히데요시의 눈에서는 갑자기 파란 불꽃이 일었다.

"나의 명령을 부당하다고 생각하는 자는 말해도 좋다"

이 말이 떨어지자 의기소침해 있던 사무라이들의 표정은 일변했다. 그야말로 놀라운 광경이었다. 모두가 근심스러운 안색을 하고 있다가 한 순간에 돌변하여 무사 같은 표정으로 바뀌면서 저마다 용기를 뽐내었으니 얼마나 놀랍고 음흉한가.

히데요시는 그 분위기가 마음에 들었던지 입가에 빙긋이 웃음을 띠웠다.

"야마토 남아의 기상을 떨칠 때가 바야흐로 눈앞에 다가왔다. 제장들은 한 번 칼을 들어 용기를 떨쳐라, 그 용맹으로 이르는 공로에 따라 백 만석 천 만석 봉토가 주어지리다"

사무라이들은 이에 일제히 호응하며 환성을 올렸다. 그 중에서도 가토 기요마사 고니시 유키나가 늙은 고바야카와 다카가게와 구로다 나가마사 등이 두드러지게 눈에 띄었다. 히데요시는 콧수염을 꼬아 붙이며 만족한 듯 고개를 끄덕이다가 손가락으로 오대 원로와 가신들 만을 불러서 데리고 나갔다.

원래 왜가 조선 침략에 뜻을 둔 것은 히데요시의 상전 오다 노부나가

때부터였다. 오다 노부나가는 일본 육십 육주를 평정하면서 가소롭게도 바다건너 대륙을 정벌하고 천하를 얻은 다음 그것을 제 자식들에게 나누어 주겠다고 하였다.

오다 노부나가가 죽은 뒤 그 유업을 이어받은 히데요시는 율곡 이이가 십만양병책을 내놓던 바로 전 해인 1581 신사년에 조선을 치겠다고 부하들 앞에서 선언하였으며 이이가 죽은 다음해인 1585 을유년에는 오사카 성에서 양국 선교사들에게 조선과 명나라를 병탄 할 뜻을 말하면서 군함을 구해 줄 것을 간청하였다.

1586 병술년 유월에 대마도 태수 소요시시게에게 부하를 보내 조선을 공격할 때 종군할 것을 명령하였다.

히데요시는 1587 정해년에는 시마즈 요시히로를 정벌하러 가면서 소요시시게와 소요시도모 부자를 불러 조선 국왕은 입조하여 신하의 예를 갖추고 일본의 명나라 정벌에 길잡이가 되어야 한다며 오만 무례한 명령을 하는 한편 조선전쟁에 종군하라고 다시 엄명을 내렸다. 다른 한편으로는 전라도에 해적선을 보내어 조선측의 반응을 시험해보기도 하였다.

그의 생각에는 조선 국왕도 잘 설복하면 직접 입조하여 신하의 예를 갖출 것처럼 여겼던 것이다. 소요시도모는 히데요시의 독촉을 받을 때마다 어떻게 하면 좋을지 몰라 하다가 그럴듯한 구실을 만들어 보곤 하였다.

그런데 사실은 왜국과 조선 관계를 적당히 조절한 것은 소요시도모가 아니라 고니시 유키나가였다. 이자는 소요시도모를 사위로 삼은 다음 그를 자주 부르기도 하고 자기가 직접 찾아가기도 하며 왜국과 조선과의 관계를 조정하였다.

소요시도모는 조선 국왕이 일본에 입조할 것을 바라는 히데요시의 어리석은 망상을 속으로는 비웃었다. 그러나 세상 무서운 것을 모르고 날뛰는 히데요시의 명을 거역할 수 없어 소위 입조를 성사시키기 위해 있는 힘을 다 하는 것처럼 가장할 수 밖에 없었다.

소요시도모는 조선 사정을 누구보다도 잘 알고 있었다. 그는 조선이 일본을 옛날부터 얕보며 천시하는 나라로서 그 무례한 요구를 들어 줄리 만무하다는 것을 빤히 알고 있었다.

그래서 고니시 유키나가에게 이와 같은 사정을 세세히 이야기한 다음 그의 허락을 받아 소위 국서를 조작하였다. 그 국서의 내용은 조선과 일본이 서로 사절을 교환하되 조선에서는 통신사를 보내달라는 것뿐이었다.

소요시도모는 그 국서를 자기의 수하 심복인 요주야 야스히로를 사신의 명목으로 조선에 파견하였다. 요시도모가 국서에 조선에서 통신사를 보내달라는 내용을 첨가 한데는 관백의 황당한 요구를 무마하며 조선국에는 비위를 크게 건드리지 않게 하자는 의도와 함께 조선 사신과 히데요시를 직접 맞대면 시켜놓고 자기는 슬쩍 빠지려는 생각도 숨어 있었다.

요주야 야스히로가 조선 조정에 갖다 바친 일본의 국서에는 그래도 오만 무례한 내용이 적지 않았다. 조선 조정에서는 물길이 험하고 길이 익숙하지 않아 사신을 보낼 수 없다는 회답을 간단히 써서 야스히로에게 주어 보냈다.

히데요시는 야스히로가 전하는 조선국왕의 회답 서한을 보고 노기가 대발하여 즉석에서 야스히로를 죽이고 일가 족속들도 몰살 시키라고 명령하였다.

유키나가와 요시도모가 한 일을 전혀 모르고 조선에서 히데요시를 하찮은 해적의 두목으로 밖에 보지 않는다는 것도 알 수 없었던 히데요시는 조선국왕의 입조를 믿으며 회답을 기다리고 있었던 것이다.

그러던 것이 입조는 고사하고 사절 교환도 못하겠다 하니 어찌 미친 듯 뻗쳐오르는 분노를 누를 수 있었으랴. 굴뚝같이 화가 난 그는 곧 고니시 유키나가와 가토 기요마사를 불러 당장 군사를 거느리고 쳐들어가서 조선 국왕을 문죄하라고 호통을 쳤다.

이에 입장이 난처하게 된 소요시도모는 고니시 유키나가와 상의한 후 이번에는 본인이 직접 조선에 사신으로 가서 국왕을 설득하여 보겠노라고 자청하고 나섰다. 히데요시는 그의 청을 쾌히 받아들였다. 그리하여 다음 해인 1588 무자년에 소요시도모는 하카다의 중 겐소와 야가나와 시라노부와 동행하여 바다를 건넜다.

조선땅에 도착한 그들은 가지고 온 공물 등을 내놓으며 온갖 아첨기 어린 말로 사신을 보내 주십사 하고 애걸하다가 끝내 뜻을 이루지 못하고 돌아갔다.

원래 이 왜국 사신 일행은 두 가지 목적을 추구했으니 그 하나는 조선 사신의 내방을 성사시키는 것이요, 다른 하나는 허실을 내탐하는 것이었다. 요시도모와 동행한 왜 중 겐소는 하카다의 학승으로서 이미 1580 경진년에 야나가와 시라노부와 함께 조선에 들어온 후 동평관에 머물러 있으면서 조선의 형편을 샅샅이 탐지하여 간 바 있었다.

그들은 오다 노부나가의 명령을 받고 사신의 명목으로 들어 왔다. 그러니 요시도모와 동행 해서도 조선의 형편을 암암리에 조사 했음은 두말할 것도 없다.

히데요시의 무서운 질책과 형벌이 언제 어떻게 내릴지 몰라 조바심이 난 요시도모는 다음해인 1589 기축년에 또 겐소와 야나가와 시라노부를 동반하고 바다를 건너 조선에 왔다. 요시도모는 히데요시의 서신도 가지고 왔다.

이렇게 되자 조정에서는 뱃길이 험하여 사신을 보내지 못한다는 구실을 더는 말할 수 없어 왜 땅으로 건너가서 간자 노릇을 하는 무리들을 전부 우리에게 돌려보내는 조건으로 사절 교환을 의논하자고 하였다.

요시도모는 그 말을 듣고 곧 야나가와 시라노부를 본국으로 보냈다. 그로부터 두 달 후에 시라노부는 간자 십 여명과 공작새 한 쌍, 조총까지 선물로 바치며 사신을 보내줄 것을 애걸하였다.

조선 조정에서는 왜인들의 요구에 응하여 사신을 보낼 것인가 말 것인가를 여러 날 논의하였다. 그러다가 마침내 사신을 보내야 양국 사이에 혼란이 생기지 않으리라는 것과 또 그 기회를 이용하여 왜의 동정을 살펴오는 것도 필요하다는 결론에 이르렀다.

그리하여 1590, 경인년 삼월에 황윤길을 정사로 김성일을 부사로 허성을 서장관으로 하는 조선 사신 일행이 요시도모 등과 함께 왜국을 향하여 부산포를 떠났다. 그 후 일본에 갔던 사신이 한 해 만에 돌아와 왜의 동정을 조정에 알렸는데 황윤길과 허성은 왜국이 멀지 않아 침략할 것이 틀림 없다고 하였으나 김성일은 그렇지 않다고 하였다.

그들은 돌아올 때 일본 사신 겐소와 시라노부 일행과 동행해서 왔다. 이자들이 다시 온 것은 도요토미 히데요시의 국서를 전하기 위해서였다. 그 국서의 내용은 이제 대군을 휘몰아 명나라를 치러 들어가겠으니 조선 국왕은 군사를 거느리고 왜군의 선봉이 되라는 것이었다.

겐소와 시라노부는 오만하고 무례한 왜국의 국서를 그대로 내놓았다가는 어떤 봉변을 당할지 모를 일이라 거듭 생각하던 끝에 묘안을 찾아내었다. 묘안인즉, 왜군이 명나라를 쳐들어갈 때 조선은 길을 좀 빌려달라는 뜻으로 국서를 수정하는 것이었다. 이는 내용이 크게 달라지지 아니하면서도 상대방의 비위를 거스르지 않는 방법으로써 가히 신통한 수라고 할 수 있었다.

왜국 사신들은 이러한 방향에서 국서를 일부 수정한 다음 곧 그것을 조선의 왕에게 바쳤다.

선조는 도요토미 히데요시의 오만한 국서를 보고 나서 놀라지 않을 수 없었다. 명나라를 정벌하겠다는 것도 문제거니와 그때 길을 빌려달라는 그 요구 역시 조선을 치겠다는 뜻으로 밖에 해석되지 않았던 것이다.

불안에 휩싸인 선조는 이리저리 생각을 정하고 홍문관 정삼품인 오억령을 조용히 불러 선위사로 임명한 후 그에게 겐소와 시라노부의 환심을 얻을 만큼 접대하면서 간교한 두 왜인의 속을 가늠해 보라고 명하였다.

이에 선위사 오억령은 선조의 분부를 시행하기 위해 왜 사신들을 자주 접촉하며 기회를 엿보았다. 그러던 중 어느 한 연회에서 술이 얼근히 취하였을 때 단도직입적으로 겐소의 속을 튕겨보았다. 겐소는 술을 많이 마시고 취기가 올라 담이 퍽 커졌는지라 오억령의 말이 끝나자마자 입가에 비웃음을 띠고 거침없이 내뱉었다.

"우리나라 다이고 사마께서는 명년 봄에 틀림없이 명나라를 치러 가겠은 즉 당신네 나라가 마땅히 향도자가 되어 길안내를 해야 할 것이외다"

너무도 당돌하고 확신에 찬 겐소의 말에 펄쩍 놀란 오억령은 그 사실을 급히 선조에게 알렸다. 선조는 그의 말을 듣고 나서 신임하는 몇몇 신하들을 불러 의견을 물었다.

이 신하들이 선조에게 무슨 의견을 말했는지 알 수는 없으나 연회석에서 겐소가 그렇듯 당돌한 말을 했다는 소문이 잠깐 사이에 퍼져서 조정안은 물 끓듯 하였다.

이러한 소란이 만약 왜인들의 오만 무례한 행동에 대한 나라의 방비책을 논하는 데로 흘렀더라면 다행이라 하겠지만 현실은 반대로 나타났다.

조정의 모든 공론은 위험천만하게도 오억령이 몹시 경솔하다는 비난으로 집중되어 선조에게 선위사를 바꾸자고 했다.

줏대 없는 선조는 우둔한 신하들의 말을 그대로 받아들여 선위사를 심희수로 교체하였고 또한 겐소 등을 인정전에 불러들여 가선 대부의 품계를 올려주는 행동까지 하면서 회유해 보려고 하였다.

"너희들이 사신으로 여러 차례 왕래하면서도 행동이 극히 공손하므로 내가 그 점을 가상히 여겨 이렇듯 큰 벼슬을 내리는 것이니 그리 알라"

"하지만 너희 왕이 명나라를 치겠다는 것은 마치 닭알로 바위를 깨겠다는 말과 다를 바가 없음을 명심해야 하리라. 또한 우리에게 길을 빌리라는 불칙한 말을 함부로 하는 것도 천벌이 두려운 줄 모르는 까닭이다"

"그러니 너희들은 돌아가서 마땅히 후환이 없도록 왕을 잘 타일러 마음을 돌리도록 하여라"

선조는 이 같은 말을 한 후에 자기가 능란한 수완으로 왜 사신들을 환대하여 잘 구슬렸으니 이제는 큰 위험이 없어졌으리라고 스스로 만족해 하였다.

그로부터 얼마 후 겐소와 시리노부는 길을 빌리자는 왜의 청을 거절하는 조선국왕의 국서를 받아가지고 돌아갔다. 이에 화가 난 도요토미 히데요시가 왜국 육십 육주의 영주들을 교토의 주라쿠다이의 궁전으로 불러들여 조선국 침략의 명령을 내렸던 것이다.

포르투갈, 에스파니아와의 무역을 통하여 그 당시 가장 위력있는 무기인 조총을 많이 사들이고 함선들을 모으며 침략 준비를 해오던 히데요시는 곧 많은 양의 군량을 조선과 가까운 하카다에 집결시키도록 하였다.

또한 전쟁을 일으킨 다음 관서지방의 영주들을 조선 전장의 여러 시역을 분담시켜 배치할 안과 관동의 장수들과 휘하 군졸들을 시켜 전쟁기간에 히메지 성을 쌓게 함으로써 모반할 틈을 주지 않을 계략도 짜놓았다.

그는 이 밖에도 큐슈의 영주들을 시켜 나고야에 본영을 구축케 하는 한편 도로 교량 숙영지들을 정비하고 오사카에서 나고야 사이에는 연락을 취할 목적으로 십리 마다 역참을 설치하였으며 정탐 자료를 토대로 다섯 가지 빛깔로 조선 팔도를 구분하여 그린 지도를 만들게 하였다. 그것은 장차 출정할 장수들에게 나누어줄 지도였다.

전국이 사공들을 징벌하고 수많은 배들도 모았다. 이때에 강제로 징수된 군량은 무려 사십 팔만 명 분에 이르고 징벌 된 뱃사공 수는 만 여 명이나 되었다. 이렇게 조선과 명나라를 치는데 필요한 준비를 다 갖춘 히데요시는 관백직을 양아들 히데츠키에게 넘겨주고 자신은 다이고라고 자칭하였다.

　이로써 왜국의 불쌍한 백성들은 밤낮 부역에 시달리고 젊은 장정들은 군사로 강제 모집 되었으며 왜국 천지는 헤어나기 어려운 환란에 점점 더 깊이 빠져들어 갔다.

6

곽재우와 구붕골 행수 돌이

곽재우는 남들이 천시하는 무과에 응시하여 장원 급제에 올랐다가 억울하게 탈락 된 후 입신양명 보다는 향촌에 묻혀 산수를 벗삼고 강호에서 낚시를 하면서 지냈다. 그러다 보니 양반의 관행을 벗어나 상사람들과도 어느정도 가까운 사이가 되었다.

재우는 의협심이 매우 강하여 악행을 보고는 참지 못하였고 도리에 어긋나는 것은 추호의 타협도 없었다. 그래서 백성들의 피를 빨아먹는 탐관오리들을 끝없이 미워했다.

의령 현감 오응창의 비행을 규탄하여 그자가 제멋대로 백성을 핍박하지 못하게 하였고 못된 심보를 가진 고을 원들과 아전 따위들이 문서 농간질로 백성의 기름을 짜내는 행위들을 적발하여 중도 이폐시키곤 하였다.

그렇다고 나라가 처한 정세를 외면하는 것은 결코 아니었다. 어지러운 조정의 정사로 인해 국력이 소진되어 왜적의 침입이 있을지도 모른다는 생각은 그로 하여금 손에서 병서를 놓을 수 없게 만들었다.

더구나 요즈음 왜국 사신들의 빈번한 출입과, 조선 사신들도 왜국에 갔다 왔다는 소식, 왜관에 머물러 있던 왜인들이 철수한 일 등 뒤숭숭하게 들려오는 소문으로 짐작하건 데 이 땅에 오래지 않아 환란이 닥쳐 오리라는 예감이 들어 재우의 머리는 더욱 복잡해졌다.

그는 허울뿐인 지금의 군사제도를 생각할 때마다 이루지 못한 이이의 십만양병책이 뼈가 저리게 아쉬웠다. 뿐만 아니라 이즈음 군정의 문란으로 인한 피해와 백성들의 고통은 이루 말할 수가 없었다.

"나라의 기강은 해이하고 백성들은 도탄에 들고 왜적은 틈을 노리고 있으니 이 나라가 장차 어찌 되려는고…"

재우의 머릿속에는 이 같은 생각이 떠나지 않았다. 그는 때로 병서들을 읽다가도 칼을 어루만지며 긴 한숨을 토하곤 하였다.

이른 아침이었다.

재우는 길 떠날 차비를 갖추고 온 인보와 돌이를 묵묵히 맞이했다. 돌이는 양반님네들과 자리를 같이할 수 없어 툇마루에 앉으려고 하자 재우는 그를 방안으로 불러들였다.

"그래, 이제 떠나려고"

재우는 두 사람이 자리에 앉기를 기다려 조용히 물었다.

"더 지체할 필요도 없으니 곧 떠나려고 하오. 수일 내로 돌아오겠소. 헌데 계수의 안색이 좋지 않구려 아무쪼록 몸을 잘 돌보시오"

인보는 신중한 기색을 짓고 재우의 얼굴을 넌지시 바라보았다.

"허허 염려해 주어서 고맙소 허지만 오히려 내가 할 말을 백련이 하는가 싶소"

재우는 인보의 두 손을 꼭 잡고 푹 잠긴 음성으로 말한 다음 사방을 돌아보았다.

"너는 예서 며칠 지내다가 천천히 떠나거라 별로 할 일도 없을 터이니 나하고 사냥이나 같이 하는게 좋겠다"

"예, 그리하겠습니다"

돌이는 공손히 말하고 물러나려 하였다. 눈치 빠른 그는 두 어른이 긴히 할 말이 있다는 것을 알아차렸던 것이다.

"네, 게 좀 앉아서 내 말을 마저 듣고 나가거라"

인보는 돌이가 다시 자리에 앉는 것을 보고 말을 이었다.

"너는 그 구붕골이라는 곳으로 부사님댁 서방님을 모시고 갈 생각일랑 말아라. 때가 때니 만큼 조심해야 하느니라 요즘은 무슨 변이 생길지 모른다 알겠느냐"

"예, 분부를 명심하겠습니다"

돌이는 머리를 숙이며 나직이 대답했다.

"어, 그럼 됐다"

인보는 그 구붕골이라는 곳이 관가에 눈을 피하여 사는 사람들의 마을이라는 말을 계수에게서 들은 적이 있는지라 마음이 몹시 불안하였다. 그는 고개를 끄덕여 이제는 나가도 된다는 뜻을 표시했다. 그러자 돌은 즉시 일어나 밖으로 나갔다. 돌이 나간 후에 재우가 빙긋이 웃으며 말했다.

"백련은 공연한 근심을 하시오. 그리도 소심해서야 나라를 어떻게 방비하겠소"

"허 그래서 너욱 조심해야 하는 거외다"

인보도 웃으며 댓구했다.

그들은 얼마 동안 시국을 논하고 이러 저런 이야기를 주고받고는 자리에서 일어섰다.

"내, 그럼 이제 다녀오리다. 부디 몸을 삼가하시오"

재우도 일어서며 인보의 두 손을 꼭 잡았다.

"요즘 나라 형편이 심상치 않으니 오래잖아 무슨 변이 일어날 듯싶소 아무튼 먼 길에 무사히 다녀 오시외다"

이어 그들은 밖으로 함께 나왔다. 재우는 인보를 배웅하며 그의 뒷모습을 늦게까지 바라보았다

돌이는 영산고을에서 머슴살이를 하던 김장쇠의 외아들이다. 팔 년 전 돌이의 아버지 김장쇠는 부치던 땅을 잃고 아내와 함께 영산 고을 공의겸이라는 토호집 행랑채에 살면서 머슴살이를 하였는데 몇 해가 되도록 품삯을 받지 못하였다.

그들 부부는 마소와 같이 뼈빠지게 주인집 일을 해주면서도 빈번하게 어린 자식들의 배를 굶기게 되어 눈물로 세월을 보내던 중 자식 하나를 끝내 굶겨 죽였다. 큰 자식을 잃은 장쇠는 하나 남은 어린 자식이 또 그 지경이 될 까봐 돌이를 의령 고을 눌찬이에 사는 사촌집에 보내게 된 것이다.

어린 소년의 장래에 눌찬이 오 년 간의 생활이 큰 영향을 끼치게 되어 앞으로 걷게 되는 길에 운명의 가느다란 선이 만들어졌던 것이다.

돌이는 눌찬이에 온 그 해 여름부터 타고난 배짱과 영리한 기질로 인하여 재우의 귀여움을 받으며 천한 신분의 아이로는 감히 생각도 할 수 없는 길을 걷게 되었다. 그 길은 숲 속에 난 좁은 오솔길과 같은 것이었다.

어느 날 용현루에 슬그머니 올라간 돌이는 서생들의 시 짓는 모임에 나가서 흥미 있게 구경하고 있었다. 이때 한 젊은 서생이 가까이 불러 먹을 갈라고 하니 돌은 벼루 옆에 공손히 꿇어 앉았으나 정작 어떻게 하면

좋을지 알 수 없어 눈치를 살폈다.

젊은 서생은 돌이의 거동을 잠시 지켜 보다가 천한 놈의 자식은 별 수 없다는 욕을 하고 나서 물러 가라고 호령하였다. 순간 어린 돌이는 화가 나서 쥐고 있던 벼루를 번쩍 들고 일어섰다가 차마 팽개칠 수 없어 그 자리에 '탁' 하고 놓아 버렸다. 그 바람에 벼루가 뒤집혀 바닥에 떨어지고 먹물 방울이 재우를 비롯한 서생들의 옷에 튀었다.

화가 난 서생들은 용현루 난간으로 뻗어 오른 나뭇가지를 꺾어 들고 돌이 앞으로 다가갔다. 하지만 돌이는 눈 하나 깜박하지 않고 그 자리에 서 있었다. 돌이의 거동을 유심히 보고 있던 재우는 '껄껄' 하고 웃으며 일어나 서생들의 손에서 종아리 채를 빼앗었다.

어린아이의 당돌한 행동이 깜찍해서 단순하게 생각되지 않았던 것이다. 그 후 재우는 돌에게 글을 가르치고 몇 년 지나서는 병서도 읽혔다. 그는 말을 달리고 활을 쏘는 궁터며 낚시터와 사냥터, 서생들의 글 짓는 노임에도 늘 돌이를 데리고 다녔다. 나중에는 검술까지 기르쳤다.

재우의 이 같은 행동은 선비들의 눈에 거슬려 채신머리없이 상놈의 자식을 끼고 다닌다는 비난도 있었지만 원래 소탈하고 호협한 성품을 지닌 재우는 조금도 개의치 않았다.

돌이는 엄하면서도 인자한 재우를 몹시 따랐다. 아직 어린 나이라 양반이 무엇이고 상놈이 무엇인지 똑똑히 알지 못했으나 계수라는 어른은 보통사람들과 다른 사람이라는 것만은 그에게도 명백히 느껴졌다. 그뿐 아니라 양반 중에 자기를 깍듯이 대해 주는 유일한 사람 임을 소년은 너무나 잘 알고 있었다.

돌이는 열두 살 되던 해에 아버지를 따라 영산 고을로 돌아갔다. 아버지가 돌아가시자 그는 어머니와 함께 주재원 마을로 자리를 옮기고 오촌 당숙의 도움으로 집 한 간을 구한 다음 농사를 지으며 근근히 살아갔다.

세월이 흘러 돌이는 이느덧 어엿한 대장부가 되었다.

기축년 정월 초하루였다. 이날 돌이는 우질포에 사는 고모에게 새해 세배를 갔다. 더욱 깨끗하고 늠름해진 돌이의 모습은 농군처럼 보이는 데가 하나도 없었다. 준수한 용모며 우람한 체구와 굵고 부드러우면서도 점잖은 음성 등 어느 하나도 빠지는 데가 없었다.

홀어머니 슬하에서 장가도 못간 조카가 마음에 걸려 하던 돌이의 고모는 언제부터인지 얼굴이 피어나는 해당화 같고 마음씨 고운 이웃 뱃사공의 딸 자온녀라는 처녀를 은근히 점 찍어 놓게 되었다.

금년에 돌이의 나이가 자그마치 스물 넷이라 더는 지체할 수 없다는 생각이 들어 돌이의 고모는 마침내 뱃사공 백고운의 집에 찾아가 청혼을 하였다. 그랬더니 백고운은 주재원에 사는 돌이라면 자기도 잘 안다고 하며 쾌히 승낙을 했다. 돌이의 고모는 그날로 사주단자를 보내고 저녁에는 따로 떡국을 마련하여 백고운 집의 식구를 데려다가 대접까지 하였다.

일이 있어 밖에 나갔다가 어두워져서 집에 들어온 돌이는 방금 집을 나와 방으로 돌아가는 자온녀와 문가에서 마주쳤다. 그들은 서로 상대가 누구라는 것을 짐작하고 어찌 할 바를 몰라 잠깐 주춤거렸다. 다음 순간 돌은 저도 모르게 자온녀의 손을 잡고 감나무 밑으로 갔다.

자온녀는 당황하여 잡힌 손을 꼼지락거렸으나 어쩔 수 없이 돌이에게 맡겼다. 세상에 태어나 처음으로 이성을 대하는 두 젊은이의 심장은 높이 고동쳤다. 그날 밤 돌이는 어둠 속에서 상대 얼굴은 확인할 수 없었어도 맑은 목소리에 고운 마음이 느껴지는 숫기 없는 웃음소리, 그리고 얌전한 태도에서 처녀의 꽃다운 모습을 능히 그려볼 수 있었다. 자온녀 역시 같은 심정이었다.

그들은 상대의 용모가 어떻게 생겼는지는 몰라도 소문을 통하여 아름답고 마음씨 고운 처녀라는 것, 또 잘생기고 늠름하며 여러모로 훌륭한 사나이라는 것을 너무도 잘 알고 있었다. 이 날 밤 운명이 하나로 결합된 두 청춘의 가슴 속은 다정하고 따뜻한 연정의 물결이 조용히 찰랑거렸다.

그 후 이들은 그 날 밤의 다정한 모습이 그리워 밤마다 잠을 못 이루었고 어서 빨리 혼사 날이 오기만을 기다렸다.

자온녀는 그리운 돌이를 위하여 온갖 정성을 다 했고 외동딸을 둔 그의 부모들도 장차 사위를 아들 삼아 살아가야 할 처지인 까닭에 돌이를 위해서라면 아끼는 것이 없었다.

자온녀의 집에는 온 식구가 정성껏 기르는 백마 한 마리가 있었다. 그 말은 무자년 여름에 김해고을 금단군 목장에서 일하던 백고운의 사촌동생 성팔이가 망아지 한 마리를 끌고 와서 주고 간 것이었다.

백고운 부부와 자온녀는 어미 찾는 어린 망아지를 자기집 어린아이 돌보듯 귀히 길렀다. 말은 세 살부터는 망아지 티를 벗고 제법 큰 말 구실을 하더니 하루가 다르게 자라 인근에서 보기드문 준마가 되었다. 백마는 자기를 위해주는 자온녀를 몹시 따랐다.

백고운은 말이 다 자라자 마을 농군들에게 빌려주어 밭갈이도 시키고 짐도 나르게 하였다. 그러다가 돌이와 자온녀의 혼약이 이루어지니 직접 말 고삐를 쥐고 끌어다가 주재원의 돌이에게 넘겨주었다. 자온녀는 그날 남의 집 길쌈을 해주며 마련해 두었던 혼수감인 명주로 두루마기를 지어 말과 함께 보냈다.

뜻하지 않은 말을 받은 돌은 너무도 감격하여 어쩔 줄을 몰라 했다. 가대기로 밭을 갈던 처지에 잘 생긴 백마가 생겼으니 그럴 법도 하였지만 더군다나 자온녀의 고운 마음씨가 깃들어있는 옥색두루마기를 받게 되어 그의 가슴을 더욱 기쁘게 만들었다.

다음날부터 돌은 논밭에 나가 백마를 몰며 흥겨운 나날을 보냈다. 호사다마라고 하더니 그 흥겨운 기분은 오래가지 못하였다. 첫사랑의 순결한 애정이 담긴 말과 두루마기를 받고 그처럼 기뻐하던 돌에게 뜻하지 않는 일이 생겼던 것이다.

장인 백고운이 다녀 간지 보름째 되던 날 영산 고을 관차에게 잡혀서 말과 함께 영산 고을로 갔다.

토호 공의겸은 유씨 모자의 행적을 탐지하여 마음에 새겨두고 이따금 알아보는 것을 잊지 않고 있었으니 포교와 사령을 동반한 관차가 돌이의 집에 갑자기 나타난 것은 그러한 흉심이 마침내 행동으로 옮겨졌기 때문이었다.

심복 하인을 통하여 돌이의 소식을 들은 공의겸은 이방 옥경선을 찾아가 사람은 물론 백마까지 제 손에 넣으려고 수작을 하였으며 이 이방으로 하여금 오장 박순호를 시켜 포교와 사령들을 거느리고 가도록 하였던 것이다. 이렇게 되어 돌은 영문도 모르고 박순호에게 붙잡혀 관가로 끌려왔다.

옥경선으로 말하면 십여 대를 두고 아전을 해온 이 고을 세습 이속으로서 고을 안 사백 여 세대의 실정을 손금 보듯 잘 알며 뇌물만 가지고도 갑부 부럽지 않게 산다는 자였다. 그는 각종 문서와 부세 처리의 농간질에 능하며 권모술수 또한 비상하여 못하는 짓이 없는 불여우였다.

그와 가장 가깝게 지내는 자가 영산고을 토호들 중에서는 공의겸이 있었고 관속들 중에서는 오장 박순호가 있었다. 옥경선은 백성들에게 부과되는 가렴 잡세와 환곡을 가지고 갖은 농간질을 다하였지만 저는 손가락 하나 까딱하지 않고 오장 박순호의 손을 빌렸고 밖으로는 공의겸을 통하여 귀신도 모르게 감쪽같이 일을 저질렀다. 그런 것만큼 그는 언제나 공의겸과 박순호에게 각별한 호의를 보였고 때로는 한 몫 든든히 챙겨주기도 하였다.

옥경선이 시키는 데로 포교와 사령들을 거느리고 주재원 마을에 다녀온 오장 박순호는 돌을 붙잡아 놓고 위협하며 그를 십여 년 전에 상전 몰래 도망친 종으로 몰아 댔다. 그리고 겉 곡으로 벼 다섯 말 얻었던 것을 마치 한 섬이나 가져다 먹은 것처럼 덮어 씌우고 한 섬을 옥백미로 갚으라고 하며 전혀 모르는 문건들을 보였다.

돌이 공의겸의 집을 나오던 때는 너무 어려 세상물정을 알 수 없으나 자기 부모가 남의 집 종이라는 말은 한번도 들어 본적이 없었다. 오히려 양민이 남의 집 머슴살이를 하는 것이 한스럽다고 탄식 하던 일이 기억 속에 생생히 남아 있었다. 그리고 십 여년 동안 한번도 품삯을 못 받아 이대로 나갈 수도 없다 하시고는 병이 들어 죽게 되었다고 곱씹었던 어머니의 말은 잊을래야 잊을 수가 없었다.

그러니 몰래 도망친 종이란 왠 말이며 옥백미 한 섬이란 도대체 어인 일이냐. 문서는 또 무엇인고? 돌은 억이 막혀 말이 나오지 않았다. 한 참 만에 그는 이런 문서는 인정할 수 없다고 하며 한쪽으로 밀어놓고 나서 자기는 종이 아니라는 것과 아버지가 공의겸의 집 일을 십년 넘게 해 주다가 고역에 지쳐 세상을 떠났다는 것을 말했다.

돌의 이러한 항변이 오장 박순호에게는 천만 뜻밖이었다. 박순호는 이 청년을 가볍게 다루어서는 안 되겠다는 생각으로 그 날로 봉두를 씌워서 공의겸의 집 하인청으로 끌고 갔으며 독한 매를 때리도록 하였다.

돌은 사정없는 매에 전신의 살이 너덜이 되고 피를 낭자하게 흘리고는 몇 번이나 정신을 잃었다. 다음날 또 다음날에도 매질은 계속되었다. 이렇게 이레를 견디어낸 돌은 더는 지탱할 수 없었다.

관가에 삽혀간 아들이 나오기를 하루가 멀다고 기다리며 애를 태울 어머니 얼굴이 눈앞에 어른거렸다. 어쩌면 백년가약을 맺은 자온녀와 다시 만나 보지도 못하고 죽을 것 같기도 하였다.

그는 소위 관가의 처사라는 것이 허무맹랑하다는 것을 통절하게 느끼면서도 속으로 다시 한번 냉정하게 생각을 굴려보았다.

"이 청춘 나이에 허무하게 맞아 죽어야 옳단 말이냐 늙으신 어머님 홀로 남겨두고 백년해로를 철썩 같이 언약한 자온녀도 다시 못보고 지금까시 누구든 관가의 처세에 대항하여 무사히 놓여 나온 사람은 없을 게다. 그러기보다는 우선 순종하여 공가의 집 종으로 들어갔다가 때를 보아 행동을 취해야 할까 보다"

이렇게 생각한 돌은 그 이튿날부터 종살이를 시작하였다.

7

구붕골 사람들

돌이는 이젠 마음을 돌린 듯이 주인이 시키면 시키는 데로 수더분하게 퍽이나 잘하였다. 허나 실상은 아침저녁으로 볶아 대며 짐승만큼도 여기지 않는 공의겸의 학대를 받자니 분통이 터지고 눈에 불이 일어 못 견딜 지경이었다.

그의 눈 앞에는 공의겸에게 피와 땀을 다 빨리고 원한 많은 세상을 떠난 아버지와 하나밖에 없는 아들을 기다리며 주재원에서 눈물로 세월을 보내고 있을 늙은 어머니의 모습이 늘 어른거렸다.

어찌 그 뿐이랴 자온녀의 다정한 정이 깃든 백마까지 공가에게 빼앗긴 생각을 하면 솟는 분노로 치가 떨렸고 그 분기를 참고자 하니 가슴이 터질 것만 같았다.

어느 날 문득 어린시절 눌찬이에서 지내던 일들이 떠올랐다. 아마도 참기 어려운 생활이 너무나 행복했던 지난날의 추억을 불렀을 것이다. 그리고 보니 눌찬이에 있을 때 돌이를 귀동이라고 부르며 정답게 이끌어 주고 사랑해 주던 부사님댁 서방님 생각이 간절하였다.

"의롭고 강직한 그 어른을 만나 이 같은 사정이야기를 하면 모름

지기 힘써 줄게다. 어떻게 하면 다시 부사님댁 서방님을 만날 수 있을
까?"

그는 또 언제인가 비슬산의 후미진 곳에 한참을 서서

"여기서 움막을 짓고 사냥도 하고 무예도 익히면 좋음 직하다"

혼자 말을 하던 부사님댁 서방님과의 기억도 생각났다. 갑자기 그 고
을 안의 시냇가 평평한 둔덕에 서있는 듯한 감이 들었다.

"오냐 죽기 아니면 살기지 더는 이대로 살 수 없다. 마소처럼 부림
을 받는 종 신세 필경 아버님과 같은 운명을 면치 못 하는게 아니냐.
　　내 기어이 비슬산의 그 인적 없는 깊은 골 안으로 들어가 날새처럼
보금자리를 꾸려 보리다. 대장부 세상에 태어난 뜻도 보람도 없이 한
생을 꿈틀거리는 버러지 마냥 보낼까 보냐"

생각이 이에 미치니 그의 가슴속에서는 놀연 어찌할 수 없는 짙은 피
가 세차게 끓었다. 마음을 먹은 돌이는 그 전보다 일을 더 착실히 하였
다.

그는 사람됨이 의젓하고 착실한 몇 명의 종들에게 산속으로 함께 가
지 않겠는가 하는 말을 조심스럽게 말해 보았지만 상전 섬기는 도리와
은혜라는 것이 천성이 되다시피 굳어져 있는지라 오히려 상전을 몰라 본
다고 질책하며 입을 다물라고 쉬쉬하였다.

그러던 중 몇 명의 종들이 열병에 걸린 늙은이 한 사람을 산속에 내다
버리라는 공의겸의 분부를 받고 선뜻 나서지 않는 것을 발단으로 큰 불
만이 야기되게 되었다.

열병이 든 늙은 종의 아들 신돌산이가 자식 된 도리를 지켜 가련한 아
버지를 따라가 보겠다고 하니 공의겸은 종놈이 상전에게나 충의를 다하
면 되는 것이지 무슨 도리와 효성을 찾느냐고 하며 눈을 부라렸다.

이에 돌산은 들것에 실린 아버지를 끌어안고 목놓아 통곡하더니 주먹으로 땅을 치며 엎어졌다. 그 통에 들것을 들려고 나섰던 하인들도 눈물을 흘리며 물러섰다. 돌산의 아버지는 그 모든 곳을 지켜보고 소리없이 숨을 거두고 말았다. 마당에 늘어섰던 종들은 이 가슴 아픈 상황 때문에 모두 흐느껴 울었다.

사태가 이쯤 되자 성이 상투 끝까지 오른 공의겸은 돌산을 당장 형틀에 매고 중장을 치라고 호령하였다. 종들은 움직이지 않았다. 형세가 심상치 않음을 느낀 공의겸은 이들 모두를 하인청 뒷방에 가두고 문을 단단히 잠궜다.

이날 밤 돌이와 돌산을 비롯한 젊은 하인 아홉 명은 감쪽같이 탈출하여 자취를 감추었고 대문밖에 있던 시체도 온데간데 없이 사라졌다. 공의겸의 집을 나온 돌의 일행은 곡식과 무명, 몇 개의 농쟁기와 목공 도구 등을 잔뜩 실은 부담마 한 필을 앞세우고 걸음을 재촉하였다.

일행은 걷다가 먼동이 틀 무렵에 산속으로 들어가 돌산의 아버지 장례를 지냈다. 어느새 해가 하늘 중천에 떠올랐다. 이제는 무엇보다도 앞으로 살아갈 일을 의논해야 하였다.

사람들은 한결같이 돌이의 얼굴을 쳐다보았다.

돌이는 지금껏 생각해온 자기 생각을 차근차근 이야기하였다. 그 이야기에 열심히 귀 기울이던 그들은 돌을 행수로 내세우고 비슬산으로 들어갈 것을 결정했다. 일행은 이틀 만에 목적지에 당도하였다.

사람의 발자취가 미치지 않은 시냇가 둔덕에서 여장을 푼 그들은 나무를 찍어 움막을 짓고 사냥기구부터 마련하였다. 우선 사냥을 해서 배를 채워야 했고 가져온 곡식은 종곡으로 농사 밑천을 삼아야 했다. 사냥과 논 밭을 일구는 일로부터 시작된 이들의 생활은 석기로 모든 일을 다 해야 했던 원시인들과 다름없는 인내력과 노력을 요구하였다.

두 해 동안은 이따금 산짐승 사냥으로 얻은 고기가 아니면 보리나 산채, 산열매로 근근히 허기진 배를 달래기도 하였고 장맛비에 없어진 밭 혹은 산짐승들이 짓뭉갠 곡식 밭 앞에서 한 숨을 짓기도 하였다.

　그래도 이듬 해에는 집들을 제법 번듯하게 지어 자리가 잡히고 밭도 또한 여기저기 늘어났으며 야장간과 목공간이 새로이 꾸려졌다. 살아가는데 필요한 여러가지 기구와 농쟁기, 베틀, 사냥기구며 심지어는 오락기구들까지 갖춰 놓게 되었다.

　이제는 먹고 입고 사는 근심을 덜게 되어 일정한 여유가 생겼다. 이들 아홉 명의 젊은이들에게는 그 누구도 어겨서는 안 될 두 가지 약속이 있었다. 그것은 어느 때 어떤 조건에서도 이 산에 살고 있다는 비밀을 지켜야하며 그 어떤 곤경에 처하는 경우에도 백성들의 재물은 털끝만치도 건드리지 않는다는 철칙이었다.

　돌이는 이 무렵에 집 아홉 채를 새로 잘 지어 놓은 다음 각자의 가족들을 데려오게 하였다. 삼 년 만에 처음으로 산을 내려간 비슬산 사람들은 쥐도 새도 모르게 영산으로 들어가 가족들을 거느리고 보금자리로 돌아왔다.

　마을에서는 전에 없던 아이들의 웃음소리와 여인들과 노인들의 목소리, 베틀소리, 도끼질, 절구질소리가 시냇물소리와 어울려 즐겁게 울려나기 시작하였다.

　한적하기만 하던 산골 안이 이제야 비로소 사람 사는 곳처럼 생기가 돌았다. 돌이는 이 산골마을을 구붕골이라고 명명했다. 그것은 아홉 명의 벗들이 사는 골이라는 의미에서 붙인 명칭이었다.

　돌은 돌산을 데리고 비슬산을 내려갔다. 어머니와 자온녀에게도 들려보고 부사님댁 서방님을 남모르게 찾아가서 여러가지 일을 묻고 싶은 게 있었던 것이다. 그는 도중에 돌산을 주재원의 어머니와 우질포 자온녀의 집으로 보내고 자기는 눌찬이로 발길을 돌렸다.

　눌찬이의 부사님댁 서방님은 몰라보게 성장한 돌을 반갑게 맞아들였다. 돌은 재우에게 하정배를 올리고 방안으로 들어가 자기의 눈물겨운 과거지사를 대강 말하고 비슬산 구붕골 이야기도 숨김없이 다하였다. 재우에게는 돌의 이야기가 무척 놀라왔다. 재우는 이 영특한 젊은이의 왕성한 정력과 깊은 궁량에 감탄을 금치 못하였다.

허나 한편으로는 불안감도 없지 않았다. 고을 관아의 통제를 벗어나 깊은 산속에서 살고있는 사연이 알려지면 화적으로 몰릴 수 밖에 다른 도리가 없는 것이다. 또 어느 때고 그 구붕골 소문은 나기 마련이니 그곳의 안전이 몇 년간이나 더 유지될지 모를 일이었다.

"으, 그래 장차 어떻게 할 작정이냐."

재우는 갑자기 찾아와 생각이 정리되지 않아 이 말부터 물었다.

"소인도 어찌 해야 할지 몰라 이렇게 찾아 뵈온 바옵니다."
"당분간은 그대로 살아가야지 앞일은 차차 궁리 하기로 하고…"

재우는 이 같은 말 밖에는 더할 수 없었다. 그럴듯한 생각이 떠오르지 않은 것이다.

다른 사람 같으면 구붕골 행수를 만나는 것 조차 꺼려하며 역적 누명을 쓸 것이 두려워 벌벌 떨겠으나 원래 대범하고 소탈한 재우는 그런 기색이 전혀 없었다. 오히려 속으로는 얼마나 살기가 괴로웠으면 그 깊은 산골 안으로 들어갔나 싶어 몹시 딱해 하였다.

영민한 돌이 그 마음을 곧 알아차리고 이번에 부사님댁 서방님을 잠깐이나마 구붕골에 모시고 싶다고 하며 같이 가기를 간청하였다. 그러나 재우는 고개를 좌우로 흔들었다.

자온녀는 돌이를 한 시각도 잊은 적이 없었다. 돌이가 영산골 관차에게 잡혀간 후 두 해가 지나도록 아무런 소식도 듣지 못한 그는 애타는 마음으로 하루하루를 보내고 있었다.

그러던 어느 날 저녁에 한 어여쁜 처녀가 찾아왔다. 처녀는 하룻밤 묵어 가기를 청하였다. 그래서 방안으로 청한 다음 사연을 들어본 즉 그는 부모를 여위고 의탁할 곳이 없어 떠돌아다니는 가련한 처녀였다. 처녀의 이름은 복비라고 했다. 그날부터 복비는 자온녀와 더불어 한집에서 살아가게 되었다.

백고운 부부는 딸자식이 하나 더 생긴 것으로 여기며 몹시 기뻐했고 복비를 둘째라고 정답게 불렀다. 복비는 자온녀보다 한 살 아래여서 친자매와 같이 다정하게 지냈다. 그들은 곧 허물없는 사이가 되었으며 서로 못하는 말이 없을 정도로 가까워졌다.

자온녀는 돌이를 처음 만난 일과 그가 죄없이 붙잡혀간 사연에 이르기까지 다 이야기했다. 복비도 고생스럽게 살아온 지난 일년을 옛말을 하듯 조용조용 들려주었다. 그리고 소식 없는 돌이의 신상을 생각하며 늘 근심에 잠겨있는 자온녀를 위로하기에 마음을 썼다.

자온녀는 애타는 마음과 불안을 떨치기 위해 시간만 있으면 수를 놓거나 책을 읽었다. 그가 읽는책이란 눌찬이 부사님 댁에서 부친이 빌려온 규문 정혼과 사기들이었다.

자온녀는 부친의 분부로 눌찬이 부사님댁에 길쌈을 할 때 대부인에게서 국문을 배웠고 이어 한문 글도 어느정도 수준에 이르게 되었다. 그는 지금 어지간한 한문 문장은 제법 읽고 깨우쳤다.

초저녁부터 내리는 눈이 멎고 바람이 아우성쳤다. 눈이 멎는가 했더니 바람이 눈을 말아 올려 휘 뿌리는 것이었다. 창가에 붉은 햇살이 어른거릴 무렵에 눈은 그쳤지만 바람은 여전히 극성을 피우며 눈가루를 훤하게 밝은 창문가에 뿌리고, 성애 낀 문풍지는 웅웅 울어댔다.

'깍깍'. 마침 까치 소리가 가까이에서 들려왔다. 자온녀는 자리에서 일어나 창가로 다가갔다. 문을 열고 내다보니 아침햇살이 눈부시게 빛나는 사립문 자운 지붕 위에 까치가 앉아 울고 있었다.

낮부터 하늘이 갑자기 어두워지며 잿빛을 띠더니 함박눈이 펑펑 내리기 시작하였다. 자온녀와 복비는 밖으로 나가서 인마당의 눈을 논 가래로 죽죽 밀어다가 한쪽 구석에 쌓아나갔다.

한 번 숨을 길게 내쉰 그는 다시 사립문가로 향하다가 깜짝 놀라 멈춰 섰다. 눈을 하얗게 뒤집어써서 마치 눈사람처럼 보이는 왠 남정이 문가에 나타났던 것이다. 자세히 살펴보니 그 남정은 산짐승 털옷을 입고 행랑을 멘 젊은이였다.

"누구를 찾으오"

아버지가 먼저 묻는 말이었다.

"이 댁이 백씨 댁인지요."
"백씨가 이 마을에 몇 집 잘 되니. 누구를 찾는지 이름을 말하외다"
"함자는 백고운이라고 저 뱃사공을 하시는…"

젊은이는 말끝을 채 맺지 않고 좀 주저하는 태도로 주인의 안색을 살피는 것 같았다.

"허 그럼 맞소. 내가 백고운이라는 사람이요"

아버지는 반가운 기색을 지으며 사람 좋게 웃더니.

"헌데 젊은이는 어디서 왔소. 이런 날씨에"

하고 말했다.

"예, 저 먼산에서 왔소이다"

자온녀는 그 말을 듣자 가슴이 두근두근 거렸다. 산에서 오다니 우리 아버지의 이름까지 알고 요새 소문이 자자한 화적인가? 복비가 슬금슬금 걸어와서 곁에 다가서며

"왠 사람이예요"

하고 귓속말로 묻고는 눈을 깜박거렸다. 자온녀는 말없이 머리를 흔

들고 복비의 손을 잡아 집 모퉁이로 이끄는데

"산에서 왔단 말이오?"

하고 수상한 듯이 묻는 아버지의 목소리가 들려왔다.

"예, 이제 차차 말씀 드리겠습니다"

젊은이의 음성은 상냥하게 들렸다.

"먼데서 온 것 같은데 어서 들어갑시다"

손님을 환대하는 듯한 웃음소리에 이어 문 여닫는 소리가 나고 잠시 후 아버지의 부드러운 음성이 또 들려왔다.

"우리는 구차한 살림이라 사랑방이 없는 집이라오. 이방으로 들어 갑시다. 험한 눈길에 찾아오느라고 고생이 많았겠소"

두 처녀는 잠깐 동안에 눈을 말끔히 지우고 저희들이 거처하는 방으로 들어갔다. 자온녀와 복비가 거처하는 방은 안방과 미닫이 문 하나를 사이에 두고 있었으므로 안방에서 하는 말을 다 들을 수 있었다.

"예 저는 김돌산이라고 합니다. 얼마전 까지는 영산 고을에 살았습니다"

안방에서 지금까지 무슨 말을 했는지 이제야 제 이름을 말하는 젊은 손님의 걸걸한 목소리가 들렸다.

"허 세상일이란 참으로 알 수 없지요, 돌이가 이젠 우리 행수랍니다"

"행수라… 돌이가?"

"예 여부가 있겠습니까. 돌이 말고 누가 아무것도 모르는 저희들의 행수가 되겠습니까"

"아이고, 좌우간 살아 있으니 다행이로구먼. 아무튼 조심 해야지. 하늘이 우릴 도운 셈이야…"

기쁨과 놀라움 근심이 뒤섞인 어머니의 말이었다.

"여지껏 소식이 없더니"

어머니는 나직이 말하고 나서 흐느꼈다. 안방에서 미닫이 문에서 들리는 그 흐느낌 소리에 자온녀도 목이 콱 메었다. 아무리 참으려 해도 눈물이 걷잡을 수 없이 볼을 따라 흘렀다. 그는 울음소리를 삼키느라고 무진 애를 썼다.

"우리 안 사돈님은 아직 기력이 좋으신가 그 험지에서 편안하신지"

아버지가 돌이 모친의 안부를 물으니.

"예, 노인은 정정하십니다. 모자 분이 다들 편안합니다"

그리고 손님은 웃으며 말하고 음성을 낮춰 다음 말이 무슨 소린지 잘 알 수 없었다. 장지문에 귀를 바싹 대고 눈을 깜박이며 열심히 듣던 복비는 무슨 생각이 났는지 발딱 일어나 부엌으로 내려갔다.

"손님이 먼 눈길을 헤치고 오느라고 조반도 못 했을 것 같아 음식상을 차리려는 게지. 난 왜 그 생각을 못 했을까"

자온녀는 얼굴이 확 달아오름을 느끼며 곧 부엌으로 나가 복비와 함께 있는 성의를 다하여 여러가지 음식을 만들었다.

이날 백고운네 식구들은 산에서 왔다는 돌산을 둘러싸고 날이 저무는 것도 모르고 끝없이 이야기 꽃을 피웠다. 처음에는 산에서 산다는 것이 마음에 걸리고 두렵기도 하였지만 돌산이 그럴듯하게 말을 잘해서인지 오히려 그곳이 더 살기 좋은 데로 여겨지고 숨어 사는 위험이 별로 큰 것이 아닌 것처럼 생각되기도 하였다.

돌산은 김돌이 영산 고을의 관차에 의하여 붙잡혀가던 일과 여러 사람이 산속에 들어가 자리를 잡고 살아온 경위를 몇 번씩이나 반복하여 말하지 않으면 안되었다.

특히 구붕골 사람들이 가족들을 다 데려왔으며 이제는 먹고 입고 쓰고 사는 데 걱정을 모르게 되었다는 이야기는 대 여섯 번이나 약간씩 달리하여 들려주어야 했다. 그것은 늙은 백고운 부부가 그 이야기를 다 듣고서도 그냥 더 듣기를 원했기 때문이었다.

자온녀 어머니는 돌산에게 나이도 물어보며 이것저것 알아보았다. 저녁무렵이되자 돌산은 이젠 떠나야 하겠다고 여러 번 일어 섰으나 그때마다 자온녀의 어머니가 붙잡아 도로 주저 앉지 않을 수 없었다. 아무리 사정을하여도 막무가내 였던 것이다.

"아니 눈이 저렇게 쌓였는데 어딜 간다고 그러노, 우리 젊은이를 보내지 못하겠네"

자온녀 어머니의 마음 쓰는 것을 보아서는 내린 눈이 다 녹아도 놓아줄 것 같지 않았다. 결국 돌산은 이날 하루를 더 묵어갈 수 밖에 없었다.

자온녀는 방에 앉아 안방에서 하는 이야기에 귀를 기울이며 벌써 돌에게 쓴 편지며 수를 놓은 수아주를 보낼 준비를 해놓았다. 그리고 복비와 그것들을 돌산이 편에 보낼 얘기도 하였다.

돌산은 용기를 내서 자온녀 어머니가 한 말을 복비에게 띄엄띄엄 전하였다. 자온녀 어머니의 청혼에 따라 우리 둘 사이에는 이미 혼약이 이루어진 것이나 마찬가지지만 나는 본인의 의사를 더 존중한다는 내용의 이야기였다.

그는 내친김에 집안 내력도 숨김없이 다 말하였으며 요즈음은 돌이를 비롯한 젊은이들과 더불어 비슬산에서 사냥을 주업으로 하는 한편 농사를 짓고 무예를 익힌다는 것과 이번에 우질포에 온 것은 돌이의 부탁으로 그의 어머니를 찾아보고 자온녀네 집에도 들려 소식을 전하기 위함임을 밝혔다.

그래도 복비는 고개를 숙이고 있을 뿐 말이 없었다. 돌산이 말을 마치니 복비는 얼굴을 들었다. 한순간 처녀의 눈이 반짝하고 빛났다. 그들은 서로의 눈길이 부딪쳤다. 당황한 처녀는 급히 눈길을 피하면서 수줍음에 손가락으로 눈 위에 무슨 금을 그었다.

그 얼굴은 노을처럼 붉게 물들었다. 두 젊은이는 외진 산 기슭의 오솔길 백설 위에서 흰 눈 같이 깨끗한 순정을 무언중에 불같이 주고 받았다.

세상일이란 참으로 묘한 것이다. 돌산은 이같이 고운 처녀를 만나게 된 것이 하늘의 뜻인 듯싶었다. 처녀는 부모를 여의고 외롭게 남은 홀 몸이고 나 또한 부모 없는 고아의 신세이니 우리는 어쩌면 이렇게도 처지가 같은가. 이런걸 두고 바로 천생연분이라 하는 걸까. 돌산의 가슴속에서는 돌연 한없이 정답고 따뜻한 물결이 은은히 일어나 일렁거렸다.

"아무때고 내 오겠으니 몸성히 기다려주오."

그는 무슨 말을 더 하고 싶었으나 할 말을 찾지 못하고 그대신 처녀의 손을 꼭 잡았다. 고개를 다소곳이 숙인 처녀의 반듯한 이마 위에서 부드러운 머리칼들이 바람결에 가볍게 흔들거렸다.

복비는 돌산이 산모퉁이로 사라진 후에야 발길을 돌렸다. 꽃 향기 풍겨오고 실안개 감도는 앞날의 봄 동산을 그리며 걷는 처녀의 취한 걸음은 고르지 못했지만 사내인 돌산은 왼팔을 힘있게 저으며 나는 듯 걸어갔다. 어깨에 커다란 짐을 둘러메었건만 그는 무거운 것을 느끼지 못하였다.

"눈매 곱고 마음 착한 아내와 정을 주고받을 수 있다면 얼마나 좋은
    가 검은머리 파뿌리 될 때까지 변함없는 마음으로 백년해로 하리라"

구붕골에 돌아온 돌산은 행수 돌에게 주재원과 우질포에 갔던 일을 말하고 자온녀가 보낸 청홍 보지기를 전했다. 그는 복비와 인연을 맺은 사실도 이야기하였다.

8

왜란으로 '참화'가 시작되다

눌찬이 고을 동구 밖을 멀리 벗어난 정인보는 먼저 세간원 방향으로 걸음을 재촉하여 남쪽으로 뻗은 큰 길에 다다랐다. 주재원 역참을 지나 얼마쯤 가니 의령 고을이 나타났다. 그는 고을 객주에 들려 간단히 점심밥을 먹고 곧 몸을 일으켜 다시 걷기 시작하였다.

남쪽으로 십리쯤 가니 남강이 앞을 가로막았다. 여기가 정암진이다. 그는 배를 타고 강을 건넌 다음 더욱 잰 걸음을 하였다. 여기서부터는 함안 땅이다.

초여름 이라고는 하나 더위가 일찍 들어 한낮이 되니 햇볕이 몹시 따가웠다. 논밭에서는 김매는 농군들의 구성진 노랫소리와 푸른 창공에 높이 나는 노고지리의 우짖음이 온 산에 뻐꾸기 소리와 어울려 귓가를 간지럽혔다.

어느새 해는 서산으로 기울어지고 있었다. 서쪽 야산 머리에 걸린 구름은 불타는 햇빛을 받아 주홍빛으로 물들어 있었다. 인보는 석양이 비치는 벌판 길을 빠른 걸음으로 쉼없이 걸어갔다.

어둑어둑 땅거미가 내려앉을 때 쟁반 같은 역마루에 올랐다. 부드러운 달빛을 밟으며 나즈막한 야산고개를 돌아서자 멀리 인가에 불빛이 반

덧불처럼 깜박거렸다.

"저게가 함안읍이로구나"

인보는 힘든 줄도 모르고 걷고 또 걸었다. 한시각이라도 빨리 다녀 오자는 심산으로 종일 걸은 걸음이 이제는 백 여리는 넘을 것 같았다.

그는 부지런히 걸어 창원 고을에서 하룻밤을 묶고 다음날 한낮이 기울었을 때 금정산 영마루에 올라섰다. 남쪽을 바라보니 멀리 갈매기가 보이고 바다가 아득히 가물거렸다. 인보는 갑자기 가슴이 섬뜩해지는 것을 느꼈다. 부산포 앞바다에 무엇인지 모를 거무스레한 것들이 가득 널려 있었던 것이다.

"저것이 무엇일까. 왜적?"

그는 숨차게 한 이십 리를 단숨에 달려가다가 짐을 지고 가는 사람들과 마주쳤다.

"어디로가는 행인들이오"

하고 인보는 누구에게나 물었다.

"난리가 났소이다, 왜병들이 막 몰려드는 판국입지요"

산더미 같은 짐을 진 젊은이 하나가 걸음을 멈추고 대답하였다. 그 앞에서 걷던 중늙은이가 손을 들어 되는 데로 가리키며 말을 했다.

"왜병들은 지금 부산포, 다대포, 당포 일대를 새까맣게 뒤덮고 총질을 한답니다. 보아하니 그쪽으로 행차하시는 양반 같은데 어서 되돌아 가시오이다. 어디라고 가실 생각을 하시오이까"

인보는 말없이 그들을 바라보았다. 찬바람이 휙 스쳐 지나가는 것 같았다.

드디어 그 시각이 왔구나 하고 생각하며 그는 몰려가는 피난민들을 지켜보았다. 짐을 잔뜩 진 남정들, 보따리를 인 아낙네들이 올망졸망한 어린 것들의 손목을 잡고 황망히 걸어가고 있었다.

그 뒤로는 짊어진 지게의 봇짐 위에 어린 것을 앉힌 사람, 늙은이를 조심스럽게 부축하고 걷는 처녀, 당나귀, 말, 소의 짐발이 위에 덩그러니 올라앉아 고개를 푹 숙인 노인들과 영문도 모르고 헤헤거리는 아이들이 지나갔다.

인보는 한 야산 구릉에 이르러 걸음을 멈추지 않을 수 없었다. 웃 옷을 벗은 모녀가 저고리 하나를 든 채 서로 부둥켜 앉고 통곡을 하고 있었다. 그 울음소리는 무척이나 처량하고 쓸쓸하였다. 인보는 온몸을 드러내 놓은 여인들에게 다가가는 것이 민망한지라 멀찍이 서서

"어떤 여인들이기에 노상에서 옷을 벗고 우는고"

하고 물었다. 하지만 모녀는 부끄러워 고개를 들지 못하고 두 팔로 젖가슴을 애써 가리며 울기만 하였다.

"생사를 가르는 난중이기에 내 민망함을 무릅쓰고 묻는 말이니 괴이타 말고 어서 사연을 말하오"

인보는 여인들을 안심 시키려고 음성을 낮추어 부드럽게 말하였다. 그제야 나이든 여인이 고개를 약간 들고는 작은 목소리로 겨우 말하였다.

"영존대인께서 물으시니 부끄러움을 무릅쓰고 사연을 말씀 드리오리다. 쇤네는 원래 가난한 살림에 여식과 함께 병중에 있는 가장을 이끌고 피난하던 중이었습니다. 그런데 운이 없이 가장이 죽어 하는 수 없이 이산에 묻었으나 염습할 것이 없어 쇤네의 저고리를 뜯어서 쓰고 보니 지금 당장 길에 나서지 못할 형편이옵니다. 그래, 딸자식이라도 살릴까 하여 어미 걱정 말고 사람들을 따라 피난을 가라고 하니 저것

이 오히려 자기 저고리를 벗어 쉰네를 주며 어서 떠날 것을 재촉하니 영존대행께서 이 곤궁한 사정을 깊이 헤아리시고 허물 하지 말아 주시기를 바라옵니다"

여인의 말이 끝나자 인보는 "으"하고 신음인지, 알았다는 의미인지 모를 스스로도 뜻밖에 소리를 내고 고개를 떨구었다. 의지할 데 없는 모녀의 징성이 갸륵하여 도와주어야 하겠으나 창졸간에 어떻게 해야 할 지 알 수가 없었다.

잠시 후 그는 다시 눈을 들어 여인들을 잠깐 바라보았다. 딸은 이십이나 됨직한 과년한 처녀로서 인물이 곱고 귀여웠으며 인품도 있어 보였다. 처녀는 낮 선 사나이의 눈길을 느끼고 다소곳이 고개를 숙였다. 인보가 슬그머니 시선을 딴 데로 돌리며

"딸의 이름을 어떻게 부르오"

하고 물으니

"네, 영란이라 하오이다"

하는 대답이 뒤따랐다.

어디를 가나 나이든 처녀를 만나면 그냥 지나치지 않는 인보였다. 그는 지금 내 딸에도 저만한 나이겠는데 하고 생각하며 저도 모르게 한숨을 지었다.

때 마침 건너편 길에 양반 행차가 나타났다. 짐을 잔뜩 실어 기우뚱거리는 열서너 필의 부담마와 가족을 태운 너 댓 채의 가마 그리고 스무 남은 명의 노복들을 거느린 양반 하나가 말 위에 높이 앉아서 피난민들로 붐비는 길을 빨리 비키라고 호령하고 있었다.

인보는 급히 길을 가로질러 달려갔다. 곧 양반 앞에 이른 그는 공손히 머리를 수그리며 "읍"을 하였다. 그 양반은 앞을 가로막은 사나이를 보

고 말을 멈춰 세웠다.

"바쁜 걸음을 지체시켜 참으로 죄송하오이다. 초면에 인사가 안 되었으나 사람의 딱한 사정을 돌보지 아니할 수 없어 부탁하는 바이니 여인의 옷 일수만 적선하시면 그 은혜를 잊지 아니 하오리다. 값도 후히 드리리다"

그런데 양반은 인보의 이 말에는 대답도 아니하고 견마잡이를 향하여 고함을 쳤다.

"이놈아 빨리 못 몰겠느냐 이 굼벵이 같은 놈"

인보는 그 언사가 심히 오만한 것이 괘씸 하였으나 꾹 참고 다시 한번 사정하였다.

"노형은 보아하니 곤궁한 사람을 모른다 할 사람 같지는 않은데 오해를 하시는 게 아닌지요, 가장이 죽어 오갈 데 없이 된 모녀가 입고 있던 옷으로 염습을 하여 실로 딱한 처지에 있소이다. 갸륵한 정성을 보고 모른 채 할 수 없어 바쁜 걸음을 지체 시켰으니 너그러이 생각하시길 바라외다. 후일에 어찌 보은이 없으리까"

말 탄 양반은 인보를 한 번 쳐다보고는 목을 빼 들고 앞을 향하여 호령하였다

"애들아 어서 길을 내라, 왜 그리 꾸물거리느냐"

구종을 향하여

"이놈아 빨리 몰아라 어이 참 등신 같은 놈이로군"

하고 말하며 혀를 끌끌 찼다.

그 오만 무례한 행동을 보고 인보는 치솟는 분노에 몸을 떨었다. 그가

무슨 말을 하려고 말 탄 양반 앞으로 한걸음 다가서는 순간 갑자기 말이 앞발을 높이 쳐들었다가 몇 걸음 껑충 뛰어나갔다. 이로 인하여 그와 말 탄 양반 사이에 간격이 생겼다. 인보는 침을 뱉고 돌아섰다.

불쌍한 모녀가 있는 곳으로 다시 온 그는 도포를 벗어 앞에 놓고 속에 입은 적삼을 벗어주며 말했다.

"내 갈 길이 급하여 길게 말할 겨를이 없소 그러니 우선 이것으로 몸부터 가리시오"

여인은 인보가 내미는 옷을 받고 머리 숙여 절을 하였다.

"이 은혜를 어찌 갚으오리이까. 황공하오나 존성대명과 거주라도…"
"내 성명과 거주를 알아 무엇하리오만 혹 차후에라도 신상에 어려운 일이 있거들랑 의령고을 눌찬이 부사님 댁을 찾아와 정인보를 물어주외다"

인보는 이 말을 하고는 즉시 자리를 떴다. 갈 길이 급하여 더는 지체할 수 없었던 것이다. 얼마쯤 가다가 뒤를 돌아보니 여인들은 그 자리에 그린 듯 서서 연신 눈물을 닦고 있었다. 인보는 왜 그런지 모녀의 기구한 운명이 남의 일 같지 않았다.

세상을 원망하며 황천으로 갔을 아내와 딸을 생각하는 그의 가슴은 쓰리고 아팠다.

인보가 부산포 뒤에 가마산에 이르렀을 때는 왜적이 성을 함몰한 뒤였다. 인보는 사태가 끝난 것을 깨닫고 돌아서려 하였으나 뒷길이 차단되어 갈 길이 없었다. 진퇴유곡에 빠진 그는 하는 수 없이 숲 속으로 들어가 잠시 몸을 피하고는 부산성을 내려다 보았다.

성벽이 화염에 그슬려 시꺼멓게 되고 군데군데 무너졌으며 성의 주변에는 아직도 여러 깃발들이 바람결에 나부끼고 있었다. 가열찬 싸움이 있었음을 말해주는 듯 불타버린 집들에서 연기가 꾸역꾸역 피어 오르고 불에 그슬린 앙상한 나무들이 간신히 서있었다.

성곽 위에도, 성 밑에도 시체들이 널려있고 깨어진 사다리며 부서진 병장기들, 돌무더기들이 여기저기 흩어져 있었다. 성 안에는 조선 사람은 그림자도 찾아 볼 수 없고 개 한 마리 얼씬거리지 않는데 괴상한 복장을 한 왜놈들이 무리를 지어 싸다니며 뭐라고 꽥꽥거렸다.

그는 당질인 정발과 사촌 형수의 시체만이라도 찾아 묻어주고 싶었다. 어린시절 부모를 여의고 손위 누이와 함께 사촌형수에게 의탁하여 살아가던 일이 어제인 듯 선하였다. 그 인자한 얼굴과 부드러운 음성이 눈에 삼삼하고 귀에 쟁쟁하여 가슴이 칼로 에이는 듯 아팠다. 그의 눈에서는 뜨거운 눈물이 줄줄 흘러 앞섶을 적셨다.

인보는 약해지는 마음을 다잡고 몸을 일으켰다. 그 순간 맞은편 숲 속에서 인기척이 나며 나뭇가지들이 흔들렸다. 인보는 온몸에 신경을 세우고 숲 속을 노려보았다.

스르륵 스르륵 풀숲을 힘겹게 밀어 헤치는 소리와 가느다란 신음소리가 들려왔다. 누구인지 이쪽으로 다가오는 것이 분명하였다. 인보는 몸을 감추고 조심히 살폈다. 잠시 후 풀숲에서 흙투성이가 된 사람 하나가 불쑥 고개를 들었다. 적과 싸우다 상처를 입은 조선 군사가 틀림없었다. 인보는 얼른 일어나 그 사람에게로 다가갔다.

"어떻게 되어 이렇듯 몸을 상하였소"

인보가 나지막한 음성으로 물으니 그 사람은

"소인은 이곳 군영의 군관으로서 죽지 못하고 이런 꼴이 되었소이다"

하고 겨우 띄엄띄엄 말하였다.

"그러면 이 곳 성주 정발을 알겠지"

"첨사님 휘하에 있던 몸이니 아다 뿐이 오리까"

"상처가 몹시 심하군, 그대로 두어서는 안되겠네"

부상당한 군관의 창백한 얼굴을 본 인보는 더 말을 못하게 하고 자기의 도포 자락을 죽 찢어 상처를 싸매 주었다. 정갱이 밑에 총알 맞은 자리와 짓이겨진 머리에서 피가 흘러내리고 있었던 것이다.

"출혈이 몹시 심하네, 더 지체하면 안되겠으니 좀 조용한 곳으로 가서 약을 써야 하겠네"

인보는 부드럽게 말하고 나서 끙끙거리며 군관을 들쳐 업었다. 그러나 사방에 왜적이 우글거리는 터라 어디로 가야할지 방향을 잡을 수가 없었다.

"군관은 이 근방에 아는 집이 없나"

"동북쪽으로 이사을 벗어나 오리쯤 가면 소이의 숙부 댁이 있습니다만 어째 존장님의 등에 업혀가오리까"

군관은 맨몸이 드러난 인보의 상반신을 보고 황송함을 어쩌지 못하였다. 날이 저물어 벌써 하늘이 컴컴해졌다. 인보는 말없이 어두운 숲 속을 헤쳐나갔다. 군관의 몸은 장대하고 튼실해서 여간 무겁지 않았다. 한동안이 지나 그들은 좁은 길에 들어섰다.

"길을 바로 잡았는지 모르겠네"

인보가 근심스럽게 말하니

"예, 길은 잘 잡았습니다"

하고 군관이 이내 대답하였다.

"숙부댁이 아직먼가?"

"그리 멀지는 않소이다, 이제 한 오리쯤 가시면… 허지만 존장님 등에 소인이 염치없이 업혔으니 이 죄를 무엇으로 다스리오리까"

"그런 말은 그만두게, 조금만 더 가면 된단 말이지"

군관은 쉰 살이 넘어 보이는 늙은 양반이 젊고 장대한 자기를 업고 온갖 정성을 다하니 너무도 황송하여 할 말을 찾지 못하였다. 특히 도포를 벗기 전에 호패를 보고 지체 높은 양반이라는 것을 알아차렸는데 그런 사람이 조금도 양반 티를 내지 않으니 더욱 송구스러웠다.

"군관의 성명은 어떻게 부르나 문득, 인보가 물었다."

"하용수라 부르옵니다"

"헌데, 혹시 첨사와 그 가족이?"

"내외분이 다 돌아가셨소이다"

인보는 더 말을 시키지 않으려고 입을 다물었다.

"존장님께서는 저희들의 성주님을 잘 아시오니까"

인보는 용수를 묵묵히 다시 업고 일어난 다음 무거운 어조로 말했다.

"나라를 지키다 한 몸 바쳤으니 아까운 게야 있겠나만 내 그를 보러 왔다가 한 발 늦어 못 만난게 유감이네, 자네는 기력이 남달라 얼마나 상처가 위중한지 모르는 것 같은데 이젠 말을 삼가고 여러가지로 조심 해야겠네"

그는 이런 말을 하고는 어두운 들판 길을 묵묵히 걸었다. 얼마 후 두 사람은 무사히 목적지에 당도하였다. 알고 보니 하용수의 숙부 하린은 인근의 명의로 소문난 의원으로서 의술과 침술에 능하고 약도 고루 갖추고 있었다. 하기는 인보도 생색을 내지 않아 그렇지 의술에 일가견을 가진 사람이었다.

이날 밤 하용수는 두 사람의 지극한 정성으로 위기를 벗어나 아픔을 잊고 곤히 잠들 수 있었다. 인보는 하린과 밤 늦도록 이야기를 주고받았다. 하린의 집안은 의원과 통사를 대대로 세습해 왔다는 것을 알게 되었으며 세속 인간들과는 다른 호방한 성품과 의협심도 엿볼 수 있었다.

하린 역시 조카를 업고 온 이 양반의 불우한 생애와 어진 성품을 잘 알게 되었다. 두 사람은 잠깐 사이에 마음이 서로 통하여 매우 친근해졌다.

잠깐 눈을 붙인 인보는 아침 해가 떠 오르자 자리에서 일어났다. 그는 서둘러 세수를 하고 하린과 함께 아침밥을 먹은 후 곧 작별을 고하였다.

하린이 멀리까지 배웅하며 산 길을 자세히 가리켜주고 부디 귀중한 몸 보중할 것을 진심으로 축원하였다.

정인보는 멀리 배웅나온 하린과 작별하고 산길을 너듬으며 부지런히 걸었다.

의령 고을로 달리는 그의 마음은 몹시 초조하고 불안하였다. 한참 만에 산 언덕을 내려 마을 어구에 들어선 그는 길을 잘못 잡은 것이 아닌가 하는 생각이 들어 오던 길로 되돌아 가려고 하였다. 마침 오른쪽 바다 기슭에서 홀연 불길이 하늘높이 치솟고 시꺼먼 연기가 오르는 것을 보게 되었다.

아픈 심정으로 바라 보는데, 백 오십 보 가량 떨어진 곳에서 사람들이 나타나 떠들며 불붙는 바다 기슭으로 밀려가는 것이 눈에 들어 왔다. 그는 얼른 느티나무 뒤에 몸을 감췄다. 자세히 보니 그들은 왜병이 아니라 조선 군사들이었다. 인보는 슬금슬금 밀려가는 군사들을 따라갔다.

그 군사들 중에서 융복을 입고 허리에 환도를 찬 장수 하나가 눈에 띄었다. 경상좌도 병마절도사 이각이었다. 뒤에서 말발굽 소리가 들려 돌아보니 군관 두 사람이 말을 타고 급히 달려오고 있었다. 병사 이각 앞에 이른 그들은 말 등에서 내려 공손히 '읍' 하였다.

"왜적이 동래 성으로 쳐들어 갔다고 하니 소인들은 그리로 가기를 원하옵니다"

한 군관의 말이 끝나기도전에 같이 온 다른 군관이

"시각이 지체되면 동래성은 피로 물들고야 말리니 지금이라도 속히 구원병을 보내게 영을 내려주십시오"

하고 거친 숨결을 내뿜으며 말했다.

"허, 왜이리 소란 스러우냐 그건 내가 알아 처리하는 것이지 너희가 관여할 바 아니다"

이각은 군관들의 말이 아니꼬운 듯 얼굴을 찡그리며 불에 타고 있는 군기고와 군량 창고 쪽으로 홱 돌아 몇 걸음 걸어갔다.

"사또님 어찌 저 병기와 군량에 불을 지르십니까"

군관 하나가 불쑥 앞에 나타나 부르짖었다.

"하늘이 무서운 줄도 모르십니까"
"그 무슨 소리 저것을 그대로 두면 왜적의 수중에 들어 간다는 걸 너는 모르느냐"

이각은 오히려 눈을 부릅뜨고 군관을 나무랐다.

"아니 저 동래성 백성들의 운명이 촌각에 놓여 있거늘 사또는 군량 마저 불태우고 어디로 가시려하옵니까"
"이놈 어느 앞이라고 입을 함부로 놀리느냐, 저리 비켜라"

이각은 목소리를 높여 호통을 치고 영문 앞으로 걸어갔다. 잠시 후 말

등에 올라앉은 그는 심복 비장 두 명과 군졸 다섯을 데리고 영문을 나섰다. 이제 들이닥칠 왜적이 두려워 도망치려는 행색이 분명한 병사 이각을 보고 군사들과 백성들 수십 명이 우르르 그 앞으로 달려가 길을 막았다.

병사 이각의 거동을 한동안 주시하고 있던 정인보는 더 참을 수가 없어 앞으로 나섰다.

"소생은 지나가는 길손이나 이 자리에서 듣자니 사또의 처사가 백 번 부당한 것 같소이다. 어찌 병권을 쥔 장수로서 일전 부딪쳐 보지도 아니하고 물러서며 병기와 군량을 저 지경으로 불사른단 말이오. 부산 다대포 일대가 지금 피로 물 들었소이다. 산천도 치를 떨고 조상들의 영혼도 지하에서 통곡할 것이외다. 헌데 사또는 과연 어디로 가시려 서두르외까"

이각은 갓 쓰고 도포 입은 인보를 의아한 눈길로 바라보다가 입을 열었다.

"길가는 하방유생이면 길이나 갈 것이지 무슨 참견인가"

인보는 그의 언사가 심히 무례해 더욱 격분하여 두어 걸음 내 디디며 성큼 말 고삐를 움켜잡았다.

"천지신명이 굽어 보시거늘 세상에 어디 이럴 법이 있소"

이각의 얼굴에는 잠깐 당황해 하는 빛이 어리는듯 했으나 곧 자세를 바로잡으며

"이놈 말 고삐를 놓고 썩 물러서지 못하겠느냐"

하고 호령했다. 그 오만한 행동에 격노한 인보의 눈에서는 노기가 번들거렸다.

"병사는 나라의 녹을 받는 사람으로서 어찌 힘써 싸우려는 군사들과 백성들을 버리고 도망칠 궁리만 하시오. 이 숱한 군민이 동래성으로 나가 싸울 진데 어찌 승산이 없겠소, 왜적의 칼 아래 만백성을 스스로 내맡긴다면 역적과 무엇이 다르겠소"

음성을 낮추어 타이르듯이 말하는 인보의 꾸짖음은 추상같이 엄했다. 이각의 얼굴은 불시에 잿빛으로 변했다.

"이놈 누구 앞이라고 이토록 무엄하냐, 애들아 이놈 덜미를 잡아 저리로 내치어라"

이각이 좌우를 돌아보며 이렇게 호령하는데 응하는 자는 하나도 없었다.

"감히 어디로 가겠다고 나라와 백성을 버린 죄를 장차 무엇으로 씻으려오, 어서 내려 일을…"

인보는 말을 채 끝내지 못하였다. 돌연

"이놈"

하는 소리와 함께 칼이 번쩍 빛나더니 말고삐를 움켜쥔 인보의 팔에 내려졌다. 화가 치밀어 오른 이각이 칼을 쳐들어 엇비스듬히 내려친 것이다. 인보의 팔에서는 시뻘건 피가 주르륵 흘러내렸다. 그래도 여전히 말고삐를 놓지않고 질책하였다.

"너는 때를 바로 보라, 네가 가면 어데로 가며 도망쳐 숨는다 한들 무사할 줄 아느냐"

끔찍한 이 광경을 본 군관과 군졸 여러 사람이 좌우로 몰려들었다.

"그래도 너는 손을 놓지 못하겠느냐"

이각의 칼이 이번에는 인보의 얼굴을 바로 겨누었다. 아차 하는 찰나
에 군졸 하나가 인보의 몸을 덥석 안고 뒤로 넘어졌다. 이각은 그 틈을
타서 말 갈귀를 거머잡고 발을 굴러 영문 밖으로 달아났다. 피투성이가
된 인보는 분함과 아픈 통증을 안은 채 군사들의 도움을 받으며 산속으
로 들어갔다.

9

부산 첨사, 흑의 장군 정발

절영도에 사냥 나갔던 부산 첨사 정발이 휘하 군관과 관속들 몇 명을 거느리고 바삐 배에서 내렸다. 그들은 동쪽 바다 수평선 위에 새까맣게 뒤덮인 수백 척의 왜선들을 발견하고 급히 배를 저어 나루에 대었던 것이다.

정발은 훌쩍 안장에 올라 앉아 채찍을 쳤다. 말은 성문 쪽 방향에 길 위로 갈귀를 날리며 내달렸다. 그 뒤로 군관과 관속들이 말발굽소리 요란하게 뒤따랐다. 잠시 후 성문 앞에 이른 정발은 가쁜 숨을 몰아 쉬며 군관들에게 분부하였다.

"너는 나팔을 불어 군사들을 속히 취병장에 모이게 하고 자네는 성 안의 남정들은 빠짐없이 취병장에 나오도록 하며 사람을 띄워 울산 병영과 좌수영 동래부에 이 소식을 알리면서 원병을 청해야 하겠네"

행인들은 여느 때없이 성급하게 내달리는 첨사의 거동에 놀라 가던 걸음을 멈추고 바라보았다. 잠시 지나자 나팔 소리와 말발굽 소리가 성 안에 요란히 울려 퍼졌다.

"난리다, 왜놈들이 쳐들어왔다"

누군지 놀라 부르짖는 소리에 거리는 더욱 소란스러워졌다. 성문가 꽃밭에서 놀던 대여섯 명의 어린이들도 거리의 긴장과 공포가 전달되었는지 약속이나 한 듯 모두 집으로 달려갔다. 그 중에 영문도 모르고 혼자 남은 아이 하나가 입귀를 실룩하더니 그만 울음을 터뜨렸다.

어느새 포구에는 적 함선이 새까맣게 뒤덮여 마치 숲을 이루었다. 붉고 푸르고 노란 깃 발들이 바람에 나부끼고 병기들이 햇볕에 번쩍였다.

주라쿠 다이에서 영주들에게 엄명한 데로 전쟁 준비를 마친 도요토미 히데요시는 임진년 사월 십삼 일에 십오 만 팔천 칠 백 여명의 침략군을 편성하고 자신이 직접 나고야로 나와 전군을 지휘하여 출동시켰던 것이다.

해가 기울 무렵 포구의 왜선들에서 연기가 올랐다. 저녁밥을 해먹는 모양이었다. 성안의 군사들과 백성들을 심문을 비롯한 중요한 곳에 배치한 정발은 어머니에게 최후의 하직을 고하고져 잠시 집에 들렀다. 늙은 어머니의 손을 두 손으로 꼭 감싸 잡았다.

"불시에 국난이 닥쳐와 나라를 지키려고 진중으로 나아가오니 어머님은 이 불효자를 용서하여 주십시오"

"장하다. 자고야 충이 있고서야 효가 있는 법이니 어미 걱정 말고 어서 나가거라, 네가 나라를 위하여 충의를 다 할진 데 어찌 하늘 인들 무심하겠느냐"

어머니는 이렇게 말하고 마치 어린아이를 대하듯 그의 온몸을 부드러운 손길구 어루만졌다 .이윽고 정발은 아내가 있는 곳으로 갔다.

"아마 이것이 마지막 이별이 되리다 나를 대신하여 늙으신 어머니 봉양을 잘해주오"

울음을 삼키며 무슨 말을 하려는 아내의 손을 쥐고 쓰다듬어주던 그는 마음을 다잡고 밖으로 나와 곧 장대로 달려갔다.

날은 저물어 가건만 왜적들에게 겹겹이 포위된 외로운 부산성으로 오는 원군은 하나도 없었다. 남으로 이십 리가 채 못되는 곳에 다대포 첨사 윤흥신이 있고 북쪽 울산병영에는 좌병사 이각이 있으며 그 뒤에 좌수영에는 수사 박홍이 있고 동래에도 부사 송상현이 있건만 원군은 커녕 아무런 소식 조차 없었다.

동래나 다대포에서는 왜군과 싸울 준비를 하느라고 못 온다 치고 좌수영과 좌병영에는 한 도의 군권을 틀어쥔 수사, 병사, 우후를 비롯한 수많은 군관들과 군사들이 있은 즉 당연히 원군을 이끌고 와야 하건만 그곳에서 달려오는 군사들은 그림자도 볼 수 없었다.

정발은 우선 세척의 전함에 삼십 여명의 결사대로 적선을 공격하는 전투를 조직하였다. 이 결사대의 대장으로는 군관 하용수를 임명하였다. 이는 성 근처의 적들을 바다 쪽으로 멀리 밀어놓고 치려는 그의 계책이었다.

세척의 작은 배는 수많은 왜선들 속을 뚫고 들어가 화포를 쏘며 맹렬한 공격을 가하였다. 영문을 몰라 어리둥절하여 바라보기만 하던 적들은 가까이 다가온 배에서 불을 뿜고 화살을 날리자 일제히 공격하여 왔다.

순식간에 몇 척의 적선에 불이 붙고 또 몇 척이 깨졌으며 왜적들의 비명소리가 들려왔다. 바닷물에 뛰어들어 구원을 청하는 놈들도 있었다.

성의 포대들이 적선들을 향하여 드센 화염을 뿜었다. 갑자기 성을 포위하고 있던 왜적들도 일제히 조총을 쏘며 달려들었다.

형세가 급함을 직감한 하용수는 배를 버리고 뭍으로 올라와 적들의 배후를 공격했다. 적진에 일시 혼란이 조성 되었으나 워낙 숫자가 많은 적들은 이내 정신을 차리고 하용수의 결사대를 압박하는 한편 성을 맹렬히 공격하였다.

성 안으로는 적탄이 우박 치듯 날아 들었다. 곳곳에 불길이 치솟고 검은 연기가 지척을 분간할 수 없을 정도로 자욱 하였고 함성 소리, 아우성 소리, 비명 소리, 총 포탄 소리가 하늘땅을 뒤흔들었다.

성 위에서 쉴새 없이 쏟아져 내리는 화살과 돌벼락이 때로는 왜적들을 물리치곤 하였지만 시간이 흐르자 성 안에 군사들과 백성들의 힘도 소진해갔다. 적들은 성 밑에 시체가 쌓이면서도 아득바득 성 밑으로 다가들었고 마침내 성벽으로 기어오르기 시작하였다.

적군의 한복판에서 좌충우돌하며 적들과 접전을 벌리던 하용수의 군사들은 마지막까지 용맹스럽게 싸워 장렬한 최후를 마쳤다. 오직 남다른 용맹을 지닌 하용수만이 홀로 남아 억척 같은 힘으로 적들을 사정없이 찍고 베면서 성안으로 들어왔다.

가열차고 처절한 싸움 끝에 성안에는 화살은 물론 돌과 기와조각마저 동이 났다. 활시위를 연방 당겨 어김없이 적을 쓰러뜨린 첨사 정발도 활을 놓고 검을 뽑아 들었다. 그는 하용수가 다가와 부르는 것도 모르고 핏발 선 눈으로 석들이 새까맣게 달라붙은 성 밑을 바라보고 있었다.

"사또께선 어서 몸을 피하십시오. 어서 귀중한 몸을 보전하여 후일을 기약하시오"

하용수가 목청을 돋궈 큰소리로 말하니 첨사 정발은 그제야 시선을 돌렸다. 그의 눈에서는 무서운 불이 뿜어 나오는 듯하였다.

"나를 보고 몸을 피하라고 그런 말을 다시 하는 사람이 있으면 용서지 않겠나. 내 마땅히 이 성과 운명을 같이할 뿐이다"

그는 분기 오른 목소리로 말을 하고 성을 넘어 들어오는 적들 속으로 뛰어들었다. 하용수도 환도를 뽑아 들고 그를 따랐다. 살아남은 군사들과 백성들이 첨사를 뒤따라 함성을 지르며 왜적에게로 육박하였다.

성을 넘어섰던 적들은 정발과 하용수를 비롯한 군사들의 칼에 맞아 목 없는 귀신이 되어버렸다. 정발이 얼마나 용맹했던지 옛 문헌에는 정발이 까만색 옷을 입어 흑의장군이라 불렸다.

"흑의장군을 가까이 하지말라, 흑의장군을 주의하라"

경고하는 기록들이 있다.

이처럼 용맹한 정발도 수만을 헤아리는 적을 막아낼 수는 없었다. 왜적은 성을 넘어 물밀 듯 밀려들었고 정발과 그의 수하 군사들, 성안 백성들은 붉은 선혈로 성을 물들이며 장렬한 최후를 마쳤다. 정첨사의 열여덟 살 된 애첩 애향도 남편의 시체 옆에서 자결하였다.

이 눈물겨운 참경을 본 하인 용월은 격노하여 벼락같이 호통치며 창을 꼬나 들고 적들 속에 뛰어들었다. 그는 무서운 힘으로 적 십여 명을 꺼꾸러뜨리고 뜨거운 선지피를 흘리며 쓰러졌다.

부산성은 마침내 함락되고 말았다. 그리하여 요란한 총포성과 함성소리도 땅속으로 잦아들고 바다 기슭을 치는 파도소리만이 처절하게 들렸다.

10

동래 부사, 충렬공 송상현

송상현은 여산 송씨 가문 송복흥의 맏아들로서 원래 성정이 순직하고 마음이 티없이 순결하며 굳센 지조를 지니고있는 사람이었다. 그러기에 조정이 산공유경이하 만조백관들이 동서 양당을 형성하고 파쟁에 열을 올릴 때도 그는 홀로 외롭게 지냈다.

그는 순결하고, 우직하고 굳은 의기로 인하여 서로 끌어당기고 떠미는 당파 무리의 미움을 적지 않게 받았고 모함도 여러 번 받았었다. 그가 동래 부사로 부임된 것도 알고 보면 깊은 사연이 있었다.

신묘(1591)년에 일본에 갔던 사신들이 돌아온 후 국방 대책이 논의에 오르면서부터 동래는 왜국의 침략에 첫 번째로 대비해야 할 요충지 였다. 그것은 동래부가 왜국 본토나 대마도와 가장 가까운 고을로서 이 곳을 거쳐야 왜와의 모든 거래와 왕래가 이루어지고 있었기 때문이었다.

동래부가 그처럼 중요한 요충지이므로 조정에서는 연안 부사로 있던 이정암을 동래 부사로 재직 시켰다가 신묘년에 다시 송상현을 통정대부로 승격시켜 이정암과 교체하였다.

조정에서 송상현을 나라에 중요한 관문을지키는 직책에 임명한 것은 애국심과 충의를 지닌 그가 능히 임무를 감당할 수 있으리라고 믿은 데도 있지만 다른 한편으로는 보다 심각한 사연이 숨겨져 있었다.

그것은 소위 이백 년 태평성대라고 잠꼬대 같은 소리를 하며 국방에 무심하던 벼슬치들이 동래 고을에 부임하는 것을 사자밥 싸가지고 저승을 찾아가는 것 만큼 꺼려했기 때문이었다.

수사 박홍은 왜군이 쳐들어 온 것을 알게 되자 겁에 질려 군량과 무기를 제 손으로 불사르고 북쪽으로 도망 친지 오래며 병사 이각은 송부사의 청병에 응하지 않을 수 없어 마지못하여 수원 몇 명만 데리고 지금 성문으로 들어오고 있었다.

부산성의 운명은 오늘을 넘기지 못할 것이요. 다대포도 말뿐이지 무기와 군사도 대적할 힘이 없겠으니 무수한 백성들은 왜놈들의 총검에 원한을 품고 쓰러질 것이다. 병사나 수사도 외로운 부산성에 원군을 보낼 뜻이 전혀 없었던 것 같다.

잠시 후 장대에서는 송부사의 통첩을 받고 모여든 이웃 병영과 고을 사또들의 모임이 열렸다. 송상현은 몸에 갑주를 두르고 좌병사 옆에 무겁게 앉아 있었다. 이때 말을 탄 군교가 성문으로 달려왔다. 부산첨사 정발의 마지막 편지를 가지고 온 사람이었다. 장대 앞에 이르러 말 등에서 훌쩍 뛰어내려 땅에 부복하더니

"부산 첨사님의 편지를 가져 왔사옵니다"

하고 다급한 목소리로 고하였다.

부사는 그를 불러 편지를 받아 개봉하고 급히 읽어 내려갔다.

"십년을 하루같이 벼뤄 온 칼, 때를 만나지 못 하였으니 여한 이외다, 방비책 없는 이 나라에 오랑캐 무리가 불시에 바다를 덮으며 몰려 들었거늘 외로운 부산성이 무슨 수로 감당하리이까. 승산 없는 싸움이라 고군분투끝에 몸은 원한 품고 가오니 부사는 이 원한을 갚아 주오"

편지의 사연은 극히 간단 하였으나 그 글의 높은 격조는 부사의 심금을 뒤 흔들었다.

송부사는 편지를 바닥에 기운없이 놓았다. 갑자기 "어허" 하고 신음소리 비슷한 장탄식이 흘러나왔다. 그의 눈에서는 알듯 말듯 이슬이 베어나와 속눈썹을 적셨다. 상좌에 앉은 좌병사 이각이 바닥에 놓인 편지를 집어 들자 좌중은 모두 머리를 모으고 들여다 보았다.

그 순간 척후로 나갔던 군졸이 말에서 뛰어내려 장대 아래 부복하더니 급히 소리쳤다.

"사또님께 아뢰옵니다. 부산성을 손에 넣은 왜적들의 한 지대가 다대포로 몰려가고 나머지는 북으로 진격하여 당촌에 진을 쳤으며 곧 동래 성으로 쳐들어올 기색이라 하옵니다"

송 부사는 알았다는 듯 무겁게 고개를 끄덕이며 피 멍울진 눈으로 척후 군졸을 잠시 급이보다가 물러가라는 손짓을 하였다.

좌병사 이각은 후들후들 떨며 엉거주춤 일어서는 듯 하더니 도로 주저앉았다. 이각은 척후의 첩보를 듣고 얼굴이 새파랗게 질려 공연히 엉덩이를 들썩거렸다. 옆에 앉았던 조방장이 그꼴을 보고 입을 열었다.

"대감은 왜 좌불안석이시오, 어디 심기가 좋지 않으신 거외다 그려"

이각은 이 비웃는 뜻을 미처 이해 못했는지 아니면 모르는 척하는지 어줍게 웃으며

"아니, 내 군사를 이끌고 밖에서 기각지세를 이루리니 여러분은 성을 든든히 지키시오"

하는 말을 남기고는 즉시 장대를 뒤도 안 돌아보고 황망히 자취를 감추고 말았다. 이각이 사라진 다음 조방장은 쓴 입맛을 다시며 말했다.

"부사 영감께서는 왜 그를 붙잡지 못하고 그대로 달아나게 두십니까, 이 국난이 당연히 병사 대감이 앞장서서 막아야할 게 아니외까?"

"어허"

송부사는 대답대신 이런 소리를 냈다. 그는 모임이 있기 전에도 동래성을 지켜 함께 싸우자고 간청하였으나 이각이 요리조리 딴 소리만 하며 피하는 것을 본 뒤라 더 말하고 싶지 않았던 것이다.

부사는 시름에 잠겨 감았던 눈을 뜨고 뒤를 조용히 둘러보며 입을 열었다.

"국난을 당한 이 엄혹한 시각에 신자 되어 어찌 제 한 몸을 돌보며 백성들을 굶주린 이리떼에 어육으로 내 맡길 수 있으리까, 입술이 성해야 이가 보존 되듯이 동래가 지탱 되야 울산이나 양산도 무사할 것이외다, 우린 이 관문을 지키고 힘껏 싸워서 부산 첨사 정발과 그 곳 겨레의 원한을 풀어주며 그들의 피 값을 받아냅시다, 나는 이 남문을 맡겠으니 양산 군수는 북문을 맡고 울산 군수는 동문을 그리고 조방장은 서문을 담당하여 지켜 주시오"

모임은 동래부사 송상현의 이 말로 끝났다.

그것은 엄한 군령이나 다름없었다. 좌중이 모두 부사의 말을 군령으로 접수하고 일어섰다. 그런데 울산 군수 이언함만은 어딘지 모르게 기색이 달랐다. 세 사람은 장대를 내려와 말을 탔다. 그들은 동행한 군사를 이끌고 각각 맡은 성문을 향하여 동서북쪽으로 달렸다.

장대 아래로 시선을 돌려 떠나가는 사람들을 말없이 바라보던 송부사는 문득 서안 위의 큰 부채를 펴놓고 붓을 집어 들었다. 붓을 든 손이 떨리는 듯했다. 그는 붓을 놓고 칼집에서 긴 칼을 쭉 뽑아 높이 쳐들더니 지긋이 눈을 감았다.

그의 이 엄숙한 기상은 장대 안의 분위기를 무겁게 눌렀다. 곁에 앉은 비장 송봉수와 동래 교수 노개방은 숨을 죽이고 그의 얼굴을 지켜보았다. 칼 잡은 손이 부르르 떨리자 시퍼런 칼날이 번쩍번쩍 서리 빛을 뿜으며 찬바람을 일으켰다. 부사 영감의 눈물이 볼을 타고 소리 없이 흘러내렸다.

이윽고 그는 눈을 번쩍 뜨고 왼손 무명지를 칼로 쿡 찍었다. 그 손가락에서는 새빨간 선혈이 뚝뚝 떨어졌다. 송부사는 그 피를 그릇에 받은 다음 다시 붓을 틀어쥐더니 피를 흠뻑 찍어 종이 위로 가져갔다. 붉고 힘찬 글발이 붓끝에 꿈틀거리며 솟아오르기 시작했다,

"외로운 동래성은 오랑캐에 포위 되었건만 각 군영의 군사들은 깊이 잠들었구나 신자 되어 나라지킴이 중하거늘 장부의 한 몸 어찌 성에 메이오이까"

송봉수와 노개방은 붉은 혈서로 쓴 시를 보고 무거운 한숨을 내쉬며 고개를 떨구었다. 죽음을 각오한 부사의 충절에 머리가 저절로 숙여졌던 것이다.

부사가 부채를 접으려 하는데 한구석에서 주먹으로 말없이 눈물을 씻던 신여복이 벌떡 일어나 손을 덥썩 잡았다. 그리고 얼른 제 옷고름을 쭉 찢어 부사의 손을 싸매 준다. 부채를 정중히 접어 큼직한 봉투에 넣었다.

"고맙네"

송부사는 나직이 말하고 여복을 바라보았다. 여복도 엄숙히 고개를 들어 부사의 얼굴을 마주보았다. 부사의 눈은 차츰 그윽하고 신비로운 기운을 띠고는 스르르 감겼다. 그는 허리에 찼던 단검을 더듬어 떼어놓고 눈을 떴다. 어느새 그의 손에는 또 붓이 쥐어졌다.

부산 첨사 정발의 첩보를 받은 다음부터 신여복은 송부사의 분부를 받들어 급보를 띄우는 한편 구원병을 청하였으며 이어 양산군수 조영규와 울산군수 이언함에게도 원병을 청하는 글을 보내고 동래 고을 백성들

에게 고하는 격문을 써서 사방에 방을 내걸고 군량과 무기를 급히 장대와 성곽의 요소들에 나르게 했다.

저녁무렵에는 사람들을 시켜 성 둘레에 돌, 기름가마, 횃불대 등을 마련하여 놓도록 하고서 직접 사령 몇 명을 데리고 일그러진 성 한쪽 구석을 쌓아나갔다. 그들이 땀을 뻘뻘 흘리며 수고하는 것을 보고 몇 명의 아낙네들이 달려와 도왔다.

동래성에서는 그것이 하루이틀 동안에 생긴 변화가 아니었다. 그것은 송부사가 이곳에 온 이후에 왜적의 침입에 대비하여 일년을 하루와 같이 군민을 동원시켜온 결과였다. 특히 풍채 늠름하고 사람 좋은 신여복의 역할이 컸다.

동평현 이 백 구십 여 호, 천 백여명의 이 고을 주민들 치고 신여복이라면 좋아하지 않는 사람이 없었다. 백성들 안에서 그처럼 인망 있는 여복이 부사의 우국 충정을 진심으로 받들어 앞에 나서니 모두 그 뒤를 즐겨 따랐고 나중에는 여인들 까지도 팔을 걷어 올렸다.

신여복은 경기 감영의 도사 신연석의 서자이다. 천하절색인 그의 어머니는 미천한 농촌 처녀로서 강압에 못 이겨 명문가에 첩으로 들어온 이후 아들 형제를 낳았는데 여복은 둘째였다. 그들 형제는 양반가문에서 태어났으나 조금도 양반 행세를 할 수 없었다.

양반집 첩의 소생 그것도 천민 여자가 낳은 자식의 처지는 어떤 점에서는 천민보다도 더 참혹한 것이다. 어머니의 극진한 사랑이 있었기에 이들 형제는 어린시절에 그렇게까지 비참한 상태에 처하여 있었다고는 할 수 없었다.

여복은 열심히 공부하여 시문서화에 능통하게 되었고 무예에도 조예가 있어 병장기라고 하는 것은 못 다루는 것이 없었다. 원래 총명한 여복은 양반도 아니며 그렇다고 상사람도 아닌 자기의 처지를 어린 소년 시절부터 통절하게 느끼고 있었다. 하여 민감한 소년 여복은 어지러운 속세를 떠나 유벽한 산속에서 불도를 닦으며 한 생을 보낼 생각까지 하였었다.

만일 당시에 호조전랑으로 있던 송상현을 만나지 못하였 던들 여복은 모름지기 머리 깎고 중이 되었을 것이다. 송상현은 머리도 식힐 겸 경치 좋은 절인 홍천사에 들렸다가 여기서 우연히 눈이 샛별 같은 소년을 만나 이야기를 나누게 되었다.

그 때 송상현은 소년의 뛰어난 재주와 식견에 탄복을 금치 못하였으며 그의 가정 내력이며 불우한 처지에 대해서도 자세히 알게 되었다.

서울 변두리에 집을 한 채 마련하여 여복이 어머니에게 주고 이따금 와보곤 하던 호색한 신연석은 이즈음에 와서는 그들의 존재를 아주 잊어 버리고 말았다. 여복이네는 버림받은 존재나 다름없었다.

송상현은 총명한 여복의 재주가 아까 왔고 그 불행한 처지에 동정이 갔다. 그래서 자기와 같이 서로 마음의 벗을 삼고 지내는 것이 어떠냐고 조심스럽게 의향을 떠보았다. 여복은 처음 만난 사람을 무턱대고 믿을 수 없어 선뜻 대답을 못 하였다.

두 사람은 산수를 유람하며 며칠간 같이 지냈다. 그 사이에 여복노 송상현의 청렴하고, 정직하고, 선량하며, 지조가 곧은 성품을 알게 되어 마침내 흉금을 터 놓는데 까지 이르렀다.

여복은 송상현에게 몸과 마음을 의탁하게 되었고 온갖 정성을 다하여 이 은인을 따르리라 깊이 다짐하였다.

송상현이 동래 부사로 부임하자 여로 형제도 송부사를 따라 내려왔으며 얼마 지나서는 그의 어머니도 동래성으로 옮겨 동원 가까운 언수원에 자리를 잡았다.

여복은 송상현의 집에 들어온 다음, 그의 질녀인 아름다운 규수 산옥을 볼 때마다 가슴이 은근히 설레고 야릇한 감정에 휩싸였다. 허나 천첩 소생과 명문가의 규수는 너무나도 심한 차이였다.

지금도 그는 이 엄연한 경계선을 선뜻 넘어설 수 없어 산옥에게 자기의 심정을 터놓지 못하는 것이었다.

성 돌을 든든하게 더 쌓는 일은 한동안 계속되었다. 이제는 밤이 깊어 삼경이 됨 직 하였다. 날씨가 한결 선선해지고 성안은 엄숙한 정적에 잠겼다. 멀리 부산포 쪽에서는 총소리가 간간이 들려왔다.

팔을 걷고 성벽 수리에 여념이 없는 여복의 얼굴에는 땀이 비오 듯 줄줄 흘러내렸다. 그의 이마에 맺힌 땀이 달빛에 번들거렸다. 이렇게 사람들이 성벽을 고치느라고 정신이 없을 때 어디서 나타났는지 어여쁜 처녀가 잔돌을 열심히 넘겨주고 있는 노파에게로 다가갔다.

"할멈 이 수건을 저 도련님에게 좀 드려요"

처녀는 들릴락 말락한 목소리로 말하고 고운 명주 수건을 내밀었다.

"어이구 부사마님댁 아가씨가 어떻게 여기에 다 나오셨사오니까"

깜짝 놀라는 노파의 이 말에 모두 일손을 멈추고 처녀를 바라보았다. 처녀는 저에게 쏠리는 시선을 피하며

"나도 여러분과 같이 일하러 나왔으니 그런 말을 마오"

하고 미소지었다.

"아니 원 무슨 말씀을…"

노파는 혀까지 끌끌 차고 서너발자국 앞으로 가서 여복이 앞에 서더니 수건을 넘겨주며 웃었다.

사람들은 처음에 부사님댁 아가씨가 총각도령에게 수건까지 주는 것이 당돌 해 보여 다소 쑥스러운 감이 없지 않았으나 남녀 구별없이 모두가 나라 위해 나선 때라 곧 그것도 평범하게 느껴져 하던 일에 열중했다.

그들은 사대부가문의 규수가 귀천을 가리지 아니하고 일손을 잡는 것을 보고는 감탄하여 한결같이 칭찬했다. 어느새 처녀는 땀을 흘리며 돌을 들어 여복에게 넘겼다. 그는 이미 피할 수 없는 원수와의 싸움에 한

몸 바칠 결심을 한 터였다.

여복은 여인들을 집으로 돌려보내고 성벽의 약한 부분을 마저 손질하여 든든하게 다진 후 동원 쪽으로 천천히 걸어갔다. 그가 동원 앞에 이르자 우중충한 느티나무 그늘 속에서 어떤 여인이 가벼운 기침을 하였다.

"거, 누구시오"

여복이 걸음을 멈추고 조심스럽게 물으니 잠깐 사이를 두고

"산옥이외다"

하는 처녀의 대답이 들려왔다. 달빛아래 두 사람은 마주섰다. 반짝 빛나는 산옥의 눈에는 그 무엇인가 간절한 호소가 담겨져 있었다. 여복은 저도 모르게 처녀의 두 손을 덥석 잡았다.

"얼마나 고달프시겠소이까"

"이니별로…"

참으로 아름다운 눈길이다. 여느 때 전혀 볼 수 없던 새로운 모습이며 예상치 못했던 행동이다.

"오늘은 제가 드릴 말씀이 있습니다. 방을 따로 내었으니 그리로…"

처녀의 뜻밖의 말이 당돌하면서도 무엇인가 결연한 뜻이 내비치는 말이 아닌가. 그들은 동원 내아에 들어섰다. 밝은 달빛만이 인적이 하나 없는 뜰 안팎을 은은히 비춰주고 있었다.

여복은 산옥의 뒤를 따라 아담하고 깨끗한 방으로 들어갔다. 산옥은 곧 초에 불을 붙이고 꽃방석을 내려놓았다. 여복은 산옥이 권하는 데로 어줍게 앉았다. 그의 앞에는 이미 주안상이 차려져 있었다. 음식들은 비록 따뜻하지 못 했으나 그 차림새가 정결하고 먹음직스러웠다.

여복은 눈길을 돌려 주안상 앞에 무릎을 꿇고 단정히 앉아있는 산옥

을 바라보았다.

"아 아… 얼마나 아리따운 규수인가. 용모도 그 마음도"

그는 산옥이 단정히 술을 따라 두 손으로 바쳐 들고 공손히 내미는 술잔을 받았다. 세상에 태어나 꽃 같은 규수에게서 처음 받아 보는 은술잔.

그는 잔을 들고 산옥을 묵묵히 바라보았다. 배꽃같이 흰 얼굴에 홍조 어린 볼, 연못 물에 비친 가을 달같이 영롱하면서도 시원한 눈이며 기품이 도는 어진 눈매, 초생달을 옮겨 놓은 듯 고운 눈썹, 앵두처럼 붉은 입술, 버들같은 몸매며 가녀린 섬섬옥수.

"아가씨 이 잔을"

여복은 감개무량해 입을 열었으나 다음 말을 잇지 못하였다. 무엇을 말하려고 하는지 전혀 생각나지 않았던 것이다. 묵묵히 잔을 기울여 술을 마셨다. 산옥이 또 술을 따라 조심히 권하며 말했다.

"드사이다, 이승에서 백년해로도 못 하오면 저승에 가서라도 백년해로 하고 지고 이 마음 진정담아 이 잔을 낭군님께 올리옵니다."

"아, 산옥 아가씨"

여복은 잔을 받아 상위에 놓고 처녀를 바라보았다.

서자와 명문가의 규수 그 사이에는 어마어마한 장벽이 가로놓여 있지 않는가. 허지만 산옥은 그것을 주저없이 허물어 버렸다.

여복은 생사를 가늠할 수 없는 결전을 앞둔 이 시각 대담하게 백년해로를 대놓고 말하는 처녀의 그 결곡하면서도 고운 마음씨를 절절하게 느꼈다. 가슴이 불같이 달아오른 그는 억센 두 팔로 처녀의 몸을 끌어안았다.

"낭군님, 잠깐만…

귓속말을 하듯 속삭인 산옥은 여복의 팔을 조심히 풀더니 살며시 일어나 옆에 있는 반다지 서랍을 열어 옥비녀를 꺼냈다. 그리고는 큰 경대 앞으로 다가가서 탐스럽게 늘어진 머리 태를 휘감아 쪽을 졌다. 그것을 바라본 여복의 가슴속에서는 뜨거운 것이 차 올랐다. 방안은 정숙하면서도 야릇한 분위기에 휩싸였다. 산옥은 또 술잔을 들어 권했다.

"낭군님을 일생 섬기려는 저의 뜻을 담은 잔이오니 받으사이다"

여복은 경건한 마음으로 잔을 받아서 천천히 마시고 이번에는 직접 술을 따라 산옥이 앞에 건넸다.

"산옥 아가씨, 미천한 소생이 어찌 아가씨의 배필이 되오리까…"

잔을 두 손으로 공손히 받아 든 산옥은 그것을 입에 잠깐 대었다가 상위에 내려놓았다.

"그런 말씀 마사이다, 이 몸은 천명을 좇아 명이 다하는 날까지 낭군님을 모시고저 이 자리를 베푼 것이오이다, 비록 머리를 얹고 육례를 갖추지 못할망정 천지신명과 조상님들 앞에 백년해로를 다짐하는 이 마음은 조금도 부끄럽지 않사오이다, 이후로는 한 쌍 원앙이 되어 절의고도라도 찾아간다면 어찌 살길이 없으리까, 이 세상에서 구차히 살기보다는 저 백두나 한라의 깊은 산속이 아니면 멀고먼 외진 섬에서 백년해로 하여지이다"

"아하"

여복은 가슴이 뭉클하여 입을 열수가 없었다. 그러자 산옥이 나직한 음성으로 말했다.

"이 몸은 이미 낭군님과 끊을 수 없는 인연을 맺았나이다, 이로써 낭군님을 평생토록 모시고 싶던 한 소녀의 소원이 성취된 셈이오이다"

여복은 자기의 품에 얼굴을 묻고 "흑흑" 흐느끼며 눈물을 흘리는 산옥의 윤기 있는 머리를 애틋하게 쓰다듬어 주었다. 삼라만상이 전율에 떠는 이 밤 열린 창문으로는 은은한 달빛이 한가득 들어와 운명의 막바지에 서서 사랑에 눈을 뜬 두 사람의 몸을 부드러이 어루만졌다.

11

관민이 함께한 동래성 전투 ①

불안과 초조속에서 밤이 가고 새벽이 왔다. 수많은 왜적에게 둘러싸인 동래성은 곧 격전을 엄숙히 기다리고 있었다.

남문 장대 가운데 자리에 앉아 머리를 숙인 채 깊은 생각에 잠겨있던 송상현은 인기척 소리를 듣고 고개를 들었다. 군복을 입은 여복이가 장대 위로 천천히 올라왔다.

"저를 불렀습니까"

키가 호리호리한 여복은 송상현 앞에서 조심히 물었다.

"거기 앉게"

부사는 여복에게 손짓으로 맞은편 자리를 가리킨 다음 책상 밑에서 자그마한 보따리를 꺼냈다. 여복은 장대 안의 엄숙한 분위기를 느끼며 구연한 몸가짐으로 가만히 앉았다.

"내, 자네에게 부탁할 것이 있어 불렀네, 자네는 곧 여길 떠나야 하겠네, 이 보따리 안에는 부채가 든 봉투가 있으니 그걸 전라도 고부에 본댁 대인께 가져다 올리고 보따리는 가다가 자네 자당에게 드리게"

"황공하오나 소생은 여기 남아 부사님 모시고 성을 지키는 것이 소원입니다"

"그 뜻은 가상하네만 내, 자네에게서 바라는 바가 아니네, 이 외로운 동래성 말고도 자네 있을 곳은 얼마든지 있는 걸세 그러니 시각을 지체 말고 떠나주게"

부사는 얼굴에 웃음을 띠고 여복의 두 손을 감싸 잡으며 말을 이었다.

"봉투에는 본댁에 반드시 전해야 할 글이 들었으니 자네가 꼭 가야하겠네, 자네 형이 나와 함께 성을 지키니 달리 생각 말고 떠나게, 그리고 내 뜻이 담긴 약간의 물건이 보따리에 들어 있네, 그걸 자네 자당에게 전하게 부디 몸 보중하여 내 뜻을 어기지 말게"

그는 잡고 있던 여복의 손을 놓고 자리에서 일어나 좌우를 돌아 보았다.

"이젠 때가 된 것 같소, 대장은 여기 남문에서 남쪽을 감시하고 교수와 여로는 나하고 삼 대문의 방비 상태를 돌아봅시다"

말을 마친 그는 두 사람을 데리고 옷자락을 펄럭이며 아래로 내려갔다. 세 사람이 성문 방향으로 몇 걸음 걸어갔는데 기마군관 하나가 다급히 송부사 앞으로 달려와 말에서 뛰어내렸다.

"아뢰오, 왜군의 선두가 수영을 지나 이쪽으로 무수히 쳐들어오고 있사옵니다"

군관은 숨이 턱에 닿아 말끝을 흐리며 벌겋게 상기된 얼굴의 번들거리는 땀을 주먹으로 훔쳤다.

"음, 기다리던 시각이 왔단 말이지"

부사는 혼자소리로 말하고 방향을 돌려 다시 장대로 올라갔다. 교수와 여로도 그의 뒤를 따랐다. 장대에 올라와서 내려다보니 벌써 수를 헤아릴 수 없는 왜병들이 취병장을 새까맣게 뒤덮고 있었다.

부사는 즉시 순영수들을 각 문에 보내 완전 태세를 갖추고 방포가 울릴 때까지 기다리라는 영을 내렸다. 성급히 달리는 순영수들의 말발굽소리가 지나자 주위에는 잠시 고요가 깃든 듯 하였다. 군정들과 성안 사람들은 성벽에 바싹 다가붙어 숨소리 하나 없이 앞을 바라보았다.

송부사는 적의 동태를 날카롭게 살펴보았다. 적들은 별로 서두르지 않고 유유히 다니고 있는 것 같았다. 이윽고 요란한 나팔소리가 울려 퍼지더니 제일 가까운 천막 위에 커다란 깃발 하나가 새로 나타났다. 건장한 왜병 한 놈이 그 깃발을 피고는 손가락으로 무엇인지 가리켜 보였다.

깃발에는 이런 글이 써있었다.

"전즉전 부전즉 가도."

싸우려면 싸우고 싸우지 않으려면 길을 내라. 송부사는 그 글을 보고 치를 떨며

"천하에 간능 맞은 놈들"

하고 분노에 찬 목소리로 말했다. 그의 볼은 경련이 일어 후들후들 떨리고 눈에서는 시퍼런 불이 뻗쳤다.

"큼직한 깃발을 가져오너라."

그는 좌우를 돌아보며 힘찬 음성으로 분부하고 그 자리에 무겁게 앉았다. 여로가 재빨리 홍색 깃발과 백색 깃발을 가져다 앞에 놓으니 그의 굵은 눈썹이 꿈틀하였다.

"어서 먹을 갈아라"

여로는 즉시 책상 밑에 있는 벼루를 꺼내 먹을 갈아 부사의 앞에 놓고 커다란 붓을 두 손으로 공손히 올렸다. 부사는 붓에 먹을 듬뿍 묻혔다. 붓을 든 손이 후들후들 떨렸다. 붓 끝에서는 시커먼 먹물이 뚝뚝 떨어졌다. 잠시 후 붓을 쥔 커다란 손이 붉은 깃폭 위로 소리없이 움직여 나갔다.

"사이 가도 난"

"죽기는 쉬워도 길을 내기는 어렵다"

사이 가도 난이라고 쓴 다섯 글자가 붉은 바탕 위에 또렷이 솟아났다. 그것은 죽기로 싸워 이 강토를 지키겠다는 엄숙한 맹세이며 너희 왜적들을 용납치 않겠다는 도도한 선언이었다. 창 끝 같은 다섯 글자가 새겨진 깃발은 곧 남문 다락 위에 드리워졌다. 송부사의 안색은 다시 평온한 상태로 돌아왔다

갑자기 요란한 복장으로 말에 오른 자가 그리 멀지 않은 곳에 나타났다. 왜적 군졸들이 갈라서는 것을 보니 적장들 중에서도 가장 높은 놈인 것 같았다. 호화로운 차림을 한 괴수는 말을 몰아 좀 더 앞으로 나왔다. 그 뒤로 적장인 듯이 보이는 두 놈이 말 고삐를 쥐고 따라갔다. 앞에선 자가 고니시 유키나가라는 적의 괴수이다.

권모술수와 모략에 뛰어난 그는 히데요시의 총애를 받아 시마즈의 영주가 되었으며 얼마 안가 큐슈 정벌에서 공을 세운 대가로 대영주가 되었다.

고니시 유키나가와 가토 기요마사는 조선 침략 당시 서로 앞을 놓고 다투었는데 그들은 사이가 나빴다. 두 사무라이는 서로 신앙이 달랐고 성격과 당파도 달랐다.

기요마사는 한때 불교를 숭상했다면 유키나가는 제 아비와 함께 천주교를 믿었으며 기요마사는 끝까지 무당파 소속으로 남아있었으나 유키나가는 후기에 소위 문치파의 두목질을 하였다.

기요마사의 광폭하고 직선적인 성격과는 정반대로 유키나가는 교활하고 음험한 인물이었다. 바로 그 유명한 고니시 유키나가가 지금 동래성 앞에 와서 사무라이들을 지휘하고 있었다.

고니시 유키나가의 명령을 받은 왜장들은 군졸들을 네 편으로 갈라 성을 겹겹이 둘러쌌다. 성주 위에 있는 왜군의 수도 일 만은 됨 직하였다.

적들은 성벽으로 점점 더 가까이 다가오고 있었다. 무서운 싸움이 언제 터질지 모를 일촉즉발의 긴장감 속에서 시간은 일각 또 일각이 흘러갔다. 적들이 다가오고 있건만 주위에는 한없는 적막이 깃든 듯 하였다.

남문 장대 위에서 적들의 동태를 말없이 살피고 있던 송부사는 갑자기 손을 들었다. 그러자 몇 걸음 밖에 있는 장대에서 방포 일성이 터졌다. 이어 동, 서, 북의 삼대문들에서도 천지를 뒤흔드는 방포 소리가 연속 울렸다.

슈가 적들의 대오가 멈칫하며 흐트러지는 것 같더니 귀청을 찢는 듯한 조총 소리가 요란히게 들려왔다. 성을 에워씬 적들이 사면팔방에시 조총을 쏘니 사나운 흉탄들이 마치 미친 짐승 마냥 소리를 내며 성안으로 쏟아져 들어왔다.

성안에서도 북소리가 요란히 울리며 화살이 맹호처럼 적진으로 날아가 무자비하게 박혔다. 여기저기서 살 시위를 떠난 날카로운 바람소리가 적의 단말마의 비명과 뒤섞여 들려왔다.

얼마 후 왜적들은 긴 대나무 사다리를 들고 와 성벽에 걸쳐놓고 기어오르기 시작하였다. 성벽에 달라붙어 돌 벽을 짚어가며 기어오르는 놈들도 적지않았다.

군사들과 성안백성들은 성벽에 달라붙은 적들을 향하여 돌이며 깨어진 기왓장늘을 던지거나 펄펄 끓는 뜨거운 물과 기름 먹인 시커먼 연기를 뿜는 횃불들을 연방 쏟아 부었다. 눈에 횃불을 켠 군중들의 칼은 무시무시한 살기를 뿜었고 추호도 용서가 없었다.

치열한 싸움에서 군민들의 수는 점차 줄어들고 있었다. 창을 억세게 거머쥔 채 성돌 위에 엎어져 있거나 검을 틀어쥐고 땅에 누워 부릅뜬 눈으로 하늘을 쳐다보는 사람들의 수가 점점 많아졌다.

북문 쪽이 희생자가 더 많았다. 성벽에 새까맣게 달라붙어 악착스럽게 기어오르는 적들에게 불붙은 횃불 뭉치들이 연거푸 날아갔다. 그런데 어느새 흉맹스런 적 두 놈이 성안으로 성큼 뛰어들었다. 바위를 안아 떨어뜨리고 돌팔매질도 하던 늠름한 젊은이가 희생되니 그 틈을 노린 것이다.

이 위급한 찰라 놈들과 마주선 두 명의 여인은 창졸 지간에 어찌할 바를 몰라 했다. 바로 그때 기름 먹인 횃불이 놈들에게 날아갔다. 당황한 왜병 두 놈은 뜨거운 불을 피하느라고 황급히 뒷걸음질쳐 성벽을 넘다가 또 돌 벼락을 맞았다.

동래성 군민의 완강한 항거에 적들은 놀란 눈을 크게 뜨고 뒤로 물러섰다. 우뢰같은 포성과 콩 볶듯 하던 총성, 벼락치듯 굴러 내리던 바윗돌 소리, 아우성 소리, 신음 소리가 잦아든 성 안팎에는 잠시 정적이 깃들었다.

네 대문과 성곽을 쉬지않고 돌아보며 싸움을 독려하던 송부사는 적의 흉탄에 왼팔을 다쳤으나 아랑곳 없이 태연하게 장대로 올라왔다.

해는 벌써 서산 머리에 기울어 동래성은 석양 노을에 붉게 물들었다. 군정들과 백성들 남녀노소가 일심동체가 되어 부지런히 오가며 이제 닥쳐올 무서운 싸움 준비를 하고 있었다. 모두 말없는 가운데 조용히 움직이고 있었으나 그들의 핏발 선 눈에서는 결사의 빛이 보였다.

불그레한 노을 빛이 점차 희미해 지더니 어느 사이에 어둠이 깃들었다. 밤이 되니 어찌된 일인지 조용하던 성이 활기를 띠기 시작했다. 아낙네들은 횃불을 들고 저녁밥을 분주히 성곽 위로 날랐고 걸걸한 사나이들의 웃음소리가 여기저기서 들려왔다.

송상현은 장대에 앉아 성안의 모든 움직임을 주시하다 고요히 눈을 감았다. 이제 이 성안군사들과 백성들 중에 과연 그 누가 살아날 수 있단 말인가. 그는 최후의 일전을 앞두고 동요하지 않는 그들이 눈물겹게 고 마웠고 대견하였다.

또, 한편으로는 외로운 성을 지켜야 할 힘을 지닌 자신이 이 의로운 사람들의 목숨을 구원할 수 없다는 것을 생각하니 가슴을 쥐어뜯고 싶을 만큼 안타까웠다. 송상현은 무겁고 급한 발자국 소리를 듣고 감았던 눈 을 슬며시 떴다. 아래를 보니 여로가 나이 지긋해 보이는 사람과 함께 장 대로 올라오고 있었다. 잠시 후 앞에 이른 여로가 허리를 굽히며 말했다.

"소인이 의원을 데리고 왔습니다"

"하하 고맙네, 뭐 별로 대단치 않은 상처인 걸 가지고"

송상현은 얼굴에 웃음을 띠면서 여로와 의원을 번갈아 보았다. 의원 은 공손히 절을 하고 다가앉아 다친 부위를 찬찬히 살피더니 커다란 봉 투에서 야을 꺼내 상처에 붙이고 흰 천으로 정성껏 싸맸다.

그들이 물러가니 송상현은 고개를 들고 침통한 기색으로 멀리 농쏙 산 위에 떠오른 달을 바라보았다. 보름을 하루 앞둔 둥근 달이다. 성밖은 기괴한 정막이 한껏 숨을 죽인 듯 고요하다. 싸움 준비를 끝낸 사람들도 깊은 생각에 잠겨 있는 것 같다.

"흐르는 시각은 마지막 운명의 시간으로 가고 있구나, 어떻게 하면 이 난국을 타개하여 수천 수만의 목숨을 구원하고 이 나라 관문을 지 켜낼 수 있을까? 저 장졸들과 백성들은 오로지 부사인 나 하나를 바 라보며 목숨을 아끼지 않고 싸우고 있다… 어찌 참으로 순박한 이 땅 의 백성들을 왜적 앞에 어육으로 내 맡긴 단 말이냐"

어느새 빛을 잃은 뿌연 달이 시야에 들어왔다. 달무리 진 달, 마치 눈 물에 젖은 듯 어름 진 달이었다. 최후 결전을 앞둔 이 무서운 정적 속에 눈앞에 보이는 것은 어스름 달 뿐이요 들리는 것은 북쪽 금정산에서 흘러 내려오는 범어천의 고요한 물소리와 스산한 구석에 숨어 처량하게 우는 소쩍새 소리뿐이다. 그 모든 것은 외로운 동래성의 처참한 운명을 예고하는 듯싶다.

"성안 백성들의 활로를 열어주는 길은 원군의 지원을 받아 왜적을 성안 팎에서 때려눕히는 길밖에 없다. 그렇지만 원군이 어디서 온단 말인가. 수사는 달아나고 병사도 성밖에서 기각지세를 이루겠노라고 하고는 도망갔은 즉⋯, 이제는 바라볼 곳이라야 감영의 김수 대감 밖에 없구나. 헌데, 원병을 청하려 파발 보낸지도 오래 되었건만 감영에서는 왜 감감무소식인가? 허기는 순찰사라는 양반이 군사를 거느리고 와서 같이 싸워줄 위인이 못되기도 하거니와 감영 군사도 보잘 것 없으니 크게 기대할 바도 못된다. 그렇다면 과연 그 무엇에 기대를 걸어야 한단 말이냐. 어디에 가야 군사가 있고 청병을 할만한 곳이 있단 말이냐⋯. 어허, 이 나라는 방비가 없구나, 방비가 없어⋯."

마지막 일전을 눈앞에 둔 동래 성주 송상현은 성안 백성들과 나라의 운명을 놓고 통탄하지 않을 수 없었다. 천천히 머리를 들고 주위를 둘러보았다. 송상현은 그제야 교수 노개방과 대장 송봉수도 같은 심정으로 묵묵히 앉아 있는 것을 알아보았다. 그러자 불현듯 가슴이 찌르르하며 뭉클해졌다.

"두 분은 이제 잠시 피했다가 후일을 도모하오... 내 생각에는 그렇게 하는게 백 번 옳을 것 같소"

노개방은 그 말뜻을 이해하지 못한 듯 송부사의 얼굴을 바라보다가 목이 맨 음성으로 말했다.

"사또께서 그 무슨 말씀입니까, 초로 인생이라 하거늘 나라 위해 한 몸 바치는 것 이상 더 귀중한 일이 어디 있으리까, 이 사람은 오늘에서

사또의 귀중한 의리를 새삼스럽게 배웠고 대장부의 절개가 무엇인가
를 온몸으로 깨달았소이다"

말을 마친 노개방의 눈가에는 물기가 어른거렸다. 천천히 몸을 일으
킨 송상현은 두어 걸음 내디딘 다음 허리를 굽혀 노개방의 손을 말없이
잡았다. 노개방도 상대의 손을 덥썩 잡았고 그 옆에 앉아있던 송봉수 역
시 그들의 손을 뜨겁게 쥐었다. 이들 세 사나이의 서로 잡은 손은 부들부
들 떨렸다. 그것은 뜨거운 핏줄로 이어져 흐르는 사나이들의 순결한 정
이었고 결사의 맹세였다.

송봉수 대장은 서문으로 교수 노개방은 북문으로… 두 지기를 보내고
홀로 남은 송상현은 중천에 뜬 달을 묵묵히 주시하며 시간을 헤아려 보
았다. 해시는 지났음 직 하였다. 이때 척후로 나갔던 군사 하나가 급히
달려왔다.

"아뢰오, 왜적의 기병들이 횃불을 들고 부산포쪽에서 쳐들어오고 있
소이다"

송상현은 알았다는 듯.

"어"

하는 소리를 내고는 난간으로 다가가서 남쪽을 바라보았다. 과연 멀
리 어둠 속에서 반딧불 같은 것들이 수없이 움직이고 있었다.

"여봐라 지체없이 방포를 울려라"

송부사는 아래를 보며 우렁찬 목소리로 분부했다. 그것은 전 군중에
내리는 전투 명령이었다. 천지를 진동하는 방포 소리가 벼락치듯 울려
퍼지자. 성안의 군정들과 백성들은 기름 먹인 횃대에 불을 달궈 성벽가
까이로 돌과 횃불들, 기왓장들을 옮겨 놓기 시작했다.

성급하게 전통의 화살을 뽑아 시위에 먹이는 사람도 있었다. 앞에 놓인 팔매 돌을 으스러지게 틀어 쥐는가 하면 칼자루를 슬슬 어루만지는 사람들도 적지 않았다.

어둠 속에서 수많은 횃불들이 점점 커지며 가까이 다가왔다. 이제는 땅을 구르는 말발굽소리도 역력히 들려왔다. 왜군 기병들은 성 가까이에 와서 일제히 발걸음을 멈추었다.

결사의 각오로 맞선 동래성 군민의 숨죽인 듯한 침묵이 두려웠는지도 모른다. 적들도 죽음의 위험 앞에서 마음의 준비를 갖출 필요가 있었던 것만은 명백하였다.

적, 아의 진중에 무겁게 드리운 정적 그것은 마치 형체 없는 괴물과 같았다. 숨을 죽이고 긴장하면서 어둠을 노려보는 그들 모두는 자기 심장의 고동 소리와 거꾸로 솟구치는 피의 흐름만 느끼고 있을 뿐이었다. 누군지 더 참지 못하고 '히힛' 하는 짜증 섞인 소리를 냈다.

순간, 그에 대답 하기라도 하는듯 왜군의 진중에서 요란한 북소리와 나팔소리가 터져 나왔다. 왜병들이 짐승의 울부짖음 같은 괴상야릇한 소리를 지르며 일제히 앞으로 달려왔다. 적들은 넓은 대나무 사다리 수백 개를 짊어지고 밀물처럼 덮쳐왔다.

성안에서도 북, 징, 나팔, 바라 소리가 한데 어울려 성을 들었다 놓으며 울려 퍼졌다. 우뢰와 같은 포성과 총성이 천지를 뒤흔들고 순식간에 화약 연기가 성안에 가득 찼다. 탄환이 성벽에 부딪쳐 불꽃들이 밤하늘에 수 없이 튀어 오르고 여기저기에 화염이 치솟았다.

12

관민이 함께한 동래성 전투 ②

궁수들은 눈에 불을 달고 적들을 향하여 화살을 날리고 또 날렸다. 허나 워낙 수가 많아 왜적은 쓰러지면서도 악착스럽게 바득바득 성벽에 붙을 수 있었나. 벌써 사나리를 걸어놓고 올라오는 놈들까지 있있다.

전황을 재빨리 판단한 송상현은 모두 활을 놓고 횃불과 섶으로 불 공격을 하라고 명령하였다. 불붙는 횃불 뭉치며 섶 단들이 쏟아져 내리니 성벽을 기어오르는 놈들이 무리로 죽어 넘어졌다. 돌맹이들과 깨어진 기와조각들 마저 왜적을 향했다.

성벽 밑에는 이곳 저곳에서 비명과 공포에 질린 아우성 소리가 나고 성 안에는 필사의 항거로 인해 용기를 북돋는 우렁찬 함성이 천지를 진동 시키고 있었다.

성의 도처에서 모두 분발하였지만 끝내 동쪽이 뚫리고 말았다. 동문에서는 벌써 새까맣게 몰려든 왜적과 치고 받고 찌르며 육박전이 벌어졌는데 앞장서는 여러 형제가 있었다.

동문은 가장 용맹하고 정의로운 군사들이 지키고 있었으나 적들의 공격에 견뎌내지 못했다. 동문이 이처럼 쉽사리 격파 당하게 된 것은 군사들을 통솔하던 울산 군수 이언함이 살 구멍을 찾아 비겁하게 도망쳤기 때문이었다.

그러나 적들은 성안에 들어오자 완강한 항거에 부딪쳤다. 동래성 군민의 기세는 참으로 무서웠다. 그 중에서도 검을 틀어쥔 여복의 거인 같은 모습은 적들을 더욱 공포에 떨게 하였다. 그는 송부사의 글을 고부의 본댁에 전해야 했으나 고군분투하는 외로운 동래성을 차마 떠날 수 없어 남고 말았던 것이다.

"이 불구대천의 원수 놈들아. 내 칼을 받아라"

쇠북을 치는 듯한 여복의 호령 소리는 성안을 쩌렁쩌렁 울렸다. 소리가 날 때 마다 적병들은 어김없이 피를 쏟으며 자빠지거나 엎어졌다. 모든 것이 터지고, 깨어지고, 부서져 나가며 노인과 여인, 아이들까지 원수와 뒤엉켜 싸우는 이 싸움은 과연 그 전례를 찾아 볼 수 없으리만큼 격렬하였다.

스산한 소리가 요란한 가운데 성안으로 몰려드는 왜적들의 수도 점점 많아졌다. 눈에 불을 켜고 젖 먹던 힘까지 다해 원수를 물리치던 용사들이 하나 둘 피를 흘리며 쓰러져 다시는 일어나지 못하였다. 저자 거리의 시체는 시간과 더불어 쌓여만 갔다

전황은 기울었다. 흉악한 왜적들은 남녀 노소를 가리지않고 도륙했다. 피 묻은 칼과 창, 괭이와 낫, 도끼, 몽둥이들이 군민들의 손에서 떨어져 땅바닥에 뒹굴고 검붉은 선혈이 시냇물처럼 흘렀다. 판세가 기운 것을 깨달은 여로는 송부사의 신변이 걱정되어 장대로 급히 달려갔다.

산을 들었다 놓을 듯 호령이 엄하고 성난 사자처럼 바람을 일으키며 군사를 지휘하던 부사 송상현은 장대 위에 평온한 안색으로 단정히 앉아 있었다. 그의 바른쪽 옆에는 칼이 놓여 있었다. 방금 마지막 화살로 적장의 넋을 허공에 날려 버렸던 것이다. 그는 여지없이 불타고 파괴된 성안의 살풍경을 조용히 바라보고 있었다.

"아 나는 의롭고 충직한 이 동래 고을 백성들의 생명을 지켜낼 힘이 없었구나"

그의 서글픈 눈길은 이런 의미를 담고 있는듯 싶었다. 장대에 올라온 여로는 송상현에게 조심스럽게 다가갔다. 인기척 소리를 듣고 송상현이 고개를 돌렸다.

"으, 여론가…지체말고 여기서 몸을피하게"

"그, 무슨 망령된 말씀 이오니까, 소인은 사또를 모시려고 구차한 목숨을 보존하여 여기에 왔습니다"

여로의 목소리는 안타까움으로 떨렸으나 송상현은 아무렇지도 않은 듯

"아, 내 걱정 말고 자넨 어서 여길 떠나게"

하고 부드럽게 말했다.

"소인이 어찌 이 험지에 사또를 남겨두고 홀로 떠나오리까, 사또께 서는 귀중한 몸을 보존하시어 후사를 도모함이 옳을까 하오이다, 소인은 왜적을 치는 싸움이 오늘뿐이 아닌 줄로 아오이다"

송상현은 여로의 그 말을 듣고 눈을 스르르 감았다 떴다.

"나는 이 성에서 떠날 수 없는 몸이네, 허지만 자네는 여기 남아있을 까닭이 없으니 성을 빠져나가 원한 품고 간 동래 백성들의 원수를 갚 아주게"

"소인은, 소인은 사또를 끝까지 모시겠습니다"

여로는 목이 메여 더 말을 잇지 못하고 주먹으로 눈물을 씻었다. 그에 게 이곳을 떠나라고 더 말해야 소용이 없다는 것을 깨달은 송상현은 눈

을 들어 그를 그윽이 바라보다가

"고맙네"

하고 한마디 하였다. 그 순간 양산 군수 조영규가 장대 안에 들어섰다. 머리 위의 전립은 찌그러지고 입고 있는 옷의 한쪽 소매도 떨어져 없어진 데다가 온몸에 피칠갑을 한 그 모습은 스산하기 이를 데 없었다. 송상현은 비틀거리며 다가오는 조영규를 보더니

"어허, 양산이 이 왠일이시오"

비통하게 나직이 말하고 머리를 설래설래 흔들었다. 조영규는 곁으로 와서 그의 손을 잡고 간신히 입을 열었다.

"부사 영감 존귀하신 몸을 보존하여 후사를 도모하시오이다. 어찌 왜적과의 싸움이 오늘 뿐이리까"

그러나 송상현은 대답대신 또 한번 머리를 조용히 흔들 뿐이었다.

"부사 영감 어서 이 자리를…"

조영규가 안타깝게 손을 잡아 흔드니 송상현은 그제야 고개를 들며

"허어, 양산은 안 될 말씀을 하오"

하고 낮으나 분명히 엄하게 말했다.

조영규는 무엇인가 더 말하려 하였으나 채 끝맺지 못하고 시커먼 피를 울컥 토하고 엎어졌다. 격렬했던 싸움에서 입은 가슴의 상처가 속으로 터졌던 것이다. 그 곁에 있던 여로는 그를 다급히 붙잡으며

"아아… 이 무슨일이 오니까"

하고 정신없이 외쳤다. 불구대천의 원수를 질책 하는듯 무섭게 눈을

뜬 조영규의 몸은 이미 축 늘어져 있었다. 여로는 그의 몸을 바로잡아 반듯이 눕혀주고 턱수염에 묻은 검붉은 피를 정성스레 닦아 주었다. 그러자 조영규는 숨을 한 번 길게 내쉬고 잠잠해졌다. 숨이 넘어 간 것이다.

묵묵히 지켜보고 있던 송상현은 그 앞에 털썩 주저 앉았다.

"어허, 대체 어이 된 일이오, 양산이 이렇게 먼저 가시다니"

그는 조영규의 무시무시하게 부릅뜬 눈을 손으로 고이 감겨주며 비장한 음성으로 부르짖었다. 그의 흰 뺨으로는 두 줄기 뜨거운 눈물이 흘러 내리고 있었다.

그 시각에 산옥은 동헌 내아에 뛰어들었다. 그는 연약한 여인의 몸으로 남정들을 도우며 왜적과 밤새껏 싸우다가 싸움의 형세가 기울어지는 것을 보고 급히 집으로 달려왔던 것이다. 방안에는 송상현의 아내 금섬이 홀로 남아 가슴을 조이고 앉아 있었다.

"큰 어머니 이 일을 어이 하오리까"

금섬은 놀라 눈을 둥그렇게 떴다.

"왜 그러니, 어서 말해라"
"왜적이 지금 성안에 꽉 들어 찼사와요, 큰아버님을 어이 하오리까"
"왜적이 성안에 꽉 들어차?"

금섬은 눈앞이 캄캄했다.

그는 지금 자신의 생명 같은 것은 안중에도 없었다. 귀중한 남편의 신상에 닥쳐왔을 무섭고 참혹한 정경을 생각하며 몸을 떨었다. 금섬은 마음을 다잡고 일어나 머리를 대충 빗었다.

"큰어머님은 어디를 가시려 하옵니까"
"사또께 가보련다"

"그럼, 저도같이…"

"아니, 규방의 과년한 처녀가 이 난리 중에 어디를 간다고 그러느냐, 어린 게 깰 때가 되었으니 동생들 데리고 집에 있거라"

금섬은 산옥을 일별하고 빠른 걸음으로 내아 문을 벗어났다. 그의 치마 속에는 한 자루의 비수가 있었다.

그 사이 왜적들이 남문으로 핍박해 들어왔다. 장대 위에 앉아있던 송상현은 그것을 보고 서서히 일어나 북쪽을 향하여 큰절을 네 번 하고 다시 그 자리에 앉았다. 여로도 엄숙히 고개를 숙였다. 그들의 얼굴에는 하나같이 근엄한 빛이 어려 있었다.

이윽고 금빛 갑옷에 검은 투구를 쓴 왜장 하나가 십 여명 군사들의 위용 속에 장대로 올라왔다. 이 왜장은 그전에 왜국 사신의 명목으로 시게노부를 따라 조선에 드나든 적이 있는 시게마스라는 놈이었다. 이들은 고니시 유키나가의 휘하에 있던 자들로 조선 침략에 유키나가의 선봉이 되었다.

시게마스는 조선에 왔을 때 관문인 동래부를 거쳐야 했으므로 동래부사 송상현과 두 번 만날 기회가 있었고 비록 그를 잠깐 봤지만 그 높은 인품과 기개에 스스로 머리를 숙이지 않을 수 없었다. 이 사무라이의 인상에도 조선 관문을 지켜선 송부사의 도량 있는 풍모와 고결한 모습이 깊이 새겨져 있었다.

시게마스는 장대 한 가운데 앉아있는 사람이 송부사라는 것을 알아보고 부하들을 몇 걸음 뒤로 물러서게 한 다음 가까이 다가서며 가볍게 고개를 숙여 예를 표하였다.

"나는 부사의 덕을 사모하여 예로써 대하고 스승으로 섬기는 마음이 있는지라 살벌한 싸움터를 헤치고 이렇게 찾아 왔소이다, 부사는 전년에 사신으로 왔던 시게마스를 기억하시겠죠? 여기는 살기 뻗치는 험한 곳이니 나를 따라 잠깐 자리를 피하는게 좋을 것 같소이다"

시게마스는 말을 마치고 대답을 기다렸다. 그래도 송상현은 그 말을 못들은 듯 단정한 자세로 앉아 움직이지 아니하였다.

"나의 말을 믿지 못하겠으면 싸움이 수습될때까지 만이라도 몸을 숨기오이다"

하고 가만히 말했다. 그제야 송상현은 고개를 번쩍 들었다.

"네, 이놈 듣거라"

갑자기 그의 입에서 추상 같은 호령이 터져 나왔다.

"아무리 목숨이 귀하기로소니 내, 무도한 네놈의 도움을 받아 구차히 목숨을 구할 상 싶으냐, 자고로 우리는 너희 나라를 침해한 일이 없거늘 너는 사신의 명색을 띄고 와서 두나라의 선의를 도모하자고 하던 놈이 오늘은 무고한 백성들을 마구 살해하며 난도질을 한단 말이냐, 지금 참혹하게 숨진 우리 백성들의 원한이 하늘땅에 사무쳐 땅이 울고 바다가 노하고 일월도 빛을 잃었으니 필연코 하늘이 너희 놈들에게 천벌을 내리리라, 그런데도 네, 감히 입을 놀려 아량을 보이겠다니 가소롭기 이를 데 없구나"

송상현은 반석 같은 자세를 조금도 흐트리지 않고 마치 사자가 쥐새끼 꾸짖 듯 말했다. 이에 시게마스는 몹시 난처해 하며

"나는 실로 관백의 명으로 부득이 이곳에 왔소이다, 그런즉 부사의 신변에 다른 일이 없두록 하오리니 어서 나를 따라 이 위태로운 지기를 피하시오이다"

"허허, 그런다고 내가 너를 따라 갈 것 같으냐, 부질없는 말이다"

송상현은 이렇게 말하고 나서 맑고 그윽한 눈길로 성안을 한 번 휘둘러 보았다. 적장은 송상현의 여유있고 평온한 자세와 그 무엇에도 놀라지 않는 천근 무게의 충절에 눌려 송부사가 거룩한 신처럼 보였다. 침묵 속의 장대 안은 바스락 소리하나 없이 조용했다.

"내, 잠깐 다녀 올 터이니 기다리시오이다"

시게마스는 고개를 숙이며 공손히 말하고 물러나 장대에서 내려갔다. 그의 부하들도 그 뒤를 우르르 따랐다.

갑자기 시커먼 갑옷을 입은 왜장의 모습이 장대 밑에서 불쑥 솟아 오르고 뒤이어 어지러운 발자국소리가 들리더니 또 한 떼의 왜군 장졸들이 올라와 늘어섰다. 맨 앞에선 왜장은 송상현과 여로를 보자 뒤를 돌아보며 뭐라고 지꺼렸다.

송상현은 단정히 앉아서 앞을 바라보았다. 그의 단아한 얼굴에는 서리같이 찬 기운이 돌고 빛을 쏘는 듯한 눈에는 엄숙한 노기를 띄고 있었다. 여로도 그 옆에 앉아 묵묵히 왜군들의 거동을 주시했다.

왜군 장졸들은 송상현의 태연하면서도 위엄 있는 자세에 기가 눌려 더 이상 다가오지 못하고 멍청하게 서 있었다. 왜장은 자신없이 두어 발자국 옮겼다. 그래도 앉아있는 두 사람은 눈썹 한 올이 까딱하지 않았다. 왜장이 슬며시 긴 칼을 빼어 드니 그 뒤에 우중충하게 서있던 자들도 칼을 뽑았다.

그것을 보고 여로는 튕기듯 벌떡 일어났다. 스르릉 소리를 내며 그의 환도가 칼집에서 튀어 나왔다. 송상현도 무릎 앞에 놓인 장검을 쥐며 서둘지않고 유유히 일어났다.

왜장이 무슨 소리를 꽥 지르자 우선 군사 두 놈이 앞으로 나왔다. 여로는 송부사의 앞을 막아서며 정신을 가다듬고 자세를 바로잡았다. 휙 바람을 가르며 두개의 긴 칼이 날아드는 찰라 쳉쳉 칼날들이 부딪치는 소리와 함께 왜놈들은 한발 뒤로 훌쩍 물러섰다. 그와 동시에.

"이 쥐새끼 같은 놈들"

하는 우렁찬 호령이 떨어졌다. 저희 동료들이 뒷걸음 치는 것을 보고 왜군장졸들은 일제히 칼을 빼 들고 달려들었다. 여로는 몸을 날려 뛰어 나가며 맹렬하게 환도를 휘둘렀다. 얼핏 보아서는 대중없이 마구 내두르는 것 같아도 앞뒤 좌우로 막아 빈틈을 주지 않으면서 번개같이 내려치는 그의 칼에 벌써 두 놈이 상처를 입고 뒷전으로 물러났다.

송상현도 날아드는 적의 칼을 막아내고 뒤로 물러서기도 하고 앞으로 나아가기도 하며 일진일퇴하는 동안에 어찌된 셈인지 두 편 사이에 횅한 공간이 생겼다.

갑자기 장대 위로 한 여인이 올라왔다. 그는 송상현의 사랑하는 아내 금섬이었다. 금섬은 살기어린 서릿빛 칼날들을 헤치고 싸움 한복판에 나섰다. 뜻밖에도 갸냘픈 몸매의 젊은 여인이 살기 뿜는 칼들을 허깨비처럼 여기며 앞을 막아서는 통에 어안이 벙벙해진 꼴이었다.

"이 극악한 섬오랑캐들아 냉큼 칼을 거두지 못하겠느냐"

금섬은 마치 어리석은 하인들을 대하듯 낭랑한 음성으로 꾸짖었다.

"너희놈들이 어찌 이리도 무엄하게 우리 사또 앞에서 칼부림을 한 단 말이냐, 워낙 천한 놈들이니 천한 짓 밖에는 할 줄 모르는 모양이구나, 이놈들 정 칼을 내두르고 싶거든 어디 나를 찔러보아라"

꽃처럼 아름다운 여인의 당당한 태도에 놀라 그의 행동을 지켜 보기만 하던 왜군장졸들은 잠시 후 제정신으로 돌아왔는지 다시 눈에 살기를 띠었다.

휘파람 소리 같은 짤막한 몇 마디 왜말이 오고 가더니 처음에 왔던 왜장이 금섬을 겨누고 장검을 높이 치켜 들었다. 제 딴엔 무방비 상태의 여인을 단칼에 요절 내겠다는 심사 같았다. 그 칼이 곧 금섬의 정수리를 향

하여 내려지려는 위기일발의 순간 여로가

"이놈"

하고 벼락같이 소리치면서 몸을 솟구쳤다. '챙챙' 칼과 칼이 불꽃을 일으키며 맞부딪치자 왜장은 황급히 뒷걸음질쳤다.

송상현도 서슬 푸른 칼로 번쩍번쩍 무지개를 그리며 나아갔다. 한 놈이 그의 칼에 맞아 달팽이 마냥 허리를 구부리고 엎어졌다. 이와 거의 같은 시각에 한방의 총탄 터지는 소리가 들렸다.

"이 무슨 짓들이냐 썩 물러서지 못할까"

하는 왜말 호령 소리가 울렸다. 그것은 장대에 다시 올라 온 시게마스의 다급한 목소리였다. 송상현의 앞에는 왜군장졸들이 뒤로 서며 빙 돌았다. 그는 손에든 장검을 시게마스를 향하여 던지고 픽 쓰러졌다. 왜군 조총수가 송상현을 겨누어 총을 쐈던 것이다.

시게마스는 장대 한가운데 아연실색하며 서있었다. 시게마스는 송부사가 일을 보던 동헌에 가서 왜병들이 얼씬 못하게 하고 올라오는 참이었다.

신처럼 우러러 보이는 그를 해하면 천벌을 받을 것 같기도 하고 한편으로는 사무라이의 무사도 정신을 뽐내고 다른 한편으로는 조선 관원을 보호해주는 선행으로써 무고한 사람들을 수 없이 죽인 자기의 죄를 다소나마 덜어보려는 욕심도 없지 않았다.

그것은 사무라이의 호기를 뽐내고 싶어 그러면서도 미신에 젖어 하늘의 신에게 아첨하는 참으로 가소롭고 어리석은 심리였다.

금섬과 여로는 송부사가 쓰러지는 것을 보고 급히 다가가 그를 안아 일으키려고 하였다. 하지만 송상현은 그들의 팔을 밀치고 비틀거리며 일어나 거인처럼 버티고 섰다. 복부에서 피가 뭉클뭉클 솟아났지만 그의 눈에서는 불꽃이 일었다 .

"내, 흉악무도한 네놈에게 다시 이르노라, 너 같은 오랑캐가 무엇을 알랴마는 그래도 인두겁을 썼으니 눈을 들어봐라"

송상현은 시게마스를 노려보며 화염을 토하듯 말했다.

"이 동래성이 극악한 너희 놈들의 손에 피로 물들지 않았느냐, 팔순 노인과 젖먹이 어린애도 가리지않고 칼탕질을 하는 오랑캐들을 하늘이 결단코 용서치 않을 게다, 잔악한 너희 놈들의 악행에 값을 치루지 못하고 죽는 것이 한이구나 내, 지하에 들어가서도 너희들이 망하는 것을 보고야 눈을 감으리라"

말을 마친 송상현은 맥없이 주저앉더니 서서히 넘어졌다. 그는 반드시 누워 푸른 하늘을 바라보았다. 그리고는

"내 이 성을 끝까지 지켜내려 했건만…"

히고 입 속으로 말하곤 눈을 뜬 채 조용히 운명했다.

동래부사 송상현은 이렇게 마흔 두 살을 일기로 비장한 최후를 마쳤다.

그는 죽어서도 조상의 넋이 깃든 이 나라의 맑은 하늘을 깊이 새겨 두려는듯 창공을 끝없이 바라보고 있었다.

나라에서는 동래부사 송상현의 우국 충절을 높이 평가하여 그에게 충열공의 시호를 내렸다. 나라위해 한 목숨 서슴없이 바친 그의 순국 절개는 역사기록에도 빛나는 페이지를 차지하여 후세에 길이 전해지고 있다.

13

패전이 낳은 비극 ①

　금섬은 창자가 끊어지는 슬픔을 이기지 못하여 입술만 바르르 떨 뿐 울지도 못하였다. 그는 송상현의 싸늘한 몸을 어루만지다가 그 가슴에 얼굴을 묻고 기절한 듯 꼼짝도 하지 않았다.

　얼이 빠져있던 시게마스는 그제야 정신이 들었는지 두 왜장의 시체를 거두어 가도록 하고 나서 수하군사들을 거느리고 물러갔다.

　금섬은 고개를 들고 흐트러진 옷매를 바로 잡았다.

　"사또께서는 외로운 동래성을 지켜 고군분투 하시다가 떳떳이 세상을 하직하셨으니 이젠 눈을 감으시옵소서, 저도 곧 사또를 따라가서 언제든 헤어지지 않고 모시오리다"

　금섬은 이렇게 말하고 아직도 훤히 뜨고 있는 남편의 눈을 고이 감겨주었다. 서울장안에서 경국미인이라고 일컫던 그의 얼굴은 한없는 비애와 원한으로 범접하기 어려운 빛을 띠고 있었다. 흘러내린 머리를 가만히 올린 그는 천천히 일어나 여로를 보고 말했다

　"내나라 위해 싸우다 가신 사또를 따르리니 우리 집을 잘 돌봐주오,

그리고 이 원수를…"

금섬은 말을 채 끝맺지 않고 품속에서 비수를 꺼내 가슴을 푹 찔렀다. 그리고는 몇 걸음 앞으로 걸어갔다. 가슴에서 솟구치는 붉은 선혈이 그의 저고리와 치마가 잠깐 사이에 벌겋게 물들였다.

여로는 급히 달려들어 그의 가슴에 꽂힌 비수를 빼서 던지고 비틀거리며 넘어지는 그를 덥석 안았다.

"정신을, 정신을 차리시오이다"

여로의 목맨 음성은 슬픔과 원한으로 떨렸다.

"우리 아이들을…"

얼굴이 백짓장 같이 창백해진 금섬은 간신히 입술을 움직여 이 한마디 말을 하고 눈을 감았다.

여로는 금섬의 몸을 조심히 내려놓고 곁에 있는 환도를 들어 쉬었나. 장대 계단 바로 앞에 대여섯놈이나 되는 왜병들이 서서 느글거리며 징그럽게 웃고 있었다. 이 왜병들은 성안을 개 마냥 싸다니다 장대 위로 금방 올라온 놈들이었다. 그중 한 놈이 여로의 심상치 않은 눈빛을 보자 슬그머니 칼을 빼 들었다.

"이놈들이… 천벌을 맞을 놈들"

여로는 표범처럼 달려들며 환도를 휘둘렀다. 칼을 든 놈이 한 발짝 옆으로 비켜서며 번갯불을 그리는 여로의 환도를 막았으나 거푸 네 합을 부딪쳐보지 못하고 목이 날아가 밑으로 떨어졌다. 그틈에 다른 놈들은 계단을 뛰어내려 도망치기 시작했다. 키가 작달막한 조총수 놈은 어찌나 급했던지 지 발에 걸려 비명을 지르며 계단 밑으로 뒹굴었다. 여로는 벼락같이 왜병들을 쫓았다.

"이놈들아 섰거라"

　등 뒤에서 울리는 고함소리에 황급히 도망가던 놈들은 발목을 잡힌 듯 멈춰 섰다. 달아나는 것이 더 위험하다는 것을 느꼈던 것이다. 놈들은 양쪽으로 갈라서며 긴 칼을 뽑아 들었다.

　여로는 달려나가며 치켜들었던 칼로 한 놈의 대가리를 내리쳤다. 왜병과 칼을 세차게 부딪치며 자리를 바꾼 그가 휙 무지개를 그리는 순간 한방의 총성이 울렸다. 그의 눈에는 하늘이 핑 돌고 땅도 여러 조각으로 갈라지며 흔들거렸다. 치열했던 동래성 싸움의 마지막 격전이었다.

　머리에 타박상을 입고 싸움터 한복판에 쓰러져 있던 여복은 한동안이 지나서야 정신을 차렸다. 일어나 주위를 둘러보니 여기저기 시체들이 널려있고 사방이 고요했다. 여복은 남문으로 달려갔다. 얼마 후 남문 장대에 올라간 그는 억이 막혀 돌부처같이 굳어졌다.

　"어허, 분하구나. 내가 한 발 늦었구나"

　여복은 송부사 내외가 희생된 것이 마치 자기의 불찰처럼 생각되었다. 그는 숨이 겨우 붙어있는 금섬과 송상현, 조영규의 시체를 차례로 안아다 장대 아래 놓인 수레 위에 눕히고 마지막으로 형 여로의 시체를 실었다. 장대에서 좀 떨어진 곳에 쓰러져 있는 여로를 뒤늦게 발견했던 것이다.

　여복은 쏟아져 내리는 눈물을 삼키면서 동원 내아로 수레를 끌고 갔다. 동원에 당도한 여복은 세 시체를 안치하고 목숨이 실낱같이 붙어있는 금섬을 조심히 옮겨놓았다. 그러자 산옥이며 송상현의 어린 아들 딸들, 그리고 유모와 시녀들이 모두 달려 나와 애통하게 통곡하였다.

　큰 슬픔과 원한이 뒤섞여 하늘땅에 사무치는 처량한 곡성이었다. 그 중에서도 산옥의 뒤에서 아버지. 엄마를 부르며 우는 어린 것들의 울음은 참으로 눈물겨웠다.

아이들의 울음소리에 가물거리는 정신을 다잡은 금섬은 자꾸 감기려고만 하는 눈을 간신히 뜨고 주위를 휘둘러 보다가 나른한 손을 힘없이 쳐들었다.

"아이들을 좀…"

그의 입에서는 이런 소리가 들릴 듯 말 듯 새여 나왔다. 금섬은 마지막으로 어린 자식들을 안아 보려는 듯 기운없이 손을 움직였다. 그것을 본 산옥은 얼른 맏딸 희영의 손을 잡아 그의 손을 잡게 해 주었다. 금섬의 창백한 얼굴에는 가냘픈 미소가 번졌다.

"아버님과 엄마의 원수를 갚…"

금섬은 말을 채 끝맺지 못하고 희영의 손을 맥없이 놓았다. 용모도 마음도 한결같이 아름다운 이 여인은 깨끗한 애국의 넋을 안고 고요히 눈을 감았다.

성호 이익은 이 여인의 굳센 지조와 절개의 마음을 찬양하여 금섬의 노래를 지었다.

> 동쪽바다에는 수많은 슬픈 바람 거센 파도 그칠 새 없어라,
> 금섬의 노래 한 곡 울려가니 지사들은 눈물 뿌리네.
> 원수의 칼날이 가까이 있다고 제 한 몸 돌볼 생각 했으랴.
> 부사가 북쪽 향해 절하고 죽을 제, 급히 달려온 아름다운 여인
> 하늘과 일월 향해 굳은 맹세 다지고 원수를 비웃으며 호되게 꾸짖었네,
> 그대는 젊고 아름다운 여인, 어디 간들 기쁨이 없으랴만
> 오직 한마음 임의 뒤를따라 목숨 끊는 것도 서슴지 않았도다.

아리따운 그대 불의를 증오하여 기꺼이 의로운 길 택하였으니.

애국의 정성에 사무쳐 등불에 날아든 나비처럼 갔구나,

지금도 동래 땅에는 여인들의 풍속이 고상하다네,

남편 위해 있는 힘 다하고, 나라 일에도 정성을 기울인 다네,

양반집 부녀만 높이 추켜세우고, 양반 아닌 여인은 무턱대고 업신여겼어도

넓고 넓은 이 나라에서 갓 쓴 양반들 얼마나 비겁 했던가.

아, 슬프도다. 국록을 먹는 자도 국사를 저버리고 처자만 돌봤으니

어미는 아나 아비도 모르는 놈들 어려운 때 본성이 들어 났어라,

벌벌 떨며 구차히 목숨 건졌을 진데 사람의 가죽 쓰고 부끄럽지도 않는가.

보라 연약하고 고운 저 여인, 몸은 비록 미천 해도

그 절개 송죽 같네, 어진 사람들 귀한 것이 마음이라.

여기서 깊은 교훈 찾아야 하리.

산옥은 금섬의 가슴에 얼굴을 묻으며 소리쳐 울었다. 유모와 홍단은 땅바닥을 두드리며 통곡하고 어린것들도 엄마를 부르면서 발을 동동 굴렀다. 여인들은 스스로 머리를 풀어헤치고 슬프게 곡을 하였고 여복도 샘처럼 흐르는 눈물을 걷잡지 못하였다.

동원 안은 슬픔으로 가득 찼으나 왜적에게 도륙 당한 동래성 안에서는 찾아오는 사람이 없었다. 지금 동원 사방에 왜병들이 거들먹거리며 돌아다니는 모습이 보이지 않는 것도 실은 왜적 괴수 시게마스가 엄히 금했기 때문이었다.

다음날 아침 여복은 산옥과 의논하여 밤이 오기를 기다려 먼저 형 여로와 양산군수 조영규의 시체를 안장하였다. 그후에 송부사 내외의 시신을 곧 언수원으로 날랐다. 언수원은 몇 달 전에 서울에서 아들들을 찾아

내려온 여복의 어머니가 거처를 정한 곳이었다.

어머니에게 그간의 사연을 다 이야기한 그는 앞으로 왜적을 물리친 후 묘 자리를 골라 다시 정중히 안장하려고 우선 적당한 자리에 송부사 내외의 시신을 합장하였다.

산옥은 동래성 내아 쓸쓸한 방에서 부모 잃은 어린 동생들을 데리고 눈물로 하루를 보냈다. 그는 부사 내외의 시신을 모시고 언수원으로 간 여복의 안부가 걱정스러워 밤에도 잠을 못 이루고 무사히 돌아오기만을 기다렸다.

다음날 저녁에 갑자기 왜적의 군영 쪽에서 시커먼 연기가 오르더니 무서운 화염이 하늘을 태울 듯 치솟았다. 그와 때를 같이하여 총소리가 한동안 자지러지게 들려왔다. 그것을 본 산옥은 왜놈병영에서 오르는 불길이 여복이 놓은 불이 아닌가 하는 생각이 들어 떨리는 가슴을 진정 시킬 수가 없었다.

며칠 전 까지만 하여도 온 가속이 화목하게 살던 내아는 한산한 찬바람과 무거운 적막에 잠기고 이따금 부모 잃은 어린것들의 애끓는 울음소리가 울려 나곤 하였다.

육방관속들과 장청의 장교들, 관노 사령들이며 향 청에서 일보는 사람들이 부사를 섬기며 분주히 드나들던 동원 청사에는 인적이 끊어져 텅텅 비었고 눈 산의 산새들만 찾아 들어 처량히 우짖었다.

산옥은 모든 것이 꿈만 같았다. 동원 내아에 쓸쓸한 뒷방에서 우는 동생들을 달래며 있으려니 외롭고 서러워 미칠 것만 같았다.

그는 이 환란 속에서 호주 없는 집안을 처녀의 몸으로 당장 어떻게 이끌어갈지 알 수가 없었다. 더욱이 지금은 믿고 의지하던 여복이 마저 언수원으로 가서 소식이 없으니 가슴만 답답하였다.

그는 더 참지 못하고 자리에서 벌떡 일어섰다. 아무래도 여복의 신상에 무슨 일이 분명 생긴 것 같았다. 산옥은 유모를 불러 어린것들을 맡기고 홍단과 함께 남복차림으로 밖에 나가 왜적병영쪽을 향하여 걸어갔다.

병영 가까이 다가가니 아직도 불을 끄느라고 이리 뛰고 저리 뛰는 놈들의 몰골이 언뜻언뜻 보였다.

두 여인은 불빛을 피하여 가까이에 있는 반 정도 허물어진 집 담장을 돌다가 어느 빈집의 대문에 들어섰다.

"거, 누구요"

뜻밖의 목소리를 듣고 빈집인 줄로만 알고 들어온 여인들은 깜짝 놀라 저도 모르게

"아니"

하는 소리를 입밖에 내며 멈췄다. 정신을 차려 앞을 바라보니 안마루에 한 노인이 앉아 있었다. 노인은 조금도 서두르는 기색이 없이 천천히 일어섰다. 그리고는 한참동안 말없이 어둠 속에 희미하게 보이는 사람들을 살피는 것 같더니 안심이 되는듯 잔기침을 하며 다시 앉았다.

마음이 놓인 산옥과 홍단도 안마루로 다가가서 노인에게 공손히 인사하고 그 옆자리에 앉았다. 희미한 달빛에 칠십이나 되어 보이는 노인의 시름겨운 얼굴이 들어왔다.

산옥은 남복을 하고 사내 구실을 하니 어색하고 힘도 들거니와 바깥 출입도 별로 해보지않던 터이라 처음에는 은근히 걱정스럽기까지 하였으나 노인과 스스럼없이 이야기를 나누어 보니 모든 것이 그저 심상하게 여겨졌다.

노인은 이번 난리통에 아내와 아들 며느리를 다 잃고 열다섯 되는 손자 녀석 하나가 남았는데 조금 전에 왜놈 병정들에게 잡혀갔다는 것과 그 놈들의 거동으로 보아 병영에 불지른 사람을 찾는 것 같아 내일이면 반드시 무슨 변이 날 것 같다고 말하였다.

산옥은 그 말을 듣고 몸을 떨며 그 사람들 속에 여복이 있다는 말을 못 들었느냐고 물었다. 노인은 대답대신 긴 한숨을 내쉬더니 그 사람은

왜적 군영에 불을 놓고 왜병들과 싸우다가 적탄에 맞고 쓰러져 잡혀 들어갔으며 자세히는 모르나 내일 산문 앞에서 목을 벨 것 같다고 하였다.

산옥은 이미 모든 것을 각오한 바 이지만 그 말을 들으니 눈앞이 캄캄하였다. 그러나 애써 마음을 다잡고 노인을 위로한 다음 홍단을 데리고 급히 동원으로 돌아왔다.

그날 밤 동원 내아에서는 무엇을 의논하는 여인들의 낮은 말소리가 그치지 아니하였다. 그들은 논의 끝에 날이 새기 전 유모가 어린것들을 데리고 서울 본댁으로 떠나고 산옥과 홍단은 남기로 하였다. 그래서 집 안의 비단과 금은부치들을 전부 모아 유모에게 안겨 주었다.

길 떠날 차비가 갖추어 지자 산옥은 두 동생을 끌어안고 울며 먼 서울까지 가는 길에 유모의 말을 잘 들으라고 타일렀다. 그리고는 유모의 손을 꼭 잡고 걸음마다 위태로운 천리 길을 무사히 걸어 서울에 이르면 숙모님께 여기 소식을 알리라고 신신 당부하였다.

아홉 살 희녕이와 일곱 실 나는 징질이는 유모의 손에 이끌려 따라가며 발을 동동 굴렀다. 산옥이 처음 달랠 때는 고개를 끄넉이며 말을 잘 듣던 것이 막상 하나밖에 없는 누이와 헤어지자 어린 마음에 죽기보다 더 슬펐던 것이다.

산옥은 홍단과 함께 먼 길을 떠나는 유모와 어린 동생들을 윤산 기슭 오솔길까지 눈물로 바래다 주고 집으로 왔다. 그는 집에 들어서자마자 값진 물건들을 옷 꾸레미에 넣고 나서 송부사가 여복에게 언수원의 어머니에게 전하라고 주었던 작은보따리를 따로 간편히 고쳐 싸서 등에 멨다.

만일의 경우를 생각하여 비수도 하나 품속에 넣었다. 벌써 날이 밝아 먼동이 터 오기 시작하였다. 모든 차비를 갖춘 산옥과 홍단은 곧 동원의 뒷문으로 나가 윤산에 몸을 감추었다. 양반 규수의 몸으로 대문 밖을 나서 보지 못한 산옥은 여느 때 같으면 엄두도 못 낼 어두컴컴한 숲 속에 들어갔으나 무서운 것도 느끼지 못하였다.

하지만 며칠 사이에 난생 처음 치른 엄청난 시련으로 인하여 엄습한 피로만은 피할 수 없었다. 눈 앞에 왜적이 보이지 않는 음침한 산속의 무성한 숲에 들어와 얼마간의 안정을 취하니 온몸의 기운이 한꺼번에 빠져나가는 것 같았다.

팔다리가 나른해 지면서 가슴이 답답해지고 머리가 띵해지다가 얼굴과 손발이 달아 올랐다. 그러더니 점차 몸이 불덩어리처럼 뜨거워지고 정신마저 가물거렸다. 몸이 불덩어리처럼 뜨거워진 산옥은 헛소리를 했다. 누가 들어도 종잡을 수 없는 말이었다.

이 무거운 돌을 어서 받으라는 소리를 하는가 하면 갑자기 왜놈들이 성벽에 달라붙었다고 외치기도 하였고 부귀영화보다 인륜과 의리가 더 귀한 것이라고 속삭이기도 하였다. 마치 그 누구에게 자기 속마음을 털어 놓는듯 열을 올려 말하다 가는 불시에 낭군님을 부르며 정답게 소근거리기도 하였다.

홍단은 열이 오른 그를 돌보며 안타까워 어쩔 줄 몰라 하였다. 산옥이 혼수상태에 빠져 인사 불성이 되니 홍단은 터져 나오는 울음소리를 억지로 삼키며 흘러내리는 눈물을 손등으로 씻고 또 씻었다.

그런 중에 홍단은 주인아가씨가 어떤 미천한 사나이를 사모하고 있으며 그 때문에 귀천이 서로 화합될 수 없는 세상을 원망하고 있음을 어렴풋이 느꼈다. 그는 이러다가 혹시나 하는 불길한 생각이 들어 산옥의 어깨를 붙잡고 흔들며 애타는 심정으로 외쳤다.

"아씨, 아씨 정신 차리시오이다"

홍단이 거듭 소리치니 산옥은 가늘게 눈을 뜨고 의아한 듯 바라보았다.

"아씨, 내가 누군지 아시와요"

정신이 잠깐 돌아선 산옥은 영문을 몰라 홍단을 쳐다보며 가는 목소리로 대답하였다.

"누구라니 너야, 홍단이지… 누구겠니"

"아씨가 헛소리를 하시며 누군지 자꾸 찾으시기에 물어본 것이와 요"

"엄 그래, 내가 정말 헛소리를 한 모양이구나"

산옥은 무슨 알 수 없는 힘에 이끌려 스스럼 없이 말하고 나서 몸을 일으켰다. 그는 가슴깊이 품어온 비밀이 드러난 것 같아 얼굴이 저절로 붉어졌다. 그러면서도 한편으로는 자기에게 그토록 성실한 홍단을 속이고 있는 것이 몹시 가책이 되어 부끄러웠다.

"한번도 믿음을 저버린 일이 없는 홍단에게 못할 말이 과연 무엇이겠는가. 지금은 조석간에 우리 운명이 어떻게 될지도 모른다. 이 무서운 난리에 속을 털어놓지 않으면 서로 뜻을 같이하여 모진 세파를 함께 헤쳐나갈 수 없을 것이다"

이같이 생각한 산옥은 홍단의 손목을 잡고 자기와 여복이와의 관계를 다 털어놓고 이야기하였다. 홍단은 처음에는 놀랐으나 산옥의 뜨거운 진심을 엿보고 오히려 그들의 불우한 처지를 동정하였다.

하루 반을 꼬박 앓고 나서 자리를 털고 일어난 산옥은 그동안 여복의 생사가 어찌 되었는지 알아보려고 이른 아침에 홍단과 함께 언수원으로 떠났다. 급한마음으로 바삐 걸어 언수원에 이른 그는 먼저 마을사람들에게 물어 여복의 어머니가 살고 있는 집으로 찾아갔다.

패전이 낳은 비극 ②

산옥이 집안에 들어가 육십이 넘은 여복이 어머니에게 큰절을 하니 노인은 당황하여 어쩔 줄 몰라 하였다.

"아니, 아가씨가 쇤네 한테 절을 하시다니 어이 된 일이오니까, 원 세상에…"

여복이 어머니는 너무도 황송하여 몸 둘 바를 몰라 하며 엉거주춤한 자세로 절을 받는 둥 마는 둥 하였다.

산옥은 노파의 앙상한 두 손을 따뜻이 감싸 쥐고 자기가 여복의 약혼 녀라는 것을 스스로 밝혔다. 그러나 노인은 그 말이 진담인지 아니면 부 사님댁 아가씨가 정신이 나가서 그러는지 알 수 없어 좀처럼 믿으려 하 지 않았다.

"아가씨가 하시는 말씀이 정녕 진담이오니까"

여복의 어머니가 몹시 당황해 하니.

"아이, 어머님도"

산옥은 어쩌면 좋을지 몰라 겨우 이렇게 말했다.

"미천한 이 노파를 보고 어머님이라니…어디 이럴 법이"

여복의 어머니는 산옥의 입에서 쉽게 나온 그 말을 듣고 당황하여 어쩔 줄 몰라 했다.

노인이 믿지 않는 것을 본 산옥은 마음이 급하여 경황이 없는 중에도 모든 의심이 풀리도록 전후 사연을 대충 이야기하지 않을 수 없었다. 그리하여 이 난세에 운명이 결합된 그들은 몇 마디 주고받는 사이에 벌써 서로 깊은 정이 들었다.

산옥은 여복이 어머니가 자기를 며느리로 대할 수 있게 되자 우선 여복의 행방부터 물었다. 노인에게서 그제 밤 여복이가 송부사 내외분의 시신을 뒷산에 모시러 가더니 아직 돌아오지 않았다는 말을 듣고는 곧 홍단에게 뒷산에 올라가 여복이를 찾아보라고 이른 다음 가지고 온 보따리를 풀었다.

그것은 숙음을 각오한 송상현이 여복에게 주면서 그의 모친에게 전하라고 한 보따리였다. 그 안에는 청홍 주단과 명주 두 필이 들어 있었다. 모친의 기구한 한 생을 동정하는 송상현의 다심한 마음이 깃들어 있었다.

산옥은 여복이 어머니의 옷이 너무도 남루한 것을 보고 자기 보따리에서 비단 한 필을 꺼내 즉시 치마저고리를 만들었다. 이윽고 뒷산에 갔던 홍단이 돌아왔다. 홍단은 동래부사 내외분의 시신을 메고 온 젊은이가 그 시체들을 안장한 후 왜적의 군영에 뛰어들어 불을 지르고 그 자리에서 총에 맞아 죽었다는 이야기를 들은 그대로 전하였다.

그 말을 들은 산옥은 눈앞이 캄캄해 지면서 하늘이 무너지는 것을 느꼈다. 마지막으로 믿고 의지하던 여복이 마저 죽었으니 이 세상에 더는 살아 있을 필요가 없을 것 같았다. 그는 홍단의 치마폭에 얼굴을 파묻고 하염없이 눈물을 흘리며 흐느꼈다.

"아씨, 진정 하사이다, 어찌 눈으로 직접 보지 못하고 남의 말만 믿으오리까"

홍단이도 흐르는 눈물을 연신 닦으면서 산옥의 어깨를 안타깝게 흔들었다. 이때 밖에 나갔다 들어온 여복의 어머니는 그들이 우는 까닭을 모르는지라 산옥의 손을 붙잡고 눈물이 글썽하여 말했다.

"사또님 내외분을 여위었으니 얼마나 가슴이 아플꼬 그래도 이젠 그만 진정하오, 진정해"

산옥은 자기의 손을 끌어당겨 살갑게 쓰다듬으며 어떻게 위로했으면 좋을지 몰라 하는 어머니에게 청천 벽력 같은 여복의 소식을 정녕코 알려드릴 수 없었다.

산옥은 눈물을 씻고 고개를 들었다. 그리고는 슬픔을 누르며 무릎 밑에 있는 마른 광목을 집어 그 중 하나를 홍단에게 준 다음 바느질에 온 정신을 쏟았다. 홍단과 정신없이 바느질을 하니 여느 때 보다 옷을 훨씬 빨리 지을 수 있었다.

산옥은 여복의 어머니에게 새 치마 저고리를 입혀 드렸다. 여복의 어머니는 고마운 마음과 불쌍한 생각이 겹쳐서 산옥의 손을 잡고 흐느끼며 눈물을 흘렸다. 그러는 사이 어느덧 한낮이 기울었다.

산옥은 보따리에서 쌀을 퍼내 바가지에 담은 후 홍단과 함께 물동이를 이고 마을 복판에 있는 샘물 터로 나갔다. 마을은 쥐 죽은 듯 고요했다.

두 처녀는 동이에 물을 한가득 채우고 나서 샘물 가에 주저앉아 쌀을 씻기 시작했다. 그때 갑자기 마을에서 개 짖는 소리가 들려왔다. 처음에는 '컹컹' 하고 한 마리가 짖더니 이 집 저 집에서 뛰어나와 자지러지게 짖어 댔다.

시름없이 쌀을 씻던 두 처녀는 왠 일인가 하여 고개를 들어 개들이 짖어대는 쪽으로 시선을 돌리니 시커먼 갑옷을 입은 왜병 여럿이 걸어 오는 것이 보였다. 동내 개들은 왜병들의 코밑에까지 바싹 다가들어 미친 듯 짖어 댔다.

힘상 굳게 생긴 왜병 한 놈이 접시 깨지는 소리로 고함을 치며 발을 굴렀다. 그 놈을 둘러싸고 바싹 다가들며 기세를 올리던 개들은 몇 걸음 물러섰다가 멱을 물어 뜯을 듯 껑충껑충 뛰어오르며 더욱 미친 듯이 날뛰었다.

그 놈은 겁에 질려 두리번거리며 동료들을 찾았다. 짐승처럼 온 얼굴이 털투성이인 흉악하게 생긴 놈 하나가 성큼성큼 걸어와 총대를 휘휘 내둘렀다. 그래도 개들은 무서운 줄 모르고 물러 갔다가 다시 뛰어들며 사납게 울부짖었다.

총대를 휘두르던 놈이 이번에는 총에 불을 당겨 겨누어 들었다. 개들은 그 무서운 총도 몰라보고 물어뜯을 기회만 노렸다. 갑자기 '탕' 하고 귀청을 때리는 소리가 나고 맨 앞에서 덤벼들던 개 한 마리가 옆으로 벌렁 자빠졌다.

그제야 그 막대 같은 것이 무서운 물건이라는 것을 알아차린 개들은 꼬리를 꾸부리고 '끙끙'거리며 안으로 들어가 버렸다. 그야말로 순식간에 벌어진 일이었다.

산옥은 왜놈들이 쓰러진 개를 놓고 너털웃음을 웃는 것을 보고서야 정신이 번쩍 들었다. 이 기회를 타서 빨리 집으로 가야 한다고 생각한 그는 벌떡 일어났다.

그는 홍단과 함께 두 주먹을 불 끈 쥐고 달음질쳤다. 물동이와 쌀 바가지 같은 것은 돌아볼 경황도 없었다. 헐레벌떡 숨차게 달려와 집에 이른 그들은 바깥문이 잠겨 있는 것을 보고 문을 힘껏 두드리며

"어머님, 어머님… 문 쫌, 문 쫌 열어주세요, 아이, 이들 어써나…"

하고 안타깝게 소리쳤다. 잠시 후 '삐그덕' 소리를 내며 문이 열리더

니 왠 할멈이 빨리 들어 오라고 손짓했다 .여복의 어머니는 총소리에 기겁을 한 이웃집 노친이 뛰어 들어오면서 문을 건 것도 모르고 방문 고리를 잡은 채 바깥 동정을 살피던 참이었다.

그들을 본 여복의 어머니는 급히 버선발로 뛰어나왔다. 그러자 문간에 서있던 이웃집 노친은 처녀들의 등을 밀어 안으로 들여보내더니 슬그머니 밖으로 나갔다. 눈앞에 위험을 느끼고 처녀들 만이라도 구할 생각이 들었는지도 모른다.

그때, 야수의 울부짖음 같은 소리가 들려왔다. 흉악한 고함 소리였다. 돌아보니 시커먼 옷을 입은 왜병 세 놈이 창검과 총을 들고 우르르 달려오고 있었다. 놈들은 어디로 피하면 좋을지 몰라 서있는 이웃집 노파를 밀어 자빠뜨리고는 '히히' 웃으며 마당 안으로 뛰어들었다.

이 왜병들은 총에 맞아 죽은 개를 둘러메고 걸어가면서 어느 집부터 털 것인가 궁리하던 중에 어머니를 찾는 산옥의 맑은 목소리를 듣고 귀가 번쩍 뜨여 달음질 쳐 온 것이다.

왜병들은 뜨락에 버티고 서서 손가락질을 하며 뭐라고 알지 못할 말을 지꺼렸다. 산옥은 온몸에 소름이 쭉 끼쳤다. 홍단이가

"아이고, 어머니"

하고 소리치며 산옥을 얼싸안으니 여복이 어머니도 왜병들 앞에서 금쪽같이 귀한 부사님댁 규수를 감춰 주려는 듯 두 팔을 벌리고 앞을 막아섰다.

왜병들은 슬금슬금 다가와 여인들을 둘러싸고 흉측하게 웃었다. '이제는 속절없이 죽은 목숨이구나' 산옥은 속으로 생각하며 떨리는 가슴에 손을 모았다.

여복이 어머니는 산옥이 만은 욕을 보이지 않으려고 그를 힘껏 밀어 왜병들이 둘러싼 사이에서 밖으로 보내고는 부엌으로 물러서서 앞을 막았다. 노인의 쭈글쭈글한 얼굴에는 진땀이 솟아나기 시작했다.

홍단도 산옥을 끌어안고 한 걸음 두 걸음 뒤로 물러서며 눈앞의 시퍼런 칼끝을 보고 진저리를 쳤다. 왜병들은 처녀들의 그 모양이 재미 있다는 듯 손가락질을 하며 '히히덕' 거렸다.

털북숭이 병정 놈은 웃음으로 호기를 뽐내더니 앞을 막아선 여복의 어머니를 밀쳐버리고 몇 발자국 걸어와서 산옥의 손을 덥석 잡았다. 산옥은 젖 먹던 힘까지 다 내어 그 놈의 손을 뿌리쳤다. 이에 기겁을 한 여복의 어머니는 왜병의 털투성이 손목을 두 손으로 붙잡고 매달렸다.

"이놈아 안 된다, 그대신 이 늙은이를 죽여라, 아이고, 이 일을 어찌나, 안된다, 안된다…"

여복의 어머니는 왜병이 손을 빼자 이번에는 옷자락을 붙들고 늘어졌다. 털북숭이는 약이 올라 여복이 어머니를 제 몸에서 떼내고 짐승 같은 소리를 지르며 발로 걷어찼다. 늙은이는 그 센 발길에 나가 떨어졌다.

털북숭이 병정 놈은 다시 돌아서서 산옥을 덮치고 다른 두 놈도 눈을 희번덕거리며 홍단에게 덜러들었다. 그 순간 산옥은 어디서 힘이 솟아났는지 털보숭이 놈을 와락 밀치고 여복의 어머니를 안아 일으켰다. 늙은이는 몸이 두 동강이 난 듯 늘어져 움직이질 못했다.

끔찍스러운 털북숭이 놈의 바지 가랭이를 힘있게 붙잡았다. 산옥은 왜병의 손에서 벗어 나려고 몸부림 치며

"놔라, 이놈아 놔라"

하고 기를 썼다. 털북숭이 병정 놈은 산옥의 손목을 쥐고 무작정 끌고, 산옥은 발을 구르며

"아이고, 사람 살려요, 사람 살려요… 동네사람들 다 어디 갔어요"

하고 외치고 또 외쳤다. 애처로운 처녀의 목소리가 연신 울리건만 이웃들은 누구 하나 나서는 이 없었다.

홍단이도 왜병들에게 붙잡혀 발버둥을 쳤다. 여복의 어머니는 사정없는 왜병의 발길질에 엎치락 뒤치락 뒹굴면서도 연신 산옥을 붙들고 늘어지면서 털북숭이 병정 놈의 발목을 붙잡곤 하였다.

일생을 청춘 과부의 몸으로 남의 집살이를 하며 갖은 고생 속에 튼튼한 아들 형제를 길러내어 늘그막에 웃음이 많아졌고 천만 뜻밖으로 송부사님댁 규수인 산옥이까지 찾아와 새 세상을 만난 것 같던 여복의 어머니였다. 그에게 있어 산옥은 이세상에서 가장 귀중한 사람이었고 금으로도 생명으로도 바꿀 수 없는 보물이었다.

땅에서 뒹굴던 늙은이는 마지막 힘을 다해 일어서더니 산옥을 잡아끄는 왜병에게 와락 달려들어 그 놈의 손등을 물었다. 손 잔등을 물어뜯긴 털북숭이는 갑작스레 자지러진 소리를 질렀다. "아 이따이, 이따이"

화가 머리끝까지 치민 그 놈은 여복의 어머니를 끌어내고는 사정없이 발길로 찼다. 무지막지한 왜놈의 발에 가슴을 채여 뒤로 넘어진 늙은이는 시뻘건 피를 벌컥벌컥 토하더니 숨을 거두었다.

"어머님, 어머님, 어머님…아이고"

산옥은 여복의 어머니 쪽으로 가려 했으나 꼼짝달싹할 수 가 없었다. 털북숭이 병정 놈이 붙들었던 산옥의 팔을 놓고 허리를 덥썩 안고는 팔에 힘을 주었다. 몸을 뒤틀던 산옥은 돌연 걷잡을 수 없는 분노가 치솟아 오르는 것을 느끼며 무서운 힘으로 왜병을 뿌리쳤다.

왜병은 감았던 팔이 풀려 그 자리에서 엉덩방아를 찧었다. 산옥은 그 기회를 타서 쓰러져있는 여복의 어머니에게로 달려가 그를 부둥켜 안았다.

"어머님, 아하…어머님, 이를 어쩌나"

산옥은 늙은이의 가슴에 얼굴을 묻고 흐느껴 울었다. 홍단이도 놈들에게 붙들린 체 몸부림치며 울었다. 처녀들의 그 애절한 울음 소리에 왜병들은 얼이 나간 듯 멍청하게 서있었다.

"어머님, 저 때문에 이 지경이 되셨군요, 어머님에게나 의지하려 했더니… 차라리 제가 찾아오지 않았던들 흉악무도한 저 왜놈들에게 이처럼 참혹한 일은 당하지 않았을 것을 '어허' 불쌍하고 가련한 어머니… 어쩌나 이를 어쩌나"

산옥은 흐르는 눈물을 옷고름으로 연신 씻으며 여복이 어머니의 부릅뜬 눈을 내려 드리고 헝크러진 머리도 바로잡아 주었다. 그리고 소리 내어 울면서 옷매무새를 다듬어 주었다.

그때야 제정신으로 돌아온 털북숭이가 슬금슬금 다가섰다. 산옥은 치를 떨며 벌떡 일어섰다. 그의 매섭게 다문 입과 서릿발 같은 눈에서는 찬바람이 돌았다.

"이 무지막지한 섬 오랑캐 놈들아 아무리 오랑캐라 해도 남의 나라 집 없는 누인을 이렇게 함부로 쳐서 이 지경을 만드는 법이 어디 있느냐"

추상같이 왜병들을 꾸짖는 그녀의 눈썹은 빳빳이 일어서고 희디흰 얼굴은 얼음같이 차가운 빛을 발산했다.

충정과 절개를 가풍으로 삼는 집안에서 자라나 무서운 전란에 식구들을 다 잃고 사랑하는 낭군마저 원수들에게 빼앗긴 여인에게서만 볼 수 있는 얼굴이었다.

그는 이미 왜란이 일어나기 전의 처녀가 아니었으며 그처럼 부드럽던 열흘 전의 산옥이가 아니었다. 운명의 막다른 골목에서 모든 것을 끝낼 결심한 산옥은 불꽃이 튀는 눈으로 털북숭이 병정 놈을 노려보면서 그 더러운 상판을 찌를 듯이 손가락을 뻗쳤다.

"이 짐승 같은 놈들아 네놈들은 어미도 아비도 없느냐, 이놈들아 차

라리 죽이려면 나를 죽이지 죄없는 노인을 어째서 이 지경으로 만들어
놓는 단 말이냐, 이 개 같은 놈들아…"

　장검과 총으로 무장한 왜병들 속에 똑바로 서서 도도하게 있는 산옥
의 흰 손가락 끝에서는 무시무시한 기운이 뻗쳐 나오는 듯싶었다. 조선
처녀의 서릿발 같은 기상에 질린 무지막지한 왜병들은 어찌할 바를 몰라
멍청히 있더니 저희들끼리 마주보며 입맛을 다셨다.
　그 바람에 놈들은 붙들고 있던 홍단이 마저 놓쳐버리고 말았다. 그 놈
들의 손에서 벗어난 홍단은 산옥에게로 달려와 그를 끌어안고 소리 내어
울었다. 바로 이때 마을 어구 쪽에서 몇 방의 총소리가 나니 왜병 놈들이
겁에 질린 소리를 지르며 사립문 앞으로 헐레벌떡 뛰어갔다.
　이어 요란한 말발굽 소리와 고함소리가 들려왔다. 불시에 왜난을 당
한 가덕 첨사 전흥민이 기마군의 일부를 거느리고 임지를 떠나 피해가던
중 이 마을 어구에서 노략질하는 왜적을 만나 싸우고 있었던 것이다.
　사태를 깨달은 세 명의 왜병 놈들은 산옥과 홍단의 손목을 잡아채고
문밖으로 미친 듯이 달려나갔다. 산옥은 있는 힘을 다하여 잡힌 손을 나
꿔 챘다. 그 찰나에 털북숭이 병정 놈의 손아귀에서 벗어난 그는 뒤로 넘
어졌으나 왜병들은 뒤도 돌아보지 않고 도망치기에 바빴다.

　"아씨, 아씨…"

　홍단은 놈들에게 끌려가며 애처롭게 부르짖었다. 그 소리를 듣고 벌
떡 일어난 산옥은 놈들이 이미 꼬리를 감춘 뒷산 숲 속으로 달려갔다. 그
는 목청껏 소리쳐 부르고 불렀으나 왜적에게 끌려가는 홍단의 자취를 찾
을 수 가 없었다.
　산속에서 방황하던 산옥은 하는 수 없이 울음을 삼키며 집으로 돌아
왔다. 그는 꼬리를 물고 계속되는 슬픔에 억이 막혀 울지도 못하였다. 참
으로 이 며칠 동안에 그는 여느 때 같으면 상상도 못할 변고와 불행을 겪

었다.

　산옥은 가슴속에 이루 형언할 수 없는 슬픔이 넘치고 괴로움이 뭉쳐 커다란 바윗돌이 들어앉은 것만 같았다.

　여복이 어머니의 시신 옆에 앉은 그는 슬픔도 괴로움도 잊은채 다만 숨을 제대로 쉴 수 없는 억이 막힘을 막연하게 느낄 뿐 이었다.

　산옥은 한동안이 지나서야 정신을 차리고 여복이 어머니의 시체를 뒷산 기슭에 안장하였다. 다음날 그는 상제로써 의복을 차리고 베옷을 속에 입은 후 여복의 행방을 다시 찾아보려고 뒷산으로 올라갔다.

15

의병을 일으킬 결심을 하다

이각이 휘두른 칼에 팔을 다친 인보는 차츰 심한 통증을 느꼈다. 팔이 퉁퉁 붓고 신열이 올라 오한에 떨던 그는 온몸이 불덩어리처럼 달아오르자 천길 나락으로 끝없이 떨어지는 듯한 느낌 속에 끝내 정신을 잃고 말았다.

해질 무렵에 어디선가 들려오는 총소리로 인해 눈을 떴다. 눈을 비비고 일어나 사방을 살펴보니 주위에는 나무숲이 울창하고 아래로는 넓은 들이 펼쳐져 있었다. 그가 지금 있는 곳은 산등성이 였다. 콩 볶는 듯한 총소리가 또 들려왔다.

점점 더 요란 해지는 총 포성과 아우성 소리가 뒤섞여 들려왔다. 그 흉악한 왜적이 이제는 동래성을 에워싸고 마구 총질을 하는구나. 인보는 이렇게 생각하며 일어나려고 하였다. 성한 손으로 나뭇가지 하나를 휘어 잡으며 몸을 반쯤 일으키던 그는 신음소리를 내면서 도로 주저앉았다.

정신이 어질어질 하여 몸을 가누기가 힘들었다. 그는 비틀거리며 앞으로 몇 걸음 걸어 나와 휜 소나무에 의지하고 앞을 바라보았다.

여기저기서 불빛이 반짝이고 검은 연기와 뽀얀 먼지가 성 주변에 자욱 했다. 뭐가 뭔지 잘 분간 할 수는 없어도 싸움이 몹시 치열하다는 것을 짐작하기는 어렵지 않았다.

눈을 비비고 앞을 바라보니 성에서 멀찌감치 물러난 왜적들이 곳곳에 불을 피우고 있었다. 인보는 저도 모르게 '후' 하고 안도의 숨을 내쉬었다. 그리고는 온몸에 힘이 없어 그 자리에 맥없이 주저 앉았다.

다시금 혼수상태에 빠진 인보는 이틀 후 저녁 무렵에 깨어났다. 벌써 일곱 차례나 끼니를 굶었지만 신열이 내려 정신이 한결 맑아진 것 같았다.

사방에서 산새들이 우짖고 파란 풀잎들이 바람결에 한들한들 춤을 춘다. 싸움이 언제 있었냐고 모든 것이 평화로운 모습을 띠고 있었다. 그러나 동래 성을 바라본 인보의 눈에는 전날 부산 성에서 보던 참혹한 잔상만 보이는 것이었다.

서쪽 하늘이 저녁 노을로 붉게 물들더니 날은 금방 어두워졌다. 인보는 행장에서 말린 문어 두 토막과 생쌀 한줌을 꺼내 입에 넣고 천천히 씹기 시작했다. 먼 길을 가려면 억지로라도 요기를 하고 기운을 차려야 했다. 인보는 싸맨 상처를 다시 맸다.

동쪽 하늘에 쟁반같은 달이 두둥실 떠올랐다. 산 아랫마을 한 가운데서 불빛이 이는 것을 보았다.

"누가 불을 놓았을까 왜놈들인가 혹은 흉악무도한 왜놈들을 기습한 어느 대장부의 소행인가."

얼핏 이런 생각을 하던 그는 인기척에 놀라 주변을 살펴 보니 망연한 자세로 하늘을 쳐다보는 여인의 모습이 어설프게 다가왔다.

"왠 여인인고…"

인보는 이상한 생각이 들어 조심스럽게 다가갔다. 여인은 누가 가까이 오는 것도 모르고 상대도 없이 말하고 있었다. 조금 더 앞으로 나아가니 나직한 여인의 음성이 분명하게 들려왔다.

"명천이 감동 하사 외로운 이 몸이 숙부님 내외분과 낭군님과 동래 고을 수천 원혼들의 원수를 갚게 하여 주옵소서. 잔약한 이 몸에 장부의 힘을 주시고 수백만 왜적을 물리친 을지 장군의 계략을 주옵소서."

은은한 달 빛 속에 보이는 처녀의 모습은 비록 옷이 구겨지고 머리는 헝크러 졌어도 진흙에 묻힌 옥처럼 어딘가 모르게 청초하고 아름다웠다.

"밤에, 왠 낭자요"

인보는 처녀에게 음성을 한껏 낮추어 물었다. 처녀는 그 말을 듣고 조용히 고개를 돌렸다. 인적이 없는 산속에 고요한 달밤에 홀로 있었으니 왠만한 담이 있는 여인도 깜짝 놀라련만 이 처녀는 놀라는 기색이 전혀 없었다.

"처녀가 어인 일로 이 밤중에 홀로 산에 올라 왔소"
"소녀는 이 고을 사람 이오이다, 왜변을 만나 혈육을 다 잃고…"

처녀는 말끝을 흐리며 옷고름을 눈가에 가져갔다.

"아 귀축 같은 섬 오랑캐들이 이 땅에 큰 재난을 몰고 왔는데도 저 병권을 쥔 자들은 도망가고 있으니…"

인보는 저도 모르게 부상당한 손을 들어 가슴을 쳤다. 그의 손을 싸맨 헝겊에는 붉은 피가 흠뻑 베어 있었다. 그것을 본 처녀는 인보 앞으로 한 발자국 다가섰다. 그리고는 인보의 손을 서슴없이 잡았다. 남녀의 분별이 있다고 하여도 아버지뻘 되는 중늙은이를 돌봐 준다고 하여 흠 될게 없고 더구나 이 무서운 난국에 무엇을 가리랴 싶었다 .

처녀는 주저없이 자기 속치마를 찢어서 부상당한 곳을 깨끗이 닦아내고 상처를 정성껏 싸매 주었다. 인보가 풀밭에 주저 앉으니 처녀도 그 옆에 가만히 앉았다.

"존장께서는 어떻게 하시다가 이렇듯 큰 부상을 입으셨 사오니까"

"말을 해서 뭣 하리오"

인보는 손을 다친 상황을 대충 이야기 하고는 여인의 얼굴을 더 유심히 살피며 다정한 음성으로 물었다.

"낭자는 뉘 댁 가문의 귀한 딸 인고"

"소녀는 이 고을 부사 가문의"

"아니, 그럼 이번에 순국하신 송부사댁 영애인고"

처녀는 목이 콱 메이는지 대답을 못하고 고개를 숙였다. 인보 역시 동래 부사의 참상을 생각하고 묵상에 잠기었다. 한참 후 고개를 든 처녀는 인보를 쳐다보며 절절하게 말했다.

"오늘밤 이 외로운 산속에서 존장 님을 뵈오니 소녀는 부모님을 모신 듯한 심정이 옵니다, 외람된 말씀이오나 존장 님의 존성대명을 알려 주사이다"

"나는 의령고을 세간리에 사는 정인보라네"

그 말을 들은 처녀는 마치 아버지를 대하듯이 인보의 손을 꼭 쥐었다.

"연세 많으신 몸에 심기가 얼마나 불편하시며 얼마나 아프시겠습니까."

"귀한 가문의 영애에게 이렇게 묻는 것이 예가 아닐지 모르나 올해 연령이 얼마나 되었노"

인보가 이렇게 물으니 처녀는 그 뜻밖의 질문에 약간 당황한 듯 하였으나 예절 바르게 대답 하였다.

"소녀는 올해 스물 두 살 이옵니다"

처녀라는 것을 알면서도 미심 결에 출가 전인가 물어본 인보는 저도 모르게 한숨을 내쉬었다.

"존장님께서는 소녀의 나이를 왜 물으시오니까"

인보는 그 말에는 대답하지 않고 다시 물었다.

"낭자의 이름은 무엇이라 부르오"
"산옥이라 부르오이다"

처녀는 고개를 숙이며 공손히 대답하였다. 인보는 그 말을 듣고 중천에 뜬 달을 하염없이 바라보았다. 그는 아내와 두 딸을 생으로 잃고 홀몸이 되어 이십 년 동안 살아 오면서 하루도 그들을 그리워하지 않은 날이 없었다.

머리에 흰 서리가 내리면서부터는 아내보다도 딸자식들 생각이 더욱 간절하여 이십 전후의 처녀들을 만나게 되면 늘 유심히 눈여겨 보곤 하였다. 그런데 오늘밤 우연히 그 또래 나이의 처녀를 만나고 보니 딸자식 생각이 또 머리를 쳐드는 것은 어쩔 수 없었다.

"오늘도 내가 또 공연히 헛된 꿈을 꾼 게로구나" 하는 생각을 하며 자리에서 일어났다. 산옥이도 그를 따라 일어섰다. 두 사람은 천천히 서북쪽 위로 뻗은 길을 따라 발길을 옮겼다. 산옥은 어쩐지 인보와 헤어지는 것이 아쉬웠다.

"존장님께서는 의령까지 가시오니까"
"암, 가야지 가야하고 말고 낭자는 어데로 가려노"
"소녀는 여기에 남으려고 하오이다"

산옥은 자기의 처지를 대강 이야기 하고 나서 혈육들을 다 잃고 의지가지 없는 몸이 되었으니 이제는 죽기로써 원수를 갚고 그 분들의 뒤를 따르겠다는 것을 눈물을 머금고 말했다.

그 말을 묵묵히 다 들은 인보는 먼저 자기가 이곳으로 오게 되었던 사연이며 곽재우의 위국 지성과 호협한 사람됨을 이야기 하고 나서 이제 반드시 그분의 큰 의거가 있을 것이니 그 도움을 받아 숙부모의 원수를 갚는 것이 좋겠다고 따뜻이 일러 주었다. 그리고 옛 명장들과 원수를 갚은 사람들의 군담도 들려 주었다.

  산옥은 아무 대책도 없이 홀로 원수를 갚고 죽겠다고 하던 것이 철없는 아녀자의 생각이었음을 가슴 아프게 뉘우쳤다. 그는 우선 여복의 생사 여부를 알아보고 다행히 살아있으면 함께 곽재우를 찾아가 그의 휘하에서 돌아가신 분들의 원수를 갚으리라 결단을 내렸다 .

  "이토록 베풀어 주시는 존장님을 모시고 더 동행했으면 좋겠사오나 찾아야 할 사람이 이 근방에 있기에 소녀는 여기서 머물려 하옵니다."

  산옥은 걸음을 멈췄다. 인보도 일어섰다. 처녀의 이슬에 젖은 눈이 달빛 속에 반짝 빛났다.

  "나는 지금 여기를 떠날 수 없다, 가장 귀중한 사람의 생사조차 모르고 있기 때문이다"

  인보는 처녀의 눈빛에서 그것을 읽었다. 잠시 후 그는 부드러운 음성으로 나직이 말했다.

  "낭자를 데리고 함께 가고 싶은 생각 간절하나 찾아봐야 할 사람이 있다니 섭섭한 마음 이를 데 없네, 히지만 이이하리 부디 몸 보중하여 이후에 꼭 의령고을 눌찬이로 찾아오게"

  인보는 산옥과 헤어지기가 섭섭했고 그의 모습이 애처로워 가슴이 다 저렸다.

  "존장님 부디 귀하신 몸 강녕 하십시요"

인보는 소리없이 울었다. 남의 처녀가 당한 불행이 가슴 아프고 거기에 자기 설움까지 겹쳐 흐르는 눈물이었다. 산옥이 역시 인보의 어진 얼굴에 흐르는 눈물을 보니 돌아가신 숙부모님들이 생각나서 피가 저렸다.

"존장님의 상처는 낳으시리니 너무 근심 마옵소서"

"낭자의 갸륵한 마음씨를 내 어찌 잊겠나. 부디 몸 보중하여 후일 다시 만나기를 바라네"

인보는 떨어지지 않는 발자국을 내디뎠다.

사월 열 아흐레 날이다. 왜군이 부산포에 들어 온지 벌써 엿새가 지났다. 이날 해가 기울어질 무렵에 의령 고을로 피난민들이 띄엄 띄엄 들어왔다. 피난민들의 행색은 각양 각색이었다. 재우는 방을 몇 개 치운 후 상노를 시켜 피난민들을 모두 집에 불러 오도록 했다. 그들은 양산 김해 쪽에서 오는 사람 들이었다.

재우의 집 대문과 중문은 닫힐 줄을 몰랐다. 지친 발길로 문 안에 들어선 피난민들은 널찍한 뜰 한가운데 이르러 맥없이 짐을 내려놓고 털썩 주저앉곤 했다. 그들이 뜨락에 되는 데로 주저앉아 있으면 이집 남녀 하인들이 미리 비워 놓은 방으로 안내했다.

"원, 이렇게 고마울 데라고야, 고맙소이다, 뭐라고 인사를 드려야 할지 정말 모르겠소이다"

하고 저마다 눈물을 글썽이면서 말하였다. 얼마 지나자 먼저 온 사람들은 벌써 주인같이 되어 나중에 들어오는 사람들을 맞아들이게 되었다.

그들은 여기가 양반집이라는 것을 모르는 바가 아니었건만 어째선지 허물 함이 없어져 어려움을 잊어버리게 되었던 것이다. 피난민들은 모두 서로 처음 만난 생면부지의 사이였으나 이내 친숙해졌다.

재우는 멀찍이 대청 위에 서서 그들을 말없이 바라보았다. 그의 눈에는 흉포한 왜적에게 당하는 겨레의 참상이 어른거렸다. 피와 죽음, 애절한 통곡 소리, 섬 오랑캐들의 더러운 발길이 미치는 곳 마다 벌어졌을 그 처참한 광경을 생각하니 꽉 틀어쥔 두 주먹이 부르르 떨렸다.

"부산, 다대포, 동래, 김해, 양산이 왜적들의 수중에 떨어졌으니 오래 지 않아 여기 의령 땅에도 그 놈들이 몰려 올 것이다. 그렇다면 이 고 을 백성들마저 저 무도한 섬 도적들에게 어육으로 내 맡겨야 한단 말 이냐, 아니 그럴 수 없다, 결코 그렇게는 안되리라"

재우는 저도 모르게 머리를 세차게 흔들었다.

"일각이 여삼추다, 방비 없는 이 땅에서 그 누구도 믿을 수 없으니 같이 분발하여 일어서야 한다. 지체 할수록 백성의 운명은 더욱 참혹 해 질 것이요, 이곳 눌찬이 마을도 위태로와 질 것이다"

'어물거릴 사이가 없으니 시급히 방비책을 세워야 했다. 그 무엇보 다 긴요한 일은 사람 들을 일으켜 세우는 것이다. 우선, 싸울 수 있는 사람들로 의병을 모으고 대오를 편성해야 한다. 이 일은 빠를수록 좋 다.'

"헌데, 인보는 왜 아직 오지 않는가? 혹시 무슨 불길한 일이라도 있 는가?"

지칠대로 지친 사람 하나가 절뚝 거리며 문가에 나타났다. 그를 본 재우는 대청에서 뛰어 내렸다. 다리를 간신히 끌며 문안에 들어서는 그 사람은 인보였다.

"이게, 어찌 된 일이오"

재우는 황망히 달려나가 인보의 두 손을 덥썩 잡았다.

"그 동안 얼마나 수고를 하셨소"

"일이 이렇게 빨리 닥쳐 올 줄은 알지 못했으니 오히려 여기서 더

수고가 많았겠소, 이 사람이야 그저 몇 개 고을 다녀온 데 불과 하지
요"

하고 인보는 빙그레 웃음을 지었다.

"자, 어서 방으로 들어 가십시다"

재우는 서두르며 감싸 쥐었던 인보의 손을 그대로 끌었다. 그는 방안
에 들어서자 곧 인보를 자리에 앉히고 자신도 그 앞에 마주 앉았다. 재우
는 이 며칠 동안에 그가 겪은 고초를 알고도 남음이 있었다. 재우는 피가
얼룩진 그의 부상당한 팔을 조심스럽게 어루만지며

"이게 어찌 된 일이요, 어쩌다가 이렇게 되었소, 어허 참 오죽이나
아팠을까? 그러니 고생 인들 얼마나 했겠소"

천근같이 무거운 발을 간신히 끌며 걸어온 길, 넘어지고, 할퀴고, 다
쳐가며 한 걸음 한 걸음 시각을 아껴 걸어 온 그길 위에는 불 같은 의분
의 숨결이 스며 있었다.

잠시 둘 사이의 인사말이 오고 간 다음 인보는 부산성과 동래성에 갔
다가 오는 길에 보고 듣고 겪은 일들을 자세히 이야기 하였다.

부산포 첨사와 동래 부사의 장렬한 최후며 병사, 수사들이 군기를 버
리고 비겁하게 도망친 사실 자기가 도주하는 병마절도사를 꾸짖은 탓에
그자의 칼을 맞던 것 등을 비롯하여 그가 하는 말은 어느 것이나 다 기막
힌 사연들이었다.

특히, 동래부사 송상현의 유가족 송산옥을 산중에서 우연히 만나 알
게 된 일과 동래성의 참화와 그 후 벌어진 끔찍한 변고들은 눈물없이 들
을 수 없는 이야기였다.

가물거리는 촛불 앞에 앉아 있는 재우는 한번도 인보의 말허리를 끊
지 않고 고개를 숙인 채 침통한 기색으로 묵묵히 듣기만 하였다. 촛불에

비친 두 사나이의 그림자는 벽에 비쳐 불안하게 흔들 거리고 있었다.

문득 이웃집 닭이 홰를 치며 울었다. 밤이 깊어지기도 전에 수탉이 우니 상서롭지 못한 징조인 것 같이 느껴졌다. 어쩌면 있을 이 고을에도 덮쳐들 참변을 예고해주는 듯 하였다.

"허, 세월이 어수선하니 닭이란 놈도 때를 알지 못하는군"

재우는 서글프게 말하고 일어섰다.

"곤하실 텐데 이제 좀 쉬셔야지…하시던 말은 내일 또 하기로 하고 다른데 갈 것 없이 여기서 석반을 하고 누워 깨울 때 까지 푹 쉬는게 좋겠소이다"

인보는 앉은자리에서 말없이 고개를 끄덕이고 피곤한 다리를 쭉 펴며 몸을 책상에 비스듬히 기댔다.

재우는 긴 한숨을 토하고 고개를 들이 동구 쪽을 비리 보았다. 달빛아래 또 어수선한 피난민 한 무리가 오는 것이 보였다.

"아, 이 나라 백성들이 불쌍하구나…"

재우는 저도 모르게 생각을 입 밖으로 뱉었다.

"과연, 나라를 지킬 장수와 군사가 그렇게도 없단 말인가, 왜적이 그리 큰 저항을 받지 않고 몇 개 고을을 손쉽게 함락 시켰으니 어찌된 일이냐, 이긱이란 자는 싸울 생각이 애초에 없어 도망쳤다 치고 그 밖의 장수들은 도대체 무엇을 하고 있었느냐"

재우는 중천에 높이 뜬 달을 바라보았다. 엷은 구름이 둥그런 달 밑을 조심스럽게 스쳐 지나가고 있었다. 이 밤은 무척 아름답고 고요하였다. 밝은 달도 예나 다름없고 주위의 나무 잎새들도 부드럽게 살랑거렸다.

16

거사를 위하여

재우는 방비 없는 나라의 형편을 너무도 잘 알고 있었기에 그 안타까움으로 왜적에 맞설 생각을 하고 마침내 의령을 시작으로 의병을 일으켜 전국에서 봉기하도록 해야 한다는 결론에 이르렀다.

어디선가 닭이 홰를 치는 소리가 들려왔다. 새벽이 가까웠던 것이다. 달빛 밝은 고요 속에 밤은 소리 없이 흘러 가고 있었다. 날이 밝았다. 사월 스무 날이다. 잠을 자는 둥 마는 둥 하고 일어난 재우는 고을 안과 이웃 군현들의 벗들에게 보내는 편지를 써서 각 곳으로 보냈다.

해는 눈부신 금빛 햇살을 뿌려 눌찬이 마을을 포근히 감싸주고 있었지만 오래지 않아 이 고장 역시 부산포나 동래성과 마찬가지로 전란의 피해를 입게 되리라고 생각하니 재우는 가슴이 벌에 쏘인 것처럼 아팠다. 그는 저도 모르게 주먹을 쥐었다.

재우는 떠날 차비를 마친 하인의 말을 듣고 사랑방에서 며칠째 묵고 있는 돌을 불러 행장을 갖추라고 하고 인보에게 사람을 보내서 먼 길에 몸조심 할 것을 간곡히 당부하였다.

재우는 안으로 들어가 찬찬히 행장을 살피고는 직접 말을 끌어내 안장을 얹었다. 이윽고 재우 일행은 문을 나섰다. 늙은 어머니와 동생 재지

내외는 가마를 타고 재우 형제는 말 등에 올랐으며 돌은 재우의 만류에도 불구하고 그의 견마를 잡았다.

일행이 비슬산에 당도하자 재우는 산골 안 깊숙한 곳에 어머니의 피신처를 정하고 하인들을 시켜 거처를 마련하도록 하였다. 재우는 그 길로 가까이에 있는 아버지 산소를 찾아갔다. 무성한 숲을 지나 산소에 이른 그는 준비해온 제물을 석상 위에 정성껏 놓고 분향을 한 후 경건히 꿇어 앉았다.

"아버님, 불초자 재우는 국난을 당하여 신자 된 몸으로 가만히 앉아 있을 수 없사와 지금껏 벼려온 칼을 들고 일어나 왜적을 치려 하옵니다, 아버님께서 생존해 계실 때 늘 일러 주신 데로 상감님을 호위하고 의기 남아의 충성스러운 마음으로 이 나라를 지켜 싸우겠습니다. 어쩌면, 아버님 영전에 이렇게 뵈옵는 것이 이번이 마지막 일지도 모르겠습니다. 아버님 부디 이 불초자에게 힘을 주시고 지혜를 주옵소서"

재우는 깊이 고개를 숙이며 눈을 감았다. 두 줄기 뜨거운 눈물이 그의 볼을 타고 흘러내렸다. 한참 만에 눈을 뜬 그는 술을 잔에 붓고 나서 정중히 큰 절을 올렸다.

재우는 돌을 앞세우고 구붕골로 향하였다. 그가 이 절박한 시기에 구붕골을 방문하는 것은 더 중요한 큰 뜻이 있었기 때문이었다. 구붕골이 가까이 오니 나무 숲 울창한 산천의 모습이 퍽 낯익었다.

재우는 십여 년 전에 사냥 나왔을 때 돌이를 보고 이 골짜기에 움막을 짓고 사냥을 했으면 좋겠다고 말하던 일이 떠올랐다.

붉은 낙조가 비낀 형형색색의 바위들이 기이한 빛이 나고 건너편에는 몇 갈래로 갈라진 봉우리가 구름 밖으로 솟아 있었다. 재우는 돌을 따라 골 안으로 더 깊이 들어갔다. 암석 위로 춤추며 달리는 맑은 물이 발 밑을 감아 도는 데 태고연한 소나무 숲이 앞을 막았다.

두 사람이 그 소나무 숲을 지나 펑퍼짐 하게 생긴 언덕에 이르자 울창한 숲을 등지고 오붓이 모여 앉은 십여 호의 초가집들이 보였다. 구붕골이었다.

마을 복판에 방앗간과 목공간이 있고 산 밑에 큰 대통으로 끌어온 우물도 있어 일반 향촌과는 색다른 정취가 풍겼다. 또한 어느 집이나 정결하여 어찌 보면 심산의 암자인 듯한 감도 들었다.

뜰에 나와 노는 어린것들이나 오가는 아낙네들을 보아도 모두가 무명옷에 가죽신을 신고 있어 궁색하고 남루한 티가 보이지 않았다. 세상을 등지고 사는 심산 속 마을 사람들이라 그런지 그들이 쓰는 도구들은 거의가 나무가 아니면 가죽으로 만들어져 딴 세상에 들어온 듯이 신기해 보였다.

날이 저무니 일 나갔던 마을 사람들이 모여 들었다. 행수가 남원 부사님댁 서방님을 모시고 왔다는 소식을 듣고 달려온 것이다. 오는 사람마다 뜰 아래서 절을 하고는 마당에 깔린 명석 위에 조심히 무릎을 꿇고 앉았다.

재우는 늙은이들에게 방안으로 어서 들어오라고 거듭 권하였지만 백발이 성성한 그들은 뜰 아래 꿇어 앉은 채 일어설 엄두를 못 냈다.

잠깐 밖에 나갔던 돌이 이 광경을 보고 노인들의 몸을 부축해 일으키며 몇 번 권해서야 한 사람 두 사람 조심스럽게 방안으로 들어왔다.

이렇게 되어 노인들은 물론 젊은이들도 모두 방안에 들어와 큰 절을 하고 자리를 잡게 되었다 .어느새 준비를 했는지 푸짐하게 차린 큼직한 주안상이 재우 앞으로 들어왔다.

구붕골이 생긴 이래 처음 치르는 마을의 큰 경사이고 보니 마을 사람들의 온갖 성의가 깃든 성찬이었다. 재우 앞에 놓인 큰 상 주변에는 마을의 노인들이 엉거주춤한 자세로 앉았고 젊은이들은 그 윗목에 떡과 고기를 비롯한 음식 그릇들이 놓인 상 하나를 놓고 머뭇거리며 둘러앉기 시작했다.

행수 돌이 먼저 잔에 술을 가득 부어 두 손으로 받들어 들고 재우에게 공손히 올렸다. 재우는 잔을 받아 마시고 나서 돌을 보고 노인들에게 술을 권하라고 말하였다. 그들 중 누구도 선뜻 받는 사람이 없었다. 명문가의 양반 앞에서 외람되게 술잔을 들 수가 없었던 것이다.

재우는 재차 돌을 시켜 노인들에게 고루 한 잔씩 권하게 한 다음 좌중을 돌아보며 오늘의 성의에 대하여 고마움을 표하였다.

재우의 이러한 행동은 사실상 당시에는 거의 찾아볼 수 없는 것이었다. 사대부가문의 양반으로 천민들과 자리를 같이 할 수도 없거니와 자기에 대한 성의에 입을 열어 사의를 표한다는 것은 천부당 만부당한 일이었다.

좌중은 이제 활기가 넘쳤다. 부사님댁 서방님이 천민인 자기들과 좌석을 같이하고 술을 권하기까지 하였으니 굳어졌던 몸이 은연중 풀림은 자연스러운 이치이다. 재우는 술을 몇 잔 들고나서 자기의 존재로 하여 여러 사람들이 기를 펴지 못하고 있음을 느껴 몸을 일으켰다.

먼 길을 오느라 피곤하여 일찍 쉬겠노라는 말을 남긴 그는 곧 돌을 앞세우고 침실로 갔다. 그들은 부사님댁 서방님의 덕행을 칭송하면서 밤이 늦도록 마음껏 놀며 취하도록 술을 마셨다.

한편 침소에 들어간 재우는 돌을 곁에 앉히고 여러가지 말을 하였다. 그는 우선 사냥꾼들의 무예를 익혀온 상황이며 비축해 둔 식량과 무명 필의 수량을 자세히 알아 보았다. 그런 다음 왜적이 란을 일으키고 기어든 이때, 모두가 장부답게 나서야 하겠다고 말하였다. 그의 말은 부드럽고도 엄숙했다. 돌이 신중한 기색으로 듣고 있는데

"너는 무슨 연고로 아직도 성례를 하지 않고 독신으로 있느냐"

하고 갑자기 재우가 물었다. 이 뜻밖의 질문에 돌은 한동안 어쩔 바를 몰라 하였다

"왜, 내답이 없느냐"

"소인은 때가 오기를 기다리옵니다"

"때라니 ?"

"혼약은 이루었사오나 아직 홀로 사는 어머님을 모시지 못하였사와 한가한 때를 봐서 이 집에 모신 후에 성례를 하고자 하옵니다"

"어, 그럴거니"

재우는 몇 번 고개를 끄덕이고 나서 말없이 옆에 있는 침상에 올라앉았다. 이를 보고 돌이 조용히 나가자 방안에는 사람의 마음을 쓸쓸한 길로 이끄는 적막이 깃들었다. 심산 속의 밤은 한없이 고요하였다. 벽계수 흐르는 소리와 산새들의 처량한 울음소리는 심야의 적막 속으로 한걸음 더 들어가게 만들었다.

재우는 옆집에서 가락에 맞춘 듯 들려오는 문풍지 소리를 귀담아 들으며 다소곳이 잠이 들었다. 다음 날 재우는 조반을 먹고 말에 올라 돌과 함께 사립문을 나섰다. 마을 앞 널찍한 마당에서 단도 던지기 수련을 하는 사냥꾼들이 눈에 들어왔다.

"부사님 댁 서방님이 행수와 함께 오신다."

문득 누군가 환희에 찬 목소리로 외쳤다. 모두들 수련을 하다 말고 재우에게로 일제히 달려와 성큼성큼 땅에 엎드려 큰 절을 하였다. 재우는 그들에게 답례를 하고 부행수 신돌산에게 하던 수련을 계속하라고 말했다. 옆으로 물러서서 그들이 날리는 비수를 유심히 눈여겨보았다. 열 다섯 명이 던지는 비수는 거의 명중되었다. 재우는 얼굴에 환한 웃음을 띠고 이번에는 활을 쏴 보라고 하였다.

부행수 신돌산이 먼저 만궁으로 활줄을 당겼다가 손을 놓았다. '쉭' 하고 바람 가르는 소리에 이어 '딱' 하는 소리가 났다. 명중이었다. 다음 몇이 또 쏘았는데 비록 서툴기는 하나 그만하면 솜씨가 괜찮은 것 같았다.

수련이 끝나자 재우는 그들의 노력을 진심으로 치하한 다음 여기는 사냥꾼들이 사는 곳이니 마을 이름을 구붕골 대신 사냥촌이라 하고 행수의 이름도 돌 대신 밝을 명자 무거울 중 자를 써서 명중이라 부르는 것이 어떠냐고 물었다.

돌을 비롯한 사냥꾼들은 하나같이 기뻐하였다. 재우는 방금 전에 본 사냥꾼들의 숙련된 칼 던지기를 칭찬하면서 그들이 가지고 있는 비수 이름을 일월천리도라고 부르자고 했다.

사냥꾼들은 부사님댁 서방님의 말을 들으며 모두 감격하여 눈물이 글썽해 있었다. 악랄한 양반 토호들의 등살에 못 이겨 산속으로 피해 들어와 세상을 등지고 사는 그들에게 이렇듯 사람 대접을 해 준 사람은 지금까지 하나도 없었다.

재우는 이곳을 떠나기에 앞서 왜적 무리들이 침입하여 무고한 백성들을 살해하고 있는 사실을 그들에게 알려 준 다음 그 옛날 이 나라 백성들이 외적을 물리치던 때처럼 기개 높은 대장부들은 누구나 원수를 처단함에 나서야 한다 하고 서둘러 말 등에 올랐다.

명중과 사냥꾼들은 경건한 마음으로 그를 마을 이구끼지 배웅했다. 재우는 명중에게 수일 내로 싸움 준비를 튼튼히 갖춘 사냥꾼들을 인솔하고 눌찬이로 찾아오라 분부하고 말고삐를 힘껏 당겼다.

힘찬 말발굽 소리는 산중에 고요를 깨뜨리며 산골 안으로 메아리 쳤다. 의병대의 장쾌한 깃발이 휘날릴 아침이 이 산속에서부터 밝아오고 있었다.

재우는 한낮 무렵에 한 고개를 넘어 험한 산골짜기에 접어 들었다. 어두컴컴한 골 안을 지나 높지도 낮지도 않은 고개에 올라서는데 갑자기 숲 속에서 괴한 열 서넛이 불쑥 뛰어 나왔다.

하나같이 건장하고 사나워 보이는 사나이들은 이상하게도 저마다 몽둥이를 들었으며 두엇은 환도까지 차고 있었다. 재우는 그들이 이제 어떻게 하는가 두고 보려고 잠자코 기다렸다.

"예서, 너를 기다린지 오래다, 가지고 있는 물건들과 말은 여기다 놓고 가거라"

말하는 품을 보니 도적이 분명하였다. 재우는 어이없어 '껄껄' 웃었다.

"이놈아 왜 웃느냐, 보아하니 양반님 같은데 오늘은 처지가 다르다
는 것을 알고 공손히 내려서 그 말을 우리에게 주는게 좋겠다. 공연히
딴마음 먹고 순종하지 않으면 뼈도 추리지 못할 줄 알아라"

괴한은 고개를 한 번 '꺼떡' 하고 두어 발자국 성큼 내 짚어 말고삐를
움켜쥐었다.

"이놈, 어데라고 함부로 말에 손을 대느냐"

별안간 재우의 호령이 떨어졌다. 예상외로 우렁찬 그의 목소리에 괴
한들은 움칠 놀라 서로 얼굴들을 마주보았다. 말고삐를 잡았던 사나이는
몸을 도사리며 서너 발자국 뒷걸음쳐 물러섰으나 다른 자들은 슬금슬금
좌우 앞뒤로 조여 들며 말에서 내리라고 울러 댔다.

그는 사실 도적 십 여명쯤 상대하는 것은 별로 어려울 것이 없었다 그
는 오히려 이자들을 순리로 잘 깨우쳐 준다면 왜적을 물리치는 싸움에
나서게 할 수 있지 않겠는가 하는 생각을 하고 있었다.

재우는 가까이 다가들며 공격의 기회를 노리는 도적들을 둘러보며 어
이 없는듯 '허허' 웃고 입을 열었다.

"너희들의 소망대로 내 말을 주리니 너희 본거지로 같이 가자"

"우리는 본거지가 따로 없다, 잔말 말고 말에서 내려라"

재우는 그들을 어루만지듯 부드럽게 말했다.

"너희들이 오죽하면 이런 짓을 하겠느냐, 내 말도 주려니와 은전 있
는 것도 다 주리니 다른 걱정 말고 너희들 처소로 가자."

재우는 괴한들을 둘러보고 거사에 필요한 무명이며 쇠붙이 좋은 대나무 등을 마련해 가려고 싣고 왔던 큰 은전 자루를 말 등에서 벗겨 그들에게 주었다.

　"자, 이만한 은전이면 너희들이 나누어 가져도 식솔들을 몇 해는 잘 거느릴 수 있을 게다"

　괴한들은 재우의 급변하는 태도에 의아해 하면서도 은전 자루를 받아 자루 끝을 풀었다. 그 속에는 과연 번쩍이는 은전들이 하나 가득 들어 있었다.

　"너희 두목이 어디 있느냐, 나하고 너희들 처소로 가보자…내, 이 말도 거기 가서 다 주겠으니"

　재우는 하루를 지체하는 한이 있어도 그들을 다 데리고 갈 생각이었다. 환도를 빼들고 재우의 말고삐를 잡았던 허우대 큰 사나이가 또 앞으로 다가섰다.

　"왜, 우리처소로 가자고 하시옵니까"
　"산 사람들을 모두 만나 의논할 게 있고 또 행수에게도 긴히 할말이 있어 그러니 조금도 염려 말고 같이 가세"

　빙긋이 웃는 재우를 의심스러운 눈길로 얼핏 쳐다보더니 말 고삐를 힘껏 틀어쥐고 걸음을 옮겼다. 한참 걸어 울창한 숲을 지나니 앞뒤로 커다란 바위가 나타났다. 그 바위 앞에 이른 사나이는 환도를 찬 다른 사람에게 말 고삐를 넘겨주고 바위 옆의 굴 속으로 들어갔다.
　잠시 후 그 사나이는 키가 큰 사람 하나를 데리고 나왔다. 한 오십 살쯤 되어 보이는 그 사람은 말을 타고 있는 재우를 잠깐 여겨보더니 얼굴이 금새 환해지며 반가운 기색을 지었다.

"아니, 의령고을 부사님댁 서방님이 아니시옵니까, 그 동안 신수 안녕 하셨사오니까, 소인은 김복산이 올시다"

재우는 놀란 눈을 크게 떴다.

"가만있자 그래, 자네가 정녕 복산이란 말인가"
"예, 분명 그러하옵니다"

재우는 말에서 뛰어내려 그에게로 다가가며

"자네가 어떻게?"

하고 믿어지지 않는 듯 중얼거렸다.
복산은 얼른 무릎을 꿇으며 큰 절을 하였다. 사람들은 무슨 영문인지 몰라 멍청하게 바라 보기만 하였다.

"이 사람아 그러지 말고 어서 일어나게, 우리 여기 앉아 이야기나 좀 하세"

재우는 이같이 말하고 앞에 있는 너럭바위에 걸터앉았다.

"어허, 자네를 본지가 언제든가, 그래 그 동안 어떻게 지냈나"

복산은 육중한 몸을 일으켜 재우가 앉아있는 바로 아래 넙적한 돌 위에 조심스럽게 모로 앉았다.

"소인은 예조에서 나와 여기저기 돌아다니다 얼마전부터는 경상도 병영에 군관으로 있었습니다, 헌데 글쎄, 왜변을 당하자 이각 병사는 군기와 식량을 불사르고 도망가고 군영의 우후 이하 전원이 뿔뿔이 흩어지는게 아니겠습니까. 그래서 소인은 휘하 군졸들 만이라도 데리고 왜적과 싸워보려 하였으나 엄두가 나지않아 궁여지책으로 우선 이 산속에 들어왔습니다. 일은 차차 도모해 보기로 하고 그러다 보니 당장 구복을 채울 수 없어 군사들이 도적행위까지 하게 되었고 서방님께 무엄한 행동을 하기에 이르렀으니 그 죄 무엇으로 씻으오리까. 이젠 죽더라도 주저 없이 이 산을 뛰쳐나가 적과 싸우는 길밖에 없습니다"

"거 잘 생각했네, 우리 겨레가 피를 흘리고 있는 이 시각에 군사를 거느린 장수가 상감님의 근심을 덜어드릴 생각을 못하고 어찌 산중에서 무위도식을 하겠나"

재우는 복산과 얼마간 더 말을 주고 받다가 자리에서 일어나 말을 탔다. 두 사람은 노상에서 과거사를 회고하여 정담을 나누며 천천히 길을 갔다. 그들은 저녁이 되어서야 눌찬이에 이르렀다.

17

출전 준비를 마친 의병대

 날이 밝았다. 사월 스무 하루다. 재우는 거사를 위하여 집안의 가사를 다 내놓고 벗들과 친지들에게 목장의 말과, 군창, 현창들의 양곡 그 밖의 무기를 비롯하여 하다 못해 쇠붙이에 이르기까지 거사에 필요한 것이라면 아낌없이 보내 줄 것을 호소하였다.

 재우의 인품과 덕을 사모해오던 인근의 벗들과 친지들이 그의 호소에 호응하여 떨쳐 나서게 되니 며칠 동안이지만 거사 준비가 많이 진척되었다. 재우의 집에서는 이른 새벽부터 사람들이 부산스럽게 모이기 시작하더니 사랑방과 그 앞마당 차일 속에는 이백 여명의 장정들이 그득히 들어앉았다.

 이 각양 각색의 사람들 중에서 그래도 군사같은 지모를 갖춘 것은 역시 복산이 거느리고 온 군사들이었고 가장 용맹스러워 보이는 이들은 사냥촌의 젊은 돌이 패들이었다. 사냥이란 원래 용감하고 날랜 일로 무기를 들고 적을 치는 싸움과 비슷한 데가 있다.

 한쪽에서는 몰이꾼들이 깃발을 치켜들고 함성을 올리며 돌진하고 다른 한쪽에서는 달아나는 짐승을 추격하면서 활로 쏴서 잡는데 적과 싸우는 공격전이나 유인 매복전의 이치도 이와 다를 바 없다. 사냥은 혈기 왕성한 젊은이들에게 슬기와 용맹을 키워주며 그들이 자기의 무예를 실전에 적용 해 볼 수 있는 가장 좋은 군사 훈련 방법이다.

그러기에 옛날 고구려 사람들은 사냥을 국가적 행사로 진행하였고 삼월 삼짇날이면 큰 사냥 대회를 열어 용맹 무쌍한 장수들을 선발 하였던 것이다.

명중을 비롯한 사냥촌 젊은이들은 사냥하는 과정에 활과 검을 비롯한 각 종 무기를 능숙하게 다룰 줄 알게 되었을 뿐 아니라 사냥의 이치, 병법의 이치를 저도 모르는 사이에 터득하게 되었다.

재우의 후광에 응하여 눌찬이 마을 사람들은 두말 할 것도 없고 고을의 농군, 갓바치, 목공, 관노,유생, 선비들과 관군에 적을 둔 토병들이 모였으며 피난 가던 장정들도 피신할 생각을 버리고 이 곳에 눌러 앉았다.

또한 감영의 휘하에 있던 군관과 고을의 장청, 사령청의 장교 사령들, 군현의 서리배들, 역졸들, 장돌뱅이들이 다투어 찾아 왔다. 한 자리에 모인 이백 여명의 사람들은 신분노 날랐거니와 복색도 각양각색이었다.

과반수를 차지하는 노복, 농군들은 대체로 맨 상투 바람에 잔방이 아니면 우의 적삼을 입은 일반 백성들의 모습인데, 사냥패들만은 행동거지가 같았을 뿐 아니라 흰 수건으로 머리를 질끈 동여 메고 고의 적삼에 짚신을 신어 그 차림새가 자못 두드러져 보였다.

그런가 하면 사대부 물을 먹었다는 서리들은 평정건에 도포를 입었고 사령들은 산수벙거지에 더그레한 차림을 하였으며 악수들은 난리 중에도 나발, 호적 등의 악기를 안고 앉아 있었다. 수수한 갓을 쓰고 들락 날락 하는 양반 유생들의 모습도 꽤 많이 보였다.

사랑방에서 수저 달그락거리는 소리가 들리는 것을 보니 선비들이 아침밥을 한창 먹고들 있는 모양이다.

안채에서는 동네 아낙네들이 모두 떨쳐나서 밥을 짓는다, 국을 끓인다, 반찬을 만든다, 군복을 짓는다, 깃발을 만든다, 천에 물을 들인다 하며 부산스럽게 움직였다. 여기 저기서 된장, 고추장, 간장이며 나물들을 데치고 한 쪽 구석에서는 푸줏간에서 온 아낙네들이 소각을 뜨느라고 야단법석 이었다.

피난 왔던 아낙네들도 합류하고, 그 안에는 얼마전에 정인보가 부산포로 가는 도중 길가에서 만났던 영란이 모녀의 얼굴도 보였다. 실로 딱한 처지에 있었던 그 모녀는 만일 정인보를 만나지 못했더라면 어떤 변을 당할지도 모르는 형편이라 결초보은이라도 할 생각으로 모녀가 논의 한끝에 주저 없이 합류했던 것이다.

의지할 데 없는 가난한 사람에게는 더욱 야속하고 모질고 험한 세상에서 그처럼 인정 깊은 양반을 처음 보기도 하였거니와 더욱이 말하기 곤란 할 정도로 어려운 때에 손을 내밀어 준 그의 은정을 잊을 수가 없었다.

이윽고 멍석을 편 마당에도 음식들이 나왔다. 여러 명의 마을 아낙네들이 부지런히 오가며 밥그릇, 국그릇, 나물그릇들을 날랐다.

동구 쪽에 차려놓은 대장간에서는 벌써 귀청을 두드리는 망치소리, 화덕소리가 요란하였다. 톱질소리, 도끼소리, 대쪽 자르는 소리며 가죽을 베고 찢는 소리도 소란스럽게 들려왔다. 활과 화살을 만드는 장인바치 등이 있는 힘을 다 내는 것이 느껴졌다.

군량을 가득 실은 우마차들과 무명필, 쇠붙이를 비롯하여 여러가지 짐을 실은 소발이들, 마발이들도 꼬리를 물었다. 동구 밖 언덕위로 시선을 돌리니 장정 수십 명이 떠들며 산으로 올라가는 것이 보였다. 군영 만들 재목을 구하러 가는 모양이다.

시작이 절반이라고 일을 한 번 벌리자 힘들게만 여겨지던 것들이 척척 풀려나갔다.

그러나 재우는 왜놈들이 언제 들이칠지 모르는 이상 더 서둘러야겠다는 생각을 하며 용현루를 향해 급히 걸어갔다. 그가 루에 오르니 앉아있던 사람들이 일시에 일어나 인사를 하였다. 그들은 재우가 왜적을 방비할 계책을 의논하자고 부른 그의 벗들과 유생들이었다.

재우는 인사를 마치고 가운데 들어가 앉으려고 했다. 그러자 심대승이 얼른 소매를 붙잡아 상좌로 이끌었다. 거기에는 왕골 돗자리 위에 호피 방석이 놓여 있었다. 재우는 "껄껄" 웃고 별로 사양하는 기색도 없이 그리로 가서 앉았다.

"내가, 여러분을 오시라고 한 것은 왜적을 칠 방도를 의논 하자는 것이외다"

그는 자리에 앉자마자 입을 열었다.

"여러분들도 아시다시피 왜군은 이미 우리 턱밑에 이르렀소이다, 벌써 성주지경까지 장사진을 이루고 들어간 모양인데 우린 더 지체 말고 서둘러야 할 줄로 압니다"

"성주라니…"

재우의 입을 바라보던 좌중은 한꺼번에 놀란 소리가 나왔다.

"빈 성들이라 쉽사리 들어갔겠군,"

누군지 혀를 '끌끌' 차고는 한숨을 길게 내쉬었다. 재우는 약간 침통한 어조로 말을 이었다.

"군현들의 관장들이 먼저 도망치고 순찰사, 병사, 수사들마저 군기를 불사른 후 산촌으로 몸을 피하니 그 밑에 있던 군사들은 자연 흩어실 수 밖에 없었소이다. 그린즉, 적이 우리 지경까지 거침없이 몰려 오리라는 것은 자명한 이치가 아니리까, 우리가 곧 방비책을 세우지 않고 이러니 저러니 공론만 한다면 부산포나 동래성과 같은 참상을 면할 수 없으리다. 그래서, 오늘은 먼저 임을 분담하여 각기 한 몫을 맡이 주었으면 하는데 어러분의 의향은 어떤지…"

그는 소담한 턱수염을 한 번 내려 잡고 좌중을 둘러보았다.

"그렇게 함이 옳은 처사인 줄 압니다"

"거, 적절한 말씀을 하셨소이다"

유생들은 한결같이 재우가 내놓은 의견에 찬성하였다.

"그럼, 내 좌중에 한가지 말씀이 있소이다, 내일은 의거의 선서를 하자고 하니 이미 일을 맡아 하시던 분들은 매듭을 지어야 할 게고 또, 다른 분들은 선, 후 차를 가려 한 가지씩 일을 맡아 주시면 하외다"

재우는 몇 마디 반론으로 자기의사를 표한 다음 먼저 심대승에게 의거 준비 상황을 물어보고 이어 여러 가지 분담을 하였다. 의병 대오의 지휘통솔 및 무기 군량 확보 등과 관련한 분담들이었다.

이리하여 서로 윗자리를 사양하기도하고 여러 가지 일에 맞는 적임자를 선발하느라 한참 실갱이질을 하다 보니 시간이 많이 흘렀다.

엄숙한 분위기 속에서 분담이 끝나자 사람들은 일이 순조롭게 풀리는 것이 기뻐서 즐거이 말을 주고 받으며 웅성거렸다. 이때, 재우가

"내, 또 한 가지 말을 하고자 하는데"

하고 자세를 바로잡았다. 이에 웃고 떠드는 소리가 일시에 잦아 들었다. 사람들은 이제 곧 중대사를 말 하리라는 것을 느꼈다.

"흉악무도한 저 섬나라 오랑캐들의 대거 침입으로 차마 눈뜨고 볼 수 없는 일들이 빚어지고 있음은 여러분들도 다 잘 아는 바 올시다, 헌데, 강포한 왜적의 무리가 살기를 뻗치면서 올라오니 군사를 거느린 장수들은 제 먼저 황급히 도망쳤고 사대부들은 백성들은 안중에도 없이 가솔을 거느리고 피신하기에 급급 하였소이다. 아직, 왜적의 마수가 미치지 않은 이 고을만 보아도 소위 양반 선비들 중 많은 사람들이 가산을 꾸려 산속으로 피난하였고 뒤이어 백성들도 사방으로 흩어지

고 있는 형편이외다. 이러하여 천하지대본인 농사가 폐농이 될 지경에 이르렀은 즉 이 보다 더 한심한 일이 어디 있으리까. 원래, 난시에는 폐농하는 수가 많으나 우린 그렇게 할 수 없소이다. 왜 그러냐 하면 농사를 짓지 아니하고는 군량을 마련할 수 가 없고 군량의 마련이 없이는 싸움할 수가 없는 것이외다. 그런고로 우린 군사를 거느리고 산으로 들어 갈게 아니라 쳐 들어오는 왜적을 물리치고 그 놈들이 고을 안에 감히 들어올 수 없게 해야 할 것이외다. 여러분들이 먼저 백성들을 안착시켜 농사를 잘 짓도록 함이 급선무 인줄로 압니다. 내일 의거 선서를 하고 대오를 정비하면 싸움을 벌리면서도 점차로 일을 수습할 수 있겠으나 이 일이 매우 중요하기에 미리 말씀 드리는 것이외다”

재우가 말을 마치니 유생들은 다시 술렁거렸다.

　“아무렴 폐농 하고야 싸움에서 이길 턱이 없지, 과시 어른 말씀이여”

이제껏 신중한 기색을 싯고 말없이 앉아있던 사람들도 입을 열고 신대승을 위시한 몇 명은 고개를 끄덕거렸다. 재우는 입가에 빙긋이 웃음을 띄고 활기찬 사람들을 넌지시 바라보았다.

　‘오늘 여기 용현루에 모여든 사람들은 대다수가 평소에 글이나 읽고 기껏해야 전답 농사나 주관하면서 한가히 세월을 보내던 선비들이요 군사 일을 아예 알려고 하지 않던 이들이다. 허지만 나라가 위기에 처하니 이들은 선조의 유골이 묻힌 이 강토를 수호하려 떨쳐 일어섰다. 양반 허울을 쓴 비겁한 자들이 지기 한 목숨 귀하여 달아날 때 이 유생들은 죽음을 각오하고 일어서지 않았는가. 그 중에는 더러 군사를 알고 무예를 즐기는 유생도 없지 아니 하나 대부분 닭의 모가지 하니 비틀 힘도 없다고 할 선비들이다. 그래두 어쨌든 그 마음이 귀하다. 우국지심은 용맹을 낳는 법이니 이들이라고 어찌 왜적과 싸울 힘이 없으랴. 내 힘껏 그 마음들을 분발시켜 배가의 힘을 내게 하리라.’

속으로 이 같은 생각을 한 재우는 잠시 후 또 입을 열었다. 그가 한말을 요약하면 아래와 같다.

"대장부 한 번 세상에 태어난 뜻이 무엇이겠는가. 이때를 당하여 팔을 걷고 나서서 왜적을 소탕함은 실로 사나이의 장쾌한 일이다. 우리가 한마음으로 죽음을 무릅쓰고 싸우면 반드시 이길 것이오. 싸우기를 꺼려 주저한다면 일전 부딪쳐 보지도 못하고 패할 것이다. 그리고 다른 고을들처럼 무고한 백성들이 도륙을 당하게 됨은 두말할 것도 없다. 그러므로 싸우기를 원하는 의로운 백성들과 더불어 존비 귀천을 따지지 말고 서로 격려하며 적을 치는 싸움에서 용전 분투해야 할 것이다. 그리하여 싸우면 반드시 이겨야 하며 이긴 후에도 자만하지 말고 계속 더 크게 이겨야 한다. 옛날 을지문덕장군이 적은 병력으로 수나라 삼백만 대군을 물리친 것은 누구나 다 알고 있다. 그런데 그 싸움의 승리는 다만 을지문덕 장군 하나의 용맹과 지략으로 승리한 것이 아니다. 고구려 군사와 백성들이 오로지 나라를 지키려는 일념으로 굳게 뭉쳐 응전한 때문에 강한 적을 격파할 수 있었다. 고구려의 안시성 양만춘 성주는 봉황성에서 고군 분투하여 적의 대군을 막아냈고 비록 다른 고을들이 차례로 무너진다 해도 우리 고장을 지키지 못할 법이 어디 있겠는가. 이와 같이 우리도 왜적을 쳐야 한다. 우리는 죽지 않는다면 이길 것이요. 이기지 못한다면 죽을 것이다. 이를 명심해야 한다"

숨소리 하나 없이 듣고 있던 유생들은 그의 말이 끝난 다음에도 엄숙한 분위기에 휩싸여 앉아 있었다.

재우의 비장하고 격렬한 호소는 좌중을 크게 감동시키고도 남음이 있었다. 이로써 왜적방비책을 논하는 회합이 끝나고 사람들은 각기 맡은 소임을 하려 흩어져 갔다.

재우는 하루 종일 참으로 분주하게 보냈다. 의병대의 의거를 상징하는 깃발이며 군사들이 입을 옷이며 모여든 사람들의 숙식까지 돌봐야 했고 활을 만들고 칼과 창을 벼리는 일도 살펴야 했다.

그는 집에 있는 무명 필을 있는 데로 다 내어 사방에서 모여든 장정들의 군복을 짓게 하고 그래도 모자라 제 옷을 모조리 나누어 줘서 찾아오는 사람들을 입혔고 또한 아내의 옷가지들은 그 처자들에게 주었다. 뿐만 아니라 식량과 돈도 있는 대로 다 내 놓았으며 집 재산을 통째로 내놓았다.

곽재우의 문집 『망우당집 행장』에는 이에 대하여 "집안 재산을 모조리 바쳐서 장사들을 모아 칼을 잡고 먼저 일어나 천강 홍의 장군이라는 깃발을 날렸다" 라고 간단히 기록되어 있다.

재우의 의병대는 그 대다수가 당시 가장 천대받던 비천한 사람들이었으며 그 중에서도 중심은 그의 집 종들과 마을의 젊은이들, 명중이 거느리는 사냥촌 사람들이었다.

망우당집에서 가동 십여 명으로 의령에서 일어났다고 한 것은 이를 두고 한 말이나. 새우는 의병대의 거사를 하루 앞두고 자기가 믿는 심복 하인들을 시켜 소문을 듣고 새로 찾아오는 사람들의 거처를 마련해 주게 하였으며 명중 등 사냥촌 사람들에게는 활, 창, 칼을 벼리는 일을 돕도록 하였고 이 밖에 여러 가지 크고 작은 일들을 처리하면서 한순간도 쉬지 아니하였다.

마을에서는 이른 아침부터 깊은 밤까지 풀무질소리와 사나이들의 걸걸한 웃음소리가 그칠 새 없었고 사람들은 애당초 잠자리에 들 생각을 하지 않았다.

여인들 역시 군사들을 대접 할 음식거리를 마련하고 군복을 짓느라 여념이 없었다. 마을의 골목길과 동구 길로는 심부름하는 총각 애들이 분주히 오갔으며 중요한 일을 맡은 날랜 사나이들이 뛰어 다녔다.

간혹 갓 쓴 양반 선비의 모습도 보이었다. 은은한 달빛아래 왕래하는 사람들은 마치 즐거운 명절을 앞둔 때처럼 마음이 들떠서 성급하게 서두르고 있는 것 같았다.

밝은 하얀 달과 별이 총총하여 더욱 그렇게 보였는지도 모른다. 눌찬이 마을이 여느 때 없이 활기를 띄고 있는 것 만은 틀림없었다. 하긴 왜적을 치는 의병대가 생긴다니 그럴 만도 하였다.

한 평생을 살아도 보기 힘든 그 비상한 일이 내일 꼭 벌어질 터인즉 사람들이 격동하지 않을 수 없는 것이다.

특히 젊은이들이 더하다. 아무리 무섭고 어수선한 난시라 해도 내 땅을 지키고자 의로운 싸움에 나서는 일은 과연 해 볼만 하지 않은가. 실은 그 활기 속에 무엇이라고 꼭 집어 말할 수 없는 불안과 준엄한 긴장이 숨어 있었다.

밤이 깊어 축시 초쯤 되었을 때 눌찬이 앞길로 말과 소, 당나귀, 삽십여 마리의 짐을 싣고 사인교를 앞세운 행차가 나타났다. 따르는 남녀 하인들만 하여도 이십 여명은 족히 되어 보였다 .이는 피난 가는 윗마을의 김생원네 행차였다. 일행은 마음속에 무슨 캥기는 것이라도 있는지 마을 앞을 지나 어둠 속으로 슬그머니 잦아 들었다.

김생원 네가 사라지고 얼마 안되어 벼슬아치 하나가 말 탄 군사 몇 명을 거느리고 또 마을 앞길로 지나갔다. 그것은 경상우도 병마절도사 조대권의 일행이었다. 이자는 군영을 버리고 오는 도중 어느 한 마을의 주막에 들러 잠깐 쉬는 중에 단잠이든 군사들을 피해 황망히 달아나는 중이었다. 눌찬이 마을 앞길은 피난 가는 행차들까지 부산을 피워 소란스럽고 떠들썩하였다.

18

'토적보국'의 깃발을 들고

사월 스무나흘 날 군영 큰 마당에는 영기와 오색기들이 펼쳐졌다. 용이 꿈틀거리는 듯한 힘찬 글씨로 '토적보국'이라고 커다랗게 새긴 푸른 깃발과 '천강 홍의장군'이라는 글이 써 있는 붉은 깃발이 창공에 펄럭였다.

그 깃발 밑으로 눈이 시도록 흰 두 폭의 차일이 나란히 져 있는데 바로 그 안에 붉은 갑옷을 입은 의병장 곽재우와 푸른 옷에 누런 갑옷 차림의 막료들이 칼을 차고 위엄 있게 서 있었다.

아직은 대오가 정비 되지 않아 각 종 군사들이 뒤 섞인 채 하회를 기다리고 있는 중이었다. 수병장 이운장이 군사들 앞에 나섰다. 그는 서두르지 않고 조용한 눈길로 사방을 둘러보고 나서 의병들의 명단이 적힌 목록을 가슴 위까지 올리며 목청을 길게 뽑았다.

그의 호명에 따라 술렁거리던 군사들은 각기 지정된 장소를 찾아 소속 대열로 들어가 정렬하였다. 이 의병대의 체계를 보면 의병장 직속 막하에는 참모종사, 수병장, 무량장을 두고 군사 임무에 따라 대오를 크게 두 갈래로 구분하였다.

그것은 중군과 돌격장 산하의 병졸들이다. 중군은 중위, 전위, 후위로 구분하고 그 밑에 각 위 별로 보군과 사군을 정하였다. 돌격장이 거느리는 군사는 별군이라 칭하고 별군은 보군, 사군, 척후, 복병 들로 나누었다. 척후와 복병은 다 보군과 사군으로 구성하였다.

군사들이 모두 자기 자리에 서고 대열이 정돈되니 그 위세가 자못 장엄하였다. 보군들의 창검과 사군들의 활이며 화살들이 햇빛에 번쩍였고 중군 행렬 앞에 우뚝 솟은 황색 깃발을 중심으로 여러 병졸들의 각양 각색의 깃발 들이 힘차게 나부꼈다.

이윽고 붉은 갑옷에 은월도를 차고 백마를 탄 의병장이 대열 앞으로 나왔다. 그의 허리에 매달린 장검은 부친 곽월로부터 물려 받은 것이고 기름기가 도는 백마는 아내 김씨가 애지중지 기른 준마이며 붉은 갑옷과 황금빛 안장은 무인년에 부친을 따라 명나라에 갔을 때 명나라 조정에서 받은 선물이다.

재우는 한바탕 기운차게 달리고 싶어 앞발을 높이 쳐드는 말을 제어하고 의병대장으로서 의병대의 결성을 엄숙히 선포한 다음 모두가 '토적보국'의 기치 밑에 끝까지 용맹스럽게 싸울 것을 절절히 호소하였다.

뒤이어 의병대의 선서가 숙연한 분위기속에서 진행되었다. 선서가 끝난 뒤 재우는 성천유를 불러 의병들에게 훈련을 시키라고 지시하였다. 점심 식사가 지나고 뒷산 단련장에서는 성천유의 지휘하에 의병들의 훈련이 시작되었다.

어제 까지만 하여도 가지각색 옷차림을 하고 있다가 새 옷으로 일정하게 갈아입은 의병들은 누구나 늠름하고 의젓해 보였다. 허지만 그들의 모든 동작은 굼뜨고 서툴렀다. 그들은 며칠째 훈련을 계속하고 있음에도 불구하고 아직 무기 한 번 다뤄보지 못한 사람들이라 동작이 몹시 어색해 보였다.

한낮이 기울어 눅눅한 바람이 불면서 하늘이 컴컴해졌다. 스산한 바람은 차츰 거세어갔다. 비를 몰아오는 세찬 바람이 온 산을 뒤집어 엎을 듯이 기승을 부렸다.

사방에서 나뭇가지가 우지끈 부러져 떨어지는 소리가 요란하였다. 이

어서 댓줄기 같은 비가 억수로 쏟아져 내렸다. 의병들은 물에서 금방 건져낸 사람처럼 순식간에 옷이 흠뻑 젖어 후줄근해졌다.

빗발은 점점 더 굵어지고 우뢰 소리도 잦았다. 번갯불이 번쩍이니 사방이 훤해지고 이어서 천둥소리가 하늘 땅을 흔들었다. 의병들 중에는 아직 성년기에 이르지 못한 나이 어린 축들은 비에 젖은 몸을 오들오들 떨며 이따금 의병장이 있는 쪽을 흘끔흘끔 건너다 보기도 하였다.

그래도 의병장은 바위같이 무거운 자세로 훈련하는 것을 주의 깊게 살필 뿐이었다. 투구와 갑옷에서 물이 줄줄 흘러 내리건만 그는 아무것도 느끼지 못하는 것 같았다. 그것을 보고 장사같이 어깨가 딱 벌어진 의병이

"아, 의병장님께서 이 비를 다 맞고 계시다니 우리가 빨리 익혀야 하겠네"

그 의병은 자기의 가슴속에 감도는 감격을 이 같은 말로 표현했던 것이다. 그것은 사실 지금 모든 의병들의 한결같은 심정이기도 했다.

그들은 의병장이 다른 양반들처럼 점잖을 빼면서 양반 행세를 하지 않고 또한 위엄을 뽐내려 하지 않아 친근감을 느끼고 있던 터에 자기들과 같은 비를 맞으며 훈련에 참가하고 있는 것을 보고 매우 감동받고 있었다.

백성들은 천대하고 멸시하는 양반들을 언제나 속으로 증오해 왔으나 일반적으로는 대범하고 마음도 고왔다. 백성들이란 원래 천성이 너그럽고 사람의 웬만한 허물은 탓하지 않는 아량과 후덕한 마음씨를 가지고 있는 것이다.

폭우 속에서 훈련을 하고 있는 의병들 역시 이 땅의 백성들이었다. 그들은 양반들에게는 굳게 닫혀 있는 마음의 문이지만 유생 곽재우만은 친근하게 받아들였을 뿐 아니라 심지어 그가 자기들의 훌륭한 의병장임을 자랑하기까지 하였다.

성천유가 날려보낸 화살이 과녁에 겨우 꽂혀 간들거리다가 땅에 떨어졌다. 빗물에 시위가 풀려 궁력이 약해졌던 것이다. 그 광경을 보고 있던 의병장이 그들에게로 다가왔다. 그는 한 의병이 들고 있는 활을 달라하여 시위에 화살을 먹이더니 서서히 큰 동작으로 시위를 당겼다 놓았다. '핑' 소리와 함께 세찬 비바람 속을 뚫고 날아갔다. '딱' 과녁을 명중하는 소리와 함께 함성이 터졌다.

성천유의 작은 실패는 이것으로 보충된 셈이었다. 성천유는 다시 활을 잡고 의병장이 시범을 보여준 데로 자세와 동작을 하나하나 해설 해가며 시위를 당겼다. '딱' 소리와 함께 군중 속에서 '와' 하고 함성이 일어났다. 이번엔 틀림없는 명중이었다.

의병들은 기세가 등등했다. 그들 모두가 활을 가지고 있지 못 하므로 저마다 많이 다루어 보겠다고 싱갱이질을 하기도 하였다.

얼마 후 휴식을 갖게 되었다. 억수로 퍼붓는 빗속 에서도 마음의 여유는 가지고 있었던 것이다. 의병들은 비 맞는 것이 즐거운 듯 유쾌히 웃으며 떠들었다. 여기저기서 일어나는 사나이들의 호탕한 웃음소리가 빗발 속을 가르며 울려 퍼졌다. 재우는 의병 네댓이 둥그렇게 둘러서서 떠들썩하게 이야기판을 벌리고 있는 곳으로 천천히 걸어갔다.

"허 이놈의 비가 과연 되우 거세군"

늙은 의병이 얼굴에 흐르는 빗물을 두 손으로 뿌리며 혼자 소리를 하는데.

"비도 우리 조선 비라서 그런거죠. 헌즉 이런 빗속에서는 왜놈 종자들을 쳐부수기가 쉽상일거외다"

하고 젊은 의병이 바로 그 말을 받았다.

"허허 우리 조선 비라, 그것 참, 말을 잘했네, 그 놈들이 생쥐 새끼 마냥 흠씬 젖어 있을 때 들이치면 거 볼만 하겠는 걸”

늙은 의병은 고개를 젖히고 하늘을 쳐다보며 통쾌하게 웃었다. 그들은 의병장이 가까이 온 것도 모르고 웃고 떠들어 댔다.

“우리 조선비”

속으로 이 말을 한 번 외워 보던 재우는 문득 가슴이 뭉클해 지는 것을 느꼈다. 비록 평범한 말 같지만 이 한마디에도 얼마나 깊은 뜻이 들어 있는 것인가. 그는 나라를 위해 주저 없이 나선 이들의 진정에 절로 머리가 숙어졌다.

“나라를 사랑하고 사직을 근심하는 것은 양반사대부들이 아니라
바로 저 착한 백성들이 아니겠느냐”

언뜻 이 같은 생각이 들던 재우는 이 땅의 백성들이 모두 이러할 진데 왜적 무리가 아무리 상포하다 해도 누려울 것이 무엇이랴 싶기도 하였다. 빙그레 웃으며 슬그머니 그 자리를 뜬 재우는 성천유가 있는 곳으로 저벅저벅 걸어갔다.

잠시 후 검술 훈련이 벌어졌다. 성천유가 먼저 비호같이 날랜 솜씨로 시범을 보여 준 다음 검을 쓸 줄 아는 사람들을 둘씩 짝을 지어 치고, 찢고, 찌르며, 휘두르는 연습이 맹렬하게 진행되었다. 이 곳 저 곳에서 목검들이 부딪치는 소리, 상대를 노려 내려치며 힘을 쓰는 소리가 빗소리를 가르며 퍼져 나갔다. 웃으며 바라보던 성천유가 재우에게로 다가가서 시범을 청하였다.

재우는 빙긋이 웃고 은월도를 빼 들었다. 그는 처음엔 느린 동작으로 칼을 묘하게 움직이더니 별안간 비호같이 날고 뛰며 번개를 일으켰다. 그의 우렁찬 외침 소리는 폭우를 뚫고 의병들의 가슴속에 박혔다. 빈틈을 엿볼 수 없게 칼을 휘둘러 온몸을 감싸며 나는 듯이 앞으로 전진해가

니 뇌성 벽력도 폭풍우도 무색해 지고 말았다.

의병들의 눈을 현혹해 가면서 빗방울들을 베어 던지며 바람소리를 내던 재우의 칼은 돌연 허공에 딱 멎었다. 그의 얼굴에서는 빗물인지 땀인지 분간할 수 없는 물이 흘러내리고 있었다. 재우의 시범으로 더욱 기세가 오른 의병들은 '우르릉' 대는 천둥과 번개 소리, 얼굴을 두드리는 댓줄기 같은 빗발, 옷자락을 휘감으며 당장 날려보낼 듯한 바람을 용맹과 우렁찬 함성으로 짓누르며 수련에 열중하였다.

이렇게 연습이 한창 진행되고 있을 때 청아한 뿔 나팔 소리가 훈련장에 울려 퍼졌다. 훈련을 마치라는 신호였다. 의병들은 서둘러 무기들을 거두고 군영으로 향하였다. 비는 여전히 억수로 퍼붓건만 혈기 넘치는 젊은이들은 웃고 떠들며 걸어 갔다. 그들은 뒤에서 천천히 따라오는 의병장을 돌아보곤 하였다.

음산한 날씨에도 아랑곳 없이 의병들의 앞에 나서서 시범을 보여주며 훈련을 시키는 의병장이 아무리 생각해 봐도 명문 대가의 양반 같지 않았던 것이다. 그들은 비천한 자기들과 더불어 생사고락을 함께 나누려는 의병장의 뜻에 감복하였으며 그 백발 백중의 궁술과 신묘한 검술에 경탄을 금치 못하였다.

살벌한 왜적의 무리가 부산, 동래, 다대포를 피로 물들이고 파죽지세로 공격해 들어온다는 소문은 날개 돋친 듯 순식간에 널리 퍼졌다.

이 소식을 접한 남도 일대의 각 영과 미리 겁먹은 비겁한 병사, 수사, 우호, 첨사, 만호들과 군현들의 목사, 부사, 군수, 현감들의 대다수는 애당초 대항 할 뜻이 없었는 지라 군량 군기들을 불 태우고 군사들을 내버린 채 황급히 제 살 구멍을 찾아 꼬리를 사리고 말았다.

당시 삼남에는 성만하여도 사십 개나 있었고 조령, 죽령, 추풍령, 물길로는 낙동강, 한강 등 험한 자연 요새와 강과 하천 들도 많았으나 그 곳들을 지키는 자가 없으니 왜군은 이렇다 할 저항을 받지않고 멍석 말 듯 침입할 수 있었다.

이렇게 되어 오월 초 이튿날에는 서울이 왜적에게 강점되었다.

재우는 서울이 적의 수중에 떨어진 소식을 듣고 너무도 통분하여 땅을 치며 울었다. 임금의 수레는 북쪽으로 옮겨가고 왜적은 살육을 거침없이 자행하며 강토를 유린하고 있으니 이 나라의 운명은 풍전등화나 다름이 없지 않는가. 재우는 주먹을 부르쥐었다.

"왜적을 쳐야 한다, 싸움을 뒤로 미룰 수는 없다, 자칫 의병들의 사기가 저하되면 날개 잃은 새나 발목 상한 말처럼 용기와 힘이 빠져 나갈 것이다. 반면에 우리가 이제 군사를 일으켜 한 번 승리하면 사방에서 뜻있는 용사들이 들불처럼 일어날 것이요 의로운 백성들이 봉기 할 것이다. 적이 쳐들어 올 때까지 앉아서 기다릴게 아니라 먼저 나가 적을 기습하여 그 예기를 꺾으며 제멋대로 설치는 놈들의 발목을 붙들어 놓아야 한다."

생각이 이에 미친 재우는 곧 의령의 적을 칠 결심을 하고 명중을 불러 적의 동태를 상세히 알아오라는 임무를 주었다. 의병대장으로부터 이 중요한 임무를 받은 명중은 사냥촌 사람 두엇을 데리고 나가서 의령에 은거하고 있는 왜적의 상황을 자세히 알아 가지고 돌아왔다.

재우는 이에 근거하여 감쪽같이 적을 기습하여 섬멸할 계책을 세웠다. 의령의 왜병들은 한 동안 싸워보지도 않고 올라온 놈들이라 두려움을 모르며 경계를 게을리하고 있으니 이틈을 이용하려는 것이었다.

그는 야습을 기획하고 우선 날랜 군사 삼십 여명을 뽑았다. 그들 중 태반이 재우의 집 날랜 종들과 명중을 비롯한 사냥꾼들이었다. 더러는 영문, 장청의 장교들도 있었다.

야습전에 선발된 군사들은 이틀 동안 야습에서 활용할 신호법이며 병법을 익히고 무예를 연습하였다. 이렇듯 만반의 준비를 갖춘 야습 부대는 날이 저물자 재우의 지휘 밑에 의령을 향하여 떠났다.

그들은 어두운 밤중에 적아를 똑똑히 가려 보기 위하여 머리에 흰 수건을 썼다. 야밤 삼경이 가까워올 무렵에 재우는 대오를 이끌고 적 군영 가까이 접근하였다. 적의 군영을 잘 아는 명중을 시켜 파수를 죽여버리고 신호하도록 하였다.

대장의 영을 받고 어둠 속에 숨어 들었던 명중은 졸고 있는 파수의 목을 베고 약속된 신호를 하였다. 재우는 스무 명 정도의 군사들을 군영 밖에 남겨둔 후 십여 명의 군사들을 거느리고 비호처럼 뛰어들어 잠자는 놈들을 용서없이 베었다. 적들은 미처 손 쓸 사이가 없었다.

희미한 초생 달 마저 깊은 밤중이라 군영 안 팎은 캄캄 절벽이었다.

의병들은 흰 수건을 보고 제 편을 가려내면서 왜적 놈들을 모조리 베고 찍고 찔렀다. 병영 밖으로 뛰어나온 놈들도 살아날 길이 없었다. 의병장이 미리 매복시키고 있던 군사들의 창검이 도망하는 놈들을 살려두지 않았던 것이다. 요행 살아서 달아난 놈들이라도 옷도 제대로 못 입은 벌거숭이 부상자들이었다. 도망친 놈들은 손나루를 건너서 함안으로 들어갔다.

승전한 의병들은 날 밝기를 기다려 왜적이 버리고 간 여러가지 병기들과 식량 등을 거두어 유유히 군영으로 돌아왔다.

의령싸움에서 곽재우의 의병대가 크게 이겼다는 소식은 바람처럼 여러 고을로 날아갔고 며칠 안가서 온 나라에 퍼졌다. 이 소문을 듣고 곳곳에 있는 곽재우의 친구들이 찾아와 눈물 겹게 치하하였고 인근마을의 젊은이들이 의병 대오로 구름같이 모여들었다.

깊은 산속으로 피신했던 김생원까지도 사람을 보내 승전을 축하하였으며 그로부터 이틀이 지난 후에는 짐을 꾸려가지고 내려왔다.

의령 싸움이 있고 며칠이 지난 어느 날 군영에서는 승전을 축하하는 큰 잔치가 벌어졌다. 산에서 내려온 김생원이 소 돼지를 잡고 술을 빚어 마련한 잔치였다. 김생원은 그 후 자기집 노복의 대부분과 마소 열 마리 무명 이백 필을 의병대에 바쳤다.

이를 계기로 우국지성이 있고 가산이 넉넉한 사람들은 저마다 소와 식량을 가지고 의병대를 찾아왔다.

망우당집에는 "지방에서 넉넉하게 사는 사람들과 부자들이 다투어 소를 잡고 쌀을 풀어 윤번으로 군사들을 먹였다" 라는 기록이 있다. 이 기록만 봐도 백성들이 곽재우 의병대를 얼마나 지성으로 대했는지 잘 알 수 있을 것이다.

곽재우는 의령 싸움 후 손나루에 근거지를 하나 더 마련 할 작정을 하였다. 그것은 손나루가 전라도로 들어가는 유일한 통로이기 때문이었다.

왜적은 그때 수군통제사 이순신이 거느린 수군이 바닷길을 가로막고 있으므로 전라도로는 들어가지 못하고 있었다. 바닷길을 빼앗긴 적들이 전라도를 뚫고 들어갈 수 있는 길은 손나루와 진주 통로 둘 뿐이었다. 그런데 진주도 바다 가까운 곳 이라 놈들은 조선 수군이 두려워 그곳으로는 감히 침입 할 엄두를 내지 못하였다.

그러니 왜적이 손나루를 거쳐 전라도로 쳐들어 가려고 획책하리라는 것은 명백하였다. 곽재우는 비로 이점을 고려하여 손나루 길목을 지킬 작정을 하였던 것이다.

두 강의 합류점인 손나루를 굳건히 지키면 의령을 비롯한 그 이웃 고을들을 수복하여 보존할 수 있고 내륙 깊이 들어간 적들을 움짝 달싹 못하게 붙들어 메는 작용도 할 것이었다. 이런 생각을 한 재우는 의령싸움 다음날 손나루에 군영을 설치할 생각으로 군사 두 명을 데리고 군영을 떠났다.

19

승전보의 메아리

동남쪽 길을 따라 한참 말을 몰아가던 재우 일행은 기마군 십여 기가 마주오는 것을 보고 잠깐 주춤거렸다. 재우는 그들을 날카로운 눈으로 지켜보며 천천히 앞으로 나아갔다. 선두에 오는 사람을 보니 망건 옆에 옥관자가 붙어있었다.

"옳지 이놈도 벼슬아치로구나, 분명 도망치는 놈일 것이다"

재우는 옆으로 그냥 스쳐 지나려는 옥관자와 그 수행원들의 앞을 막아 섰다.

"이놈들 게 섰거라, 너희들은 어디로 가는 군사들이냐"

눈살을 찌푸리고 말을 세운 옥관자는

"너는 대체 왠 놈이냐"

하고 오히려 호통을 쳤다. 옥관자를 따르던 군사들도 긴장한 눈초리로 재우를 바라보고 있었다.

"허, 옥관자를 달아도 예의를 모르는군, 묻는 말에 대답부터 할 것이지 왜 거슬러 묻느냐, 거스르는 것을 보니 거스름 길을 가는 게 분명하구나"

재우의 이 말이 끝나기 바쁘게 옥관자는 좌우를 돌아보며

"이놈을 잡아라"

하고 호령했다. 칼을 쑥 빼든 그는 노기가 상투 끝까지 올라 몸을 부들부들 떨었다. 그의 부하들이 말을 슬슬 몰며 다가드는 것을 보고 재우는 번개같이 활을 쳐들었다. 어느 틈에 뽑았는지 시위에 화살까지 먹였다.

"보아하니 너는 분명 도망가는 장수로구나, 왜적의 칼날 아래 백성을 내 맡기고 제 한 몸만 살겠다고 도망치는 놈이 누구에게 큰소리를 치느냐, 내, 마땅히 너를 말에서 내리게 하리라"

'핑' 궁현이 울리고 이어 찰그랑 하는 쇳소리가 났다. 그 순간 옥관자는 손에 들었던 칼을 놓쳐버렸다. 그의 칼은 땅에 털썩 떨어지고 말았다. 옥관자는 그래도 큰 소리를 쳤다.

"이놈, 어데라고 무엄하게 활을 쏘느냐, 얘들아, 빨리 저놈을 잡아 엎어라"

하건만 그의 부하들은 놀란 눈으로 재우를 바라보기만 할 뿐이었다. 재우는 활을 높이 쳐든 채 '껄껄' 웃었다.

"너는 마땅히 칼료 디스겨야 하겠으나 이 킬은 우리 신민께서 주신 것이라 피를 묻히지 않겠다, 그러니 정신을 차려라"

이번에도 말을 마치자 마자 횡하고 화살이 날았다. 전립 한 가운데 달

린 구슬을 박살낸 그 화살은 끈을 꿰뚫어 전립을 매달고 한 이 십 보 밖에 가서 떨어졌다. 그제야 말 등에서 뛰어내린 옥관자는 맨 상투 바람으로 재우 앞에 다가와 무릎을 꿇었다. 그 뒤를 따라 그의 부하들도 땅에 내려섰다.

"사내 대장부가 그리도 기가 꺾여서야 되겠소. 마음이 굳세지 못하면 적을 대하여도 망치기 마련이오 내 그대를 해칠 사람이 아니니 고개를 드시오"

이에 옥관자는 몹시 부끄러워하며 얼굴을 들었다.

"소관은 가덕천 절제사 전응민이외다. 눈이 어두워 존명을 거슬렸으니 백 번 용서 하소이다"

재우는 호탕하게 웃고 나서 그를 부축하여 일으키며 부드러운 음성으로 말했다.

"가덕 첨사면 가덕을 지켜야 하겠는데 백성들의 목숨을 가덕 백리 사장에 고혼으로 만들려고 도망을 쳤소"
"왜적은 수만이요 우리 군사는 불과 수 십 명으로 중과부적이라 하는 수 없이 임지를 떠났소이다"
"힘이 모자라면 사람들을 모아 함께 싸울 수 있고 또, 기묘한 수단으로 적을 칠 수도 있는데 어찌 중과부적 이라고만 하시오, 그대는 이미 호랑이가 산을 벗어나고 용이 물을 떠난 격이 되었으니이제 어델 가서 무엇을 하시려오"
"장군의 분부대로 하려니와 원컨데 귀댁의 존호를 들었으면 하오이다"
"나는 의병장 곽재우 외다"
이 말에 전응민의 안색은 금시 환해졌다.

"존영이 바로 일전에 의령의 왜적을 치신 의병 장군이 아니시오니까"

전응민이 반가운 기색을 지으니 재우도 웃으며 말했다.

"내, 미력한 힘이나마 기울어져 가는 이 나라를 받드는 주춧돌이 된다면 얼마나 좋겠소, 의령의 백성들은 지금 왜적을 치려고 일떠섰소, 그런즉 남아 장부의 높은 기개와 충성으로 우리 함께 힘을 합친다면 어찌 천도가 무심 하겠소, 첨사의 의향은 어떠하오"

"이제 더 무엇을 말할 수 있으리까, 실로 부끄럽소이다…"

전응민은 얼굴을 붉히며 고개를 숙였다. 그는 왜적의 대군을 막아 싸울 뜻이 없어서 성을 버리고 부득이 떠났으나 자기의 무관답지 못한 그 행위를 매우 부끄럽게 생각하고 있었다.

며칠 전에 의병을 일으킨 의령의 곽재우라는 유생이 왜직을 쳐서 이겼나는 소문까시 듣게 되니 심한 자책에 마음이 괴롭기가 이를 데 없던 차였다. 그런데 다름아닌 그 의병장을 이같이 만날 줄을 어찌 알았겠는가.

전응민은 곽재우가 자기의 온 몸을 뒤흔들어 놓는 듯한 기운을 느꼈다. 그는 옥관자를 달고 있으면서 한낮 향촌 유생의 휘하에 들어 간단 말인가 하는 생각이 없지 않았으나 다음 순간 그런 치졸함을 느끼는 자신을 질책하지 않을 수 없었다. 전응민의 얼굴에서 그것을 읽은 재우는

"첨사의 생각대로 하오만은"

하고 웃었다.

"아니 그 무슨 말씀이오니끼"

전응민도 재우의 말뜻을 알아차리고 미소를 지었다.

"소관을 문하에 용납 하신다면 존령을 받들어 힘껏 도우리이다"

"의병들 속에서 몸을 잠그는 것은 벼슬길과는 다르외다"

재우가 이런 말을 하고 은근히 기색을 살피니 응민은 공손히 머리를 숙이면서

"소관 같은 무용 필부가 어찌 감히 높은 자리를 바라리이까. 너른 도량으로 휘하에 넣어 주신다면 황공무지 일까 하외다"

하고 말했다. 이렇게 되어 가덕 첨사 전응민은 의병장 곽재우와 함께 손나루로 가서 군영을 마련하는 일을 돕고 의병대의 막료가 되었으며 그의 군사들은 전부 중군에 편입되었다. 함안군수 유승인도 전응민처럼 노상에서 재우를 만나게 되어 그의 막하에 들어왔다.

이무렵 군영에 다리를 저는 한 젊은이가 찾아왔다. 그는 부산포 싸움에서 중상을 입고 정인보의 구완을 받아 소생한 군관 하용수였다.

용수는 병석에 누워있는 동안 생명의 은인인 정인보의 은정을 한시도 잊지 않았으며 장렬하게 최후를 마친 첨사 정발과 부산포 사람들의 하늘 땅에 사무친 원한을 하루빨리 갚지 않고서는 견딜 수 없어 가슴에 늘 불덩이를 안고 살아왔다.

그렇다고 하여 쇠약해진 몸으로 당장 일어나서 움직일 수도 없는 형편이었다. 그는 몸이 좀 추스려 지자 간단한 행장을 꾸리고 지체 없이 길을 떠나 의령의 의병대로 달려왔다. 재우는 절절한 심정을 안고 온 하용수를 만나 하룻밤 이야기를 나누고 나서 왜말이 능한 그에게 적정을 내탐할 소임을 맡겨 함안으로 들여 보냈다.

하용수가 왜군이 도사리고 있는 함안으로 떠난 날 저녁에 재우는 수병장 이운장이 데리고 온 젊고 아리따운 처녀를 만났다. 그는 이 처녀가 인보에게서 자세한 이야기를 들은 바 있는 동래 부사의 조카딸 산옥이라는 것을 알았을 때 송부사를 만난 듯 반가웠다.

재우는 흉악한 왜적들에게 무참히 도륙 당한 동래의 참상을 생각하면서 산옥에게 그 동안 여인의 몸으로 어떻게 지냈느냐고 조심스럽게 물어보았다. 그러자 산옥은 언수원에서 왜적과 만났다가 구사일생으로 살아난 이후 오늘에 이르기까지 지난 과정을 마치 부모 앞에 아뢰 듯 차근차근 말했다. 그것은 정녕 눈물 없이는 듣지 못 할 기막힌 이야기였다.

재우는 그 말을 묵묵히 듣고 나서 어쩐지 딸자식처럼 정이 끌리는 그에게 자기 부인과 더불어 서로 의지하여 함께 지내다가 전란이 끝나거든 서울 본가로 가라고 권하였다.

허지만 산옥은 창검을 들고 원수와 싸우지는 못할 망정 의병대의 뒷바라지야 못하겠는가 하며 그러한 친절을 사양하였다. 며칠 후 재우는 아들 곽형과 산옥을 한 자리에 불러놓고 아들에게 근엄히 말했다.

"너는 흉악무도한 왜적의 칼 아래 혈육을 다 잃고 홀몸으로 의병대 남정들 속에 들어 온 영애의 신상을 각별히 보살펴 주도록 하여라. 나라 위해 목숨 바친 송부사 내외분의 송죽같은 충절과 의리를 생각하여 내 영애를 혈육처럼 여기는 바이니 너는 아비의 뜻을 명심하여 남매의 의로써 영애를 아끼고 정명히 대하거라"

이에 곽형은 공손히 부친의 뜻을 받들고 산옥은 감격하여 뜨거운 눈물을 흘렸다. 이때부터 곽형은 산옥을 진심으로 누이처럼 여기고 그 누님에게 티끌만한 불편이라도 있을 새라 성의껏 돌보았으며 정답게 남매의 정을 바쳤다.

산옥도 자기를 누님이라고 부르는 곽형을 진정으로 동생같이 아끼며 그에게 남매간의 사랑을 쏟아 부었다.

산속으로 도망친 경상우도 병마절도사 조대권은 의병장 곽재우를 역적으로 몰아 체포령을 내렸다. 곽재우가 의병을 모아 일떠선 것을 본 이자는 병권을 쥐고 있으면서도 왜적이 무서워 도망친 자기 죄를 감추기 위해 산속에 업드려 별별 궁리를 다하던 끝에 이 같은 결단을 내린 것이었다.

조대권은 적을 무서워하는 것만큼 용맹스럽게 싸우는 사람들을 미워하여 제 힘이 미치는 한 어떻게 해서라도 그들을 권력으로 누르거나 음해하여 해치려고 하였다. 조대권이 이 따위 짓을 하고도 늘 벼슬자리를 보전하여 왔으니 조정에서는 군법이 전혀 집행되지 않았다고 할 만하다.

우둔한 조대권이지만 관권을 쥔 자의 권리여서 그저 우습게 볼 수도 없었다.

어쨌든 이로 인하여 곽재우 의병대안에서는 약간의 동요가 일어났다. 특히, 조대권이 중도에서 내 버리고 간 십여 명의 군사 들은 두려움에 떨며 술렁거렸다. 그 늙은 악귀 같은 병마절도사가 장차 어떠한 보복을 가할지 알 수 없었던 것이다.

그들은 저희들끼리 서로 의논하고 곽재우를 찾아와 의병대를 떠나게 해달라고 요청하였다. 그 뒤를 이어 군적을 관군에 둔 일부 젊은이들이 집으로 돌아가려는 기미가 보였다.

이를 알게 된 명중은 의병대를 떠나는 것은 떳떳하지 못하며 이롭지도 않은 행위라고 벗들을 만류하였다. 몇 사람은 마음을 돌렸으나 조대권 휘하에 있던 군사 십여 명은 끝내 의병대를 떠나고야 말았다.

십여 명은 화를 피하겠다고 의병대에서 나왔건만 막상 정든 군영을 뒤에 두고 가자니 발걸음이 떨어지지 않았다. 뿐만아니라 가는 도중 만나는 사람마다 이각, 조대권, 원균, 박홍 등 병권을 잡고 있던 병사 수사들의 비겁함을 조소하며 저주 하는지라 의병대를 떠난 자신들의 행위가 부끄럽게 여겨졌다.

때마침 수 많은 군사를 거느리고 지나가던 초유사 김성일을 만나게 되었다. 김성일은 그들에게서 자초지종을 듣고 말하기를 너희들이 의병대를 찾아간 행위는 백 번 옳은 처사 였으나 지금 집으로 돌아가는 것은 엄벌을 받을 짓이라고 하였다. 그리고는 집 걱정은 말고 즉시 의병대로 다시 가라고 엄명을 내렸다.

김성일은 이미 조대권의 비행을 엄하게 탄핵하여 감히 곽재우에게 손을 뻗치지 못하게 해 놓았던 것이다. 대오를 떠났던 사람들이 제자리로 돌아오고 그 다음날 초유사 김성일이 수 많은 군사들을 거느리고 군영을 찾아왔다.

조정에서는 왜적이 침입하기 직전에 경상우도 병마절도사 조대권이 늙었을 뿐만 아니라 일단 유사시에 적을 막아 싸울만한 지모와 용맹도 없다고 해서 그를 파면시키고 담이 크고 성품이 강직하며 지략이 있는 김성일을 그 자리에 임명하였다.

그러나 그가 임지로 떠난 후에 무엇이든 따지고 들어 말썽을 일으키지 않고는 못 배기는 조정 관리들이 들고 일어났다. 성일이 왜국의 사신으로 갔다 와서 좀스러운 섬나라 놈들이 쳐들어 올리 없다고 주장하며 국책을 옳게 세우지 못하게 하였으니 그를 등용해서는 안 된다는 것이었다. 이리하여 난시에도 몇을 줄 모르는 조정 공론이 불 가마 끓듯 부글부글 끓더니 논의 끝에 성일을 병사직에서 해임시키게 되었는데 인재가 귀한 때라 다시 상정하여 그에게 초유사라는 임시 직무를 맡겼다.

성일은 조정의 지시를 받아 임지로 가는 길에 산음에서 접하고 곧 발길을 돌려 진주로 향하던 중 탄성에 이르러 우연히 재우와 만났다. 그는 재우를 보고 갈증에 시달리다 맑은 샘물을 만난 사람처럼 몹시 반가와 하였다.

그는 탄성에 이르도록 난을 피하여 황급히 도망하는 무리만 보았었다. 여기서 뜻이 통한 두 사람은 진주로 동행하며 서로 돕고 힘을 합쳐 왜적을 물리치자고 굳게 언약하였다.

성일은 바로 그 약속을 잊지 않고 재우를 도우려고 달려온 것이다. 곽재우는 조대권의 경거망동으로 군적에 적을 둔 적지 않은 의병들이 동요하고 있는 형편에서 성일을 만나게 된 것이 무척 기뻤다.

이 무렵에 만약 성일이 오지 않았던들 의병대는 큰 곤경을 겪게 되었을 것이었다. 초유사의 도움으로 의병 대원은 더 크게 불어나고 장차 손잡고 함께 일을 처리해 나갈 사람들도 새로 얻게 되어 재우는 마치 몸에 날개라도 돋친 듯한 심정이었다.

재우는 이날 호군장 노순과 돌격장 권란을 불러 이틀 동안 사냥을 하도록 지시하였다.

노순은 즉시 별군에 명중을 비롯한 사냥꾼들을 모두 이끌고 나가더니 이튿날 해가 기울자 산짐승들과 날짐승들을 말 잔등에 가득 싣고 돌아왔으며 권란의 명을 받고 두 패로 갈라져 낙동강과 갈래 강으로 갔던 별군의 일부는 신선한 물고기를 두 수레나 실어왔다.

재우는 그 다음날 저녁에 김성일, 오운, 윤탁, 전응민, 유승인등과 새로 편입된 의병들을 위하여 큰 잔치를 열었다.

마침 인근 여러고을에서 정성껏 가져온 술이며 새로 잡은 소, 돼지고기 요리와 강에서 펄펄 뛰던 물고기들 각종 채들이 상에 오르니 그야말로 진수성찬이라고 할 만하였다.

군영 뜨락 제일 밑에 멍석들이 펴지고 상다리 부러지게 푸짐한 음식들이 차려졌다. 초유사와 의병장 이하 막료들은 다락 위에 올라갔다. 술이 여러 순배 돌아 모두 취흥이 도도해지니 사나이들의 호탕하고 걸걸한 웃음소리가 군영 안에 차고 넘쳤다.

때는 오월 십오 야라 창만한 달빛은 의병들의 몸을 부드러이 어루만지며 은은히 흐르고 여기저기서 횃불이 붉게 타올라 연회장은 실로 장관을 이루었다.

의병들은 노소를 가리지 않고 권커니 잣커니 하며 떠들썩 하였다. 그중에서도 며칠 전에 새로 들어온 오백 여명의 군사들이 더 흥겨워 하였다. 의병들의 대다수는 세상에 태어나서 처음 받는 큰 잔칫상이요 처음 먹어보는 진수성찬이었다.

김성일, 윤탁, 오운, 전응민, 유승인 등에게 차례로 술을 권하며 즐겁게 웃던 재우는 밑에서 흥성거리는 모습을 잠깐 굽어보고 다락을 내려왔다.

그는 뒷짐을 진 채 입가에 웃음을 띄우고 주연석을 천천히 돌며 수고를 치하하였다. 여느 때 같으면 대장의 치하를 받고 모두 황송하여 어쩔 줄 몰라 할 것이나 술기운이 올라 마음들이 대범 해졌는지라 그들은 스스럼없이 사례하며 진정 담은 경의를 표하였다. 한 늙은 의병이 재우 앞으로 다가가서 땅에 넙적 업드렸다.

"소인은 평생에 이런 대접을 받아보지 못했소 이다. 소인 같은 놈이야 어느 누가 사람으로 쳐 주겠습니까. 오늘 소인은 죽어도 한이 없소 이다"

재우도 가슴이 뭉클하여

"허허, 이러지 말고 어서 일어나오"

하고 말하며 허리를 굽혀 의병의 손을 잡아 일으켰다.

"황송하옵니다, 황송하옵니다"

그 늙은 의병은 무어라고 해야 할 지 몰라 같은 말만 곱 씹었다.
의령 기습 시에 용맹을 떨친 젊은 의병 하나가 두 손으로 술잔을 들고 성큼성큼 걸어왔다.

"소인들을 옳게 이끌어 주시고 하회와 같은 덕을 베푸시는 대장님에게 감격하여 올리는 잔이 옵니다"
"오냐, 고맙다"

재우는 빙긋이 웃고 그 잔을 받아 천천히 마신 다음 잔을 돌려주었다.
국난 앞에 목숨 걸고 나선 용사들의 의롭고 더없이 깨끗한 감정의 물결이 차 올랐다. 달빛은 비단처럼 부드럽고 횃불은 기세 높이 활활 타오르는데 그 달빛과 불길 속에는 깨끗하고 의기 높은 의병들의 순박한 마음이 그대로 깃들어 있는 것 같았다.

20

감화의 힘

재우는 점점 취흥이 고조되는 주연석 들을 한 번 둘러보고 다락으로 올라갔다. 다락안도 이미 취흥이 무르익었다.

"이 잔을 의병장께 올리오니 전날 소관의 외람된 짓을 용서 하시외다"

전응민이 잔에 술을 부어 권하며 하는 말이었다.

"허허, 그 무슨 말씀을"

재우는 잔을 받아 단숨에 쭉 들이키고 나서 껄껄 웃었다. 윤탁도 잔을 들어 권하면서

"존장의 발탁하신 호은을 입으며 의로운 길에서 검무에 힘써볼까 하니 가르침을 아끼지 마소이다".

하고 정중히 말했다. 그러다 보니 재우는 사방에서 연거푸 권하는 술 잔을 받아 비워야 했다.

"내 이러다가는 너무 취하겠는걸"

재우가 수염을 양쪽으로 갈라붙이며 근심스러운 듯이 미간에 주름살을 짓는데

"취한들 어떠리오"

하는 말과 함께 또 술이 넘실거리는 잔을 권하는 이가 있었다. 전 부사 오운이었다.

"형장을 우러르는 마음 본영과 일반이오니 미거한 이 사람의 나이를 가리지 마시고 편달하심을 바라외다"

오운이 권하는 잔을 공손히 받아 든 재우는

"너무 지나친 말씀인걸"

하며 웃었다. 그런 후에 좌중을 둘러보던 그는 김성일에게 시선을 멈추고 진정어린 음성으로 말했다.

"초유사께서 우리 군영에 오시지 않았던들 즐거운 오늘이 어찌 있었으리까. 지금 군사들의 즐거움은 다 초유사의 덕으로 마련된 것이외다"

"이 사람에게는 참으로 과분한 말씀이오"

김성일은 머리를 설레설레 젖고 말을 이었다.

"이제 보니 곽공은 천하를 평정할 만한 덕과 도량을 지닌 영웅이라, 고시를 애휼하고 군중속에 덕망이 높으니 세장들은 곽공의 벽법과 지모와 용변술 속에서 얻은 바가 많은 관계로 힘써 배워야 하다"

성일은 한 자리에 그대로 앉아 여러 막료들과 잔을 나누면서도 의병

들 속에 허물없이 어울리는 재우의 거동을 눈여겨 보았던 것이다.

교교한 달빛은 사면이 훤하게 트인 다락 안으로 흘러 들고 주안상에 둘러앉은 사나이들은 어느덧 취흥에 겨워 이야기를 주고 받으며 잔에 맑은 술을 붓고 또 부었다.

"어허, 참 좋군"

누군지 나직이 말했다.

"헌데, 이 강토가 피에 잠겼으니…"

그 소리를 듣고 좌중은 숙연한 분위기에 휩싸여 하던 말들이 끊겨졌다. 잠시 후 김성일이 가슴속에서 울려 나오는 목소리로 시를 읊었다.

"잿가루 흩날리는 마을에는 크나큰 슬픔 가득 찼는데
님을 잃고 홀로 남은 여인 하늘을 우러러 눈물 짓네,
어이하랴 하염없는 그 눈물 샘처럼 솟고 솟아 흐르는 것을
가슴에 서리고 구천에 사무쳐서 옷자락 다 젖어도 멈출 길 없는 것을,
아아 밝고 밝은 저 달에도 원한에 슬픈 눈물 어려 있구나"

성일은 시를 다 읊고 나서 조용히 눈을 감았다. 희끗희끗한 턱수염이 알릴 듯 말 듯 떨렸다.

"어허, 그 애절한 음조에 가슴이 다 녹아 없어져 버리는 것 같소이다"

오운이 고개를 수그리며 허위 탄식하는 말에

"우리, 오늘밤 달도 밝은데 시를 짓는 게 어떠할지요"

하고 성천유가 그 말을 받아 한마디 하더니 아래를 굽어보며

"여봐라 게 누구 없느냐"

"연산과 시 전지를 가져 오너라"

하고 소리쳤다.

좌중은 모두 눈을 감고 입 속으로 읊조리기 시작하였다. 얼마 후 유승인이 먼저 붓을 들었다.

"이 어인 변고이냐 평화롭던 이 강토가
하루 아침에 불 타고 피로 물 들었으니
무도한 도적들 칼을 물고 뛰어 들어
이 곳 저 곳 휩쓸며 살육에 미쳤구나.
어인 일로 왜적을 막아내지 못 했던가.
이 나라 이 땅에 인걸이 없었던가.
징수 된 자들은 앞 다투어 도망치고
왜적들은 제 세상처럼 마구 날뛰누나
백성들의 원한이 구천에 사무쳐
해와 달도 밝은 빛 잃었도다.
의분의 피는 끓어 거꾸로 섰는데
드디어 장사들 자리 차고 일어났네
깊은 뜻 품고 있던 영웅 준걸들
속된 영화 버리고 초야에 묻혀 있더니
토적보국의 기치아래 결연히
일장검 높이 들었어라."

그의 목소리는 처음엔 나직하고 애절한 가락으로 물결 인양 흐르더니 점차 고조되었다. 거문고에 줄을 고르는 듯 혹은 부드럽고 혹은 거세며 높고 낮은 음절이 부화된 그 소리는 갑자기 장쾌한 음조로 바뀌어 긴 여

음을 남기면서 끊어졌다. 다락 아래 펼쳐진 차일들 속에서 웃고 떠들던 소음도 잦아들었다.

"음, 시상이 온건하고 뜻이 깊소이다"

김성일이 마침내 이 한마디로 침묵을 깨뜨렸다.

"그 시의 기상이 장하외다, 마치 잠들었던 용이 고개를 쳐든 것 같소이다"

그제야 생각난 듯 저마다 한마디씩 하는데

"군수가 이를 테면 곽공을 칭송한 셈이니 곽공도 시로써 어서 화답하오"

성일이 재우를 넌지시 바라보며 웃었다. 이제껏 묵묵히 앉아 시를 쓰던 재우는 고개를 들었다. 그의 정기 있는 커다란 눈에서는 불빛이 뿜어나오는 듯했다.

"우부에게는 과분한 치사올시다. 그럼, 내 시 두수를 읊프오리니 미흡하다고 과히 허물 하지 마외다"

재우는 굵은 목소리로 격조 높이 시를 읊어 나갔다.

"나라일 근심으로 잠 못 이루고
그 몇 밤 뜬눈으로 지새웠던가.
달빛아래 칼날을 어루만지며
통분한 마음 누르지 못 했어라.
조상의 뼈가 묻힌 이 나라 땅엔
피가 흘러 산도, 강도. 붉어지고
강포한 왜적의 말 발굽에 천지가 어두워라.

임금의 수레는 쓸쓸히 떠났는데
신자 되어 내 한일 무엇이던가.
임계신 북녘 하늘을 우러르니
눈물이 흘러 옷깃을 적시누나.
사나이 세상에 태어난 뜻 그 무엇이랴
나라 위해 한 목숨 아낌없이 바치리
내 비록 서생의 몸으로 갑옷을 입었어도
강산과 일월 앞에 부끄럼 없이 살리
일장검 짓고 서서 적진을 바라보니
흉중에 피가 왈칵 솟구 치어라
더러운 원수 놈들 눈앞에 살려두고
어찌 동래 부사네 원혼을 위로하리,
말을 몰아 번개같이 내 달으며
맹세코 천의 혼을 칼끝에 꿰이리
산마루 마다 큰 활들을 걸어놓고
풍신의 넋을 허공 중에 날려버리리"

감정이 절절하고 격조가 높으면서도 장엄한 맛이 있는 재우의 시는 만좌의 찬탄을 자아냈다.

거침없이 흐르던 소리가 하늘땅을 뒤흔드는 듯이 웅장하게 울리다가 뚝 멎으니 성천유는 눈을 번쩍 뜨며

"괴언 의병장의 시는 격조가 높고 웅곤하여 영웅의 기상을 띄고 있소이다."

하고 진심을 담아 말했다.
김성일은 혼자 소리로

"산중의 맹호가 암상에 앉아 승냥이를 노리는 격인걸"

조용히 한 번 뇌이고 나서

"곽공의 시는 가슴이 타 드는 양 풍 간을 일으키는 양, 구름을 몰아
내는 양 왜적에게 벼락을 안기는 소리가 잠시 들리는 양 격렬하며 충
신의 얼이 사무쳐 있소이다."

하고 경탄에 마지않았다. 이에 선봉장 배명신은 제 생각을 미쳐 내놓
지 못 할까 봐 서두르듯이 성일의 말이 끝나기 바쁘게 주를 달았다.

"용이 못 속에서 물을 뒤집어 엎고 천상으로 나래쳐 올라 구름장을
산산 조각내는 격이로소이다"

다락 위에서 초유사와 의병대의 막료들이 재우의 시를 평하는 사이에
밑에서는 신이 나는 두레 놀이가 벌어졌다. 이 농악은 일반 두레놀이와
는 좀 다른 맛이 있었다. 의병장 이하 여러 막료들은 자연히 두레 놀이에
시선을 돌리게 되었다.

단소와 대금이 어울리고 징소리, 북소리가 서로 교차되어 힘차게 울
려 나오는 속에서 기막히게 날랜 젊은이들 네 쌍이 비호같이 뛰노는 모
양은 참으로 볼 만하였다.

두레 놀이가 끝나니 큰 마당 한쪽에서 마상재가 벌어졌다. 굉장히 큰
고깔 불을 가운데 놓고 말을 탄 용사들이 그 사방을 돌았다.

이들은 별군의 사냥꾼들이었다. 치솟는 고깔 불을 하늘가로 날려 보
내고 용맹한 마수들은 내닫는 말 위에 우뚝 서서 더구레를 깃 폭처럼 날
리다 가는 홀연히 번쩍 꺼꾸로 앉기도 하고 번듯이 눕거나 순식간에 배
에 매달려 자취를 감추기도 하였다. 그들은 간간이 휘파람을 획획 불며
스스로 흥을 돋구곤 하였다.

초유사 김성일을 비롯하여 다락 안에 있는 사람들 대다수는 매우 신
기해 하면서도 의병 대오의 정돈 된 법도와 눈에 보이지 않는 곽재우의
감화의 힘을 새삼스럽게 느꼈다.

이윽고 마상재도 끝났다. 의병들이 어느 틈에 숙소로 돌아 갔는지 그 토록 흥성거리던 군영의 차일 안팎은 조용해졌다.

한동안 흔들리던 의병 대오는 차츰 안정 되었다. 동요하던 군사들의 마음이 하나로 합쳐져서 의병대를 떠나려고 하는 사람이 없으니 안정이라고 하기보다는 대오가 몇 곱절로 더 굳게 다져졌다고 해야 옳을 것이다. 의병대는 날로 불어나 이제는 천명이 훨씬 넘었다.

의령 전투 후 김생원의 뒤를 이어 많은 사람들이 식량, 천, 쇠붙이, 화살대, 마필 등을 보내 왔으며 목장들에서도 말 백여 필이 들어왔다.

또 진주로 날라가려던 세미가 초계의 창고와 갈래 강의 배에 실려 있다는 것이 알려져서 그것도 곧 의병대에 들어왔다. 이쯤되니 식량과 무기에 대해서도 한시름 놓을 수 있었고 군사들은 배불리 먹으며 용기 백배하여 있는 힘껏 싸우게 되었다.

손나루에 군영이 마련되자 소수 인원만 의령 군영에 남고 천 여명의 의병들은 새 장소로 이동하였다. 손나루 군영은 첫 날부터 활기가 넘쳤다. 이 곳에는 살아 가는데 불편이 없도록 세반 조건이 훌륭히 갖춰져 있었으며 백성들의 지성어린 재물도 끊임없이 들어 왔던 것이다.

명중은 새 군영으로 옮긴 후부터 정인보와 퍽 가까운 사이가 되었다. 의령 전투 전날 인보는 명중의 땀 베인 옷을 벗기고 그에게 자기의 새 옷 한 벌을 주어 억지로 갈아 입도록 하였으며 탄탄하게 짠 두 켤레의 윗도리까지 주었다.

손나루 군영에 온 그 다음날 정인보는 남쪽 구석 방 한 칸을 차지하고 종사 곽형의 활을 손질 해 주더니 이어 여러 사람의 활과 창, 칼 등의 무기 수리를 해 왔다. 명중은 명색이 양반으로 이런 천한 짓을 하는 것을 별스러워 머리를 기웃거리기도 하였으나 얼마간 지나니 어떻게 된 감투 끈인지 그것이 자연스러운 일로 여겨지기까지 하였다.

눈 여겨 보니 살아 오면서 산전수전 다 겪은 인보는 무슨 일이나 조금씩은 할 줄 알았고 손 재간도 좋았다. 또한 양반이라 잰 체하고 점잖을 빼려고 하지 않았으며 의병 대오의 도움이 되는 일이라면 그 어떤 일도 가리지 않았다.

의병 대오에 들어온 벼슬아치들과 양반유생들이 그러한 분수 없는 짓을 보고 못 마땅하게 여겨 눈살을 찌푸려도 인보는 그에 마음을 쓰지 않는 것 같았다. 오히려 하는 일 없이 지내며 식객 노릇을 하는 그들을 좋지 않게 대하는 게 눈에 띄었다.

정인보는 같은 양반이면서도 일반 유생들과는 완전히 달랐다. 명중은 이 말없는 어른이 처음 해 보는 군사 일에 몸을 푹 담그고 의병대의 안팎 일을 도우며 자기 할 일을 스스로 찾아낸다는 것을 누구보다도 잘 알고 있었다.

명중은 손나루 군영으로 온지 닷새째 되는 날 저녁에 군영의 남쪽 구석방에 놀러 갔다가 생사를 모르는 인보의 딸이 올해 열아홉 살로 자온녀와 같은 나이라는 것을 알게 되었고 이어 의병대에 새로 들어온 억만이라는 젊은이에게서 그 곳 뱃사공 백고운이 그 딸과 함께 왜놈들에게 잡혀 갔다는 청천벽력 같은 소식을 듣게 되었다.

서울이 함락되자 도요토미히데요시는 각 군의 우두머리들을 팔도에 감사로 배치하였다. 즉, 평안도는 고니시 유키나가 함경도는 가토기요마사 황해도는 구로다 나가마사 강원도는 모리 요시나리 경기도는 우키다 히데이에 충청도는 후쿠시마 마사노리 경상도는 모리 데루모토 전라도는 고바야카와 다카가게를 임명하고 각기 거느린 군사들을 해당지역에 주둔시키도록 하였다.

나고야 본영에 도사리고 있던 왜의 괴수 도요토미히데요시는 서울을 함락 하였다는 소식을 듣고 그 기세로 계속 밀고 나가라고 명령하였다.

그는 명나라의 북경에 도읍하여 대제국을 세우겠다고 호언장담 하였으며 그 망상을 정식으로 발표하고 유월 초사흘 날에는 한갓 아녀자 같은 명나라쯤 치는 것은 큰 산더미가 닭알을 누르는 격이라고 하였다.

이리하여 경상도에는 지난 사월 하순부터 오월 초에 걸쳐 고바야카와 다카가게의 군사 일만 오 천 칠백 명과 모리 데루모토의 삼만 군이 들어오게 되었다.

최근에는 놈들의 후방수비대라 할 수 있는 가미 사내노리군과 소위 9본대라 칭하는 하시바 히데카츠의 일만 군이 들어와서 각각 둥지를 틀고 있었다.

그 밖에도 문경, 함양, 상주, 선산, 안동, 대구 등지에 만 여명이 퍼져 경상도에만도 육만 여명의 왜적이 우글거리고 있었다.

전라도 감사로 임명된 고바야카와 다카가게가 전라도로 들어가지 못하고 경상도에 머물러 있는 것은 전라 좌도 수군절도사 이순신이 가토 요시야키, 도도 다카도라 등이 거느린 왜적의 수군을 완전히 제압하여 제해권을 장악하고 있어 바다로는 침입할 수 없는 데다가 육로의 두 개 통로도 막혀 있기 때문이었다.

즉, 손나루 길목은 곽재우 의병대가 막았고 진주를 통한 길목은 김시민이 거느린 조선 관군이 굳건히 지키고 있었다.

이내, 경상도의 소선군 병력으로는 경상 우도의 정인홍, 김면 의병대들 경상 좌도의 권응수 의병대들의 도합 일만 사천 명이 있었고 그밖에 약간의 관군이 있었다.

곽재우는 왜적들이 어떤 대가를 치르더라도 손나루로 통하는 길을 뚫어 전라도에 침입하려 함을 알고 적의 공격을 좌절시킬 수 있는 만반의 준비를 갖춘 다음 막료 모임을 열고 대략 아래와 같은 내용으로 말하였다.

"우리는 여기 손니루를 굳건히 지켜야 한다. 그러기 위해서는 하나가 열, 백을 당해 내야하며 이웃 고을의 왜적을 물리쳐 버리고 인근 백성들을 안착시켜 생업에 힘쓰게 하여야 한다. 이것이 급선무이다. 군량, 피복, 무기 등 군사에 필요한 물자들은 배선들이 인차 될 때에라이 넉넉히 마련 될 수 있는 것이다.

우리는 삼가와 초계의 적들을 먼저 쳐야한다. 손나루 길목을 막고 의령을 비롯한 여러 고을을 우리 수중에 넣는 것은 비단 내 고장을 지키기 위해서만 필요한 것이 아니라 조선 수군이 앞뒤의 협공을 받지 않고 싸움에서 계속 이길 수 있게 하며 간교한 왜적의 책략을 파탄시키는 데서도 아주 중요한 일이 된다.

왜적들은 육로로 공격 하면서도 남해 해변가에 기어올라 전라도를 타고 앉으며 다른 한편으로는 서해를 거쳐 북으로 올라가서 수륙 양군이 합세하려 한다.

허나 지금 적의 수군은 이순신에 의하여 전라도 상륙과 서해로의 전진이 좌절되어 부산앞바다에서 맴돌고 있다. 형세가 이와 같으므로 적들은 무슨 수를 써서라도 육로를 열고 전라도로 들어가서 우리 수군의 후방을 없애고 손발을 묶어 자유롭지 못하게 한 다음 일격에 쳐서 없애 버리려 한다. 이놈들은 또한 곡창인 전라도를 강점함으로써 군량을 해결하려고 꾀한다.

소위 전라 감사라고 하는 적장 고바야카와 다카가게은 영지 없는 신세인지라 마음이 몹시 조급해 있다. 경상도에 있는 이 놈이 전라도로 침입하는 길은 진주와 손나루 길목 밖에 없다. 허지만 진주는 관군이 튼튼한 요새에 의거하여 지키므로 아직은 걱정이 없고 손나루 길목은 우리 의병대가 차지하고 있다. 그런고로 적장이 이 손나루를 노리리라는 것은 불을 보듯 명백하다. 어제 왜적의 척후가 들어왔다가 도망친 사실과 적들이 서두르고 있다는 소식을 전해온 우리 척후의 말만 들어도 이를 잘 알 수 있다. 그 놈들은 모리와 고바야카와 다카가게의 군사일 것이다."

제 2 부

들불이 일어나기 시작했다

21

기습전으로 확보한 의병 중심지

　의병대의 막료 회의에서, 모리 데루모토와 고바야카와 다카가게의 양 군의 동남 방향에 대한 침공에 대한, 손나루 군영의 안전과 군사에 필요한 물자보급을 확보하기 위하여 의령과 인접한 북쪽의 삼가와 초계에서 적을 칠 결정을 했다.

　재우는 아장 윤탁, 돌격장 권란, 참모 성천유 등과 논의한 끝에 사냥꾼을 보강하여 적의 군영을 기습할 대책을 세웠다.

　사냥꾼들이란 재우와 함께 사냥을 통하여 무예를 닦아온 의령 고을 젊은이들 일부와 명중을 비롯한 사냥촌 사람들로 이루어진 기습대의 날쌘 젊은이들을 말한다.

　그들은 칼을 잘 쓰는 장기를 가지고 있었으며 비수를 다루는 기예가 신기할 정도로 능란하였다. 그들이 손으로 날린 비수는 목표물에 거의가 명중했다. 이는 명중과 그의 동료들이 수련을 많이 하여 비수를 날리는 법을 터득한데다가 매일같이 사냥을 하며 더욱 숙달시킨 결과였다.

　재우는 별군 김명중을 중심으로 스물 다섯 명의 기습 부대를 꾸리고 그들에게 적을 기습하는 방법이며 여러 상황에 대처 할 방책을 자세히 가르쳐 주었다. 그는 예견치 못한 사태가 불시에 조성되더라도 당황함이 없이 활동할 수 있도록 기습 부대를 철저히 준비시켰다.

오월 초 어느 날 아침 잘 준비된 사냥꾼들은 손나루를 떠났다. 한달음에 의령을 지난 기습 부대는 벽화산을 끼고 대현 고개를 넘어 저녁 녘에는 삼가에 이르렀는데 그들은 먼 길을 달려온 피로도 아랑곳하지 않고 의병장이 지적하여 준 중요한 길목의 지붕이나 나무 등에 올라가 몸을 숨겼다.

그것은 적들을 은밀한 방법으로 쥐도 새도 모르게 제거해 버리기 위해서였다. 하나 둘 까닭없이 죽어 넘어지면 놈들은 당황해 하며 겁에 질려 벌벌 떨게 될 것이다. 이것이 의병장이 노린 바다.

사냥꾼들이 몸을 숨긴 지 얼마 안되어 해가 서산에 지기 시작했다. 사위에 어스름이 깃들자 술 취한 왜적의 장졸들은 제법 노랫가락까지 뽑으며 제 세상을 만난 듯 돌아다녔다.

사냥꾼들은 행수 명중의 신호에 따라 행동을 개시하였다. 무기는 일월천리도라는 비수 하나뿐이었다. 그들은 몸에 일월천리도를 수십 개씩 지니고 있었다. 술에 취하여 비틀걸음으로 싸다니던 놈들이 먼저 여기서 저기서 일월천리도를 맞고 쓰러졌다. 이를 알고 군영에서 달려 나왔던 놈들도 비명을 지르며 쓰러졌다.

조선 군사는 그림자도 보이지 않건만 밖에 나가면 영락없이 황천객이 되니 귀신이 곡할 노릇이었다. 간담이 떨려 넋을 빼앗긴 놈들은 이를 무서운 귀신의 놀음이라고 하며 어쩔 줄 몰라 하였다. 날이 더욱 캄캄해 지니 불이 켜진 방 들에도 비수가 날아왔다. 놈들은 불도 못 켜고 겁먹은 토끼같이 방구석에 몰려있었다. 이틀 동안에 이 같은 죽음을 당한 놈들만 사십 여명이 되었다.

놈들은 어찌나 급했던지 새벽녘에 짐들과 무기를 팽개치고 꼬리를 빼고 도망갔다. 그러자 명중은 기습대를 이끌고 초계 고을로 달려갔다. 초계의 적들도 날이 저무니 문을 안으로 꽁꽁 잠그고 밖에는 얼씬도 하지 않았다.

명중은 적들이 이러기를 기다리고 있었던 지라 곧 놈들의 군영에 불을 지르게 하고 그 주변에 사냥꾼 전원을 잠복시켰다. 군영에 불이 무섭게 번지니 옷도 제대로 못 입고 날뛰는 놈들의 몰골이 환한 불빛에 언뜻언뜻 나타났다. 그럴 때마다 서슬 푸른 일월천리도가 획획 날아갔다.

불빛 속에서 놈들이 숨을 곳이란 어디에도 없었다. 적들은 변변히 대항도 못해 보고 많은 시체를 남긴 체 그 밤으로 어둠을 타서 도망치고 말았다.

이 통쾌한 기습전에서 크게 이긴 사냥꾼들은 수많은 조총과 군수품을 노획하여 가지고 다음날 아침에 초계를 떠나 손나루로 향했다. 이리하여 신반과 손나루는 의령, 삼가, 합천, 초계의 일부와 세 네 개의 군현까지 포괄하는 의병 활동의 중심지가 되었다.

피난 갔던 백성들도 삼가, 초계 전투의 승리 후 모두 제 고장으로 돌아와서 다시 농사를 지었다.

22

의령 고을, 의병대로 향하다

여복은 동래에서 적들의 군영에 불을 지른 다음 왜병들과 치열한 격투 끝에 사로잡힌 몸이 되었으나 캄캄한 밤의 어둠을 틈타 갇혀있던 창고에서 빠져나올 수 있었다. 여복은 그 길로 어머니가 홀로 있을 언수원의 집으로 달려갔다.

헌데, 이게 왠 일이냐. 어머님은 대체 어디로 가셨기에 집이 이리도 어수선한가. 여복은 정신이 나간 사람처럼 온 마을을 돌아다녔다. 마을에는 사람의 그림자조차 없어 누구에게 물으려 해도 물어 볼 사람이 없었다.

여복은 될수록 불길한 생각은 하지 않으려고 애를 썼다. 그는 보따리 안에 송부사가 준 부채가 그대로 있는가를 살펴보았다. 그 부채는 적삼 갈피 속에 들어있었다. 부채를 보니 송부사의 비장한 최후 순간이 떠오르며 목이 메었다.

여복은 불현듯 산옥이 지금 어디에 있을까 하는 생각이 떠올랐다. 왜적이 득실거리는 동래 고을 안에 꽃 같은 처녀가 몸 붙일 곳이란 있을 것 같지 않았다.

우선 고부로 가면서 기회가 생기는 데로 차차 알아보기로 하고, 보따리를 둘러메고 일어나 걸음을 옮겼다. 고부에 가서 송부사의 혈서 유언이 적힌 부채를 전해주는 것이 그에게는 몹시 급한 일로 생각했다.

여복은 왜적의 눈을 피해 몸을 숨겨가며 고부방향으로 나아가던 중 저녁 녘에 길에서 우연히 마을 소임을 하던 노인을 만났다. 미심 결에 산옥을 보지 못했느냐 물었더니 노인은 산옥이 머리를 얹고 아침에 북쪽으로 가더라는 말을 하며 혀를 끌끌 차는 것이었다.

여복은 이제라도 좇아 가면 따라잡을 것 같아 노인과 작별하고는 줄달음으로 옷자락을 휘날리며 걸었다. 북서쪽으로 육십 리를 걸어가니 밀양 땅이었다. 그는 행여 산옥을 만날까 하여 걷고 또 걸었다. 자곤을 지나 사 십리를 가니 해가 서산으로 넘어가고 있었다.

저물어가는 낙조에 밀양 읍성이 흡사 구렁이가 틀고 앉아 있는 것 같이 안겨왔다. 하루 종일 꾸물거리던 날씨가 흐려지더니 빗방울이 떨어지기 시작하였다. 여복은 성문을 향하여 비틀거리며 걸어갔다. 열이 오르고 땀이 베인 몸에 찬비를 맞으니 몸이 섬뜩해지고 오한이 생겼지만 한결 시원했다.

웅천의 맑은 물가에서 놀던 물새들도 비를 피하여 어느새 버들 숲에 숨고 이름 모를 물새들이 보금자리를 찾아 바삐 날아가고 있었다.

여복은 남문 가까이에 이르러 걸음을 멈추고 사방을 살펴보았다. 웅천의 맑은 물이 해양강(조선시대 낙동강)과 합치는 백사장에 나룻배 하나가 보슬비 속에 희미하게 떠오르고 어디선가 피리소리가 처량하게 들려왔다.

그는 활짝 열려있는 적적한 성문 안으로 들어갔다. 화학산기슭에 넓은 벌을 끼고 오붓이 들어앉은 밀양은 도읍으로서 다른 군현들보다 큰 고을이라는 것이 첫눈에 느껴졌다. 그런데 지금은 분주하던 전날의 자취만 남아 있을 뿐 쓸쓸하기 이를 데 없었다.

여복은 길가 빈집을 살펴가며 아무 생각없이 영남루로 향하였다. 얼마 후 다락에 오른 그는 난간에 몸을 의지하여 피곤한 두 다리를 쭉 뻗고 앉았다 피로에 지친 여복은 긴 한숨을 내쉬었다. 몸이 떨렸다. 이제 산옥이 마저 만나지 못하는가 하고 생각하니 싸늘한 절망감이 전신을 휘 감았다.

환청인가? 산옥이 울음 소리 같은 갸냘픈 소리는 아득히 멀어졌다가 점점 더 처량해 지며 가슴을 갈갈이 찢어 놓았다. 여복은 눈을 번쩍 뜨고 머리를 세차게 흔들었다.

그것은 환각이 아니었다. 길 맞은편 쪽을 바라보니 왜적들이 검은 포장을 씌운 마차를 끌고 이쪽으로 오고 있었다. 여인의 울음소리는 분명 그 마차 안에서 나오는 것이었다.

여복은 정신이 번쩍 들어 누각에서 뛰어내렸다. 그리고는 다락 모서리로 몇 걸음 껑충 뛰어 몸을 숨기고 그 놈들의 거동을 주시해 보았다.

두 마차 좌우에는 총을 멘 네 댓 놈이 어기적어기적 따르고 검은 포장 마차 앞자리에는 긴 칼을 찬 왜장이 앉아 거들먹거렸다. 옷이 푹 젖어 후줄근 해진 왜병들의 시뻘건 얼굴은 땀과 비에 버무려져 번들번들하였다.

마치는 누 앞에 와서 멎었다. 땅으로 훌쩍 뛰어내린 왜장이 나락으로 올라오며 무어라고 뇌까리니 마차 양 옆에서 호송해오던 병정 두 놈이 마차의 포장을 훌렁 벗기자 마차 안에 앉아있는 젊은 여인들의 모습이 나타났다.

탐스러운 머리태가 길게 늘어져있는 하나같이 꽃다운 처녀들이었다. 그들의 몸에는 오랏줄이 감겨 있었다.

"이 계집애들아 울지 말고 썩 내려라, 오늘 우리는 여기서 잔다"

방금 전에 마차의 포장을 벗긴 키가 작달막한 병정 놈이 느글거리며 말했다. 조선말이 제법 유창한 것을 보니 전에 왜관에 나와 있던 놈 같았다. 옆에 섰던 다른 한 놈이 칼을 쑥 뽑아 들고 내리라고 손짓을 하며 눈을 부라렸다. 하지만 처녀들은 서로 몸을 의지하여 앉은 채 꿈쩍도 하지 않았다.

"계집애들 나쁜 것이 고로시테야루(죽여버리고말겠다)"

작달막한 병정이 이번에는 발을 구르며 날카로운 목소리로 서 너 번 고래고래 소리쳤다. 칼을 든 놈은 그 우스운 모양을 재미있게 바라보는 것 같더니 돌연 미친 것처럼 마차 위에 뛰어 올라 맨 옆에 앉아있는 처녀의 손을 잡아 아래로 사정없이 던졌다.

잠시 후 왜장과 그 수하병졸들은 처녀들을 감시 할 놈 하나만 남겨두고 어디론가 몰려갔다. 저녁밥을 먹으러 가는 것 같았다. 파수꾼으로 남은 왜병은 다락 난간에 칼을 놓은 후 주저앉아 신을 벗고 부르튼 발을 어루만졌다.

그러더니 무슨 생각이 났는지 비에 젖은 겉옷을 벗어 난간에 걸어놓고 훈도시 차림으로 처녀들을 희롱하며 상스런 몸짓을 하였다. 흉측한 털보숭이 몸뚱이를 들어낸 그 놈은 얼핏 보기만 해도 구역질이 날 지경이었다.

처녀들은 너무도 더럽고 망측해 외면을 하다 아예 눈을 감았다. 여복은 뜨거운 피가 왈칵 솟구쳐 오르는 것 같았다. 그는 난간 위로 몸을 솟구쳐 누안에 뛰어들었다. 난간 기둥에 세워놓았던 칼은 어느새 그의 손에 쥐어졌다.

"이 개만도 못한 오랑캐놈아"

여복의 우렁찬 질책이 울리는 순간 왜병은 대가리가 두 쪽으로 갈라지며 '쿵' 하고 마루 위에 거꾸러졌다. 처녀들은 갑자기 일어 난 상황에 얼이 나간 듯 덜덜 떨며 여복을 흐릿한 눈길로 바라보기만 하였다. 여복은 처녀들에게 성큼성큼 다가가서 그들의 몸에 감긴 오랏줄을 끊어주었다.

"낭자들 빨리 몸을 피하외다, 어서어서"

여복은 잠긴 목소리로 급히 말했다.

"빨리 뛰어 숲 속에 몸을 숨기고 산길을 거쳐 고향으로 돌아가외다, 머물 거리다 가는 잡히외다"

그 말을 들은 처녀들은 자리에서 일어났으나 선뜻 움직이려 하지 않았다.

"촌각이 급하오 빨리"

여복은 또 재촉했다. 그제야 처녀들은 머리 숙여 간단히 예를 표하고 나서 발을 옮겼다. 말 없는 인사에 뜨거운 감사의 정이 깃들어 있었다.

이들은 원수의 섬 오랑캐 땅으로 끌려가던 고립무원의 상태에서 천행으로 여복같은 은인을 만나 구원되었건만 그 은인의 신원도 미쳐 알아보지 못 한 채 황밍히 몸을 피하지 않으면 안되었나.

그 시기에는 이 처녀들처럼 외적들에게 붙잡혔다가 끝내 눈물을 뿌리며 고향 땅을 하직해야 했넌 젊은 여인늘이 적지 않았다.

조헌의 문집인 중봉집은 왜적에게 잡혀 일본으로 끌려가던 조선여인들이 마을을 지나면서 처량하게 울부짖던 당시의 상황을 다음과 같이 전하고 있다.

"이 고을 어른 아뢰옵니다.

인동고을 유시봉의 무남독녀 유봉선이 왜놈에게 잡혀서 왜국으로 끌려갔다고 지의 부모님들께 일러 주옵소서. 이 마을 어른들께 낭부 하옵니다.

선산 고을에 사는 윤진사의 딸 윤개순이 왜적에게 잡힌 몸 되어 왜국으로 가오니 시네 고을 고녕 빅씨댁 순싱과 백년해로를 하늘을 가리키며 맹세하고 인연을 맺었으니 어찌 순순히 끌려 가오리까. 이 몸을 청파에 던져 빙옥 같은 정절을 지키겠으니 저승에 가서라도 준성을 만나겠다고 알려주소서. 가련하고 불쌍하다 홀로 계신 우리 모친이 딸자식이 왜국으로 잡혀가는 줄도 모르시고 아침 저녁으로 문턱에 나와 날 기다리시겠지.

　원수로다 원수로다, 오랑캐가 원수로다"

　여인들은 이같이 호소하였다. 이 호소를 들어보면 그들이 대체로 인동, 성주, 고령, 선산 고을의 여인들이라는 것을 알 수 있다.

　왜적의 야만적 행위는 총칼의 힘으로 사람들을 불행에 빠뜨리고 그들을 희롱하면서 쾌감을 맛보는 야수의 본능에서부터 출발한 것이며 침략자만이 가지는 일종의 객기라고 할 수 있었다.

　이 흉악한 도적 무리들은 될수록 사람들을 많이 죽이고 그들의 운명을 마음껏 희롱함으로써 최상의 기쁨을 맛 보려 하였다.

　왜적의 마수를 벗어난 처녀들의 경우를 보면 죽음보다도 더 무서운 치욕을 면하고 고향으로 돌아갈 수 있는 큰 행운이었다고 할 수 있다. 처녀들은 몇 걸음 걸어가다가 돌아서서 다시 한 번 진정이 넘치는 눈길로 인사를 한 다음 서로 손들을 잡고 달리기 시작했다.

　그들이 숲 속으로 사라 질 때까지 지켜보던 여복은 마차에서 말을 풀어 그 등에 올라타고 채찍을 쳤다. 눈 깜짝 할 사이에 나루터에 이른 그는 보아 두었던 배를 강에 띄웠다. 그리고는 말과 함께 그 배에 올라, 힘껏 노를 저어 순식간에 밀양강을 건넜다.

　강 건너편에서 왜적들의 고함소리가 들려왔다. 나현 고개에 올라 밀양읍을 내려다보니 횃불을 든 놈들이 이리 뛰고 저리 뛰며 돌아갔다.

　여복은 말을 빠르게 몰았다. 날은 어느새 어두워 졌으나 산기슭 외딴 집에서 불빛이 새어 나왔다. 그는 말머리를 돌려 불빛을 바라보며 나아갔다. 자그마한 집이 눈앞에 나타났다. 안으로 들어가 보니 피난민 가족 대여섯이 비에 젖은 옷을 말리며 저녁밥을 짓고 있었다.

　여복은 그들이 권한 죽 한 그릇으로 요기하고 윗방에 올라가 하룻밤을 쉬었다. 하루종일 걸은 데다가 초조와 긴장 속에 한 동안을 보냈기에 곧 깊은 잠 속으로 빠져갔다. 주인 없는 집에 어수선하고 울퉁불퉁한 방바닥이 비단요를 깐 것처럼 포근하고 부드러웠다.

그는 다음날 이른 새벽에 일어나 전라도로 말을 달렸다. 그가 천신만고 끝에 전라도 고부 고을 송복흥 노인 댁에 당도한 것은 사월 스무 여드렛날이었다.

여복은 송복흥 노인에게 정중히 인사하고 눈물을 흘리며 송부사의 장렬한 최후를 고하였다. 그리고 보따리에서 아버지에게 마지막으로 드리는 송부사의 혈서가 적힌 부채를 꺼내 올렸다.

노인은 근엄한 얼굴로 여복이가 하는 말을 다 듣고 아들의 글이 적힌 부채를 말없이 받았다. 나라 위한 싸움에 한 몸 바친 아들의 장한 기개를 긍정하 듯 고개를 끄덕거리며 조금도 슬퍼하는 빛을 보이지 않았다.

지금 노인은 나라 위해 한 몸을 서슴없이 바친 아들을 자랑스럽게 생각하고 있었다. 물론, 비통한 마음은 이를 데 없었지만 여복은 노인의 이 같은 심정을 알고도 남음이 있었다. 노인에게서 의령고을 유생 곽재우가 의병을 일으켰다는 반가운 소식도 들을 수 있었다.

여복은 닷새째 되는 날 아침 타고 왔던 말을 농사에 쓰라고 넘겨주고 송복흥 노인과 작별하였다. 노인은 못내 서운해 하면서 몸을 잘 돌보라고 누누히 당부하고는 대문 밖에까지 나와 배웅해 주었다.

은인인 송부사 내외며 형 여로의 장열한 최후와 현재 행방을 알 수 없는 어머니와 산옥이, 친근한 사람들의 가슴아픈 희생 그리고 피로 물든 동래성의 참경은 그의 마음속에 무겁게 자리잡고 있었다.

여복은 부지런히 걸어 진안을 거쳐 무주에 들어섰다. 무풍에서 하룻밤을 묵은 다음 거창까지 팔십 리를 하룻길로 가려고 첫새벽에 또 떠났다. 그는 동녘이 훤히 밝아올 무렵에 범아재에 이르렀다. 고갯길 양쪽은 천고 밀림이었다.

기괴한 산속은 아직 어둠을 벗지 못하였고 바람 하나 없는 맑은 날씨는 한낮이 되면 무던히 더울 것 같았다. 길동무 삼아 바라보던 샛별은 어느 틈에 사라지고 몽롱한 잿빛 안개가 영마루로 떠올랐다. 숲 속에서는 산새의 울음이 방울소리 마냥 들려왔다.

이윽고 진홍색 아침 노을이 황홀하게 하늘을 물들이기 시작했다. 영마루에 올라서니 눈부신 아침햇살이 간지러운 열을 전한다. 찌는 더위의 서곡을 알리는 듯 하였다.

여복은 영마루에서 일망 천리 사면을 내려다 보았다. 여기서 남동쪽은 경상도요 북쪽은 충청도고 서쪽은 전라도다. 삼남의 경계선을 가르듯 소백산, 덕유산, 가야산을 중심으로 뻗은 산맥들이 험산 준령을 이루며 끝없이 뻗어있다.

발 밑으로는 천지 조화를 보는 듯한 웅대하고 장엄한 자연의 기상이 도도히 굽이치고 하늘을 우러러보니 진홍색 노을이 퍼지면서 나타난 흰 구름들이 둥실둥실 남쪽을 향해 흐르고 있다. 아래를 굽어보면 험산들이 파도형을 이루고 사면팔방으로 뻗은 계곡에서는 깊은 골짜기와 깎아지른 듯한 벼랑들이 시냇물과 폭포를 끼고 은은한 산울림을 일으킨다.

"저 소리는 폭포소리로구나"

여복은 무심 중에 이렇게 생각했다.

주변을 둘러보던 그는 영마루 나무그늘 밑에 정자 하나가 있는 것을 보고 천천히 다가갔다. 울긋불긋 단청을 한 정자에는 아울정이라고 초서로 갈겨쓴 자그마한 현판이 걸려 있었다. 여복은 정자 위로 올라가서 이리저리 거닐었다. 신선한 바람이 스쳐 지나며 잠시나마 그의 아픈 마음을 부드럽게 어루만져 주었다.

물소리 새소리 나무숲의 설레임 소리가 한결 정답게 들려왔다. 그는 문득 가슴이 더욱 아프게 조여 드는 것을 느꼈다.

"어머님은 살아계시는 지 내가 왜 미처 돌봐 드릴 생각을 못했을까,

아, 어머니 이 불효 자식을 호되게 꾸짖어 주십시요. 저는 참으로 천륜을 모르는 불효 자식이올시다"

여복의 눈에서는 어느덧 두 줄기 뜨거운 눈물이 볼을 타고 흘러내렸다.

"원수, 원수 섬 오랑캐 놈들을 털끝만큼도 용서치 않으리라"

그는 저도 모르게 두 주먹을 억세게 틀어쥐고 온몸을 부르르 떨었다. 여복은 주저앉아 보따리에서 지필묵을 꺼내어 앞에 놓고 고개를 숙이며 스르르 눈을 감았다. 갑자기 무거운 발자국 소리가 들려 왔다.

감았던 눈을 뜨고 보니 기골이 장대하고 풍채가 늠름한 백발노인이 정자 안으로 들어섰다. 여복은 자리에서 일어나 처음 보는 노인에게 공손히 읍하며 고개를 숙였다.

"음, 이 난세에도 산수 유람을 하는가"

노인은 옷자락을 걷어 붙이고 앉으며 희롱 조로 말했다. 희고 소담한 입 수염이 웃음 속에 살짝 움직였다.

"그저 먼 길을 가던 중에 다리 쉼을 하고 있소이다"

"먼 길 어디로 가는 중인가?"

"예, 소생은 의령 고을로 가는 중이옵니다'"

"의령이라, 그것참 다행한 일이로군... 이 늙은이도 의령 정암진으로 가는 길일세"

"그곳에 누가 계시는데 이 더운 날에 길을 떠나셨습니까"

"의령에 누가 있는 가고?"

노인은 무엇 때문인지 한 번 되묻고는 스스로 대답했다.

"의령에서 전 남원부사의 자제분이 의병을 모아 기병 했다기에 좀 만나 의논 할 일이 있어 가는 길일세···. 젊은이도 보아하니 의령의 곽 장군을 찾아가는 것 같구면···"

"예, 노인장께서 바로 보셨습니다. 헌데, 노인장은 무슨 긴한 의논을 하시려고 연로하신 몸으로 왜적이 살판 치는 이 험한 때 길을 떠나 시었소이까? "

"허, 나라가 난을 겪고 있는 때 어찌 늙었다고 모른 척 하겠나"

노인은 기다란 흰 수염을 쓸어 내리며 굵은 눈썹을 꿈틀거렸다. 여복 은 기력이 좋고 활달 하면서도 속이 깊어 보이는 노인이 무척 마음에 들 어 우연히 만나게 된 것이 반가왔다. 그는 지필묵을 거두어 보따리 안에 넣으며 노인의 기색을 은근히 살폈다.

"젊은인 풍월을 좋아하는 것 같구면···. 어디, 그 시를 좀 보세"

"풍월 보다는 지금 답답한 속을 얼마라도 풀어 볼까 하였을 뿐이옵 니다"

"허긴 오늘이야 그렇겠지. 허지만 그 전에도 더러 지은 것이 있을 테 니 어디 한 번 보세"

"시흥이 생기면 놓치기가 아쉽기에 그저 운이나 맞춰본 것이오이 다···. 궁벽한 시골의 둔한 재주오라 부끄럽기 짝이 없소이다"

이런 말을 한 여복은 보따리를 풀고 종이 묶음을 꺼내어 노인 앞에 내 놓았다. 노인은 그것을 받아 들고 하나하나 새겨가며 읽어 보았다. 시편 하나를 펼치고 한동안 깊은 생각에 잠겨 음미 하다가는 또 다른 시편을 들곤 하였다. 처음 시를 보자고 할 때에는 별치 않게 여겼으나 점점 더 시의 고상한 세계 속으로 끌려 들어가게 되는 것을 어쩔 수 없었던 것이 다. 우선, 기백이 있는 절묘한 필체부터 마음을 끌었다. 필법이 시원하며 자위가 범상치 아니하고 그 웅곤한 기상이 천지에 정기를 띤 듯 하였다.

문장 또한 청아하고 은은하여 종이 위에 향연이 어린 듯 하였으며 그 감정과 내용이 절절하고 뜻이 깊었다.

소동파가 '취지무금 용지불갈' 하며 손님과 더불어 적벽강에 배를 띄우고 놀았다느니, 이적선이 달밝은 채석강에 뱃놀이하면서 놀았다느니 하는 식의 음풍 명월이 아니라 노인으로서는 칠십 평생에 처음 보는 글이었다.

"자네 과거는 보았나"

노인은 한참 만에 고개를 들고 한마디 물었다.

"과거는 소생이 감히 참여할 바가 아니옵니다⋯. 고개를 쳐들고 발돋움을 해도 담장이 너무 높아 볼 수 없으니 어찌 바라 오리까"

여복이 이렇게 말하고 빙긋이 웃음을 띠우니 노인은 알겠다는 듯이 머리를 끄덕이다가

"자네 나이가 몇 살인가"

하고 또 물었다.

"스물 네 살 이옵니다"
"스물 넷이라⋯ "

노인은 혼자 소리를 내며 여복의 단아한 얼굴을 지긋이 바라보았다. 필치는 왕희지를 내려다보고 문장은 이태백을 능가하였건만 흙에 묻힌 구슬이니 뉘 알아 주리오. 노인은 시전을 두 손에 든 채 하늘을 우러러보며 탄식했다.

"아깝구나, 이 나라의 자랑이인만 묻혀 있으니"

여복은 송구한 마음으로 머리를 숙이고 앉아있었다. 노인이 시전을

다시 들여다 보며 말했다.

"여기에는 한 글자가 들어갈 자리에 넉자가 차지하여 율이 맞지 않네 그려, 자네 시에 매양 이 양산군자라는 구가 들어 있는 것은 무엇을 뜻함 인고"

"속된말로 도적을 양산군자라 하옵지요…. 누가 보아도 그렇게 쓰는 것이 무난 하겠기에 쓴 것 이오이다"

"허허…, 그런즉 양산군자라는 것이 도적 도자 한자를 대신해서 씌었단 말이지…. 그러니 여기서는 관을 쓴 도적이란 말이겠군"

여복은 말없이 그저 웃기만 하였다.

"관을 쓴 도적이라…"

노인은 그 글을 유심히 들여다 보며 고개를 끄덕이었다.

"내 소시적부터 시도 지어보고 남의 글도 적지 않게 읽었네만 이같이 인간세상을 읊고 아니, 읊는 다기보다 그려내어 인정을 애타게 하는 시는 처음 보네"

여복은 노인의 칭찬에 몸들 바를 몰라 하며 앉음새를 고치기까지 하였다.

"너무 과분한 치하를 하시옵니다… 어린 사람의 미숙한 글을 이토록 치하 하시니 황송 함을 금할 수 없소이다…허지만 시골에 둔치가 어찌 어리석음을 면하오리까"

"아닐세 자네 시에는 여간한 재주로는 미치지 못할 깊은 뜻이 숨어 있네"

노인은 이런 말을 하고 나서 채 머리를 조용히 흔들었다.

"지금껏 많은 분들이 저의 글을 보고 평하기를 군자의 기운이 없고 어딘지 속되고 어지러운 기운이 있어 시라고 이를 수 없다고 하였소이다…. 헌데, 어찌 보잘 것 없는 글을 이토록 치하 하시오니까. 바라옵건대 노인장께서는 일월 같은 안목으로 소생의 아둔한 재주를 밝게 틔워 주소이다"

여복의 이 말을 듣고 노인은 한 손을 저으며

"그건 지나친 겸사인걸…"

하고 수염을 만지며 은은히 웃었다. 사실 자기의 생각과 느낌을 솔직하게 그대로 담은 여복의 시는 여느 양반들의 틀에 박힌 음풍농월 시와는 확연히 달랐다. 노인은 시전을 돌려주고 천천히 몸을 일으켰다. 여복도 가볍게 일어났다.

노인은 도포 자락을 헤치고 그 안에서 큼지한 봉투를 꺼내서 여복에게 주며 곽재우 의병장의 격문과 시니 한 번 읽어보라고 말했다.

여복은 그것을 정중히 받아 펴 보았다. 과연 격조 높은 격문이었다. 복수전이라는 시편도 깊은 감명을 주면서 왜적에 대한 복수심을 불러 일으켰다. 그는 몇 번이고 되새기며 읽고 또 읽었다. 여복이 글에서 눈을 떼자 노인은 도포 자락을 시원스럽게 휙휙 털고서 허리를 펴더니

"자네 나와 벗삼아 동행하지 않겠나"

하고 물었다. 여복은 봉투를 노인에게 돌려주며 말했다.

"예, 도중에 들릴 곳이 있사오나 가는데까지는 노인장을 모시고 가겠소이다"

그는 웃으며 노인과 함께 정자에서 내려왔다. 두 사람은 곧 큰길에 나섰다. 칠십 고령의 선비와 이십 대의 젊은이는 할아버지와 손자 사이처

럼 다정 해지고 십년지기를 만난 듯 마음이 통하여 허물없이 말을 주고
받으며 걸어갔다. 한낮이 가까이 오면서 날씨는 찌는 듯 무더워졌다.

"어허, 숨이 다 막히는군… 저기 그늘에 가서 좀 쉬었다 가세"

노인은 더는 못 참겠는지 흐르는 땀을 씻고 길에서 얼마간 떨어져 있
는 둔덕의 느티나무 그늘을 가리켰다. 그리고는 여복이 대답도 하기 전
에 그의 손목을 잡아 끌었다. 그들은 앞뒤로 바람이 잘 통하는 나무 그늘
밑에 들어가 한참 쉬었다.

이 노인의 이름은 성순이었다. 무주 고을에 사는 성순 노인은 어렸을
때 재주가 비상하여 신동이라 불리웠고 다 자라서는 글을 잘하고 기예에
능하여 일대의 호걸로 널리 알려진 사람이었다. 그렇지만 성순은 서자인
까닭에 주옥 같은 문장과 필재를 가지고서도 사람대접을 못 받고 불우하
게 한 생을 보내지 않을 수 없었다.

그의 벗들 중에는 조정의 고관대작이나 고을 원을 지낸 사람들이 적
지 않았다. 돌이켜보면 세상이 너무도 불공평하고 억울한 일이 많았건만
원래 성정이 바르고 호협한 성순은 부귀공명을 바라지 않고 소소한 세속
에 구애됨이 없이 자유분방하게 살아왔다.

그러니 무주 고을은 물론 그 부근 유생들과 백성들은 성순의 인격을
존중하고 따랐으며 그의 말이라면 깊이 신뢰하였다.

글 잘하고 성품이 호방한 성순은 재우의 부친 곽월과도 교분이 두터
웠다. 성순은 곽월보다 나이가 칠년 아래였다. 허지만 나이 차이는 그가
곽월의 다정한 벗이 되는 데는 조금도 장애가 되지 않았다. 곽월의 성품
역시도 그와 일맥 상통하는 점이 있었기 때문이었다.

이러하여 재우는 어려서부터 성순을 아버지의 벗으로 존경해 왔고 그
마음은 예나 지금이나 변함없었다. 그렇지만 서자인 성순은 곽월을 대함
에 있어 항상 겸손함은 물론 곽재우를 대하는 경우에도 마음속으로 존경
하였다.

보름 전에 재우로 부터 군사를 일으켜 왜적을 치려 하니 널리 장정들을 모집하여 보내 달라는 글을 받고 무주 고을과 금산을 비롯한 인근 여러 고을에 친지들을 찾아 다녔었다. 그 소문을 듣고 장정들이 여기저기서 모여드니 성순은 자기 아들을 시켜 그들을 의령으로 인솔해 가도록 하고 지금 그 뒤를 좇아 가는 길이었다.

나무 그늘에서 한참 쉰 여복과 성순 노인은 더위를 무릅쓰고 또 부지런히 걸었다. 여복은 소백산맥, 덕유산맥, 가야산맥이 삼면으로 뻗어나간 험준한 곳을 지날 때 산천 지세를 유심히 살펴보며 이따금 한숨을 쉬곤 하였다. 옆에서 걷고 있던 성순 노인은 고개 하나를 넘어서자 한숨 쉬며 말했다.

"자네는 과히 시인 묵객이 분명하네…. 산천 경계를 이토록 뜻이 깊게 대하니 어찌 평범한 시인이라 하겠나"

그 말을 듣고 여복은 걸으면서 머리를 가로저었다.

"아니올시다, 우리나라에는 저렇듯 험한 요새와 강과 하천들이 무수 하건만 산천을 의거하여 지금 침노한 왜적을 막아내려고 생각한 사람이 별로 없는 것 같아서 제가 그만 버릇없이 한숨을 지은 것 같소이다"

"과시 옳은 말일세"

성순 노인은 동감이라는 듯 천천히 고개를 끄덕였다. 노인은 여복이 험산 준령을 눈여겨 보며 한숨 짓는 것이 마치 그 어떤 시적 정서에 잠겨서 산천 경계의 아름다움을 찬탄하는 것으로 착각하였던 것이다.

이렇게 병법이야기를 시작하면서 국난을 두고 근심하던 끝에 어느 덧 병서며 옛 명장들의 지모와 병가에 대해서도 깊이 논하게 되었다. 그러는 사이에 성순 노인은 여복이 시문에만 능한 것이 아니라 병법에도 일가견을 가진 전략가라는 것을 놀랍게 느끼게 되었다.

그리하여 서로 마음속에 커다란 존경심을 품게 된 두 사람은 이야기를 주고받으며 피로도 잊고 걸어갔다. 노인은 힘들어하는 기색도 없이 도포 자락을 펄럭이며 성큼성큼 걸었다. 젊은이 못지않은 노인의 왕성한 기력은 실로 놀라왔다.

　　거창에 이르자 여복은 동래성 송부사의 유가족 한 분을 찾아 보겠노라고 하며 성순 노인과 작별하였다.

23

뱃사공 백고운의 살신성인

자온녀는 왜란이 일어나기 두 달 전에 병들어 누워 있던 어머니를 여의었다. 그는 갑자기 병세가 악화된 어머니를 위해 미처 손도 써 보지 못했다. 귀엽고 친근한 의동생인 복비가 돌산과 혼례로 집을 떠나 쓸쓸히 있던 차에 자애로운 어머니마저 불시에 잃은 그의 슬픔은 비길 데 없이 컸다.

자온녀는 그 눈물이 채 마르기도 전에 왜란을 만났다. 슬픔보다 더 큰 근심을 안고 지내지 않으면 안되는 상황이 되었다.

어느날 자온녀는 부친을 따라 나루터에 나갔다가 운수 사납게 왜적들을 만났다. 왜장인 듯한 자가 손짓을 하니 몇 놈이 달려들어 고운을 강제로 끌고 기슭을 따라 아래로 내려갔다. 자온녀는 어떻게 할 도리가 없어 놈들에게 끌려가는 부친을 따라갔다.

한참 내려가니 기슭에 세워둔 돛배 한 척이 눈에 띄었다. 갑판과 선실까지 있는 제법 큰 배였다. 갑판 가운데 식량이 두둑이 쌓여 있고 한쪽 구석에는 강제로 붙잡혀온 무고한 조선사람들이 타고 있었다.

그들은 선산, 칠곡, 대구, 성주 일대에서 잡혀 온 남녀노소 백성들로서 엿새 째나 밥 한술 먹지 못하였다. 기슭에 우뚝 서서 꺼멓게 질린 얼

굴로 잠시 강물을 바라보던 고운은 마음을 결정한 듯 결연히 고개를 돌리며,

"아비가 돌아오는 걸 기다리지 말아라"

하고 자온녀에게 한 마디 말을 남긴 다음 성큼성큼 걸어 배에 올랐다.

배는 서서히 기슭을 떠났다. 날씨는 고운의 그늘진 얼굴처럼 어둡고 스산했다. 기슭을 따라 내려가는 배가 점점 멀어져 언덕에 가려 보이지 않게 되어 할 수 없이 혼자서 집으로 돌아왔다.

한편 말없이 키를 잡고 배를 몰아 천천히 아래로 내려가던 백고운은 싣고 갈 물자와 사람이 있어 왜군 병영이 가까운 기슭에 배를 댔다. 왜병들은 이곳에서 배에 오르기를 거부한 조선 노인을 총대로 쳐서 죽이고 처녀 두명의 손목을 잡아 질질 끌어다 강제로 갑판 위에 끌어올렸다.

이때 난데없는 젊은이 하나가 별안간 배 안에 뛰어들었다.

"천불을 맞을 놈들"

젊은이는 벼락같이 호통치며 달려들어 한 놈을 발로 내 지르고 가까운 놈을 주먹으로 쳐서 쓰러 뜨리고는 돌아서서 손발을 번개처럼 놀려 왜병들을 갑판 위에 연속으로 몰아쳤다.

몰래 옆으로 달려들던 한 놈은 백고운의 휘두른 육중한 놋대에 맞아 강물로 처박히고 머리를 정통으로 맞은 놈은 '퍽' 하는 소리와 함께 물에 떨어지고 말았다. 강기슭의 배는 춤추듯 흔들거렸다.

"어서 피하시오, 어서"

젊은이는 다급한 목소리로 힘껏 외쳤다. 배 안의 조선사람들이 아직 정신을 못 차리고 멍하게 서 있었다.

"배에서 내리시오, 내리시오"

하고 재차 소리쳤다. 그 소리의 뜻을 비로소 깨달은 여인들이 먼저 배에서 뛰어 내리고 남아있던 사람들도 바로 뒤를 이어 달렸다. 백고운은 배 가운데 우뚝 서서

"힘껏 달음질 치라고 왜놈들이 나타나기 전에 어서"

하고는 그들을 말없이 바라보았다. 그 순간 젊은이가 다가와서 다급한 목소리로 말했다.

"노인장은 왜 그러고 서 있습니까"
"나는 일 없으니 젊은이나 빨리 몸을 피하소"

고운은 떨리는 두 손으로 젊은 사나이의 손을 감싸 쥐며 말했다.

"왜병들이 저곳에서 이제 무리로 나올거요"

과연 그 말이 떨어지자 무섭게 병영의 왜군들이 달려 니왔다. 그 놈들은 배에서 심상지 않은 일이 벌어졌음을 알아 자린 것 같았다.

고운과 젊은이는 미처 몸을 피할 사이가 없었다. 젊은이는 왜병들이 고함을 지르며 달려 오는 것을 보고는 슬며시 양식 더미 뒤로 돌아가 몸을 감추었다.

나루터에 이른 왜병들은 칼을 번쩍거리며 배위에 뛰어올랐다. 그 중 한 놈은 싸늘하게 식은 시체를 밟고 나서 기겁하며 뒤로 펄쩍 물러났다. 왜병들은 머뭇거리며 험상스런 얼굴을 하고 고운을 둘러쌌다.

고운은 그저 덤덤히 서서 하회를 기다렸다. 손가락을 코앞에 대고 흔들며 외마디 소리를 낸 왜장은 노인이 제 말을 알아 듣지 못 한다는 것을 느끼고 이 번에는 한 손으로 시체를 가리킨 다음 다른 손으로 눈 앞의 무엇을 더듬는 듯이 사방을 휘저어 보였다.

그제야 고운은 이놈이 무엇을 말하는 가를 깨달았다. 그는 서두르지 않고 손을 들어 북쪽 강을 가리켰다.

"너희 놈들이 붙들어 두었던 사람들 말이지, 저 산 모퉁이를 돌아갔다 알겠느냐, 이 미련한 놈"

그가 가리킨 곳은 붙잡혀 있던 사람들이 달려간 곳과 정반대 되는 방향이었다. 왜장은 웃는 모양으로 눈을 치뜨고 손가락으로 강 상류 쪽을 가리키며 흰 이빨을 드러내었다.

"오냐, 내 말을 알아 들긴 한 것 같구나, 그리로 갔다, 북쪽으로 말이다"

고운은 또 한 번 손짓하였다. 왜장은 알았다는 듯이 고개를 끄덕이고 배에 오르지 않고 있는 병졸 들에게 뭐라고 지꺼렸다. 그 말이 끝나기 바쁘게 일여덟 놈이 북쪽 언덕을 향하여 달려갔고 열 네댓 놈은 배에 올라 시체들을 날라갔다.

고운은 양식 더미 뒤에 있는 젊은이의 신상이 염려 되었지만 어떻게 하면 좋을지 알 수 가 없었다. 왜병 하나가 무엇을 생각했는지 슬금슬금 양식을 쌓아 놓은 곳으로 다가갔다. 그 놈이 양식 더미를 손으로 쓸며 뒤로 돌아가려는 찰나에 우뢰와 같은 호통 소리가 들렸다.

"이놈 내 칼을 받아라"

그 소리를 듣고 펄쩍 놀라 뒤로 물러선 왜병은 칼을 쳐 들었으나 미처 손도 놀려보지 못하고 그 자리에 맥없이 주저앉았다. 획 바람을 가르며 내려치는 칼에 머리가 두 쪽으로 갈라졌던 것이다.

"이 불구대천의 원수 놈들아"

환도를 비껴 든 칠 척 장신의 젊은이는 눈에 불을 켜고 왜병들이 몰려 서 있는 가운데로 벼락같이 뛰어 들었다.

예리한 칼들이 서로 맞 부딪치자 차가운 음향과 악을 쓰는 고함소리가 스산하게 울렸다. 배는 모래 위에서 기우뚱거렸다. 어느새 왜놈 세 명이 어깨와 옆구리에 심한 상처를 입고 뒤로 쓰러졌다.

갑자기 칼을 높이 들었던 젊은이가 검붉은 피를 토하며 그 자리에 엎어졌다. 전날 싸움에서 복부에 부상을 입은 그는 너무도 힘을 많이 쓴 탓에 오장이 뒤집혔던 것이다.

왜병들은 겁에 질린 눈을 크게 뜨고 슬금슬금 다가가서 그의 몸을 조심스럽게 건드렸다. 그래도 아무런 기척이 없어 코 밑에도 손을 대어 보았다. 그는 죽었는지 전혀 움직임이 없었다.

왜장은 부하들을 시켜 용맹한 젊은이를 배에서 끌어내리도록 하고 백고운에게 배를 몰라는 시늉을 하였다.

고운은 묵묵히 돌아서서 여러 폭의 돛을 바람 방향에 가늠하여 이리저리 돌려놓고 느릿느릿 키를 잡았다. 그것을 본 왜병들은 말뚝에 비끌어 맸던 바를 풀고 닻을 올렸다. 배는 서서히 물위를 미끌어져 갔다.

해가 기울어지면서 날씨는 더 사나와 졌다. 먹장같은 검은 구름이 모여 들고 천지를 뒤 흔드는 우뢰 소리에 이어 번갯불이 하늘을 씻으며 소리를 내었다. 낙동강 물결은 폭우 속에 파도를 일으키며 마치 어린애를 데리고 놀듯이 배를 희롱하였다. 거센 바람에 돛대가 휘어들며 무섭게 우지직소리를 내니 배는 이쪽저쪽으로 위태롭게 기우뚱거렸다.

격랑이 번지는 물 가운데서 오도가도 못하게 된 왜놈들은 부들부들 떨며 어쩔 바를 몰라 했다. 사나운 비바람 속에 왜장의 고함소리가 몇 번 들렸는데 그것은 비명 소리나 다름없었다. 어떤 놈은 하늘을 향하여 두 손을 비비며 빌기까지 하였다. 왜장은 사공을 윽박지르고 싶어도 더 불리할 것 같아 어쩌지 못하는 모양이었다.

키를 잡은 고운은 아랑곳 하지 않았다. 배 안의 모든 시선이 그에게로 쏠렸다. 사공의 태연한 자세가 왜병들에게 어느정도 위안을 주었을 수도 있었다.

상투가 풀려 거센 바람에 휘 날리는 머리카락과 시퍼런 불처럼 부릅

뜬 두 눈의 모습은 그야말로 격노한 사자 같았다.

배가 뒤집힐 것처럼 한쪽으로 기울어지자 왜병들은 한꺼번에 짐승같이 울부짖었다. 고운은 키를 잡은 손에 지긋이 힘을 주었다. 그것은 무서운 힘이었다. 배는 노한 물결과 광풍을 맞받아 다시금 바로 섰다.

소용돌이치는 급류에 바람은 여전히 울부짖고 파도는 사납게 배를 들이쳤다. 그는 손에 키를 꽉 틀어 잡은 채로 머리만 돌려 왜병들을 바라보았다. 겁에 질린 상판들, 애원하는 눈초리들…

'시퍼런 서슬은 대체 어디로 갔는가, 그 놈의 기승이 하늘로 날아가 버렸단 말이냐…'

고운은 또 한 번 호탕하게 웃었다.

"그리도 죽기가 겁나면 왜 천벌 받을 짓을 하느냐, 자 어서 차비 해라 염라국 사자가 모셔 가려고 기다린다"

그는 타이르듯이 말하고 허허 웃으며 슬그머니 키를 놓았다. 그러자 배가 갑자기 소용돌이 물결 속으로 곤두박질 치며 들어갔다.

"자온녀야"

그는 마지막으로 딸의 이름을 불렀다.

살고 싶어 버둥거리며 발악하는 왜병들의 아우성소리와 비명소리를 뒤로한 채 그의 목소리는 낙동강 물결 위에 울려 퍼졌다.

곧이어 그 모든 소리는 노한 격랑과 폭우 속에 잦아들고 말았다. 물결 위에는 다만 부러진 돛대 하나가 간신히 솟아 흔들거릴 뿐이었다.

그 날은 오월 초 아흐레였다. 백고운이 왜적을 배와 함께 수장시키던 그 시각에 자온녀는 낙동강변을 정신없이 헤메고 다녔다.

억수로 퍼붓는 비에 물은 더욱 불어나고 기왓장을 날릴 만큼 세찬 바람이 휘몰아쳐 강을 통째로 뒤엎어 놓는 것 같았다. 그는 배를 몰고 하구

쪽으로 내려간 아버지 신상이 걱정 되어 안절부절 못 하였다. 그 다음날도 또 다음날도 자온녀는 강기슭을 쉼없이 오르내렸다.

시간이 흐를수록 그의 불안은 점점 더 커지기만 하였다. 그는 이렇듯 사흘 동안 아버지를 찾아 강기슭을 오락가락 하던 끝에 청천벽력 같은 소식을 듣게 되었다.

고령에서 오는 길손이 그에게 고운의 장렬한 최후를 전해 주었던 것이다. 길손은 용맹한 젊은 사나이에게 구원되어 왜놈의 배를 탈출한 사람들 중에 하나였다.

아버지마저 잃은 자온녀는 눈앞이 캄캄하였다. 하늘이 무너져 내리고 땅이 꺼져 바닥 없는 심연속으로 빠져 들어가는 것 같았다.

일가친척과 가까운 친지들도 지금 곁에 없으니 가슴 아픈 심정을 누구와 더불어 나누랴. 이웃들은 며칠 사이에 다 피난 가고 마을에는 사람들의 그림자조차 보이지 않았다. 마치 이 세상이 텅 비어 쓸쓸한 한줄기 바람만이 천지간에 외로이 떠도는 것 같다.

자온녀는 그날부터 하루 반 동안 아무섯노 먹지 않았다. 끝없이 흐르던 눈물도 말라버렸다. 사립문은 모진 비바람에 찌그러져 주저 앉고 아버지의 알뜰한 손길이 닿아있던 깨끗한 대나무 울타리도 앙상한 대만 남기곤 넘어져서 진흙탕에 뒹굴고 있었다.

부엌 옆 나뭇간도 무너져 앉았다. 몇 달 전에 사다가 임시로 나뭇간에 넣어 기르던 송아지는 그 속에 묻혀 죽어 있었다. 슬픔에 지친 자온녀는 손가락 하나 까딱하기 싫었다. 아니, 몸을 움직일 만한 기력이 없었다고 함이 옳을 것이다. 하지만 아무리 슬픔이 커도 언제까지 우두커니 앉아 있을 수 는 없었다. 우선 살아야 했고 살아서 아버지의 원수를 갚아야 했다. 부모들이 지금껏 길러주고 사랑해 준 은혜를 모른다면 어찌 사람이라 할 수 있겠는가.

그의 가슴속에서 돌연 분노가 무섭게 솟구쳐 올랐다. 이틀이나 허탈 상태에 빠져 있던 자온녀는 한낮이 지날 무렵에 정신이 번쩍 들었다.

"이래서는 안 된다, 내 어찌 슬퍼만 하여 아버지의 원수를 갚으리…
불구대천의 원수 놈들에게 반드시 복수 하리라."

그는 벌떡 일어나 우선 양식을 끌어내 마당에 꼼꼼히 묻고 아버지가
젊었을 때 입던 옷 두벌을 찾아내어 제 몸에 맞게 만들었다.

또한 허물어진 나뭇간에서 무거운 짐에 눌려 죽은 송아지를 빼내어
뒤뜰 안에 파묻고 나머지 물건들은 그냥 둘 필요가 없을 것 같아 모두 불
태워 버렸다. 왜놈들이 집을 뒤져도 가져 갈만한 것이 없어야 했다.

자온녀는 제 힘에 알맞을 정도의 길 양식과 옷을 같이 꾸려 보따리를
만든 후 새 미투리 두 켤레를 넣었으며 매끈하고 단단한 나무지팡이도
하나 마련하였다. 이제는 집을 떠날 모든 차비가 갖추어졌다.

자온녀는 어수선한 방안을 대충 치우고 부엌에 내려가 밥을 지어 왔
다. 밥그릇을 앞에 놓으니 세상 떠난 부모들 생각이 나서 차마 수저를 들
수 없었다. 목이 메어 잘 넘어가지 않았으나 기운을 차리기 위해서는 억
지로라도 먹어야 했다. 빈속에 음식이 들어가니 이내 식곤증이 오면서
눈시울이 저절로 내려 덮였다.

귓전에 방울을 울리는 것도 같고 은쟁반에 옥을 굴리는 것 같기도 한
소리가 은은히 들리면서 몸이 어디론가 둥둥 떠가는 듯이 느껴졌다. 그
는 졸음을 이기지 못하여 그 자리에 쓰러지자 마자 사르르 잠이 들었다.
단잠을 잔 자온녀는 일어나 상을 거두었다.

해는 벌써 기울어 저녁 무렵이 가까이 오고 있었다. 그는 당장 집을
떠날 것 인가 하룻밤을 더 묵을 것 인가 하는 일을 두고 잠깐 망설였다.

날이 어두워지면 처녀의 몸으로 아무 장소에서 무턱대고 쉴 수 도 없
으며 곤란한 점이 한 두가지가 아닐 것이다. 그러니 어떻게 해야 좋은
가? 방안에서 서성거리며 한참 생각하던 그는 내일 아침 일찍이 길을 떠
나기로 마음먹고 주저앉았다.

그리고 무심 중에 방안을 한 번 휘둘러 보았다. 먼저 병아리가 눈에

띄었다. 병아리는 목을 약간 빼 들고 이리 기웃 저리 기웃 하다가는 자그마한 머리를 들곤 하였다.

자온녀는 수수쌀을 한 줌 내어 곁에 뿌려주었다. 그러자 병아리는 깜찍한 날개를 파닥거리며 옆으로 두어 걸음 물러서더니 자그마한 몸을 파르르 떨고 고개를 숙여 모이를 쪼았다.

아, 불쌍한 병아리 포근한 날개 속에 따뜻이 품어주던 어미를 잃고 서로 뛰어다니며 모이를 좇던 병아리들과도 같이 있을 수 없게 된 병아리, 비록 말 못하는 짐승이라도 외로이 홀로 남으니 애처롭기 이를 데 없다. 헌데, 병아리는 불쌍한 처지를 알기나 하는지…. 자온녀는 모이 한 줌을 더 뿌려주고 부엌에 내려가 저녁을 대충 지었다.

날은 벌써 저물어 어둠의 검은 장막이 깃을 펴기 시작했다. 이튿날 아침 자온녀는 남복 차림으로 집을 나섰다. 행장이라야 단출한 괴나리 봇짐과 나무지팡이가 전부였다. 그는 마지막으로 정든 집을 바라보았다. 어쩌면 다시 돌아오지 못 할 지도 모르는 집이었다.

넉넉한 살림은 아니지만 단란한 가정의 정겨운 숨결이 베어있는 집. 여기서 부모들의 지극한 사랑에 응석도 부렸고 효성을 다 하려고 애를 다 했었다. 돌이켜 보면 즐거운 일이 적지 않았고 가슴 설레이는 기쁨과 처녀다운 순진한 꿈도 꾸었다.

자온녀는 흘러내리는 눈물을 씻고 돌아섰다. 내 비록 연약한 여자의 몸이나 아버지의 원수를 반드시 갚고야 말리라. 그는 비장한 마음으로 걸음을 옮겼다. 부사님댁 서방님의 의병대를 찾아가는 그의 몸에서는 찬 바람이 일었다.

그리하여 자온녀는 곽재우 의병대에 들어왔고 세상에서 보기 드물게 어진 양반 인보를 알게 되었다. 그 후 자온녀는 아버지처럼 인자한 그에게 자기도 모르게 각별한 정을 느끼기 까지 되었다.

몰염치한 관리들

합천을 침략했던 왜적들이 퇴각하자 산속에 숨어있던 합천 군수 정현용은 다시 동원에 나타나 자리를 잡았다. 현용은 산으로 도망갔던 일이 나중에 문제가 될까 봐 의병을 일으켜 왜병을 치고 있는 곽재우를 모해하는 흉계를 꾸미느라 정신없이 바빴다.

그는 곽재우가 군적에 오른 젊은이들로 의병을 일으켜 반역 음모를 꾀하고 있다는 편지를 도 순찰사 김수에게 보냈으며 다른 한편으로 합천에 있는 성천유의 아버지 성현문을 붙들어 관가의 외진 방에 가두었다.

그가 감히 이 지방에서 인망이 두터운 양반인 성현문을 잡아 가둔 것은 자기 딴에 소위 난시를 당하여 관군을 이탈한 자는 군법으로 다스린다는 면목을 세울 수 있었고 또, 순찰사 김수의 세력을 믿은 때문이었다.

칠십 고령이 거의 된 성현문은 백발이 성성하였으나 은빛 눈썹과 구렛나루가 붉은 얼굴을 감싸고 탐스럽게 드리운 듯한 턱수염이 가슴까지 닿아 풍체가 매우 당당하였다. 합천과 인근고을 사람들치고 성현문이라면 모르는 사람이 없었다.

그는 원래 명문가의 태생으로 젊어서 글을 많이 읽어 시문에 능하였고 풍류스러우며 호방한 기상이 있는 사람이나 벼슬에 뜻이 없어서 초야에 묻혀 낮에는 논밭에 나가 농사일을 하고 밤이면 글읽기로 세월을 보내고 있었다.

관가에 붙들려간 성현문은 방 한 간을 차지하고 아무렇지도 않은 듯 며칠을 보냈다. 심심하면 시를 지어 읊기도 하고 자리에 누워 코를 골기도 하면서 주위에서 벌어지는 일에는 아예 관심도 갖지 않았다.

나흘째 되는 날 정현용은 성현문 앞에 나타나 아들이 역적 모의에 가담할 수 있으니 잘 타일러 관군으로 돌아오도록 하는 것이 어떻냐고 은근히 떠보았다. 그러자 늘 웃음이 있던 노인의 얼굴은 대뜸 서릿발 같은 기상으로 변하였다.

"이놈, 네가 나를 잡아 가둔 것은 그래도 참을 수 있었다만 나라를 위해 의병에 나선 내 아들이 역적 모의를 한다니, 그게 어디 될 말이냐, 그래, 날보고 어떻게 하란 말이냐, 의병을 그만두고 너 처럼 왜적을 피해 산속으로 도망 다녀야 되나. 어허, 고연 놈 같으니라구."

현용은 노인의 추상 같은 기상에 기가 눌려 더 말을 못하고 물러나왔다. 그날부터 현용은 끼니 때마다 굶기다시피 했으며 이속들과 사령들을 시켜 은근히 학대하였다.

게다가 가끔 우락부락하게 생긴 무사들을 동반하고 와서 협박도 하고 달래 보기도 하였지만 오히려 붙는 불에 기름 뿌리는 격이어서 노인의 격노한 질타는 더욱 거세어졌다.

"이놈아 나라를 지키고 백성을 돌보라고 니에게 힙천 고을 원 자리를 주었는데 너는 도대체 무엇을 하였느냐 제 한 목숨 귀하여 도망했다가 돌아와서는 나라 위해 싸우는 의로운 사람들을 모해하니 너야말로 그냐 살려둘 수 없는 역적임이 분명허구나, 고을 베성들은 왜지의 칼날 앞에 내 맡기고 청년들로 호위하게 하고 도망쳤던 놈이 무슨 염치로 이 합천 땅에 다시 나타났느냐"

마른하늘에 벼락치는 듯한 호령과 꾸짖음에 넋을 잃은 현용은 노인의 마음을 돌려세울 수 없음을 알고 다시 태도를 바꿨다.

그 후 성현문을 대할 때면 눈코 입이 다닥다닥 붙어 한데 모인 그의 쥐새끼 같은 얼굴에는 아첨기 어린 비굴한 웃음을 띄곤 하였다. 현용은 어떻게든 사죄를 하여 후일 자기 죄를 덮어보려고 빌붙기도 하였다.

"노인장을 이리로 모셔온 것은 이 사람의 본의가 아니외다. 순찰사의 영을 거역할 수 없어 좇았을 뿐이니 너무 섭섭하게 생각지는 말아 주십시요"

그런 억지 핑계에 노인의 꾸짖음은 더욱 우뢰 같이 터져 나왔다.

"되지 못한 말을 작작 하거라, 그 놈이나 너나 다같이 죽일 놈이다 한 조롱 속에 들어있는 까마귀 두 마리가 무엇이 다르겠느냐 너희 놈들이 아무리 흉계를 꾸며도 뜻대로 안 될 게다 아무렴 어림도 없지. 에이, 천하에 흉측한 놈들 같으니라고."

현용은 노인이 점점 더 분노하여 펄펄 뛰니 이러지도 저러지도 못하고 몹시 난처했다. 그러는 동안 햇빛을 보지 못하고 음식을 거의 먹지 않은 채 방에 갇혀있던 노인은 딴 사람이 되어버렸다. 생기 넘치던 얼굴과 화색이 도는 얼굴 빛이 누렇게 변했다.

성현문이 관가에 갇힌지 열흘째 되던 날 곽재우와 성천유는 명중이 거느리는 별군을 앞 세우고 합천 관가에 쳐들어 갔다. 그들은 이좌수로부터 성천유의 부친이 옥에 갇혀 심한 고초를 겪는다는 소식을 듣고 급기야 달려 왔던 것이다.

곽재우는 군사들을 문밖에 대기시키고 성천유와 함께 노인이 갇혀있는 방을 찾았다.

"아버님 불초자 천유가 왔습니다"

귀에 익은 아들의 목소리에 깜짝 놀란 노인은 벽에 기대고 있던 고개를 치켜 들었다. 한 순간 노인의 얼굴에는 반가운 기색이 피어 오르는 것 같더니 자리에서 벌떡 일어나 조심스럽게 몇 발자국을 옮겼으나 여러 날 한 자리에 앉아있던 관계로 뻣뻣해진 다리가 잘 말을 듣지 않았다. 천유가 얼른 다가가서 부친을 부축하며

"아버님 이 불초자를…"

하고 터져 나오는 울음을 삼키는데

"나라 위해 몸 바쳐 싸우는 네가 무슨 겨를이 있어 예까지 왔느냐"

하는 노인의 음성은 예사롭지 않게 울렸다. 그는 아들을 가볍게 나무라기 까지 하였다.

"나는 괜찮다, 너는 너무 염려하지 말아라, 충신의 자손이 어찌 사사로운 정에 메이겠느냐"

"아버님 이 불효자식이 그만…"

천유는 그제야 두 손으로 꼭 잡고 있던 부친의 손목을 놓고 눈물을 흘리며 절을 하였다.

"오냐, 너의 마음을 잘 알겠다, 허지만 부모보다도 나라가 더 중한 법이니라"

백발이 된 머리를 설레설레 흔들며 목이 쉰 음성으로 말하던 노인은 그제야 아들 뒤에 조금 떨어져 있는 재우를 보았는지

"저분은 누구시냐"

하고 물었다.

"예, 남원 부사댁 자제분으로 지금은 의병대장입니다"

"어, 그럼 정재 선생의 자제분이시구만"

"의령고을 곽재우이옵니다"

재우는 공손히 예를 표하고 노인에게로 다가가서 그의 두 손을 감싸 쥐었다.

"얼마나 고초를 겪으셨습니까, 이것이 다 저희들의 불찰이로소이 다"

"원, 무슨 말씀을 그렇게… 나는 별일 없이 지냈네, 그건 그렇고 의 병장을 이제 보니 모습이 작고하신 선친과 비슷하네… 허 참, 정재 선 생이 생존해 계시면 얼마나 좋겠나…"

"이 난시에 고을 관장이 횡포 무도하여 노인장께서 고초를 겪으시 니 실로 분통이 터지는 마음 금할 수 없소이다"

재우의 목소리는 격분되어 떨렸다. 틀어쥔 주먹에서도 으드득 소리가 났다.

"허허, 나는 아무렇지도 않네"

침통한 안색으로 말을 이었다.

"이 늙은 몸이야 무에 그리 중요 하겠나, 다만 이 나라 사직이 위태 로워 지고 우리 예의지국이 졸지에 무지 몽매한 왜적의 발굽에 짓 밟 히는게 원통하이, 그래도 조야의 공경대부들과 관장들이 다 도망가 고을마다 텅 빈 때에 곽공은 의분을 떨쳐 왜적을 치니 감격한 마음 이 루 다 말할 길이 없네"

"노인장께서 겪으신 옥중 고초를 무엇으로 위로해 드릴 수 없지만 은 나라와 백성을 배반한 정현용이 천벌을 당할 날이 머지 않으오니 귀하신 몸 보중하시기를 바랄 뿐 이옵니다"

이렇게 말하고 공손히 절을 한 재우는 성천유를 데리고 즉시 물러나
왔다.

그는 밖에서 대기하고 있던 명중에게 옥문을 열어 무고한 백성들을
돌려보내고 성현문 노인을 이좌수 집으로 모셔오라고 이른 후 먼저 갔
다. 곽재우는 이좌수를 젊어서부터 잘 알고 있었으며 나이는 재우보다
한 십년 위이나 그와 서로 허물없이 지내는 터였다.

곽재우와 성천유가 왔다는 전갈을 받은 이좌수는 대문 밖에서 반가이
맞으며 사랑방으로 안내하였다. 곽재우는 여느 때 같으면 반색을 하고
좌수를 대했을 것이나 지금은 마음이 울적하여 아무 말도 하지 않았다.

한참 지나 재우가 정현용의 불측한 짓으로 옥중 고초를 겪은 성현문
노인을 여기서 잘 돌봐 주고 몸이 회복 된 후에 본댁으로 돌려 보내 줄
것을 부탁했을 뿐이다.

얼마 후 멍중이 서느리는 별순대원늘이 노인을 태운 교자를 메고 들
어섰다. 좌수는 달려나가 교자를 사랑방 앞으로 안내하였다. 이좌수는
노인에게 정중히 인사하고 나서 겸손한 어조로 말했다.

"소생이 불민하여 정현용이와 두 번 다시 상종하지 않겠다고 맹세
한 것으로 인하여 노인장을 돌봐 드리지 못하였으니 정으로 보나 의
리로 보나 죄송 함에 몸 둘 바를 모르겠소이다, 그 죄 백 번 죽어 마땅
하오나 소생이 이미 관권을 행사하는 정현용을 당할 수 없어 마음속
으로만 애를 태우다가 부득이 의병장에게 편지를 써서 기별을 보낸 것
이니 노인장께서 널리 헤아려 주소이다"

노인은 그 말을 듣고 허허 웃었다.

"이 늙은이가 대체 뭐라고 여러분들이 이리도 수고를 하신단 말인

가, 여러분들에게 막중한 수고를 끼친 늙은 것의 죄가 오히려 적지 않네, 원래 저 현용이 심술이 고약한 놈이라 곽공의 의병대를 모해할 생각을 할까 적이 근심스럽네"

"원 노인장도 별말씀을 다하십니다"

재우가 웃으며 부드럽게 말하니 노인은 정색하였다.

"아닐세 곽공의 수고가 아니었던들 내 어찌 현용의 마수에서 벗어날 수 있었겠나"

"실은 저희들이 불민하여 미처 헤아리지 못하고 노인장께 큰 죄를 지었습니다, 노인장께서는 지금 현용이 무슨 짓을 할까 봐 근심 하시는데 그가 제 아무리 술책을 쓴다 해도 천의를 거슬려 나라위해 싸우는 사람들을 해치지는 못할 것이옵니다"

"곽공의 말씀이 참으로 고맙네"

노인은 재우의 말에 탄복하여 고개를 끄덕이었다.

"소생이 한가지 말씀드릴 게 있소이다, 현용으로 말하면 실로 염치가 없는 인물이 올시다"

이좌수는 성현문을 향하여 운을 떼고 실제로는 재우를 상대로 말하였다. 좌수는 현용이 도 순찰사 김수에게 재우를 모함한 사실들과 그자들이 요즘에 와서 군사를 징모하겠다고 법석댄 일을 이야기하였다. 군사를 징모한다는 김수와 현용의 행위는 필연 군적에 올라있는 의병들을 따로 관리해서 싸우지 못하게 하려는 계책 같다고 덧붙였다. 이좌수가 말을 마치니 재우는 자리에서 조용히 일어나 성현문 노인에게 인사를 하였다.

성천유도 부친에게 하직을 고하였다. 잠시 후 재우와 천유 일행은 밖에 나와 말에 올랐다. 재우는 이좌수에게도 작별인사를 하고 말을 급히 몰았다.

의령 쪽으로 뻗은 큰길에 붉은 융복 차림의 재우를 선두로 다섯 명의 기수들이 먼지가 뽀얗게 일며 달렸다. 군영에 돌아온 재우는 오래도록 잠들지 못했다.

그는 나라의 운명이 바람 앞에 놓인 이 시각 왜적과 맞서 싸우는 의병 대오를 허물어 버리려고 악랄하게 날뛰는 김수, 정현용 무리의 죄행을 결코 묵과할 수 없다고 생각하였다. 어느새 동녘 하늘이 훤해왔다. 재우는 새벽 노을이 창을 붉게 물들일 무렵 자리를 차고 일어났다.

그날 아침 재우는 막료들을 자기 방으로 불러들였다. 그는 막료들 앞에서 먼저 정현용의 불칙한 행동을 이야기하고 그 조정자가 도 순찰사 김수라는 것도 밝혔다. 앞으로 김수의 죄행을 백일하에 드러내 놓을 작정이니 여러분의 의향은 어떤가 하고 물었다.

일부 막료들은 김수가 순찰사의 권력으로 의병대를 압살하려고 하는 지금 우리가 무슨 힘으로 그를 당해 내겠느냐고 하였다. 그런가 하면 후과가 좋을리 없으니 김수를 단죄하는 것만은 그만 두자고 하는 사람도 있고 또, 어떤 이는 그기 아무리 죽을 죄를 지질렀다 하더라도 조정에서 신임하는 순찰사이니 어찌 섣불리 단죄하겠냐기도 하였다.

고개를 숙이고 그들의 논의를 묵묵히 듣고 있는 재우의 미간에 깊은 주름이 생겼다. 나라의 운명이 바람 앞에 있는 이 엄혹한 시각에 과연 김수 같은 자가 제멋대로 설치도록 내버려 두어야 옳단 말인가? 나라와 백성을 왜적에게 내맡기고 의로운 싸움에 나선 사람들 마저 해치려는 놈을 과연 용서할 수 있단 말인가?

만일, 우리가 이것을 보고도 모른 체 한다면 김수, 정현용 같은 놈들이 더욱 기승을 부리고 설치면서 의병대를 허물어 버리려고 할 것이다. 김수의 죄행을 널리 공표하는 일은 시각을 지체할 수 없다. 이 같은 생각을 한 재우의 눈에서는 한 순간 불빛이 번쩍하였다.

"우리는 과연 무엇을 위해 의병을 일으켰소"

하고 재우는 격한 목소리로 말하기 시작했다.

"우리가 의병을 일으킴은 왜적을 물리치고 나라의 사직을 지켜냄으로써 신하 된 직분을 다하며 도탄에 든 이 나라 백성을 구원하려는게 아니겠소, 그런데 저 김수 같은 자들이 나라 위해 목숨 걸고 나선 사람들을 마구 해치며 용사들이 왜적과 싸우지 못하게 하는 것을 보고 어찌 수수방관할 수 있단 말이오….

도 순찰사 김수는 한 개 도의 정병을 거느리고 있으면서 외로운 동래성과 부산성이 고군분투할 때도 아랑곳 하지 않고 밀양으로 달아났고, 왜적이 다시 사태처럼 쳐들어오니 가야산으로 도망쳤으며 적이 상주를 지날 때는 거창에 숨어 있었소. 그뿐 아니라 수하장수들이 싸우러 나가지도 못하게 하여 왜적들이 경상도에는 무혈입성까지 하게 만들었소….

그래 놓고는 자기 몸이 용서 될 수 없음을 알고 상감님을 보위하러 간다는 핑계로 북쪽으로 가는 척 하다가 용인 땅에서 적을 만나게 되니 싸울 뜻이 전혀 없는지라 군량과 군기를 버리고 도망쳤소, 합천 군수 정현용을 시켜 관군을 징모하는 일을 벌이고 있소.

김수가 관군을 징모하려는 의도는 군적에 올라있는 의병을 관군에 넣어 의병대가 제대로 싸우지 못하게 함으로써 왜적들에게 길을 열어준 자기 죄가를 감추어 보려는 것이오…. 김수가 이렇게 의병대를 허물려는 제 본심을 그대로 드러내놓고 있으니 이 얼마나 불측한 소행이오…. 싸우자니 목숨이 아깝고 싸우지 않자니 남의 이목이 무섭고 그래서 우리 일도 훼방 하는게 아니겠소, 우리는 오로지 나라를 위해 목숨 바쳐 싸울 마음으로 한가마 밥을 먹고 있거니와 결코 이같이 속이 검고 간교한자들의 계략에 농락되어 수치를 당하는 일이 없어야 할 것이오….

우리는 강포한 왜적을 치면서 김수도 쳐야 하겠소, 김수를 그냥 두면 그가 우리 모두를 해치려 할 것이오"

재우는 말을 끊고 잠깐 좌우를 둘러보았다. 그의 거동에서는 추상 같은 기상과 위엄이 풍겨 나왔다. 이러니 저러니 논의하던 막료들도 그제야 의병장의 의도를 명백히 깨닫고

"지당하외다 과연, 옳은 말씀이오"

하면서 김수를 단죄하는 데 찬성했다.

"누가 충신이고 누가 간신인가함은 평시에는 잘 알 수 없으나 국가 존망의 위기에 임하여서는 흑백이 갈라지는 법이오"

하고 재우는 하던 말을 계속했다.

"나라를 사랑하는 마음이 절절하고 뜻 높은 우국지조가 있는 사람 일진데 어째 권력에만 빌붙어 불의를 용납할 수 있겠소, 우리는 의병들이 동요하지 않도록 하며 의와 불의, 충성과 반역을 정확히 봐야 하오. 그러자면 김수의 죄행을 논거하는 격문을 도안에 돌려야 하겠소, 상감님의 수레가 북쪽으로 향하고 나라의 운명이 칠성판에 올라 있는 이 때에 나라와 백성을 왜적의 칼 아래 던져 주면서 오히려 의병대를 해체하려고 하는 자를 결코 그대로 내버려 둘 수는 없소"

그리고는 왜적을 치기 전에 군사를 이끌고 가서 역신 김수부터 쳐야 한다고 외치기까지 하였다. 재우의 말은 박력이 있고 사람의 마음을 격동시키는 힘이 컸다. 김수의 행위에 의분을 느끼면서도 관권의 위력이 두려워 소심해 있던 막료들은 그의 말을 듣고는 마침내 분노가 터졌다.

25

김수를 문죄하다

재우는 그날로 순찰사 김수를 문죄한다는 격문을 초록했다. 그는 격문에서 김수의 죄행을 여덟가지로 분석하였다. 아래에 그 격문 전부를 인용한다.

"우리 경상도 전체가 붕괴되고 우리의 서울이 함락되고 임금이 피난하게 되고 온 나라 백성들이 사경에 빠지게 된 것은 모두 네가 그렇게 만든 때문이다.

너의 첫째 죄는 왜적을 맞아들인 것이다. 왜, 그렇게 말할 수 있는가, 너는 한 개 도의 장병과 용사들을 오 육백 명이나 선발하여 거느리고 있으면서도 동래가 함락되자 먼저 밀양으로 달아났고 밀양에서 패전하자 가야산으로 도망했으며 적들이 상주를 지날 때는 거창에 가서 숨었다. 이로써 너는 한번도 장병들을 전투에 분진케하여 왜적을 쳐물리치지 못하고 적들로 하여금 무인지경같이 들어오도록 하였다. 우리의 서울이 열흘도 못 되는 동안 함락되니 네 스스로 네 몸이 용납 될 곳이 없음을 알고 임금을 보위하러 간다는 핑계로 도망하여 운봉을 넘어 갔었지만 사람을 속일 수 없다. 어찌 하늘을 속이겠느냐.

너의 두 번째 죄는 우리나라 군사가 패전한 것을 좋아한 것이다. 왜, 그렇게 말할 수 있는가. 늙고 병든 조대권에게는 애초부터 중한 책임을 물을 수도 없었다. 그는 한 도의 군사를 거느린 장수로서 김해가 함락되는 것을 구원하지 않았으며 왜를 보기도 전에 지가 먼저 주진을 버리고 정진으로 퇴진하였으며 정진은 왜적과 수백 리 밖에 있었는데도 엉겁결에 놀라서 대오를 해체하고 서원에 들어가 숨어 있었다. 그리하여 각 곳의 피난처와 각 고을들이 바람에 쓸리우듯 흩어지고 말았다. 그런즉 이는 조대권의 죄가 분명함으로 그를 잡아죽여야 할 것이었다. 그럼에도 불구하고 너는 그자의 목을 잘라서 군대의 규율을 세우지 않았으니 네가 과연 성을 버리고 패주한 자에 해당한 군율을 몰라서 그랬다고 할 수 있겠느냐.

너의 세 번째 죄는 나라의 은혜를 저버린 것이다. 왜, 그렇게 말할 수 있는가. 듣건 데 네 조상들은 열대나 벼슬을 살았고 일곱 대는 높은 지위에까지 올라서 녹도 후하게 받았으며 신임도 두터웠다. 그런고로 너는 의리로 보아서도 응당 목숨을 아끼지 말고 나라와 운명을 같이 해야 할 것이었다. 만약에 네가 능히 충성과 절개를 지키고 강개한 뜻을 발휘하여 사졸보다 앞장서서 죽을 각오를 하였다면 우리 영남의 이백 년 이래 교양과 훈련을 받은 사람들이 어느 누군들 제 한 몸을 바쳐 나라의 치욕을 씻으려 하지 않았으랴. 하나, 너는 곧 임금이 피난가는 것을 즐거워했으며 서울이 함락되는 것을 달갑게 여겼다. 네 과연 임금이 곤란에 빠진 것을 근심 할 줄 몰라서 그랬단 말이냐.

너의 네 번째 죄는 불효한 것이다. 왜, 그렇게 말할 수 있는가, 듣건 데 너의 부친은 불행히 일찍 세상을 떠났지만 참으로 강개하고 충성스러운 사람이었다. 만일 너의 부친이 오늘과 같은 국난을 당하였더라면 반드시 의병을 거느리고 나라의 원수들에게 앙갚음을 하였을 것이다. 죽은 영혼도 지하에서 너의 금수 같음을 괘씸하게 여기고 너의 불칙함을 통분하게 여기면서 나라를 저버리고 애비도 몰라보는 놈이 내 자식으로 태어났단 말이냐고 할 것이다.

너의 다섯 번째 죄는 세상을 속인 것이다. 왜, 그렇게 말할 수 있는가, 너는 지금 조정의 벼슬아치다. 조정은 너를 강경하고 과감하며 충직한 사람으로 인정하여 영남지방의 책임을 지웠고 영남사람들은 너를 총명하고 재주가 있는 자라고 평가하여 주었다. 이렇게 과감 정직하고 총명하며 재주 있는 사람이 진정으로 적의 침공을 막아내려는 성의만 가졌다면 견고한 성에서 완강히 방어하여 그곳에 기어든 왜놈쯤 막아내는 것은 둥근 고리를 굴리기보다 더 쉬웠을 것이다. 하지만 수수방관하여 마침내 계교 한 번 써보지 못하고 왜놈들이 우리 백성들을 살해하도록 내 맡기고 말았다. 전일에 네가 강경과감하고 지혜가 있는 것처럼 보인 것은 좋은 벼슬을 낚기 위한 가면이었을 뿐이다. 오늘은 네가 도리어 어리석고 비겁한 것처럼 꾸미니 이는 또 무엇을 노리자는 것이냐.

너의 여섯 번째 죄는 염치가 없는 것이다. 왜, 그렇게 말할 수 있는가, 영남 땅을 포기하여 왜놈들에게 맡기고는 운봉을 넘어 전라도로 가서 임금을 보위하러 가는 척 하다가 부대가 용인에 이르렀을 때 왜병 여섯 놈을 보자 무기와 군량을 버리면서 금관자까지 잃어버리고 쫓기웠다. 이는 미리 금관자를 떼어버리고 군사들 가운데 섞여 적에게 들키지 않으려고 한 것이 명백하다. 비겁하게 네 혼자만 살아나려는 궁리는 언제나 그러했고 구차히 목숨을 도모하기 위해서 못하는 짓이 없었다.

너의 일곱 번째 죄는 주책이 없는 것이다. 왜, 그렇게 말할 수 있는가. 거제도의 김준면은 그 성을 왜병이 감히 범접하지 못하도록 견고히 지키고 있었는데 공연히 수하에 데리고 있으려고 불러내었기 때문에 그가 성을 버리고 떠나기 바쁘게 왜병이 덤벼 들었다. 청도군수 배운경에게 지시하기를 백면서생으로서 성을 지켜내지 못할 것이니 지키든지 말든지 맘대로 하라고 하여 성을 지키지 못하게 하였으며 친분이 있는 지방관들은 차사원이라는 핑계로 모두 데리고 가야산으로 들어갔으니 성을 지키는 장수들을 지키지 못하게 하였고 성을 버린 무리들은 모두 자기 밑에 모았으니 무엇을 어떻게 할 작정이었느냐, 참으로 주책없는 노릇이다.

너의 여덟 번째 죄는 성공하는 것을 시기한 것이다. 왜, 그렇게 말할 수 있는가, 네가 도내에 있으면서도 왜적을 격퇴하려는 마음이 없었기에 백성들도 적을 치기 위하여 앞을 다투지 못하였다. 상황이 이렇게 될 때 다행히도 나라에서 간곡한 교서를 내리고 초유사를 보내 민심을 분발시키고 의기를 고무하여 의병들이 사방에서 일어났다. 이리하여 추악한 원수들은 머리를 숙이게 되었다. 인심이 점차 단합되어 형세가 양양되니 장차 이 땅에서 왜적을 깨끗이 소탕하고 금명간에 임금을 다시 모셔 올 수 있는 조건이 갖추어졌다. 그런데도 너는 부끄럼 없이 얼굴을 쳐들고 다시 이 지방에 나타나 호령을 하며 되지 못한 행세를 부림으로써 의병들로 하여금 도리어 동요하게 만들었다. 그뿐 아니라 초유사가 거둔 전투 성과 마저 낭패하게 하였다.

그러니 전날의 악행은 이미 지나간 일로 하더라도 오늘 지은 너의 죄는 용서 할 수 없다. 북편 하늘이 아득하고 길이 막혀 나라의 법이 시행되지 못하니 네 머리가 아직 그대로 남아 있다. 가면을 뒤집어 쓴

너 같은 자가 이제 비록 하늘 땅 사이에서 눈을 뜨고 숨을 쉬지만 너는 사실 대가리 없는 송장이다. 네가 만약 신하의 본분을 안다고 하면 너의 공관을 시켜 네 목을 잘라서 온 천하와 후대에 사죄하여야 한다. 만약 그렇게 하지 않으면 내가 장차 네 대가리를 잘라서 전몰한 영혼과 싸우는 백성들의 분노를 풀어 주리라. 너는 이를 명심 할 지어다"

논리가 칼로 찌르는 듯 날카롭고 정연하면서도 통쾌하며, 피가 끓어 넘치는 이 격문은 인근 여러 고을로 퍼져갔다. 격문은 곧 김수에게도 전해졌다. 김수는 격문을 받고 입술이 파랗게 되어 벌벌 떨었으며 어찌나 두려웠던지 잠자리에서 헛소리까지 하였다. 그는 바깥에 나가기도 무서워 방안에 꼭 박혀 있으면서 누가 큰 목소리로 말하여도 놀라곤 하였다.

관찰사가 이러하니 아랫사람들은 그가 있는 앞에서는 음성을 낮춰 귓속말 하듯이 말하였으며 무슨 소리든 될수록 작게 하려고 애썼다. 그러면서도 그들은 관찰사의 비겁함과 어리석음을 비웃으며 수근덕거렸다.

김수는 어찌나 무서웠던지 저를 비웃으며 냉소하는 부하들 앞에서 부끄러움도 모르고 어떻게 하면 재우의 행패를 막을 수 있겠느냐고 자주 물었다. 그리고 초유사 김성일에게 사람을 보내 자기를 구해달라고 비굴하게 애원도 하였다.

이럴 즈음 곽재우에게서 또 하나의 청천벽력 같은 격문이 날아왔다. 그것은 도안의 각 고을에 통고한 김수의 목을 벨 때에 대한 무시무시한 격문이었다. 그 격문을 본 김수는 더욱 아연실색하여 어쩔 줄 몰라 했다.

김수는 어떻게 하면 더러운 몸을 구할 수 있을까 하고 여러 날 궁리하던 끝에 선조에게 적정을 급보하는 글을 보내면서 자기의 비겁한 행위를 변명하였으며 초유사 김성일에게 재차 편지를 쓰고 사람을 파견하여 구원해 달라고 애걸하였다.

강직하지만 어떤 면에서는 과격하다고도 할 수 있는 곽재우를 전쟁 초부터 두려워했던 김수는 정대성이라는 자를 도적의 죄명으로 처형할 때 재우도 같은 무리로 모해해 보려고 시도한 바 있었다. 하지만 고을 백성들에게 인망이 두텁고 청렴 결백한 재우를 해칠 수는 없었다.

의령사람인 정대성은 난시에 어수선한 때를 타 큰 권력을 누려볼 야심을 품고 도당을 모았으나 원래 인간 됨이 보잘 것 없고 재능도 없는 자였으므로 기껏해야 도적질을 하는데 그치고 말았었다.

그때 합천군수 정현용이 정대성과 재우를 도적이라고 급보하니 김수는 조대권과 의논하고 명령을 내려 대성만 잡아 목을 베면서 재우의 의병들을 위협 공갈하였다. 특히, 의병대가 조운선에 실린 채로 내버려둔 양곡과 초기의 창고에 있는 식량들을 모두 군량으로 충당한 것을 도적 행위로 몰아 시비를 걸어 곽재우는 역적이라고 국왕에게 보고하기까지 하였다. 이로 인하여 한때 재우의 군사들 중에서 일부가 겁을 먹고 의병대를 이탈한 적이 있었다.

김수나 조대권, 정현용 같은 자들은 왜적을 보면 겁을 먹고 도망가지만 이처럼 보잘것 없는 도적을 잡는 데는 용맹을 뽐내며 기승을 부렸다. 이 비루한 사들은 서로 마음이 맞아 곽재우를 비롯한 우국지사들을 모함하려고 갖은 얍삽한 술책을 다 부렸다 .

곽재우의 의병대 뿐이 아니라 다른 의병대들도 김수의 행위에 분개하였으나 조정에서는 그 후에도 어떤 실제적인 조치도 취하지 않았으니 당시 정치가 얼마나 부패하고 무능하였는 가는 가히 짐작하고도 남음이 있을 것이다.

26

손나루 전투의 의의

유월에 들어서자 왜장 고바야가와 다카가게의 대 병력은 낙동강 동쪽에 집결하였다. 육십이 넘은 고바야가와는 백전노장답게 황금빛 갑옷에 번쩍거리는 장검을 빗겨 차고 멋 부리기를 즐겼으며 그에 못지않게 부하들 앞에서 흰소리 치는 것을 좋아했다.

하지만 피비린 전쟁에서 잔뼈가 굵은 그는 싸움의 이치도 아는 늙은 여우였다. 전라도 땅을 분할 받은 노회한 왜장은 하루빨리 자기 임지를 차지하여 조선 수군의 근거지와 후방을 완전히 강점함으로써 그의 거점을 송두리째 소탕할 목적으로 전라도 공격을 계획하였다.

고바야가와는 또한 곡창인 전라도를 차지하면 군량 근심도 없을 뿐더러 남부지역의 미 강점지역들도 수월하게 삼킬 수 있다는 것을 타산 하였다. 그는 전라도 공격이 쉽지 않다는 것을 모르지 않았다.

전라도로 통하는 길목인 손나루에는 자기 병졸들이 두려워하는 천강홍의 장군이라고 일컫는 곽재우가 거느리는 의병들이 지켜 서 있었고 다른 하나의 통로인 진주 길목도 김시민 군사와 의병들이 가로막고 있으므로 쉽사리 뚫을 수 없었다.

이것저것 따져보던 고바야가와는 손나루 방향으로 공격할 결단을 내렸다. 왜군이 전라도 공격을 목적하고 움직이기 시작하자 적들의 기도를 미리 간파한 곽재우는 준비를 마치고 기다렸다.

곽재우는 용의주도하면서도 여유 있게 지휘할 줄 아는 의병장이었다. 그는 척후를 계속 늘여 놓음으로써 백리 밖의 적정도 꿰뚫고 있기 때문에 언제나 여유 있게 싸움을 지휘하여 실수가 없었다.

왜장 고바야가와는 자기가 가장 신임하는 심복 부하인 안국구지 게이게이라는 자에게 손나루를 돌파하여 전라도로 들어가는 길을 열라고 명령하였다. 명령을 받은 안국구지 게이게이는 수천 명의 장졸을 거느리고 성급히 손나루로 향하였다.

안국구지란 아끼노구니에 있는 절 이름이며 게이게이는 요후 게이게이를 말하는 것으로써 중의 이름이다. 그런고로 안국구지에 있는 중 게이게이라는 말이다. 이자는 중으로서 군사 지휘권을 가지고 있는 왜장이다. 안국구지는 전쟁 초기에 히데요시의 본영과 모리 데루모토 군영과의 연락을 담당하였으나 얼마 지나서는 고바야가와의 선봉장으로 추천되었다. 거장급 무사로서 왜 땅에서는 누구보다도 군사적 식견과 안목이 높다고 보는 자였다.

재우는 돌격장 권란에게서 왜적의 큰 병력이 삼십 여리 되는 곳에 도착하여 십여 명의 척후를 손나루로 보냈다는 보고를 받자 적의 동태를 계속 감시하여 알리라고 한 다음 적들의 공격을 침착하게 기다렸다.

얼마 후 손나루에 당도한 왜군 척후들이 그 부근에 진수렁이 있다는 것을 알고 마른 데를 골라 푯말을 꽂고 있다는 정보가 들어왔다. 이 같은 보고를 받은 재우는 아장과 중군 선봉장, 돌격장, 참모종사들을 불렀다. 그는 먼저 그들에게 적의 의도를 설명하고 행동방향을 지시하였다.

"왜적은 지금 이곳으로부터 삼십 여리 밖의 장소에 와서 척후를 보내 손나루의 지리를 살피고 있소. 그놈들은 벌써 손나루 수렁에 제일 심한 진수렁을 알아보고 지금 마른 데를 골라 말뚝을 꽂는 중이오. 이는 왜가 행군로를 표시하기 위한 것이니 중군은 오늘 술시를 기하여 그 말뚝을 다 뽑아 진수렁에 옮겨 박아놓고 군사를 축시까지 수렁 부근에 매복시키시오. 그러면 적이 늦어도 인시경에는 이곳에 이르러 말뚝 박힌 곳으로 달려들 것이오. 그때를 기하여 사면에서 하나같이 일어나 치도록 하시오. 돌격장 휘하의 복병과 사군은 그 앞산에 매복해 있다가 퇴각하는 놈들을 요절내야 하겠소"

재우의 말이 끝나니 아장 윤탁이 의병장의 지시를 거행하기 위한 상세한 분담을 하였다. 이튿날 이른 새벽 동이 터올 무렵에 적의 대군이 장사진을 이뤄 손나루쪽으로 새까맣게 밀려 들었다. 손나루 앞에 이른 적들은 예상했던 데로 말뚝 꽂힌 자리로 몰려가더니 수렁에 빠져 허우적거렸다.

뒤에 당도한 놈들은 그것을 보고 머뭇거렸다. 길을 잘못 든 것을 깨닫고 방향을 바꾸려는 게 분명하였다. 핏줄이 일어선 커다란 주먹이 가늘게 떨렸다.

"이제 과연 어떻게 되려는가. 만약 일이 생각한 데로 되지 않고 틀어지면 적은 길을 바꿔 수렁 주변을 피해 돌아갈 수 있다. 그것은 수가 많은 적의 포위망에 든다는 것을 의미한다. 그리고 지형상으로도 매우 불리한 처지에 빠지게 된다."

옆에서 주문장 심대승이 벌떡 일어나는 것을 재우는 손을 저어 제지하였다.

"교묘하게 꾸민 계교를 모르는 대승이니 그럴 수 있다."

재우의 이마에는 굵은 핏줄이 일어서 펄떡펄떡 뛰었다.

"역시 참는다는 것은 여간 힘든 일이 아니다. 어쩌면 이리도 일각이 여삼추 같은가."

머뭇거리던 적들은 뒤로 돌아섰다. 이제 몇 순간만 놓치면 일은 글러진다. 바로 그 순간 왼편 수렁 쪽에서 왜병의 목소리가 높게 들려왔다. 재우는 귀를 바싹 세웠다.

"저기 큰 행길이 있다. 이리로 가면 된다."

그 왜병이 몇 번 더 소리를 지르니 적 장졸들은 그리로 앞을 다투어 몰려갔다. 그럴 때 다른 쪽에서도 왜병의 외침 소리가 들렸다.

"여기도 행길이 있다. 이리오너라."

나머지 놈들은 그 소리가 나는 곳으로 우르르 달려갔다. 재우의 미간에 깊이 패였던 주름살들은 그제야 서서히 펴졌다. 그의 입가에는 느슨한 웃음이 피어오르기까지 하였다.

"허허, 일은 퍽 잘 된 셈일세. 그러니 이젠 우리 차롄 걸"

재우는 혼자 말을 하고 팽팽하게 당겼던 활시위를 놓았다. 그와 동시에 검을 빼 들고 고함을 질러대던 왜장 하나가 가슴팍에 화살을 맞고 넘어졌다.

"저, 왜놈들에게 화살을 날려라"

드디어 의병장의 명령이 내렸다.
북소리가 울리고 함성이 터지며 화살이 빗발치듯 왜적에게로 날아갔다. 수렁에 빠진 왜병들은 구데기 마냥 우글거리며 오도가도 못하고 화살에 맞아 한꺼번에 십여 놈씩 수렁 속에 처박혔다. 북소리는 요란해지고 화살은 소나기처럼 진수렁에 쏟아져 내렸다.
몹시 당황한 왜장 안국구지 게이게이는 뒤로 물러서라고 수하 장수들에게 호령하며 말을 몰아 이리 뛰고 저리 뛰었다. 그러다가 화살이 날아오니 검을 휘둘러 화살을 막아가며 말머리를 돌려서 물러나고 말았다.

손나루 앞산에 매복하여 적이 퇴각하기를 기다리고 있던 돌격장 휘하의 군사들은 때를 놓칠세라 도망가는 놈들을 향해 일제히 활을 쏘았다. 왜군 장졸들의 넋이 허공으로 날아 다니다 흩어지는 것 같았다. 놈들은 걸음아 날 살려라 하고 있는 힘을 다하여 장달음을 놓았다.

"저놈들을 때려잡아라"

어디선가 중군 심대승의 목소리가 우렁차게 울렸다. 중군 산하 군사들은 활 쏘기를 멈추고 일어나 우뢰와 같은 함성을 지르며 앞으로 달려갔다. 산 위에서도 의병들이 폭포처럼 쏟아져 내렸다.

어느덧 날이 훤해진다. 푸르른 새벽 하늘이 유달리 맑고 바람 또한 잔잔하다. 이런 좋은 날씨에 어울리지 않게 손나루 부근에서는 생사를 넘나드는 싸움이 한창이다.

맹렬하게 추격하는 의병들이 적을 따라 잡아 환도와 창을 휘두르며 찌를 때 마다 단말마의 비명소리가 애처롭게 들리곤 한다. 질풍같이 말을 몰아 좌충우돌하며 적들을 무자비하게 살육하는 용사들 중에서 명중과 그의 사냥꾼들은 두드러지게 눈에 띄었다.

"왜적을 멸살 시켜라"

돌연 벼락 같은 호령 소리와 함께 붉은 갑옷 차림으로 말을 타고 바람같이 달리는 용사가 싸움터에 나타나니 우뢰 같은 함성이 다시 일어나 왜적의 대오는 더욱 혼잡해지면서 갈팡질팡하였다. 의병장 곽재우였다.

재우는 단기필마로 계속 적들 속으로 뚫고 들어가 번개같이 칼을 휘둘렀다. 그는 앞으로 달려드는 놈을 칼로 막으면서 옆으로 공격해 오는 놈은 발길질로 말 등에서 곤두박질 치게 하더니 다시 몸을 돌려 앞의 놈을 힘껏 찍어 넘기곤 하였다. 그의 검술은 실로 놀라왔다.

명중과 그가 거느린 사냥꾼들은 용맹을 떨치는 의병장을 보고 사기가 충천하여 적들을 앞뒤로 몰아치면서 쥐새끼 잡듯 하였다. 그들을 본 재우는 명중에게 큰 소리로

"명중아 뒤쪽을 맡아라"

이 말을 듣고 뒤로 돌아선 명중은 왜적 열 서너 놈이 의병장을 향하여 달려드는 것을 보았다. 곧 명중과 사냥꾼들은 적들과 접전을 벌렸다.

잠깐 바라보던 재우는 갑자기 말을 몰고 앞으로 달려가 눈 깜짝할 사이에 왜병 하나를 옆에 끼고 말머리를 돌렸다. 손나루 싸움터에는 더러운 왜군 장졸들의 시체가 깔렸다.

대장 윤탁이 재우에게 달려가서 그가 껴안고 온 왜 군복 차림의 하용민을 받아 내렸다. 용민의 옷자락은 선혈로 붉게 물들어 있었다. 재우는 몇 사람을 시켜 지체없이 하용민을 의원이 있는 곳으로 보내도록 하고 적을 추격하는 군사들을 철수시키리고 영을 내렸다.

요란한 징소리가 새벽하늘가에 울려 퍼지자 적을 뒤쫓던 의병들이 돌아왔다. 원수들을 통쾌하게 무찌른 그들의 얼굴은 늠름했다. 왜적들은 이 싸움에서 만회할 수 없는 큰 손실을 입었고 의병들의 기세는 하늘을 찌를 듯 높았다.

재우는 전리품을 거두어 들이도록 분부하고 싸움터를 천천히 돌아 보고는 척후로서 큰 공을 세운 하용민과 안상복을 만나러 병영으로 갔다.

하용민은 여러 군데 상처를 입어 피를 많이 흘렸으나 다행히 중상은 아니어서 안상복과 더불어 무슨 이야기인지 열심히 하고 있었다. 안상복도 부상을 입기는 마찬가지였다. 재우가 방에 들어서니 그들은 반가운 기색을 짓고 예의를 표하였다.

"허허, 죽은 줄 알았던 왜장들이 정신을 치렸네 그려"

재우는 한마디 하고 자리에 털썩 앉으며 호탕하게 웃었다.

재우는 하용민과 안상복의 등을 다정하게 두드려 주었다.

"장하네, 왜말에 능통한 자네들이 아니었으면 오늘 싸움이 낭패 볼수도 있었네, 과시 장한 일일세"

"아하, 너무 지나친 말씀입니다 소인들이야 그저 곽장군님의 분부를 거행했을 뿐이 아닙니까"

용민이 송구스러운 기색을 감추지 못하니 상복이도 큰 눈을 끔벅거리며 말했다.

"소인은 곽장군님의 계략이 제대로 맞아 떨어지겠는지 몰라서 몹시근심 했습니다, 헌데 그 왜놈들이 소인의 말을 믿고 달려오니 어찌도반가웁던지…"

"일이 아주 잘된 셈이야, 자네들이 배운 바가 헛되지 않았어"

재우는 고개를 끄덕이며 자리에서 일어났다.

"그럼, 몸들을 잘 돌보게"

"곽장군님의 귀중하신 몸 부디 보중하시기를 간절히 바라옵니다"

하용민과 안상복은 대대로 역관을 해오는 집안에서 태어나 왜관의 왜학관에서 공부를 하여 왜말에 능통하였고 제자백가며 동서고금의 책을안 읽은 것이 없을 만큼 공부도 많이 하였다. 신분상 중인에 속하지만 글을 잘아는 사람으로서 양반 선비들과 서로 벗하고 지내기도 하였다.

밖에 나온 재우는 불시에 공복감을 느꼈다. 병영에서는 아침밥들을한창 먹고들 있는 모양인지 모두들 떠들썩한 가운데 흰 김이 서려있는고소한 국밥 냄새가 풍겼다.

그날은 명절이나 다름없었다. 고을 안의 백성들은 전승을 축하하여소 돼지를 잡고 떡을 쳤으며 하루 종일 떠들썩 했고 즐거운 웃음소리와주고받는 인사말 소리가 그칠 줄 몰랐다.

밤이 들어 들끓던 소음이 잦아들 무렵 재우는 방에 앉아 조용히 서안을 작성 중이었다. 그는 전승 첫 보를 위에 올려 보내 응분의 공을 표창받을 생각은 꿈에도 없었으므로 장계문을 쓰려고는 하지 않았다. 다만 기록을 남겨야 먼 훗날에도 잊혀지지 않겠기에 싸움의 전말을 간단 명료하게 기록하고 싶었을 뿐이다.

　재우는 늘 군사들이 적의 수급을 다투지 않도록 엄격히 금하였으며 오로지 적을 무찌르는 것만 위주로 휘하의 제장 군졸 들을 이끌어왔다. 따라서 그의 군사들은 자기가 죽인 적의 숫자를 보고하여 상을 타려는 생각을 하지 않았다. 그는 싸움을 끝낸 후에는 누가 어떻게 싸웠으며 어떤 공을 세웠는가를 세밀히 알고 있었으며 그 것을 잊지 않기 위하여 글로 적어 놓곤 하였다.

　지금 쓰고 있는 서안의 내용도 그러 하였다. 그는 군사들을 몹시 귀하게 여기면서도 상벌을 엄격히 하였으며 가장 중히 쓴 사람들에 한해서는 장차 그 공을 정당히 평가하여 앞길을 열어줄 생각을 하고 있었다. 의병들은 재우의 이 같은 마음을 잘 알고 있는지라 그를 진심으로 따르고 존경했으며 그의 명령이라면 사지라도 서슴없이 뛰어들었다.

　재우는 장대한 체격과는 어울리지 않게 정교한 글씨로 먼저 적을 유인 섬멸한 싸움의 전반적인 과정을 간명하게 쓰고 나서 특출한 공을 세운 사람들의 이름을 내리 적었으며 그들이 어떤 공을 세웠는가도 간단히 기록하였다. 그 중에서 명중과 하용민, 안상복의 이름을 첫머리에 올렸음은 두말 할 것도 없다.

　재우는 자기가 쓴 글을 조용한 눈길로 한번 훑터 보고 자리에서 일어나 밖으로 나갔다. 둥근 달이 중천에 높이 뜨고 삼라만상이 고요히 잠긴 손나루는 치열한 격전이 언제 있었느냐는 듯 평화로운 기운에 쌓여있었다. 그는 어디선가 들려오는 은은한 피리소리에 귀를 기울였다. 끊어졌다 가는 다시 이어지고 애절한 가락으로 넘어 갔다가는 불현듯 끊어지곤 하는 피리 소리는 그의 가슴을 파고들어 쓸쓸하고 야릇하게 마음을 흔들어 놓았다.

"아하, 명중이구나, 저놈이 상사병이 든 모양이로군"

어딘가 모르게 애수가 흐르는 곡조였다. 그렇지만 재우는 명중의 독특한 피리 소리를 쉽게 알 수 있었다.

"무슨 일 있는 것 같군 잠깐 만나 본 어떤 규수를 잊지 못하여 애간장을 태울지도 모르지…"

밤은 아직 깊지 않았건만 병영 안은 말소리 하나 없이 조용하였다. 새벽에 한차례 치열한 싸움을 겪고 하루 종일 마음이 들떠 있던 군사들이 모두 깊은 잠에 골아 떨어졌는지 누구 하나 밖으로 다니지 않았다.

뒷짐을 지고 군영 안팎을 느린 걸음으로 돌아보던 재우는 무기고 옆방에서 새어 나오는 불빛을 보고 슬금슬금 그리로 다가갔다.

방에는 인보가 홀로 거처 하고 있었다. 잠이 적고 부지런한 인보는 무슨 일이든 하지 않고는 한시도 못 배기는 성미였다. 책을 읽지 않으면 활이나 창 등 병장기들을 손질 하였고 그런 일도 없을 때는 하다못해 미투리라도 지었다.

인보의 유별난 성미를 잘아는 재우는 오늘밤엔 대체 무슨 일을 하고 있을까 하는 생각을 하며 방문 앞에 이르러 조심스럽게 기침을 하였다. 방안에서 그 소리를 들었는지 문이 열리더니 몸이 호리호리한 청년이 밖으로 나와 맞았다.

"곽 장군님께서 오셨습니까"

청년은 재우를 알아보고 허리를 굽혀 절을 하고는 방긋 웃었다. 무척 곱고 귀엽게 생긴 젊은이였다.

"오냐"

재우도 웃으며 인사를 받았다. 그리고 시선을 돌려 방안을 들여다 보며

"백륜(정인보의 자)은 이 깊은 밤에 대체 무엇을 하시오"

하고 인보에게 말을 건넸다.

"계수가 오늘은 왠일이시오, 신색이 훤해 진 것을 보니 무슨 좋은 일이 있는 모양이로구려"

인보는 손에 쥐었던 것을 한쪽으로 밀어 놓고 일어나 마주 보았다.

"누추하나 여기 잠깐 앉으셨다 가시지요"
"그럼 내 좀 앉았다 갈까"

방안을 둘러보니 벽에는 탄탄하게 생긴 활들이 예 일곱 걸려있고 칼과 창도 여러 개가 세워져 있었다. 한쪽 구서에는 미투리 지어 놓은 것이 대여섯 켤레 있었다.

"내 지금 소일거리로 이것 저것 만져 보는 거라오… 한가한 때면 이런 일도 군사에 보탬이 될 듯해서 말이죠"

방안을 둘러 보는 재우를 보고 인보가 변명 비슷하게 하는 말이었다.

"백륜은 좀 쉬면 좋으련만 가만 있지 못하는구려 내, 백륜이 그런 일을 한다고 해서 나무랄 생각은 없소만…"

재우는 부드럽게 말하고 젊은이가 앉은 쪽을 얼핏 바라보았다.

"애, 네가 우질포에 있는 백고운이 아들이기 했겠다, 그렇지 않으냐?"
"예, 소인은 우질포 사공 백고운의 자식으로서 왜놈에게 죽은 아비

원수를 갚자고 장군님을 찾아온 몸이 옵니다"

젊은이가 공손히 대답하니.

"네가 그런 사연이 있었구나…"

하고 재우는 머리를 끄덕였다.

"그래, 네 이름이 무엇이냐"
"예, 소인의 이름은 복술이라고 부르옵니다"
"복술이라… 복술이란 말이지"

재우는 생각에 잠겨 그 복술이라는 이름을 되뇌이며 젊은이를 바라보았다. 복술은 그 눈길을 받고 고개를 숙이며 두 뺨이 발그레 하게 물이 든다. 부끄러움을 몹시 타는 젊은이 같다.

"그래, 백고운의 아들이란 말이지… 이름은 복술이고"

재우는 또 한번 혼자 소리를 냈다. 그는 한 달 전에 갓 의병대에 들어온 이 젊은이를 잠깐 만나보고 백고운이 왜적에게 죽었다는 말을 들었으나 그때는 이래저래 분주하여 그것을 새겨볼 경황이 없었다. 그런데 지금 우연한 기회에 백고운의 아들이라는 젊은이를 다시 보게 되니 이상한 생각이 들었다.

"복술이라… 어디서 본 인물 같긴 한데 고운에게 아들이 있었던가"

그는 고개를 기웃거리며 기억을 더듬어 보았다. 어쨌든 예사 젊은이 같지는 않았다. 재우는 원래 어렸을 때부터 백고운을 잘 알고 있었다.
백고운이 비록 뱃사공으로 상놈이지만 의리가 깊고 덕이 있어 뱃사공 노릇을 하면서도 남의 일을 자기 일처럼 돌봐 주는 데다가 세속 양반은 감히 따를 수 없는 지조와 인품을 지닌 까닭에 그 이름이 인근에 널리 알려져 있었다.

그뿐 아니라 재우는 고운의 배편으로 강을 자주 건너 다녔고 반상의 차이는 있을망정 백고운을 오랜 세월 허물없이 대해 왔으며 딸애의 이름을 지어 주기까지 하였었다.

복술에게서 고운이 왜적의 손에 무참히 죽었다는 말을 들었을 때 애석함을 금치 못했다. 하지만 그는 고운이 양녀를 두었다는 것은 잘 알아도 아들이 있다는 말은 지금껏 들어 본 일이 없었다.

"이제 이경이 지난 것 같군"

재우는 혼자 말을 하고 자리에서 일어섰다.

"더 앉아 있고 싶으나 밤이 무척 깊었으니 내 그만 돌아 가겠소…. 곤하실 텐데 백륜도 소일거리를 거두고 쉬는게 좋으리다"

"아무튼 몸을 돌보셔야지…"

"계수의 말씀대로 그리 하리다 계수도 촛불 앞에 너무 오래 앉아 계시지 말고 잠자리를 보는게 좋겠소"

인보는 빙그레 웃음을 띠면서 그 말을 받았다.

"나 역시 백륜의 말씀을 명심 하리다"

재우는 웃는 소리로 이렇게 한마디 하고 밖으로 나왔다. 이때 따라 나오면서도 어떻게 해야 할지 몰라 하던 복술은,

"곽장군님 안녕히 주무시오이다"

하고 겨우 인사말을 하였다.

"우냐 너두 빨리 가서 자거라"

재우는 고개를 끄덕여 인사를 받고 걸음을 옮겼다. 밝은 달빛은 늘어

진 수양버들에 은실을 늘이고 밤하늘에 총총히 박힌 보석 같은 별들은 금빛을 뿌리고 있었다. 병영 한 구석에서 들려오는 귀뚜라미 소리는 달밤에 고요를 더 한층 짙게 하는 것 같았다.

"복술이 백고운의 아들이라… 거 참 모를 소린걸"

듣는 이도 없건만 그는 혼자서 말을 주고 받으며 고개를 기웃거렸다.

"헌데, 복술은 무슨 일로 백륜을 찾아왔나… 어찌 보면 복술이 백륜을 닮은 것 같거든"

느릿느릿 걷던 재우는 갑자기 걸음을 멈췄다. 별안간 백륜과 복술이 서로 얽힌 무슨 인연이 있는 게 아닌가. 하는 생각이 떠 올랐던 것이다. 그리고 보니 좀 전에 복술이 하던 말과 행동거지는 별로 사내다운 데가 없었던 것 같기도 했다. 아니 그 보다도 귀엽고 해맑은 얼굴과 고운 눈매 좁고 동그란 어깨는 그 나이에 젊은 사내에게서는 보기 드문 모양새다.

"그렇다면, 고운도 양딸이 있었다고 하였지"
"내가 쓸데없는 생각을 다하는군…"

한차례의 치열한 싸움이 지나간 손나루는 여느 때 보다 한결 더 한적한 것 같았다. 밤도 깊어 삼경은 되었음 직 하였다. 그는 별로 자고 싶은 생각이 없었으나 걸음을 재촉했다.

얼마 후 방안에 들어온 재우는 입김을 불어 촛불을 끄고 자리에 누웠다. 그런데 눈을 감으니 정신이 새록새록 맑아졌다.

이상하게도 인보의 방에서 잠깐 본 복술의 모습이 다시금 떠오르며 그들 두 사람이 한자리에 있었던 것은 우연한 일이 아닌 것처럼 생각되었다.

"가만있자 … 백륜은 나를 보고 북방으로 입역(군무에 종사하러 나간 것) 나가던 해에 어린 딸 형제가 있었다고 했겠다."

그는 자꾸만 짓궂게 드는 생각을 털어 버릴 수 가 없는 지라 하나의 실머리를 놓치지 않으려고 정신을 집중했다. 곰곰이 기억을 더듬으니 많은 세월이 흘러 희미해 졌던 일이 차츰 또렷하게 되살아났다.

인보는 언젠가 입역을 마치고 돌아왔건만 아내를 만날 수 없었다는 것과 아내가 친정으로 갔다는 말을 듣고 친정이 있는 신흥역으로 찾아 갔으나 거기에서도 만나지 못했으며 결국 아내와 딸 둘을 한꺼번에 다 잃어 버렸다고 하였었다.

재우는 어느 해 여름 우질포에서 나룻배에 올라 강을 건너던 중 사공인 백고운이 귀한 딸을 하나 얻었다고 하던 말이 생각났다. 잃어버린 인보의 딸과 바로 그 해 얻은 고운의 딸 그리고 고운의 아들로 나타난 복술이 재우로 하여금 혹시 하는 생각을 불러 일으켰다.

그러다가 재우는 세상 일이 이렇게도 오묘 힐 수 있는가 싶어 머리를 흔들었다. 그는 젊어서부터 자기를 위해 성심 성의껏 뒤를 돌보아 주며 지금껏 살아온 인보의 한 생이 가슴 아프게 밝혀와서 그 날밤 오래 도록 잠들 수 없었다..

27

순국의 길을 걷는 정인보

서울을 점령한 우키다 히데이에는 고바야가와 다카가게에게 전라도를 빨리 점령하여 조선수군의 후방과 그 진입로를 확보하라는 명령을 내렸다. 고바야가와 다카가게는 이른바 자기의 영지로 할당 받은 전라도를 기어이 손에 넣어 보려고 또 한 번 군사를 대거 출동시킬 것을 계획하였다. 왜적이 북으로 계속 올라가면서도 남쪽의 전라도 하나를 점령하지 못한 것은 조선 수군이 바다를 지키고 있는데다가 곽재우의 의병대가 길을 가로막고 있기 때문이었다.

원래 적들은 이같은 항거에 부딪히게 되리라고는 예상도 못했었다. 그들은 전쟁터에서 잔뼈가 굵었어도 보통 백성들이 싸움에 가담하는 것은 한번도 본적이 없었던 것이다. 그들은 전쟁이란 싸움을 전업으로 군사들이나 하는 것으로 알고 있었다.

사실 섬나라 백성들은 어느 영주의 편에도 설 필요가 없었다. 그저 전쟁에서 이긴 자에게 복종하면 되었던 까닭이다. 하지만 조선땅에서는 그렇게 단순하지 않았다.

조선 백성들은 왜인들처럼 덮어놓고 아무에게나 복종할 의사가 없었을 뿐더러 자기 강토에 침입한 놈들에게는 한 하늘 아래 같이 살 수 없는 원수로 여겼다. 그래서 왜군은 군사가 아닌 보통 백성들에게도 맞아 죽는 일이 빈번하였다.

왜적의 괴수의 하나인 모리 데루모토는 자기 고향 친구에게 보내는 편지에서 다음과 같이 썼다.

"이 나라 사람들은 우리를 왜구만치 여기고 산으로 들어가 숨곤 한다. 우리 왜군이 지나가면 반궁(작은활)으로 해한다. 참으로 놀랍고 어처구니 없는 일이다."

또한 그 당시의 사실을 기록한 우리나라 옛 문헌에는 아래와 같은 구절도 있다.

'촌의 여염집 사람들까지도 숲 속에 모이거나 높은데 올라가서 왜적이 오기를 기다리다 그 수요가 많고 적은 것을 헤아려 혹은 내달리고 혹은 물러서면서 적을 죽이기만 했다. 조선 백성들의 이같이 완고한 항서에 부닞힌 사무라이늘은 아연했다. 바다를 건너와서 뭍에 발을 올려놓은 순간부터 왜군은 조선 군사들 보다도 백성들의 반격을 더 많이 받았다."

앞으로 나아갈수록 이 땅에서는 한걸음 옮겨 놓기도 매우 힘이 든다는 것을 알게 되었다. 점령 지역의 백성들은 응당 새로운 주인에게 복종하리라 생각했던 것이 오산이었다. 고을 하나를 점령하면 다음 고을로 진격해야 할 때 오히려 정복한 지역의 백성들에게 예상외로 맹렬한 기습을 받게 되었다.

왜군 두목들은 이 같은 반격을 소홀히 여길 수 없어 점령지역마다 많은 군사를 남겨놓고 앞으로 나가지 않을 수 없었다. 이는 불가피하게 왜적의 병력을 약화시키는 계기가 되었다. 그 남겨진 수많은 군사들은 의병들과 혹은 개별적인 조선사람들의 사냥감이었다.

고바야가와 다카가게가 자기 영지인 전라도로 들어가 보려고 애쓰면서도 뜻을 이루지 못하고 있는 이유의 하나가 바로 여기에 있었다.

특히, 그는 한번 싸워봤던 의령의 곽재우를 몹시 두려워했다. 전라도로 가려면 의령을 통과해야 하는데 그 곳을 범 같은 장수가 지키고 있으니 어떻게 하면 좋을지 알 수 없었다.

이럴 즈음 서울에 있는 우키다 히데이에로부터 전라도를 점령하라는 명령을 받게 된 이놈은 다시 한번 용기를 가다듬었다. 무서운 상관이 명령을 내렸으니 다른 수가 없기도 했다.

척후에 있는 하용수가 보낸 첩보에 의하면 적들은 내일 오시 경에 총공격을 진행하기로 하고 지난 번과는 달리 산길을 택하여 은밀히 공격하려고 한다는 것이었다.

곽재우는 즉시 막료 모임을 열고 적의 대병력을 손나루에서 막을 것이 아니라 방어산 뒤 골짜기로 유인하여 치는 것을 결정하였다.

모임이 끝나자 그는 곧 종사 곽형을 불러 적을 방어산 십리 골짜기 송인골 앞까지 유인할 것을 분부하고 부대장 윤탁에게 산골짜기에 유리한 지점으로 전군을 매복시키되 군사 한 명당 돌 오십 개, 바위 세 개씩 준비시킬 것을 명령하였다.

곽형은 즉시 왜말에 능한 하용민과 함께 함안으로 달렸다. 함안에는 적의 동정을 살펴서 보고할 임무를 맡은 용민의 형 하용수가 자리잡고 있었다. 정인보는 재우의 사랑하는 아들 형의 신변이 근심되어 남모르게 두 사람의 뒤를 따랐다.

그들이 함안에 거의 다다랐을 때였다. 인보는 앞서가던 곽형과 하용민이 불시에 왜적의 무리와 맞붙어 싸우는 것을 보고 흠칫 놀라 걸음을 멈추었다. 얼마간 치고 받고 하는 소리가 들렸다. 놈들은 쓰러진 두 사람을 어디론가 끌고 갔다. 인보는 쫓아가서 그들을 구하려고 하다가 그만두었다.

그는 우선 하용수네 집을 찾아갔다. 뜻밖에 인보를 만난 하용수는 여기서 좀 기다리라고 하고 곧 안으로 들어갔다. 아직 남아 있는 적장 세놈이 방안에서 술을 마시고 있었던 것이다.

인보는 만일의 경우를 생각하여 몸을 숨기고 하용수가 나오기를 기다렸다. 시간이 많이 흐르자 초조하게 된 그는 마침 명중이 오는 것을 보고 마주 나가 만났다.

재우가 만일의 경우를 고려하여 사람을 또 보냈다는 것을 짐작할 수 있었다. 얼마 시간이 지나자 하용수가 왜장들과 함께 나왔다. 거나하게 취한 왜장들은 너털웃음을 웃으며 비틀거리고 있었다. 하용수도 그들과 유창하게 왜말을 주고 받으며 껄껄 웃고 있었다.

왜장들은 누구나 용수를 좋아 하였으며 그의 말이라면 무턱대고 믿었다. 용수가 그 사무라이들과 자유롭게 농을 하고 아무 꺼림 없이 그들의 잔등을 '툭툭' 치며 웃을 때는 뭇 왜장들의 생사여탈권을 가진 왜적의 괴수로 보이기까지 했다.

하용수는 그처럼 왜인들과 수작하는데 능란하였다. 곽재우가 그에게 적정을 살펴 알리도록 한 것은 참으로 잘한 처사였다. 용수는 왜장들을 바래다 주고는 즉시 몸을 숨기고 있던 인보와 병중을 방안으로 데리고 들어가서 선봉장의 역할을 하게 될 왜장과 합의한 내용을 알려주었다.

내용인즉 함안과 의령 고을의 산길을 손금 같이 아는 친구 한 사람을 길 안내자로 소개 하였다는 것. 공격을 이른 새벽에 하게 되니 길 안내자를 그전에 보내야 한다는 것이었다.

명중은 손나루에 돌아와 종사 곽형과 하용민이 적군에게 사로잡힌 사실과 적의 동태와 길 안내자로 인보가 된 사연을 보고 하였다.

이날밤 의병들은 재우의 명령을 받고 방어산 골짜기 으슥한 곳에서 적을 칠 만반의 준비를 갖추고 있었다. 시간은 매우 더디게 흘러갔다. 어두운 밤이었다. 의병들은 큼직한 바윗돌 들과 수북이 쌓인 돌 무더기를 앞에 놓고 활줄을 죄며 초조하게 일각 일각을 보내고 있었다.

"왜놈들이 잠에 골아 떨어진 게 아니야"

어둠 속에서 젊은 의병 하나가 참다못하여 한마디 하였다.

"그러게 말이여 그 망할 놈들이 좀 빨리 올거지 이거야 속이 타서 기다려 먹겠나"

거친 목소리가 그 말을 받고 나서 길게 한숨을 내 뿜었다.

"자네가 그런다고 그 놈들이 곧 오는 건 아니여 다 병법을 가지고 하는 게거든"

누군지 제법 아는 체하니…

"무지한 섬 오랑케들이 병법은 무슨 놈의 병법"

옆에 있는 사람이 핀잔을 주기도 하였다. 멀리서 닭 울음소리가 들려왔다.

"어이구 왜 이리도 시각이 더디게 흘러 가는고…"

한 늙은 의병은 가슴이 답답해 한숨을 내쉬었다.

"시각이 더딘게 아니라 그 육실 할 놈들을 기다리다 지쳐서 그런거죠"

음성을 한껏 낮춰도 쟁쟁하게 울리는 젊은이의 목소리가 들렸다

"쉬, 누구요… 큰소리로 떠드는 사람이, 이런 때는 조용들 해야지"

그들은 긴장이 되어 십리 골짜기 초입 머리를 뚫어지게 보고 있었다. 차츰 어둠이 벗겨지더니 하늘이 훤하게 밝아왔다. 묘시 중간쯤 되니 왜군의 선두 대열이 십리 골짜기에 나타났다. 적의 대열은 구불구불한 골짜기 따라 한 마리의 기다란 뱀이 기어오듯이 서서히 움직였다.

대오의 맨 앞에서 정인보가 걸어오고 있었다. 거리가 멀어 잘 보이지

않으나 앞에 있는 사람이 색다른 옷차림을 한 것으로 보아 인보가 틀림없었다. 그 뒤로 키 큰 왜장 한 놈이 바짝 따르고 있었다.

산등성이 위에서 적의 움직임을 주시하던 곽재우는 급히 의병들이 매복하고 있는 곳으로 내려왔다. 그는 즉시 활을 잡고 시위를 당겨 인보 뒤에 있는 놈을 겨냥했다. 팽팽히 당겼던 활시위에 손을 떼자 '탱' 하고 퉁겨지는 소리가 나면서 활이 날았다.

인보의 꽁무니를 따르던 왜장은 목과 가슴팍에 화살이 꽂힌 채 팔을 허공에 휘저으며 자빠졌다.

"살을 날려라."

둥둥 북소리가 요란하게 퍼져 나오고 화살이 빗발치듯 골 안으로 날아갔다. 반들반들한 조약돌들과 모가 날카롭게 서있는 얄팍한 돌들이 연거푸 날아갔다. 적의 조총 소리가 몇 번 콩 튀듯 하였으나 눈먼 총질과 다름 없었다.

왜병들은 변변히 반항해 보지도 못하고 무수한 시체를 남긴 채 꼬리를 빼며 도망쳤다.

"저놈들을 뒤따라라"

재우의 영이 내리자마자 의병들이 좌우 산비탈에서 산사태처럼 쏟아져 내렸다.

싸움 초기에 인보가 적의 흉탄에 맞아 쓰러지는 것을 얼핏 보았다. 인보에게 속아서 끌려 왔다는 것을 알게 된 왜놈들이 그를 사살한 것이다.

재우는 의원 하린을 데리고 인보가 쓰러져 있는 곳으로 급히 내려갔다. 인보에게 다가가서 그의 손을 잡았다. 인보는 벌써 실신 상태에 빠져 있었다. 치명상을 입은 그의 가슴에서는 붉은 피가 '콸콸' 솟구치고 있었다.

의원이 인보의 저고리를 헤치니 흉부에 관통상이 무섭게 드러났다. 숨을 쉴 때마다 관통상에서 피가 흘러 저고리를 적셨다. 인보의 저고리는 붉게 물들고 바닥에도 피가 흥건하게 고였다.

재우와 복술은 인보의 두 손을 꽉 잡았다. 그의 손은 싸늘하게 식어가고 있었다. 힘없이 감은 눈 언저리에는 고통스러운 빛이 어리고 입술도 검은색으로 변하고 있었다. 눈꺼풀이 푹 꺼진 창백한 그의 얼굴에서는 찬바람이 돌았다.

"백륜 백륜"

인보는 벗의 정다운 손길을 느꼈는지 아니면 새들의 지저귐 소리를 들었는지 가늘게 눈을 떴다. 제자리를 벗어난 그의 눈동자는 한참 후 겨우 재우와 복술을 알아보았다. 그의 흐린 눈동자의 시선은 천천히 찢어진 바짓가랑이 사이로 드러난 복술의 다리로 옮겨갔다.

"희열이, 우리 희열이는 왼다리 무릎 위에 푸른 점이 있었지…"

이는 인보가 복술을 만나서부터 깊이 감췄던 자기의 속내를 비로소 입밖에 낸 것이었다. 인보의 그 말에 복술은 깜짝 놀랐다.

"저분이 어떻게 내 다리에 점이 있는 것을 알까? 저분의 성은 정씨이지…"

정인보는 아주 어릴 적에 어머니를 여의고 홀 아버지 슬하에서 자랐다. 세상 떠난 그의 어머니는 아버지의 후실이었다. 인보는 외아들로서 부친의 극진한 사랑을 받으며 자랐으나 서자였다.

인보의 불행은 철없는 어린 시절에 너무도 일찍 찾아왔다. 젖을 빨다가 어머니를 여의었고 일곱살때에는 부친마저 그의 곁을 떠나갔다.

인보의 부친은 평소에 날아가는 새도 떨어뜨릴 만큼 서슬이 퍼렇던 윤원형의 말을 고분고분 듣지 않은 것이 죄가 되어 뜻하지 않은 을사사화의 화를 입고 귀양간 후 얼마 안되어 세상을 떠났던 것이다.

인보의 유모는 그들 남매의 불쌍한 처지를 보다 못하여 집을 팔아 노자를 장만한 다음 두 어린 것을 데리고 진주의 유배지를 찾아 길을 떠났다.

그 무렵 무서운 열병이 돌아 열명 중 여섯은 죽는 참상이 빚어졌다. 인보 남매와 그들의 유모도 남원 지경에 들어서자 열병에 걸려 모두 길가에 눕게 되었다. 때가 때니 만치 누구도 그들을 돌봐주는 사람이 없었다.

이 고을 부사 곽월이 길을 가던 중에 누워서 죽기만을 기다리고 있는 그들을 보고 사령을 시켜 병구완을 하였다. 곽월은 그들을 집으로 데려온지 며칠이 지나 유모를 통하여 그 어린것들이 자기 친구의 자식이라는 것을 알게 되자 더욱 극진히 돌보아 주었다.

곽월은 어린것의 외로운 처지를 가련하게 여겨 친자식처럼 길렀다. 이때부터 인보는 곽월의 세심한 보살핌속에서 십년 동안 배울 것 익힐 것 고루 갖추었으며 학식이나 예의범절에서 뒤지는 데가 없게 되었다.

합천 고을에 자리잡은 그는 어머니와 다름없는 유모의 극성스런 주선으로 인물 고운 아내를 얻어 딸 자매를 낳고 단란한 살림을 꾸려나갔다.

그는 타고난 손재간이 있어 어떤 물건이던지 정밀하고 유용하게 만들 줄 알았다. 그렇다고 하여 농사일이나 기타 잡일만 하며 산 것은 아니었다. 글공부도 부지런히 하였다. 밭일을 나갈 때에는 늘 책을 가지고 갔으며 밤에는 늦도록 등불을 마주하였다.

인보는 그밖에 더 큰 것을 바라지 않았다. 공명을 얻고 출세하여 부귀 영화를 누리는 것보다 사랑하는 아내와 더불어 밭 갈고 씨 뿌려 알찬 열매를 거두어 들이며 살아가는 것을 더욱 좋아했다.

모름지기 그렇게만 살았다면 인보는 불행하게 한 생을 보내지 않았을 것이다. 유모는 남들처럼 과거도 보고 벼슬을 해야하지 않겠느냐고 하면서 그에게 과거 볼 것을 간청하다시피 채근하곤 하였다.

아내 박씨도 과거 볼 것을 은근히 바라는 눈치였다. 결국 그는 내기지 않는 과거를 보게 되었다. 인보는 초시에 쉽게 합격하였다. 그런데 서자는 서울에 올라가서 복시를 치룰 수 없었다. 복시에 응시하려면 북방 변경에 자원 종군하는 길밖에 없었다.

그 시기 북방 야인들의 부단한 출몰로 변경이 항상 소란스러워 그 곳으로는 누구도 가려고 하지 않았다. 그래서 나라에서는 임기응변 책으로 자원 종군하는 사람들을 우대하는 정책을 썼다. 서얼 출신은 북방 변경에 자원하여 나갔다 오면 과거 응시를 허락하고 천인에게는 종량을 허락하였다.

인보는 북방 변경에 자원하여 나감으로써 과거 볼 자격을 갖추리라 생각하고 곧 행동에 옮겼다. 그가 집을 떠날 때 맏딸은 세 살 이고 둘째 딸은 아직 백날도 못 되는 젖 먹이였다.

북경 변경 살이는 그야말로 고역이었다. 항시 굶주림 속에 살아야 했고 병이 나도 고칠 길이 없었다. 추위와 굶주림은 항시 그의 생명을 위협하였다. 그는 반년도 못 되어 병들어 앓아 눕게 되었다. 동고동락하던 사람들이 그를 극진히 구완하였다. 인보는 이런 사람들의 지성으로 병마를 물리치고 일어 날수 있었다. 그들은 모두 천대받던 가난한 사람들이었다.

한편, 변방 살이를 마치고 과거에 급제하여 금의환향할 것을 애타게 기다리던 그의 아내 박씨와 유모는 인보가 중병에 걸려 죽었다는 시퍼런 하늘에 마른 벼락 같은 소식을 전해 듣게 되었다. 북방에 드나들던 사람들 중 누군가 거의 죽게 된 인보를 보고 돌아가서 살 가망이 없다고 말한 것이 죽었다는 것으로 잘못 전해졌던 것이다.

슬프고 처량한 눈물 속에 일년이 가고 이년이 갔다. 그 동안 부쳐 먹던 땅도 다 남의 손에 들어가고 유모는 아무것도 바랄 것 없는 고생 끝에 병들어 죽었다. 박씨는 자기 혼자 힘으로는 어린 딸 자식들을 먹여 살릴 수가 없어 친정 집을 찾아 길을 떠났다. 친정 집도 넉넉한 살림이 못 되는지라 처음에는 그리로 갈 생각을 하지 않았으나 다른 방도를 찾지 못했던 것이다.

친정으로 가던 도중 우질포에 당도 하였을 때 굶주린 그는 젖이 말라 아기에게 젖 한 모금 줄 수 조차 없었다. 그로 인해 생각다 못하여 젖먹이의 사주를 적은 천 조각과 함께 애기를 속치마로 고이 싸서 우질포 물방앗간에 놓고 눈물을 뿌리며 돌아섰다. 마음 착한 사람이 다행히 거두어 기르면 훗날 만날 수도 있으리라 하면서….

정인보는 삼 년이 지나 입역을 마치고 집으로 돌아왔다. 하건만 허물어져 가는 빈집에는 잡초만 무성할 뿐 그토록 그리던 아내와 딸자식들은 어디로 갔는지 자취를 알 수가 없었다. 이웃에 물어봐도 자기 아내의 행방을 알지 못하였다.

인보의 한 생은 어쩌면 이리도 기구하단 말인가. 이윽고 재우는 고개를 돌려 복술을 쳐다보며 조용히 물었다.

"니 이름이 자온녀 아닌고."

"예 그러하오이다."

복술은 어인 영문인지 몰라 어리둥절해 하면서 대답했다. 문득 재우가 확신이 넘치는 표적을 짓고 인보에게로 몸을 굽혔다.

"백련, 백련 따님을 찾았습니다. 따님을."

그래도 인보는 그 말을 들었는지 못 들었는지 눈을 감은 채 아무런 응대가 없었다.

재우는 복술에게 인보와 백고운에게서 들은 이야기를 요약하여 말하기 시작하였다. 그는 인보가 북방에 입영 나갔을 때로부터 지금까지 살아온 경유와 백고운에 대한 이야기를 있었던 사실 그대로 알려주었다.

갑술년 가을 어느 날 우질포 물방앗간을 지나던 고운은 자지러진 아기의 울음 소리를 듣고 방앗간 안으로 들어가 보았다. 돌이 되었음 직한 어린애가 울고 있었다. 어린것의 저고리에는 실로 꿰멘 천이 매달려 있었다 뜯어보니 아이의 사주와 이름이 적혀 있었다. 자식이 없어 늘 적적하게 지내던 그의 아내는 아이에게 미음을 먹여가며 금지옥엽같이 길렀다.

의병장의 이야기를 듣는 복술의 눈에서는 뜨거운 눈물이 하염없이 흘러 내렸다. 한편 인보는 꿈인지 생시인지 모를 무아지경 속을 헤엄치고 있었다.

복술은 아버지의 운명이 촌각에 놓여 있다는 것을 생각하여 그는 옷깃을 여미고 아버지에게 정중히 큰절을 하였다. 인보는 못다한 말을 잇는다.

"딸자식일 망정 남장을 하고 전장에 나섰으니 네 장하구나. 아비의 원수를 갚아라."

인보는 허공에 뜬 눈동자를 의병장에게 돌린다.

"계수 저것을 부탁."

인보는 말을 맺지 못하고 의병장의 손에 자기 손을 얹은 채 얼굴에 가벼운 미소를 띄우며 숨을 거두었다.

의병장은 고인의 눈을 쓰다듬어 고이 감긴다. 십리 골짜기 밖에서는 승전고 울리는 소리와 함께 승리의 만세소리가 초가을의 소슬바람에 실려 힘있게 들려왔다.

28

신상 필벌로 의병대의 기강을 잡다

이번 방어산 십리골 싸움에서 선봉장 배명신도 장렬하게 전사했다. 기구한 운명으로 만난 인보 부녀가 마지막 이별을 하고 있던 눈물겨운 시각에 십리골 입구에서 배명신은 갈팡질팡 도망하는 적을 보고 복병들과 쫓고 있다.

양쪽 산비탈에서 소나기처럼 쏟아져 내린 화살에 태반이 죽고 살아남은 놈들도 숨이 턱에 닿아 헐떡거리고 있었다. 배명신은

"저 섬 놈들을 모조리 베어라."

하고 외치며 적들 속에 뛰어들어 맹렬하게 칼을 휘둘렀다. 의병들의 사기는 하늘을 찌를 듯 높았다. 도망가기에 급급한 놈들은 대항할 생각을 못하고 의병들의 칼과 창에 찔려 죽어 갔다. 제풀에 넘어져 죽은 채하던 놈들 중에 하나가 뒤에서 쏜 조총이 명신을 맞출 줄은 정말 예상도 못했다.

명신은 옆구리가 뜨끔 하였으나 그러려니 여기고 내친김에 열두어 걸음 달려 나가다가 픽 쓰러졌다. 그리고 한마디 말도 남기지 못한 채 절명하였다. 명신은 군사에 유능한 무관으로서 의병대의 기둥이었다.

첫 번째 싸움도 그렇고 두 번째 세 번째 싸움들에서도 기껏해야 부상자가 몇 명 났을 뿐이었다. 그러나 이번에는 전사자가 세 명이 났다.

이 셋은 다 재우의 수족과 같은 사람들이었다. 명신은 의병대의 원로 장수요, 인보는 막료성원으로서 그의 둘도 없는 벗이고, 다른 한사람도 사냥꾼 중에서 가장 날랜 용사였다.

재우는 그날 저녁 목이 메어 밥도 먹지 못하였다. 이튿날 아침에 전사한 세 사람의 시신을 염습하여 조용한 방에 각각 안치하게 하고 재우는 방에 들어가 안석에 의지하여 앉아 있었다. 그 무엇으로도 채울 수 없는 마음의 공허가 느껴졌다.

이윽고 수병장 이운장이 방문을 조심히 열고 들어와서 곽형과 같이 적에게 붙잡혔던 하용민이 구사일생으로 살아 돌아온 이야기를 하였다. 재우는 한마디도 묻는 일 없이 그저 묵묵히 듣기만 하였다.

운장이 곽형을 구원할 계책을 말해도 그는 달다 쓰다 말이 없었다. 윤탁이 황급히 들어와 봉서 하나를 내 놓으며 말했다.

"왜병 두 놈이 조선옷을 입고 들어온 것을 방어산 기슭에서 우리 척후들이 잡아 왔기에 제가 하용민을 불러 물어보라고 했더니 하는 말이 저의 대장이 이 봉서를 홍의장군에게 전하고 회답을 받아 오라고 하더랍니다."

재우는 그 말을 유심히 듣고 나서 봉함을 열었다. 그 안에는 적장이 의병장에게 보내는 편지가 들어 있었다. 그는 묵묵히 적장이 보낸 글을 읽었다.

"장군의 아들은 우리에게 항복하였다. 손나루에 뱃길을 열어주면 장군의 아들은 목숨을 보전하여 돌아갈 것이다. 그러나 이 요구를 들어 주지않으면 이번 싸움에서 죽은 우리 군사들의 원혼을 위로하는 데 장군의 아들을 제물로 바치게 된다. 양단간 회답을 바란다."

적장의 글을 다 읽은 재우는 그것을 찢어버린 다음 고개를 쳐들며

"이것을 가져 온 왜놈을 불러오도록 하오."

하고 그제야 무겁게 한마디 하였다. 윤탁과 이운장이 나간지 한식경이 지나서 하용민이 들어왔다.

"분부대로 왜병 두 놈을 끌어 왔소이다. 문밖에 있는 데 어떻게 하오리까."

재우는 몸을 일으키다가 도로 앉으며.

"아직은 그 두 놈을 뒷방에 가두어라."

하고 분부했다. 그날 밤 막료들은 오랫동안 곽형을 구원할 논의를 하였지만, 날이 밝자 왜놈들은 목이 잘리고 말았다.

왜병들의 목을 벤 것은 의병들에게 큰 충격을 주었다. 그들은 모두 왜병 두 놈을 죽이기까지 히였으니 이제는 곽종사가 돌아오지 못하고 왜적의 손에 죽게 되었다고 하며 애석해 했다.

의병장을 몰인정하고 무서운 사람이라고 여기는 사람도 없지 않았다. 곽종사를 구원할 수 있는 조건마저 없애 버린 의병장에 대한 원망도 많았다.

그로부터 사흘이 지나서 과연 효수를 당한 곽형의 머리가 저자 거리에 높이 매달려 있다는 보고가 들어 왔다. 그것은 함안 쪽으로 적정을 살피러 나갔던 군사들이 가지고 온 소식이었다. 이 소식은 즉시 온 군영에 퍼졌다. 그러지 않아도 곽형의 신변을 근심하던 의병들인지라 군영 안의 공기는 삽시간에 무거워졌다. 적장의 글을 가져온 두 왜병을 벤 직후라 그 소문을 믿지 않을 수가 없었다.

다음날 함안에 사는 젊은이 셋이 수병장을 찾아왔다. 그들은 부역에 끌려 나갔다가 도망쳐온 사람들이었다. 곽형이 왜적에게 정말로 죽었는

가 물으니 그들은 이구동성으로 사실이라고 하면서 저자 거리에 매단 머리를 직접 보았다고 말했다. 운장은 곧 이 사실을 재우에게 알렸다.

하지만 재우는 눈썹하나 까딱하지 않았다. 함안의 적을 치고 곽형의 시체를 찾자는 의견을 내 놓아도 잠자코 있었다. 이럴 때 천만뜻밖의 일이 벌어졌다. 누군지 군영 안으로 뛰어 들어오며.

"곽종사님과 척후장이 온다."

하고 외쳤다.

과연 그 말이 떨어지기 무섭게 남쪽 산굽이로 두 기수가 말을 속보로 몰아 달려오는 것이 보였다.

"곽종사님이 온다."

군영이 일시에 들썩하며 설레었다. 마당에 있던 사람은 물론이고 방안에 앉아 있던 사람들도 뛰어나와 웅성거렸다.

곽형의 몸에는 왜적에게 붙잡혀 고초를 겪으며 흘린 핏자욱이 선연하였다. 옷이 메추리 날개처럼 발기발기 찢어지고 그 해맑던 얼굴은 온통 상처투성이었다. 한쪽 다리는 제대로 쓰지도 못하였다.

며칠이 지난 맑은 아침이었다. 손나루 군영 취병장에는 전체 의병들이 군종 별로 대오를 지어 질서 정연하게 정렬하였다. 대열 앞에 '토적보국'이라고 쓴 푸른 깃발이 펄럭였다. 그 뒤의 대열들에는 각색 깃발들이 아침 바람에 가벼이 날리고 있었다.

의병장과 막료들의 좌우에는 한 쌍의 청룡 백마를 새겨놓은 붉은 깃발들이 위세 있게 솟아 빛을 뿜었다. 이제 지난 두 달 동안의 싸움에서 공을 세운 의병들을 표창하고 군율을 어긴 의병들에게 벌을 주게 된다고 한다.

공적의 내용과 그 경중에 따르는 평가가 정확할 뿐더러 이번에는 비록 이름이 오르지 못했다 해도 다음 싸움에서 분발하면 높은 상도 받을 수 있는 사람에 이르기까지 일일이 다 언급하였다.

지금 관직을 가지고 있거나 벼슬살이를 하던 양반들과 향촌에서 서책 속에 파묻혀 있던 유생들은 물론이고 양민, 천인, 노비에 이르는 모든 사람들이 다 이 공명정대하고 인정이 넘치는 평가에 감복하지 않을 수 없었다.

의병장 곽재우는 자기 수하의 막료들과 군사들을 거의 속속들이 알고 있었으며 언제나 그들을 위하기를 한집안 식구와 같이 대하고 그들을 부림에 있어서는 친근하였으며 상벌이 엄격하고 성실한 믿음이 있었기 때문에 사람들은 죽을 힘을 다하여 그의 명령에 복종하였다.

시상이 끝나자 의병장은 중의장으로 갓 임명 된 명중을 불러 몇 마디의 지시를 주었다. 명중이 그 분부를 받고 얼마 안되어 형장과 형틀을 들고 나오더니 잠깐 사이를 두고 몽두를 쓴 어떤 죄수 하나도 끌려왔다.

이 뜻밖의 전경에 사람들은 놀랐다. 의병들의 시선은 즉시 몽두를 쓴 죄수에게 집중되었다. 하지만 그 죄수가 어떤 사람인지는 누구도 알지 못했나. 중의상 녕중은 어인 일인지 수심에 쌓여 있었다.

"여봐라"

문득 의병장의 옹골진 목소리가 울렸다. 웅성거리던 군중은 곧 조용해지며 숨을 죽였다.

"죄인의 몽두를 벗겨라."

크지는 않아도 사람들로 하여금 놀라게 하는 그런 목소리였다. 명중은 떨리는 손으로 죄인의 머리에 씌운 몽두를 벗겼다. 군중들속에서 가벼운 속삭임 같은 것이 물결쳐 흘러갔다.

몽두를 벗겨 보니 곽형이었다. 그 모습은 바로 보기 어려울 정도로 참혹하였다. 너무도 용모가 초췌하여 그가 누구인가를 알아보기 힘들 지경이었다. 의병들은 한껏 긴장하여 의병장과 곽형을 번갈아 바라보고 있었다.

"네 듣거라."

바시락 거리는 소리 하나 들리지 않는 정적을 깨뜨리며 의병장의 목소리가 우렁차게 울렸다.

"군율은 용서가 없느니라. 너는 적을 매복진으로 유인해 오라는 중대한 영을 받고도 방자히 행동하다가 적에게 사로잡혀 자칫하면 계략이 깨어지게 할 뻔하였고 의병의 위엄을 손상시켰다. 그때 백륜이 뒤따라가서 수습했으니 무사하였지 그러지 못했던들 어찌 우리가 오늘의 승첩을 생각이나 할 수 있겠느냐. 그런즉 너의 죄는 가볍지 아니하다. 군령을 거행 못하였으니 불충이 첫째요 백륜이 전사한 것은 오로지 너의 불찰로 인한 것이니 불의가 둘째요. 군령을 시행 못 하였으니 불효가 셋째이며 의병대의 종사로서 적의 볼모로 이용된 것이 넷째 죄이니라. 네 죄가 이렇듯 크거늘 어찌 용서를 바랄 수 있겠느냐. 또한 경전에 사람을 죽인 자는 사형을 면치 못하게 되어 있다. 너는 정종사를 죽게 하였다. 그러니 너는 마땅히 참을 받아야 한다."

대오는 터질 것 같은 긴장으로 굳어졌다. 이때였다. 군중 속에서 한 사람이 앞에 나와 업드렸다.

"곽장군께 아뢰옵니다. 종사님은 부득이 왜적에게 붙들린 몸이 되었으나 송죽같은 절개로써 적들까지 놀라게 하고 감복 시킨 열사 이옵니다."

"네 감히 어디라고 입을 놀리느냐. 어서 물러가거라."

하고 의병장은 그 사람의 말을 중도에서 막았다. 그의 굵고 짙은 눈썹이 몇 번 꿈틀거렸다. 뜻밖이라는 의미이다. 곽형을 두둔하여 나선 그 사람은 하용수였다. 용수가 무슨 일로 이곳에 나타났단 말인가. 그는 이상한 생각이 들었으나 다른 말은 하지 않았다.

"네 물러 가지 못하겠느냐."

의병장은 언성을 더 높였다.

"소인은 죽더라도 한 말씀 사뢰려 하옵니다. 황공하오나 소인의 말씀을 끝까지 들어 주사이다."

용수는 그저 순순히 물러갈 잡도리가 아니었다.

의병장은 잠자코 그 거동을 주시하였다. 척후에 있어야 할 용수가 이 장소에 불현듯 나타나게 된 것은 명중이 의병장의 기색을 보아 곽형이 무사치 못할 줄 미리 알고 어제 밤새껏 말을 달려 함안에 가서 데려왔기 때문이었다.

명중은 왜장의 글을 가지고 온 두 왜병이 처단되는 것을 보고 급히 함안 고을로 달려가 곽형을 구원해 왔으며 이틀이 지나 다시 그곳으로 가서 용수를 만났었다.

"음."

의병장이 뜻 모를 소리를 냈다. 하용수는 종사 곽형이 왜적들을 만나 죽기를 무릅쓰고 싸운 끝에 심한 상처를 입어 부득이 사로잡히게 된 사연과 대나무 같은 절개로 위로는 고바야가와와 안국구지로부터 아래로는 하찮은 왜병들에 이르기까지 기가 질리게 한 사실을 조리 있게 이야기 하였다.

곽형의 무죄함을 말하는 용수의 음성은 몹시 떨렸다.

"오늘날 이 같은 충신이 어디 있으며 이렇 듯 장한 절개와 용맹을 어디서 또 볼 수 있겠습니까. 수인의 생각으로는 종사님이 싸움에서 승리한 것 못지 않게 왜적을 위압하고 이 나라 우국 남아의 기상을 보여 주었다고 여겨지옵니다."

의병장은 바위같이 무거운 자세를 조금도 흐트리지 않았다. 그의 얼굴 표정은 일절 변화가 없었다. 용수가 무슨 말을 하려고 막 고개를 드는 찰나에 누군지 뛰어 나와 그 옆에 업드렸다. 중의장 명중이었다.

"종사님은 구차히 살 것을 바라지 아니하고 사나운 오랑캐들과 싸워 당당히 적굴을 벗어났습니다. 하늘이 구원한 영웅을 어찌 참하려 하시옵니까. 만약 종사님을 참하시려거든 소인을 먼저 베기 바라옵니다. 소인은 종사님을 모시고 온 놈이라 그래야 마땅한 일인 줄로 아룁니다."

말을 마친 명중은 허리에서 재빨리 일월천리도를 뽑아 들고 자기 목을 겨누었다. 그것을 보고 의병장 옆에 앉았던 주군 심대승이 황급히 뛰어나가 칼을 든 명중의 손을 나꿔채며

"무엄하게 이 무슨 짓이냐."

하고 꾸짖었다. 일월천리도를 떨어뜨린 명중은 엎드린 채 땅에 머리를 박고 어깨를 떨구었다. 군중속에서도 흐느끼는 소리가 알릴 듯 말 듯 새어 나왔다.

천오백 명의 의병들은 불안과 위구에 떨었다. 인정이 무르면서도 의리와 법 앞에서는 한치의 양보를 모르는 의병장이 장차 어떤 결단을 내리겠는지 몰라 가슴들이 조여 들었던 것이다.

"내 의병장께 한 말씀 드리겠소이다."

불현듯 독후 정연이 끝없이 흘러가던 침묵을 깨뜨렸다. 정연은 의병장을 바라보며 헛기침을 몇 번하고 점잖게 말했다.

"이 사람은 오늘같이 신기한 일은 처음보고 듣소이다. 숨김 없이 말해서 내 곽종사를 연소한 백면서생으로 여겨 왔소이다. 헌데 이제 들어보니 과시 영웅이외다. 그런즉 종사에게 형벌이 아니라 상을 내리는 것이 옳은 처사일 듯 하외다."

"거 말씀 잘 하셨소. 지당한 말씀이외다."

지금껏 잠잠해 있던 막료석은 그제야 술렁거렸다. 군중 속에서도 잔파도가 일었다. 의병장은 눈을 감고 있었다. 그 기색은 여전히 변화가 없었다. 군중은 손에 땀을 쥐고 하회를 기다렸다. 이윽하여 그는 눈을 떴다.

"너는 네 죄를 아느냐. 군령을 어기고 정종사를 사지에 몰아넣어 죽게 하였으니 그 죄를 무엇으로 씻으려느냐."

"예 군령을 어긴 죄 죽어 마땅한 줄로 아뢰옵니다."

마침내 곽형이 입을 열었다. 죽음을 각오한 무척 담담한 음성이었다. 그러면서도 억울해 하거나 용서를 바라는 기색은 조금도 없었다.

"여봐라 장령을 어기고 맡은 바 소임을 다하지 못한 저놈에게 치도곤 오십도를 쳐라."

의병들은 일제히 안도의 숨을 내쉬었다. 곽형이 받게 된 형벌은 가볍지 않았으나 그 보다 더 무서운 정경을 보게 되리라 생각했던 그들이었으니 그럴 만도 하였다.

"저놈에게 오십도를 매우쳐라."

의병장은 갈린 목소리로 다시 분부하였다. 곧

"예엣."

하는 긴 대답이 들렸다. 형틀 앞에 미리 대기하고 있던 이억만과 윤도 끼였다. 그들은 상가 고을 사령 노릇을 하다가 의병대에 들어 온 건장한 사나이들이었다.

억만이 치도곤을 번쩍 치켜드니 그것을 보는 사람들은 온몸에 소름이 끼치는 것을 느꼈다. 갑자기 딱하는 소리가 나며 치도곤 절반이 부러져 바람개비 마냥 허공에 날았다.

억만은 우악스러운 동작으로 형틀 다리를 내려치곤 하였다.

"헐장 말고 용서없이 쳐라."

의병장이 눈을 감은 채 분부했다.

"예잇."

억만은 시원스럽게 대답하였지만 역시 형틀 다리만 자꾸 쳤다.

"네 이놈 네 어찌 무엄하게 영을 거스리느냐. 바로 치라."

보지 못한 줄 알았더니 단상위에서는 그만 불호령이 떨어졌다. 의병 장은 눈을 감고도 모든 것을 것 보는 것 같았다. 억만은 마지 못해 곽형 의 볼기를 치기 시작했다.

될수록 소리는 크게 내고 매는 약한 것이 내려지도록 하느라 애쓰면 서 있는 재간껏 치도곤을 먹였다. 그래도 두 개중 하나는 헐장이었다. 어 쨌든 매는 매인지라 곽형의 바지는 나불나불 흩어지고 엉덩이에서는 피 가 줄줄 흘러 내려 형틀 밑에 고였다.

사람들은 놀라 몸을 떨었다. 매를 치는 것을 보기란 참으로 힘든 노릇 이다. 더욱이 본의 아니게 군령을 어겼고 부득이 적의 볼모로 이용되었 으며 용맹하게 싸웠건만 자기 맡은 소임을 다할 수 없었던 곽형의 경우 에는 진짜 죄인이라고 할 수도 없었으니 보기가 더 참혹하였다.

의병장은 억만이 헐장을 치는 것을 모르지 않았다. 오히려 그 마음이 고맙기도 하였다.

억만은 제 할 바는 다 했다는 듯 형틀 앞에서 물러났다.

"치도곤 오십 도를 다 쳤사옵니다."

그 말에 의병장은 이제껏 지긋이 감고 있던 눈을 떴다. 자리에서 천천히 몸을 일으킨 그는 옆에 있는 윤탁에게 몇 마디 하고 자기 방을 향하여 느릿느릿 걸어갔다. 의병들이 흩어져 돌아간 뒤 명중은 하용민에게 의원 하린을 불러오도록 부탁하고 나서 곽형을 일으켜 업고 조용한 방을 찾아 갔다.

29

전쟁 초기 정세와 일화 ①

　나고야 본영에서 서울을 강점하였다는 보고를 받은 도요토미 히데요시는 양양 차득하여 그 기세로 조선을 넘어 명나라까지 쳐들어가라고 왜군 부대들에 명령을 내렸으며, 이와 관련하여 히데요시의 누이의 아들 관백 히데츠키에게 아래와 같은 서한을 보내기까지 하였다.

　　"조선 국토는 이미 점령하였다. 내 마땅히 오는 봄을 기하여 도항해서 명나라로 쳐들어 가리라 인하여 명 후년에는 천황을 북경으로 맞이하여 그대를 그곳 관백으로 봉하며 황국의 황위에는 황태자 아니면 하지 조노미아를 추대하고 조선은 기후 재상 또는 희진 재상으로 하여금 관리케 하리라."

　부하들의 자그마한 성공에 도취한 히데요시는 기고만장하여 조선을 먹고 명나라까지 먹겠다고 호언 장담하면서 산악이 닭 알을 깔아 뭉개듯이 쳐들어 가리라고 흰소리를 하기도 하였다.

　히데요시의 명령이 떨어지자 왜장들은 오월 이십일 서울에서 조선을 속전속결로 먹어 치우고 명나라를 침입할 계책을 토의하였으며, 각 진별로 공격 방향을 설정한 다음 도처에서 미친 듯이 진격했다.

적의 선봉 고니시 유키나가의 제1본대는 부산포에 상륙하자마자 부산 동래, 양산, 밀양, 청도, 대구, 안동, 선산, 상주를 연이어 함락하고 열 엿새 만에는 충청도 지경까지 들어올 수 있었다.

그 뒤를 이어 사월 십팔 일에 상륙한 가토 기요마사의 제2본대는 부산 동래, 양산을 지난 다음 동쪽 길을 취해 언양, 울산, 경주, 영천, 신녕, 의흥, 군이, 문경을 거쳐 탄금대 싸움이 있던 이튿날 역시 청주로 들어왔고

사월 십구 일 안골포에 상륙한 구로다 나가마사의 제3본대는 김해 성주, 김천, 금산, 영동을 지나 청주로 들어왔으며, 그 뒤를 이어 제4본대로부터 제9본대까지 차례로 우리나라 땅을 침범해 들어왔다.

이 왜국 무력은 한결같이 서울을 노리고 있었다. 당시 서울을 목표로 전진하며 앞을 다투던 고니시와, 가토의 움직임을 일본 고서, 고려진 각 서에서는 아래와 같이 전하고 있다.

이십 팔일에는 군사들에게 휴식을 주고 소요시도모의 진에서 고니시는 중 겐소 등을 불러 조선 지도를 펼쳐놓고 서울 공격을 위한 군사 모의를 하였다. 때마침 경주를 떠나 영천, 신녕, 의흥을 거쳐 오던 가토 기요마사 군 또한 조령을 넘어 역시 이십 팔일, 충주에 도착하였다.

가토를 맞이한 고니시는 경로를 다시 결정하고 이튿날 가토에게 양보하여 죽산으로 향하게 하였다. 그리고 그는 방향을 동쪽으로 돌려 가흥, 여주 방향으로 나아갔다. 그래서 양군은 다시 길을 바꾸어 앞을 다투며 서울로 달려갔다.

왜적의 침입에 당황한 조정은 이일을 순변사로 정하여 가운데 길로, 성응길을 좌방어사로 정하여 동쪽 길로, 조경을 우방어사로 정하여 서쪽 길로 각각 파견하고, 유극량과 변기 등을 조방장으로 정하여 죽령과 조령을 각각 지키게 하였으며, 사월 이십일에는 유성룡을 도체찰사로 정하여 각 부대의 장수들을 감독하게 하였고, 신립을 삼도 순변사로 임명하여 가운데 길로 가서 이일의 부대를 후원하는 일방, 하삼도의 군대를 총지휘하게 하였다. 그러나 적을 방어하러 나갔던 여러 장수들은 뜻을 이

루지 못하고 곳곳에서 패했다.

　결국 제1본대의 고니시 군은 오월 초 이튿날 저녁 한강을 건넜으며 아무런 저항도 받지 않고 동대문에 이르렀다. 그리고 술시 경에는 소요시도모 군과 쌍을 이루어 서울 장안에 들어섰다.

　한편, 김명원이 한강 방어를 포기한 틈을 타서 도하한 제2본대의 가토는 오월 삼일 신시에 남대문으로 입성하였다. 그 뒤를 이어 제3본대와 제4본대는 오월 칠일에, 우키다의 제8본대는 오월 팔일에 그 밖의 왜장들이 이끄는 왜군들도 속속 서울에 들어섰다.

　왕과 조정 관리들과 서울 장안 백성들이 놀라움에 전선 소식만 기다리고 있던 사월 스무 아흐 날의 저녁이었다. 전립을 쓴 세 사람이 말을 달려 숭인문으로 들어왔다. 성안 백성들이 앞을 다투어 전선 소식을 묻자 그들은 대답하기를

　　"우리는 순변사의 군가 노복들인데 순변사가 충주에서 전사하고 여러 진들이 크게 패했으므로 그곳에서 탈출하여 가족들에게 알려주려고 달려오는 것이다"

　이 말을 들은 사람들에 의하여 그 소문은 곧 온 서울 장안에 퍼졌다. 영의정 이산해와 함께 빈 청에 앉아 있던 좌의정 유성룡은 그 소식을 듣고

　　"내가 어찌하여 율곡의 말씀을 귀담아듣지 않았던고"

　하고 가슴을 쳤다. 이날 밤 이산해, 유성룡 등이 왕의 부름을 받고 궁성의 수문을 거쳐 동원 뜰에 가니 왕은 등촉을 밝혀놓고 혼자 방 안에 있고, 장지 밖에는 벌써 재상 이하 조정 관원들이 불안한 안색을 하고 앉아 있었다. 여기서 곧 피난할 문제가 논의되었다.

　김명원은 도원수로, 신각을 부원수로 임명하여 한강을 지키도록 방어 대책을 세운 뒤였지만, 왕 이하 조정 백관들은 권협 등의 반대에도 불구

하고 끝내 북쪽으로 피난 갈 것을 결정하고 말았다.

그리하여 광해군을 왕세자로 세워 왕을 따르게 하고, 그의 형 임해군은 함경도로, 동생 순화군은 강원도로 가기로 하였다. 또한 왕을 따를 호종신도 선정하였다.

일기마저 불길한 징조를 보여주는 듯 밤이 깊어지자 오랫동안 가물어 온 날씨가 갑자기 변덕을 부려 빗방울이 후두둑 후두둑 떨어지고 있었다. 깜빡이는 촛불 아래서 영의정 이하 왕의 행차를 따를 사람들의 명단을 꾸미고 있는 판에 정원 사령이 장계를 가지고 와서 바쳤다. 뜯어보니 충주 싸움에서 도망쳐 나온 순변사 이일이 올린 장계였다.

그 글에는 왜군과 싸운 상세한 사연과 함께 '왜적이 금명 일간에 서울로 들어갈 듯 하옵니다' 라는 구절이 적혀 있었다. 이를 본 관원들은 낯빛이 변하여 자리에서 일어났다. 명단이고 뭐고 당장 궁중에 들어와 있는 사람들만이 왕을 따라 나서는 수밖에 없었다. 대궐을 호위하는 군사들도 거의 다 도망치고 가마채를 멜 자와 견마 잡을 사람도 부족하였다.

행차가 경복궁을 나서려 할 때였다. 내의원 조영선과 승정원 서리 신덕린을 비롯한 십 여 명이 앞을 막아 섰다.

"상감마마께서 서울을 버리시고 어디로 가시려 하옵니까? 이 나라 천만 백성을 불러일으켜 나라의 사직을 보존해야 할 이 시각에 상감마마께서 서울을 떠나시면 어찌 하오리까"

조영선이 애타게 부르짖으며 부복하여 머리로 땅을 짓이기는데, 왕은 마상에서 미간을 찌푸리고 불빛에 언뜻 언뜻 드러나곤 하는 그의 자태를 묵묵히 굽어보기만 하였다. 신덕린도 목매인 소리로 아뢰었다.

"저일 종친들께서두 통곡을 하시면서 서울을 버리지 말라고 간청하였고, 영부사 대감께서도 분개하여 여러 대감들과 함께 궐내에 들어와

서울을 끝까지 지켜야 한다고 주장하였을 때, 상감마마께서는 종묘와 사직이 여기에 있는데 내가 가긴 어디로 간단 말이냐고 하시지 않았사오니까. 그러시던 상감마마께서 이게 웬일이옵니까."

그러나 왕은 함구 무원이었고, 호종 신하들이란 사람들은 곁눈으로 흘겨보며 그 자리를 빨리 벗어나지 못하여 초조해 할 뿐이었다. 그러는 사이에 사월 삼십일 첫 새벽이 되었다. 밤은 한 치 앞도 분간할 수 없었다. 호위하는 군사들도 몇 명 안 되는 왕의 초라한 행차는 이 사람 저 사람과 부딪혀 가면서 경복궁 앞을 통과하였다.

왕의 행차가 떠나는 것을 알고 거리에 나온 백성들의 곡성이 비 내리는 밤 하늘을 뒤흔들었다.

말 안장 위에 덩그렇게 앉아가는 왕은 철릭에 주립을 쓴 융복 차림이었다. 가마에는 왕비와 세자가 있고, 궁녀들은 말을 탔다. 말이 몇 필 되지 않으므로 신하들 중에서는 정승들만 겨우 말을 타고 나머지 사람들은 걸어서 행차의 뒤를 따랐다.

광화문을 지나 야주개로 나가니 그곳에서도 곡성이 들렸다. 왕과 신하들이 서울을 버리고 떠나는 것을 보고 기가 막혀 우는 백성들의 울음이었다. 돈희문을 나서서 모래내에 이르렀을 때 먼동이 터왔다.

모래내를 넘어 돌다리를 지나는 중에 비가 줄금 줄금 내리는가 했더니 벽제역에 왔을 때는 억수로 퍼부어 옷들이 흠뻑 젖었다. 여러 관원들 중 적지 않은 자들이 서울로 되돌아갔고, 시종과 대간들도 하나 둘 떨어져 나갔다.

혜음령을 넘어서게 되자 빗발이 더욱 굵어져 말을 타고 뒤따라오는 궁녀들의 통곡 소리가 그칠 줄을 몰랐다. 왕의 양 볼에도 눈물인지 빗물인지 모를 물줄기가 흘러내렸다.

행차가 임진강에 이르렀을 때도 비는 여전하였다. 강을 건넌 왕의 행차는 초경이 되어서야 동파에 당도하였다. 왕은 몹시 시장하였다. 하루에 두 끼 밖에 못 먹던 사람들도 온종일 굶으면 허기지기 마련인데, 새벽에 눈을 떠서 조반을 시작으로 자기 전 밤 찬까지 하루에 여덟 차례나 음식상을 대해야 했던 왕이니 그럴 밖에 없었다.

왕은 물 한 그릇을 청하였다. 냉수로라도 허기진 배를 달래려는 것이었다. 호종하던 신하들이 물그릇을 올리고 나서 파주목사 허진과 장단부사 구효연이 동파 역에서 수라상을 마련하기로 하였으니 좀 더 가시면 무슨 마련이 있으리라고 하며 왕을 극력 위로하였다.

행차가 동파 역에 당도하니 장단 부사와 파주 목사는 과연 수라상을 마련해 놓고 기다리는 중이었다. 그런데 종일 굶은 몸으로 왕을 백 이십 리 길이나 호위하여 오느라고 기갈이 든 호위 군사들이 주방에 들어가서 그만 앞뒤 생각 없이 그 음식들을 다 먹어버렸다. 배가 불러 제정신으로 돌아오자 그들은 황급히 흩어져 도망치고 말았다.

창졸간에 이런 일을 당한 장단 부사와 파주 목사도 그대로 있다가는 목이 달아날 것 같아 역시 자취를 감추었다. 뒤늦게야 이 사실을 알고 왕 앞으로 가서 부복한 내시는 너무도 황공하여 몸둘 바를 몰라 하며 그 기막힌 사연을 아뢰었다.

그 말을 들은 왕은 '그래 조금도 남은 것이 없다더냐' 하고 한마디 묻고는 곧 서글픈 표정을 지으며 고개를 설레설레 저었다. 먹을 것이 다 없어지고 호위 군사들이 달아난 것보다도 일국의 왕인 입에서 그런 말이 나온 것이 참으로 서글펐던 것이다.

왕은 굶주림이 얼마나 무서운 것인가를 평생 처음으로 알게 되었다. 그렇지만 자기가 다스리고 보살펴 준다고 여기는 백성들이 매양 이처럼 굶으며 고달프게 살아가고 있다는 데까지는 생각이 미치지 못하였다.

하루의 고생길을 꿈같이 보낸 왕의 행차는 오월 초하룻날 저녁 무렵에 개성부에 도착하여 며칠을 보내고, 초나흘 날은 보산역에서, 오일에는 봉산에서, 육일에는 황주에서 머물러 쉰 다음 칠일날 중화를 거쳐 평양에 들어섰다.

왕은 애초에 평양을 목표로 하고 떠났으나 왜군의 형세가 매우 사나운 것을 알게 되자 좌의정 윤두수에게 명령하여 도원수 김명원, 순찰사 이원익 등과 함께 평양을 지키게 한 후에 다시 북쪽으로 피할 궁량을 하고 있었다.

누가 먼저 말을 꺼냈는지 임금이 평양을 버리고 또 피난가려 한다는 소문이 얼마 안 되어 성 안에 쫙 퍼졌다. 이 어수선한 성안 분위기에 불안을 느낀 왕은 두루 생각 던 끝에 세자에게 명하여 백성들을 안정시키도록 하였다.

임금이 왕세자에게 명령하여 대동관 문에 나가서 성 안의 늙은이들을 모아놓고 성을 굳게 지키겠다는 뜻으로 타일렀더니 늙은이들이 앞으로 나와 말하기를

"다만 동궁마마의 말씀을 듣고는 백성들이 믿을 수 없으니 꼭 상감마마께서 친히 타이르는 말씀을 들어야만 되겠습니다"

라고 하였다. 이튿날 임금이 부득불 대동관 문에 거동하여 승지를 시켜 타이르기를 왕세자의 어제 말과 같이 하니 늙은이 수십 명이 임금 앞에 엎드려서 통곡을 한 다음 임금의 뜻을 받들고 물러나왔다.

그들이 흩어진 사람들을 불러들이기 위하여 각각 사방으로 나가서 산골짜기에 숨어 있던 노약자들과 남녀, 청장년들을 전부 찾아가지고 성으로 돌아오자 성 안이 다시 꽉 들어차게 되었다.

이것은 당시 평양성 안의 상황을 기록한 유성룡의 글이다.

평양성 안의 분위기가 심상치 않은 것을 본 왕과 조정 대신들은 이처럼 백성들을 기만하는 술책을 쓰지 않을 수 없었다. 왜군의 검은 그림자가 대동강가에 나타나자 왕 선조는 고관, 노직 등으로 하여금 종묘와 사직의 위폐를 가지고 궁녀들을 보호하여 은밀히 성 밖으로 나가도록 하였다. 이를 알게 된 평양성 사람들은 격분하였다.

여기에 또 이런 기록도 있다.

이에 성안의 아전과 백성들이 폭동을 일으켜 칼을 뽑아 들고 길을 막아 함부로 그들을 공격하면서 그들이 들고 있던 종묘와 사직, 위폐 등을 빼앗아 길 복판에 던지고 수행하는 고관들을 가리키며

"너희들이 평소에 나라의 봉록을 도적질하여 먹다가 이제 와서는 나라 일을 그르치고 백성을 기만하기를 이렇게까지 하느냐"

라고 크게 호통쳤다.

내가 연광정에서 행궁으로 가다가 노상에서 보니 부녀자와 어린이들까지 모두 노기가 등등하여 서로 붙들고 울부짖으며 말하기를

"성을 버리려 할 바엔 무엇 때문에 우리들을 성으로 꾀어들여 우리 백성들만 적들의 손에 어육으로 되게 하는가 하였다."

행궁문에 이르니 백성들이 거리에 꽉 들어차 있었다. 팔을 걷고 병기아 몽둥이를 든 그들은 사람을 만나기만 하면 치는 판이라 분주하게 떠들고 혼잡하여 이를 세세할 수가 없었다.

이때 대궐 안에 있던 고관들은 질겁하여 뜰 가운데 서 있을 뿐이었다. 유성룡은 계속하여 자기가 백성들 앞에 나서서 조정의 신하들이 평양을 굳게 지킬 것을 주달하여 상감이 벌써 허락하였다는 말을 하여서야 백성들이 물러갔다고 쓰고 있다.

이 역시 격앙한 백성들의 마음을 사그라지게 하기 위한 속임수였다. 왕의 행차는 유월 십 일일에 또 평양을 떠나 영변, 정주 선천을 거쳐서 북방의 국경지대인 의주 고을로 들어갔다.

왜적의 공격을 막을 생각을 하지 않고 백성들을 적의 칼날 앞에 맡긴 채로 비겁하게 도망한 것은 비단 그들만이 아니었다.

병권을 쥐고 있던 경상도의 벼슬아치들만 보아도 부산첨사 정발, 다대포첨사 윤흥신, 동래부사 송상현 등 몇몇 사람을 제외하고는 거의 다 그러했다.

한 개도의 장관인 순찰사 김수는 왜적이 쳐들어오자 각 고을에 관문을 보내 백성들에게 피난할 것을 지시함으로써 자기 맡은 도가 텅 비게 만들었고, 경상좌수사 박홍은 적의 기세가 대단한 것을 보고 군사를 출동시킬 엄두가 나지 않아서 수많은 군기 화포를 실은 전선 백여 척을 바닷속에 처박은 후 도망쳤으며, 경상우수사 원균 역시 왜적의 그림자도 나타나기 전에 전선과 기재들을 모조리 파괴하고 육지로 도망치려 하였다. 경상우병사 조대권도 싸울 생각을 하지 않고 도망침으로써 휘하 군사들을 전부 흩어지게 하였다.

이렇게 되어 감영, 병영, 수영들이 텅텅 비고 무장 지졸이 된 군사들은 풍비박산이 났다. 그뿐이 아니고 비겁한 양반 벼슬아치들은 흉악한 왜적들을 보고는 무서워 벌벌 떨면서도 자기 군사들에 대해서는 무자비하였다.

징비록에는 아래와 같은 내용이 기록되어 있다.

용궁 현감 우복룡은 고을에 있는 군사를 거느리고 병영으로 가던 중 영천에 이르러 길가에서 식사를 하고 있었는데, 하양 군사 수백 명이 상도를 향하여 방어사에게로 가면서 그 앞을 통과하였다.

복룡은 그 군사들이 말에서 내리지 않는 것이 괘씸하여 그들을 붙잡아 놓고 반란을 일으키려는 놈들이 아니냐고 추궁하였다. 이에 하양 군사가 병마절도사에 공문을 내보이면서 바야흐로 자기들의 정체를 밝힐 때 복룡이 부하 군사들에게 눈짓을 하여 그들을 둘러싸고 모조리 죽여버리니 시체 더미가 들판에 가득하였다.

순찰사 김수가 복룡의 공로를 임금에게 주달하니 임금이 복룡에게 통정대부의 품계를 내리고 정희적을 대신하여 안동부사로 삼았다.

나라의 관문이라고 하여 형식적으로나마 방비책을 세웠다고 하는 경상도의 실황이 이러하니 다른 도의 정황은 더 들 필요도 없을 것이다.

30

전쟁 초기 정세와 일화 ②

　왕명을 받고 적의 침략을 막으러 나갔던 장수들도 무능하고 비겁하여 상주, 충주, 서울, 임진강 등지에서 패전을 거듭하였다.

　가운데 길로 파견되었던 순변사 이일은 상주에서 애저을 맛아 싸우다가 시테기 위급해지자 서슴없이 말머리를 돌려 달출하였으며, 간신히 목숨을 구하여 벌거숭이 모양으로 문경까지 가서는 '적이 오늘 내일 사이에 서울로 들어가게 될 것'이라는 장계를 임금에게 올려보내고 신립의 진중으로 들어갔다.

　처음에 조령, 죽령을 지키려 하던 신립은 이일의 패전 소식을 듣고 낙심하여 충주로 되돌아섰다.

　그때 유극량은 천연의 요세를 버린다면 대체 갈 곳이 어디냐고 하며 빨리 길을 질러 가서 조령의 험한 길목을 지키자고 간청하였다.

　그러나 신립은 조령, 죽령이 벌써 적에게 강점되었기 때문에 그렇게 할 수 없다고 하면서 충주 탄금대 앞으로 나아가 배수진을 쳤다. 그는 극량의 말을 듣지 않고 무모하게 배수진을 침으로써 수천의 군사를 몰살시키는 비참한 결과를 낳았다.

　아래의 옛 문헌의 기록을 인용하는 것으로, 그 정황에 대한 약간의 서

술을 대신한다.

신립이 신임하는 군관으로부터 적이 이미 영을 넘었다는 밀보를 받을 때는 바로 이십 칠일 초저녁이었다. 신립이 갑자기 성을 뛰어 나가니 군중이 소란해지고 그의 행처가 알 수 없었는데 밤이 깊은 뒤에 객사로 몰래 들어왔다.

이튿날 아침에 신립은 허망한 말을 전했다고 그 군관을 끌어내어 목을 베었으며, 임금에게 장계를 올리는데도 적이 아직 상주를 떠나지 않았다 하였고, 적병이 벌써 십리 안에 와 있음을 알지 못하였다.

그는 군사를 거느리고 탄금대 앞 두 강 사이로 나가서 진을 쳤다. 그곳은 좌우에 논이 있고 풀이 서로 엉켜서 말을 달리기에 불편하였다. 조금 지나서 적병이 단월역에서 길을 나누어 들어오니 그 기세가 폭풍과 같았다.

신립은 어떻게 할지 몰라 말을 채찍질하여 자기가 직접 적진으로 달려가려고 망설였으나 끝내 들어가지 못하고 도리어 강으로 달려가서 물에 빠져 죽었다. 그러자 군사들도 모두 강에 뛰어들어 시체가 강물을 뒤덮다시피 되었다. 김여물은 복잡한 군사들 틈에서 빠져나갔고, 이일도 동쪽 산골짜기를 타고 탈주하였다.

신립이 배수진을 칠 때 유극량은 낮은 습지대를 버리고 진지를 옮길 것을 제의하였다. 이에 신립은 상관의 명령에 불복한다고 그 자리에서 죽이려 하였고 오히려 이 노련한 장수의 말을 듣지 않은 결과 결국에는 휘하 군사들을 전멸시키고 자신도 비참한 죽음을 맞이했다. 만일 신립이 유극량의 제의를 받아들여 조령과 죽령의 험준한 협곡을 지켰더라면 이곳에서 왜군의 북상을 저지시켰을 것이다.

신립은 대군을 거느린 장수로서 지형지물을 이용할 줄 몰랐고, 전술상 책략에도 무능해서 스스로 포기하여 적들로 하여금 아무런 저항도 받지 않고 조령, 죽령을 넘게 하였다.

일본 고서 서종일기에는 이에 대한 다음과 같은 기록이 있다.

이십 육일 인시에 상주를 떠난 고니시 유키나가 군은 정오에는 합천을 지났고, 유시에는 문경에 들어섰다. 이때 문경성은 불타고 있었다. 이십 칠일 인시에 문경을 떠났다. 조령은 동쪽 큰길과 중간 길이 합치는 곳으로 하천을 가운데 끼고 양쪽에 험산이 절벽을 이루었으며 통로는 영의 밑을 굽이쳐 돌고 있었다.

그런 즉 방어하는 데는 더없이 좋은 요지이다. 아군은 반드시 이곳에 조선군이 매복하고 있으리라 생각해서 겁을 먹고 두세 번 정찰을 하였다. 그렇지만 조선군은 그림자도 없었다. 이를 천만 다행으로 여긴 아군은 큰 소리로 노래를 부르며 진군해 나갔다.

신립의 비극은 바로 여기에 있었다. 그는 능히 약하게 만들 수 있는 적을 강적으로 만들어 비극적인 종말을 고하였던 것이다.

신립이 배수진을 쳤던 충주 싸움에서 겨우 목숨을 건진 유극량은 그 길로 임진강 전투에 참가하였다. 임진강 싸움이 있기 전에 관군은 강가의 배들을 전부 거두어 북쪽 대안에 집결시켰다.

그 후 임진강에 이른 적들은 배가 없어 십여 일이나 강기슭에 진을 치고 있더니 하루는 병사들이 불을 지르고 장막과 군기들을 철수하여 퇴각하는 채 하였다. 그것을 본 신할은 적들이 정말 도망치는 줄 알고 강을 건너 추격하려 하였다. 경기 감사 권진과 도순찰사 한흥인도 당장 도강하여 적을 쫓으려 들었다.

도원수 김명원은 왜군이 얕은 꾀를 쓴다는 것을 짐작하였으나 적에게 서울을 내준 죄가 있는지라 말을 못하고 침묵을 지켰다. 왜장의 뻔한 계책을 꿰뚫어 본 유극량은 그대로 있을 수가 없어서

'적이 군막을 불사르고 물러서는 것은 우리를 유인하기 위한 술책이니 경솔히 해동할 바가 아니라'

고 말했다.

그러자 수어사 신할은 즉시 칼을 빼들고 눈을 부라리며

"네 종의 자식으로 어찌 상관의 명을 거부하느냐 네가 목숨이 아까워 싸움을 피하려 하니 내 마땅히 너의 목을 보이리라"

하고 호통쳤다. 극량은 분함을 이기지 못하여 거센 수염을 문지르며 말했다.

"내 군사에 종사한 지 이십여 년에 아직껏 목숨을 아낀다는 말을 들어본 적이 없었소. 적을 소홀히 보는 것은 장수가 삼가해야 할 바가 아니겠소. 만약 한 번 실책을 범하여 돌이킬 수 없는 후환을 가져온다면 나라 앞에 무슨 면목이 있겠소."

신할은 더욱 독이 등등하여 손에 든 칼을 번쩍 치켜들었다. 그 순간 좌우의 장수들이 그의 손에서 칼을 빼앗고 두 사람을 극력 화해시켰다. 사납고 무모한 신할은 군사들을 좌우 두 편대로 나누어 극량으로 하여금 우군을 영솔하게 한 다음 자신은 좌군을 거느리고 그 뒤를 따랐다.

강을 건너가 보니 적들은 과연 극량의 말대로 거짓 퇴각하여 뒷산에 매복하고 아군이 추격해 오기를 기다리고 있었다. 그것을 알게 된 신할은 후회하였다. 허나 때는 이미 늦었다. 진퇴유곡에 빠진 그는 부득이 군사들을 내몰았다.

매복해 있던 복병과 산에서 대기하고 있던 적들은 사방으로 협공해 왔다. 조총의 맹렬한 사격이 포위에 든 군사들을 무리로 쓸어 뜨렸다. 그것을 보고 말에서 내린 극량은 무거운 자세로 옷깃을 여미고 어머니가 계시는 서쪽 하늘을 바라보았다.

"극량이 나라를 지켜 끝까지 싸우려 했건만 아쉽소이다. 이미 죽을 자리가 정해졌으니 이 몸은 기꺼이 목숨 바쳐 원수를 치고 세상을 하직하오리다. 아 외로운 어머님이 불쌍쿠나"

극량은 그 자리에 주저앉아서 활줄을 당겨 적 장졸들을 무수히 쓸어 눕혔다. 그리고 화살이 떨어지니 검을 빼들고 적진에 뛰어들어 마침내 장렬한 최후를 마쳤다.

황해도 배천고을에서 출생한 극량은 원래 무과에 급제한 무관으로서 강개지심이 있고 군사에도 뛰어난 숨은 명장이었다. 그의 식견과 장수다운 안목은 세상 사람들을 놀라게 하는 바가 있었으나, 그는 종의 자식이므로 이십여 년의 벼슬살이를 하면서도 지위가 보잘 것 없었다.

그는 전쟁이 일어난 다급한 시기가 되어서야 겨우 조방장이 되었다. 그는 적의 계책에 넘어간 한 어리석은 장수에 의하여 벌어지게 되는 무모한 싸움에서 자기가 죽게 되리라는 것을 잘 알았으나 침착하게 죽음을 맞받아 나가면서 마지막 순간까지 용전한 대장부였다.

그런가 하면 왜적을 무찌르는 싸움에서 큰 공을 세운 부원수 신각은 부패, 무능한 관료들의 그릇된 처사로 인하여 원통하게 죽임을 당했다.

한강 방어를 책임진 도원수 김명원이 강 건너편에 나타난 왜적의 출몰에 사색이 되어 함선들과 군기들을 버리고 도망하려 하였을 때, 신각은 심우성과 함께 끝까지 한강을 지켜 싸울 것을 주장하였다. 그렇지만 겁이 많은 지휘권을 쥐고 있는 김명원이 그의 말을 들을 리 없었다.

신각은 하는 수 없이 양주 해유령으로 가서 적과 싸웠다. 이는 왜적이 우리나라를 침입한 뒤에 있은 육전에서의 첫 승리였다. 이 소식은 바람처럼 온 나라에 퍼져갔다. 승전의 소식을 들은 백성들은 모두 기뻐서 어쩔 줄 몰라 하였다.

한편 서울을 내주고 도망가 임진강에 이른 김명원은 신각이 자기 죄를 조정에 알릴까 봐 두려워서 그가 상관의 명령에 복종하지 않고 제 멋대로 다른 곳에 갔다고 조정에 장계를 올렸다. 그 장계가 조정에 들어가자 우정승 유홍은 신각을 군령 불복자라고 하여 왕에게 그의 목을 당장 벨 것을 강경히 제의하였다.

그날로 왕명을 받은 선전관이 떠나갔다. 선전관이 떠난 뒤에 신각의 승전 보고가 조정에 들어왔다. 그의 장계를 본 왕은 신각에게 사형 내릴 것을 취소시키려고 부랴부랴 사람을 보냈다. 그래도 때는 늦어 그 사신은 선전관을 따라 잡을 수 없었다. 선전관은 신각의 진중에 이르자마자 그의 목을 베고 말았다.

신각이 일찍이 연안 부사로 있을 때 중봉 조헌이 앞으로 왜적이 침입하는 경우 연안은 해서의 요지이므로 틀림없이 큰 싸움이 있으리라고 하면서 성을 수축하고 성 안에 신당수 물을 끌어들여 음료수를 마련할 것을 제의해 온 바가 있었다.

신각은 그의 제의를 받아들여 성을 수축 보강하고 못을 팠으며 군사기지를 많이 준비해 두었었다. 후에 이정암이 연안성에서 큰 승리를 이룩한 데는 신각과 조헌의 숨은 공로도 있다고 아니할 수 없다.

그러나 육전에서 첫 승리를 기록했을 뿐더러 연안성 대첩의 바탕을 마련한 유능한 군사가 신각은 비겁한 김명원의 모함과 무능한 조정의 처사에 의하여 억울하게 참을 당하였다. 조정에서 조금이라도 인재를 바로 보고 쓸 줄 알았다면 이런 참사는 없었을 것이다.

전쟁 초기에 토적 보국 기치를 높이 들고 일떠선 의병들은 도처에서 적을 쳐 부셨으나 양반 벼슬아치들이 지휘하는 관군은 제대로 싸워보지도 못하고 흩어지는 일이 빈번하였다.

이에 대해서는 당시 최고위 관료였던 유성룡까지도 격분을 금치 못하여 개탄하면서 왕에게 올리는 장계문에 다음과 같이 썼다.

"민심이 자못 분발하여 더러 각자가 단결하여 적을 격멸할 마련을 세운다 하오니 만일 그들을 잘 고무 격려하여 한꺼번에 일떠서서 원수를 갚게 한다면 적을 섬멸시킬 시기도 아마 멀지 않으리라고 생각합니다. 신이 근래의 사태를 보건데 자기 향토를 사랑하는 민병들은 사방에서 적을 공격하여 얼마간 소득이 있지만 명색이 장수라고 하여 군대를 주둔시켜 진을 치고 있는 데서는 적이 오기만 하면 모두 흩어져 달아나고 있습니다."

유성룡의 이 장계는 벼슬아치들의 무능과 비겁이 어느 정도 인가를 보여주는 동시에 왜적을 쳐부시고 나라를 지켜낸 것은 다름 아닌 백성들이었음을 실증해 준다.

사월 그믐께는 경상도에서 곽재우가 의병대를 모아 왜적을 친다는 소식이 삼남 일대로 번져 나갔고, 그 후에도 왜적과 싸워 크게 이긴 소식이 온 나라에 메아리 쳤다.

영산, 창녕의 적이 패주하자 무계에 주둔하고 있던 왜적까지 겁에 질려 꼬리를 뺐다. 하여 현풍, 창녕, 영산, 무계 일대에서는 적들의 그림자도 찾아볼 수 없게 되었다.

의병대들의 협력 작전에 의하여 성주가 함락되고 창녕 통로마저 끊어졌기 때문에 왜적들은 대구 인동 선산의 중로 밖에 사용할 수 없게 되었다. 선조실록에 의하면 이 해 칠월에 선조가 경상도 백성들에게 공포한 글에

"듣건대 곽재우가 작전을 잘하여 적을 많이 치고도 그 공을 알리지 않았다 하니 내 더욱 기특히 여기노라. 과인이 한스러운 것은 그 이름을 늦게 들은 것이로다"

라고 하였다. 그 후 조정에서는 곽재우에게 벼슬을 내렸는데, 그는 이에 응하지 않았다. 이 무렵 남해 바다에서 제해권을 틀어쥐고 있던 이순신 장군 휘하 수군의 한산도 대첩은 전국의 결정적인 전환을 가져왔다.

성주, 현풍, 창녕, 영산 전투 승리 후 적의 교통 수송로의 차단, 한산도 대첩으로 인한 왜군의 수륙 양용 작전의 실패 및 해운 수송의 두절, 그리고 전국 각지 의병들의 용감한 투쟁은 적의 침략 기도를 파탄시키는 결정적 요인이 되었다. 그 중에서도 한산도 대첩은 특별히 중요한 의를 가졌다.

유성룡은 이에 대하여 다음과 같이 썼다.

"적이 수군과 육군이 합세하여 서쪽으로 진격할 예정이었으나 한 산도 해전에 의하여 한 팔이 꺾였으므로 고니시 유키나가, 소소행장 이 비록 평양을 강점하였지만 보급의 두절로 더 전진할 수 없었다. 우 리나라는 전라, 충청, 황해, 평안도, 연해 일대를 확보하여 군량을 조달 보급하고 조정의 명령을 전달하여 국가 중흥의 대업을 이룩할 수 있 었다."

유성룡은 네 개도 연해를 확보한 것을 다만 한산대첩 하나에만 귀착 시키고 있지만, 곽재우 의병대를 비롯하여 영남과 호서의 의병대들도 적 지 않은 역할을 하였다.

곽재우 의병대는 손나루와 여러 곳에서 적들에게 큰 타격을 줌으로써 왜군의 손발을 묶었으며, 고경명, 조헌 등이 지휘하는 호서의 의병대들 도 북쪽에서 전라도로 진입하려는 왜적을 견제하였다. 소위 전라도 영주 라고 하는 고바야가와 타카가게는 바로 이 때문에 전라도에 발을 들여놓 을 수 없었다.

평안도를 보면 중화에서는 임중양, 차은진, 차은로 형제, 강동에서 조 호익, 평양에서는 장의덕, 고순경 등이 의병의 기치를 들었고, 함경도에 서는 정문부, 황해도 봉산에서는 김만수, 김진수, 김구수의 삼형제, 연안 에서는 장흥기, 송덕윤, 조광정, 충청도에서는 영규, 조헌, 이산겸, 김홍 민, 박춘무, 조덕공, 조흥 등이 각각 의병들을 거느리고 싸웠다.

경기도에서는 안성의 홍계남, 인천의 우성진, 김포의 이조, 수원의 최 흘, 고양의 이로, 이산이 등이 의병을 모아 왜적을 무찔렀으며, 경상도에 서는 합천의 정인홍, 고령의 김면, 군위의 장사진, 영천의 권응수와 정대 인, 경주의 김호가 의병을 일으켰다. 전라도에서는 고경명, 김천일이 의 병대를 거느리고 적을 무찔렀으며, 고경명이 전사한 후에는 그 의병대를 최경회가 이끌어 나갔다.

팔도의 의병들은 전면 공격과 습격, 성 공격, 적의 후방 교통선 차단,

성 방어 등 다양한 전법으로 왜적을 도처에서 섬멸하여 적으로 하여금 사면초가에 빠지게 하였다. 이상은 의병대들 중에서 일부를 열거한 것이고, 당시 팔도 삼백 육십 고을은 대다수 의병대로 뒤덮였다. 의병 투쟁이 전국적 범위에서 요원의 불길처럼 일어나니 이에 고무된 관군도 대오를 수습하고 적지 않은 승리를 했다.

초토사 이정암 지휘 하에 관군과 의병, 백성들이 한 덩어리가 되어 왜적을 물리친 연안성 대첩, 조방장 원호가 지휘하는 관군의 여주 구미포 싸움에서의 승리, 이천부사 변응성 부대의 마탄 싸움과 부원수 신각이 거느린 군사들이 양주 해유령 싸움에서 거둔 승전과 광주 목사 권율이 대곡의 곰고개, 오산 등지를 오가며 적들을 쳐서 이긴 싸움, 밀양부사 박진 부대에 의한 경주성 수복, 판관 김시민이 지휘하여 이룩된 진주성 대첩 등의 전투들을 통하여 관군은 많은 적들을 소탕하였다.

그 중에서도 연안성 대첩과 진주성 대첩은 임진전쟁사에서 빛나는 자리를 차지하는 승리였다.

바다에서노 수군설도사 이순신에 의하여 연전 연승에 빛나는 대승리가 이룩되고 있었다.

오월 초에는 옥포 앞바다 싸움에서 이기고, 유월에는 사천 앞바다 싸움, 당포 당항포 싸움을 하여 수많은 적들을 물귀신으로 만들었으며, 칠월에 들어와서는 또 한산도 싸움에서 대첩을 이룩했다.

한산도 싸움이 있던 같은 날 육지에서는 권율 지휘 하에 곰고개 웅치, 배고개 이치, 대곡에서 격렬한 싸움이 있었는데, 이 세 전투는 당시 적들이 남도 일대의 무력을 총동원하여 전라도로 침공하려는 기도를 꺾어버린 결정적인 전투였다.

이처럼 전국을 뒤덮은 의병들의 부단한 기습과 관군, 특히 수군의 혁혁한 승리로 인하여 적의 진영은 밑뿌리로부터 흔들리기 시작하였으며, 날마다 병력은 분산 약화되고 내륙 깊이 끼어든 왜군 부대들은 부대 상호간의 연계는 물론 후방 공급에도 어려운 처지에 놓이게 되었다.

31

의병대를 찾아온 신여복

의병장 곽재우는 낙동강과 기강 사이에 일곱 개의 진지를 신설하고 그 중간에서 군사를 지휘하면서 동서로 호응하고 남북으로 요격하는 기묘한 병법을 적용하여 적을 제압하였다.

망우당에는 그때의 정황이 아래와 같이 기록되어있다.

윤탁은 삼가의 군사를 거느리고 용연에 주둔했고, 심대승은 의령의 군을 거느리고 장현에 주둔하였다. 심기일은 정암진의 나루를 지켰고 안기종은 유곡에 복병을 설치하였다. 또한 이운장은 낙동강 서쪽에 척후 정찰을 맡고 권란은 옥천대를 차단하였으며 목사 오운은 백암에서 군사를 모아 이천 명이나 대오에 보냈다.

선생(곽재우)은 그 중심인 유곡 세간리에서 지휘하였다.

유월에 들어서면서 햇볕이 날마다 쨍쨍 쬐더니 요즈음에는 한낮만 되면 불비를 퍼붓는 듯이 따가 왔다. 그래서 군영의 의병들은 한낮만 되면 숲으로 들어가서 하루 해를 보냈다.

녹음 짙은 숲 속에서는 오늘도 여기 저기서 씨름판과 장기판이 벌어지고 으슥한 모퉁이에서는 통소 부는 소리가 흥겹게 들렸다. 산골짜기

펑퍼짐한 곳에서 한바탕 농악을 울리며 흥겹게 놀던 농악패들은 군영 앞 느티나무 그늘 밑으로 줄지어 내려왔다.

깃대에는 '토적보국' 이라고 쓴 붉은 깃발이 '훌훌' 날리는데 그 뒤를 상쇠 명중을 선두로 징, 쟁, 장고, 소고, 북을 치는 패들과 호적을 부는 사람이 앞에 서고 이어서 법고 패들이 춤을 추며 뒤따르더니 모두 느티나무 그늘로 들어갔다.

그들은 느티나무 기둥을 중심축으로 빙빙 돌다가 상쇠 명중이 잦은 가락으로 몰아치자 농악이 고조되면서 복고잡이들이 나는 듯이 장삼 자락을 날리며 껑충껑충 뛰었다. 뒷산 나무그늘에서는 대원들이 이 광경을 바라보다가 일부는 느티나무그늘로 달려 내려와 빙 둘러 담벽을 이루고 서서 흥에 겨워 소리를 쳤다.

"좋지. 좋다. 법고야 왜놈을 잡으렸다. 좋다. 족쳐라. 왜놈을 족쳐. 족쳐."

농악은 율조기 절정에 달하여 귀청을 두드리고 싱모 집이는 더욱 흥이 나서 열 두발 상모를 휘휘 저어 허공에 원을 그리며 땀을 흠뻑 흘린다. 이윽고 말을 탄 사냥꾼 다섯이 싱글벙글 웃으며 두레 판에 뛰어 들었다. 그들은 담벽을 이룬 사람들을 말을 몰아 멀찌감치 밀어내고 두레패 밖으로 둥그렇게 몇 바퀴 빙빙 돈다.

이때 갑자기 북소리가 요란하게 들려왔다. 급한 정황을 알리는 경보였다. 두레패, 마상재패 그리고 담벽을 겹으로 이루고 섰던 의병들이 모두 군영으로 뛰어들어갔다. 뒷산 숲 속의 의병들도 놀던 기구들을 모아 가지고 급히 뛰어 들어가서 무기를 들고 취병장으로 달려 나왔다.

의병장 곽재우는 막료들과 장수들을 방에 불러들여 군령을 내리고 있었다. 낙농강변에 나가 있던 척후로부터 왜적의 함선들이 쌍산역을 출발하여 이쪽으로 떠났다는 급보가 들어왔던 것이다. 영을 내리는 재우의 눈은 불구슬같이 번쩍거렸다.

"아장은 나발 잘 부는 사람 십여 명을 데리고 산 정상에 있다가 적이 나타나거든 나발을 불어 유인하게 하고 또 중군과 별군의 정병 이백 명을 뽑아 산마루에 매복시켜 적이 기어 오를 때 벼락같이 치도록 하오 돌격장은 군사 백 명을 거느리고 숲 속에 들어가 있다가 적을 슬쩍 지나 보내고 등 뒤에서 급히 몰아 대시오. 제장들은 모두 영을 어기지 말고 왜적을 사면초가에 몰아넣어 쥐 잡듯 해야 하겠소."

아장 윤탁과 돌격장 권란을 비롯한 여러막료들은 의병장의 영이 떨어지기 바쁘게 각기 자기 처소로 달려갔다.

윤탁은 밖으로 나오자마자 중의장 명중을 불러 적을 유인할 지시를 준 다음 한 무리의 병사를 거느리고 산정을 향하여 말을 달렸으며 권란은 백여명의 날랜 군사들을 지휘하여 무성한 숲 속으로 들어갔다.

적들은 낙동강 기슭에 열여덟 척의 배를 대고 뭍으로 새까맣게 오르고 있었다. 이와 때를 같이하여 의병들 십여 명이 적들과의 거리가 얼마 멀지 않은 산중턱 바위에 올라 나발을 불었다. 적들은 이를 보고 갈가마귀 마냥 산등성이에 올라 붙었다.

날카로운 눈으로 적의 형세를 살피던 재우는 드디어 영을 내렸다. 그의 우렁찬 목소리는 산골로 쩌렁쩌렁 울려 퍼졌다. 그러자 좌우 숲 속에서 왜적의 등을 향하여 화살이 날아 들었다. 산마루에서도 적들의 머리 위로 살을 날렸다.

재우는 말에서 내려 복병들 속으로 들어갔다. 무성한 숲 속을 지나던 그는 바위에 몸을 숨기고 활을 쏘는 여인이 있어 그쪽으로 다가갔다. 복술이었다.

그 옆에는 장대한 젊은이가 활을 쏘고 있었다. 얼핏 보기에도 그의 활 다루는 솜씨는 범상치 않았다. 찬찬히 눈여겨 보니 그 젊은이의 얼굴은 준수하고 아름다웠다.

재우는 천천히 활을 잡고 만궁으로 시위를 당겼다. '핑' 하는 소리와 함께 화살이 날아 칼을 휘두르며 허세를 부리던 적장 한 놈을 쓰러뜨렸다.

허우대가 장대한 그 젊은이는 재우 쪽으로 한 번 힐끗 보더니 활짝 벌렸던 시위를 놓았다. 이 젊은이의 궁시에서 떠난 화살은 백 발 백중일 뿐더러 그 나가는 선이 보통 사수들의 선과는 확연하게 달랐고 속도도 훨씬 빠른 것 같았다. 그는 먼 곳에 있는 적장들만 골라 쓰러뜨리고 있었다.

적들도 조총으로 맞섰다. 가는 연기가 피어 오르면 이따금 마른 벼락치듯 총소리가 터지기도 하였고 탄환이 귓부리를 스치며 날아들기도 했으나 젊은이는 조금도 두려워하는 기색이 없었다.

젊은이는 화살이 떨어지니 이리 뛰고 저리 뛰며 돌팔매질을 하였다. 재우는 복술이가 연약한몸으로 위험한 싸움터에 나온 것이 마음에 걸려 물리니리고 분부한 다음 복술이의 화실 통을 그 젊은이에게 넘겨주며 치하를 하였다.

그런데 그 젊은이는 묵묵히 화살 통을 받아 어깨에 메고 도망지는 적을 추격해 내려갔다. 그는 다리를 조금 절었으나 추격하는 기상이 마치 사자와 같았다. 재우는 감탄을 금치 못하며 그 자리를 떴다.

싸움이 한창일 때 낙동강을 향하여 줄지어 날던 물오리 떼가 왠일인지 강기슭에 이르러 갑자기 흩어졌다

그 순간 장대한 젊은이가 벼락같이 소리를 지르고는 달려갔다. 의병들은 모두 의아한 시선으로 그를 바라 보았다. 강변 숲 속 여기저기서 왜적들이 뛰어 나와 벌떼같이 그에게 달려들었다. 의병대를 불의에 기습하고 돌아갈 때 승선의 안전을 보장하기 위해 배치한 매복병들 이었다.

그 젊은이는 단 일 합으로 왜놈들을 두 세 놈을 찍어 눕히더니 곧 수많은 적들 속으로 뛰어 들었다. 그것을 본 재우는 즉시 말에 올라 검을 빼 들고 아래로 달려 내려갔다.

의병들이 '와' 하고 일제히 함성을 지르며 그 뒤를 따랐다. 적진에서

는 큰 혼란이 일어났다. 검과 검들이 부딪히는 소리 비명 소리 악쓰는 소리가 요란하였다.

왜적의 일부는 미친듯이 배에 올라 도망치기 시작했다. 왜적을 추격하던 젊은이는 칼을 허리춤에 꽂고 활을 잡았다. 그것을 보고 의병 서너 명도 활에 살을 먹였다. 황급히 배에 오르던 놈들도 빗발처럼 날아드는 화살에 맞아 태반이 쓰러졌다.

이 싸움에서도 그 젊은이는 실로 놀라운 용맹을 보여주었다. 그는 닷새 전에 의병대를 찾아온 젊은이였다. 그가 언제 어디서 나타났는지 의병들 중에는 아는 이가 없었다.

낯선 젊은이는 새벽에 남보다 일찍 일어나 넓은 취병장을 다 쓸었을 뿐 아니라 군영안에서도 제할 일을 찾아내곤 하였다. 그는 방어산 싸움 때 죽은 정인보처럼 신을 삼아서 필요한 사람에게 주었고 고장 난 활들도 수리하였다.

어제는 무슨 생각이 났는지 산에 올라가서 긴 말뚝과 통나무들을 실어내려 왔다. 그것을 보고 사람들이 무엇에 쓰냐고 여러 차례 물었으나 그는 대답이 없었다.

그는 요즈음 며칠째 아침 먹고 나가서는 밤늦게 돌아왔다. 어느 날 저녁 곽종사는 낙강가에 나갔다가 과묵한 그 젊은이가 말뚝과 통나무들을 강 기슭에 쌓아 놓고 물속으로 들어가 말뚝을 박으며 힘든 수중 일을 하는 것을 보게 되었다. 거의 알몸뚱이나 다름없는 차림으로 커다란 통나무를 손쉽게 다루는 그는 엄청난 힘을 지닌 괴물같이 보였다.

곽형은 무엇인가 짚이는 데가 있어 이 사실을 곧 의병장에게 알렸다. 곽형의 말을 들은 재우는 즉시 강으로 나갔다. 과연 그 젊은이는 강물 속에서 땀을 뻘뻘 흘리며 일을 하고 있었다.

재우는 지금 그가 하는 일이 무엇을 노리는 것인지 대뜸 알아차렸다. 젊은이는 강을 거슬러 올라 오는 왜선들을 꼼짝달싹 못하게 해놓고 적을 치기 위한 차단 물을 놓는 것이다.

강을 살펴보니 차단 물의 위치가 아주 적당한 곳이었다. 물속에 잠긴 저 통나무 울바자는 왜선 오십 척, 백 척도 어렵지 않게 붙들어 놓고 적들을 물 위로 쓸어 눕힐 만한 함정이다. 왜선들은 모두 거기에 걸려 파손되거나 그 자리에 곤두 박히고 말 것이다.

"그러면 큰 힘을 들이지 않고 왜적들을 오도가도 못하게 한곳에 몰아 넣어 쳐 부실 수 있다. 조선 수군에 위압되어 바닷길은 감히 엄두도 내지 못하는 왜적은 이 낙강의 수송로까지 잃고 오로지 육로 하나에만 매달릴 게 아닌가. 열대의 수레라도 한 척의 배에는 미치지 못하는 법이다."

젊은이는 의병장이 이 같은 생각을 하며 바라보는 것도 모르고 첨벙거리며 열심히 말뚝을 박아나갔다. 어느덧 날이 저물어 사위에 어둠의 장막이 서서히 뒤덮였다. 천천히 걸어 군영으로 돌아온 재우는 낙강을 통한 적들의 군사물자 수송을 소홀이 본 자신을 뼈아프게 질책하지 않을 수 없었다.

낙강 물목에 차단 물을 설치하는 그처럼 단순한 대책도 세우지 못하고 적들이 병기와 군량을 수송하도록 내버려 둔 것은 확실히 수많은 군사를 거느린 의병장의 지휘에 빈틈이 있음을 말해 주고 있었다.

그런데 한낱 의병에 불과한 사람이 그것도 어디서 왔는지도 모르는 젊은이가 그 빈틈을 말없는 행동으로 메꾸며 의병장을 깨우쳐 주고 있지 않은가. 재우는 눈을 지긋이 감고 머리를 흔들었다. 이제부터는 모든 것을 더 면밀히 타산하고 행동해야 할 것이다.

그건 그렇고 그 용맹한 젊은이는 범인이 아닌 것 같다. 재우는 아직 그가 누구인지는 모르나 가장 용맹하고 지모가 있는 사람이라는 것을 의심치 않았다.

그것은 왜선 열 여덟 척이 강을 거슬러 올라와서 벌어졌던 그날 싸움이 한창일 때 줄지어 날아가던 물오리들이 갑자기 흩어 지는 것을 보고 그쪽으로 내달아 매복한 적을 무찌른 것은 병법에 정통하지 않은 사람은 도저히 미치지 못하는 행동이었다.

'병법에는 복병이 있는 곳에 기러기 떼가 흩어진다고 하였지만 그 혼잡한 싸움 중에 복병을 알아내는 것이 어디 쉬운 일인가 그 기특한 젊은이를 한 번 만나 이야기를 나누어보면 어떨가.'

생각이 이에 미친 재우는 자리에서 벌떡 일어나 밖으로 나왔다. 잠시 후 방문을 열고 안에 들어선 재우는 방안을 조용히 둘러보았다. 윗목으로 눈길을 돌리니 침구도 없이 목침을 베고 반드시 누워 자는 한 젊은 의병의 모습이 시야에 들어왔다. 재우가 만나보려고 하는 그 과묵한 젊은이였다.

재우는 윗목으로 조심조심 걸어가서 잠든 그를 굽어보았다. 희고 단아한 젊은이의 얼굴엔 영특한 슬기가 깃들어 있고 억세 보이는 팔 다리에서도 무진한 정력과 무궁한 용맹이 샘솟는 것 같았다. 또한 그의 준수한 얼굴은 하늘을 훨훨 나르는 남아의 기상이 엿보이기도 하였다.

가슴 위에 두 손을 단정히 올려놓은 채 눈을 감고 고른 숨을 쉬고 있었다. 재우는 자고 있는 그를 바라보다가 저도 모르게 긴 한숨을 내쉬고 자리를 떴다. 그는 불현듯 어느 누구와도 상종하지 않으려는 젊은이에게 말못할 깊은 사연이 있는게 아닌가 하는 생각이 떠올랐다.

전란의 무서운 참화가 젊은이를 고독한 사람으로 만든 것이 아닌지. 침실로 돌아온 재우는 그 이상한 젊은이의 모습이 눈에 밟혀서 오랫동안 잠들 수 없었다.

다음 날 재우는 중의장 명중을 불러 새로 들어온 그 과묵한 젊은이가 혼자 하고 있는 통나무 바자 공사를 수일 내로 끝낼 것을 지시하고 서둘러 세간리로 말을 달렸다.

이렇게 되어 낙동강 물속 양안을 가로지르는 통나무 바자 공사가 벌어졌다. 명중은 누구와도 상종하기를 원치 않는 그 젊은이에게 자기가 귀중히 간직해 온 활과 장검을 기념으로 주었다.

공사가 시작 된지 이틀이 지난날 밤이었다. 의병 십여 명을 데리고 통나무바자의 미진한 부분을 완전하게 손질한 다음 그들을 먼저 돌려보낸 명중은 젊은이와 함께 강 기슭 너럭바위 위에 앉아 있었다.

젊은이는 갑자기 무엇을 보았는지 명중에게 자기를 따라오라고 하더니 일어나서 바위 뒤로 돌아가 앉았다. 명중도 즉시 달려가서 그의 곁에 앉았다. 젊은이는 장검을 빼고 강 상류 쪽을 가리켰다. 눈길을 돌리니 돛배 한 척이 둥실둥실 떠내려오는 것이 보였다.

여러가지 징후로 미루어 보아 적의 배가 틀림 없는 것 같았다. 왜말 노래소리도 들려왔다. 명중은 문득 첨벙하는 소리를 듣고 시선을 돌렸다. 젊은이가 어느새 강물에 뛰어 들었던 것이다.

순간 우지끈 뚝하고 무엇이 부딪쳐 깨지는 소리가 들렸다. 왜선이 통나무 차단물에 걸린 것이다. 배는 빙그르 돌며 옆으로 기울어 졌다.

그 찰나에 젊은이는 뱃전을 붙잡고 불쑥 몸을 솟구쳤다. 명중도 기운 껏 헤엄쳐 배위에 올라섰다. 배에는 왜병 다섯이 디고 있었다. 명중은 일월천리노를 던져 왜병 셋을 연거푸 쓰러트렸다.

그것을 본 젊은이는 비수를 또 꺼내 드는 명중을 제지 시키고 살아남은 왜병들에게 손 시늉을 하여 칼을 놓을 것을 권했다. 겁에 질린 두 왜병은 부들부들 떨며 쥐고 있던 칼을 발 앞에 던졌다.

젊은이는 성큼성큼 다가가 쥐새끼 다루듯 두 놈의 덜미를 쥐고 밧줄로 결박하고는 부지런히 노를 저어 배를 기슭에 대었다. 배 안에는 값진 보물들이 실려 있었다.

이튿날 하나하나 점검해 가며 살펴보니 거의 전부가 왕궁에 있던 물건들이었다. 고려 때부터 전해 내려오는 국보도 있고 나라에서 큰 보물로 여기는 물건들도 적지 않았다.

곽재우가 낙동강에서 적선에 실린 재물을 노획하였는데 모두 왕궁의 보물들로 이것은 망우당집에 있는 기록이다. 왜적의 침입에 질겁한 선조와 조정대신들은 나라의 가보를 건사할 생각도 못하고 살 구멍을 찾아 도망가기에 급급했던 모양이다.

재우는 노획한 물건들을 전부 초유사 김성일에게 보냈다. 이는 적의 큰 병력을 소멸한 것 못지 않은 사건이었다.

재우는 그후 보이지 않는 차단 물을 몇 개 더 만들고 군사들을 늘 매복시켜 적들의 움직임을 살피게 하였다. 곽재우 의병대의 눈을 피해 이 강을 통과한 적의 배는 거의 없게 되었다. 많은 적 수송선들이 물속에 처박히거나 의병대의 손에 잡히게 되었다.

어느 날 강변에서 크지 않은 싸움이 있었는데 이 싸움에서도 젊은이는 실로 놀라운 용맹을 보여 주었다. 처음에는 활을 잡고 적병을 쓰러 눕히더니 적들 과의 거리가 가까워지자 싸움판 한 가운데 뛰어들어 칼을 휘두르면서 무수한 적을 쳐 넘겼다.

승리의 기쁨에 휩싸인 사람들이 젊은이의 용맹을 입에 침이 마르게 칭찬하고 있건만 당자는 그것을 아는 것 같지 않았다. 인생의 모든 희로애락을 초월한 듯한 용맹하고 과묵한 사나이.

그는 왜적과의 싸움에서 비장한 최후를 마친 동래 성주 송상현 내외와 동래성 군민의 원수를 갚을 것을 맹세하고 곽재우의 의병대를 찾아온 신여복이다.

동래 성의 무서운 참상을 겪은 뒤 불붙는 증오심과 복수심 하나로 살아온 그는 자연 말이 없어지고 누구와도 상종하기를 원치 않게 되었던 것이다.

32

풍운아 신여복의 사연

우질포의 뱃사공 백고운이 왜적들을 낙동강에 수장 시키고 장렬하게 희생되던 날 왜놈들의 배에 억류되어 있던 조선사람들을 구했던 장사도 다름아닌 여복이었다.

기창에서 성순 노인과 작별하고 부지런히 걸어 우질포에 이른 여복은 몸이 칭칭 묶인 채 왜선 갑판 위에 있는 조선사람들이 왜병들에게 모진 굴욕과 학대를 받는 것을 보자 적개심과 의분을 누를 길이 없었다.

그는 무작정 배 위로 뛰어올라 왜병들과 치열한 격투를 벌이다가 피를 토하고 실신하였으며 종당에는 놈들에게 사로잡힌 몸이 되고 말았다.

치열한 싸움 끝에 여복이가 넘어지니 우르르 달려든 왜병들은 곧 그의 행장에서 지필묵과 시편을 뒤져내어 우두머리에게 보였다. 그 정교한 글씨를 얼핏 스쳐 본 왜장은 여복을 베려다가 생각을 고쳐 그를 수레에 실으라고 명령했다.

의식을 잃은 여복은 영산의 왜군 군영으로 실려왔다. 그는 한 밤중에 썩은 곰팡내가 코를 찌르는 캄캄한 방에서 정신을 차렸다. 쥐새끼들이 여기저기서 찍찍거리고 예리한 이빨로 갉는 소리가 들려왔다.

어찌된 영문인지 몰라 사방을 둘러 보아도 한치 앞을 가려볼 수 없는 어둠 뿐이었다. 여복은 일어나 보려고 몇 번 시도하다가 단단한 오랏줄이 기다란 뱀처럼 몸에 칭칭 감겨 있어 옴짝달싹 할 수가 없었다.

차츰 정신이 드니 무거운 놋대로 왜놈을 후려치던 우질포 사공의 모습과 칼을 치켜든 왜병들의 일그러진 상판들이 선명히 떠올랐다. 여복은 그제야 자기가 왜 이 캄캄한 방안에 홀로 갇혀 있게 되었는지 알았다.

얼마간이 지나자 지독한 아픔이 전신을 엄습하였다. 그는 여러 군데 입은 상처와 타박상으로 인한 통증이 숨을 못 쉴 지경으로 일시에 몰려와 또 혼수상태에 빠졌다.

여복은 아침에야 다시 의식을 회복하였다. 창호지가 째져서 너덜거리는 자그마한 창가로 햇빛이 비쳐와 어두컴컴한 방안의 윤곽을 희미하게 드러냈다.

그는 주위를 살펴보았다. 여러 날 내린 장맛비에 무너져 내린 흙무더기들이 벽 밑에 군데군데 쌓여 있고 오랫동안 주인없이 버려진 방 구들 위에는 쥐구멍들이 여러 개 있었다. 퀴퀴한 냄새는 가슴을 답답하게 눌렀다.

바스락거리는 소리가 들려 눈길을 돌리니 커다란 쥐 한 마리가 작은 눈을 반짝거리며 조롱하는 듯 빤히 쳐다보고 있었다. 여복은 원수도 못 갚고 이렇게 죽는가 하는 생각을 하며 지긋이 눈을 감았다.

문이 삐걱 열리는 소리가 났다. 눈을 뜨니 방 안에 조심스럽게 들어서는 조선사람의 모습이 안겨왔다. 그 사람은 서슴없이 앞으로 다가와서 여복의 몸에 감긴 오라를 풀어주며.

"나는 이 고을 의원이외다."

하고 나직이 말했다. 여복은 의원이라고 하는 그의 얼굴을 말없이 훑어 보았다. 얼굴이 길죽하면서도 해사하고 가느다란 눈꼬리는 위로 찢어졌으며 잔망스러운 입 수염이 코밑에 양쪽으로 늘어져있는 중년 사나이였다.

자칭 의원은 끙끙거리며 오라를 다 풀어준 후에 상처에 바르는 고약을 꺼내 앞에 놓더니

"왜인들이 당신의 필재를 보고 높이 등용하려고 하니 시키는 대로 하는 것이 좋겠소이다."

하고 귓속말을 하였다. 여복이 고개를 들고 자칭 의원의 얄미운 얼굴을 뻔히 쳐다보니 그 자는 입가에 간사한 웃음을 띠었다.

"왜인들의 말을 들어주면 의식이 걱정 없을 뿐더러 높은 벼슬도 내려질 것이요 거절하면 참을 당하리니 잘 생각해 보외다."

그 말을 들은 여복은 전신의 피가 거꾸로 솟는 듯한 분노를 느끼며 눈을 부릅떴다. 자칭 의원은 그 무서운 기세에 질겁하여 후닥닥 일어나 뒷걸음질 치다가 뒷벽에 '쾅' 부딪치고는 비칠 거리면서 황급히 문을 열고 뛰어나갔다.

여복은 얼마 후 왜장 잎으로 끌려갔다. 호화롭게 꾸민 방으로 들어가니 호피 방석 위에 거만하게 앉은 왜장이 그를 보고 머리를 꺼덕거리며 웃었다.

왜장은 소위 경상도의 영주라고 하는 모리 데루모토의 수하 장수 모리 다다노부이고 앞에 있는 왜소한 놈은 왜통사이며 옆에 앉은 자칭 의원은 왜놈의 앞잡이인 공의겸이라는 자였다.

모리 다다노부가 앉으라고 손짓하니 여복을 끌고 온 왜병들이 그를 바닥에 강제로 주저앉혔다. 왜장은 통사를 시켜 너의 필재가 아까와 살려주는 것이니 그리 알고 서울로 올라가 문장으로 이름을 떨치라고 달랬다. 여복은 어이가 없어 껄껄 웃었다. 왜장은 그것을 승낙하는 뜻으로 해석하고 이제 부귀영화를 누리게 될 터이니 좋은 기회를 놓치지 말라고 하였다. 공의겸도 옆에서 제 딴엔 달콤한 말로 갖은 말 재간을 다 부렸다.

이에 더 참을 수가 없어 분노를 터뜨린 여복은 왜장과 그 부하들의 죄행을 단죄하고 왜놈들의 개 노릇을 하는 공의겸을 수치감으로 얼굴을 들지못할 만큼 호되게 질책하였다.

왜장은 처음에 여복의 말뜻을 몰라 눈을 껌벅거리다가 통사가 그 말을 그대로 옮겨 놓으니 얼굴이 수수떡같이 되어 당장 끌어 내가라고 소리쳤다. 이무렵 서울에 둥지를 틀고있던 왜적 우두머리들은 글을 잘아는 조선 선비들을 구하고 있었다. 대영주의 위신을 세우고 강점 지역 백성을 다스려야 하니 문장을 잘 다룰 줄 아는 사람들이 필요했던 것이다.

왜적 괴수들은 우선 서울 근처에서 쓸만한 인재들을 물색하였으나 글을 아는 양반들은 모두 피난을 갔는지 도저히 구할 수가 없었다.

경상도에 유식한 선비가 많다는 말을 듣게 된 그자들은 경상도 영주라는 모리 데루모토에게 문장이 능숙하고 필력이 있는 사람을 속히 골라 보내라는 명령을 내렸다. 결국 모리 데루모토의 심복인 모리 다다노부가 여복을 굴복시키려고 갖은 술책을 다 쓴 것은 이와 관련 되어 있었다.

왜장은 여복이가 끝내 굴복하지 않고 항거하니 심한 몰매를 가했다. 피를 많이 흘린 여복은 사흘이나 굶은 데다가 고문까지 당하여 더는 몸을 지탱할 수 없었다. 죽음의 검은 그림자는 그의 머리 위를 떠돌며 심장으로 육박하고 있었다.

저녁이 되어 여복을 가둬놓은 방에 왔던 왜병들은 그를 분명 죽은 것으로 단정하고 급히 모리 다다노부에게로 가서 여복이 숨이 넘어갔다고 보고 하였다. 빈사 지경에 이르러 의식을 잃은 여복은 숨결이 없고 심장에 뛰는 맥도 없었던 모양이었다.

모리 다다노부는 그를 서울에 올려 보내 공을 세우려던 뜻이 수포로 돌아가 아쉬웠지만 쓴 입맛을 다시고는 빨리 내다 버리라고 했다. 왜병들은 죽은 조선 젊은이를 내다 버리라는 명령을 받자마자 여복을 헌 거적으로 둘둘 말고 뒷산으로 올라 시체를 되는 대로 버리고 바삐 내려갔다.

왜선에 실려 왜 땅으로 끌려가다가 우질포에서 풀려난 사람들 중에는 두 번씩이나 한 사람에게서 구원을 받은 열여덟 살 나는 처녀가 있었다. 처녀는 처음 밀양에서 용맹한 장사의 도움으로 흉악한 놈들의 마수를 벗어났으나 또 왜병들에게 붙잡혔었다. 그 처녀의 이름은 배옥란이었다.

그것은 실로 꿈 같은 일이었다. 여느 때와 다른 난시라 이런 기이한 일도 있는가 싶었다. 처녀는 그 젊은이의 은혜를 눈에 흙이 들어가는 날까지 잊을 것 같지 않았다.

옥란은 사냥꾼 배동필의 애지중지하는 외동딸이었다. 생전에 더는 보지 못하리라 여겼던 딸을 만나게 된 동필 내외는 기뻐서 어쩔 줄 몰라 했으나 옥란에게서 살아 돌아오게 된 사연이며 그 고마운 은인이 붙들려간 이야기를 다 듣자 그냥 앉아 있을 수가 없었다.

이렇게 되어 동필은 그날 밤부터 왜군의 동태와 소식을 알아보려고 동원 주위를 맴돌다가 사흘 째 되는 날 왜병들이 거적에 사람을 둘둘 말아 태자산으로 올라가는 것을 보고 그 뒤를 몰래 따랐던 것이다.

동필은 왜놈들의 손에 죽었을 그 젊은이의 시신이라도 거두어 장사라도 지내 줄 작정으로 뒤따라 온 것이지만 혹시나 하여 맥을 짚어 보았다. 맥이 뛰는 기맥은 없어도 몸에는 온기가 있었다. 가슴을 헤치고 귀를 대니 심장의 박동이 약하게 느껴졌다.

동필은 젊은이가 아직 죽지 않았다는 것을 알고 말할 수 없이 기뻤다. 그는 무슨 일이 있어도 살려야 하겠다는 생각을 하며 젊은이를 업고 산을 내려가기 시작했다.

그는 첫닭이 우는 소리를 들으며 사립문을 열고 들어섰다. 동필은 숨이 겨우 붙어 있는 젊은이를 아랫목에 눕히고 우선 응급처치를 하였다. 촛불을 가까이 가져다가 비춰보니 피로 얼룩지고 멍이든 젊은이의 얼굴과 몸은 말할 수 없이 참혹하였다.

젊어서부터 사냥이 생업인 동필의 집에는 웅담과 사향을 비롯하여 산 짐승들의 쓸개 기름과 고기며 염통들을 말려 보관해 둔 약재가 적지 않

앉다. 동필이는 의술도 조금은 알고 있는지라 이웃은 물론이고 인근마을
에서도 병자들이 이집을 찾아 치료 받곤 하였다.

　부인과 옥란은 동필이 시키는 데로 젊은이의 팔다리도 주물러 주고
약도 먹이면서 밤을 꼬박 밝혔다. 그들의 지극한 성의가 효력을 내었는
지 젊은이는 아침 해가 동산에 솟아 오를 때쯤 되어 긴 숨을 '후' 하고 뱉
었다.

　이때를 기다리던 동필은 젊은이의 탈골 된 오른쪽 무릎을 비틀어서
제자리에 맞췄다. 혹시 골절되거나 뼈를 심하게 상한 데가 없는가 하여
두루 살펴보았는데 다행히도 그런 곳은 없었다.

　여복은 동필 내외와 옥란의 정성으로 사흘 만에 의식을 회복하였다.
원래 보통 사람과 비교 할 수 없이 건강하고 장사 같은 근력을 가진 젊은
이인지라 회복도 빨랐다. 닷새가 지나니 젊은이는 어느 정도 몸을 가늠
하게 되었다.

　그동안 동필은 젊은이와 통성하게 되어 그의 이름이 신여복이라는 것
도 알게 되고 부산 동래의 군민이 어떻게 왜적에 맞서 용감히 싸웠으며
장렬한 최후를 마쳤는 가를 들을 수 있었다.

　그러던 어느 날 저녁 녘이었다. 여복은 동필의 부축을 받아 울 밖의
잔디밭으로 나갔다. 동필은 좋은 자리를 골라 여복을 앉혀 주고 자기도
그 옆에 앉더니 바깥 형편을 알고 있는 대로 들려 주고 나서 지난날의 사
냥하던 이야기를 구수하게 하였다.

　그는 혈혈단신 외롭게 남은 여복을 위로해 주려고 일부러 사냥이야기
를 하였다. 얼마 후 그들은 맞은 편에 있는 늪으로 자리를 옮겼다. 해가
서산 마루에 올라 앉아 금빛 햇살을 뿌리니 수면 위에 아롱지는 반사광
이 눈부신 빛을 뿜었다.

　오래만에 아름다운 풍경과 맑은 물을 보니 여복은 가슴이 시원해짐을
느꼈다. 그는 저도 모르게 조용히 웃었다. 여복의 얼굴에는 예전, 사람들
의 눈을 끌던 미소가 가벼운 보조개와 함께 떠올랐다.

어느덧 어둠의 검은 그림자가 사위를 뒤덮었다. 이제는 눈부신 황금 빛 햇살 대신 하나 둘 떠오르는 별들과 초생달의 가냘픈 빛이 어둠 속에서 가물거렸다.

늪의 맑은 물 위에서도 미인의 눈썹 같은 초생달이 간들간들 춤추며 통분함과 고독에 시달린 여복의 마음을 부드럽게 어루만져 주었다. 동필이가 그만 들어가자고 부축하여 일으키는 지라 그에게 의지하며 집으로 걸음을 옮겼다.

헌데 어찌 된 일인지 다리에 힘이 가면서 통증도 그리 심하게 느껴지지 않았다. 여복은 부축하고 있던 동필의 손을 놓고 혼자서 걸어 보았다. 그는 힘들기는 해도 꽤 걸을 만하니 마음이 저절로 즐거워졌다.

옥란과 동필 내외는 이 날에야 비로소 환하게 웃는 여복을 대할 수 있었다. 그들은 여복의 얼굴에 어리는 미소와 사람의 마음을 매혹시키는 양볼 보조개를 보고 한줄기 밝은 빛을 본듯한 반가움을 느끼고는 기쁨의 웃음 꽃을 활짝 피였다.

며칠을 두고 무거운 근심이 떠나지 잃던 집안에 웃음 꽃이 피니 냉랑하고 밝은 화기가 넘쳐 흘렀다. 여복은 저녁밥을 달게 먹은 후 동필에게 다 죽은 목숨을 살려준 은혜를 진심으로 깊이 사례하고 나서 자기가 걸어온 과거사의 자초지종을 산옥이와의 사이에 있었던 일은 빼고 거의 다 이야기하였다.

옥란이와 동필 내외는 눈물을 흘리기도 하고 놀라기도 하며 그의 말을 하나도 빼놓지 않고 열심히 들었다. 그로부터 보름이 지나 여복의 병색이 완연히 호전되었다. 아직 채 아물지 못한 부분도 있지만 건강상태와 기력은 아주 좋았다.

여복이 이렇듯 빨리 건강을 회복하게 된 데는 옥란의 보이지 않는 정성이 깃들어 있었다. 옥란은 나이찬 규수의 몸이라 여복에게 가까이 접근할 수는 없었지만 약시중, 음식 시중을 하느라 어느 하루도 단잠을 자 본 적이 없었다.

이 순진한 처녀는 자기를 두 번이나 구원해 준 여복을 이세상 그 누구보다도 존경하였으며 티없이 순결한 마음으로 은근히 사모하였다.

이십 여일이 지난 어느 날이었다. 아침 일찍이 조반을 먹은 여복은 집안 사람들에게 하직을 고하고 사립문을 나섰다. 그동안 깊이 정들었던 사람들과 작별하게 된 그는 진실로 서운한 마음을 금치 못했다. 그들은 전란이 끝나면 꼭 다시 만날 것을 서로 언약하고 작별하였다.

여복은 걸음을 재촉하여 그날 한낮이 기울 때쯤 되어 낙강나루터에 이르렀다. 때는 무더운 여름철이라 뙤약볕이 땅 위에 있는 모든 것을 태워 버릴 듯 사정없이 쏟아져 내렸다.

여복은 줄줄 흘러내리는 땀을 소매로 닦으며 지친 다리를 이끌고 길가 나무그늘에 가서 주저앉았다. 오고 가는 행인이 없는 길은 한없이 고요한데 매미와 찌르러기 들만이 여기저기서 쓸쓸히 울었다.

그의 가슴에 서린 모진 아픔과 고독 그것은 미구의 걷잡을 수 없는 분노로 화하여 왜적의 머리 위에 죽음의 무시무시한 선풍을 흩뿌릴 복수의 씨앗을 품고 있었다.

"아, 산옥이라도 살아있다면"

그는 나무에 등을 기대고 열에 뜬 뽀얀 하늘을 바라보았다. 그러자 산옥의 자태가 우렷이 솟아올랐다.

동헌 내아 대문가에서 낭군님에게 간절한 절을 하며 말하던 그 아련한 목소리도 귓전에 쟁쟁히 울려오는 것 같았다.

"산옥은 싸우다 죽기를 결심하고 어느 싸움터를 찾아 갈지도 모른다. 의령의 곽씨가 거느리는 의병대로 어서 가보자."

여복은 짚신 간발을 고치고 벌떡 일어나 괴나리봇짐을 둘러메었다. 그는 배에 올라 낙동강을 건너서 의령 고을에 들어섰다. 이 고을은 지금껏 지나온 다른 고장들과는 판판이 달랐다.

우선 전란의 거센 바람이 전혀 미치지 않은 듯 생명 가진 모든 것이 활기를 띄고 있었다. 오는 도중 눈에 띄던 주인 없는 논밭들은 어느 것이나 다 잡초만 무성하였으나 여기서부터는 들판에 오곡이 푸르고 싱싱하게 자라 보기만해도 사람 사는 고장 같았다.

그는 해가 서산으로 뉘엿뉘엿 넘어가기 시작할 무렵에 손나루 못 미쳐 나즈막한 야산 고갯마루에올랐다. 온종일 내려 쬐던 뙤약볕은 어느덧 사그러 들고 선선한 저녁 바람이 불어왔다.

여복은 한숨 돌릴 생각으로 괴나리 봇짐을 내려놓고 앞섶을 풀어헤치며 그 자리에 앉았다. 이마에 흐르는 땀을 씻고 앞을 내다보니 넓은 벌 가운데 들어앉은 정암진의 온 마을이 정답게 안겨왔다.

강변나룻가에는 무슨 글을 새긴 깃발이 저녁 바람에 가볍게 날리고 그 앞 넓은 마당에는 새로 지은 듯한 큰집들이 질서 있게 줄지어 서있었다. 자그마한 성으로 둘러 쌓인 뒷산등성이에도 큰 집과 취병장 같은 큰 마당이 있었다.

정암진역 일대의 벌판은 어디를 보나 푸르싱싱하여 생기가 돌았나. 벌 가운데를 가로질러 동서로 유유히 흐르는 남강 한복판에는 옛날부터 그 모양이 솟과 같이 생겼다고 하여 솟바위라고 불러온 큼직한 바위섬이 솟아 있었다.

조금 앉아 있자니 제법 서늘한 바람이 남강의 물가를 거슬러 왔다. 여복은 오랜만에 보는 평화로운 광경이 반갑고 향촌 풍경이 진정으로 정답게 안겨왔다. 금시 어둠이 깃든다 싶었는데 어느새 밤이 되었는지 하얀 달이 중천에 떠올랐다. 여복은 피곤한 몸을 일으켜 다시 고갯길을 내려가기 시작했다.

여복은 곽재우 의병대에 들어왔고 묵묵히 자기 할 일만 찾아 하는 과묵한 젊은이로서 용맹을 떨치고 있었다.

33

오작교가 된 의병대

며칠 간을 낙동강 기슭의 초막에서 지내고 해질녘에 군영으로 돌아온 여복은 저녁밥을 먹고 뒷산으로 올라갔다. 구슬픈 가락의 피리소리가 가슴을 파고들어 방안에 그냥 앉아있을 수가 없었기 때문이었다. 여복은 날카로운 애수의 가시가 뼛속까지 콕콕 찌르는 것 같았다.

보름을 닷새 앞두었으나 달은 유난히 밝았다. 은은한 달빛을 밟으며 산등성이를 오르며 시름에 젖던 그는 숲 속에서 이상한 불빛이 반짝이는 것을 보고 그리로 걸어갔다. 가물거리는 불빛 사이로 여인의 모습이 언뜻 나타났다 사라지는 것이었다.

우뚝 걸음을 멈춘 그는 알지 못 할 힘에 이끌려 어둠 속을 뚫어지게 바라보지 않을 수 없었다. 잠깐 스러지던 불빛이 다시금 확 피어 오르며 여인의 모습을 또 드러내었다. 머리는 쪽을 지었고 입은 옷은 흰 치마 저고리였다. 상중에 있는 여인 같았다.

이상한 예감이 들어 여복은 몇 걸음 더 앞으로 나아갔다. 이제는 모든 것이 똑똑히 보였다. 여인의 앞에 놓인 제단에는 제물을 담은 정교한 제기와 촛불이 가물거렸다. 여인은 고개를 들고 분향을 하였다.

여복은 여인이 고개를 들자 돌처럼 굳어졌다. 그 여인은 꿈에도 그리던 산옥이었다. 전신의 혈맥이 터져 나가고 머릿속은 놀람으로 텅 빈 것 같았다. 이 뜻밖의 시각에 뜻하지 않은 장소에서 사무치게 그립던 산옥을 보게 될 줄은 정말 몰랐다.

산옥은 두 손을 합장하고 고개를 숙여 낭랑한 목소리로 기도를 올렸다. 왜적과 싸우다 장렬하게 최후를 마친 송부사 내외의 명복을 비는 축수였다. 마디마디 울음 섞인 그 축수를 들으니 여복도 눈굽이 젖어 들었다.

얼마 후 기도를 마친 산옥은 땅에 엎드려 어깨를 떨며 흐느끼더니 자세를 바로잡고 흘러내린 머리카락을 고요히 쓸어 내렸다. 끊어지는 듯 애절한 목소리가 또 흘러나왔다.

"임진하 유월 십일 산옥은 가부님 전에 삼가 아뢰나이다. 슬프오이다. 낭군님 모시고 백년회로 하리라 철썩 같이 맹세 하였건만 산옥이 불민하여 낭군님을 보살펴 받들지 못하고 흉맹한 왜적의 손에 참혹히 가시게 하였으니 그 죄 무엇으로 사죄하오리까.

낭군님의 원수를 갚고져 산옥은 의령 고을 현풍 곽씨가 영솔하는 의병대에 지금 들어와 있나이다. 낭군님 그리는 마음 골수에 사무쳐 새 우는 아침이나 달 뜨는 저녁이면 연연한 정 더욱 간절하나 저 원수 놈들을 증오하는 마음 그보다 더 모질어서 일구월심 왜적을 보복하여 몰아내기만을 축수하나이다.

연연약질 미력한 몸으로 아직까지는 의병대 침방에서 일 하오나 오는 싸움부터는 용기를 잡고 전장에 나아가 시모님과 숙부모님들과 낭군님의 원수를 갚고 이 몸도 낭군님 따라 가겠나이다.

외로운 산옥이 임향한 붉은 마음 담아 한잔 술을 올리나니 받아주옵소서."

산옥은 놋 잔에 술을 따라 제단에 정중히 올려놓고 절을 하였다. 좀 수척하기는 했으나 전과 다름없는 정겨운 얼굴이었다.

여복은 산옥의 축수에 너무도 감복하여 목이 꽉 메이고 눈앞이 흐려졌다. 산옥이 입은 흰 치마저고리는 상복이 분명하며 말 마디마다 애절한 정이 넘치는 축수는 자기의 혼백을 위로함이 틀림없었다.

산옥은 제단에 재물들을 주섬주섬 거두어 함지에 넣고 촛불을 껐다. 은은한 달빛 속에 여인의 고운 자태가 어렴풋이 안겨왔다. 달밤은 호젓하고 고요했다. 어디선가 부엉이가 처량하게 울었다.

산옥은 제물을 담은 함지를 메고 몇 걸음 걸어가다가 돌아서서 여복이 있는 숲 속을 바라보다 이내 몸을 돌려 곧장 앞으로 걸어갔다. 달빛을 지고 가는 그 모습은 희미한 어둠 속으로 잦아들고 말았다.

다음날 여복은 날이 저물어 어두워지자 그 숲 속에 다시 찾아왔다. 제단 앞에 이른 여복은 경건한 마음으로 꿇어앉았다.

그는 산옥의 티없이 순결한 마음과 지극한 정성 앞에 무릎을 꿇은 것이었다. 사위는 고요했다. 갑자기 등 뒤에서 누군지 흐느끼는 소리가 들렸다. 여복은 반사적으로 뒤를 돌아보았다. 순간 그는 심장이 멎는 것만 같았다. 불과 두어 걸음에 산옥이 서 있었던 것이다.

"아아 산옥."

그는 속으로 힘껏 외쳤으나 입이 얼어붙은 것처럼 떨어지지 않았다. 두 손으로 얼굴을 가리고 어깨를 들먹이는 산옥도 말을 못하였다. 여복은 몇 걸음 성큼 내디며 산옥의 손을 덥썩 잡았다.

"아 이 외로운 넋을 찾아 낭군님의 영혼이 오셨습니까. 낭군님이 오셨습니까."

산옥이 울음 섞인 격한 목소리로 말하는데 여복은 목구멍으로 불덩이 같은 것이 치밀어 입을 열지못하였다.

"연약한 이 몸을 홀로 남겨두고 세상을 떠나셨다 하더니 어디를 가셨다가 이제야 오시오니까."

산옥은 터져 오르는 격정을 이기지 못해 여복의 가슴에 얼굴을 파묻고 울었다. 여복은 갑자기 벙어리가 된 듯 말을 못하고 산옥의 등을 묵묵히 쓰다듬기만 하였다.

여자 살결의 그 부드러운 감촉은 그의 가슴속에 가득 차있던 쓰라린 얼음덩어리를 저절로 다 녹아 내리게 하였다. 그것은 상상하기 어려운 시련을 겪은 사나이의 마음을 그지없이 따사롭고 포근하게 덮혀주는 봄볕과도 같았다.

한동안이 지나 고개를 든 산옥은 마주선 상대가 누구인지 확인이라도 하는 것처럼 눈물어린 눈으로 바라보았다. 그제야 여복은

"아가씨 그간 고생인들 오죽 하셨겠소이까."

하고 겨우 한마디 하였다.

"불행하고 외로우니 낭군님이 더 그리웠습니다. 이미 이승과 저승으로 갈라셨다 생각하면서도."

산옥은 흐느낌에 말끝을 흐리며 고개를 숙였다.

"아가씨 정말로 고맙소이다. 무어라 더 말할 수 없소이다. 송사또님 내외분과 형님마저 원수놈들에게 잃고 어머님은 생사조차 모르는 처지에서 홀홀 단신 예까지 와 닿았소이다. 그러니 이 얼마나 못나고 불효 막심한 소행이리까. 허나 오늘까지 무탈함은 오로지 아가씨의 정성 때문이며 그렇듯 정성을 고이고 고인 덕분인가 하외다."

비로소 말문을 터놓은 여복의 음성은 무한한 감동으로 인해 떨렸다.

"제가 백 번 지성을 올린 들 어찌 죽었던 사람이 살아올 수 있으오리까. 오늘 이 상봉은 낭군님의 높으신 기개와 우국충정의 힘으로 이루어진 것이오이다. 검은 구름속에서 새로이 햇님을 보았으니 이 아

니 경사이오니까. 아 정녕 경사오이다. 이제는 죽는데도 여한이 없습니다."

산옥은 달빛아래 눈물을 반짝이며 생긋 웃었다. 여지껏 어디서도 볼 수 없었던 귀엽고 순진한 그런 웃음이었다. 그 웃음으로 여복은 옥죄어졌던 가슴이 활짝 열리고 부풀어 올랐다.

"은하의 오작교가 무너졌느냐. 끊어졌느냐고 애닯아 했더니 하늘이 도우사 우리 다시 만났으니 어찌 천도가 무심타 하리까. 동래를 떠나 오늘까지 천산만수 먼먼길 헤메일 때는 만날 길 아득하여 일촌간장 다 스러지는가 했고 종말에는 이승에서 사라진 사람으로 생각하였소이다. 그리고 보니 아픈 심정이 원한으로 배가 되어 원수를 갚고 나라 위해 이 몸 바치리라 마음 다지며 의병대를 찾아 왔소이다."

그 말을 듣고 산옥은 다소곳이 머리를 수그렸다. 백설같이 흰 뒷덜미와 동그란 어깨의 보드러운 선이 은은한 달빛 아래 더 한층 아름답게 보였다. 그 위로는 쪽 머리에 남은 머리카락이 애달프게 하늘거렸다. 여복이 그것을 바라보며 옹골찬 목소리로 나직이 말했다.

"불민한 이 사람을 위해 애태운 아가씨의 그 심정을 생각하면 진실로 보답할 길이 가히 없소이다."
"그런 말씀 마사이다. 낭군님은 어찌하여 아직도 아가씨라 부르시오니까. 저는 이미 낭군님을 하늘같이 모신 몸이오이다."

산옥은 이렇게 말하고 여복의 준수한 얼굴을 정찬 눈매로 바라보았다.

"아 내 이제 무슨 말을 더 할 수 있으리오."

여복은 감격하여 불시에 산옥의 어깨를 끌어 안았다. 산옥도 마주 안

앉다. 크나큰 불행과 모진 고초를 겪은 뒤에 다시 만난 그들은 서로의 정과 운명이 더욱 뜨겁고 굳세게 얽힌 것을 절절하게 느꼈다. 소리없이 깊어가는 밤하늘에서는 뭇 별들이 조는 듯 깜박이고 땅 위에는 애틋한 고요가 끝없이 흘렀다.

내일에 무서운 운명이 기다린다 하여도 혹은 차가운 무덤이 앞에 있다 하여도 산옥은 이 행복의 순간을 놓쳐버릴 마음이 없었다. 여복의 심정 역시 다름이 없었다. 그들은 서로 끌어 안았던 팔을 풀고 마주보며 웃었다.

달빛은 나뭇가지들 사이로 은은히 흘러 그들의 넋을 부드럽게 어루만져 주었다. 만상은 깊은 적막속에 잠들어 있었다. 풀잎들이 발에 밟혀 바스락거리는 소리만 들렸다. 하늘에선 고요한 달이 빛나고 쓸쓸한 숲에선 서늘한 바람이 불었다. 그래도 여복과 산옥은 달밤의 이 호젓함이 좋았다. 그들은 비단처럼 부드러운 잔디가 푹신하게 깔린 곳에 나란히 앉았다.

여복은 송부사 내외의 시제를 안장하고 왜 군녕에 불을 지른 후 적들에게 붙잡혔다가 탈출한 것으로부터 시작하여 그동안에 겪은 몸서리치는 사연들을 이야기하였다.

산옥도 자기가 겪은 악몽처럼 무서운 지난 일을 조용히 들려주었다. 그러나 여복의 어머니에 대해서만은 말하지 않았다. 밤이 지나면 누리에 햇빛이 넘치고 그러면 생명 가진 모든 것이 활기를 띠련만 여복과 산옥은 끝없는 밤이 계속되기를 바랬다. 그들은 포근한 잔디 위에 가지런히 누워 밤하늘의 총총한 별들을 하염없이 바라보았다.

"견우 직녀는 일년에 한번씩 칠월 칠석이면 은하수 깊은 물위에 오작으로 다리 놓고 만난다고 하지 않았던가."

여복은 반짝이는 별들을 보니 견우직녀의 전설이 떠올라서 이같이 말했다.

"인간만사 막비천정이라 하였거니와 우리의 인연도 이렇듯 다시 이어졌을 진데 앞날이 어찌 창창하지 않으리까. 이제 왜적을 물리친 다음에는 금강산 깊은 골 안에 들어가서 삼간 초옥 마련하고 유자생녀 하여 백년해로하는 것이 저의 소원이오이다. 그래도 여기서 헤어지면."

시를 읊조리듯 나직하고 부드러운 음성으로 이야기하던 중에 갑자기 말끝을 흐린 산옥은 여복이 쪽으로 몸을 돌렸다. 여복은 저도 모르게 산옥을 끌어당겨 말없이 억센 팔로 안았다.

산들 바람이 불고 보드라운 풀잎들이 팔과 목을 간지럽히며 옷섶으로 기어들었다. 마치 고사리 같은 어린애 손이 어머니의 젖가슴을 파고 들듯이 여복은 그러안았던 팔을 풀고 바람결에 나부끼는 산옥의 귀밑머리를 바라보았다.

산옥의 갸름하고 흰 얼굴은 보면 볼수록 귀하고 순결하고 아리따왔다. 그러나 다른 한편으로는 조금만 잘못해도 그 순결에 손상을 줄 것 같아 감히 범접하기 조차 어려운 존재처럼 생각되기도 하였다.

그래서인지 용모도 마음씨도 지나치게 곱고 티없이 맑은 그 순결이 조금 흠인 것 같기도 하였다. 아니 그 보다는 차라리 보이지 않는 차디찬 손이 그의 마음을 한사코 붙들고 있다고 함이 더 적확한 표현이다.

다름아닌 양반 세상의 모진 법도였다. 여복은 지금도 서자를 용납하지 않는 그 매정한 손길에 차거움을 느끼고 있었다.

"조물주가 음양을 마련함은 만물의 조화를 위해서 아니던가. 헌데 이 세상은 어이하여 양반 상놈과 적자 서자를 갈라 놓느냐. 음양오행은 천하 공리요. 음양의 결합은 천하만물이 하나 같거니와 금수 같은 미물들도 자웅이 결합되어 제 나름으로 쌍을 짓는데 어째서 우리 인간은 미물 만도 못하단 말이냐."

여복은 그러한 불공평이 한스러웠고 이 세상이 원망스러웠다.

엷은 구름장에 반쯤 가리워진 달을 보니 동래의 그 달밤이 떠오르며 애끓는 상사의 일념으로 안타까이 못 이기던 지난날의 추억이 가슴 아프게 밟혀왔다.

난리통에 무서운 참상을 직접 겪었고 헤아릴 수 없을 만큼 혹독한 비애의 고초도 맛 보았으며 그 때문에 찢기고 터진 마음의 상처가 아직 아물지 않아 피는 그냥 흘러 내리는데 이 같은 심경에 쌓이게 되는 것이 실로 이상하였다.

그는 사실 전란으로 하여 이 땅에 가혹한 재난과 불행이 휩쓸고 있는 때에 자기 일신만을 생각하는 것만 같아 얼마간 죄스럽기도 하였다.

허나 주위를 돌아보면 난리라고 하여 세상이 바뀌지도 않았으며 불공평이 없어진 것도 아니었다. 다만 천대받는 백성들이 주인이 되어 나라를 위해 목숨 걸고 싸우고 있는 것이 그전과 다를 뿐이었다. 지금 이 시각 사랑의 기쁨이 몸 가까이 있건만 마음속에 어두운 그림자를 지워버릴 수 없는 것도 그때문일것이다.

"이 큰 난리를 치루고 나면 세상이 좀 달라질 수 있지 않을까."

그는 이렇게도 생각했다. 자연의 만물이 그러한 것처럼 사람도 귀천이 정해져 있어서는 안될 것이다. 여복은 긴 숨을 내쉬고 산옥을 돌아보았다. 산옥도 지난날을 회고 하는 듯 깊은 상념에 잠겨 푸른달을 초연히 바라보고 있었다. 얼굴은 여느 때 없이 맑고 빛나는 눈동자도 별빛을 담은 듯 무척 아름다웠다.

여복이 조심스럽게 손목을 잡으니 산옥은 고개를 돌리며 고요히 미소지었다. 그것은 가장 가까운 사람만이 볼 수 있는 참으로 친근한 웃음이었다. 여복은 이 사랑스런 여인의 곁을 한시도 떠나고 싶지 않았다. 하건만 헤어져야 할 시각은 일각 일각 다가오고 있었다.

정암진 원 마을에서 닭울음소리가 들려왔다. 한 놈이 홰를 치며 길게 울자 여기저기서 앞을 다투어 울어 대었다. 오래지 않아 날이 밝으리라는 것을 알려주는 소리였다.

"아 밤이 너무도 짧구나. 어이하랴 이 애닯은 심정을."

여복은 산옥을 힘껏 끌어 안았다. 산옥의 몸은 추운 듯 바르르 떨렸다.

산옥은 이 밤이 아쉬워서 울고 있었다. 아무리 참자고 해도 걷잡을 길 없는 눈물이 두 볼로 줄지어 흘러내렸다. 새벽의 애닯은 정적이 그들의 마음 속으로 깊이 스며들었다. 하늘에 총총하던 별들도 점점 높이 떠올라 하나 둘 자취를 감추고 지금은 작은 별들 만이 멀리서 고요히 빛나고 있었다.

여복은 문득 어젯밤 산옥이 축수하던 것이 떠올라 제단 앞에서 시모님과 숙부모님의 원수를 갚겠다고 한말이 무슨 뜻이냐고 물었다. 그때는 너무도 충격이 커서 시모님이란 누구를 보고 하는 말인지 미처 생각해 볼 겨를도 없었던 것이다.

자기가 겪은 참혹한 일들 중에서 여복의 어머니가 왜놈들에게 살해된 것만은 빼놓고 이야기 했던 산옥은 지금 사실대로 다 말하지 않을 수 없었다. 그 말을 들은 여복은

"내가 불효하여 어머님이 돌아가셨구나"

하고 땅을 치며 울었다. 그는 어머니만이라도 안전한 곳에 모시지 못한 것이 몹시 후회되었다.

"그 모든 불행은 저 불구대천의 원수 놈들 때문이오이다. 또한 어찌 어머님을 돌봐 드리지 못한 것이 당한 낭군님의 죄로 되오리까. 저의 죄가 더 크오이다."

산옥이도 설움에 북받친 소리로 말하고 조용히 흐느꼈다. 어느덧 동녘 하늘이 푸름푸름 밝아왔다. 잠들었던 울창한 숲이 다시금 생기있게

설렁거리고 서쪽하늘가로 기운 달은 벌써 빛을 잃었다. 엷은 잿빛 안개가 어둠을 거두어 포곤히 감싸고 흘러간다. 마치 어머니가 아기를 안고 가듯이.여복은 사위를 둘러보며 천천히 일어섰다. 산옥도 그를 뒤따라 일어났다. 헤어져야 할 시각이 다가온 것이다. 여복은 웃으며 말했다.

"산옥, 우리는 지난 밤에 천년을 두고 잊지 못할 상봉을 하였으니 내 그대가 그리울 때면 그 밤을 더듬어 힘을 얻으리라."

산옥은 동래성을 떠난 이후 오랫동안 마음 속에만 간직했던 그의 정다운 보조개가 물결치는 웃음에 넋을 빼앗겨 간이 다 녹는 듯했다. 산옥은 제단 앞으로 달려가 함지를 가져오더니 그 안에서 제물들을 보자기에 쌌다. 그리고는 돌아서서 저고리 옷고름과 치마끈을 풀고 품 안에서 약간 도톰하면서도 넙적하게 싼 옥색 명주보를 꺼낸 후 제 손에 꼈던 금가락지도 벗어 모두 여복에게 주었다

"이 보 안의 옥색 도포는 왜적을 물리친 후에 입으시고 이 가락지와 더불어 산옥이의 신표로 삼으시오이다."

여복은 뜨거운 사랑과 지극한 정성에 목이 메이는듯 입을 꽉 다물고 있다가 결연하게 말했다.

"부디 몸 보중하여 무병하오이다."

그런 다음 산옥의 손을 한번 꼭 쥐었다 놓고 보자기를 들고 걸음을 옮겼다.

34

넘지 못 할 신분의 차이

누구하고도 상종하려 하지 않던 여복은 산옥을 만난 이후 많이 달라졌다. 우선 웃음이 생겼다. 사람들은 그때에야 비로소 그가 웃을 줄 아는 사람이라는 것을 알게 되었다. 아직은 필요한 말 외에는 거의 하지 않을 만큼 말이 적었으나 그에게서 침울한 그늘은 가셔졌다.

여복과 침식을 같이하는 의병들은 가끔 착한 미소가 어리는 그의 얼굴을 볼 수 있었다. 그때면 조용한 미소에 떠오르는 귀여운 볼우물이 어느 누구에게나 따뜻한 친근감을 불러 일으키는 것이었다.

그래도 대부분의 의병들은 그를 범인이 아니라고 보고 있었다. 그것은 힘과 용맹이 뛰어나고 만권 서책을 읽으며 닦은 고상한 수양이 은연 중 드러나기 때문이었다. 의병들은 그를 은근한 존경심을 품고 대하였으며 친근감을 느끼면서도 다소 어려워하였다.

여복은 의병장의 직속 별군인 김복산의 휘하에 임시로 소속 되었다. 그는 해가 기울면 늘 낙강으로 나가 강을 가로 질러간 통나무 차단물을 손질하곤 하였다.

그가 산옥을 만난지 이레째 되는 날 밤이었다. 달이 하도 밝아서 군영을 거닐던 여복은 저도 모르게 의병장이 일을 보는 비룡당 쪽으로 향하였다. 비룡당 곁에는 산옥의 거처가 있었다. 여복은 단 한순간도 산옥을 잊은 적이 없었다. 산옥은 언제나 그의 마음 속에 살고 있었다.

더욱 아늑해진 달밤의 고요한 정서에 몸을 맡긴 채 천천히 걸음을 옮겼다. 은은한 달빛은 부드러운 손길로 온몸을 살뜰히 어루만져 주는듯 싶다. 늘어진 버들은 밝은 달빛아래 조는듯 하고 바람결 따라 이리저리 흔들리는 느티나무의 어슴푸레한 그림자는 마치 아기를 잠재우는 어머니 같은 모습이다.

비룡당을 지나 커다란 너럭바위 앞에 이른 여복은 멈춰 섰다. 버드나무 그림자를 등지고 떡돌 위에 그린 듯 앉아 있는 한 여인이 눈에 안겨졌다. 형체가 희미하여 뚜렷하지는 않아도 여복은 그가 산옥이라는 것을 육감으로 느꼈다. 여복이 가까이 다가가도 여인은 아무런 기척도 느끼지 못하고 초연히 달을 보고있을 뿐이었다. 산옥이었다.

"산옥."

여복은 소리를 한껏 죽여 입 속으로 불렀다. 그 소리를 듣고 고개를 돌린 산옥은 앞을 주시하더니

"아"

하고 나직한 소리를 지르며 자리에서 일어났다.

"여길 어떻게 다."

"네 월색이 하도 명랑하여 거닐다가 에까지 왔거니와 산옥은 어찌 하여 홀로 나와 앉아 있소."

산옥은 대답대신 방긋 웃고 아무것도 아니라는 듯 가만히 도리질을 하였다. 달빛에 더욱 아름다워 보이는 처녀의 얼굴에는 시름에 그늘이 비낀 듯 하였다. 두 사람은 곧 자리를 떴다. 그곳은 군영이라 사람들의 눈에 띌 수 있었기 때문이었다.

그들은 달빛을 밟으며 남강으로 나갔다. 강기슭이 가까워 오니 시원한 물 소리며 물고기들이 펄떡펄떡 뛰는 소리가 귓가에 즐겁게 들려왔다. 얼마 후 여복과 산옥은 물가의 너럭바위 위에 나란히 앉아 달밤에 그윽한 풍경을 묵묵히 바라보았다. 강물은 발 밑에서 고요히 찰랑거렸다. 아 얼마나 정다운 밤인가.

　산옥은 몸을 숙여 물에 손을 담그고 휘젓더니 웃으며 머리를 들었다. 달빛에 여인의 영채 도는 눈동자가 반짝 빛났다. 여복은 산옥의 얼굴을 바라보았다.

　어인 일인가 귀엽게 웃는 얼굴이 슬픈 빛을 띤 듯이 보이는 것은…. 저 하늘에 뭇 별들은 즐거운 듯 깜박이는데 어찌하여 산옥은 시름겨워 하는가. 너무도 정겨워서 내 눈에 그렇게만 보이는가 보지. 아니 저 고운 얼굴에 드리운 그늘 맑은 눈에 어린 수심은 웃음으로도 가릴 수 없는 사연을 말해 준다.

　그럼 대체 무엇때문인가. 의심이 꼬리를 쳐들어서 무슨 일이 있었는가 조심히 물으니 산옥은 미소 지으며 도리질을 하였다. 그리고 눈을 살며시 내리 감았다. 속눈썹이 바르르 떨리는 듯했다. 다시 눈을 뜬 처녀의 눈동자는 한순간 절망에 굳어진 듯 움직이지 않았다.

　여복은 산옥에게 무슨 말못할 사연이 있음을 직감했으나 그것을 묻기가 두려웠다. 달밤에 아름다운 풍경은 갑자기 혼돈의 형체 없는 빛깔로 변해버린 듯싶었다. 달은 광막한 혼돈에 어슴푸레 빛나고 있었다.

　양반집 규수는 반상의 법을 엄히 지켜야 하니 몸 조심 할 것을 당부했던 의병장의 말을 여복에게 전해줄 수 없었다. 의병장의 그 말은 자기가 당한 것보다 여복에게는 몇 곱절 더 큰 충격을 줌은 물론이요 오늘처럼 서로 만나는 기쁨마저 빼앗아 가리라 생각 되었던 것이다.

　여복과 산옥은 어느결에 손을 마주잡고 달빛이 흐르는 거울 같은 수면을 하염없이 바라보았다. 두 사람다 혈육들과 친지들을 전란에 모조리 잃고 외로이 남은 신세이다.

그러니 여복이 에게는 산옥이 유일하게 남은 가까운 사람이었고 산옥에게도 여복이가 하나밖에 없는 마음의 기둥이었다. 슬픔은 그들의 운명을 더욱 굳게 결합시켰고 서로의 애틋한 정이 배가되게 하여 주었다.

그들은 삼경이 거의 되었을 때 군영으로 돌아갔다. 다음날 밤에도 두 사람은 강기슭에 나왔다. 달은 어제보다 조금 더 이지러졌지만 여전히 은은한 빛을 뿌렸고 밤하늘의 별들도 총총하였다. 어제 그 자리에 나란히 앉은 그들은 전란이 끝나면 어디에 가서 무슨 일을 하겠는가 하는 것을 화제에 올려 이야기를 주고 받았다.

심산 경치 좋은 곳에 초가삼간 지은 다음 밭을 일구어 살림을 꾸려나가는 기쁨 또한 무던할 것 같았다. 웃으며 이야기하던 산옥은 문득 고개를 들고 여복의 얼굴을 정면으로 바라보았다.

산옥은 의병대에 들어와서부터 오늘에 이르기까지 지난 일을 차근차근 이야기하기 시작하였다. 의병장을 처음 만나던 것이며 그 후 의병장과 부녀간 의의를 맺고 그 아들 곽형과는 의남매를 맺던 일을 차례로 말한 다음 이어 며칠 전에 의병장이 자기를 불리시 하던 말도 빼놓지 않고 상세히 이야기 하였다.

처녀는 사랑하는 사람의 심상에 어떤 누가 미칠지 예측하기 어려웠으나 그 사연을 털어 놓지 않을 수 없었던 것이다. 여복은 아무것도 묻지 않고 산옥이 하는 말을 그저 묵묵히 듣기만 하였다.

그는 이 불의의 타격을 태연하게 받아 들이고 있는 듯하였다. 얼굴에는 흐린 그림자가 보였으나 크게 놀라거나 슬퍼하는 기색은 별로 없었다. 그는 이미 갖은 불행과 고통을 이겨내는데 습관되어 있었다.

가해진 충격이 아무리 크고 먹장 같은 비애의 구름장이 물밀 듯 몰려든다 해도 그의 얼굴은 변함이 없었으나 여복의 가슴속에는 분노의 파도가 들끓고 있었다.

"드디어 그 캄캄한 순간이 왔단 말인가. 우리의 운명은 정녕 여기서 끝나는 것인가. 가족들을 다 잃은 산옥이 어쩌다 만경창파에 떠도는 배를 붙잡아 타고 나를 만나려고 사나운 풍파를 헤치며 간신히 이곳까지 왔건만 어찌하여 나는 그 배를 함께 타지못하는가. 그러면 이게 뉘 탓이냐. 우리 둘 중에 어느 누가 죄를 저질렀더냐. 아 누구의 죄이냐."

여복은 양심의 거울에 자신을 비쳐보며 속으로 힘껏 외쳤다.

"서얼이 된 죄라더냐. 양반만 사람이고 서얼은 짐승만도 못하단 말이냐. 그래 양반들 너희만 도덕군자이고 이 땅의 백성들은 무지렁이 상놈이라 마구 짓밟고 천대해도 죄 될게 없단 말이지. 안 될 말 내 어이 그런 굴욕을 참고 살아가랴."

그는 머리를 흔들었다.

"장군은 신변 소사에 구애되지 않는 법이라 하였건만 이승에서 푸대접을 받으면 저승에 함께 가서 미진한 인연을 다시 잇고 백년회로 하여지이다. 또한 넓으나 넓은 이 땅에 우리 몸 부칠 곳이 그리도 없으리까."

여복은 슬픔에 잠긴 처녀의 얼굴을 바라보았다. 그는 산옥이가 자기의 마음을 속속들이 알고 있는 듯싶어서 웃으며 말했다.

"정말로 고맙소. 하지만 양반세상이 나를 냉대하여 죄인 취급을 하며 받아들이려 하지 않으니 내 또한 양반들에게서 바라는 바가 없소 그려. 어쨌든 나는 한 생을 불우하게 살아가지는 않을 것이오."

산옥은 그 말을 듣고 고개를 끄덕이며 미소를 지었다. 산옥은 여복이와 함께 어디로든 먼 곳으로떠나고 싶었으나 자기를 의녀로 삼고 친자식처럼 사랑해 주는 의병장의 곁을 가볍게 뜰 수도 없었다.

하긴 어디를 간다 해도 양반 세상의 엄격한 법도가 이 땅에 있는 이상 편안히 지내지는 못 할 것이었다. 결국 처녀는 험난한 인생의 길을 택한 셈이었다.

앞을 가로막는 그 어떤 장애도 두려워하지 말며 크나큰 마음의 고통과 쓰라린 고뇌를 이겨낼 각오가 되어 있어야 그 어려운 길을 걸어갈 수 있다. 산옥은 험난한 자기 앞길을 바라 보았다. 그것은 안개가 자욱하여 아무 것도 가려볼 수 없는 길이었다.

하지만 산옥은 여복이가 없는 세상을 살아간다는 것은 상상조차 할 수 없는 일이었다. 여복은 산옥이 비록 말은 안해도 그 심정을 짐작하고 있었다. 어진 눈길과 꼭 다문 입술 무릎 위에 단정히 놓인 보드러운 손 그린 듯 움직이지 않고 앉아 있는 고운 자태가 처녀의 마음을 대변해 주고 있었다.

달은 물결 위에서 흔들흔들 춤추고 밤하늘에 높이 뜬 별들은 즐겁게 깜박이며 숨바꼭질을 하는 데 운명의 어두운 길목에선 두 청춘 남녀는 애끓는 마음으로 손을 마주잡았다. 서글픈 한숨과 서로 위로해 주는 달콤한 속삭임이 강물과 더불어 속절없이 흘러갔다.

여복은 그 어느때 보다도 산옥이가 사랑스러웠다. 그러면서도 앞일을 생각하니 애달프기 그지 없었고 울적한 심사와 바닥 없는 애수의 가슴이 막 얼어 드는 것 같았다.

산옥의 눈에는 이슬이 반짝였다. 그것은 애틋한 정과 가슴 쓰린 슬픔에 겨워 솟아난 눈물이었다. 그래도 산옥은 웃었다. 웃으면서 옷고름으로 눈물을 씻었다.

여름 밤은 소리없이 깊어갔다. 고요히 흘러가는 물소리만 들리니 그들은 이세상에 자기들 두 사람만 남아있는 것처럼 생각되기도 하였다. 어느덧 새벽이 가까워 달빛은 푸르렀다. 밤하늘에 총총하던 별들도 하나 둘 잠자리를 보려고 들어가 버린 듯 하고 남아 있는 별들은 졸음을 참으며 슬픔에 잠겨 있는 이 청춘 남녀를 지켜보고 있었다.

여복과 산옥은 손을 마주잡은 채 일어나 강을 등지고 언덕으로 올라갔다. 그들의 옷은 이슬에 젖어 축축했다. 달빛이 만드는 기다란 그림자를 앞세운 그들은 말없이 걸어갔다.

여복은 다시 과묵한 사나이로 돌아갔다. 그의 얼굴에서 웃음은 씻은 듯 사라져 버리고 말았다. 산옥에게서 의병장이 한 말을 전해 들은 다음부터 그는 누구와도 어울리지 않고 묵묵히 자기 할 일만 찾아 하였다.

사흘이 지났다. 밤이 깊어 삼경이 되었을 때 여복은 정암진 원마을 원사의 빈방에 홀로 앉아 있었다. 여복과 산옥은 어제 저녁 여기서 만나 이야기를 나누었었다. 그러다가 밤이 이슥해졌을 때 산옥은 돌아가고 여복은 그 자리에 남았다.

밤은 깊었건만 원사의 추녀 밑 비둘기 둥지에서는 비둘기 한 쌍이 정답게 꼬르륵거린다. 비둘기들도 저렇게 삶을 즐기고 있는 것이다. 여복은 불시에 가슴이 쌀쌀해졌다. 세상이 너무도 야속했다.

양반들은 서얼이라고 하여 여지없이 매장하고 모질게 학대하려고만 하지 않는가. 그것을 모르는 바는 아니지만 그는 새삼스럽게 원통하고 서러운 마음이 치밀었다.

그의 눈에서는 시퍼런 불이나고 입에서는 화염을 토하듯 뜨거운 입김이 터져 나왔다. 격한 그의 몸은 당장에 폭발이 일어날 듯한 일촉즉발의 위험을 배태하고 있었다.

동안이 흘렀다 벌써 사경은 됨직하다. 방안에는 어스름 달빛이 스며들고 벌레우는 소리가 한구석에서 처량하게 들려온다. 여복은 그 소리에 무심히 귀를 기울이다가 한숨을 몰아 쉬었다.

아니다, 여복은 몸부림치며 힘껏 외쳤다. 한때의 비애와 충격으로 하여 이성을 잃으며 눈물에 젖어 남아의 갈 길을 저버리고 좁은 감정의 울타리에서 맴도는 자신의 행동이 부끄럽게 생각되었다.

젊음은 애정에 뜨겁다. 연정을 끊으려 하면 그럴수록 더 간절하며 더 괴로웠다. 허나 그 정, 그 눈물로 하여 의리와 대사를 저버리는 속물이 되지 말아야 한다. 뜻있는 사나이라면 나라가 위험에 처한 이때 어찌 사랑에 울고 사랑에 죽는 못난이가 될까 보냐.

여복은 우질포와 영산에서 칼을 뽑아 들고 이리떼처럼 달려 들던 그 왜적들의 징그러운 얼굴과 간사한 웃음으로 자기를 회유하려 들던 간사한 조선 놈의 더러운 상판이 떠오르자 몸을 부르르 떨었다.

그리곤 지긋이 눈을 감았다. 그는 새벽닭이 울고 먼동이 트기 시작할 때도 여전히 한 자세로 앉아 있었다.

눈을 감고 있는 그는 스물 아홉 살에 생사 해탈의 법을 구하고 서른 다섯 살에 집을 나와 심산에서 이 세상의 일체 허망한 유혹들을 벗어나 참된 자각을 했다는 석가모니 같았다. 그의 얼굴에는 과연 석가모니 깨달음을 얻을 때의 얼굴을 방불케 할 만큼 엄숙한 기운이 서려 있었다.

여복은 해가 중천에 떠오르는 것도 또 날이 저물어가는 것도 모르고 종일토록 손하나 까딱하지 않았다. 그는 지금 무념 무상의 깨달음의 길을 비추고 있는 것이다. 하루가 지나고 밤이 또 왔다. 불상처럼 까딱하지 않고 있어 앉아 있던 여복은 돌연 어깨를 들썩거리며 거센 숨을 도했다. 잠시 후 그는 다시 죽은 듯이 고요 속에 잠기며 본래의 자세로 돌아갔다.

어느덧 밤이 지나고 아침이 왔다. 눈부신 아침햇살이 산천에 퍼져가니 생명을 가진 모든 것이 술렁거렸다. 그러나 빈방에서 정좌하고 있는 여복은 아직도 눈을 뜨지 않고 있다 .원사의 추녀 밑에서 제비 한 쌍이 무엇인가를 축수하듯 지저귀더니 방문 앞으로 부릉부릉 날아든다.

그제야 눈을 뜬 여복은 긴 숨을 내쉬며 지필묵을 꺼냈다. 그의 손은 사시나무 떨 듯 떨렸다. 그는 방 한구석에 엎어져 있는 깨진 그릇 조각을 놓고 지끈 손가락을 깨물었다. 그러자 시뻘건 선혈이 그릇 위에 뚝뚝 떨어진다.

이윽하여 그는 시전지를 펴고 가는 붓에 피를 듬뿍 찍어 종이 위에 붉은 글자들을 줄줄 쏟아놓았다. 후들후들 떨리는 붓끝에서는 활달한 필체의 문장들이 요동을 치듯 줄지어 나타났다. 심원한 사색을 더듬는 양 그는 붓을 잠깐 멈추고 눈을 감고는 긴 숨을 토하였다. 그 순간 눈물이 두 볼로 주르륵 흘러내렸다.

비장한 결심으로 붓을 다시 움직이기 시작한 그는 넘어서야 할 운명의 갈림길에서 엄숙한 고별을 다지는 심정이었다. 날카로운 붓끝에서 일어서는 힘찬 문장들은 사나이의 피의 복수를 다짐하는 맹세였다. 혈서를 다 쓴 여복은 이번에는 동래에서 산옥과 헤어진 후 오늘까지의 파란곡절과 원한에 찬 나날들을 다른 종이에 먹으로 적어 나갔다.

그는 천추에 용납 못 할 왜적의 만행을 영원히 잊지 않도록 천하에 고발하고 후예들에게도 알리기 위하여 또 자신이 잊지않고 피로써 복수하기 위하여 가슴이 끓는 심정을 그대로 담아 상세히 적었다.

그리고 일생을 두고 잊지 못 할 배동필 일가의 은정을 부모와 누이동생을 대하는 심정으로 눈물겹게 기록하였다. 이 모든 것은 전란으로 인하여 빚어진 기이한 사건들이며 인간 운명의 극적인 변화였다.

만일 전란의 거센 폭풍이 이 땅을 휩쓸고 지나가지 않았더라면 족보에 이름도 오르지 못한 서자가 사대부 가문의 규수와 백년가약을 맺는 일도 없었을 것이며 그들이 그처럼 믿기 어려운 험난한 길을 걷지도 않았을 것이다.

여복은 마침내 부모형제와 겨레들의 피맺힌 원수를 갚고 나라를 구원하며 적소를 차별하고 귀천을 가리는 이 세상과 맞서겠다는 용단을 내렸던 것이다. 이에 이르기까지 이틀 동안 여복은 피가끓는 해탈의 과정을 넘어야 했다.

크나큰 삶과 의리를 가슴깊이 간직하고 잡다한 세속의 그물을 벗어난 여복의 모습은 엄숙하였다. 여복은 고요히 눈을 감았다. 어둠의 허울을 쓴 절망은 어느덧 밝은 햇빛에 자리를 내주었다. 얼마 후 여복은 감고 있던 눈을 떴다. 하지만 그는 산옥에게서도 물러설 결심을 하였다.

35

곽재우의 신묘한 계책

의병장 곽재우는 패배의 쓴맛을 본 왜적이 미구에 대거 침입해 오리 라는 것을 내다보고 적을 유인해서 분산시켜 놓고 공격하는 세밀한 전술을 세웠다.

그는 제장들에게 다음과 같이 말했다.

"싸움에서는 귀신처럼 빠른 것이 가장 귀중하다. 또한 적의 허실을 미리 알고 적이 전혀 모르는 방법으로 치는 것이 필요하다. 강한 적을 격파하려면 우리는 적을 낱낱이 알되 적은 우리를 하나도 몰라야 한다. 이것이 적은 수의 군사로 많은 적과 싸워 이기는 방법이다. 병법에 이르기를 우리는 뭉치어 하나로 되고 적은 나뉘어 열이 되었을 때 뭉친 하나로 나뉜 열을 치면 이에 완전한승리를 거둘 수 있다."

그는 또 이런 말도 하였다.

"장수가 용감하면 군사들도 용맹하게 되며 장수가 비겁하면 군사들도 겁이 많은 오합지졸로 된다. 장수가 위험을 무릅쓰고 앞에 나서서 용전하면 군사들이 모두 죽기를 한하고 싸울 것이다. 그러므로 장수 된 자의 책임이 사뭇 크다."

과연 예측했던 대로 적의 대군이 침입해 온다는 척후의 통첩이 들어
왔다.

재우는 즉시 군사들을 적들이 들어오게 될 길목들에 잠복시키고 정예
한 군사 백 여명을 뽑아 추격대로 정했다. 또한 중의장 명중을 비롯하여
가장 날랜 군사 수십 명에게 붉은 갑옷을 입히고 백마를 태웠다. 그들은
각 사람이 다 홍의 장군의 행세를 해야 할 유인조였다. 유인조에는 복산
이와 그의 수하 군사들도 있었다.

아침 햇빛이 퍼져 숲의 이슬들을 거두어 가기 시작할 무렵에 적의 선
두 대열이 골짜기 초입에 들어섰다. 기병들이 앞에 서고 그 뒤로 보병들
이 따랐다. 곽재우는 적이 골 안으로 깊이 들어 올 때까지 내버려 두도록
하였다.

적 기병대는 천천히 말을 몰았다 .주위는 울창한 수림 뿐 조선 의병대
는 그림자도 보이지 않았다. 주변을 살피는 것을 보면 컴컴한 숲 속에서
누군가 불쑥 뛰어나와 긴 창으로 찌를 것 같은 느낌을 받은 모양이다. 적
군 대오의 꼬리가 매복진 안으로 깊숙이 들어 왔을 때 곽재우는 첫 유인
조에 신호를 보내도록 하였다.

갑자기 전진하던 적 대열 한복판에서 소란이 일어났다. '쉭쉭' 바람
가르는 소리와 함께 갑자기 날아 온 화살을 맞고 적병 서넛이 말 등에서
떨어졌다. 적의 대오는 주춤했다. 이때였다.

"천강 홍의 장군의 칼을 받아라."

하는 우렁찬 외침 소리와 함께 함성이 일어나며 붉은 갑옷을 입고 백
마를 탄 홍의 장군 여덟이 벼락같이 왜군 대오로 뛰어들었다. 김명중이
거느린 사냥꾼들이었다. 명중은 번개같이 칼을 휘둘렀다. 그의 칼이 공
중에서 한번 푸른 무지개를 그리면 적의 머리가 하나씩 날아갔다.

옆으로 달려들던 적장 놈은 몸이 두 쪽으로 갈라져 철썩 땅에 떨어졌다. 명중은 칼을 휘둘러 전신의 형체가 은빛 운무에 쌓이게 하였다. 명중의 부하들도 적병들을 하나 둘씩 베 넘겼다.

그들 중에는 흰 눈이 날리는 것처럼 창을 잘 쓰는 사람도 있었다. 칼을 비껴 들고 소리치며 달려들던 적은 그의 창 끝에 가슴이 찔려 공중으로 들려 버둥거리다가 땅에 덜렁 떨어졌다. 적 대오에서 아우성 소리 비명소리 적장의 악쓰는 소리가 악 마구리 끓듯 했다.

명중과 그의 사냥꾼들은 적들 속에 들어가서 한 두 놈 씩 베고는 옆으로 빠져나왔다. 홍의장군들이 옆의 좁은 골짜기로 달려가는 것을 본 적들은 소리를 지르며 쫓아갔다. 헌데 금방 눈앞에서 달리던 인마들이 땅속으로 살아진 듯 한꺼번에 자취를 감추더니 그 반대쪽에서 다시 나타난 것이 아닌가.

"천강 홍의 장군의 칼을 받아라."

찌렁찌렁 골 안에 메아리 치는 호령 소리가 간담을 시늘케 했다. 북소리가 요란하게 울리더니 화살들이 빗발처럼 날아갔다. 여기저기서 화살에 맞은 놈들이 울부짖었다. 적들이 어찌할 바를 몰라하는 사이 홍의장군들은 말머리를 돌려 달아났다.

복산이와 그의 부하들이었다. 왜병들 속에서는 저건 귀신들이 아닌가 하는 질겁한 소리가 바람처럼 퍼져갔다. 왜장은 아연했다.

"이건 너희들 놀려 우려는 속임수다. 바싹 따라라. 모조리 쳐죽여라."

왜장은 군사들을 앞으로 내몰며 악에 치받쳐 고래고래 소리질렀다. 적들은 그 소리에 정신이 버쩍 든 듯 한꺼번에 달려 나갔다. 제법 칼춤을 추면서 허세를 부리는 놈들도 있었다. 하지만 홍의장군들을 거의 따라잡게 되었을 즈음 산비탈에서 바윗돌들이 벼락치는 소리를 내며 굴러내려

가로막았다.

왜장들은 도망가는 병졸 두어 놈의 목을 베고 군사들을 몰아 댔다. 홍의장군들은 그사이에 연기처럼 사라지고 말았다. 그런데 갑자기 스무 남은 명 되어 보이는 의병들이 백 보 거리에 나타나 활을 쏘고 달아났다. 적 괴수는 분기가 뻗쳐 미칠 지경이 되어 말에 채찍질을 하고 제 먼저 내달으며 소리쳤다.

"저놈들을 따라잡아 베어라."

와 하고 함성이 터졌다. 왜병들이 조금이라도 기세를 올려보려는 것이 분명했다. 적들은 기를 쓰고 말을 달렸건만 역시 허사였다. 그 조선군사들도 온데간데 없이 사라지고 말았다.

그래서 영문을 몰라 어리둥절해 있을 때 뒤 산마루에 붉은 갑옷을 입은 장수들의 모습이 불쑥 솟아 오르고 이어 '토적보국' 천강 홍의 장군이라고 쓴 깃발들이 나부끼며 둥둥 북소리가 울렸다. 적장들은 무서운 함정에 빠졌다는 것을 깨닫고 군사를 돌려 달아나려고 하였으나 그쪽에도 홍의 장군들이 있었다.

"천강 홍의 장군이 예 있다. 여기서 너희들을 기다린지가 이미 오래다."

붉은 갑옷을 입은 장수들은 이렇게 외치며 기세를 올리더니 또 말머리를 돌려 달아났다. 적들은 야수같이 울부짖으며 추격했다. 허나 그것은 막다른 골목에 들어선 짐승의 발악이었다.

갑자기 좌우에서 우뢰 같은 함성과 함께 화살과 돌이 빗발치듯 날아왔다. 적의 군사들은 무리로 쓰러졌다. 질겁한 적들은 쓰러진 시체를 밟으며 앞을 다투어 도망치기에 급급했고 달아나는 놈들은 혼이 다 빠져버려 제 정신이 아니었다.

의병장 곽재우의 신묘한 계책에 걸려든 적은 대오가 토막이 나고 서로 연계가 끊어져 이곳 저곳에서 의병들의 된 벼락을 맞지 않을 수 없었다. 홍의 장군들은 가는 곳마다 나타났고 골짜기와 숲 속 어디에나 복병들이 있었다. 얼이 빠진 적들은 이리 몰리고 저리 몰리며 갈팡질팡 하였다.

적의 이 같은 상황을 기다리고 있던 재우는 드디어 추격 명령을 내렸다. 대기시켰던 백 여기의 군사들이 칼을 휘두르며 질풍처럼 적들을 향해 달려나갔다.

적은 낙동강에 이르러서는 더 빠져나갈 길이 없었다. 그야말로 사면초가에 든 것이나 다름없었다. 복병들이 이르는 곳마다 활로 적을 쏘고 그 뒤로 추격대가 따르는 이 싸움은 마치 몰이 사냥을 연상시키는 것이었다.

추격대에는 언제 끼어들었는지 여복이도 있었다. 여복의 검술은 귀신도 울릴 만하였고 그 용맹스런 모습은 사자와 다름없었다. 낙동강변에는 더러운 왜적의 시체가 깔렸다. 이 싸움에서 목숨을 건져 달아난 놈은 많지 않았다.

이에 대하여 옛 문헌은 적의 시체가 강물을 막아 물이 흐르지 못할 지경이었다 라고 기록하고 있다.

적 괴수인 안곡구지 게이게이는 또 홍의 장군에게 호되게 얻어맞고 퇴각하였다. 그후 적들은 홍의 장군이라는 말만 들어도 벌벌 떨었다고 한다.

이 싸움이 끝난 뒤에 신여복은 자취를 감추었다. 그가 어디로 무엇 하러 갔는지 누구도 알지못했다. 산옥이 조차도 그의 행처를 모르고 있었다.

36

풍운아 신여복, 곽재우를 구하다

거창과 성주 등지에서는 김면과 정인홍 의병대들이 맹활약을 하고 있었다.

재우는 손나루 싸움을 앞두고 그 의병대에 사람을 보내 서로 협력할 것을 제의한 바 있었다. 그것은 적의 수중에 떨어진 지역들을 수복하고 후방 물자수송을 차단시킴으로써 적군 병력을 분산 약화시키기 위해서였다.

의병장들이 서로 만나 전술상 의견 일치를 보지 않고는 곤란한 점이 있어 재우는 직접 두 의병장을 찾아가기로 작정하였다. 어느 날 아침 재우는 복산과 그 휘하 군사 다섯을 거느리고 길을 떠났다. 일행 일곱은 모두 말을 타고 처음부터 속보로 달렸다.

곽재우 의병대가 장악하고 있는 의령, 초계, 합천 등지는 마음 놓고 큰길로 갈 수 있지만 거창 지경에 들어서면 야음을 이용하던가 산길을 타야 했다.

그들이 목적한 성주까지의 거리는 삼백리가 넘었다. 일행은 초계 고을을 지나 합천에서 점심을 먹고 북서쪽으로 달렸다. 이십 리 가량 가니 길이 차츰 험하여 마음 놓고 말을 달릴 수 없었다.

그들은 어느 구릉에 이르러 말에서 내렸다. 높지는 않으나 구릉이 꽤 가파랐다. 말 고삐를 잡아 끌며 걸어서 구릉 위에 올라서니 이번엔 산을 에돌아 가는 길이 나왔다. 일행은 다시 말을 타고 달리기 시작했다.

이때 굽은 구릉 기슭에서 말을 탄 왜적 한 무리가 불쑥 나타났다. 적은 쉰 명 가량 되었다. 산 벼랑에 가려 상대편을 보지 못하고 달리다가 불의에 적들과 부딪친 그들은 당황하지 않을 수 없었다. 적들도 어찌할 줄 몰라 말을 멈춰 세우고 멍청히 서 있었다.

거리가 가까워 활을 쏘기도 곤란하였다. 재우는 칼을 빼 들었다. 그는 복산을 돌아보며 뒤를 따르라고 한마디 한 다음 말을 앞으로 내몰았다. 복산과 수하 군사들은 일제히 그 뒤를 따랐다.

재우는 먼저 마주친 놈을 단칼에 베고 앞으로 나아갔다. 다음 놈은 급히 말머리를 돌렸으나 재우의 일격을 피할 수가 없었다. 내려치는 칼에 어깨를 맞고 말에서 굴러 떨어졌다. 복산을 위시한 군사들도 적들 속에 뛰어들었다.

모두 내로라할 만큼 건장하고 날랜 8사들이라 그들의 검술은 번개가 이는 듯했다. 적병 두 놈의 목이 날아갔다. 복산은 유달리 몸집이 큰 적을 베고 좌충우돌 검을 휘둘러 길을 열면서 눈으로는 의병장을 찾았다.

재우는 적들 속에 묻혔다가 어느새 솟아나고 또 자취가 없어지곤 하였다. 불의의 공격에 당황한 놈들은 처음에는 주춤거렸으나 얼마 지나자 정신을 차렸는지 괴상한 소리를 지르며 달려 들었다.일부 적들은 잔디가 깔린 길아래쪽으로 내려가다가 양 옆으로 조여왔다.

복산은 있는 힘을 다하여 앞을 막아서는 놈들을 뿌리치며 재우가 있는 곳으로 달려갔다. 적병 하나가 옆에서 달려들다가 그의 칼에 가슴이 찔려 말 위에 엎어져 절명하였다. 앞을 막아서며 장창을 내지르던 놈도 발을 살리고 말 능에서 떨어졌다.

그러나 적들은 원체 수가 많았고 싸움에서 굴러먹은 놈들이므로 만만 치 않았다. 놈들은 홍의 장군에 대한 소문을 많이 들었는지라 붉은 용복을 입은 재우에게로 몰려들었다. 겹겹이 에워싼 적들에게 재우의 칼은 좌우상하로 쉼없이 번개 불을 그렸다.

재우에게로 거의 접근한 복산과 그 수하군사들도 적들의 포위에 갇혔다. 그들은 위기에 직면한 의병장을 구원하려고 적병들 가운데로 뚫고 들어가니 자연 불리한 환경에 놓이게 되었다.

왜군장졸들은 긴 장창과 검을 휘두르며 맹렬한 기세로 달려들었다. 한참 분전하던 의병이 뒤로 달려든 놈의 창에 찔려 말 위에서 떨어지니 놈들은 더욱 기세가 올랐다. 또 한사람이 치명상을 입고 쓰러졌다.

이때였다. 휙휙 소리를 내며 어디서 날아오는지 모를 화살이 적들을 하나씩 찍어내듯 말 위로 떨어졌다. 당황한 일부 적들은 화살을 피하느라고 어깨를 움츠리며 사방으로 흩어지기 시작했다.

여기저기서 화살에 맞은 놈들의 비명소리는 그치지 않았다. 싸움을 지휘하던 적장은 타고 있는 말이 눈알에 화살이 꽂힌 채 넘어지는 바람에 그 발 밑에 깔려 버둥거렸다.

갑자기 칠 척 장신의 사나이가 벼락 같은 호통을 치며 싸움판으로 뛰어들었다. 그 사나이는 적병의 긴 장창을 제쳐 뒤로 흘려 보내더니 그 놈의 가슴팍을 찔러 말에서 떨어뜨린 후 그 말을 빼앗아 탔다.

그리고는 칼을 휘두르며 재우를 에워싼 적들에게로 육박했다. 그의 칼이 한번 번뜩이며 구름빛 무지개를 그리면 적의 목이 어김없이 땅에 떨어지곤 했다. 그 사람은 맞서는 놈과 단 두 합을 부딪히는 일이 없었다.

싸움판에 나타난 사람은 겨우 하나였건만 놈들은 많은 군사들이 들이닥친 줄로 알고 도망치게 할 만큼 용맹스러웠다. 그 사나이는 신여복이었다. 제 목숨을 구하기에 바쁜 적들 중에는 오던 길을 되돌아 달아 나는 놈도 있고 숲 속으로 뛰어드는 놈도 있었다. 여복은 도망치는 놈들을 맹렬하게 추격했다.

"여복아 달아나는 적을 쫓지 말아라. 여복아. 여복아. 그만 돌아서거라."

재우는 여복이 달리는 쪽으로 나아가며 목청껏 소리쳤다. 복산이가 그 뒤를 쫓으려고 하는 것도 재우는 제지시켰다. 적들이 갑작스럽게 나타난 것을 보아 어느 기슭에서 또 나올지 알 수 없었기 때문이었다. 그런데 여복은 재우의 외침 소리를 듣지 못하고 산굽이를 에돌아 갔다.

재우는 저녁이 가까울 때까지 기다렸다가 그 자리를 떠났다. 다음날 재우 일행은 아침밥을 먹고 거창을 향하여 달렸다.

재우는 거창에서 김면과 그 막하장수들을 만나 서로 협력하여 적을 공격하자는 전술을 세우고 이어 성주의 정인홍 의병대를 찾아갔다. 그는 정인홍과도 순조롭게 합의를 보고 지체없이 돌아섰다.

재우는 군영에 들어서자 여복이가 와있겠는가 하여 두루 알아보았다. 복산이 역시 여복의 행처를 이틀동안이나 찾았다. 허지만 여복은 이디에도 없다.

재우는 떠오르는 것이 있어 산옥을 불렀다. 그의 얼굴에는 수심의 그늘이 비껴 있었다. 여복이 간 곳을 아느냐고 물으니 산옥은 간신히 알아들을 수 있는 입속말로 모른다고 대답하더니 고개를 푹 숙였다.

처녀는 쏟아지는 눈물을 걷잡지 못했다. 산옥의 거동을 묵묵히 주시하던 재우는 역시 여복에게 마음이 상할 무슨 말을 한 적이 없는가 물어보았다. 산옥은 마음을 다잡은 듯 눈물을 거두고 공손히 무슨 말이 있기를 기다리는 것 같았다.

그는 처녀의 아련하고 단정한 몸가짐을 보며 부지중 한숨을 지었다. 의기 남아인 여복이와 인연을 맺지 않았던가. 헌데 반상을 가리지 않으면 안되니 다른 도리는 없구나. 지금 저것이 얼마나 마음고생을 하는고 과연 얼마나 속을 태울고 이 같은 생각을 하고 머리를 흔든 재우는 어서 말을 하라고 부드럽게 재촉했다. 그제야 산옥은 여복이가 자기에 대한 의병장의 태도를 알고 있다는 것을 솔직히 말했다.

재우는 땅이 꺼질 듯 깊이 탄식하고 나서 또 한번 머리를 흔들었다. 양반집 규수가 서얼의 배필이 될 수 없다고 생각하면서도 산옥과 여복의 관계를 놓고 가슴을 앓는 그였다.

슬기롭고 용맹한 여복은 결국 양반집 규수를 사랑한 탓에 더 불행하게 되지 않았는가. 제 분수를 알지 못하고 그렇듯 외람되게 행동하다니 재우는 안타깝기도하고 원망스럽기도 하였다.

그럴 때 의병장을 찾아 온 복산이가 괴나리 보따리를 바치면서 여복의 것이라고 말했다. 여복의 행처를 알아보라고 내 보낸 복산의 부하가 손나루 풀숲에서 보따리를 주었던 것이다.

재우는 보따리를 받아서 풀어 보다가 깊은 한숨을 내쉬었다. 그러고 보니 이미 의병대를 뜰 작정을 하고 손나루 싸움 뒤에 슬그머니 자취를 감추고 만 것이 틀림없었다. 여복이가 여기로 다시 돌아오지 않으리라는 것은 불을 보듯 뻔하였다.

산옥은 무릎에 단정히 놓였던 손을 맥없이 방바닥에 떨구었다. 고개를 더욱 깊이 숙인 그의 눈에서는 눈물이 방울방울 바닥에 떨어지고 흥건하게 고인 그것을 손가락으로 자꾸 문질렀다.

그러는 산옥을 이윽히 바라보던 재우는 저도 모르게 외마디 탄식을 하였다. 복산은 소리없이 울고 있는 처녀를 놀란 눈으로 바라보다가 물러갔다. 복산이 나가자 재우는 산옥에게 돌아가 있으라고 나직이 분부하고 자기가 먼저 자리에서 일어났다. 그날 재우는 온종일 아무 일도 손에 잡히지 않았다.

말복을 갓 지난 음력 칠월의 무더위도 저녁 무렵이 되자 한결 선선해졌다. 손나루 군영 영문 좌우에는 '토적보국' '천강 홍의장군'이라고 쓴 깃발들이 높이 걸려 저녁 바람에 가벼이 물결치고 있었다. 시원한 바람이 불어오니 훈련장에서 조련을 하던 의병들은 더욱 열을 올렸다.

영문으로는 의병장을 찾아오는 백성들과 군량 화살대용 대나무 쇠붙이 등을 실은 수레들이 쉴 새 없이 들어오고 있었다. 궁방(화살 만드는 곳)과 야장간에서는 메질 소리가 요란하였다.

백발이 성성하고 풍체가 좋은 한 노인이 수레 한 바리와 십여 명의 장정들을 거느리고 영문 파수를 거쳐 군영 안으로 들어왔다. 무주 고을 성순 노인이 손나루 대첩 소식을 듣고 찾아온 것이다.

의병장 곽재우는 성순 노인이 왔다는 전갈을 받고 급히 달려 나와 반갑게 맞이하였다. 노인은 의병장과 인사를 나누고 자기가 데리고 온 장정들을 간단히 소개한 후 그들의 성명을 적은 단자를 내놓았다. 한번 죽 훑어본 재우는 그 자리에서 수병장을 불러 단자를 넘겨주고 의병대에 새로 들어온 장정들을 데려가라고 지시하였다.

이 장정들 가운데서 두 사나이가 특별히 눈에 띄었다. 한 사람은 경상도 일대에서 당할 사람이 없을 만큼 씨름을 잘한다는 장사로서 아직 얼굴에 애 티가 남아있는 젊은이고 다른 한 사람은 나이가 서른 서너 살쯤 되 보이는 군관이었다.

그는 경상우도 병마질도사 조대권의 휘하에 있다가 조대권이 병영을 버리고 도망치니 하는 수 없이 성순 노인을 따라 곽재우 의병대를 찾아온 것이다.

잠시 후 재우는 성순 노인을 방으로 인도하였다. 방안에 들어온 노인은 재우에게 왜적들이 무고한 백성들을 마구 살육하고 잡아가는 일이 잦아지고 있는 사실을 이야기하다가 방구석에 있는 보따리가 낯이 익어 그 보따리 안에 혹시 시전지 묶음이 있는가 물었다.

재우가 보따리를 당겨서 풀어 헤쳐 보니 그 안에는 과연 수 많은 시들이 적힌 두루마리와 이상한 종이 뭉치들 그리고 옥색 도포와 금가락지 등이 들어 있었다. 성순 노인은 그것을 보고 자기가 알고 있는 젊은이의 보따리가 틀림없다고 했다.

재우가 그 젊은이에 대하여 물으니 노인은 전일 도마재 영마루 아골정에서 그를 만나 같이 거창까지 동행하던 일을 감회 깊이 회상하면서 자초지종을 이야기하였다. 노인이 말하는 그 젊은이는 곧 신여복이었다. 재우는 노인에게 신여복이 의병대에 들어와서 여러 번 공을 세웠으며 송산옥이와의 관계로 인하여 바람같이 사라졌다가 자기가 적의 포위에 갇혔을 때 나타나서 구원해 준 사실을 자상히 이야기하면서 보따리 안의 시전지 중 종이 두루마리를 펼쳤다.

"겨레의 원한이 하늘땅에 차 넘치고 이 나라 운명이 기우는 도다. 보이는 것 마다 들리는 것 마다 분노를 자아내고 증오에 떨려 차마 눈을 못 뜨겠고, 귀를 가리지 않고서는 견딜 수가 없구나. 악귀 같은 왜적의 칼날 번뜩이는 곳에 칠순 팔순 노인들이 숨지고, 쓰러진 여인의 젖가슴에 매달려 울던 젖먹이가 그 놈들의 발길에 채어 죽는구나. 처량한 겨레의 울음소리 집집마다에서 새어 나오고 잡혀가는 여인들의 애처로운 울음소리 거리에 찼으니 이제 내 더 이상 무엇을 바라며 어찌 그대로 참고만 있을 소냐.

부사 내외분 어머님과 형님 정든 사람들을 다 잃고 사고무친 홀로 남은 이 몸이 그 원수를 갚고 의리에 살려는 대장부의 큰 뜻이 있을진대 내 어찌 애모하는 여인과 맺은 백년가약이 거품으로 되었다 하여 번거로이 울분에만 잠기리오. 적서를 가리는 이세상에 그릇된 법이 없어지지 아니하는 한 백년가약은 백년불행으로 되리니 내 연약한 여인의 마음 한 생을 두고 괴롭힐 수는 없노라.

기울어져가는 이 나라를 붙들어 세우고 겨레의 사무친 원한을 풀기 위하여 오로지 흉악한 왜적을 치는 것이 내가 할 일이로다. 또한 나처럼 불행한 서얼들의 그 피눈물이 흐르지 않게 하기 위하여 빼어 든 칼을 칼집에 다시 넣지 않으리라. 이는 곧 하늘이 나에게 부여한 사명이라 내 어이 부미한 진세에 묻혀 소인 무리와 같이 구차한 생에 미련을 가질까 보냐.

무아의 사랑으로써 크나큰 의리, 크나큰 보람을 위해 내 서슴없이 한 몸을 던지리라.

크나큰 슬픔과 울분을 초월하여 대도를 찾았으니 내 기꺼이 웃노라. 크게 웃노라.

임진년 유월 여복.

글을 다 읽은 재우는 저도 모르게 '음' 하고 신음 비슷한 소리를 내었다. 그것은 산옥과 여복의 백년 가약을 끊어버리게 한 장본인이 다름아닌 자기 자신이었기 때문이었다. 그는 사십 평생 이토록 마음을 뒤흔들어 놓는 글도 처음 보았다.

재우와 같이 여복의 글을 읽은 성순 노인도 그 뜻과 기개가 너무도 크고 숭고하여 눈시울이 뜨거워졌다. 그래서 노인은 눈을 슴벅거리며 가벼운 한숨을 내쉬었다.

"신여복은 참으로 일세의 호걸 장부고 영웅 준걸이구나."

노인이 머리를 흔들며 이같이 말하니, 재우도

"노인장의 말씀이 과시 옳소이다."

하고 고개를 끄덕이었다. 하지만 그의 안색은 어두웠다.

"곽장군은 너무 상심마오. 여복이 그리 된 것이 어찌 장군의 탓이겠소."

재우의 기색을 은근히 살펴보던 성순 노인이 나직이 말했다. 재우는 묵묵히 여복이 쓴 글을 다시 들여다 보았다. 역시 볼수록 그 애국 충정과 크나큰 의리가 가슴을 파고들어 여복의 뜨거운 숨결을 마주하는 듯싶었다.

활달한 필체며 힘있고 우아한 문장, 그 문장에 담겨 있는 기상이 심금을 울렸고 그것은 또 날카로운 창 끝 인양 가슴을 찌르기도 하였다. 재우는 여복의 시편들도 읽어 보았다. 역시 대장부의 우국충정과 의리가 담겨 있는 주옥 같은 시편들이었다.

그는 시를 여러 편 읽고 나서 무심결에 옥색 도포를 어루만지다가 금가락지가 눈에 띄자 '음' 하고 저도 모르게 신음소리를 내었다. 금가락지는 석양 빛을 받아 눈부신 광을 뿜고 있었다. 재우는 금가락지를 집어 들고 자세히 들여다 보았다. 그것은 전리품들 중에서 자기가 산옥에게 주었던 선물이었다. 그는 긴 한숨을 내쉬었다.

성순 노인은 여복이 쓴 시들을 하나하나 뒤적이고 있었다. 오래간만에 만난 재우와 노인은 서로 하고 싶은 말도 많으련만 여복의 보따리를 풀어헤친 뒤에는 제각기 자기 생각을 하며 입을 다물고 있었다. 오늘 일은 실로 공교롭게도 된 셈이었다. 성순 노인이 여복을 동정하며 자기 일처럼 가슴 아파하는 것은 그가 서얼 출신인 까닭이라는 것을 재우는 모르지 않았다. 성순 노인 앞에서 죄스런 마음도 없지 않았다.

한동안이 지나서 두 사람은 보따리를 펼쳐 놓은 채 나라 형편을 두고 이야기를 주고받을 때 저녁상을 든 산옥이 고개를 푹 숙이고 방안으로 조심스럽게 들어섰다.

이날 따라 취사하는 동자치들이 모두 채 전으로 나가고 사람이 없어서 산옥이 저녁상을 차려 가지고 들어온 것이다. 재우는 산옥이 상을 놓고 일어서다가 옥색 도포와 금가락지며 시전지 묶음 등에 눈길을 돌리면서 흠칠 놀라는 것을 보았다.

산옥이 방에서 나간 뒤 재우와 성순 노인은 겸상하여 말없이 저녁밥을 먹었다. 그날 밤 재우와 산옥의 방에서는 밤새 불빛이 꺼질 줄 몰랐다.

한편 주연이 무르익은 연회장은 목청을 돋구어 이야기를 주고받는 소리로 더욱 떠들썩 하였다. 신여복이 자취를 감춘 후 그에 대한 말이 구구하게 떠돌던 끝이라 그런지 군데군데서 그가 화제에 오르고 있었다.

의병대에서는 의병장 곽재우와 몇몇 막료들을 제외하고는 여복이 대오를 탈출한 자상한 내용을 알고 있는 사람이 없었다.

명중이 자리잡은 다락 바로 밑에서는 여러 의병들이 여복이 이야기에 한창 열을 올리고 있었다. 재우는 여러 사람이 권하는 잔을 들며 그들의 말에 귀를 기울였다. 주먹코인 젊은이가 술 한 보시기를 벌컥벌컥 들이키고 나서 하는 말이다.

"아, 제잡담하고 그 사람은 이 세상에 둘도 없는 대척 군이며 맹호야. 하늘이 낸 용사가 틀림없어. 그렇지 않고서야 왜적들이 새까맣게 대드는 속에서 어떻게 흉악한 왜놈들의 목을 그렇게 버들가지 베듯 자른단 말인가."

좌상격인 텁석부리가 제법 점잖은 어조로 그 말을 받았다.

"하긴 자네 말이 옳을 상 싶네. 하늘이 낸 사람이기에 전번 의병장님께서 성주에 가시다가 수십 명의 왜적에게 노상에서 포위되어 진퇴양란의 위험에 처했을 때 그 사람이 난데없이 나타나 벼락치 듯 왜적들을 쓸어 눕혔다지 않나. 하늘이 낸 사람이 아니고서야 의병장님이 곤경에 처한 것을 어떻게 알고 나타나며, 또 어찌 홀몸으로 수십 명 왜적의 목을 추풍낙엽처럼 베어 버린단 말인가."

"의병장님께서 왜적에게 포위된 것을 그 여복이란 사람이 살려 냈단 말이오?"

누군지 이렇게 묻는 말에.

"그렇다네."

하고 텁석부리가 고개를 가볍게 끄덕이었다.

"허어 의병장님이 큰일날 뻔 하셨습니다 그려."

놀라는 주먹코의 목소리였다.

"그게 정말이오? 의병장님이 왜적에게 포위 되시다니. 거 큰일날 뻔하셨군. 헌즉 여복이란 사람은 천하의 영웅이요. 영웅."

재우는 방금 받은 술을 마시려다 말고 말소리가 들려오는 쪽을 내려다 보았다. 여복을 영웅이라고 말한 사람은 먼저 번 접전 때 이마에 칼자국이 난 몸이 깍지통 같은 젊은이였다. 주먹코는 고개를 잔뜩 제치고 언성을 높였다.

"그 사람은 천하 영걸이오. 내 그와 낙강에서 며칠 말뚝을 꽂으며 지내보니 인정도 많습디다. 힘드는 일은 제가 맡아 하고 밥소라의 밥을 같이 먹다가도 남을 생각해서 먼저 수저를 놓거든요. 그렇게 인정 많은 사람이 천군만마가 뒤섞여 돌아가는 싸움판에서 구만 장천 구름 속에 번개같이 여기 번쩍 저기 번쩍 나르며 벼락처럼 왜적들을 치는데 보는 사람이 혼이 달아 날 지경입디다. 그러면서도 어느 틈을 타는지 위험에 처한 제 편 사람들을 구원해 내죠. 전번 손나루 싸움에서 있은 일을 난 도무지 잊을 수가 없수다. 산을 내려 왜놈들을 측면으로 치던 내가 지내 적들 속에 깊이 들어 갔을 때 나는 누군지 냅다 내지르는 발길에 그만 뒤로 벌렁 나가 자빠졌죠. 그 순간 섬뜩한 왜놈의 칼이 내 이마를 스치더군요. 만일 그 사람이 아니라면 난 벌써 황천객이 됐을 거외다. 경황 중에도 눈을 들어보니 나를 구원해 준 사람이 신여복이가 아니겠나요.

"얼마나 인정이 많으면 힘든 일을 죄다 자기가 하고 밥 수라에 밥을 같이 먹다가 남을 생각해서 먼저 순갈을 놓겠소."

텁석부리는 깊은 생각에 잠긴 듯 느릿느릿 말했다.

"어디 그 뿐이오? 사람이 생기긴 얼마나 잘생겼소. 영웅호걸이라서 그런지 기골이 장대하고 풍체가 호걸스러우며 인정도 많아 아랫사람

들의 사정을 헤아릴 줄도 알거든요. 그 사람은 해와 달을 굴리는 기상
으로 바람이 구름을 몰 듯 적을 풍비박산 냈다는 이 장수들에 못지 않
은 진짜 영웅이지. 범숙한 필부라면 싸움판에서 제 목숨하나 보존하기
도 힘드는데 어떻게 적을 치며 제 편 사람을 구원하겠수. 난 일생을 두
고 그 사람을 못 잊겠수다."

"그렇지않고, 말하자면 이 편의 생명의 은인인데 어떻게 잊겠수."

이마에 칼자국이 난 장정과 주먹코가 한창 이 같은 말을 주고받는데
이번에는 곁에 있던 젊은 의병이 끼어들었다.

"신여복인 참 미남이외다. 다들 그 사람이 웃을 때 보았소? 원래 신
선같이 아주 표일한 기상을 지닌 사람이 웃을 때면 양 볼에 우물이 옴
폭하게 패이면서 초론한 흰 이빨이 들어나는데 그 웃음이 어찌나 귀엽
고 복스러운지 난 정말 그런 사낸 처음 봤수다."

주먹코는 그 밀에 고개를 끄먹이었나.

"정말 신여복이 웃을 땐 보통사람들도 가슴이 녹는 듯 해서 다 웃거
든. 사람이 진중해서 평시에는 돌부처처럼 무겁게 보이는데도 그런 웃
음이 어디서 나오는지 참 신기하더군."

"그래 나는 그 사람 웃는 걸 본 적이 없는데."

텁석부리는 여복의 웃음을 못 본 것이 유감스러웠던지 술 사발을 번
쩍 들어 쭉 소리나게 들이키고 나서 젖은 콧수염을 손으로 쓱쓱 문질렀
다.

그 모양을 바라보던 재우는 부지중 입가에 웃음을 띄웠다.

"그 사람 웃는 걸 본 사람이 아마 몇이 안 되리디. 며칠 가다 그지
한 두 번 웃을까 말까 하거든요."

"그렇지 자네 말이 그럴상 싶네. 영웅 호걸이란 원래 몸가짐이 진중하여 그리 잘 웃지 않는 법이라네. 내 보기엔 무겁고 진중한 그 사람의 속에 담긴 궁량은 누구도 헤아리지 못할 것 같더라. 그러니 무거운 인품에 어진 웃음이 어찌 귀하지 않겠나."

텁석부리가 말을 마친 찰나에 술이 곤드레 만드레 취하여 뒤뚱뒤뚱 지나가던 곰보 의병이 별안간 상을 탁 치며 옆으로 나가자빠지는 바람에 한 귀퉁이의 그릇 몇 개가 굴러 떨어지면서 음식들이 쏟아졌다. 그 통에 이야기판이 깨지고 둘러앉은 사람들은 쏟아진 음식과 그릇들을 치우느라 분주했다.

재우는 막료들이 권하는 술잔을 받기도 하고 손수 술을 따라 권하기도 하며 다락 아래에서 그들이 주고받는 말을 시종 용심 깊게 들었다. 흥성이던 주연은 황혼이 깃들면서 차츰 조용해졌다.

날이 저문지 얼마 안되어 방어산으로 놋 쟁반 같은 둥근 달이 불끈 솟아 올랐다. 갈래 강에도 은은한 달빛이 가득 차고 달 그림자 밑으로 날으는 물오리떼 소리 또한 완연하여 밤 풍경은 그지없이 아름다웠다.

진정 의병들을 위로하고 그들이 거둘 내일의 승리를 축복하는 즐거운 하루였다. 술시쯤 되니 의병들은 삼삼오오 떼를 지어 서로 다정히 어깨 걸고 비틀거리며 숙소로 돌아갔다. 멀리서 온 손님들도 자리를 떴다.

의병장실로 돌아온 재우는 문을 활짝 열어 제쳤다. 그러자 은실같이 잔잔한 달빛이 방안에 흘러들었다. 재우는 안석에 기대어 동천의 달을 바라보았다. 언제 보나 정겨운 달이었다. 그의 머리에는 문득 주연 석상에서 들은 신여복에 대한 말이 떠올랐다.

"여복이 우리한테 와서 죽도록 곡경만 겪었는데 오늘 같은 날 함께 즐겼으면 얼마나 좋았을꼬."

이렇게 생각하는 재우는 그가 있으면 보통사람이 미치지 못하는 뛰어난 지략으로 특출한 묘책을 내놓을 것 같았고 싸움에서는 만인이 따르지 못할 기발하고도 용맹한 솜씨를 보여주며 어떤 역경도 뚫고 나가면서 한 몫 크게 감당할 듯싶었다.

정인홍 의병장을 만나고 돌아오는 길에 성주 못 미쳐서 불의의 적들과 조우하였을 때 뜻하지 않게 여복의 구원을 받고도 그를 붙잡지 못한 재우는 자신으로서도 까닭을 모를 연민과 애석한 감정에 눌려 머리가 개운치 않았다. 그런데 오늘 여복을 칭찬하는 의병들의 말을 듣고 보니 그에 대한 생각이 정말로 간절해졌다.

재우는 벽상에 걸린 거문고를 내려 손 가는 데로 현을 퉁겼다. 역시 거문고의 그 음향은 쾌한 소리가 아니었다. 시름없이 몇 개 곡을 타본 그는 거문고를 내려놓고 안석에 몸을 기대었다.

그는 요즘에 와서 무시로 여복에 대한 생각이 머리를 쳐드는 것을 어쩔 수 없었다. 지난 번 싸움에서 날아가는 기러기 떼를 보고 적의 복병이 있는 것을 알아 맞췄으며 낙동강 물 속에 말뚝 밧줄을 쳐서 적 합선을 잡았고, 왜군의 물지수송에 큰 디격을 준 그의 기특한 소행이 자꾸만 상기되었다.

37

출정을 앞두고

곽재우 의병대가 손나루 싸움에서 왜적을 물리치고 낙강을 건너 경상 좌도의 적을 치러갈 준비를 할 때 군사 삼천 명을 거느린 오운이 군량과 병장기들을 수십 마리의 부담마에 가득 싣고 찾아 왔다. 재우는 그를 형제의 정으로 뜨겁게 맞아들였다.

잠시의 오해로 대오를 떠났던 오운은 그 후 자신을 심각히 돌이켜 보게 되었다. 그러는 과정에 그는 반상과 지벌의 여부를 묻지 않고 사람을 능력에 따라 등용하고 대접하는 재우의 견해와 처사에는 경천위지할 수 있는 큰 경륜과 도량이 있다는 것을 생각하지 않을 수 없었다.

결국은 자기의 잘못을 마음 깊이 돌이켜보고 곽재우를 다시 찾아오게 된 것이다. 그날 밤 오운은 재우에게 자기 잘못을 숨김없이 털어놓고 생사를 같이 할 것을 다짐하였다.

며칠이 지나 의병장의 명령으로 각 진 장수들이 지정된 수의 정예로운 군사들을 선발 인솔하여 속속 모여들었다. 재우는 예정된 군사들이 다 모이자 대열을 편성하고 현풍과 장령, 영산으로 출정할 준비를 치밀하게 갖추었다.

이 무렵 현풍, 장령, 영산 등지에는 적의 대 무력이 주둔하고 있었으며 남으로는 김해, 북으로는 성주, 무계, 문경, 예천 등지로 뻗친 적들의 군막이 경상도 해안으로부터 북단까지 연달아 주둔해 있었다.

고바야가와 다카가게 앞으로 보낸 오월 이십 사일 도요토미 히데츠키의 공문서인 모리 문서에 의하면 모리 데루모토의 칠번대와 고바야가와 다카가게의 육번대는 삼월 하순에 나고야를 떠나 사월 십구 일에 부산항에 도착했다.

그런데 경상도를 할당 받은 데루모토는 오월 구일에 서울에서 있었던 소위 팔도 분담에도 참여하지 않고 그대로 눌러앉고 말았다.

일본 고서 기련과 조선진기에는 데루모토가 김해에서 현풍, 성주, 선산 등지를 거쳐서 유월 십이일에 개령을 본거지로 삼고, 계사(1593)년 이월에 이르도록 움직이지 않았다는 것이 밝혀져 있다.

당시 경상도에서는 곽재우 의병대와 뒤를 이은 의병대들이 도처에서 왜군을 기습하여 적들로 하여금 잠시도 마음을 놓지 못하게 하고 있었다.

이에 당황한 모리 데루모도는 무라카미 가게스카를 무세로 보내어 낙동강 하상 운수의 경비를 엄히 단속하게 하고, 모리 모토야츠와 요시미 모토요리도 의성, 안동, 이안 등지로 파견하여 동쪽 육로 운수의 경비를 맡아보게 하였으며 요시가와 히로야츠는 문경에서 예천으로 옮겨놓고 의병들을 진압하라는 명령을 내렸다.

이와 때를 같이하여 곽재우 의병대는 의령, 삼가, 합천 등지를 진압하면서 낙동강을 장악하고 적의 하상 수송로를 차단하였다.

이에 데루모토는 서울의 우키다 히데이에게 전후방 연락과 후방 물자 수송이 위험한 처지에 빠졌다는 것을 알렸다. 우키다는 이 보고를 받은 즉시 새로 상륙한 구번대의 호소가와 쥬코, 하세가와 히데이치, 기무라 시게구로 등의 일만 이천 군을 보내어 지원하게 하였다.

그 뒤를 이어 하시바 히데카츠 등이 거느리는 대군이 또 경상도 남해안에 경비 임무를 받고 내려왔다. 그래서 경상도에는 도합 사만 삼천 오백 명의 적 대군이 들어앉게 되었다.

이는 왜군의 후방 공급로를 차단함으로써 인마와 무기 군수기재, 군량을 고갈시켜 적의 진공을 멈춰 세우며 사나운 적들이 뿌리 잘린 나무 신세가 되어 말라 죽게 하려는 곽재우의 책략이 뜻대로 되어가고 있음을 말해 주고 있었다.

재우는 이를 위해서 첫째로 조선 수군의 후방이고 곡창지대인 전라도로 침입하려는 적들을 견제하며, 둘째로 수상운수의 유일한 길인 낙동강을 차단하며, 셋째로 육상운수의 길이 뻗어있는 성주, 현풍, 영산을 점거하여 적들이 육로를 통해서도 수송을 하지 못하게 할 작정이었다.

그가 지금껏 진행했던 싸움들은 물론이고 이번에 낙동강을 건너 현풍, 창녕, 영산을 장악하려는 것도 정인홍, 김면 의병대들과의 협동작전도 다 이 책략을 실현하기 위한 것이었다.

출정을 하루 앞둔 의병대는 이른 아침부터 설렜다. 의병대가 좌도의 적을 공격하러 출정한다는 소식을 들은 인근 마을 사람들은 의병장을 찾아와 인사도 하고 의병들의 수고를 치하하기도 하였다.

그들은 대체로 이 고을 남씨촌 사람들을 비롯하여 우질포, 신반과 영산고을 백성들, 합천고을의 백성들 그리고 가야산, 비봉산, 비슬산 등지에 피신해 있던 선비들과 농민들이었다. 그들은 저마다 지성 어린 원호 물자들을 가지고 왔다.

합천고을 이좌수는 여드레 전에 자기 마을 사람들 십여 명을 데리고 와서 소, 돼지를 잡았고, 술을 빚는다, 떡을 친다, 식혜를 담근다 하며 분주히 보냈다. 또한 영산, 합천 고을에서는 곶감을 현풍, 의흥, 창녕, 성주 일대에서는 꿀을, 조계에서는 호도를, 거창에서는 밤 등을 보내 주었다.

그뿐 아니라 고령, 의흥, 성주에서 자기 그릇을, 진주에서는 화살용 대나무를 보내오고, 함안에서는 의병장에게 모시옷 한 벌을 보내어 왔다. 이들 중에는 적의 눈을 피하여 숱한 고생을 겪으며 산발을 타고 온 사람들도 있었다.

의병대 군영에서는 오후부터 큰 잔치가 시작되었다. 조련장에는 여러 개의 차일들이 덮이고 차일 안에는 음식상이 즐비하게 갖춰졌다. 의병들은 백성들이 굶주리는 난시에 잔칫상이 분에 넘치게 호화로운 것을 보게 되니 죄스러운 마음도 없지 않았다.

허지만 그들은 백성들의 성의를 마다할 수 없어 앉은 자리에서 머리를 숙였다. 의병장을 비롯한 막료들의 상은 나지막한 다락 위에 따로 마련되었다.

소고기, 멧돼지고기, 노루고기 갖가지 양념을 재운 전골과 불고기, 돼지비계를 간간히 박은 부침개와 만두, 고깃전들, 밤떡, 대추찰떡, 죽순탕, 낙동강에서 잡아온 큰 붕어, 잉어에 고추장을 듬뿍 풀고 쑥갓을 넣어 끓인 생선탕, 여러 종류의 조개에 파 부추를 넣고 찹쌀가루로 버무려진 조개찜, 애호박에 풋고추를 섞어 푸짐하게 끓인 호박찌개, 달고 시원한 식혜며 수정과 미나리회, 파회, 생선회, 고기회 등 초고추장을 곁들인 각종 회들 그리고 산채, 야채, 해초 등을 먹음직스럽게 무치고 볶은 음식들이 상 마다 듬뿍듬뿍 놓여 있었다. 그것들은 모두 고향 냄새가 풍기는 정다운 음식들이었다.

주연은 점차 활기가 넘쳤다. 잔이 몇 번 오락가락하는가 싶더니 벌써 여기저기서 이야기 꽃이 피고 한쪽에서는 흥겨운 노랫소리와 함께 꽃 보라가 쏟아지는 듯 웃음이 터져 나왔다. 그들은 사전에 의병장으로부터 오늘은 상하 반상 가리지 말고 마음껏 즐기라는 분에 넘치는 말을 들었으므로 별로 구속을 느끼지 않았던 것이다.

좌중의 취흥이 도도 해지자 명랑한 농악 소리가 터져 나왔다. 처음에는 한구석에서 부르기 시작한 노래도 삼단 같은 머리 타래를 이마에 휘휘 감아 따바리를 틀고 귓전에 검은 뎅기 제비추리를 한 총각이 벌떡 일어나서 복청을 돋구어 창 한가락을 멋지게 뽑은 뒤로는 순식간에 좌석이 온통 노래 판이 되고 말았다.

농군들의 구성진 김메기 노래 어부들의 법성포 배따라기가 넘어가고 베틀 노래며 가지각색 노래들이 쏟아져 나오니 사방에서 막대기 장단, 바가지 장단, 놋그릇 장단을 치며 흥을 더욱 돋구었다.

한동안 노래와 풍물인 산대도감이요, 꼭두각시요, 망석중이요 하는 산대 잡극 놀음이 잦아들자 이야기판이 벌어졌다. 한쪽에서는 벌써 벌컹게 취기가 오른 의병들이 허우대가 늘씬하고 우람한 젊은이를 놀려대고 있었다.

"여보게 새서방 그래 첫날밤도 치르지 못했나. 원 못나기두. 그 장
승 같은 체구가 실로 아깝기 짝이 없네."

둥근 얼굴에 구렛나루가 더부룩한 사나이가 제 옆에 앉은 젊은이에게 한쪽 눈을 찡긋해 보이며 하는 말이었다.

"헌즉 자넨 장가든 총각이네 그려."

하고 맞은편에서 큰 키에 껑충한 더그레 차림의 의병이 그 말을 받았다.

"거 말씀 아주 잘하셨소. 아닌게 아니라 난 상투를 쪼았달 뿐이지
아직은 총각이나 다름 없소. 허지만 그대신 그 잔망스런 왜놈 오랑캐
들은 이 주먹 맛을 톡톡히 보게 됐소."

새서방이라고 불리운 젊은이는 정색하여 떡메 같은 주먹을 쳐들고 힘껏 흔들다가 앞에 놓인 보시기에 술을 맹물 마시듯 벌컥벌컥 들이키고 나서 싱긋 웃었다. 아마도 사람들의 농 말에 공연히 화를 낸 듯이 생각된 모양이었다. 건너편 상에서 묵묵히 건너다 보던 한 중늙은이는

"응당 그래야지 참 장한 말이야."

하고 혼자 소리를 한 다음 한참이나 고개를 끄덕이더니 갑자기 푹 잠긴 음성으로 말했다.

"쓸데없는 농담은 그만 두라구. 젊은이가 당한 일은 실상 그렇게 웃을 일도 아닐세. 말은 바른대로 당자의 마음이야 오죽하겠나. 그러니 우린 저 섬오랑캐들을 더욱 미워하고 그 놈들의 흉측한 상관을 주먹으로 터 쳐야 할 마음을 가다듬어야 하네."

"허허 말씀을 듣고 보니 과연 이놈의 생각이 짧은 걸 알겠쇠다."

새서방을 장가든 총각이라고 놀려준 더그레 차림의 의병이 하는 말이었다. 농 말을 하던 다른 사람들도 무색해서 멋쩍게 웃으며 입을 열지 못하였다.

"그렇다고 뭐 나쁜 말들을 한 것도 아니니 그럴 것 까지는 없네. 그저 일인 즉 그렇다는 말이지. 자 우리 술이나 먹세."

중늙은이는 좌중을 한번 빙 둘러보고 나서 바람이 부풀어 오르는 것 같은 희끗희끗한 수염을 양쪽으로 갈라붙이고 술잔을 들었다.

"어허 좋고. 자 어서들 들게"

잔을 비운 중늙은이는 아직도 옹백이에 가득한 술을 떠서 더그레 입은 의병에게 내밀었다. 그리하여 잔은 이사람 손에서 저사람 손으로 자주 넘어가고 새서방 근처의 의병들은 다시금 활기를 띄었다.

그런데 산수털벙거지의 더그레 차림인 나이 서른 서넛쯤 보이는 사람만은 고개를 푹 수그리고 있다가는 잔을 권하면 말없이 받아 마시곤 하였다.

혼자서 왜병을 다섯 놈이나 황천으로 보냈다는 그의 이름은 이군우인데 사람들은 존경심을 담아 그를 이군관이라고 불렀다.

천성이 원래 과묵한데다가 왜병들의 손에 가족을 다 잃은 이 이군우는 누가 물으면 그저 한두 마디 대답이나 할 뿐 종일토록 별로 말하는 일이 없었다. 지금 술을 어지간히 마시고 좀 취한 그는 어찌 보면 금방 울음을 터뜨릴 것 같았다.

"새서방, 꽃 같은 새색시가 몹시 보고 싶겠구면"

중늙은이가 술 보시기를 입에 가져가다 말고 문득 동정 어린 어조로 물었다.

"아, 왜 안 그렇겠습니까."

새서방 대신 지금껏 말이 없던 이군우가 입을 열었다. 고개를 든 그의 눈에는 눈물이 그렁그렁 하였다. 주위에서 무슨 말을 해도 참견하지 않던 이군관이 별안간 그런 말을 하니 좌중의 시선은 일시에 그에게로 쏠렸다.

"그 흉악한 놈들이 이 땅에 들어와서 날탕치니 우리 백성들이."

군우는 이 같은 말을 하다가 채 끝맺지 않고 또 고개를 떨구었다. 으스러지게 틀어쥔 그의 단단한 주먹은 우들우들 떨렸다. 그래서인지 웃고 떠들던 사람들은 모두 잠잠해졌다.

"자 술이나 드소. 그 말씀을 들으니 우리 마음도 아프외다."

중늙은이가 술이 찰랑거리는 보시기를 내밀며 말했다. 그 보시기를 받아 천천히 마신 필성이 이번에는 술을 떠서 중늙은이에게 권하였다.

새서방이라 불리우는 현필성과 이군우는 곽재우 의병대에 들어온지 보름밖에 안되지만 사람들의 이목을 끌었다. 그것은 현필성이 경상도 일원에서 이름을 휘날린 상 씨름꾼이고 역시 그만 못지않은 장사인 이군우는 단신으로 왜적 무리들을 요절낸 용감한 사람인 까닭이었다.

주연이 한참 무르익을 때 미목이 수려하고 기골이 준수한 젊은 중 하나가 막료들과 내빈들이 둘러앉은 다락으로 다가와 의병장 앞에 합장 배례하고 공손히 입을 열었다.

"소승은 해인사에서 온 중으로 법명을 홍재라 하옵니다. 영존대인께서 영솔하시는 의병대가 매양 대첩을 이룩하심을 축하하여 저희들도 마음을 모아 군량미 몇 바리를 가지고 왔소이다. 변변치 못하오나 승도들의 성의를 헤아리시고 거두어 주옵소서. 아울러 이것은 이웃 암자의 이고가 의병장님께 올리는 하례의 표시이오니 성의로 아시고 받아주소이다."

홍재는 가사 밑에서 깨끗한 보재기를 내어 풀더니 방정하게 개어 싼 붉은 옷 하나를 정중히 곽재우 앞에 내놓았다. 좌중의 시선은 홍재에게로 쏠렸다. 그들은 몸에 가사를 두른 중이 갑자기 나타난 것이 희한하기도 하였거니와 그의 옥 같은 얼굴이며 풍채가 좋은 몸가짐 또한 법도가 있어 범상히 보지 않았다.

"해인사라니 합천 가야산에서 왔단 말이냐."

"예, 그러하오이다."

"귀한 양미를 싣고 원로에 오느라고 얼마나 수고로웠으랴. 일행이 몇이며 그들은 지금 어데 있느냐."

"저희 승속 일행은 네 명이옵고, 그들은 영문 밖에서 소승이 나올 것을 기다리고 있사오이다."

재우는 군량을 책임진 정질에게로 고개를 돌렸다.

"산중에 몸을 담고 있는 승도들까지 이토록 우리에게 성원이 지극하니 이 얼마나 가상한 일이오. 나라 위하는 백성들의 갸륵한 마음을 우리는 심장에 새겨야 하리다. 수량장은 이제 양곡을 거두어 놓고 먼 길에 오느라 수고한 승도들을 만나보외다."

수량장 정질이 자리에서 일어나 다락을 내려 가니 홍재도 그 뒤를 따르려 하였다.

"너는 게 잠깐 있거라."

하고 말한 재우는 붉은 옷을 손으로 가리켰다.

"그가 어찌하여 내게 저것을 보냈으며 이웃 암자의 이고란 뉘이냐?"

홍재는 몸을 단정히 수습하며 조심히 입을 열었다.

"저의 절 이웃 암자에 영치라는 이고가 한 분 계시옵니다. 그분은 왜란이 일어난 후 절간으로 피난 들어온 사람들의 참혹한 전경을 보시고 눈물을 흘리며 왜적 아수라들을 저주하더니 영존대인께서 의병을 모으시고 왜적을 치신다는 소식을 듣고는 영존대인의 안녕과 승첩을 발원하여 부처님께 치성을 올렸사옵니다.

그러던중 관가에서 초계에 현창 곡식을 나르지 않고 모두 도망간 뒤 전달 그믐께 의병대가 그 곡식을 거두어 들이니 영존대인을 도적으로 몰며 시비가 분분하다는 풍문이 산중에까지 들려왔습니다. 영치 이고는 그 풍문을 듣고 주지님과 승려들에게 의병대에 군량미를 보내드리자는 간청을 하였습니다. 그리고 몸소 자신이 수년간 저축해온 양곡을 내니 이에 주지님이 크게 감동하시어 승도들의 뜻을 모았지요. 허나 전일 극악무도한 왜적에게 화재를 당하여 남은 곡식이란 불과 스물 댓 섬에 불과하였습니다.

소승 일행이 쌀 섬을 싣고 절을 벗어나자 이고의 상좌가 보따리 하나를 들고 나와 소승에게 주며 우리 영치 이고께서 이걸 의병장님께 전해달라고 하신다고 하기에 이 옷도 가져오게 되었사옵니다."

재우는 홍재의 말을 듣고 앞에 놓인 옷 보자기를 풀어 보았다. 전포였다. 좌중의 시선이 일제히 전포에 집중되었다. 붉은 비단 전포가 눈이 부시게 환한 광택을 뿜었다. 동정이며 섶, 깃, 고름, 소매 그 어디에도 실자리라곤 털끝만치도 나타나지 않는 바느질 솜씨는 매우 정교로왔다. 재우의 얼굴에는 그 무엇인가에 흠뻑 취한듯한 기색이 돌았다.

"그 여승이 어떤 사람이기에 나에게 전포를 지어보냈느냐. 그 성의가 지극하구나."

"이고의 연기는 올해 쉰 한살 이옵고 속명은 자상히 모르오나 성씨는 박씨가 확실하오이다. 부미한 진세에서 풍상 고액을 많이 겪은 분으로서 불가에 적공하신 선승이라 빈도들의 존경을 받는 분이오이다."

"영치는 이고의 본명이냐."

"그러하오이다."

"이고의 본관은 어디라더냐."

"본관 역시 모르오나 원래 의령 고을 출생이므로 합천, 영산 고을들에서도 젊어 한때 살았다고 하오이다."

"의령 고을 출생이라."

재우는 잠시 생각에 잠겼다가 인차 얼굴에 웃음을 실으며 말했다.

"해인사 승도들이 보내온 양곡과 영치 이고가 보낸 전포를 기록에 남겨 우리 의병대 이름과 더불어 길이 후세에 전하리니 돌아가거든 이 뜻을 전하여라. 불가의 성원을 받아보기는 이번이 처음이로구나."

"불가는 대자대비하신지라 중생을 불쌍히 생각함이 범부 속객에 비할 바가 아니어늘 히물며 난시를 당하여 거레가 왜직에게 무수히 살륙당함을 보고 어찌 속수무책으로 있으오리까. 영치 이고의 지성을 우러러 오늘은 저희 승도들 모두가 아침 문안 드리듯 날만 밝으면 매양 불전에 무여 축수하오니 어찌 세존이 감동하여 영존대인의 군사를 돌보시지 않으오리까. 소승은 돌아가면 영존대인께서 하신 말씀의 뜻을 영치 이고와 승도들에게 전하오리다."

재우는 홍재의 근엄한 태도와 말에서 깊은 감명을 받았다. 엄혹한 전란 속에 백성들은 양식이 없어서 굶어 죽는 참사가 비일비재한데도 자기들은 허리띠를 졸라매면서 의병대에 군량을 보내는 성의야말로 눈물겨운 것이었다.

그는 세속과 인연이 먼 절간의 중들이 이토록 군량을 가져오리라고는 꿈에도 생각지 못했다. 더구나 그들이 의병대의 승첩을 축수하여 매일같이 치성을 올리는 것을 생각하니 목이 메어 무엇이라고 얼른 사례의 말이 나가지 않았다. 그뿐 아니라 영치 이고의 고결한 마음씨에 고개가 숙어졌다.

홍재를 다락으로 불러 재우는 잔에 술을 가득 부어 권했다. 홍재는 두 손을 무릎 앞에 모아 절을 하고 당황한 어조로 말하였다.

"소승이 어찌 영존대인의 잔을 감히 받으오리이까. 불가에서는 술을 금하오이다."

"내 중에게 술을 권할 리 있으랴만 이는 너의 우국지성에 나의 경의를 표하는 것이니 받는 것이 의로우리라."

재우의 이 말에 여기저기서 동을 달았다.

"의병장님께서 승려들의 애국지성에 사례하시는 잔이니 받게나. 자 어서."

"암 받는 것이 인사에 당연하고 말고 중이 술을 못한다는 법은 불가에 한하지 여기서야 어떻하겠나. 어서 자리에 올라와 받으라구."

홍재는 몸둘바를 몰라하며 말했다.

"소승이 이 자리에 올라온 것 만도 예가 아니온데 어떻게 자리에 올라가 잔을 받으오리까."

재우는 어진 눈길로 잔을 들고 이윽토록 그를 바라보았다.

"의병장님의 성의를 어려워 함은 오히려 예가 아니니 어서 받게."

잠시 주저하던 홍재는 막료들의 권에 못이겨 자리에 올라 두 손으로 잔을 받았다. 그렇게 몇 잔을 겨우 마신 그는

"황공무지로소이다. 소승은 이만 물러"

하고 말꼬리를 삼키자 재우는 가까이에 있는 군관을 불러 홍재를 숙소로 안내하도록 했다.

재우의 각별한 조치에 의하여 숙련병이 된 복술이 다락에서 의병장의 시중을 들다가 밖으로 나가려고 조용히 다락을 내려 갔다. 복술은 사람들이 비좁게 앉아 있는 사이를 누비던 중 차일 모퉁이에서 들려오는 말에 귀가 번쩍 띄어 걸음을 멈추고 그쪽을 바라보았다.

"여보게 돌이 내 자네가 홍의장군님 휘하에서 한몫 하리라고 생각해 왔네. 그래서 내 이번에 여기오면 자네를 틀림없이 만날 줄로 생각했거든. 잘 왔네 잘 왔어. 이제 나마 자네와 헤어진 게 벌써 십년이 넘나 보이. 암 십년이 넘지 십년이 뭐야 그해가 신사년이니까 열한 해가 되는가 보네."

중의장 김명중과 어떤 젊은이가 상에 마주앉아 하는 말이었다.

"아니 돌이, 그럼 중의장이 김돌이었단 말인가."

깜짝 놀란 복술은 온 정신을 집중하여 그들의 말을 들었다.

"여보게 아 글쎄 자네가 이름을 명중이라고 고친거야 내가 알리가 있나. 내 여기 들어서지마자 돌이란 사람이 없느냐고 이사람 저사람 그저 만나는 족족 물어보았더니 아 누구두 아는 사람이 없지 않겠나. 그래서 어떻게나 섭섭했던지. 사실 여기 온 것은 자네가 꼭 의병대에

있을 것 같았기 때문일세. 마을에서 의병대에 사례를 올리기 위해 사람을 보낸다고 하기에 내가 가겠노라고 자원해서 온거라네."

"저이가 의심할 바 없는 돌이였구나. 돌, 저이가."

복술은 갑자기 얼굴이 확확 달아올랐다. 그 무엇이 가슴을 콩콩 치는 것 같기도 했다. 그래 남이 볼새라 얼른 차일 밖으로 나간 그는 사람들의 눈을 피하여 슬그머니 뒷산 기슭 숲 속으로 올라갔다.

군영의 차일 속에서는 여전히 웃음소리 노랫소리 법석 고아 대는 소리가 흥겹게 들려왔다. 복술은 산기슭에 소나무 밑에 가만히 앉았으나 마음을 진정할 수가 없었다.

"그처럼 그리고 그리던 그가 바로 저이 였단 말인가. 정말 저이가 그날 우질포에서 백년가약을 맺고 캄캄한 밤에 만나 목소리만 들었던 돌이란 말인가. 내 애오라지 마음의 기둥으로 믿어오던 돌, 그가 바로 중의장 명중이라니."

복술은 하늘에라도 오르는 것 같았다. 아니 그의 심정은 가없이 맑은 하늘을 훨훨 나르는 듯 했다. 처녀는 한껏 부풀은 심정을 누를 길 없어 하늘을 우러러 무엇인가를 마음껏 외치고 싶었다. 그는 풀숲에 가만히 앉아 창공을 바라보았다. 맑은 하늘에는 부드러운 흰 구름송이들이 가볍게 떠가고 있었다.

"내 마음이 왜 이럴까 마치 어린아이 처럼."

복술은 설레이는 가슴이 차츰 진정되면서 그 어떤 무거운 의리감에 눌려 들었다.

"생부모도 부모요 양부모도 부모라 하였으니 나는 두 아버지의 원수를 갚아야 할 몸이며 의병장님의 각별한 사랑을 받는 의병이다. 나는 그런 몸이니 추오라도 흠이 갈 행동을 해서는 안된다. 더욱이 규방의 아녀자로서 남복을 하고 의병대에 들어온 나는 삼가해야 할 바가 많다. 내가 여자라는 것이 드러나면 남녀 구분이 엄엄한 의병대에서 기강을 문란하게 한 죄인이 되어 쫓겨 날 수도 있고 나를 아껴 자기 몸 가까이에 순영수로 두고있는 의병장님의 체면에 손상이 갈 수 있다. 국난을 당하고 있는 이 엄혹한 시각에 '토적보국'에 나선 의병대 안에서 어찌 사사로운 정을 앞세우랴. 때가 올 때 까지는 십분 용심 깊이 행동해야 한다. 그렇다 그에게 나를 알려서는 안된다. 하늘이 점지하는 때가 있으리니 그때에 가서 의병장님께 모든 것을 고백하고 하회를 기다려야 한다."

복술은 흥분된 자신을 수습하며 자리에서 일어났다. 허허 중천을 바라보니 이름 모를 한 쌍의 새가 다정하게 즐거이 날아가고 있었다.

38

현풍성을 탈환하다

각 진에서 팔백 명을 뽑아 편성한 정예군은 날이 어두워지자 손나루 군영을 떠났다. 대오는 신반을 거쳐 초계를 지나 낙동강을 건넜다. 그리고 강 기슭을 조금 벗어나 잔디가 곱게 깔린 숲 속에서 휴식을 취했다.

낙동강 기슭에 새날이 밝았다. 푸른 새벽 안개를 헤치며 다시 행군을 시작한 의병대는 해가 떠오를 무렵이 되어 현풍성 못 미쳐 있는 환산에 이르렀다. 의병장 곽재우는 이곳에서 대오를 멈춰 세우고 현풍성으로 염탐을 띄웠다.

일명 석산성이라고도 하는 현풍성은 현풍에서 약 사리쯤 떨어진 곳에 있는 도성이다. 이 성은 낙동강 좌안에서 왜군의 전방 기지이고, 창녕으로 부터 선산으로 가는 교통상 요지였다.

따라서 현풍성을 탈환하는 것은 군사 교통의 요지를 차지하여 남으로 영산, 북으로 성주까지 널려 있는 적들을 소탕하고 육로를 통한 공급선을 차단하는 중요한 의의를 가졌다. 그뿐 아니라 낙동강 서쪽 전라도 방향으로 침입하려는 적들에게 선제 타격을 주는 곳이라 할 수 있었다.

점심 무렵에 염탐 나갔던 의병들이 그 고을 백성 두 명을 데리고 돌아왔다. 백성 두 명이 말한 적의 무력과 군수기지, 외부와의 관계, 적의 구체적 동태 등은 며칠 전에 명중이 염탐을 하고 돌아와서 보고한 내용과 크게 차이가 없었다.

하지만 새로운 소식은 왜군의 대병력이 유월부터 현풍을 점거하여 살인, 방화, 약탈 등 온갖 만행을 감행하고 있으며, 산속으로 피해 들어가다가 붙잡힌 많은 사람들이 부역에 시달리고 있다 하였다.

'망우당' 집에는 당시 현풍, 창녕, 영산 일대에서 왜적이 저지른 만행이 다음과 같이 기록되어 있다.

> '이때 낙동강 좌측 연안 고을들은 왜적이 강점하고 약탈과 도륙을 지 멋대로 감행하였다. 놈들은 사람들을 죽여 그 머리를 꿰어 달아 놓기도 하고, 시체를 줄에 꿰어서 길 좌우 십리 지경에 늘여놓기도 하였다.'

왜군은 이러한 치가 떨리는 만행으로써 조선 백성들의 기를 꺾어 놓으려고 하였지만 그것은 오히려 그들의 더 큰 증오를 격분 시키는 결과를 가져왔다. 분노에 친 의병들의 화살과 징김은 조금도 사정이 없었으며, 백성들도 왜병들을 쳐죽일 수 있는 기회를 절대로 놓치지 않았다.

점심때가 지나자 재우는 의병들 마다 횃불 다섯 개와 바가지 다섯 개씩을 고무래 정자형 나무 위에, 가늠대 위에 각각 나란히 올려놓고 끈으로 든든히 묶어 고정시키게 하였다.

그러니 한 사람이 치켜든 정자형 나무틀에는 멀리서 보면 다섯 개 횃불 밑에 여섯 명 대오가 나란히 서 있는 것으로 보일 수 있었다.

날이 저물자 환산에 대기하고 있던 의병들은 어둠을 타고 소리 없이 산을 내렸다. 그들은 발자취를 죽이면서 쥐도 새도 모르게 석문성 또는 현풍성을 둘러쌌다.

자시 초에 팔백 명의 의병들이 일제히 정자형의 횃대에 불을 붙였더니 사천 여개의 횃불이 밤 하늘을 밝히며 타올랐다. 의병들은 일제히 함성을 지르면서 북을 치고 나팔을 불었다. 우뢰와 같은 그 소리는 현풍성을 금방 뒤집어 엎을 듯 하였다.

성 위에서 바라보면 군사들의 수가 오천이나 되는 것 같았다. 요란한 소리에 놀라 잠을 깬 왜군 장졸들은 귀신같이 나타나서 성을 둘러싼 조선 군사의 대병력을 보고 대경실색하여 이리 뛰고 저리 뛰며 어쩔 줄을 몰라 하였다.

성안은 마치 벌집을 쑤셔놓은 것처럼 소란스러웠다. 얼마 후 적들은 겨우 대오를 수습하여 성벽에 다가 갔지만 절반은 혼이 나가 조총을 쏠 생각을 못했다.

질서 정연한 대오를 지어 좌우로 움직이며 함성을 지르던 의병들은 갑자기 잠잠하더니 유창한 왜말로 외치는 소리가 크게 울렸다.

"우리는 청강 홍의장군 의병대이다. 너희들을 멸살시켜 마땅하되, 강박에 못 이겨 부모 처자를 두고 끌려 나온 가련한 인생 임을 생각하여 관대히 용서하리니, 무기를 놓고 항복하라. 만약 항거하면 그 즉시 멸살을 면치 못하리라. 너희는 함정에 든 개 신세 되었으니 목숨이 아깝거든 항복하여라.

그 외침 소리가 끝나자 시뻘건 횃불들이 상하 좌우로 움직이며 밤 하늘을 태울 듯이 요동을 치며벼락 같은 함성이 터져 나왔다.

그러지 않아도 조선의 홍의 장군 의병대는 군령이 엄하고 전투를 잘해서 백마와 붉은 융복의 장수들이 나타나기만 하면 쥐도 새도 모르게 죽는다는 것과 안국구지의 부대도 바로 그들에게 전멸되었다는 말을 들어온 적장은 감히 용단을 내리지 못하고 있었다.

하늘을 지지며 타오르던 횃불들이 꺼졌다. 벼락 같은 함성이 멎고 수많은 조선 군사들도 홀지에 사라졌다. 날이 잔뜩 흐려 달도 보이지 않는 밤이라 사위는 캄캄 절벽이었다. 무시무시한 고요가 일각 일각 흘렀다.

이 장막의 고요 속에서 성안의 적들은 넋을 잃고 덜덜 떨었다. 도깨비 불 같던 횃불이 없어지면서 함성까지 사라지고, 무덤 속 같은 암흑과 고요가 일시에 핍박해 오니 왜병들은 사지가 다 뻣뻣해졌다. 차디찬 공포는 박쥐처럼 어둠 속으로 날아다니며 왜군 장졸들의 간을 얼어 붙게 하였다.

왜장은 그 스산한 공포를 이겨낼 수 없어 검을 쳐들어 어둠을 휘갈기며 부하들에게 조총을 쏘라고 명령했다. 왜병들은 아무것도 보이지 않는 어둠 속에 대고 마구 총을 쏘았다. 불빛이 벙긋벙긋하며 천지를 무너뜨리는 듯한 조총 소리가 울리자 이 때를 기다리기라도 한 듯 벼락 같은 함성이 터지며 횃불들이 솟아올랐다. 수천의 군사가 성벽으로 전진하는 듯 무수한 횃불들이 물결치듯 흔들렸다.

조총 소리가 멎고 다시금 공포의 정적이 무겁게 성안을 내려 눌렀다. 한 동안이 지나니 수천 개의 횃불이 다른 쪽에서 또 나타났다. 횃불들은 한 자리에서 움직이지 않았다.

적들은 그곳을 향하여 미친 듯이 마구 총탄을 퍼붓다가 하나 둘 비명을 지르며 어디서 날아오는지 방향을 모를 화살에 의해 죽어 갔다. 휙휙 바람 가르는 소리가 나면 어김없이 조총수의 이마나 목에 화살이 꽂히었다.

재우는 적의 총탄이 미칠 만한 거리에 미리 꽂아놓은 고무래 정자형 나무에 횃대들의 불을 달아놓고 모두 안전한 곳으로 대피한 다음, 궁술이 능한 삼십 명의 궁수들을 성벽 가까이 접근시켜 적 조총수들을 하나씩 죽임으로써 적들로 하여금 더욱 갈피를 잡을 수 없게 하였다. 탄환이 떨어진 왜병들은 총을 놓고 간이 콩알만 해져서 사시나무처럼 덜덜 떨었다.

그는 의병대를 뒷산 숲 속으로 은밀히 이동시켰다. 새벽에 푸른 빛이 울창한 나무들 사이로 살금살금 새어 들더니 점차 먼동이 훤히 터왔다.

지난 밤 혼이 난 왜군 장졸들은 성 안에 처박혀서 죽은 듯 있었다. 낮에도 성 안팎에는 긴장된 고요가 팽팽히 흐르고 매미 우는 소리만 간간히 들렸다. 이 정적 속에 또 밤이 왔다. 금사산 쪽에서는 부엉이가 울고 이따금 소쩍새의 울음소리도 들렸다. 왜군 장졸들은 더욱 구슬픈 그 소리를 들으며 한숨을 지었다.

그들은 들판에 뒹구는 무수한 해골 중에 하나가 나일 수도 있다는 것을 잘 알고 있었다. 왜군 장수들과 군졸들은 누구나 낯선 이국 땅에 와서 무주고혼이 되는 것을 원치 않았지만, 그렇다고 그 무서운 운명을 피할 수도 없었다.

그 시각에 의병들은 비슬산으로 들어가서 배불리 먹고 편안히 쉬고 있었다. 한편, 재우는 척후들과 함께 성 뒷산에 남아서 낮에는 밖의 동태를 살피러 나오는 왜병 다섯 놈을 손수 활을 잡아 쏘아 죽이고, 밤에는 일부 의병들에게 횃불을 들려 성 둘레를 왕래하며 위협하도록 함으로써 적들을 극도로 피로케 하였다.

한참 동안 적을 휘둘러 놓은 그는 삼경에 가까울 무렵에는 횃불 대열을 인솔하여 멀리 사라지는 체 하였다.

그것을 본 왜군은 성 안에 있는 굴 창고에 불을 지르고 창녕 쪽으로 허둥지둥 꼬리를 빼다가 재우가 미리 길목에 깔아 놓은 복병들에 의하여 또 무리 죽음을 당했다.

군사 하나 희생시키지 않고 현풍성을 탈환한 재우는 적들에게 숨 돌릴 틈을 주지 않고 창녕을 확보하며 그 기세로 영산을 공격할 계획을 세우고 그 준비에 박차를 가했다.

새벽에 무겁게 떠돌던 검은 구름에서 후두둑 빗방울이 떨어지더니 차츰 비가 억수로 쏟아져 내렸다.

이날 막료들의 모임에서는 앞으로 창녕, 영산의 적을 공격하기 위한 전술 및 일정과 적의 주력이 있는 영산에 염탐을 들여보내 사전에 적정을 장악하고 그에 대한 방법을 논의하게 되었다.

이 무렵 왜군의 강점 지역인 창녕 영산 일대는 큰 길에도 개미 한 마리 얼씬하지 못할 만큼 경계가 삼엄하였다. 단신으로 그 지역에 들어가려면 큰 길을 피하고 들길이나 산골에 오솔길을 택하여야 하였으며, 경우에 따라서는 몇 놈쯤 손쉽게 해 치울 수 있는 무예가 있어야 했다.

곽재우 이하 여러 막료들은 논의 끝에 이 중책을 지혜가 있고 몸이 빠른 김명중에게 위임하기로 합의하였다. 이렇게 되어 명중은 영산의 적정을 살피고 창녕으로 와서 행군하는 대열과 만나기로 하고 그는 댓줄기 같은 비를 맞으며 골짜기와 수림을 헤치며 걸음을 다그쳤다.

다음 날 아침 의병대는 현풍성을 떠났다. 현풍에서 도망친 놈들이 창녕의 적과 합쳐 계책을 세우기 전에 숨 돌릴 틈을 주지 않고 공격을 하려는 것이었다.

현풍에서 삼십 리 떨어진 마정진에 이르러 휴식을 취한 재우는 종사 곽형을 불러 마을 북쪽 길 에 이백 년 자란 오동나무 아래 큰 돌이 있고 그 돌 밑에 명중이 적정을 알리는 종이 쪽지가 있을 것이라 하면서 그 종이를 가져오라고 지시하였다.

종사는 영을 받고 즉시 오동나무를 찾아갔다. 오동나무 밑에는 과연 큼직한 돌이 있었다. 그 돌의밑을 보니 명중의 필적이 분명한 종이 한 장이 있었다.

　"창녕의 적들은 영산으로 도망쳐 갔음,"

영산의 적정을 살피러 가면서 적정 보고를 간단히 쓴 그 종이 쪽지를 꺼내어 들고 즉시 의병장이 있는 곳으로 달려갔다.

창녕의 적이 저항 없이 영산 쪽으로 도망쳤다는 뜻하지 않은 소식에 접한 재우는 현풍에서 패주한 적들과 창녕의 적들까지 합세하기 전에 적을 공격하기 위해서 대오를 거느리고 영취산으로 갈 것을 결심했다.

영산에서 7리 정도 위치한 영취산은 그 줄기가 영산에 거의 닿았고, 능선 밑으로 신라의 태자능이 있어 태자산으로 불리우는 나지막한 등성이가 솟아 있었다. 영산의 적을 치자면 지형상으로 보아 우선 이 산을 차지하는 것이 중요하였다.

재우는 행군하기에 앞서 종사 곽형에게 걸음 빠른 의병을 파견하여 명중을 처음 약속된 창녕으로 가지 말고 영취산의 보림사로 오도록 할 것을 지시하였다.

마침 의병장 곁에 있던 복술은 그 임무를 자기가 맡겠으니 허락해 달라고 하였다. 재우는 남복을 한 처녀를 홀로 떠나 보낼 수가 없어서 엄하게 자르려 했다. 그래도 복술은 물러서지 않고 끝내 허락을 받아내고야 말았다.

날이 저물어 산과 들의 어스름이 기어들고 있었다. 복술은 풀밭에 매어 놓은 용마를 잡아타고 지체 없이 영산으로 향하였다. 궁시를 떠난 화살처럼 나는 듯이 달렸다. 복술은 황량한 벌판을 달리며 사방을 살폈다. 그러나 움직이는 것은 하나도 볼 수 없었다. 시내를 건너뛰고 풀 덤불 뒤엉킨 숲들을 지나 영산으로 가는 길목에 이른 복술은 말을 멈춰 세웠다.

그는 말을 울창한 나무 숲에 끌어다가 매어 놓고 그 앞에 주저앉아 언덕길을 주의 깊게 살폈다. 먼동이 터오는 것으로 보아 인시도 거의 지난 것 같았다.

안개가 자욱하여 앞을 보기가 어려웠다. 복술은 좀 더 앞으로 가려고 일어섰다. 바로 그때 키가 호리호리한 검은 그림자가 새벽 안개를 헤치고 언덕길 위에 성큼 나타났다. 허우대 큰 그 사내는 어깨에 무엇인지 큼직한 것을 메고 두리번거리며 다가왔다.

복술은 둔덕 밑에 더 바짝 엎드려 숨을 죽이고 바라보았다. 자세히 보니 왜놈 군복 차림을 하고 있었다. 왜 군복을 입은 그는 복술이 있는 쪽으로 돌아서며

　"이놈아 제발 좀 가만히 있거라. 네가 그렇게 발버둥친다고 해도 살
　아날 길은 없어"

복술은 그 말에 온 정신을 집중하여 귀를 기울였다. 그러고 보니 어디선가 들은 적이 있는 음성이었다. 자욱한 안개 속에 어렴풋이 보이는 그 거동도 익숙했다. 왜군으로 변장한 그 사람은 중의장 김명중이 틀림없었

다. 마음 같아서는 당장 달려가서 그를 정성껏 위로하고 싶었다.

이윽고 커다란 자루를 둘러맨 명중은 방향을 가늠해 보고 나서 길을 재촉했다. 복술은 명중이 창녕 방향으로 길을 잡는 것을 보고 잠깐 망설였다.

이 때 갑자기 길 건너편에서 뭐라고 외치는 왜말 소리가 들려왔다. 그쪽으로 시선을 돌리니 왜군 여러 놈이 안개 속에서 우물거리는 것이 보였다. 마음이 다급해진 복술은 속주머니에서 얼른 붓과 종이 두 장을 꺼내고, 붓꽃을 풀잎에 이슬에 적시고

"대오는 창녕을 떠났음, 방향을 영취산으로"

라는 글을 적었다. 그리고는 그 종이 쪽지를 화살 끝에 달아 명중이 앞으로 날렸다. 시위를 벗어난 화살은 딱 소리와 함께 명중의 앞에 있는 소나무에 박혔다. 그는 서툰 한문으로 쓴 짧은 글을 두세 번 읽었다. 그러자 그의 머릿속에는 착잡한 생각이 꼬리를 물고 일어났다.

"누가 이 쪽지를 썼을까 우리 의병이라면 제 몸을 감출 리가 없겠는데, 남쪽에는 영취산으로 가는 길이 있고, 그 일대에는 왜놈의 척후들이 우글거리지 않는가. 의병장님도 창녕에 이틀 동안 머물러 있겠으니 기일을 어기지 말고 그 전에 돌아올 것을 당부하셨으니 남쪽으로 가라는 것은 당치 않은 말이다. 이건 틀림없이 교활한 왜놈의 작간이다. 그 쥐새끼 같은 놈들이 무슨 냄새를 맡고 여기 어디 멀지 않은 곳에 숨어서 지금 나를 호시탐탐 노리는 것이 분명하다."

괴괴한 정적이 깃든 이 적막한 들에서 숨 쉬고 움직이는 것은 오직 자기 하나뿐인 것 같았다. 불길한 예감이 각일각 짙어 갔다. 바로 그때, 사오보 앞에 쪽지 달린 화살이 또 박혔다.

"간사한 놈들이 나를 유인해 보려고 하는구나."

명중은 치를 떨었다. 그의 얼굴은 진땀이 배었다. 성큼 두 걸음 내딛던 그 때 또 쪽지를 매단 화살이 날아와서 발 앞에 꽂혔다. 명종은 땅에 떨어지는 종이 쪽지를 무심결에 집어 들었다. 그 종이에는 용마라는 큼직한 두 글자가 적혀 있었다.

"용마 대체 뉘기에 용마를 아는가?"

명중은 혼자 소리로 중얼거렸다. 자온녀가 준 그 말은 손나루 싸움 때 많은 공을 세웠다고 하여 의병장이 붙여준 이름이니 아직은 이를 아는 사람이 몇 명 안 되는 것이다. 고개를 기웃거리던 명중은 홀연 날씬한 백마 한 필이 제 앞으로 달려오는 것을 보았다. 그것은 틀림없는 용마였다.

"아 도대체 이게 웬일인가?"

허나 오래 생각할 경황이 없었다. 이제는 왜적들의 말소리가 멀지 않은 곳에서 들려왔다. 명중은 나는 듯이 마주 달려가서 말고삐를 잡았다.

명중은 화살을 날려보낸 사람이 왜 직접 만나서 일러주지 않는지는 알 수 없었으나 왜적의 앞잡이가 아니라는 것만은 확인할 수 있었다. 명중은 자루를 번쩍 들어올려 말 잔등에 비끌어 맸다. 그리고는 화살이 날아오던 쪽을 향하여

"어디 있소 말을 보내준 사람이 누구요?"

여전히 대답이 없었다. 하는 수 없이 말에 올라 고삐를 쥔 그는 영산으로 가는 길을 전속으로 달렸다. 추격하는 왜적들이 복술이 숨어 있는 나무 숲 앞에까지 왔을 때는 명중은 벌써 언덕 너머로 사라진 뒤였다.

39

산옥의 출신 배경

영취산 산자락 보림산 부근 골짜기에서 의병들의 아침밥을 짓는 연기가 낮게 드리운 젖빛 안개와 함께 떠오르고 있었다. 산새들은 나무가지에 앉아서 풀잎 사이로 스며드는 밝은 햇빛을 반겨 즐겁게 지저귀고, 풀벌레들은 풀잎에 맺힌 맑은 이슬방울을 굴리며 찌르르 거렸다.

귓가를 시원히 적시는 계곡 물에 웅성거리는 말소리, 기침소리, 웃음소리, 그릇 소리를 담아 흘려 보내고 머리를 흰 수건으로 질끈 묶은 씩씩한 젊은이들이 자욱한 운무 속에서 나타났다 사라졌다 하며 분주히 뛰어다녔다.

의병들이 이렇게 아침 준비를 한참 서두르고 있을 즈음에 몽롱한 안개를 휘감고 그들의 눈앞에 웬 사나이가 불쑥 솟아올랐다. 그의 앞에는 맨 상투 바람의 왜놈이 꽁꽁 묶여 궁상스럽게 앉아 있었다.

그가 나타나니 골 안의 명랑한 분위기가 한순간에 가라앉는 듯했다. 중위장 김명중이었다. 명중은 사로잡은 왜장을 자루에 넣어 싣고 오는 것이 거추장스러워 중도에 벗겨서 그대로 말 등에 앉혀 가지고 왔다.

"이게 뭐야?"

숲 속에서 마른 나뭇단을 안고 나오던 젊은 의병이 말 등에 앉은 왜놈과 마주치자 놀란 소리를 질렀다. 나뭇단을 떨어뜨릴 뻔했던 그 젊은이는 좀 더 가까이 다가 와서야 중위장의 얼굴을 알아보았다.

"어이구 중위장님이신 걸 모르고 전 정말 놀랐습니다. 헌데 이 흉측한 놈을 어디서 무엇에 쓰려고 잡아왔습니까?

"하하, 왜적을 치는 데 선봉장감으로 쓰자고 잡았네. 허허 명중은 이같은 농 말을 하고 안개 자욱한 주위를 살폈다."

"의병장님은 어디 계시나?"

"곽장군님께선 저기 장막에 계십니다."

젊은이는 손을 들어 골 안 위쪽을 가리키고 나서 성큼 말고삐를 잡아끌며

"제가 모셔다 드리지요"

하고 말했다.

구경거리가 생기니 사람들이 하나 둘 모여들어 중구난방으로 떠들어댔다

"아 그 놈 흉물스럽게도 생겼네. 말상같이 상판은 길어 가지고 상투왜 그리도 잔망스러운고 얘끼, 이놈 눈을 희번덕거리지 마라 꿈자리 사납겠다."

등이 구부정한 한 키 큰 의병은 가까이 다가서서 손가락으로 그 놈의 옆구리를 쿡쿡 찔러 보기도 하였다.

"먹어서 살은 되우 쪘군 생기기도 승냥이 진배없고"

긴 채수염에 흰털이 드문드문 섞인 한 의병은 왜장의 얼굴을 들여다

보더니 반백이 된 머리를 설레설레 저었다.

"이 못된 놈아 제 집에 가만히 앉아 있지 못하고 남의 나라엔 왜 왔
느냐 그러니 이 꼴이 되지.

너는 살고 싶겠지만 백성들은 너 같은 놈을 용서하지 않을 게다."

의병들이 이런 말을 주고받는 사이로 명중의 호탕한 웃음소리도 들리
곤 하였다. 그러는 사이 왜장과 명중을 태운 말은 의병들 열두 명이 보위
해 의병장 장막 앞에 이르렀다.

명중은 말 등에서 사뿐 뛰어내려 오라에 칭칭 묶여 나무 토막이나 다
름없는 왜장을 끌어내렸다. 왜장이 바윗돌처럼 '쿵' 하고 떨어지니 가까
이 서 있던 의병 하나가 펄쩍 놀라 뒤로 물러서면서

"얘라이 이놈 보기 싫다"

하고 소리를 질렀다. 그 말에 의병들은 모두 호탕한 웃음을 터뜨렸다.
명중은 말고삐를 잡았던 의병에게 포로를 잘 감시하라 이르고 장막 안으
로 들어갔다.

의병장은 부장 윤탁과 무슨 일을 의논하는 중이었다. 명중은 우선 적
정을 상세히 이야기하고 왜장 한 놈을 사로잡아 왔다는 것도 알렸다. 재
우는 그의 말을 주의 깊게 듣고 명중의 수고를 치하한 다음 왜통사 하용
민을 불러서 왜장을 심문하게 하였다.

그들은 왜장의 입을 통하여 현풍, 창녕에서 도망친 군사들의 일부가
영산에 방금 도착하였고, 나머지 놈들은 어디로 갔는지 모른다는 것과
여러 왜장들이 성을 버리고 도망간 책임을 서로 떠넘기며 옥신각신 다투
고 있다는 것까지 알아내었다.

재우는 조반을 마친 의병들에게 휴식을 줬다. 두 차례의 싸움과 행군
에서 지친 의병들의 피곤을 풀도록 한 다음 김성일이 보내주는 세 개 고
을의 정예군을 기다려 그들과 행동을 같이 하기 위해서였다.

요즘 번잡한 마음을 진정할 길 없던 산옥은 복술과 함께 영취사로 향했다. 그는 영취사에 가서 치성을 들이면 생이별을 했던 부모와 자식도 서로 만나게 되고 틀어졌던 부모, 자식 간의 의의도 좋아진다는 말을 들었던 것이다.

영취사의 부처가 불행한 사람들의 운명을 풀어준다는 것은 먼 옛날부터 전해 내려오는 이야기이다.

삼국유사에는 이에 대한 다음과 같은 전설이 실려 있다.

'신라 진골 제21대 왕 영순 이년에 재상 충원공이 장산국(오늘의 동래군) 온정에서 목욕을 하고 돌아가려는 참에 굴정역 동굴 지하에 이르러 잠시 머물러서 샘물을 마시고 있었다. 이때 어떤 사람이 나타나 매를 놓아 꿩을 쫓게 하였다. 꿩은 매에 쫓겨 금악을 넘더니 종적이 묘연하였다.

매를 놓은 사냥꾼이 방울 소리 나는 쪽을 찾아 굴정 북쪽의 우물가에 이르렀을 때 그 곁에 나무가지에 앉아 있던 꿩은 보이지 않았다.

우물 안을 들여다보니 물이 온통 피로 물들었는데, 꿩은 매에 짓쪼이면서도 두 마리의 제 세끼만은 살리려고 그것들을 품은 채 두 날개를 펴고 물에 떠 있었다. 매는 그런 꿩이 불쌍해서인지 더 이상 덮치지 못하고 있었다.

충원공은 그것을 보고 측은하게 생각되어 점을 치고 곧 그 땅에 절을 세워야 한다는 점괘를 얻었다. 그래서 충원공은 서울로 돌아가자 왕에게 이 사실을 아뢰어 고을 소재지를 딴 곳으로 옮기게 하고 그 자리에 절을 세워 영취, 신령스러운 매라는 뜻, 영취사라고 불렀다.'

산옥은 바로 이 영취사의 영험을 믿고 싶었다. 두 여인은 잰 걸음으로 산 구비를 돌고 골짜기를 지나 가파로운 외줄기 오솔길을 톺아 오르기도 하고, 바위와 나무 숲을 누비면서 잠깐 사이에 영취사에 이르렀다.

절 문 앞에서 앞을 내다보니 만첩 청산에 녹음이 울울하고 석벽 사이를 흘러내리는 물은 절간 섬 돌을 외돌고 있었다. 참으로 지세가 유벽하고 풍경이 수려한 곳이었다. 끝없이 높은 하늘 아래 지붕 높이 추겨 든 절간 안은 인적이 적막한 데 다만 뒷산에서 우는 두견새 소리만 들릴 뿐이었다.

절 문 안에 들어서니 젊은 여성 하나가 다가와서 공손히 절을 하였다.

"어디서 이렇게 피난을 오시오니까"

"피난민이 아니라 우리는 홍의장군님, 의병대에서 온 사람입니다."

"그러면 의병 내외분 이시오니까."

여승은 복술이 남복을 한 것을 보고 산옥이와 내외가 되는 줄 아는 모양이었다.

"남복을 한 여의병입니다."

산옥이 웃으며 대답하니 여승은 눈을 크게 떴다.

"여인의 몸으로 전장에서 싸운 단 말씀이오니까"

"그러하오이다"

하고 복술은 약간 수줍은 티를 내며 방글방글 웃었다.

두 여인은 부처님께 온 사유를 말하고 여승의 안내를 받아 대웅전 안으로 들어갔다. 그 안에는 몸에 청나삼을 입고 백팔 염주를 든 나이 지긋한 여승이 있었다. 그는 청담이라는 법명을 가진 중으로서 이 절 여성들의 큰 존경을 받고 있는 두 번째 스님이었다.

청담은 산옥에게 청동 향로에 향을 피우라고 권하고 자기가 먼저 불전에 불공을 간단히 올리더니 산옥에게 고해를 하라고 일렀다. 복술은 그 자리에 있기가 계면쩍고 무료하여 대웅전에서 나와 절 구경을 갔다.

청담이 옆으로 몇 걸음 물러서자 산옥은

나무아미타불, 나무지장보살, 나무관세음보살 삼 불이 차례로 앉은 불전에 정중히 고개 숙여 절을 하고 소원을 빌기 시작하였다.

"소녀 산옥은 생부모를 모르고 스물 둘이 되도록 여산 송씨 대가의 몸을 의탁하여 그 가문의 규수로 자랐나이다. 그리고 지난 사월에는 왜란을 당하여 백부 내외분을 원수놈들에게 잃고 그 원수를 갚고자 의병대에 들어와서 군사들의 뒷바라지를 하고 있나이다. 하오나 소녀와 백 년 해로를 기약한 낭군은 원수를 갚자고 의병대에 들어왔건만 반명이 석연치 못한 서얼과 송씨 가문의 규수와는 혼사가 이루어질 수 없다는 의병장님의 엄한 분부로 인하여 다른 곳으로 갔나이다. 그 후에 그가 다른 의병대에라도 들어가 뜻을 이루고 공을 세우는지 아니면 어디로 가서 무엇을 하는지 소녀는 조금도 모르고 있나이다.

그러하오니 창생을 구원하시는 세존께서는 자비를 베푸시어 낭군 행처를 바로 지목해 주옵시고, 소녀의 생 부모님을 만나게 하여 주옵소서. 그렇게 하여 만일 저의 신상이 밝혀지면 소녀는 딸 자식처럼 아껴주시는 의병장님께 아뢰어 낭군과 육례를 갖추고자 하오니 대자대비하신 세존께서는 이를 풀어 주시옵기 삼가 바라나이다. 소녀가 어렸을 적에 자라던 고장이 경상도 일원이 분명한 것 같사옵니다. 양부모님들이 길러주신 덕분에 이토록 성장하였으나 다 여의고 이제 고독한 몸이 되었으니 행여나 생부모님이라도 이 세상에 살아 계시어 만나 뵙게 된다면 얼마나 다행한 일이겠사옵니까 친부모님이 계신데도 모르고 있다 하오면 이 몸이 아무리 티끌 세상에 묻혀 사는 미물이라 한들 어찌 만고의 주인이 되지 않으오리까

바라옵건데, 대자대비하신 부처님께서는 소녀의 애달픈 마음을 굽어 살피시사 생부모님을 만나보게 하여 주시옵기 간절히 비옵나이다."

기도를 마친 산옥은 불전에 절을 하고 조심히 물러났다.
이때 청담이 다가오며 웃는 얼굴로 다정히 말했다.

"소승이 아가씨에게 긴히 할 말이 있으니 잠깐 저리로 가시오이다."

산옥은 갈 길이 바빴으나 남의 성의를 모른다 할 수 없고 또 심상치 않은 사연이 있는 듯하여 쾌히 승낙하였다. 청담은 조용한 방으로 산옥을 인도하였다. 당하는 정결하고 조용하였다. 청담은 상좌를 불러 방석을 내려서 펴도록 하고 다담상도 들여오게 하였다.

청담이 긴히 할 말이란 도대체 무엇인가? 하는 의혹과 이곳에 오래 지체할 수 없는 자기의 사정을 생각하여 먼저 입을 열었다.

"스님께서 저에게 긴히 할 말씀이란 무엇입니까?"

청담은 대답을 하지 않고 다정한 눈으로 산옥을 바라보기만 하였다. 깊은 생각이 실려 있는 그의 얼굴에는 반가운 듯 어색한 듯 분간할 수 없는 미소가 스치곤 하였다. 여승은 한참 만에 나직한 음성으로

"아가씨 지금 연광이 몇이오니까?"

하고 물었다.

"스님께서 제 나이를 알아서 무엇 하시렵니까?"

산옥은 의아한 기색으로 반문하였다.

"소승이 법당에서 아가씨가 발언을 올리는 것을 들으니 마음이 서글프고 내력을 좀 들어 보았으면 하는 생각도 있어 오시라고 하였소이다."

"스님께서 생각하시는 바 속에 품은 서글픈 마음이 무엇인지 들어 보고 싶습니다."

청담은 잠시 생각에 잠기더니 대답 대신 얼굴에 미소를 띠우며 물었다.

"아가씨 고향이 어디시오며 이름을 어떻게 부르시오니까"

"고향은 자세히 모르오나 이름은 산옥이라 하오이다."

"고향이 경상도 의령 고을이 아니신지요?"

"경상도 어느 곳인지 모르나 경상도인 것은 틀림이 없습니다."

"연광은 올해 몇이 시오니까?"

"올해 스물 둘입니다."

"그럼 박월선이란 분을 아시는가요?"

"모릅니다."

"출가 전에 송씨 가문의 규수가 아니시었는지요?"

"스님께서 어떻게 저의 성을 아십니까?"

청담은 무엇인가 마음에 집혀 오던 실마리가 잡힌 듯 약간 반기는 기색을 지으며 다우쳐 또 물었다.

"혹시 정인보라는 분을 아시오니까?"

"저분이 어떻게 정인보 노인을 알까?"

산옥은 놀라움과 신비감에 잠기며 말했다.

"그분은 의병대에 계시다가 전월에 전사하시었습니다."

"스님께서는 그분을 어떻게 아십니까?"

청담은 홀연 안색이 흐려졌다.

"그분은 소승이 잘 아는 박월선의 남편 되시는 분이 옵지요. 하늘도 무심하지."

청담은 처연한 안색을 지으며 말을 이었다.

"불민한 소승이 함부로 물음을 양해하십시오. 이전 양지 고을에 송복흥 사또 님을 혹시 아시는지?

"송복흥 사또님이요?"

산옥은 저도 모르게 불쑥 한 마디 하고는 눈이 휘둥그래져서 의혹에 찬 시선을 청담의 얼굴에 던졌다. 산옥의 시선을 받는 청담의 얼굴에는 약간 초조해하는 기색이 어렸다.

그는 흥분에 뜨는 음성으로 말했다.

"을해년 여름에 이곳을 지나다가 들리신 분이지요. 그때 소승이 딸처럼 귀 기르던 다섯 살 난 어린 것을 데리고 가신 분이시오이다."

그 말에 산옥은 얼이 나간 사람처럼 굳어졌다. 청담은 웬일인지 눈시울을 바르르 떨더니 솟아오르는 눈물을 조용히 훔쳤다.

"소승은 원래 이 고을에서 남의 집살이를 하던 사람이었습니다. 그때 소승과 함께 일을 하던 부인이 어느 날 밤 음탕한 주인의 강요를 물리치고 나서 무서운 고문을 받아 한쪽 다리가 분지러져 귀신도 모르게 깊은 산속에 내침을 받은 일이 있었습니다.

그래서 소승은 불쌍한 그의 딸을 잘 길러 이 다음이라도 모친의 원수를 갚게 하려고 친자식이나 진배 없이 아이를 보양하였지요. 하지만 원래 구차한 살림이라 그 어린 창자도 제대로 채워지지 못 했을 뿐 더러 옷도 변변히 입히지 못하여 눈물로 세월을 보냈습니다.

그러던 중 하루는 어느 명문가의 영감마님 행차가 지나다가 배고파 우는 어린 것을 보고 소승의 집 앞에서 잠깐 머무르게 되었습니다. 그 영감 마님이 가마에서 내려 아이가 우는 이유를 묻기에 소승은 어린 것의 불쌍한 처지를 다 말씀드렸지요.

그랬더니 그 영감 마님은 어린 것을 맡아 잘 길러서 아이의 장래를 열어주리라 하시며 그의 생년월일 사주단자와 성명을 다 적고 소승의 의향을 물으시는 게 아니겠습니까? 소승은 목이 꽉 메어 고맙다는 인사 말씀도 변변히 드리지 못했습니다.

영감마님은 그저 웃으시며 고개를 끄덕이시더군요. 소승은 어린 것을 영감 마님의 가마에 올려놓고 그 애와 눈물로 이별을 하였습니다. 지금도 큰어머니를 찾으며 가마에서 울던 어린 것의 모습이 눈에 삼삼합니다. 그래 열흘 후에 큰엄마가 데리러 가겠으니 너 먼저 가라고 올려 보냈습니다.

그 후 소승은 외동딸 하나를 데리고 주인집 부엌일을 해주며 입에 풀칠을 해 오다가 그만 딸애를 제 집 종 문서에 올리려 드는 주인의 흉계에 놀라서 딸을 데리고 속세에서 벗어나 지금은 여기에 와 있습니다. 오늘 아가씨가 부처님께 소원을 말씀하시는 것을 들으니 그 옛날 사또 영감마님 행차 따라간 그 어린 것의 생각이 간절합니다."

청담의 말을 들으며 울음이 터진 산옥은 그만 고개를 푹 숙이고 '흐윽' 흐느꼈다. 그럴 때 갑자기 앞마당 쪽에서 사람 소리가 떠들썩하더니 설 구경을 하던 복술이 달려들어와서 우리를 급히 찾아오라는 의병장님의 분부를 받고 영란이 모녀가 찾아왔다고 하며 빨리 일어설 것을 재촉하였다. 뒤이어 영란이 어머니는 땀을 몹시 흘리며 숨 가삐 말하였다.

"의병장 마님께서 영산 고을로 의병들을 지휘하여 쳐들어가시면서 빨리 두 분을 찾아가지고 함께 뒤따라 오라고 분부 하시었소이다. 어서 일어나시외다."

자리에서 일어난 산옥은 청담의 두 손을 꼭 잡고 말했다.

"스님의 말씀을 더 듣지 못하고 감히 갑니다. 영산의 적을 물리치고 다시 찾아와 뵈오리니 그간 신기 안녕하십시오."

산옥의 목소리는 몹시 떨렸다. 그는 잡아 끄는 복술의 손에 이끌려 황황히 절 문 쪽으로 나가면서도 아쉬운 시선을 청담에게서 떼지 못하였다.

그들은 절을 나서자 줄달음을 쳤다. 청담은 일행과 함께 멀리 사라져가는 산옥을 바라보며 절간 문기둥에 기대어 눈물을 흘렸다. 산옥도 산구비를 돌아설 때까지 몇 번이고 되돌아보며 눈물을 뿌렸다.

40

벼랑 끝에서 소생하는 사랑

영취산에 잠깐 머문 의병대는 은밀히 영산성에 접근했다. 곽재우는 성 가까이에 이르자 의병대를 매복시키고 사냥꾼들을 비롯한 날랜 기병들은 태자산에 대기하도록 하였다.

얼마 후 왜군은 성문을 열고 나와 곧장 매복하고 있는 의병대를 맹렬히 공격하였다. 적장은 척후를 통하여 의병들이 영취산에 머물렀다가 내려와서 어디에 매복하고 있다는 것까지 다 알고 있는 것 같았다.

곽재우는 의심 많은 적들이 성문 밖으로 나와 싸우려 하지 않으리라는 것을 생각하고 적으로 하여금 의병대의 방향을 미리 알려 주는 계교를 쓴 것이다.

싸움은 처음부터 치열하였다. 적들은 조총을 쏘며 악착같이 달려들었다. 윤탁은 왜군의 공격을 견뎌내지 못하는 것처럼 뒤로 물러섰다. 그것을 본 재우는 대기하고 있던 주몽룡 휘하의 기병들을 공격전에 내보냈다.

마예가 뛰어나고 일월 천리도의 명수들인 기병대는 적진 속을 종횡무진으로 달리면서 창칼로 치고 찔렀으며, 일월 천리도를 번개같이 날렸다. 기병대 용사들의 사자 같은 기상과 신기한 무술 앞에 왜적들은 놀라서 아연실색하였다.

말을 몰고 내달으며 창으로 찌르고는 말에서 내려 칼을 휘두르는 기병들은 질풍처럼 적들을 휩쓸어 나갔다. 한편, 사냥꾼들은 말 잔등에 수백 개의 비수 묶음을 싣고 뒤따르며 연방 비수를 날렸다.

치열한 공방전은 이틀이나 계속되었다. 재우는 주몽룡 휘하의 기병들을 중심으로 하는 정예군을 편성하고 직접 그 선두에 섰다. 기병대가 적의 중심으로 돌파구를 열고 들어가자 의병들은 모두 함성을 지르며 내달았다.

적들도 악을 쓰며 대항했다. 재우는 왼쪽 숲 앞에서 치열한 단병전이 붙은 것을 보고 말머리를 돌려 달려갔다. 이때 무성한 풀숲 속에 매복하고 있던 적의 무리가 칼을 들고 달려들었다.

한치 앞 위험의 순간, 복산이가 번개 치듯 그 속에 뛰어들었다. 그는 무서운 함성을 지르며 칼을 휘둘러 적을 치고 찍었다. 복산은 의병장을 누리는 적들이 숲 속으로 은밀히 들어가는 것을 보고 달려온 것이다. 의병장에게 달려 들던 왜적들은 복신의 칼에 맞아 심대 쓰러지듯 넘어겼다.

곽재우의 은월도에서는 바람이 일고 번개가 빗발쳤다. 재우는 왼쪽 어깨에 적탄을 맞았으나 그에 아랑곳하지 않고 적진을 향하여 말을 달렸다. 그 뒤를 따라 장수들과 의병들이 맹호처럼 나아갔다.

칼을 휘두르며 전진하던 명중은 언뜻 말 위에서 엎어지는 의병을 보고 말을 멈춰 세웠으나 그 의병은 말 등에서 굴러 떨어졌다. 순영수 복술이었다.

명종은 급히 부상자를 안고 말에 올라 고삐를 잡아당겼다. 그는 칼을 전후 좌우로 휘둘러 앞을 막아서는 왜군 장졸들을 베면서 언덕으로 치달아 올라갔다. 그곳에는 적들이 없었다. 커다란 바위 앞에 이르러 말에서 훌쩍 뛰어내린 명중은 부상자를 안아다가 바위 밑에 눕혔다. 그제야 눈을 뜬 복술은

"아 중위장"

하고 입 속으로 부르짖었다. 어인 일인지 부상 당한 순영수의 희디 흰 양 볼로 두 줄기 눈물이 흘러내리고 있었다. 복술은 지긋이 눈을 감았다.

"어디를 상했소 상처가 어디요?"

명중은 그를 흔들며 소리쳤다. 하지만 눈물만 삼킬 뿐 대답이 없었다. 열에 뜬 그의 눈 언저리와 입술이 바르르 떨렸다. 복술은 희고 자그마한 손으로 명중의 손을 꼭 잡았다가 놓았다.

그리고는 맥 없는 손으로 옷고름을 풀려고 무진 애를 썼다. 기운이 쇠진해가는 그는 옷고름을 풀 힘이 없었다.

명중은 순영수가 앞가슴에 부상을 당한 줄 알고 그의 옷고름을 풀어 제꼈다. 그러자 저고리 속에 볼록 솟은 여자의 젖 가슴이 나타났다. 가슴 속에서 여인의 야릇한 훈향이 풍기고 싸움터의 티끌에 약간 거칠어지기는 하였으나 희고 포동포동한 얼굴의 귀염성 있는 선들이 새삼스럽게 안겨왔다.

이에 당황한 명중은 어떻게 하면 좋을지 몰라 했다. 복술은 눈을 감은 채 왼쪽 젖가슴 속에서 청포로 싼 조그마한 것을 꺼내 들었다. '

"아 이것을"

명중은 그 청포를 받아 펴보았다. 붉은 실로 수놓은 마음 심 자가 눈을 황홀하게 찔렀다. 명중은 저도 모르게 '아' 외마디 소리를 질렀다. 그는 언젠가 돌산이 편에 붉은 가운데 중 자를 수놓은 자그마한 비단 조각지와 함께 보내준 자온녀의 글이 떠올랐다.

"남원 부사님 댁 서방님 모시고 큰 뜻을 키우시는 낭군님 부디 이
   나라에 충성 남아 되시어 장부의 기개를 천하에 떨치시옵고, 제 마음

의 기둥이 되시어 주옵소서. 자온녀는 마음 심 자를 지니고 낭군님을 기다리오리다. 성공의 날을 축수하여 만나는 날까지의 신표로 삼기 위하여 붉은 수 가운데 중 자를 보내오니 받아주소서"

붉은 수를 놓은 충성 충 자의 절반을 잘라서 가운데 중 자는 보내주고, 성공의 날을 기다리려는 자온녀의 높은 뜻과 의리와 사랑을 생각하며 그 가운데 중 자 수를 얼마나 소중히 간직하여 왔던가.

명중은 이미 저 세상 사람이 되었다고 생각해 오던 자온녀를 이렇게 만나고 보니 꿈만 같았다.

"아, 낭군님"

복술은 겨우 한 마디 하고 이슬 맺힌 눈을 다시 감았다. 명중은 복술을 조심스럽게 껴안았다.

"자온녀 오 자온녀"

그러나 복술은 눈을 못 떴다. 낭군이 늠름한 의병대 군사가 되기를 기원하고 자기 마음의 기둥이 되어 주기를 바라던 처녀의 마음을 그대로 드러내듯 두 사람의 품 속에서 나온 중심 충성 충 자는 붉게 붉게 타오르고 있었다. 복술은 명중의 품에서 만족한 듯이, 그리고 애타는 듯이 입을 열었다.

"낭군님 이 몸을 놓으시고 어서 왜적을 치세요"

명중은 터지는 오열을 억제하며 처녀를 부둥켜 안은 팔에 힘을 주었다. 복술도 있는 힘을 다 하여 명중의 가슴에 얼굴을 묻었다.

그는 누가 무르는 소리에 놀라 튕겨 오르듯 벌떡 일어났다. 숨 가쁘게 달려온 젊은 의병이 위험에 처한 의병장의 소식을 급히 전했다.

명중은 그 의병에게 복술을 당부하고 말에 올라 의병장이 있는 곳을

향하여 달렸다. 오른손에 칼을 거머쥐고 우뚝 서 있던 의병장은 명중을 보자 손을 들어 가리키며

"저기 복산을 빨리 구원하라"

하고 다급한 목소리로 분부했다. 그 말을 듣고 말에서 훌쩍 뛰어내린 명중은 쓰러진 복산에게로 달려가 그를 덥석 끌어안았다. 복산의 전신에는 칼 자국이 선명하고 팔에서는 피가 샘솟듯 솟구쳐 저고리까지 흠뻑 피로 물들어 있었다.

그는 복산을 안고 말에 올라 아군의 함성이 울리는 성문 쪽으로 달려갔다. 성 안에서는 의병들의 함성과 만세 소리가 폭풍우를 뚫고 힘차게 울려오고 있었다.

낮 동안의 소요는 가신 듯이 사라지고 주룩주룩 내리는 밤비 소리가 구슬프게 귓전을 친다. 동원내아의 침상에 고요히 누운 복술의 앞에는 가슴을 마구 후벼 파는 아픔과 북받치는 슬픔으로 하여 마음의 안정을 잃은 명중이 있고, 그 옆에는 잦은 눈물을 훔치는 산옥이와 부상자의 변화 상태를 여겨보며 한숨 짓는 의원 하린이 앉아 있었다.

명중이 부끄러움도 없이 의식을 잃은 처녀의 꽃 같은 얼굴을 들여다보며 슬픔에 잠겨 어찌할 줄 모르니 산옥과 하린은 경황 중에도 이상한 눈으로 그를 쳐다보곤 하였다.

의병대 안에서 복술이 여자라는 것을 아는 사람은 죽음을 앞둔 인보와 복술과의 눈물겨운 상봉을 목격한 의병장과 산옥, 하린 그 세 사람이기 때문이었다.

의병장 곽재우가 보낸 사람의 말을 듣고 급히 달려온 영산 고을에서 명성이 높다는 의원이 자리에 앉자마자 복술의 손을 끌어당겨 맥을 짚어 보았다.

그리고 침착하게 상처에 약을 갈아붙이더니 환약 두 알을 물에 풀어 의식이 없는 처녀의 입에 떠 넣었다. 한참 만에 겨우 약을 다 먹인 의원

은 두 손을 마주 비비며 고개를 들었다.

"출혈이 지나쳐서 좀 때를 놓치기는 하였으나 이 약을 서너 번 쓰면 소생할 수 있소이다."

그 말에 귀가 번쩍 뜨인 명중은 의원의 손을 덥석 잡았다.

"홍의 장군님의 의병대를 도우시는 주부님께서 이 처자를 어떻게든지 꼭 구원하여 주십시오. 주부님의 하해 같은 은혜를 입어 소생 되오면 결초 보은 하오리다.

영산고을 의원은 묵묵히 고개를 끄덕이고 곤히 잠든 것 같은 처녀의 창백한 얼굴을 찬찬히 살폈다. 비로소 두 젊은 남녀 사이의 남다른 관계를 짐작하게 된 산옥과 하린은 깊은 동정 어린 눈길로 명중을 바라보았다.

비 내리는 음산한 밤은 크나 큰 불안을 안고 점점 깊어가고 있었다. 빗빙울들은 '후두둑후두둑' 창가를 두드리고 사면 벽에 걸린 광솔 불에 비친 그림자가 벽에서 방바닥으로 구부러진 채 불안스레 흔들거렸다.

의병장 곽재우가 막료들과 함께 들어섰다. 방 안에 앉아 있던 사람들은 일시에 일어나 예의를 표하니 재우는 어서들 앉으라고 손짓을 하고 복술의 머리맡에 다가가 조심스럽게 앉았다.

의원은 공손한 태도로 부상자의 상태를 말하고 몇 가지 좋은 약 처방을 내놓았다. 재우는 그 말을 듣자마자 즉석에서 약을 구해오도록 의병들을 여러 방향으로 떠나 보냈다.

이윽고 명중이 자세를 가다듬고 의병장 앞에 무릎을 꿇으며

"소인은 백년가약을 맺은 자손녀를 이제야 찾았습니다"

이 뜻밖의 말에 놀란 재우는 눈을 치떴다.

명중이 울먹이며 말을 채 끝맺지 못하고 고개를 더 깊이 숙이니 재우

가 머리를 천천히 끄덕였다. 막료들은 영문을 몰라 어리둥절한 시선으로 명중과 재우를 뻔히 쳐다보았다.

복술은 제 주위에서 벌어지는 일은 전혀 알지 못하고 여전히 죽은 듯이 누워 움직이지 않았다.

이윽고 재우가 먼저 무겁게 일어나고 막료들도 뒤따라 몸을 일으켰다.

그들이 방을 나가자 영산 고을 의원이 복술의 팔다리에 침을 놓은 후 산옥이더러 손발을 주물러 주라고 하고는 하린과 방을 나갔다. 두 의원이 나가자 방 안은 갑자기 텅 빈 것처럼 허전해졌다.

시각이 흘러 벌써 첫 닭이 울었다. 휘몰아치는 비바람은 산기슭의 나무들을 휘어잡아 흔들고 호곡 하면서 방 안에 앉아 있는 사람들의 가슴을 아프게 후볐다. 아직도 혼수 상태에서 깨어나지 못한 복술은 숨결마저 멎은 것 같았다.

차츰 어둠이 물러가며 먼동이 터 왔다. 부상자 곁에 홀로 남은 명중은 영산 고을 의원에게서 받아 두었던 약을 물에 풀어 복술의 입 안으로 흘려 넣었다.

동트는 새벽에 푸른 빛이 창가에 어리자 복술의 얼굴은 더욱 창백해 보였다. 처녀의 손목을 쥐고 맥박과 호흡 상태를 안타까이 가늠해 보는 명중은 마치도 그 자리에 굳어진 것처럼 까딱하지 않았다. 하지만 복술이 영영 눈을 뜨지 못하는 게 아닌가 하는 걱정이 그의 타는 가슴에 부채질을 하고 있었다.

밖에서는 잠을 깬 새들이 지저귀고 분주히 오가는 발자국 소리며 사람들이 서로 주고받는 말소리들이 들려왔다. 어둠이 물러가고 또 하루 힘찬 생명력으로 충만 된 새날이 시작된 것이다.

그래서인지 복술의 입에서도 가느다란 신음 소리가 새어 나왔다. 명종은 쥐고 있던 연약한 손목을 놓고 처녀의 몸을 가만히 흔들었다. 그런데 복술은 그저 잠잠해 있을 뿐이었다.

다시 신음소리라도 들려주었으면 좋으련만 아무런 움직임도 보이지 않았다. 이로써 끝장이란 말인가 그는 복술이 끝내 눈을 뜨지 못한다면 차라리 그와 함께 황천으로 가고 싶은 충동이 일기까지 하였다.

이제는 비가 멎고 동산에 해가 솟아올라 방 안이 환해졌다. 밤새도록 밝게 타오르던 촛불은 이미 빛을 잃었다. 하지만 명중은 불을 끌 생각도 잊고 복술을 지켜보고 있었다. 따뜻한 햇빛이 창을 뚫고 들어와 벽에서 즐거이 하늘거리는 그때 복술은 불현듯 '알음' 소리를 냈다.

얼굴을 유심히 살피니 보이는 듯 마는 듯 미미한 변화가 생긴 것 같았다. 명중은 정신을 가다듬었다. 복술은 몇 번 숨을 몰아 쉬었다. 얼마간 사이를 두고 바싹 탄 입술을 감 빨며 눈을 조금 떴다가 맥 없이 사르르 감아버렸다.

그의 눈에는 흐릿한 핏줄이 섰다. 그는 새로운 희망이 가슴 속에서 솟구치며 온몸을 뜨겁게 불대우는 것을 느꼈다.

햇살이 퍼지자 좋은 야을 지닌 의원들이 모여들고 여러 고을에서 신효 하다는 깇가지 약재들을 안고 찾아왔다. 명중은 밥 믹는 것도 잊고 복술의 곁에 남아 있다 보니 점심 때를 놓치고 말았다.

의원 하린과 영산 명의가 여러 차례 와서 약을 먹이고 침을 놓아 주었으며, 의병장도 두 번이나 와 보았다. 복술은 의병장과 막료들, 의원들과 백성들의 한결같은 지성의 힘을 한 몸에 받으면서도 의식을 완전히 회복하지 못하고 이틀 동안이나 누워 있었다.

사흘째 되는 밤이었다. 밤은 부드럽고 포근한 어둠에 쌓여 고요히 흘러가고 있었다. 가벼운 바람 소리와 찌르르기 울음 소리뿐 낮 동안 떠들썩하던 소요가 잦아든 산촌의 밤은 한없이 적막했다.

이경쯤 되었을 때 복술은 눈썹을 바르르 떨며 눈을 떴다. 그것을 본 명중은 너무도 반가워서 처녀의 어깨를 와락 붙잡았다.

"자온녀 나요 내가 돌이요 복술은 그를 멍하니 바라보았다."

그러다가 한동안 지나서야 비로소 알아보았는지

"아, 낭군님"

하고 간신히 한마디 하였다. 자온녀의 목소리는 잦아드는 듯 몹시 희미했다. 복술은 힘없는 미소를 띠우며 눈을 내려 감았다. 살며시 눈을 감은 처녀의 눈에서는 맑은 눈물이 하염없이 솟구쳐 올라 양 귓전으로 흘러내렸다. 명중은 그 눈물을 옷소매로 살뜰히 훔쳐주며 말했다.

"나는 이젠 영원토록 자온녀의 곁에 있으리니 어서 일어나오. 자온녀만 일어나면 우리는 하늘의 밝은 해를 보게 될 것이오."

복술은 무슨 말을 하려고 입술을 몇 번 움직였으나 끝내 못하고 그냥 눈물을 흘렸다. 녹아버린 촛대들에서는 자그마한 불꽃이 소리 없이 타오르고, 명중의 가슴 속에서는 연민의 정으로 더욱 강렬해진 사랑의 불길이 활활 솟구치고 있었다.

명중은 복술이 정신을 차린 것이 참으로 반갑고 고마웠다. 복술은 한참 만에 힘겹게 눈을 떴다. 그전같이 영채가 도는 눈은 아니었으나 동자에 한결 생기가 돌았다.

"낭군님 여기에 어이"

복술은 가냘픈 소리로 말하며 손을 쳐들려 하다가 뜻대로 되지 않으니 기운 없이 약간 움직이다 말았다. 그럴 때 산옥이와 여인들이 문을 열고 들어섰다.

그들은 복술의 의식이 회복된 것을 보고 기뻐하기를 마지 않았다. 그제야 명중은 여인들에게 자리를 내주고 슬그머니 일어나 밖으로 나갔다.

하늘 중천에 높이 뜬 달은 휘영청 밝은 빛을 뿌려주며 그의 앞날을 축복해 주는듯 싶었다. 그로부터 닷새가 지나자 복술은 일어나 앉아 제 손으로 머리를 빗었으며 미음도 달게 먹었다.

왜적을 무찌르는 싸움에서 상처를 입은 용감한 여의병 소문이 널리 퍼지니 수많은 사람들이 좋은 약재와 음식들을 가지고 찾아왔다. 마음 착한 사람들의 진정 어린 축복 속에서 복술의 몸은 하루하루 달라져 갔다.

복술은 그토록 그리고 그리던 명중이 자기 곁에 있는 것이 꿈만 같았다. 그 사랑의 손길이 끝없이 정답고 고마웠다. 행복에 겨운 처녀는 이제 죽어도 여한이 없다고 생각하는 정도였다. 복술의 소생과 때를 같이하여 중상 당했던 복산이도 의병장 곽재우의 극진한 보살핌 속에서 자리를 털고 일어났다.

41

영치 이고의 인생 역경

복술이 몸을 회복하고 바깥 출입을 하기 시작할 무렵의 이른 새벽이었다. 방문을 활짝 연 재우는 방금 마루 아래에서 무릎을 꿇은 두 여인을 굽어보았다.

"너희가 위기에 이 새벽에 여기를 찾아왔느냐?"

"쇤네들은 이 고을 공생원댁 천비로 있습니다.

나이 든 여인이 먼저 입을 열었다.

"공생원이라니 공의겸이 말이냐 그럼 너희들이 지금 그 집에서 살고 있단 말이렸다."

"예 그러하옵니다."

"어 헌데 무슨 일로 왔느냐?"

"저희들은 시각을 지체할 수 없는 사정이 있사와 예의 어긋남을 무릅쓰고 존전에 배알하게 되었습니다."

"시각을 지체할 수 없는 사정이란 무엇이냐 긴히 할 말이 있으면 어려워 말고 방으로 들어오너라."

재우는 자리에서 일어나 한쪽으로 옮겨 앉았다. 그래도 두 여인은 주저하며 감히 들어가지 못했다. 재우가 허물치 말라는 뜻으로 친절하게 거듭 말하고 나서야 두 여인은 고개를 숙이고 들어와서 한 구석에 무릎을 꿇고 앉았다. 그들은 어쩌면 좋을지 몰라 한동안 침묵을 지켰다.

　재우는 여인들이 몹시 어려워하는 것을 보고 일부러 한 번 껄껄 웃은 다음

　"급한 일로 왔다면서 어찌 말이 없는고"

　하고 재촉하자 이번에는 차분하고 숱진 머리태를 치렁치렁 내린 처녀가 푹 숙이고 있던 고개를 조금 들었다.

　"그럼 의병장 마님께 말씀 여쭙겠습니다."
　"오냐 아무 염려 말고 이야기해라."
　"의병장 마님께서 흉악한 왜적을 물리치시어 원수를 갚아 주시니 온 고을 백성들이 기뻐서 어쩔 줄을 몰라 하고 있습니다. 그런데 쇤내의 주인 마님 공생원은 오히려 그것이 못마땅하여 당금 집을 버리고 서울로 올라가겠다 하옵니다."

　처녀는 이마 앞에 흘러내린 머리카락을 귀찮은 듯이 두어 번 쓸어 올리더니 가는 숨을 내쉬었다.

　천비로서 양반을 논죄하기가 실로 어려운 모양이었다.

　"옴 역시 죽일 놈이로군"

　재우는 혼자 소리를 하고 미간을 찌푸리었다. 이에 힘을 얻은 처녀는 하던 말을 계속했다.

　"쇤네들의 주인은 왜적이 쳐들어오지미지 나라가 아주 망한 것으로 여기고 왜장을 찾아갔으며, 그 흉악한 놈들의 손발 노릇을 하고 나중

에는 어느 왜장의 추대를 받아서 서울의 왜적 괴수에게 갔다 온 일도 있다 하옵니다. 저희 비복들의 귀에도 그처럼 심상치 않은 말이 들려오므로 쇤네는 절치부심하고 그 사실의 빌미와 근거를 찾으려 하였습니다.

그러다가 어젯 밤에 마침 여섯 살 난 도련님이 마님방에서 이상한 편지를 들고 나온 것을 보고 그걸 손에 넣었습니다. 쇤네는 즉시 밖으로 나가고 싶은 마음이 불 같았지만 틈을 얻을 수가 없었습니다. 저희 비복들은 아침에 서울로 떠난다는 주인 마님의 행차 차비를 밤새워 해드려야 했습니다. 쇤네들은 일을 마친 후에 방으로 자러 들어가는 척하고서 이곳으로 막 달려왔습니다.”

처녀는 말을 마치고 편지를 재우 앞으로 공손히 내밀었다. 공의겸의 편지는 그 내용으로 보아 아주 장황 하였을 것이 틀림없으나 망우당집에는 다만 아래와 같은 간단한 기록이 있을 뿐이다.

‘전쟁 초에 왜적과 내통한 영산 사람 공의겸이 서울로 올라가서 자기 집에 보낸 편지에 이르기를 나는 마땅히 전주 부사가 될 것이다. 만일 그렇게 못 된다 치더라도 밀양 부사는 틀림없이 될 것이다 라고 하였다.’

재우는 그 편지를 다 보고 묵묵히 도로 접어서 서안 위에 던졌다. 미간의 주름이 더 깊어진 그의 얼굴에는 무시무시한 그늘이 빗겨 있었다.

아무 죄도 없는 두 여인은 그 엄엄한 기상에 놀라 숨도 크게 쉬지 못하였다. 팽팽한 긴장이 서린 방 안에는 무거운 침묵이 흘렀다. 이윽고 재우가 더 할 말이 없느냐고 물으니 처녀는 초조한 기색을 지었다.

“쇤네는 주인 마님의 눈을 속이고 몰래 빠져 나왔으므로 빨리 돌아갈까 하옵니다.”

"서두르지 않아도 무탈하리니 그런 근심 말고 하고 싶은 말이 있으면 죄다 하거라."

재우의 음성은 나직하면서도 무척 부드러웠다. 처녀는 그제야 마음이 놓이는 듯 몸가짐을 더 정중하게 하였다.

"존전에 삼가 아뢸 말씀이 있습니다."

"그래 뭐냐 어서 말해라."

"저의 주인은 죄악이 만사와 이 고을 백성들 치고 온염을 품지 않은 사람이 없사옵니다. 그러하오니 역적을 베이시어 만 백성의 원한을 풀어주시기 바라옵니다."

"기특하다. 네 이름은 무엇이냐"

하고 물었다.

"신의 이름은 홍단이라고 하옵니다."

"공의겸의 집에는 언제부터 있었느냐?"

"쇤네는 난리 중에 우연히 그 집에 들어가게 되었습니다."

이렇게 말머리를 뗀 홍단은 동래 부사 송상현 내외가 나라 위에 목숨을 바친 후 그 질녀 송산옥 아씨와 함께 왜적의 손에 붙잡히게 되었던 일이며, 주인 아씨는 요행 구원되었으나 자기는 그 놈들에게 끌려가던 중 매를 맞아 거의 죽게 되었다가 공의겸의 집으로 들어가서 지낸 경위 등을 대강 이야기하였다.

홍단을 강제로 끌어간 왜병들은 그가 죽을 마음을 먹고 항거하자 마구 난타하여 빈사 지경에 이르게 하였다. 왜장은 제 부하들이 끌어다 놓은 홍단의 고운 인물이 퍽 아까웠으나 더는 살아날 가망이 없는 것 같으니 내다버리라고 하였다.

의식을 잃고 쓰러진 홍단은 마침 왜군영 안에서 돌아가던 공의겸의 눈에 띄었다. 색에 놀랄 만치 눈이 밝은 의겸은 처녀의 자색이 보기 드물게 곱다는 것을 곧 알아보았다. 전신의 선혈이 낭자한 홍단의 모습은 참혹하기 이를 데 없었지만, 그에게서는 명월이 흙구름에 가려워진 듯 싶은 아름다움이 은은히 엿보였던 것이다.

의겸은 슬그머니 처녀의 손맥을 짚어보았다. 예상 외로 맥박이 또렷하고 몸의 온기도 있었다. 큰 공력을 들이지 않아도 소생시킬 수 있을 것 같았다. 그는 왜장에게 처녀를 제가 처리하면 안 되겠는가 물었다. 왜장은 그 속심을 다 알겠다는 듯이 너털 웃음을 치고 쾌히 허락하였다.

그리하여 홍단은 즉시 공의겸의 집으로 실려갔다. 그날 밤 홍단은 공의겸네 행랑방에서 정신이 들었다.

마음 고운 여종들은 아무것도 묻지 않고 몸을 운신하지 못하는 처녀를 보살펴 주었다. 특히 월매라는 여인은 틈만 있으면 곁에 붙어 있었고, 홍단을 빨리 추스르기 위해 있는 성의를 다하였다.

처녀의 몸은 그 따뜻한 인정 속에서 차츰 회복되어 갔다. 두 달째 잡히자 홍단은 바깥 출입을 하고 여종들의 일손도 도와주게 되었다.

그러나 홍단의 몸이 온전해지기를 기다리던 공의겸은 아쉽게도 품지 못하고 서울에 불려갔다. 배신자 반역자의 온갖 비열한 자질이 충분한 그는 서울에서 왜적 괴수 우키다 히데이에의 손발이 되어 맹 활동을 하였다.

그에게는 역적질이 무척 흥겹고 재미있는 일이었다. 그는 역적의 야비한 성품을 천성으로 타고나서 기세 등등하여 상전에게는 갖은 아첨으로 발라 맞추기에 정신이 없었다.

하지만 그런 중에도 집에 두고 온 천하미색인 여종 홍단이 생각이 간절하였다. 처녀의 티없이 맑고 고운 얼굴이 늘 눈앞에 어른거려 참기가 정녕 어려웠다. 그는 그 젊은 여종을 서울에 끌어 올려 조용한 곳을 마련하여 매일 드나들면 어떨까 하는 생각도 해보았다.

이리저리 궁리하던 끝에 그는 결국 그럴듯한 거짓말을 꾸며서 상전의 승인을 받고 영산으로 돌아오고야 말았다. 의겸은 집에 오자마자 홍단을 불러 진심으로 위로해 주는 척하며 서울에서 가지고 온 약을 주기까지 하였다. 홍단은 이러한 의겸의 거동을 보고 그의 검은 속심을 이내 알았다.

의겸은 매일 틈을 엿보았으나 좋은 기회란 좀처럼 오지 않았다. 별 뾰족한 수를 찾지 못하는 그는 우격다짐으로 굴복시키리라 마음먹고 어느 날 밤 고양이가 쥐를 노리듯이 홍단이 있는 방으로 살금살금 다가갔다. 조심히 문을 열고 방 안에 들어서자 벼락 치는 소리가 났다.

그는 '어이쿠' 소리를 내며 그 사이에 엎어졌다. 선반에서 큰 기름 단지가 떨어져 머리를 정통으로 얻어맞고 전신에 기름이 쏟아진 것이다. 그는 아프다고 엎드려 있을 새도 없었다. 방 안에서 도적이야 하는 처녀의 째지는 고함 소리가 나고 이어 여종들이 '쿵닥' 거리며 달려왔다. 의겸은 허둥지둥 사랑방으로 도망쳐 들어가서 쓰러지고 말았다.

그 후로는 깨진 머리를 칭칭 동인 채 자리에 누워 바깥 출입도 못하고 끙끙 앓았지만 상전과 기약한 날이 거의 되어 하는 수 없이 일어나서 길 떠날 차비를 하지 않을 수 없었다.

홍단은 의병장 앞에서 자기가 공의겸의 집에 있게 된 사연만 대충 말하고, 그 자에게 욕을 당할 뻔 한 것은 입밖에 내지도 아니하였다.

"음, 너희들의 거처가 참으로 기특하다. 이젠 뒷걱정 말고 수일간 의병대에 머물러 있거라. 산옥이도 예 있으니 홍단인 반갑게 만나서 회포도 나눌 수 있을 게다."

재우는 홍단의 이야기를 다 듣고 나서 이런 말을 하며 빙그레 웃었다. 홍단의 얼굴에는 놀란 빛과 반가운 기색이 엇갈려 떠오르다가 밝은 화색이 확 피어났다. 의병장 앞에서 물러나온 그는 곧 산옥과 눈물겨운 상봉을 하였다.

그날 저녁 무렵에 동문 안으로 거침없이 들어온 사인교 한 채가 의병장이 들어있는 상방 대청 앞에서 멎었다. 마침 반쯤 열린 문 틈으로 글을 쓰는 의병장이 들여다 보이었다.

교군들은 가마를 내려놓고 섬돌 밑으로 다가와서 무릎을 꿇었다.

"의병장 마님께 아뢰오 소인들은 분부대로 합천 해인사에서 여승을 데리고 왔소이다."

그 뒤를 이어 가마를 따라온 젊은 여성 둘이 앞으로 나서며 공손히 합장 배려하였다.

"합천 고을 가야산 해인사에 있는 소승들은 의병장 마님의 분부를 받들고 저희 스님을 모시고 왔사옵니다."

재우는 그 말을 듣자 글 쓰던 종이와 붓을 한쪽으로 밀어놓고 문을 활짝 열어 지었다.

"오냐 너희들이 수고가 많았겠구나. 헌데 너희 스승은 어디 있느냐?"

"황공하온 말씀이오나 저희 선생님은 저 가마 안에 계시온데 한쪽 다리를 쓰지 못하옵니다."

"그러면 너희들이 부축해서 이리로 올라오게 하여라."

두 여성은 의병장의 분부가 있자 나이 지긋한 이고를 양쪽에서 부축하고 섬돌로 올라왔다.

그런데 이고는 의병장 방 문 앞에서

'나를 여기에 놓아 주오'

하고 나직이 부탁했다. 젊은 여승들은 스승의 말을 어길 수 없어 그가 하자는 대로 하였다.

재우가 대청 위에 올라 오라고 거듭 말했지만, 이고가 그냥 사양함으로 두 여성은 그를 일으켜 세웠다가 그 자리에 도로 앉히고 말았다.

청나삼을 입고 백팔염주를 목에 두른 이고의 얼굴은 백옥같이 희고 맑았다.

"분부를 받들어 존전에 배알하였사오나 한미한 몸으로 존문에 함부로 들어 감이 분에 넘치와 황공하기 그지없습니다."

재우는 그의 거동과 말이 법도가 있는지라 속으로 감탄을 금치 못했다.

"그대가 영지 이고 인고"

"그러하오이다."

"원로의 예까지 오느라 얼마나 수고로웠겠소. 전일 군량과 전포를 보내준 이고와 그곳 성도들의 정성에 내 심심이 사대하오."

"저희 성도들은 의병장 마님의 은혜를 입사와 참혹한 난중에도 화를 모르고 지내는 바옵니다. 그럼에도 불구하고 여지껏 이렇다 할 도움을 드린 것이 없으니 부끄럽기 이를 데 없사옵니다. 죄송스러운 마음을 누를 길이 없어 얼마 되지 않는 식량을 성의 표시로 보냈을 뿐이온데 어찌 수고로울바가 되오리까. 소승은 이번에 가마를 메고 오신 의병 여러분들께서 여의병이 전장에 나갔다가 심한 상처를 입었다는 말씀을 듣고 수중에 지니고 있던 의약을 가져왔사옵니다. 회생단이라 할만치 신묘하오니 여의병의 병구완에 꼭 써주시기 바라옵니다."

이고는 말을 마치고 두툼한 약봉지 3개와 청홍색 보따리 하나를 내놓았다.

"이것은 무엇이오?"

재우가 청색 보따리를 가리키며 물으니 이고는 고개를 숙이고 한숨만 몰아 쉴 뿐 대답이 없었다.

젊은 여승이 이고를 얼핏 돌아보고 나서 입을 열었다.

"아뢰옵기 황공하오나. 소승이 말씀드리오리다. 젊어서 가부님과 두 따님을 생이별 하시고 온갖 풍상고초를 겪으시던 우리 스님은 오늘까지 18년 동안 불가에 몸을 의탁하고 계시옵니다. 그런 까닭에 우리 스님은 생이별한 그분들을 행여 만나 보실까 하여 수소문도 해보고 불전에 발언도 하여 보았으나 뜻을 이루지 못하였사옵니다. 영치 스님이 불가에 몸을 의탁하여 오늘에 이르도록 살아온 것은 생이별한 분들을 만나시려는 한 가닥 소망 때문이옵니다.

저 청홍보 안에는 한산 모시로 곱게 박아 지은 여름 옷 한 벌과 청홍색 쌍무지와 능라단 치마저고리 두 벌 감이 있사온데, 그건 저희 스님께서 가부님과 두 따님을 만나면 주시려고 장만한 것이옵니다. 그게 비록 보잘것없는 물건이오나 의병장 마님과 여의병을 우러르는 성의만은 그지없이 뜨거운 것인 줄로 아옵니다.

재우는 젊은 여성의 말을 다 듣고 묵묵히 창 밖을 바라보았다. 석양빛이 흐르는 맞은편 집 지붕 위에서 제비들이 재재거리고 있었다. 한참 만에 그는 고개를 돌려 영치를 바라보았다.

"이고는 불가에 들어가기 전에 어디서 살았소?"
"소승의 출가 전에 살던 고장은 의령 고을 신흥 역마을이옵니다."
"그 마을에 살았으면 혹시 월선이라는 여인을 아시오?"

이 물음에 영치는 얼굴이 금세 해쓱해졌다.

"소승이 바로… 황송하온 말씀이오나 의병장님께서 월선을 어떻게 아시오니까"

재우는 대답을 하지 않고 눈을 감았다.

여승은 하염없이 눈물을 흘렸다. 굵은 눈물방울이 떨어져서 그의 청나삼 자락을 점점이 적셨다.

이윽고 영치는 눈물을 씻고 나서 문 밖에 시선을 던져 창공을 우러러보았다. 가 없는 하늘은 예나 다름없이 유유하고 푸르렀다.

어린 시절에는 저 푸른 하늘을 바라보며 얼마나 행복을 꿈꾸었던가. 어머니와 아버지, 형제들과 이웃들은 웃음 많은 소녀를 한결같이 사랑해 주었다. 그러한 사랑 속에서 소녀의 꿈은 자랐고, 또한 그가 철이 들어서는 마음 착한 남편 인보를 만나 진정한 사랑과 행복의 기쁨을 맛볼 수 있었다. 헌데 지금 그들은 모두 월선의 곁을 떠나 아득히 먼 곳으로 가고 말지 않았는가 영치는 자신도 거의 잊어버린 그의 이름이 생면부지의 의병장 입에서 나오니 꿈 같기만 하였다.

재우는 영치가 다름 아닌 인보의 아내이며 자운녀의 생모라는 것을 알게 되자 가슴이 뻐근하게 아파왔다. 부세의 초로 인생이거든 길지 않은 한 생에 인보나 월선이 같이 어진 이들은 모진 운명의 가시밭길을 걸어야 하며 공익겸처럼 천추에 용납 못할 간특한 반여 무리들은 방자하게 머리를 들고 제 마음대로 세상을 농락한단 밀이냐.

고진감래와 흥진비례는 인간 상사라 하였거늘, 어이하여 기막힌 인생 고초를 다 겪은 인보는 끝내 낙을 모르고 저 세상에 갔으며, 월선은 한 생을 고생 속에서 저토록 헤매기만 하느냐 재우는 저도 모르게 긴 한숨을 내뿜었다.

그런 다음 정인보와 희열에 대해서 자기가 알고 있는 것을 물 흐르는 듯 잔잔한 음성으로 이야기하였다. 그가 하는 말은 무엇이나 다 눈물 겹고 가슴 아픈 사연으로 일관되어 있었다.

그는 지나간 일의 전말을 이해할 수 있을 만큼 들려주고, 끝으로 정인보의 제삿날과 산소 있는 곳을 일러준 후에 좋은 날을 택하여 같이 가보자는 언약도 했다.

그리고 영치가 애끊는 아픔 속에서 소리 없이 눈물 흘리는 것을 보고는 조용히 위로의 말을 하였다.

"정형처럼 공을 세우고 간 사람이 드무니 이는 우국 충신의 거울이외다. 우리 의병대가 오늘까지 걸어온 승전의 길에는 정형의 충성과 공로의 자국이 가장 크게 찍혀 있소이다. 이보다 더 떳떳하고 값 있는 인생이 어디 있으리까. 희열이 또한 남장을 하고 왜적을 물리치는 싸움에서 갸륵한 공을 세웠으니 어찌 규수로서 놀라운 일이 아닐까."

영치는 의병장의 이 같은 말에 깊이 감동되어 흘러내리는 눈물을 닦고 고개를 숙였다. 그 곁에서 같이 눈물을 흘리던 젊은 여성들도 경건한 마음으로 합장 배려하였다.

"어찌하여 이렇게 다리를 상하시었소이까."

문득 재우가 목이 잠긴 소리로 물었다. 영치는 갑작스러운 그 물음에 얼른 대답을 하지 못했다.

하긴 한 마디 말로는 대답할 수 없는 일이기도 하였다.

우질포 물방앗간에 젖먹이 희열이를 놓고 피눈물을 뿌리며 낙동강을 건너 영산고을에 이른 월선은 배고파 우는 5살 잡이 희분이를 동네 방앗간에서 기다리게 하고는 염치 불구하고 큰 기와집 부엌으로 곧장 들어갔다. 마침 거기서는 여종들이 점심밥을 한창 짓고 있었다.

그들은 월선의 말을 듣고 진심으로 동정하면서 밥이 다 되면 방앗간에 가져다 주겠다고 하였다.

부엌문을 나선 월선은 누가 볼세라 종종 걸음을 치는데 갑자기 사내의 굵은 목소리가 울렸다. 뒤를 돌아보니 젊은 사내가 대청에 서 있었다.

"네 누길래 남의 집 대문 안에 함부로 들어왔느냐? "

그 자리에 못 박힌 듯 멈춘 월선은 입을 열지 못했다.

"어이 대답이 없는고?"

"길을 가다가 어린 것이 배고프다고 조르기에 밥을 빌까 해서"

"내 집에 찾아온 나그네를 주인의 체면으로 그냥 돌려보낼 수야 있나 가서 어린 것을 데리고 오는 게 어떻겠느냐"

양반이라고 아직 새파랗게 젊은 녀석이 해라를 붙이는 것이 불쾌하였으나 구걸하는 신세라 그런 것을 가릴 처지가 못 되었다.

월선은 공손히 절하고 방앗간에 가서 얼른 어린 것을 데리고 왔다. 주인은 그가 밥을 채 먹기도 전에 불러서 떠돌아 다니게 된 사연을 잠깐 묻고 나서 자기 집 침모로 받아 주겠노라고 하였다.

월선은 썩 내키지는 않았지만 다른 도리가 없어서 그대로 눌러앉고 말았다. 이 집 주인은 백성들의 가죽을 벗기고 살을 발라내며 남의 유부녀를 유린하는 데 이골이 난 공의겸이라는 자였다.

젊은 의겸에게는 벌써 첩이 넷이나 있었다.

침모살이는 이루 말할 수 없는 고역이었다. 월선은 원신과 첩들이 옷을 빨고 반반하게 다리고 바느질 히느리 허리를 펼 새가 없었을 뿐더러 그 잘난 것들의 머리를 빗겨주고 눈썹을 그려주는 역한 일까지 해야만 하였다. 그래도 마음 착한 여종들과 의합이 되어 정을 주고받으며 서로 의지해서 지내니 다소 위안이 되었다.

그들은 용모가 아름답고, 예의범절과 행동 또한 나무랄 데 없는 월선을 존경하고 따랐다. 특히 언년이 엄마는 친동생처럼 아끼면서 그의 외롭고 가련한 처지를 진심으로 동정하였다.

얼마간 지나자 언년이 엄마는 주인 공의겸의 검은 속셈을 알려주고 동생을 침모로 받아들인 것은 그가 더러운 야욕을 품고 한 노릇이니 아무쪼록 몸 건사를 각별히 하라고 누누이 당부하였다.

월선은 다음 날 주인이 침모 방으로 따로 정해준 독방에서 나와 여종들과 하녀들의 방으로 자리를 옮겼다. 그래도 공의겸은 이를 모르는 채 한 것은 여종 쯤은 아무 때나 다룰 수 있다고 생각되기 때문이었다.

침모방에 무시로 우악스러운 놈들과 관과 사령들에게 강제로 끌려오는 처녀나 여염집 유부녀들도 있었다. 그들 중에는 한밤중에 통곡을 하며 돌아가는 여인도 없지 않았다.

그러던 어느 날 밤이었다. 날이 저무니 집안은 웬일인지 조용해졌다. 언년이 엄마는 몸이 아파서 제 방에 들어 누워 있고, 다른 여종들은 공의겸이 심부름을 보낸 것이다. 월선은 하루 일을 마치고 제 처소로 돌아와서 잠자는 희분이를 한 구석에 옮겨 놓고 방을 치우고 있었다.

구슬픈 귀뚜라미 울음소리만 들릴 뿐 어둑시근한 방 안은 고요하였다. 귀뚜라미 소리가 묻자 홀연 바람이 들며 등잔불이 꺼졌다. 가슴이 섬찍해 뒤를 돌아본 월선은 깜짝 놀랐다. 앞에 웬 시커먼 사나이가 장승처럼 우뚝 서 있었다.

주인 공의겸이었다. 미처 몸을 피할 새도 없이 와락 덮치며 월선을 쓰러뜨린 의겸은 우선 입부터 틀어 막았다. 월선은 벗어나려고 요동쳤으나 허사였다. 연약한 여인의 힘으로는 사내를 당해낼 재간이 없었지만 의겸이 씩씩거리며 내려 누르다가 그만 붙들고 있던 여인의 팔을 놓쳤다.

그 틈에 월선은 사내의 손을 입에서 떼어내고 이어 손등을 물어 뜯었다. 의겸은 '악' 소리를 지르며 손을 떼고 벌떡 일어났다.

이와 때를 같이 하여 잠을 깬 어린 희분이가

"엄마, 엄마"

하고 발을 동동 구르며 울었다. 자지러지게 우는 아이의 울음소리에 놀란 청년들이 행랑채로 달려왔다. 그 사이에 슬그머니 밖으로 빠져나온 의겸은 아닌보살 하고 두덜거렸다.

"아 고년 양반집 행랑방에 서방을 끌어 들이다니…"

이튿날 아침에 의겸은 심복을 불러 월선이 어느 사내와 간통하였는가를 바로 이를 때까지 주리를 틀라고 서슬이 시퍼렇게 호령했다.

그리하여 월선은 무수히 매를 맞고 주리를 틀려 왼다리가 완전히 골절된 채 의식을 잃었다. 그것을 본 공의겸은 그 밤으로 월선을 인적이 없는 곳에 내다 버리게 하였다. 월선은 다음 날 한낮에 합천 해인사 승방에서 정신을 차렸다.

그는 다행히도 절 근방 외통 길에 쓰러져 있었으므로 그곳을 왕래하는 여승들이 보고 날라왔던 것이다. 여승들은 불행한 그를 정성껏 치료하고 아주 극진히 돌봐주었다.

월선은 석 달 만에 몸을 추스리고 여승들의 권고를 쫓아 머리 깎고 중이 되었으며, 얼마 뒤에는 영치라는 법명을 가지게 되었다.

영치는 다리 병신이 된 사연을 극히 간명하게 이야기하였고, 십팔 년간 산속에서 지낸 일은 거의 말하지도 않았다. 그렇지만 재우는 그가 얼마나 모진 고초를 겪었고 오랜 세월 마음 고생하였는가를 능히 짐작할 수 있었다.

영치 이고의 인생 행로는 정인보기 걸어온 운명의 길과 별로 다를 바가 없었다. 재우는 위로의 말을 찾지 못하고 고개를 숙였다. 그래서인지 모두 말이 없었다. 이 침묵은 문득 문 앞에 나타나서 무릎을 꿇은 중위장 명중이 깨뜨렸다.

42

백성을 수탈해온 토호들을 단죄하다

"의병장님께 아뢰옵니다. 역적 공의겸을 나래하였소이다."

그 말에 재우는 고개를 번쩍 들었다. 그의 눈은 무섭게 번뜩였다.

"그 놈을 동원 옥방에 가두어라 그리고 그 흉악한 역적의 집에 기찰을 보내어 동정을 살피고 일체의 출입을 단속케 하거라."

"예 분부대로 거행하겠소이다."

얼마간 시간이 지난 뒤에 재우는 산옥을 향하여

"이고 일행이 먼 길에 오느라고 피곤 하였으리니 내아에 깨끗한 방 하나를 내어 쉬도록 해 드려라"

하고 말하고는 재우는 영치에게 스무 아흐레 날이 길일이니 딸을 그때 만나보는 것이 좋으리라고 하였다.

하루 반이 무던히도 더디게 지나가고 드디어 길일이라는 스무 아흐레 날이 되었다. 산옥은 모녀가 서로 만나보게 하라는 의병장의 분부를 듣고 이른 아침에 영치가 쉬는 방의 문을 조용히 열었다. 아랫목에 단정히 앉아 있던 영치는 산옥이 들어와 문안을 들이자 가까이 오라고 하여 그의 손을 꼭 감싸주었다.

이고의 눈가에는 따뜻한 인정이 어린 잔주름이 잡혔다. 산옥은 영치의 눈악이 깊숙이 들어간 것을 보고 놀라서 말했다.

"스님께서는 어찌 어제 오늘 사이에 이렇듯 심기가 상하셨습니까?"

영치는 그저 머리를 조용히 젖고 나서 산옥의 부드러운 손을 계속해 어루만졌다. 딸과 만나게 될 시각을 앞둔 이고의 얼굴에서는 어딘지 모르게 숙연하면서도 초조해하는 빛이 엿보였다.

영치는 꿈을 꾸는 것 같기도 했고, 그 어떤 알지 못할 곳에 둥둥 떠있는 듯도 하였다. 참으로 마음의 평온을 유지하고 침착하게 앉아 있기가 몹시 힘들었다.

"스님, 저는 의병장 마님의 분부를 받고 왔습니다. 어서 따님을 만나러 가십시다."

영치는 말없이 고개를 끄덕였다. 곁에 있던 젊은 여성들이 이고를 양옆에서 부축하여 일으켰다. 잠시 후 그들은 복술이 있는 방 앞으로 가서 문을 열었다.

딸의 환한 얼굴과 어진 눈매와 날이 선 코에서 그 옛날 남편의 모습을 찾아본 영치는 목이 꽉 매여 간신히 입을 열었다.

"네가 내 딸 희열이란 말이냐?"

"예, 어머님 제가 제가 희열입니다."

복술도 울음 섞인 목소리로 겨우 말했다. 이고는 두 팔을 벌리고 전신을 떨었다.

보슬비가 일시에 폭우로 변한 듯 그의 눈에서는 구슬 같은 눈물이 사정없이 흘러내려 가사 앞섶을 적셨다. 복술은 영치의 떨리는 손과 씰룩

이는 입을 보고 무량한 감개에 북받쳐,

"어머니"

하고 외치며 어머니 품에 몸을 던졌다. 딸을 품에 안은 영치는 몸을 더 지탱하지 못하여 그만 그 자리에 주저앉고 말았다.

의병대에서 반역자 공의겸을 처형한다는 통문을 돌리고 곳곳에 방문을 내붙여서 영산 고을은 이른 아침부터 웅성이는 분위기다. 동원 대청 앞마당은 벌써 수많은 사람들로 꽉 찼다. 남녀노소가 다 나오고 산속으로 피난 갔던 사람들과 양산, 창녕, 의령 삼가, 밀양, 함안 등 이웃 고을 사람들도 적지 않게 찾아왔다.

또한 의병들 전원이 들어서고 보니 그 넓디 넓은 마당은 입추의 여지가 없었다. 영산 고을이 생겨난 이래 오늘처럼 사람이 많이 모여 보기는 처음인가 싶었다.

아직 몸이 온전치 못한 복술은 여승들과 함께 어머니 영치 이고를 모시고 나왔다. 산옥도 어제 세간리에서 온 여의사 묘례와 같이 형장 뒷구석에 앉아 있었다. 이윽고 붉은 갑옷을 입은 의병장 곽재우가 막료들과 함께 나와 단상에 안고 뒤이어 목에 큰 칼을 쓴 공의겸이 건장한 의병에게 끌려 나왔다.

형장 안은 물을 뿌린 듯이 조용해졌다. 매를 든 의병 이억만과 윤도끼가 근엄한 기색으로 등대하고 있었다. 뭇 시선들이 형틀에 앉은 죄수 공의겸에게로 집중되었다.

"니가 공의겸이냐?"

"그러외다"

공의겸은 그 주제에 양반이랍시고 대답이 공손치 못하였다.

"듣거라. 네가 백성들의 재물을 함부로 탈취하고 부녀자들을 제 집에 끌어들여 희롱하기를 능사로 하였다 하니 그것만 해도 너는 살아날 길이 없다. 그런데 너는 흉악한 왜적들과 한 동아리가 되어 무고한 백성들을 수없이 죽였을 뿐 아니라 서울의 왜적 본영으로 올라가서 우리나라 안팎 형세와 지형 지세를 살살이 일러주고 계책을 같이 협의하였으며, 나중에는 왜에 관작을 받기까지 하였다니 어찌 살기를 바라겠느냐."

의병장의 음성은 비록 크지 않았으나 추상 같았다.

"소생이 의식이 아직 곤궁함을 모르거늘 무엇 때문에 백성의 재물을 빼앗으며 양반으로서 어떻게 남의 부녀자를 능욕 하오리까. 또한 왜적과 내통했다는 말씀도 천만부당하외다. 소생이 왜적과 몇 번 접촉한 바는 있었으나 실은 잡혀간 백성들을 구원하기 위해서 그랬던 것이외다.

이는 관가에서 근거 없이 잡아들인 죄수가 끝내 자백하지 않으면 고을 원도 어쩌지 못하여 엄포나 놓고 돌려보내는 것을 자주 보아온 공의 겜이 의병장을 얕 잡아보고 하는 말이었다.

재우는 갑자기 서안을 탁 쳤다.

"이놈 네, 뉘 앞이라고 감히 요망을 떠느냐 니가 그 입으로 수많은 동족을 왜적에게 넘기고도 이제 또 여기서 세치 혀끝을 놀려 누구를 희롱하려느냐"

재우의 호령은 예상외로 우렁찼다. 그의 부릅뜬 두 눈에서는 무서운 불이 흘러나오는 듯 하였다.

"추호도 사정 볼 여지가 없으니 저놈에게 중장을 매우 치라"

대령하고 있던 이억만과 윤도끼는 공의겸을 형틀에다 꽁꽁 결박하고 치도곤을 들었다. 그들은 서로 마주 서서 맞 도리깨질 하듯 공의겸을 짓쪼겼다. 열 대, 스무 대, 서른 대 피가 터져 살점이 뭉그러지니 의겸은 자지러지게 비명을 질렀다.

"어어 어이구, 바른대로 아뢰오리다."

억만과 도끼는 잠시 매를 멈추고 줄줄 흐르는 얼굴에 땀을 손등으로 훔쳤다.

"소인은 전에 관가의 환자 죽음을 방치하였고, 고을 관기들도 더러 가까이 한 일이 있었사옵니다.

재우는 그 말이 끝나기도 전에

"매우 쳐라"

하고 한 손을 획 내저었다. 치도곤이 또 몇 대 들어가자 공의겸은 죽는 신용을 하며 다급히 소리쳤다.

"제발 목숨만 살려 주옵시다 아뢰오리다. 목숨만 아이고 제발 목숨만 이제 더 맞으면 죽, 죽사외다 목숨만"

"지체 없이 아뢰어라."

재우의 노한 목소리가 동원을 뒤흔들었다.

"소인이 죽을 죄를 지었사외다. 아이고 제발 형 틀에서 내려주시면 아뢰겠습니다. 제발, 제발 사정을"

"앙큼한 놈 여기가 어디라고 무엄하게 희롱하려 드느냐 여봐라. 그 놈을 장판에 엎어놓고 볼기를 쳐라."

의겸이 장판으로 옮겨진 뒤 더욱 심한 치도곤이 연방 들어갔다.

"아이고, 아이고 사람 죽습니다. 목숨만, 목숨만 의병장님 바로 아뢰오리다."

헐떡거리며 간신히 소리를 짜내는 의겸은 정말로 숨이 끊어질 것 같았다. 이에 매를 잠깐 멈추게 한 재우는 미간을 찌푸렸다.

"추호라도 기고 사실을 은폐하면 구족을 멸하리니 그리 알리라.

"예, 네. 아이고 어느 존전이라고 감히 기고 하오리까. 소인은 한때 무력이 통하여 백성들의 재물에 손댄 것은 좀 있사옵니다. 하오나 소인도 성상의 은혜를 입고 사는 백성으로 어이 국운을 저버리고 사나운 왜족을 쫓으오니까 정신은 불사이군이라 하였거늘, 아무리 향촌에 묻혀 사는 무용필부로서니"

"이 놈"

동원을 번쩍 들었다 놓는 듯한 의병장의 어마어마한 호령이 터졌다.

"네 정녕 간교하게 속여 보려느냐, 억만아 저놈의 숨이 넘어갈 때까지 고통을 겪도록 백근 무쇠로 압술을 호되게 하고, 매를 쳐서 영산고을 백성들과 이 나라 겨레들에 사무친 원한을 다소나마 풀도록 하라.

"예, 잇"

길게 대답한 억만은 손을 잽싸게 놀려 의겸의 머리 끄뎅이를 잡아 일으킨 후 형틀로 끌고 가서 새로이 결박하기 시작했다. 윤도끼도 팔을 더 걷어 올리고 꼼짝 못하게 제압하였다. 그런데 갑자기 군중 속에서 한 중늙은이가 달려 나와 의병장 앞에 부복하였다.

"소인은 이 고을에 사는 배동필이옵니다. 소인에게 곤의건의 무서운 매국 행위를 아뢰이도록 허락하여 주시면 하옵니다."

"무슨 말인지 어서 하여라.

재우는 그를 굽어보며 머리를 끄덕였다. 동필은 자기 딸을 두 번이나 구원해 준 신여복이 영산 왜 군영에서 끔찍한 고문을 당할 때 공의겸이 하던 짓을 여복에게서 들은 대로 상세히 말하였다. 동필은 사경에 처한 여복을 구원하던 일과 그가 혈서를 쓴 것까지 낱낱이 이야기하였다.

사람들은 그의 말을 듣고 치를 떨었다. 특히 재우는 동필의 말에서 큰 충격을 받았다. 그러나 진실로 크게 놀란 사람은 송산옥이었다. 산옥은 가슴이 미어지고 창자가 끊어지는 듯한 아픔을 느꼈다 배동필이 의병장에게 공손히 절을 하고 물러가자

청나삼을 입고 염주를 든 나이 든 여성 하나가 석장을 짚고 숙연한 걸음새로 나와서 합장 배례하였다.

"소승은 일찍이 주인 공의겸의 집에서 고용 살다가 탈속하여 불가로 들어간 영취사의 승려로서 법명은 청담이라 하옵니다. 소승은 공의겸에게 사무친 원한을 품고 죽은 한 여인의 사정을 말씀드리려고 오늘 새벽에 산에서 급히 내려 왔사옵니다. 소승과 형제같이 지내다가 원한 품고 죽은 사람의 그 원통한 사연을 의병장님께 아뢰지 않는다면 그 여인의 오월 서릿발 한을 뉘라서 풀어주오리까. 일부 지원이 삼 년이라 하였으니 바라옵건대 깊이 헤아리시어 소승의 소청을 들어주시면 하옵니다."

산옥은 또 한 번 놀랐다. 영취사에서 만나보고 인상 속에 깊이 새겨두었던 이고가 이곳에 나타난 것이 귀한 인연처럼 생각되기도 하였다. 웬일인지 막연한 기대로 온몸이 굳어지면서 가슴이 후두두 뛰었다. 그 순간 영치의 가슴 속에서는 더 거센 파도가 일렁이고 있었다.

청담은 다름 아닌 십팔 년 전의 언년이 엄마였다. 이 언년이 엄마가 공의겸의 독한 매를 맞고 죽은 줄 알고 있는 월선의 억울한 사연을 고하려 하는 것이다. 의병장이 그 소청을 받아들여 어서 말하라고 하자 청담은 잔잔하면서도 울분이 넘치는 음성으로 지나간 일을 눈앞에 자세히 펼

쳐 놓았다.

그는 공의겸이 수욕을 채우려는 요구에 응하지 않고 항거하였다 하여 월선에게 무지한 매를 쳐서 다리를 부러뜨린 다음 남 모르게 내다 버렸을 뿐 아니라 월선의 어린 딸마저 내쫓은 것을 밝히고, 제가 몰래 데려왔던 그 어린 것을 양지 현감 송복홍에게 준 사실도 낱낱이 다 말하였다.

또한 그 후 관가의 아전과 짜고 자기 외동딸을 종 문서에 올리려 함으로 야반 도주하여 딸을 시집 보내고 저는 산으로 들어가서 중이 된 사연과 얼마 전에 월선의 딸처럼 느껴지는 의병대의 여인을 만나본 것도 이야기하였다.

재우는 청담이 물러간 뒤에 글이 적힌 종이 한 장을 펴들었다.

"이놈 네 눈이 있으면 이것을 보아라. 이게 뭔지 알겠느냐."

엉겁결에 피투성이 상판을 들었던 공의겸은 의병장이 펴 보이는 것이 제가 쓴 편지임을 알아보고 대경실색하여 고개를 푹 떨구었다. 재우는 편지의 사연을 사람들이 다 듣도록 큰 소리로 읽었다.

군중은 공의겸의 매국 배족 행위에 새삼스럽게 놀라서 웅성거리며 의분이 끓었다.

재우의 우렁우렁한 목소리가 울리자 군중을 일시에 잠잠해졌다. 그는 먼저 역적 공의겸의 죄행을 조목조목 열거하고 나서 참형을 선고하였다. 군중 속에서는 다시금 흥분의 파도가 일었다. 형틀에 묶여 머리를 맥없이 숙이고 축 늘어진 공의겸은 이미 산 송장이나 다름없는 몰골을 하고 있었다.

재우는 종사 곽형을 불러 영치 모녀와 청담이 내아의 큰 방에서 서로 만나게 해주라고 이르고는 막료들과 함께 안으로 들어갔다. 그는 형을 집행하기 전에 그들의 뜻 깊은 상봉을 마련해 주고 싶었다.

잠시 지나 곽형이 보낸 동자치들이 각각 영치와 복술, 청담 산옥이 있는 곳에 가서 그들을 내아의 큰 방으로 인도하였다.

의병장 곽재우가 단위에 오르니 북소리가 둥둥 울렸다. 억만이와 도 끼는 곧 형틀로 다가가서 공의겸의 결박을 풀고 상투를 휘어잡아 일으키 고는 그의 웃통을 벗겼다. 사람들이 모두 숨을 죽이고 그 모양을 바라보 는데 불현듯 의병장의 호령이 떨어졌다.

"격식을 차리지 말고 목을 베이어라."

그 우렁찬 소리에 후들 놀란 공의겸은 고개를 들었다.

"목숨만, 목숨만 살려주십시오. 한 번만 용서 하옵시면 결초보은이 라도 하오니 제발 용서하여 주십시오.

재우는 벌벌 떨며 애걸하는 의겸을 내려다보고 미간을 찌푸렸다. 그 리고 억만이 죄인의 상투를 풀려고 하자 다시 분부를 내렸다.

"그런 격식을 더 차리지 말고 빨리 쳐라"

억만은 서슬 푸른 칼을 치켜들었다. 칼이 번쩍 빛나는 찰나 공의겸의 머리는 땅바닥에 털썩 떨어졌다. 그것을 본 사람들은 백 년 묵은 불여우 가 죽었다고 하며 하나같이 통쾌해 하였다.

사람을 죽이는 것은 원래 끔찍한 일이건만 그들은 의겸을 흉악한 짐 승이나 다름없이 여겼기 때문에 오히려 가슴이 후련했던 것이다.

그런데 한 여인 만은 담장 모서리에 서서 담벽을 치며 흐느껴 울고 있 었다. 그는 공의겸의 누이 설매라는 계집이었다.

재우가 제일 먼저 의병을 모아 '토적보국'의 기치를 들고 나섰을 때 합천군수 정현용의 첩살이를 하던 설매는 의령에서 반역을 꾀하여 군사 를 모은다고 입방아를 찍으며 현용을 꼬드겼다.

그에 현용은 처음에 재우를 모함하는 데 앞장섰으나 곽재우 의병대의 세력이 커지고 그 명성이 전국에 퍼지자 역적 공의겸의 여동생으로 인하 여 미치게 될 화가 두려워 설매를 소박하여 내쫓고 말았다.

재우는 아직 울고 있는 여인이 누구인지 모르지만 필연코 무슨 연고가 있으리라 생각되어 당장 단 앞에 불러다 놓게 하고 엄하게 따졌다.

"만인이 공의겸의 참형을 귀히 여기거늘 너만이 슬피오니 도대체 무슨 연고이냐"

설매는 위엄이 서릿발 같은 의병장의 말에 얼굴이 새파랗게 질렸으나 좀체로 입을 열지 않고 흐느끼기만 하였다. 재우는 땅에 엎드려 벌벌 떠는 계집을 굽어보며 불호령을 하였다.

"요망한 계집이로다. 어찌 대답이 없느냐?"

이에 깜짝 놀란 설매는 머리를 조아렸다.

"참형당한 저 사람은 소녀의 오라비 이옵니다. 소녀는 동기 형제의 정리에 참아 보기가 애처롭고 참혹하여 울었습니다."

그 말을 들은 재우는 이미 공의겸 일가의 소상들과 가족들을 샅샅이 요해하고 있었는지라 곧 이 계집이 합천군수 정현용의 첩으로서 자기를 모함하려 들던 설매임을 알아차렸다.

"네가 합천군수 정현용의 소첩이 옳으냐, 이년 어찌하여 대답이 없느냐.'"

"그러하오나 지금은 친정에 와 있사옵니다."

"네가 나를 역적이라고 한 일이 있느냐?"

"소녀가 역적의 누이라 한들 어찌 나라 위해 싸우시는 의병장님을 모함하오리까"

재우는 너무도 가소로워 초사를 더 이상 받으려 하지 않았다. 그는 공설매가 합천군수의 첩 노릇을 하면서 의병대를 허물려고 군수와 함께 허무맹랑한 참소를 하여 순찰사 김수로 하여금 곽재우가 역적 모의를 한다고 상소를 하게까지 만든 사실을 군중에게 알린 다음 즉석에서 남해의 외진 섬으로 쫓아내도록 하였다.

재우가 일어나자 군중은 뿔뿔이 흩어져 갔다. 수일 후에는 공의겸과 한 짝이 되어 백성들의 고혈를 짜낸 영산 고을의 이방 옥경선, 호방 박순호를 비롯한 구실 아치들과 악하게 굴던 의겸의 집 장두 녀석들, 그리고 난중의 부모, 형제 사이, 이웃 지간의 의리와 질서를 문란하게 하여 백성들의 생활에 불안을 조성한 자들이 잡혀와서 의병장의 엄한 추궁을 받았다.

제 3 부

무능한 조정에 단비는 내렸으나…

43

창녕, 화왕 산성 전투

수송로를 잃은 왜적은 다시 창녕으로 몰려들었다. 창녕을 거점으로 하여 영산의 곽재우 의병대를 쳐서 보급로를 확보하자는 속셈인 것이다.

의병장 곽재우는 창녕의 적을 물리치고 적의 교통과 보급을 끊을 생각으로 막료 모임을 열어 하룻밤을 새워가며 진지하게 논의하고 군사를 창녕으로 출동시킬 준비를 서둘렀다.

오늘은 의병대들이 영산을 떠나 창녕으로 출동하는 동시에 희분(산옥)이, 희열(자온녀)이 자매가 어머니와 함께 사냥촌으로 떠나는 날이다. 재우는 며칠 전에 희분이, 희열이 형제를 더는 의병대에 두지 않고 안정한 가정을 이루어 주려고 명중을 비슬산 사냥촌에 보내 거처를 마련하게 하였다.

내아의 마당에는 화려한 안장을 갖춘 적토색 준마며 날씬한 백마가 갈 길을 재촉하는 듯 코뚜레질을 하면서 발굽을 고르고, 그 옆에는 짐을 잔뜩 실은 부담마 다섯 필과 깨끗하고 화려한 가마 세 채가 놓여 있었다.

동원 마당과 산문 안팎에는 출동 준비를 갖춘 의병 대오가 정렬해 있다. 중군 선두에 영기와 황색 깃발을 중심으로 여러 깃발들이 바람에 나붓기고, 천강 홍의장군 '토적보국'의 큰 깃발들은 오늘따라 더욱 위세 있게 펄럭인다.

출사하는 의병들을 환송하려고 영산 고을 남녀노소가 모두 나와 산문 안팎은 물론 거리에도 꽉 들어찼다. 그들 중에는 의병 대열의 장엄한 모습을 보고 눈물을 흘리는 사람도 있었다. 선두 대열이 산문을 빠져나가자 후방 대열들이 장사진을 이루며 그 뒤를 따랐다.

재우와 종사 곽형, 중위장 명중은 떠나가는 대오를 한 동안 바라보고 있었다. 의병대가 연무 같은 먼지를 일으키며 멀리 사라지자 곽재우는 아들 곽형과 함께 내아의 큰 방으로 들어와서 월선의 세 모녀를 불러들였다.

월선은 의병장을 향하여 합장 배례하고 나서 인사의 말을 하였다.

"노상에서 죽어가는 가군을 살려 귀문에 거두어 잔명을 이어 주시옵고, 한미 하고 불미한 두 자식을 휘하에 두시어 극진히 보살펴 주시었으니 그 은혜를 무엇으로 갚으오리까."

재우는 깊은 생각에 잠겨 머리를 흔들었다.

"너무 그러지 마시외다. 하늘이 지어준 운명은 어쩌지 못하는 법이니 그것을 어찌 나의 은혜라 하리까."

영치는 재우의 이 말에 눈물을 흘리며 고개를 깊이 숙이고 희분이 자매도 소리를 죽여가면서 울었다.

"희분인 그전에는 명문가의 규수였지만, 그 근본이 명백히 밝혀진 지금은 서자인 여복이와 혼인하지 못할 까닭이 없지 않은가. 그런 즉 그들 둘 사이를 갈라놓은 것은 얼마나 잘못된 일인가."

이 같은 생각을 하게 된 재우는 요즘 반상이며 적서의 차별이 과연 정당한가 하는 의심이 무시로 불쑥불쑥 머리 쳐드는 것을 어찌 할 수 없었다.

그래서 정인보의 딸 희열이와 천민인 명중의 혼사는 반상이 분명 함에도 불구하고 모르는 채 하고 눈을 감아버렸다. 그뿐 아니라 곽형을 불러 그들의 혼사를 돌보아 주라고 분부하기까지 하였다.

재우는 감았던 눈을 뜨고 희분이 자매를 바라보았다. 그들은 여전히 울고 있었다. 이 때 세 모녀를 데리고 갈 소임을 맡은 명중이 방에 들어와서 떠날 것을 독촉하였다. 재우는 침통한 목소리로 말했다.

"지나친 울음은 신상에 무익하니 눈물을 거두고 지체없이 떠나거라."

곽재우는 방안을 나와 뜰에 내려서며 명중에게 떠나라는 손짓을 하였다. 가마들은 서서히 그 자리를 떴다.

대안에 이르러 배에서 내린 일행이 부지런히 길을 재촉하여 의령 땅에 들어섰을 때 곽형은 어느 한 묘지 앞에서 행차를 멈춰 세웠다. 중위장 명중을 불러서 부담 마에 실은 제물들을 내리고는 묘 앞에 차려 놓도록 하였다. 명중은 부담 마에 실어 온 음식들을 내려놓고 영치를 정인보의 묘 앞으로 안내하였다.

영치는 남편을 북방으로 떠나 보내고 십팔 년 동안을 모진 세상 풍파 속에서 눈물 마를 날이 없이 잊은 적 없는 그를 오늘 고인으로 대하고 보니 가슴이 서리고 서려 응결되었던 것이 목구멍을 막아 울음소리조차 제대로 내지 못하였다.

묘 앞에 제물이 차려지자 곽형은 영치와 희분이 자매에게 준비해 온 상복을 내주고, 향로에 향을 사르게 하였다. 차례를 마치고 일행은 다시 발길을 서둘렀다.

일행은 다음 날 점심 무렵에야 멀리 비슬산을 바라보게 되었다. 비슬산이 가까워 지자 수려한 산천 경계가 차츰 눈에 밝혔다. 과연 사람들의 마음을 사로잡는 경치였다. 한 걸음, 두 걸음 골짜기로 깊이 들어갈수록 경치는 더욱 아름다웠다.

일행이 사냥촌에 들어서니 깎아지른 벼랑을 등진 이십 여 호의 집들이 길게 늘어서 있었다. 산봉우리마다 소나무들이 무성하고 마을을 둘러싸고 있는 벼랑들은 마치 견고한 성벽처럼 보였다.

이때 웬 젊은 여인이 '언니' 하고 외치며 벗은 발로 뛰어나와 희열이를 얼싸안았다. 그는 희열이와 형제의 의를 맺고 한 집에서 같이 살다가 헤어진 복비였다. 복비는 너무도 반갑고 기뻐서 눈물을 흘리며 어쩔 줄을 몰라 했다.

사냥촌 마을에서는 행수가 왔다고 애, 어른 할 것 없이 떨쳐 나왔다. 곽형은 마을 사람들에게 영치 세 모녀 이야기를 하고, 명중과 희열은 원래 부모들 간의 혼약을 한 바 있으므로 이번에 성례를 하게 된다는 것도 말했다.

그러면서 칠 월 열 사흘은 자기 부친이 택일한 날이며 혼사 준비도 다 했으니 그 날을 함께 즐기자고 하며 웃었다. 한편 안방에서는 여인들이 서로 붙들고 울고 웃으며 이야기하는 데 정신이 팔려 시간 가는 줄도 모르고 있었다.

혼삿날이 되었다. 마을 사람들은 혼례청에 모여 신혼 부부를 진심으로 축하 하였다. 곽형은 대청에 점잖게 앉아서 미소를 지었으며, 어머니를 부축하고 서 있는 희분은 웃으면서도 눈물을 흘렸다. 복비와 홍단도 옷고름을 자주 눈 자리에 가져가곤 하였다.

영산을 떠나 북으로 행군하여 가던 의병대는 창녕의 화왕 산성을 오 리 정도 앞에 두고 길가의 숲속에 들어가서 휴식하였다. 날이 어두워지자 재우는 감쪽같이 산성 뒤에 있는 화왕산 숲속에 들어섰다.

화왕 산성은 창녕을 등지고 있는 주위 오천구백 팔십 삼척의 돌 성이었다. 성의 남문은 창녕 앞쪽 보를 마주하여 큰 길을 향하고, 북문은 화왕산기슭 나지막한 등성이와 연결되어 있었다.

곽재우는 의병들에게 은밀히 매복하도록 하고 우선 하용수를 불러 적의 동향을 염탐해 올 것을 명령하였다.

조각달만이 올려다 보이는 숲 속은 호흡조차 은근히 누르는 듯 깊은 정적에 잠겨 있었다. 깜박이는 하늘의 무수한 별들이 나무 숲 사이로 의병들을 지켜보고 풀벌레 우는 소리마저 조용조용 들려왔다.

하용수는 곧 윤도끼를 데리고 숲 속을 누비며 북문으로 향했다. 그들은 가랑잎 밟히는 소리만 나도 온 신경을 곤두세우곤 하였다. 북문 앞까지 바짝 다가가니 주변은 조용한데 괴상한 각종 깃발이 성벽 위에 쭉 꽂혀 있고, 성 안에서는 떠들어대는 소리, 쇠부치들이 부딪히는 소리, 뚝딱거리는 소리가 들려왔다.

조용한 성벽 한쪽 구석으로 가서 돌 틈에 손가락을 박아가며 성벽 위에 올라선 하용수와 윤도끼는 납작 엎드려 성 안의 동정을 살폈다. 새로 짓는 적의 병영이 줄지어 늘어서고, 그 사방에 왜적들이 구더기 끓듯 욱실거리며 오락가락하였다.

두 사람은 눈에 온 신경을 모으고 아래를 굽어보았다. 이상하게 생긴 자귀를 들고 나무를 다듬는 놈들, 무엇인가를 나르는 놈들, 지붕 꼭대기에 엎드려 뚝딱거리는 놈들이 눈에 띄었다.

"오 너희 놈들이 이 성안에 병영을 짓는구나. 너희가 오늘 저녁에 무사할까 보냐 내일이면 너희는 이 성 안에서 주인 없는 시체가 되리니 어디 두고 보아라"

이런 생각을 하며 하용수는 주먹을 꽉 부르쥐었다.

기름불이 대낮처럼 휘황한 남문 장대 쪽에서는 갑옷을 두른 왜장들이 떠들고 있었다.

보아하니 남문의 방비는 강하지만 북문 쪽은 침침하고 조용하였다. 윤도끼는 성벽에 엎드려 있는 것이 갑갑한 듯 머리를 쳐들고 사방을 둘러보았다.

"쉿 머리 낮추라고"

하용수는 윤도끼의 실팍한 어깨를 토닥토닥 치며 주의를 주었다. 그들은 곧 성벽을 소리 없이 내렸다. 발소리를 죽여가며 숲 속으로 돌아온 그들은 이 사실을 의병장에게 보고하였다.

재우는 그 즉시로 여러 장수들을 불러 해야 할 일을 일러주고, 자시부터 축시 사이에 각자 담당한 위치에 도착해 다음 명령을 기다릴 것을 지시하였다.

자시경에 의병대는 움직이기 시작하였다. 여기저기서 기다란 그림자들이 줄을 지어 동쪽 서쪽으로 물 흐르듯이 잔잔히 움직이며 성을 둘러싸다가 가뭇없이 자취를 감춰버렸다.

곽재우는 하용수, 윤도끼와 순영병들을 데리고 서서히 북문 쪽으로 다가갔다. 성 주변에는 팽팽한 긴장이 흘렀다. 자기 위치에 당도한 의병들은 시간이 가면 갈수록 안절부절을 못하였다.

성 주변에 흐르는 한 시각, 한 시각이 터질 것 같은 긴장감이 흐르는 가운데 재우는 다시 하용수에게 세 명의 사냥꾼들과 함께 적의 동태를 또 알아오라고 명령했다. 하용수는 그들을 데리고 재빨리 성벽에 올라 성 안을 둘러 보았다.

불이 다 꺼진 성 안에는 개미 한 마리 얼씬거리는 것이 없고 다만 네 개 성문에 파수들이 서 있을 뿐이었다. 하용수와 세 사냥꾼은 파수들을 조용히 처치하고 돌아와서 그 정황을 의병장에게 알렸다.

재우는 곧 각 대오에서 모아 온 순영병들로 성을 공격할 것을 명령하였다. 하지만 얼마 안 되어 여기저기서 검은 그림자들이 성벽으로 하나 둘 머리를 내밀었다.

이와 때를 같이 하여 적의 조총 소리가 벼락같이 터지며 탄환이 성벽 위로 나르고 사방에서 '와' 하고 왜적들이 밀물처럼 쏟아져 나왔다. 파수들이 죽은 것을 알게 된 당직 장교가 질겁을 하여 왜장에게 알렸던 것이다.

깎아지른 듯한 높은 성을 넘어선다는 것은 용이한 일이 아니었다. 의병들은 사전에 사다리를 마련하였으나 너무도 급작스러운 왜군의 저항에 당황하다 보니 성을 넘어설 수가 없었다. 일부 성을 넘어 들어간 의병들과 왜병들 사이에는 벌써 무서운 칼부림이 벌어지고 있었다.

적들은 북문 성벽 위에서 마구 총을 쏘아댔다. 겨냥도 하지 않고 어둠 속에 날려 보내는 총탄이었으나 탄환이 미치는 거리 안에 들어와 있는 의병들에게는 매우 위험한 것이었다.

갑자기 서문쪽 성벽 위에서 천지를 진동하는 함성이 올려왔다. 그 소리에 놀란 동문 장대의 왜장이 기겁을 하여 북문에 있는 군사들을 부르자 수많은 왜병들이 그리로 몰려갔다.

곽재우가 북문 쪽의 아군을 구원하기 위해 서문에서 함성을 올리게 한 것이다. 그리하여 북문을 맡은 의병들도 적의 탄우 속에서 벗어날 수 있었다. 서문에서 함성을 울린 의병들은 적이 몰려오는 것을 보고 즉각 몸을 감추었으나, 성 안에 이미 들어간 의병들은 새까맣게 대드는 적의 포위 속에서 결사 항전을 벌리지 않으면 안 되었다.

화광에 휩싸인 산성 안은 대낮같이 밝았다. 성벽 너머 날아들어온 불화살이 대패밥, 초가집 이엉 위에 꽂혀 불이 달리고 그것이 차츰 쌓아놓은 재목으로 번져서 불이 크게 일어나고 있었다.

'탁탁' 소리를 내며 불꽃들이 튀어 오르고 기폭 마냥 나붙기는 불길이 어두운 밤 하늘을 밝히는데 의병들과 왜군은 서로 무섭게 치고, 차고, 찌르며 뒤엉켜 돌아갔다.

이 소수의 의병들 가운데는 이군우와 현필성, 그리고 묘례의 동생 충도 있었다. 벌써 여러 명의 의병들이 장렬하게 전사하였다. 온몸이 피로 물든 충 역시 맞선 적의 가슴을 찔러 넘어뜨리고는 서서히 무릎을 꿇었다.

이 격렬한 싸움판에서 군우의 용맹한 모습은 두드러지게 눈에 띄었다. 그는 맞선 한 왜장의 어깨에 엇비듬히 칼을 먹이고 '에이' 소리와 함께 옆으로 달려드는 놈도 베었다.

불빛에 얼렁거리는 그림자들 사이로 칼을 휘둘러 번갯불을 그리는 그의 그님 같은 기상은 실로 무서웠다. 불길의 염상은 솟아 오르고, 군우의 칼은 충천하는 화광 속에서 번갯불처럼 번뜩였다.

날카로운 칼들이 부딪히는 살벌한 쇳소리, 겁에 질린 부하들을 내모는 왜장들의 울부짖음 소리, 단말마의 비명 소리들이 소름 끼치게 허공에 떠올랐으며, 검붉은 선지피를 사방으로 휘 뿌리며 죽음의 선풍을 일으키는 싸움판은 그야말로 처절하게 이를 데 없었다.

군우는 빗발처럼 내려지는 적의 칼날들을 받아 넘기고 흘려 보내면서 필성이 분전하는 곳을 향하여 나아갔다. 수많은 적들이 필성을 에워싸고 전후 좌우에서 덤벼들다가 그의 무거운 철퇴에 맞아 한꺼번에 쓰러지곤 하였다.

왜장 한 놈이 오른손에 칼을 들고 그의 주위를 빙빙 돌며 짐승 같이 소리 지르고 있었다.

칼을 번개같이 휘둘러 앞을 막아 서는 놈들을 쓰러뜨리며 전진하던 군우는 불시에 옆구리로 들이오는 적의 장창을 몸을 틀어 피하고 또 한 놈의 머리를 내려 찍고는 성큼 한 발을 내딛었다.

지금 그가 노리는 목표는 칼을 쳐들고 꽥꽥 소리치는 왜장이었다. 왜장은 제 앞에 불쑥 나타난 군우를 보자 놀라서 한 걸음 주춤 물러섰다.

"이놈 칼 받아라"

군우의 호통 소리가 우뢰처럼 울렸다. 그의 칼은 왜장의 정수리를 향하여 곧추 내려지다가 돌연 어깨 쪽으로 떨어졌다. 왜장은 황급히 칼을 들어 막았으나 몸의 중심을 잡지 못하고 비틀거렸다.

당황한 왜장의 눈에는 벌써 죽음의 검은 그림자가 얼렁거렸다. 군우의 칼은 불빛 속에 휙 원을 그리며 적의 목으로 날아들었다. 왜장은 선지피를 내뿜으며 철썩 땅에 구겨 박혔다.

필성을 에워쌌던 놈들도 엉겁결에 물러났다. 그 찰나 멋 모르고 검을 마구 휘두르는 왜병 둘이 필성의 무거운 철퇴에 박살 나고 말았다.

"하하하, 장하다 장해 하하하"

불현듯 살벌한 싸움판에 전혀 어울리지 않는 걸걸한 웃음소리가 병장기 부딪히는 날카로운 소리와 비명 소리들을 누르며 울려갔다.

늘 과묵하고 우울하기만 하던 군우는 마치 딴 사람이 된 것 같았다. 그가 다시 칼을 비껴 들고 왜군들 가운데로 달려들어가니 놈들은 질겁을 하여 확 흩어지고 갑자기 휑한 공간이 생겼다. 그는 획 방향을 돌려 달려나가는 서슬에 필성에게 달려드는 놈의 칼 쥔 팔을 뭉텅 잘라버렸다.

"필성아 성문 쪽으로 가라 자, 다들 얼른 물러서자"

군우는 갈린 목소리로 소리치고 성문을 향해 칼을 휘두르며 내달렸다. 필성과 다섯 명의 의병들도 앞을 막아서는 왜병들과 싸우면서 그 뒤를 따랐다.

이때 야무진 총소리가 울리며 필성을 노리고 달려들던 짐승 같은 왜병 한 놈이 배를 끌어안으며 엎어졌다. 필성을 겨누어 쏜 탄환이 제 편을 쓰러뜨린 것이다.

그러는 사이에 군우는 여러 의병들을 이끌고 성문에 다가설 수 있었다. 그는 필성에게 성문 빗장을 뽑으라고 소리친 후 돌아서더니 칼을 쳐들고 살금살금 다가드는 적들 한복판에 무작정 뛰어들었다.

"에이 쥐새끼 같은 놈들"

천둥 같은 호통 소리와 함께 왜병 한 놈의 대갈통이 두 쪽으로 갈라지고 이어 또 한 놈이 피를 쏟으며 꼬꾸라졌다. 다른 의병들도 적들과 필사적으로 싸웠다. 필성은 그 틈을 이용하여 무거운 철퇴로 성문 자물쇠를 깨고 빗장을 뽑았다.

성문이 열리자 군우와 다섯 명의 의병들은 싸우면서 뒤로 물러서다가 성문 밖으로 뛰어나갔다. 적들은 추격할 생각을 못하고 황황히 성문을 닫아 걸었다. 이렇게 되어 군우 등 의병 여섯은 구사일생으로 사지를 벗어나 대오로 돌아왔다.

44

좌절 된 왜군의 '수륙 병진책'

첫 야간 공격에서 실패한 재우는 날이 밝자 적을 유인하기 위해 남문 밖에서 성 안으로 무수한 화살을 날렸다. 적들도 조총을 쐈다. 적들의 동정을 보아가며 얼마간 대적하던 의병들은 패주하는 척하며 물러났다.

그러나 의심 많은 적들은 여전히 성 밖으로 나오려 하지 않았다. 어느덧 해가 저물어 저녁이 되었다. 인적이 사라진 산성 주변은 적막에 잠겼다.

왜군은 의병들이 성 주변에 매복하고 있으리라 생각되었던지 성 밖에는 얼씬도 하지 않았다. 석양빛이 산성 안을 붉게 물들이건만 적의 군영에서는 저녁 연기조차 오르지 않았다. 일촉즉발의 긴장이 팽팽히 서린 성안은 무척 조용하였다.

해시쯤 왜적 괴수 모리 데루모토가 보낸 원군들이 남문 쪽으로 새까맣게 들이닥쳤다. 곽재우는 길 양쪽 풀숲에 있는 매복병들에게 일제히 활을 쏘라고 하였다. 의병들은 적들에게 비 퍼붓듯 화살을 날렸다. 날은 어두웠지만 코 앞으로 지나는 적인지라 화살마다 거의 백발백중이었다.

적의 원군은 갑자기 양쪽에서 날아드는 화살에 대항도 못해보고 무수히 쓰러졌다. 놈들은 성을 점령한 의병들이 활을 쏘는 줄 알고 성을 향해 미친 듯 총을 쏘았다. 성안에서도 대응 사격을 하였다.

적 아를 구분하지 못한 왜군의 총질은 어둠 속에서 한동안 계속되었다. 그러다가 자기 편끼리 싸운 것을 뒤늦게야 깨달은 성안의 적들은 남문을 열어 원군을 들이면서 성밖을 향하여 마구 조총을 난사했다.

다음 날 아침에는 재우는 남문과 북문을 계속 공격하는 채 하면서 날랜 군사 삼십 명을 뽑아 동문 쪽 성벽을 넘어 들어가서 성문을 열게 하는 계교를 썼다.

그리고는 동문 가까이에 절반 이상의 군사들을 은밀히 숨겨 두었다. 동문 쪽은 지세가 험하고 방어하기가 좋기 때문에 겨우 스무 명 남짓한 적군이 지키고 있었다. 재우는 적이 방심하고 있는 이 틈을 노린 것이었다.

남문에서는 의병들의 공격이 그칠 사이가 없었다. 의병들은 성벽보다 더 높은 다락 위에 총탄 막는 방패를 설치하고 그것을 성 가까이 접근시켜 위에서 내려다보며 성 안의 적들을 쏘아 죽였다.

또한 허수아비 나락들도 곳곳에 세워 적들을 놀라게 하니 이에 큰 위협을 느낀 적들은 남문을 방어하는 데 전력을 다하지 않을 수 없었다. 이는 적의 이목을 남문에 집중시키기 위한 곽재우의 계교인 것이다.

그 시각 동문에서는 삼십 명의 날랜 용사들이 가파른 성벽을 타고 넘어 감쪽같이 성 안에 뛰어들었다. 그들은 적들이 미처 반항할 사이도 없이 이십 명의 적병을 처치 하고 성문을 활짝 열었다. 대기하고 있던 의병들은 동문 안으로 소리 없이 들어가서 남문에 집결되어 있는 적들의 뒤통수를 쳤다. 불의의 타격을 받은 적들은 이리 뛰고 저리 뛰며 갈팡질팡하였다.

그 틈을 이용하여 남문 밖에 있던 의병들도 성벽을 넘어 들어왔다. 북문과 서문 동문의 왜군은 혼비백산하여 성문을 열고 도망치고 말았다. 싸움은 의병대의 큰 승리로 끝났다. 재우는 성 안을 한 바퀴 빙 돌고는 남문 장대로 향하였다.

무서운 싸움의 소음이 잦아든 성안은 고요하였다. 소쩍새는 구슬프게 울고 이지러진 달도 처량한 빛을 띠고 있었다. 어설픈 달 그림자를 밟으며 장대에 이르니 다락 위에서 오락가락하며 바삐 움직이는 한 여인의 모습이 보였다.

묘례가 밤 늦도록 병자들을 돌보고 있는 것이다. 재우는 하루 종일 시달린 그 연약한 몸이 과연 얼마나 '고달플고' 하는 생각을 하며 다락의 층계를 밟았다. 부상당한 의병들의 신음소리, 가쁜 숨소리와 그들을 보살피는 여의원의 애달픈 한숨 소리가 다락 안에서 흘러나왔다.

재우는 가볍게 기침을 하여 인기척을 냈다. 그제야 약 그릇을 놓고 일어난 묘례는 공손히 머리를 숙였다.

"밤이 깊었으니 눈을 좀 붙여야지 몸이 목석이 아니어도 어찌 견딜 수 있겠나."

재우가 온화하고 다정한 음성으로 이같이 말하자 묘례는 더욱 고개를 깊이 숙였다.

"저는 금방 한숨 쉬었사오니 염려 마옵시고 의병장님께서 침수 편히 하시오이다."

재우는 자리에 앉으며 주위를 둘러보았다. 비록 임시 거처이기는 해도 여인의 알뜰한 정성이 엿보였다.

"그렇게 서 있지 말고 예 와서 앉게."

"헌데 충의 병세는 좀 어떤가"

묘례는 무릎을 꿇고 가만히 앉으며 공연이 앞깃을 내 만졌다.

"골수에 깊이 묻힌 병이 아니오니 한념치 마시오이다. 출혈이 멎고 열도 차츰 내려 급한 고비를 넘기고 이젠 위기를 면한 듯 하옵니다."

"그럼 천만 다행이로군."

재우는 혼자 소리인 듯 나직이 말하며 고개를 끄덕였다.

왜군의 수력 병진 작전이 최근 우후죽순처럼 일어난 의병대와 관군들에 의해 도처에서 무너지고 있었다. 이제는 모든 것이 몇 달 전과는 많이 달랐다. 호기 있게 진격하던 왜군의 그 사나운 형세는 어느 결에 슬그머니 수그러들었다. 적들은 각기 주둔 지역들에 갇힌 신세가 되고 말았다. 왜군은 희생의 피를 쏟지 않고서는 이 땅 그 어느 곳도 무사히 지나갈 수 없었다.

강동에서 귀향 살이를 하다가 풀려 그곳에서 의병을 일으킨 의금부 도사 조호익은 평양성이 왜적들에게 강점되자 불의의 기습전으로 적들을 무수히 죽이고 많은 물품을 노획하였다.

김제군수 정담과 해남현감 변응정은 군사들을 지휘하여 웅령에 목책을 세우고 신길을 가로막은 다음 진주 지역을 침범하는 왜적들을 수없이 무찔렀다. 안타깝게도 가열찬 전투 끝에 정담, 변응정이 장렬하게 전사하고 진이 무너지니 왜군은 웅령을 넘어 전주로 진출할 수 있었다.

그렇지만 전주사람 이정란은 관원들이 다 도망간 성 안에 들어가서 아전들과 백성들을 불러일으켜 성을 완강하게 지켰다. 결국 적들은 병력 상으로는 상대도 안 되지만 끝내 전주성을 함락시키지 못하고 물러갔다.

이 밖에도 왜군을 통쾌하게 쳐 부신 싸움들이 많지만 여기에 일일이 다 열거할 필요는 없을 것이다.

세 고을의 왜군을 벼락같이 덮쳐 몰아낸 곽재우 의병대의 승리는 그 중에서도 가장 두드러진 것이었다. 원정대의 기세는 그야말로 하늘을 찌를 듯 높았다. 치열한 싸움이 끝난 뒤 며칠 쉬고 창녕을 떠난 의병 대오의 발걸음은 날듯이 가벼웠다.

그들은 햇빛을 받아 명랑하게 반짝이는 맑은 이슬을 털어가며 예상보다 훨씬 빨리 낙동강변 우질포에 이르렀다. 마을이 가까워지자 젊은 의병들은 큰 싸움을 치른 용사답게 저마다 자랑스럽게 보무 당당히 행진하였다. 선두에는 대장기가 펄럭이고 의병들의 의젓한 얼굴에는 자랑 찬 웃음이 실려 있었다.

마을 입구로부터 길게 늘어선 인근 마을 사람들은 개선하는 의병대를 환희와 감격의 눈물로 맞아주었다. 대오가 양쪽으로 갈라선 군중들 속에 들어서니 흰 두루마기를 입고 대립을 쓴 노인이 마을 부로들과 함께 의병장 앞으로 나왔다.

그것을 본 재우는 고삐를 당겨 말을 멈춰 세웠다. 백발이 성성한 그 노인은 번쩍이는 은장검을 두 손으로 받들어 올리며 말했다.

"이 보검은 저희 가문의 대대로 전해 내려오는 가보외다. 오랜 세월 벽상에 걸려 주인을 기다리던 것을 왜적 치고 돌아오시는 의병장님께 드리오니 성의로 받아 주소이다. 흉악무도한 왜적을 용서 없이 뵈이어 우리 백성들의 천추에 사무친 원한을 풀어 주소이다."

"노인장과 여러분의 지성에 더 사례할 말이 없소이다. 노인장의 말씀을 명심하리다."

재우는 고개 숙여 이의를 표하고 그 보검을 정중히 받았다. 그러자 노인은 한 발자국 뒤로 물러나 의병장에게 큰 절을 올리다 그 뒤에서 마을 부로들도 땅에 엎드리고 군중들은 일제히 무릎을 꿇었다. 노인과 부로들이 일어선 후 마을 사람들은 의병들에게 시원한 샘물을 대접하였다.

"여러 장사님네들 시원한 샘물을 드시소. 이 샘물 드시고 흉악한 왜적들을 모조리 머리 없는 귀신으로 만드소."

"어 커 물 맛 좋다. 어이구 차라 내장이 다 얼겠네"

여기저기서 이런 말들이 오가며 군중과 의병들이 한데 어울려 떠들썩했다. 수건을 벗어 어린 의병의 얼굴에 배인 땀을 씻어주는 할머니도 있고, 의병들이 허리에 비껴 찬 환도를 신기한 듯 만져보며 좋아하는 아이들도 여럿이었다.

키가 크고 몸이 깡 마른 한 늙은이는 건장한 의병의 등을 다정하게 토닥거리더니

"이 장사님이 실로 부럽구나 나도 좀만 젊고 몸이 성하면 한 번 발 걷고 나서 보는 건데 아서라 늙음이 원수로다"

이윽고 징소리가 쟁쟁히 울리자 의병들은 질서 있게 정렬하였다. 대오는 다시 걸음을 떼었다. 이렇게 사람들의 진정 어린 환영을 받으며 여러 마을들을 지난 의병대는 이틀 만에 정든 세간리 본영에 들어섰다.

그런데 이곳 본영에서는 더 큰 기쁨이 기다리고 있었으니 그것은 전라좌도 수군절도사 이순신이 거느린 조선 수군이 수많은 적선들과 왜군의 대 병력을 한산도 앞바다에 통째로 수장해 버렸다는 놀라운 승전 소식이었다.

영산, 현풍, 창녕 세 고을의 왜적을 쳐부신 의병대의 승진과 더불어 한산대첩 소식을 접한 병영은 기쁨으로 늘끓고 있었다. 그날 저녁에 재우는 수량장을 불렀다.

"술과 고기가 얼마나 있소 또 양곡은 얼마이고"

"술은 그동안 빚은 것이 넉넉하고 소와 돼지도 수십 마리 잘 됩니다. 그리고 양곡은 이웃 고을 들에서 몇 차례 보내주어 부족됨이 없소이다. 헌즉 그리 궁색하지 않을 것이외다."

눈치 빠른 수량장의 이 대답에 재우는 만족한 듯 껄껄 웃고 말했다.

"술과 고기를 있는 대로 다 풀어 군사들을 먹여야 하겠소. 우리가 두 차례나 크게 이기고 한산대첩 소식도 기쁘게 들었으니 경시에 성사가 겹친 셈이 아니겠소. 내 생각엔 우리 군사들을 삼 일간 푸짐히 먹이고 즐기게 하는 것이 좋겠소. 목숨도 아끼지 않고 잘 싸운 군사들인데

무엇을 아끼겠소.

이리하여 의병들은 명절을 맞은 듯이 배불리 먹고 마시며 즐기게 되었다. 그렇다고 하여 의병대의 질서가 문란해지고 규율이 해이된 것은 결코 아니었다. 그 대신 파수와 척후는 몇 곱으로 보강되었다.

이튿날 밤이었다. 재우는 그 전이나 다름없이 습관된 걸음으로 병영 주변을 돌아보고 있었다. 사경도 훨씬 지났건만 마음이 들뜬 의병들은 잠자리에 들 생각을 전혀 하지 않는 것 같았다. 그들은 제 멋에 겨워 유쾌히 웃고 떠들었으며, 어떤 젊은이들은 취흥이 도도하여 멋들어진 노랫가락을 뽑았다.

지금 의병들은 승전하고 개선한 긍지로 하여 어깨가 매우 높아졌다. 흉맹한 왜적 무리를 친 것을 내놓고 자랑하며 좀 뽐내고 싶어 하는 이들도 적지 않았다.

밤 하늘에 촘촘히 박힌 별들은 보석처럼 반짝이고, 어둠의 부드러운 자락들은 바람결에 스치며 볼을 정답게 어루 만진다. 달은 비록 없어도 포근하고 정다운 밤이다.

의병들은 생사를 건 나날들의 있었던 가지가지 우스운 일화들을 화제에 올리고 배를 끌어안는가 하면, 그 수를 헤아릴 수 없는 왜적들이 배를 몰아 벌 때처럼 달려드니 이순신이 신기한 술법으로 죄다 바닷속에 쳐넣는 것을 마치 다 본 듯이 말하는 사람들도 많다.

물론 의병들 중에는 홍의 장군을 무적의 장수로 내세우고 소박한 농군의 상상을 덧붙여 아름답게 채색하면서 핏대를 돋구는 축들도 없지 않다. 재우는 자기에 대한 전설 같은 이야기를 꾸며내는 말을 듣게 되니 가슴이 뭉클하였다.

무서운 싸움이 벌어질 때마다 유감없이 용맹을 떨치면서도 그런 일쯤은 대수롭지 않게 여기며 티끌만큼도 대가를 바라지 않는다.

왜적이 쳐들어오자 처자 군속 거느리고 비겁하게 도망쳐 으슥한 곳에 숨어버린 자들, 대의 명분을 버릇처럼 일컫고, 성현의 도를 입으로만 외운 저 썩은 선비들에 비하면 진정 얼마나 훌륭한 성품인가.

이 순직하고 성실하고 슬기로운 의병들은 번번이 나라 위해 큰 공을 세워 왔으나 그러한 무훈의 가치를 알려고도 하지 않으며, 오로지 저희들을 지휘 통솔하는 의병장만 하늘같이 떠받든다.

재우는 의병들의 그 마음이 고마웠다. 아니 그들의 착한 마음씨와 넓은 도량에 저절로 머리가 숙여졌다고 해야 할 것이다.

하지만 그는 자기를 두고 꾸민 김맛 좋은 말보다는 수군절도사 이순신 이야기에 더 유심히 귀를 기울였다. 그의 마음은 의로운 싸움에 떨쳐 나선 백성들이 의병장을 존경하듯이 이순신을 사모하는 감정으로 가득 찼던 것이다.

그래서인지 이순신을 칭송하는 말들이 발길 닿는 곳 마다 자주 들렸다. 의병들은 이번 세 차례 큰 싸움에서 왜적을 통쾌하게 쳐부신 것보다 한산대첩을 더 기뻐하는 것 같았다.

뒷짐을 지고 느릿느릿 조련장을 향해 가던 재우는 문득 귓선을 치는 걸걸한 음성을 듣고 걸음을 멈추었다. 어인 일인가 하여 숨을 죽이고 가만히 들어보니 울분에 찬 그 목소리의 임자는 분명 명중이었다.

"허 이 네가 불 쌍놈이라 그럼 이녁은 대체 뭐게?

누군지를 대상하여 따지듯 걸고 들며 묻는 줄 알았는데 명중은 곧 스스로 대답했다.

"뭐긴 뭐야 지체 높은 양반이지 암 그렇고 말고"
"저놈이 오늘 왜 저러는고 원 무슨 심사가 저리도 삐뚤어 졌는고"

고개를 기웃거리며 그리로 접근하던 재우는 밑둥 굵은 밤나무에 등을 기대고 섰다. 달도 없는 어둠 속이라 거뭇한 그림자들만 얼렁거리나 그의 눈에는 명중의 행동 의지가 역력히 보이는 듯했다.

평소에 그답지 않은 행동이었다.

"오라 두 말할 것 없는 점쟎은 양반님이지"

명중은 혼잣말로 나직이 중얼거리더니 벼랑간 목소리를 높였다.

"양반님이니까 왜놈들은 더러워 피하고, 우리 같은 상놈들은 너무 천해서 사람 대접할 수 없다."

"중위장님 이젠 그만하고 내려가십시다. 그러다가 보지 말아야 할 분들 눈에 띄면 어쩌려고"

조심스럽게 달래는 음성이 안타까움으로 울먹이고, 그 뒤를 이어

"보면 어떤가 보고 싶은 이는 여기 와서 실컷 보라고 하게"

하는 거친 대답이 따랐다.

"저 녀석이 도대체 누굴 두고 매원하는 걸까"

하고 잠깐 눈살을 찌푸리던 재우는 불현듯 지난 번 막료 모임 때 일이 상기되었다. 명중은 왜적을 치러 나가는 것을 반대하는 일부 막료들의 그릇된 견해를 반박하다가 그 언행을 주제 넘게 여기는 그들에게 무안을 당하고 얼굴이 벌개졌었다.

헌즉 이번에도 어느 막료가 드러내놓고 능멸하지 않았을까. 어쨌든 무슨 유쾌하지 못한 일이 있어 기쁘게 마신 술이 화술로 된 모양이다. 아나나 다를까 명중의 입에서는 술 말이 튀어나온다.

내 오늘 흥이 나서 술을 많이 했네. 그래 과연 못 마실 걸 마셨나? 우린 홍의 장군님 지휘를 받아 현풍, 영산에서 이기고 창녕의 왜적들도 혼구멍을 내놨지 또 이순신 장군은 한산도 앞바다에서 왜놈 대군을 몰살시키고 그런 경사가 났다고 의병장 마님이 술을 내 주시는데 그래 보고만 있을까?

"원 천만에. 헌데 너무 하거든 사람을 너무 수모 한단 말이야. 그 양반 김성돈이 기쁜 일에도 반상이 따로 있을까?"

취중에 양반의 이름을 거리낌 없이 내뱉은 명종은 '허허' 웃었다. 재우는 그제야 짐작되는 바가 있어 저도 모르게 고개를 끄덕였다.

원래 그는 성돈이란 인간을 그리 탐탁하게 보지 않았다. 성돈은 의병대가 적을 치려는 기미만 보이면 이런저런 이유를 붙여 늘 반대 의사를 내놓는 반면에 색을 밝히고 방탕과 쾌락을 추구하는 위인인 것이다.

잠시 후 그 자리를 뜬 재우는 금시 기분이 좋아진 듯한 명중의 목소리를 들었다.

45

거룩한 전투, '한산대첩'

　재우는 한산대첩이 나라의 전쟁 형세를 어떻게 변화 시켰는가를 병가의 안목으로 헤아려 보았다.

　그는 어느덧 일반 의병들과 같은 심정이 되어 이순신을 우러르는 자신을 의식했다. 맑은 밤 기운의 싱그러움과 걷잡지 못할 만큼의 가슴 벅참도 느꼈다.

　이순신은 만고에 드문 명장으로서 이 나라의 순박한 백성들이 어버이처럼 따르며 존경하는 장군이요, 왜적들에게는 호랑이 같이 무서운 존재였다.

　도요토미 히데요시는 일본 땅에 앉아 희소식만 기다리다 보니 마음이 더 초조했다. 당포 싸움의 패전에 이어 당항포에서 전선 백 척이 깨지고 많은 장수가 죽었다는 보고가 들어왔을 때는 너무도 화증이 복받쳐 미치광이 마냥 설쳤다.

　그런 데다가 여러 장수들로부터 전후 열 여덟 번이나 올라온 패전 소식에 빠지지 않고 적힌 이순신이라는 이름이 또 눈에 들어 분통을 터뜨리는 바람에 애매한 측근들만 졸경을 치르게 되었다.

　수륙 병진이 제대로 실현되지 않고 대군이 기세를 크게 떨치지 못한 것도 결국은 이 조선 수군 장수에게 발목이 꽉 틀어 잡혀 있는 탓이었다.

그러니 히데요시는 이순신이 얼마나 미웠으랴, 얼마나 이가 갈리고 뼈가 저렸으랴. 그의 살기 찬 눈에서는 새파란 불꽃이 일고, 그의 쉰 목소리는 듣는 사람이 온몸에 소름이 끼칠 만치 앙칼스러웠다.

히데요시는 이렇게 분을 사귀지 못하여 가슴을 부글부글 끓이던 끝에 수군 병력을 남김없이 동원하여 이순신이 지휘하는 조선 수군을 일거에 적멸하라는 명령을 내렸다.

히데요시의 이 명령을 받고 왜적 괴수들은 유월 말에 김해에서 소위 수전 경험이 많다는 와키사카, 쿠키, 카오 등이 지휘하는 세 개의 수군 부대를 새로 편성하고 첫 부대를 칠월 육일에 출동시켰다. 얼마 후 두 개의 부대도 그 뒤를 따랐다.

한편, 군대와 배를 정비한 이순신은 팔팔한 젊은 군사들을 보내 적정을 내탐하게 하면서 전라우수사 이억기, 경상우수사 원균에게 각각 공문을 띄워 서로 만날 장수를 정한 후 전함들을 거느리고 본영을 떠났다.

그는 칠월 시일, 약속된 징소에서 진라 우수사를 만나고 육일에는 쇠우영의 전선들을 휘몰아 곤양과 남해의 경계인 노량으로 나갔다. 노량에는 깨진 전선 일곱 척을 수리하여 겨우 수군의 체모를 갖춘 경상우수사 원균이 머물고 있었다.

이곳에서 순신은 전군의 군영을 선포하고 진주 창신도에 이르러 밤을 지냈으며, 다음 날은 고성의 당포에 배를 댔다. 군사들은 섬에 오르자마자 저녁밥 지을 준비를 하느라 사방으로 흩어져 나무하고 물을 길러오며 분주히 돌아갔다.

해는 저 멀리 서쪽 바닷물 위에 서서히 내려앉고 어느새 피어 오르는 화톳불의 흰 연기는 구름을 향하여 날아오르고 있었다. 사나이들의 걸걸한 웃음, 묻고 대답하는 말, 익살스런 농 소리는 보글보글 밥 끓는 소리와 잘 어울렸다.

지금껏 적막하던 섬이 떠들썩해지니 왜적을 피하여 산마루에 올라가 있던 이 섬의 목부 김천송이라는 사람이 그들을 보고 반가운 마음으로 달려 내려와서 적선 일흔 몇 척이 오늘 오후 영등포 앞바다로부터 거제 고성의 경계를 이룬 견내량으로 옮겨왔다고 하였다.

팔일 이른 아침 이순신이 지휘하는 전선들은 당포를 뒤로 하고 견내량으로 향하였다. 전선들이 견내량 부근 바다로 나오자 적선 두 척이 그리 멀지 않은 곳에서 불쑥 나타나더니 황급히 돌아섰다. 순신은 전진하던 속도를 유지하고 그대로 뒤를 쫓아 가다가 정박해 있는 적선들이 보일 만한 곳에서 배들을 멈춰 서게 하였다.

진을 친 왜적 배들의 크기며 수요도 능히 헤아려 볼 수 있는 거리였다. 뱃머리에 나와 순신은 적진을 말없이 바라보았다. 그의 근엄한 얼굴에는 범접하기 어려운 위엄이 어려 있었다.

때마침 불어오는 해풍도 전포 자락을 부여잡고 흔들며 어서 적을 치라고 재촉하는 것 같았다.

그럴 때 순신의 판옥선 곁에 바싹 배를 대고 있던 원균은 흥분을 억제하지 못하며 격군들을 재촉하여 앞으로 무작정 나가려고 서둘렀다. 그것을 본 순신은 한 손을 들어 제지하고 말했다.

"공은 병법을 생각지 아니하고 어찌 성급히 공격하려고만 하시오 여기서 싸우면 불리하니 아직은 좀 참는 게 좋겠소.

원균은 순신의 그 말에 얼굴이 수수떡같이 되더니 벌컥 성을 내었다.

"적이 눈 앞에 있거늘 어찌 팔짱 끼고 보기만 하겠소 또 우리가 이 왕의 적을 치러 나왔으니 싸울 밖에 더 있겠소"
"하 하 하 싸우자니 꾀를 써야 하지 않겠소."

순신은 어이없어 껄껄 웃었다. 그 곁에선 여러 군관들도 빙그레 웃음을 지었다. 원균은 꼬리가 찢어진 사나운 눈을 들어 순신을 얼핏 쳐다보고는 고개를 돌렸다.

도망가던 왜선 두 척은 조선 수군의 배들이 바다 가운데 잠깐 멈춰 선 것을 보고 마음이 놓였던지 속도를 늦추었다. 순신은 적들을 안심케 하려고 깃발 신호를 하여 전선들을 조금 물러서게 하였다. 그는 적들을 한산도 앞바다로 끌어내어 모조리 소탕할 계획이었다.

견내량은 물이 얕고 목이 좁으며 암초도 많으므로 큰 배들이 자유로이 움직이면서 싸우기가 어려울 뿐 아니라 적들이 궁지에 들면 언덕에 올라 도망갈 우려가 있었다.

하지만 거제와 고성 사이에 놓여 있는 한산도는 그 앞의 바다가 넓으니 적들이 물에 뛰어드는 경우 살 길이 없고, 설혹 뭍에 오른다 해도 굶어 죽기 마련이었다.

원균은 이순신의 이같은 계책을 알지 못하였으니 혹 그럴 수도 있을 듯하나, 실상은 허세를 부린 데 지나지 않았다. 이 얄량한 장수는 왜적이 쳐들어 오자마자 전선들과 휘하의 군사들이 다 흩어져 순신의 도움을 받아 겨우 도망자의 신세를 면할 수 있었는지라 이런 기회에 호기를 부려 앞선 비겁힘을 만회하고 싶었던 것이다.

원균이 대체 어떤 수군 장수인가 하는 것은 다음과 같은 기록만 보아도 명백히 알 수 있다.

처음 적이 상륙한 뒤에 원균은 적들의 기세가 대단한 것을 보고 나가 칠 엄두를 내지 못하여 전함 백 여 척과 화포 병기들을 전부 바다 가운데 수장하고 다만 수하에 비장 이영남, 이운영 등과 함께 네 척의 배를 저어 곤양 바다 북부에 이르렀으며, 배에서 내리자 황망히 적을 피하려 하였다. 이리하여 수군 만여 명이 다 흩어졌다. 영남이 원균에게 간하여 말하기를

"공이 왕명을 받들어 수군 절도사가 되었는데, 이제 군사를 버리고 육지로 간다면 후일 조정에서 죄를 추궁할 때 무엇이라고 자기 변명을 하겠습니까? 차라리 전라도에 원병을 청하여 적과 한바탕 싸우다

가 이기지 못하면 그때 도망쳐도 늦지 않을 것입니다"

그 말을 옳게 여긴 원균은 곧 영남을 순신에게 보내어 협조하여 줄 것을 청하였다.

이에 순신은

"서로 맡은 계선이 다르고 조정으로부터 명령이 없는데 어찌 마음대로 지경을 넘겠느냐"

그 후에도 원균은 영남을 시켜 오 육 차에 걸쳐 협조를 청하였으며, 영남이 허행으로 돌아올 때마다 뱃머리에 앉아서 바라보고 있다가 통곡을 하였다.

유성룡이 저술한 징비록의 한 대목이다.

일 만명 대군을 흩어버리고 남들이 수십 년이나 힘을 기울여 마련한 전선들도 죄다 바닷물에 쳐넣은 죄인은 능지처참을 하여도 시원치 않겠으나, 당시 조정의 무능한 관료배들이 원균 같은 자의 죄를 따지려 하지 않았다.

순신은 원균이 싸움 한 번 못해보고 수하 군사와 전선들을 한꺼번에 잃어버린 엉터리 장수였으나 그가 경상도의 수로를 잘 안다고 하여 친절히 청해다가 전선 한 척을 주면서 같이 일할 것을 약속하였다. 그럼에도 불구하고 원균은 순신의 공이 많음을 시기하여 늘 적당한 기회를 타서 악랄하게 모해하곤 하였다.

왜선 두 척은 적의 진으로 점점 가까이 접근해 가고 있었다. 적선들을 묵묵히 바라보던 순신은 천천히 고개를 돌렸다. 그의 눈에서는 벼랑 간 불꽃이 튀어나오는 것 같았다.

"우리 이제 저놈들을 끌어내야 하겠소."

그는 좌우를 돌아보며 모두에게 한마디 하고 나서 자기가 제일 신임하는 녹도 만호 정운을 손짓으로 불렀다. 왼쪽으로 이십 보 가량 떨어져 있던 정운의 배는 순신의 손짓을 알아차리고 재빨리 지휘선 옆으로 왔다.

"만호는 전선 여섯 척을 거느리고 저 왜선을 추격하오. 그러면 많은 적선들이 틀림없이 맞받아 나올 것이니 머뭇거리다가 돌아서서 도망 하시오"

순신은 말을 마치고 빙그레 웃으며 턱수염을 내리 쓸었다.

"예, 분부대로 하오리다."

공손히 대답한 정운은 즉시 물러나 작은 배들을 이끌고 왜선을 추격하였다. 정운의 판옥선과 작은 전선 다섯 척은 잠깐 사이에 도망하는 왜선을 거의 따라 잡고 적진 가까이 이르렀다.

눈앞에 있는 전선이 불과 몇 척 안 되는 것을 본 적들은 성급히 배들의 돛을 세우더니 더뚜이 마주 나왔다. 정운은 잠깐 망설이는 기색을 보여주고는 급히 배를 돌려 있는 힘껏 도망쳤다. 살같이 달려온 정운의 배들은 곧 본진에 합류되었다.

이순신은 적선들이 어느 정도 가까이 오자 앞으로 나가려는 움직임을 한 번 보이고는 전선들을 지휘하여 싸울 듯 말 듯 하며 서서히 뒤로 물러났다.

마치도 상대편의 사나운 서슬에 기가 질려 몹시 두려워하는 것 같이 보였다. 적들은 조선 수군이 정말로 쫓기는 줄 알고 맹렬히 배를 몰아 드디어 한산도 앞바다에 나왔다.

뱃머리에 우뚝 서서 적선들의 거동을 주시하던 순신은 '어' 하고 고개를 끄덕였다. 그의 입가에는 엷은 미소가 물결치는 듯했다. 그는 갑자기 몸을 획 돌리고는 깃발을 흔들어 물러서는 배들을 멈춰 세우더니

"여봐라 북을 울려라"

홀연 둥둥둥 우렁찬 북소리가 넓은 바다에 울려 퍼지기 시작했다. 그러자 모든 전선들이 순식간에 학익진을 벌이며 적들이 미처 돌아설 사이도 없이 맞받아 나갔다. 판옥선들에서는 지자, 현자, 천자, 총통들을 연거퍼 쏘았다.

어느새 적선들 사이를 누비며 들어간 거북선은 그 입에서 무서운 불을 토했다. 사방에 불길이 치솟았으며 번갯불이 벙긋거렸고, 연기와 불꽃들은 하늘을 뒤덮었다. 바다는 우뢰와 같은 화포 소리, 용맹을 떨치는 군사들의 함성, 왜군 장졸들의 비명소리로 가득 찼다.

순신은 직접 기를 휘두르면서 싸움을 지휘하였다. 그는 능란한 솜씨로 활을 잡아 적장들을 쏘아 쓸어 뜨렸다. 거북선들은 그의 지휘에 따라 들어갔다 나왔다 하면서 장전, 편전, 필령전, 화전을 우박처럼 퍼부며 적선들을 들이받아 깨뜨리기도 하였다.

녹도 만호 정운은 호화롭게 꾸민 적선을 갈고리로 끌어당기고는 수하의 여러 군사들과 함께 그 배 안으로 맹호 같이 뛰어들어 적들을 무수히 베었다.

긴 칼을 쳐들고 그와 맞선 왜장 한 놈은 머리가 달아나 바닷물에 빠지고 몸뚱이만 배 안에 남아서 피를 콸콸 쏟아 내고, 장창을 마구 휘두르던 다른 한 놈은 그의 세찬 발길에 차여 배 밖으로 나가 떨어져서는 파도 속에 묻히고 말았다.

정운의 부하들 또한 그 배 안의 왜적들을 쥐 잡듯 하였다. 바다에 뛰어드는 놈들도 목숨을 건질 수 없었다. 건너편 판옥선의 궁수들이 물 위에 떠있는 놈들을 골라가며 그 대가리에 화살을 쏘아 박았다. 바다는 왜적들의 피로 붉게 물들었다.

이 싸움은 적군 구천 명이 죽고 칠십여 척의 전함들이 물속에 처박힌 다음에야 끝났다. 살아남은 사백 여명의 왜적들은 간신히 한산도에 올라갔으나 살아날 가망이 거의 없었다.

싸움 도중에 들이닥친 적선 열네 척은 멀리서 관망하다가 제 편이 패하여 무리로 죽고 넘어지는 것을 보고 황황히 노질을 하여 도망쳤다.

이에 원균이 또 허세를 부리며 추격하려 하는 것을 이번에도 순신이 말렸다. 온종일 접전하여 군사들이 지치고 해도 저물어 추격이 무익 하였던 것이다.

구일 저녁에는 순신은 전선들을 인솔하여 가덕으로 향하던 중 적정을 탐지하고 돌아온 군사에게서 안골포에 왜선 마흔 두 척이 있다는 보고를 받고 거제의 온천으로 갔다.

다음 날 그는 전라우수사 이억기에게 안골포 앞바다 가덕 변두리에 진을 치고 있다가 싸움이 시작되면 복병을 머물게 하고 오라고 이르고는 전선들로 학익진을 벌리며 전진하였다.

순신은 전진을 멈추고 잠깐 지형을 살피었다. 이곳은 폭우가 적고 물이 얕아 밀물만 빠지면 육지나 다름없으므로 판옥선 같은 큰 배들이 자유로이 오갈 수 없었다. 이 점에서는 적의 경우도 마찬가지였다.

여기서 곧 싸움이 벌어져도 포구 안에서는 적선들이 마음대로 움직이지 못할 게 뻔했다. 그러니 어떻게 할 것인가? 순신의 미간에는 깊은 주름이 잡혔다.

조선 수군들의 출몰에 놀란 왜적들은 뭐라고 소리치며 이리 뛰고 저리 뛰면서 부산을 피우더니 웬일인지 잠잠해졌다. 이놈들도 싸움 준비를 단단히 하는 것 같았다.

잠시 후 전 대오에 명령을 내려 전선들을 멀찍이 물러나게 한 순신은 서쪽으로 기울어진 해를 얼핏 바라보았다. 우물쭈물 하다가는 날이 저물어 싸우기가 불리해질 수 있었다. 그는 곁에 있는 군관에게 협선 세 척으로 적을 유인하라고 분부했다.

그 군관은 좌수사의 명령이 떨어지자마자 협선에 옮겨 타고 즉시 다른 두 척과 함께 포구로 다가갔다. 열다섯 명의 수군이 협선 세 척을 몰아가며 적을 향하여 긴 편전을 연주전으로 쏘아대도 적진에서는 아무런 동정도 없었다.

좀처럼 싸우러 나오지 않는 것을 보니 형세가 급하면 뭍으로 내뺄 작정을 하고 일부러 지형이 험준한 선창을 찾아 배를 집결한 것이 분명했다. 적들이 도전에 응하지 않으니 부득이 다른 수를 쓰는 수밖에 없었다.

순신은 먼저 녹도 만호, 정운과 거북선 돌격장 이영남으로 하여금 십여 척의 전선으로 적을 공격하게 하였다. 거북선을 앞세운 전선들이 번개같이 돌입하며 총통들을 쏘고 화전과 편전을 쉼없이 날려 보내었다.

한바탕 적진을 휘둘러 놓은 정운과 이영남 등이 화포를 쏘며 뒤로 서서히 물러나니 이순신의 지휘에 따라 여러 장수들이 전선들을 거느리고 번갈아 들어가며 세찬 불길을 내뿜었다. 우렁찬 함성과 함께 화살들도 빗발같이 적진으로 날아갔다.

적들도 큰 배들을 방패로 삼아 총을 쏘았다. 놈들은 죽은 자와 부상병을 작은 배들에 옮기고 새로운 군사를 계속 보충하면서 악착스럽게 대항하였다.

싸움이 한창 고조되는 중에 전라우수사 이억기가 전선들을 거느리고 당도하니 조선 수군의 기세는 배가 되었다. 적의 대항은 얼마 못 가서 슬그머니 수그러들고 날아오는 탄환도 어지간히 뜸해졌다.

순신은 그 순간을 놓치지 않고 깃을 세우고 북을 치며 싸움을 돋우었다. 송희립은 몸을 날려 적의 삼층 다락배에 뛰어들면서 왜장 한 놈을 베었다. 그의 부하 십여 명도 함성을 지르며 범같이 날아들고 김인영, 김이량과 그 수하 군사들이 이에 합세하였다.

배 안에서는 서로 찢고 찌르고 부딪히는 단병전이 벌어졌다. 서슬 푸른 칼날들이 헷빛을 받아 번뜩이고 육중한 다락배는 위태롭게 기우뚱거렸다.

이름난 검객인 송희립은 순식간에 네댓 놈을 쓰러뜨렸으며, 다른 사람들도 그에 힘입어 별로 뒤지지 않았다. 기세가 한풀 죽은 적들은 이미 그들의 적수가 아니었다.

　산신히 배에서 뛰어내린 놈들은 화살을 맞고 물에 가라앉았다. 이층 다락방에서 콩 볶듯 하던 총소리도 멎었다. 살아남은 놈들은 배를 버리고 뭍에 올라 도망갔다. 어느덧 붉은 해는 서쪽 바다에 가라앉고 싸움도 끝났다.

46

단비가 내리기 시작했다

순신은 싸움터를 면밀히 돌아보고 나서 파손되지 않은 적선들을 태우지 말라고 명령했다. 만일 그 배들마저 불사르면 갈 곳이 없어진 곤궁한 적들이 무고한 백성들을 마구 죽일 수 있기 때문이었다. 그는 왜군에게 길을 터주기 위하여 얼마간 떨어진 곳으로 물러가서 군사들을 휴식시켰다.

이튿날 십 일일 새벽에 전선들을 거느리고 다시 안골포에 돌아온 순신은 만약을 생각하여 포위 진을 친 다음 양 옆으로 조심스럽게 조여 들었다.

예상한 대로 적선들에서는 아무런 반응도 없었다. 가까이 가서 살펴보니 여지없이 파손된 적선들 가운데 비교적 성한 배 두 척이 남아 있고 살아 움직이는 왜적은 그림자 보이지도 않았다.

순신은 군관 여럿을 데리고 뭍에 올라 포구와 성안을 돌아보았다. 성 돌들이 군데군데 깨지고 더러는 유실 되었고 왜적들이 저희 시체를 쌓아 놓고 불사른 흔적이 열두 곳이나 있었다. 타다 남은 뼈들이 사방에 널리고 검붉은 피가 성 안팎에 흘러내려 땅이 피로 점점이 물들어 있었다.

순신은 이날 사시에 양산강, 김해 감동 포구를 수색하도록 했는데 왜적들은 어디에도 없었다. 이어 가덕의 외면으로부터 동래 몰운대에 이르기까지 전선들을 몰아가며 진을 치고 위력을 시위하였다.

이어서 날랜 군사들을 뽑아 가덕도의 응봉과 김해 금단곶과 연대 등에 정찰을 내 보냈다. 해가 저물자 금단곶에 나갔던 경상우수영의 수군 허수광이 먼저 돌아왔다. 수광은 좌수사 이순신 앞에서 이렇게 고하였다.

"연대로 향하는 도중 산 아래 조그마한 암자에 있는 중을 만났습니다. 그 중을 데리고 연대에 오른 소인은 양산과 김해 쪽을 유심히 바라보았습니다. 그 두 곳에 머물고 있는 적선들의 수요는 합해서 대강 백여 척쯤 되어 보였습니다. 소인이 중에게 적선의 동정을 물었더니 그중이 말하기를 요즘 매일 왜선 오십여 척씩 열 하루 동안이나 저곳으로 들어오더니 어제 안골포 접전 때 화포 소리를 듣고는 밤에 다 도망가고 지금 백여 척만 남아 있다는 것이었습니다."

금산에 있던 적들이 선주까지 침입했다는 첩보를 듣고 더는 지체할 수 없었고 또한 중의 말을 전해 들은 순신은 당장 전선들을 거느리고 달려가서 적을 치기로 했다.

순신은 즉시 세 영의 전선들을 모두 휘몰아 천성보로 향했다. 잠시 지나 천성보에 이른 그는 군사들을 전부 뭍으로 오르게 하고 우등 불들을 크게 피우라고 명령했다. 수천 명 군사들은 곧 흩어져 나무를 해오기 시작하였다.

그로부터 한식경이 지나니 커다란 불길들이 밤 하늘을 밝히며 곳곳에 솟아났다. 이와 함께 무사들의 호걸스러운 웃음소리가 거친 파도의 음향을 누르고 드넓은 바다에 울려 퍼졌다. 불빛에 벌겋게 상기된 얼굴들, 농말을 주고받는 젊은이들의 늠름하고 씩씩한 모습은 순신의 가슴에 크나큰 기쁨을 안겨주었다. 그는 흐뭇한 미소를 짓고 불꽃들이 튀어 오르는 우등 불들 사이를 오가며 기대에 찬 그들을 눈여겨보았다.

군사들은 어디서 나무를 해오는지 연속 큼직한 나무 단들을 불 무지에 던져 놓곤 하였다. 활활 타오르는 불길은 갈수록 커지고 호걸들의 웃음소리도 그만큼 높아져 갔다.

이 수많은 우등 불들은 조선 수군이 이곳에 오래 머물러 있을 것처럼 보여 적들이 마음대로 싸다니지 못하도록 하기 위해 피워놓은 것이었다.

얼마 후 순신은 전군을 다시 배에 오르게 하였다. 마침 바람도 좋고 왜적을 통쾌하게 무찌른 군사들의 움직임도 예상 외로 날랬다. 닻을 올리고 순풍에 돛을 단 전선들은 바닷물을 살같이 미끄러져 어둠 속으로 잠겨 들었다.

그리하여 세영의 수군들은 십삼 일 이른 아침 한산도에 이르렀다. 순신은 경상도 우수사 원균과 작별하면서 섬 가운데 숨어 있는 왜적들을 남김없이 소탕한 뒤 그 정형을 알려달라는 부탁을 하고 서둘러 그곳을 떠났다.

그런데 원균은 이렇듯 쉬운 임무도 수행하지 못했다. 이자는 상처 입고 굶주린 사백 여명의 왜적을 포위한 상태에서도 감히 어쩌지 못하여 우물쭈물하다가 많은 왜선들이 밀려온다는 헛소문을 듣고 황급히 도망하고 말았던 것이다.

새장에 갇힌 새나 다름없는 이 왜적들은 만일 열흘만 포위를 풀지 않았어도 굶어 죽을 형편이었다. 그 놈들은 포위가 풀리고 위험이 사라지니 급히 나무를 찍어서 뗏목을 만들어 타고 거제로 유유히 건너가 버렸다.

두 달이 지나 이 사실을 알게 된 순신은 손안에 든 생선을 놓쳤다고 하며 통분함을 금치 못해 하였다. 본영으로 돌아오자 삼일 간의 휴식을 선포하고 푸짐한 음식으로 군사들을 위로하였으며, 싸움에서 노획한 옷, 천 등 물건들을 그들에게 나누어 주었다.

전리품들 가운데서 깨끗한 것들은 따로 뽑아 목록을 작성하고 조정에 올려 보낼 때까지 창고에 넣어 잘 보관하도록 하였다.

그는 피로도 풀 사이 없이 밀려 있는 여러 가지 일을 처리하고 정돈된 마음으로 조용히 앉아 장계를 초했다. 그는 이 장계에서 우선 한산도, 안골포 싸움의 전 과정을 일목요연하게 서술하고, 장수 및 군사들이 공을 세운 내용을 빼놓지 않고 적었다.

　그 뒤에는 전사자, 부상자들의 이름을 순서대로 쓰고 그들의 공로도 치적 하였으며, 왜적들에게 사로잡혀 고욕을 치르다가 이번 싸움에서 구원된 남녀 일곱 명의 직접 보고 들은 적정을 그들이 진술한 말로 상세히 기록하였다.

　두 차례 큰 싸움에서 왜군은 무려 일만 명 이상 죽고, 부상자도 이루 헤아릴 수 없이 많았으나, 조선 수군은 불과 전사자 십팔 명에 가벼운 경상을 입은 군사가 백명 정도였다. 이 하나의 사실만 가지고도 이순신의 영활하고 능숙한 군사 지휘와 그 휘하 군사들의 용맹 무쌍함을 가히 알 수 있을 것이다.

　원래 유능하고 지혜로우며 부하들을 사랑하는 용감한 장수의 밑에는 약졸이 없는 법이다. 이순신이 거느린 군사들은 하나같이 용맹하였다. 물론 이는 그가 지휘 통솔을 훌륭하게 잘했기 때문만은 아니었다.

　이 땅에 순박한 백성들은 선조의 유골이 묻힌 향토를 진정으로 사랑했다. 그들은 인생의 서글픈 한숨 속에서도 간혹 기쁨이 별처럼 반짝이는 그 별빛을 언제나 소박한 염원으로 꽃피워 왔으며, 가난이라는 쪽배를 노 저어 가는 길에서 드물게 만나는 즐거움에 순간, 순간들을 더없이 소중히 간직할 줄 알았다.

　그들은 온갖 슬픔과 기쁨이 어머니의 정다운 숨결인 듯 깊이 스며 있는 생활의 보금자리를 소중히 여기는 만큼 정든 산천을 사랑했으며, 고향 땅을 지키기 위해서는 생명도 아낌없이 바칠 수 있었다.

　이 순결하고 강인한 정신이 매 군사 마다 용맹을 떨칠 수 있게 된 힘의 원천이었다. 하지만 이같이 훌륭한 정신도 이순신과 같은 굳센 의지와 통솔력으로 집중될 때만이 충분한 위력을 발휘할 수 있는 것이다.

전쟁터의 무시무시한 총포 소리는 때로 용기를 뽐내던 장사도 맥을 못 추게 만들며 볼품없이 허약한 사람에게 예상 밖의 놀라운 힘을 부여하기도 한다. 여기서 군사를 거느린 자의 역할은 자못 중요하다.

만일 장수가 무능하거나 비겁하여 자기 책임을 다하지 못하면 그의 지휘에 의하여 움직이는 군사들도 용기를 잃고 만다. 이로부터 수많은 사람들이 황당한 죽음을 당하게 되며, 혹은 수치스러운 도망꾼으로 전락하기도 한다.

이는 왜적이 침입하자마자 일만 명의 군사를 다 흩어지게 한 원균의 경우가 잘 말해 준다. 큰 장수일수록 군율에는 용서가 없으면서도 너그럽고 상벌이 분명하며 부하들에 대한 믿음 깊은 사랑을 지니고 그들의 의기를 분발 시키는 수완을 소유하는 것이 중요하다.

그래야 부하들이 감복하여 그를 따르고 존경하며 그의 명령에 가감없이 복종하게 된다. 많은 군사들을 명령 하나로 한결같이 움직이게 하는 것은 쉬운 일이 아니다.

이순신은 이런 점에서 뛰어난 장수였다. 그는 군사들의 장한 의기를 불러 일으킬 줄 알았고, 명석한 판단, 영활한 작전, 대담한 전법, 단호한 결단성, 과감한 행동, 능숙한 군사 지휘로 매번 왜적을 궁지에 몰아 넣곤 하였다.

그가 지휘하여 적의 대군을 격멸한 한산대첩은 전쟁이 시작되고 삼 개월 만의 가장 큰 승리였다. 이로써 왜군의 수륙병진 계책은 완전히 허물어지고 제해권도 조선 수군이 튼튼히 틀어지게 되었다. 이 승리의 소식이 온 나라에 퍼지자 삼천리 강토는 환희로 들끓었다.

영산, 창녕 싸움에서 크게 이긴 기쁨을 안고 돌아온 곽재우 의병대가 한산대첩의 소식을 듣고 사흘 간을 명절처럼 즐기게 된 것도 역시 이 같은 기쁨에서 나온 것이었다. 의병장 곽재우는 한산대첩이 얼마나 큰 승리인가를 잘 알고 있었다.

이순신이 적 대군을 한산도 앞바다에서 궤멸시켜 왜군의 수륙병진 계책을 수포로 돌아가게 하였으며, 우둔하게 앞으로 나간 왜적 무리는 말할 것도 없고, 각 지역에 웅크리고 있는 놈들도 우리에 갇힌 이리떼의 신세가 된 것 같았다. 이제부터는 독사처럼 빳빳이 쳐들었던 그 흉악한 대가리가 자연 수그러질 수밖에 없는 것이다.

재우는 벌써 왜군의 진중에 만연되는 전염병이며, 물자의 고갈로 인한 궁핍, 혹심한 굶주림, 서로 책임을 따지며 으르렁대는 왜적 괴수들의 몰골이 눈앞에 보이는 것만 같았다. 그러니 왜군은 의병들과 관군의 더욱 드센 공격을 받고 한 발, 두 발 물러나지 않을 수 없다.

의병들도 뭐라고 딱 짚어 말하지는 못하지만 한산 대첩이 전쟁 국면을 역전시키는 데서 커다란 작용을 하였음을 모르지 않았다.

이들은 사흘 동안을 명절처럼 노래하며 지내듯이 가슴을 풀어헤치고 마음껏 즐겼으며, 인근 마을 사람들도 그 속에 섞여 춤을 추고 노랫가락을 뽑았다. 그런가 하면 능청스러운 이야기꾼들은 오래된 얘기도 며칠 전에 있었던 사실처럼 만들어 가면서 가지가지 얘기에 꽃을 피웠다.

그들의 떠들썩한 기쁨의 밑바닥에는 무엇인가 알 수 없는 억센 힘이 꿈틀거리고 있었다. 재우는 그 힘을 육감으로 느끼고, 예전엔 알지 못했던 가슴 뜨거운 기쁨을 맛보았다.

그는 의병들의 활기 있는 모습을 즐거운 눈으로 바라보며 조용히 미소를 지었고, 가끔 호탕한 웃음을 터치기도 하였다. 즐겁고도 유쾌한 삼일이 순식간에 지나가고 새날이 밝았다.

재우는 그 전과 마찬가지로 다시 엄격하고 말 없는 의병장이 되었다. 의병들은 그의 지휘 밑에 질서 있게 나아가고 물러서며 공격하고 방어하는 법을 익혔다. 검술, 창법, 활 쏘기도 연습했고, 여러 가지 신호법도 머리에 새겨 넣었다.

그렇게 한 뒤에 재우는 정예병들을 내보내어 현풍, 영산, 창녕 일대를 차지하고 있는 의병대를 새로이 보강하였다. 그리고 얼마 지나서는 자신이 직접 육십여 명의 의병들을 거느리고 창녕으로 갔다.

창녕 일대를 완전히 장악한 곽재우는 낙강 안까지 고수하면서 창녕 서남쪽 십 오리 지점에 있는 포구인 마수원 남쪽 강물 속에 말뚝을 박고 적의 출몰을 기다리고 있었다.

그러던 어느 날, 낙강의 적후 정찰을 맡아보고 있는 이운장으로부터 짐을 잔뜩 실은 왜적의 함선 수십 척이 북쪽에서 내려온다는 통첩이 들어왔다.

재우는 그 즉시 강 대안의 군사들을 매복시키고 적의 배들이 내려오기를 기다려 벼락같이 공격하였다. 이날 싸움에서는 적선 사십 척과 많은 왜적을 소멸하였다. 이것이 곧 마수원 싸움이다.

시월 달에 진주성이 왜적에게 포위되자 재우는 신대승을 진주성으로 보내어 김시민의 군사를 돕게 하였다. 진주 뒷산에 진을 친 신대승 휘하의 의병대는 적의 후원군이 오는 길목을 차단하고 있었다.

그들은 밤이 되면 호각을 요란하게 불고 전원이 횃불을 휘휘 저어 성안의 군사들과 호응하면서 성을 포위하고 있는 적들을 크게 위협하였다. 방금 의병들의 우뢰 같은 함성이 천지를 뒤흔들고 조용해진 뒤였다.

김시민이 적탄에 중상 당한 후 그를 대신하여 군사를 지휘한 사람인 곤양군수 이광악의 서한을 지닌 한 군관이 적의 삼엄한 경계망을 뚫고 신대승을 찾아왔다.

그 편지에는 목사 김시민이 적탄에 맞아 중상을 당했다는 것과 홍의장군 의병대에 용한 여의가 있다니 급히 보내주면 좋겠다는 사연이 적혀 있었다.

신대승은 곧 충을 불러 편지를 보여준 다음 날이 밝으면 지체 없이 길을 떠나 본영에 가라고 분부하였다. 그러나 충은 그 밤으로 말을 타고 달렸으며, 이틀 후에는 누이와 함께 성 안으로 들어갔다.

묘례는 그날부터 혼수 상태에 있는 김시민을 구원하기 위하여 있는 힘을 다 했다. 그가 정성껏 지은 약은 어느 정도 효력을 내는 것 같았다. 김시민은 며칠 만에 눈을 떴다. 묘례는 맥을 짚고 그의 흐린 눈과 피골이

상접한 얼굴을 주의 깊게 살폈다.

"아, 은녀로다, 그 연약한 몸으로 이 성 안에 들어왔으니"

시민은 어진 눈길로 묘례를 바라보며 조용한 소리로 말했다. 묘례의 희디흰 양 볼에는 눈물이 주르르 흘러내렸다. 그에게는 꺼져가는 생명을 소생시킬 힘이 없었던 것이다. 시민은 이광악에게로 시선을 돌렸다.

"왜적을 끝까지 멸망시키지 못하고 가니 원통하오."

이광악은 그의 기운 없는 손을 잡고 눈을 슴벅거렸다.

"목사께서는 이 성의 운명을 하념치 마시외다. 왜의 괴수 등원랑이 오늘 정오에 흉악한 도정 무리들을 거느리고 도망하였소이다. 이는 목사께서 성안의 군민들을 두터운 덕으로 치유한 결과외다."

시민은 그 소식을 들은 것이 기쁜 듯 미소를 지으며 눈을 감았다. 자기 가족들과 함께 밥과 술을 내다가 군사들을 먹이고 부상사들을 식섭 업어 나르면서 군민을 격려하던 그는 이렇게 이 세상을 하직하였다. 묘례는 어깨를 들먹이며 울고 이광악과 여러 장수들은 주먹으로 눈물을 씻었다.

47

색마의 검은 흉계 ①

묘례는 엿새 만에 곽재우의 의병대로 돌아왔다. 어느 날 묘례는 햇빛에 널어서 말린 약초들을 차곡차곡 단으로 묶어서 약방으로 날라 들이고 있었다. 그럴 때 영란이 어머니가 급한 걸음으로 찾아와서 대열 관계를 맡아보는 장수인 수병장이 몸이 불편하여 의원을 찾는다고 말했다.

묘례는 하던 일손을 멈추고 곧 수병장의 방으로 달려갔다. 수병장 김성돈은 동저고리에 맨상투 바람으로 배를 끌어안고 뒹굴고 있었다.

"어디 품 안에 상하신지? 증세가 어떠하시 오니까."

성돈은 당장 숨이 넘어가는 것처럼 배를 끌어안고 뒤치락 거리며 죽어가는 시름 소리를 냈다. 묘례는 그에게 다가가서 맥을 짚었다. 맥은 이상이 없었다.

"어디가 불편하시온지 말씀하십시오."

"이, 아이고 아이고 창자가 끊어지네. 끊어져"

"심기 불편하심이 심상치 않으신가 본데 증세가 어떠하신지 어서 말씀을 하십시오."

성돈은 게슴츠레한 눈으로 묘례를 바라보더니 하소연하듯 말했다.

"내 병이 골수에 깊이 박혀 심상치 않네. 맥을 다시 짚어보게. 십여 년을 중환 속에 지냈지만 이처럼 복통이 심해 보긴 처음 일세. 그러니 아무래도 일어나지 못할 것 같네. 허나 자네의 지성이 미치면 어떨런지.

묘례는 신중한 안색을 지으며 또 맥을 짚어보았다.

성돈의 눈길은 야릇한 빛을 띠고 번들거렸다. 커다란 얼굴에 축 처진 볼, 암상스러우면서도 음험해 보이는 눈, 귀밑까지 쭉 늘어졌다고 할 정도의 커다란 입, 코 끝이 날카롭게 우뚝 서고, 그 큰 턱에는 전혀 어울리지 않는 찌를 듯한 염소 수염, 그의 얼굴은 어딘지 모르게 심술궂고 탐욕스러워 보였으며 색마 같은 느낌이 강하게 들었다.

성돈은 서울서 낭관 벼슬을 할 때 수많은 기생들을 희롱하다 못해 나중에는 양반 부녀에게 손을 데려다가 뜻을 이루지 못하고 남해 고흥으로 귀양을 간 일까지 있었다. 그리고 귀양이 풀린 후에는 형조의 하찮은 벼슬을 거쳐 경상도 몇 개 고을 현감 군수 노릇도 하였다.

그는 전쟁이 일어나자 제일 먼저 처첩들을 이끌고 깊은 산속으로 피난하였으나 지난 유월에는 뒷일을 생각하여 의병대에 들어와서 수병장 자리를 얻었다. 마침 오운이 의병대에서 나가고 그 자리가 비어 있던 때라 재우는 그에게 수병장을 시켰던 것이다.

성돈은 의병대에 들어와 있다 보니 그전처럼 여색을 가까이할 수 없어 죽을 지경이었다. 묘례는 그 번들거리는 눈이 마음에 거슬렸으나 신중히 맥을 짚어보며 무슨 탈이 생겼는 가를 알아보려고 애썼다.

"으흠, 여의원이 맥을 보니 네 병이 저절로 낫는 것 같네."

성돈은 일어나 앉으며 묘례의 맥 집는 손을 덥석 잡고 다른 한 팔로는 허리를 끌어안으려 했다. 고양이 눈 같은 그의 눈에서는 심상치 않은 광채가 번쩍였다. 묘례는 그의 손을 조용히 물리치고 자리에서 일어났다.

"점잖으신 양반이 어찌 소년 경박자의 행실을 하십니까?"

잔잔하면서도 야멸찬 묘례의 말에서는 잔소리가 날리는 듯하였다.

"하, 그 무슨 무엄한 말인고"

성돈은 얼굴을 붉히며 어색하게 중얼거렸다. 한낱 여인에게 꾸짖는 말을 듣고 보니 속이 편치 않았던지 뾰족한 염소 수염을 쓰다듬는 그의 손은 바들바들 떨렸다. 묘례는 말없이 그 방을 나왔다. 등 뒤에서

"허 고현, 병은 아니 보고"

하며 혀차는 소리가 들렸으나 그는 돌아보지도 않았다.

김성돈이 의병대에 들어온 것은 일종의 피난이었다. 먼저는 흉맹스런 왜적이 무서워 산속에 몸을 숨겼다면, 그 후에는 백성들과 의병장들의 눈이 두렵고 뒷일이 걱정스러워서 의병대에 들어오지 않을 수 없었던 것이다.

그는 이 난리 중에도 깊은 산속에서 계집들을 끼고 흥청거리며 잘 지냈으나 고을 백성들의 원성과 각지 의병장들의 서릿발 같은 규탄에 마음이 몹시 불안하였다. 특히 김수를 문죄한 의병장 곽재우의 격서를 본 뒤로는 그 날카로운 창 끝에 자기도 찔리게 될 것 같은 위구를 느꼈다.

그러던 차에 마침 먼 친척 뻘 되는 초유사 김성일이 그 고을 객사에 머물고 있는 것을 알게 되어 그를 찾아갔다. 성돈을 만난 성일은 지금이라도 고을 백성들을 불러일으켜 적과 싸우던가, 아니면 어느 의병대에 들어가는 것이, 관록을 먹는 자의 응당한 도리이며 상감에 대한 충성의 길이라고 설명하였다.

절체절명의 막다른 골목에 선 성돈은 하는 수 없이 김성일의 소개 편지를 받아 들고 딴 고장에 있는 곽재우 의병대에 찾아 갔다. 의병대는 피

신처로는 좋았지만 그 대신 자유롭지 못했다. 또한 왜적과 싸울 생각만 하는 곽재우 휘하에 있는 것이 불안하였다. 막료 모임에서는 늘 오늘은 어디를 치고 내일은 적의 길목을 어떻게 막겠는가 하는 것이 논의되는데 그것이 아주 질색이었다.

별로 하는 일 없이 빈둥거리면서도 여기저기 끌려 다니게 되니 심신이 고달팠고, 벼슬살이도 안해 본 유생 곽재우가 큰 공을 세우는 것도 질투가 나고 괘씸했다. 그렇다고 왜적을 치자는 데 반기를 들 수도 없고 그에 응 하자니 벨이 뒤틀려 견뎌 내기가 실로 괴로웠다.

그는 재우의 폭 넓은 장악력이 미웠고, 자기 일신의 처지가 한스러웠다. 갈수록 그 어떤 큰 가위에 온몸이 꽉 눌린 듯한 구속 감이 그를 괴롭혔다. 그래서 성돈은 의병장을 모해할 생각을 하며 곽재우의 일거일동을 은근히 주시하였다.

그는 영란 어머니가 식전에 다관이나 반주함을 들고 의병장 방에 들어가고 때때로 다담상이 나드는 것을 볼 때마다 눈살을 찌푸리곤 하였다. 매끼 들어가는 구첩 은빈상에는 산해진미가 그득 오르는 것 같아 가슴이 다 알알하였다.

그런 것쯤은 안 본 셈 치더라도 하루 건너 한 번씩 아침이면 묘례가 약시중 하느라고 의병장 실에 나드는 것을 보게 될 때는 참을 수가 없었다. 그의 가슴 속에서는 질투의 불길이 이글거렸다.

성돈은 조용한 기회를 타서 오운과 마주 앉았다. 그것은 원래 수병장을 하던 오운이 재우와 뜻이 맞지 않아 한때 대열에서 나간 일이 있었다는 것을 잘 알기 때문이었다.

"영감"

오운이 전에 부사를 지냈기 때문에 부른 칭호이다.

"요즘 의병장의 추행을 두고 이러쿵저러쿵 하는 소문을 못 들으셨소"

성돈이 염소 수염이 난 턱을 쳐들고 하는 말에 오운은 금시 눈이 휘둥
그래 해졌다.

"김공은 무슨 소리를 들었기에 그런 말씀을 하오."
"그것도 모른단 말씀이오. 어허"
"뭘 모른다고 그러시오."
"얼마 전에 새로 들어온 그 묘례라는 계집과 곽재우 사이에 무슨 관
계가 있다는 소문이 도니 말이외다.
"의병장과 문묘례 사이의 관계가 있다니 그게 무슨 소리요?"
"영감에게는 금시초문인 듯 하오만 벌써 의병들의 속에서는 그런
소문이 떠돌고 있죠."

성돈은 마치 큰 죄인이라도 잡은 것처럼 성수가 나서 침 방울을 튕겼
다.

"공연한 소리를 함부로 하시는구려 지중한 장수를 무고히 헐뜯으
면 천벌을 받을 일이니 두 번 다시 그런 말씀하지 마시오"

오운은 손을 휘휘 내 저으며 외치다시피 말했다.

"아 아니 영감은 묘례라는 인물이 어떤 계집인지 알기나 하고 그러
시오. 밀양에서 의원을 하는 아비 따라 계집이 의술을 배웠노라 하며
못하는 짓이 없답니다. 숱한 남정들 맥을 본다, 병증을 살핀다 하면서
뭇 사내의 몸을 어루만지고 지 마음에 드는 놈들과 간통하기를 여사
로 하였지요.
그래서 사람들의 입에 올라 삼십이 넘도록 출가도 못한 계집인데

전번에 재우가 데리고 온 것도 다 깊은 속내가 있는 게 아니겠소"

오운은 성돈의 못생긴 커다란 얼굴을 한동안 빤히 쳐다보더니 담담한 어조로 말했다.

"하하, 김공이 잘 모르는 말씀을 하외다. 밀양 고을 문의로 말하면 비록 중인이지만 세상에 드문 대현군자라 할 수 있고, 그 영애 또한 요조 숙녀라. 이는 세상이 다 아는 사실인데 공은 어찌 그리 험한 말을 하오 전번에 의병장께서 군사를 거느리고 현풍성으로 가시던 도중 부상당했던 자리가 성이 나서 중태에 빠졌을 때 그 여의원이 구원한 것은 누구나 다 아는 일이 아니겠소.
김공의 말씀은 과히 그릇된 것 같소"

성돈은 입을 벌리고 눈을 슴벅거렸다. 약이 오른 듯 눈 언저리가 펄떡 거렸다.

"아 그건 무슨 해괴한 말씀을"

하고 그는 그 커다란 턱을 들 까불었다.

"밀양 고을 문의는 중인으로서 천속이고, 또 그 의술이라는 것도 몽매한 무리들이나 고케하는 속임수외다. 헌데 문의 같은 천민을 대현 군자라니 그럴 법이 어디 있소이까?"

"이 그리니 날 보고 어쩌란 말씀이오."

"영감도 보셨겠지만 재우 방에는 식전에 다관이나 반주합이 따로 들어가지, 때때로 다담상이 들어가지, 매끼 소고기 물고기가 끊어지질 않지 시흘 기니로 옷을 비써 입지 이게 다 그 묘례라는 계집이 하는 싯이 이니오이끼. 기디가 힌때는 새벽마다 그 계집이 드나들었으니 무슨 짓 인들 못 했으리까?"

"그래 김공은 그게 다 허물로만 보였소."

"허물이 아니라 무엇이외까. 소를 잡는 것은 나라에서 금하는 것인데, 재우 상에만 소고기 반찬이 오르니 그럴 법이 어디 있으며 계집과 아침저녁마다 만나니 해괴 함이 이보다 더함이 또 어디 있으리까?"

오운은 성돈의 뻔뻔스러운 얼굴을 물끄러미 쳐다보다가 머리를 흔들었다. 그의 희끗희끗한 수염은 알릴 듯 말 듯 떨렸다.

"김공은 모든 것을 잘못 알았소. 식전에 의병장의 방에 반주합이나 다관이 들어가는 것은 술이 아니라 약이고, 다담상은 의병장이 부상을 입은 후 기력이 쇠해진 까닭에 조금씩 들어가는 것이라 주야불문하고 노심초사 군사와 책략에 골몰하는 의병장께 그것이 어찌 분수에 넘친다 하겠소.

소고기는 원래 의병장이 자시지도 않는데 매끼 상에 오른다니 무슨 소린지 모를 말이오. 그리고 우리 의병대의 존장을 위해 옷을 정성껏 빨아 다듬어 섬기는 것이야. 의병의 응당한 도리이며 여인의 기특한 지성이 아니겠소.

김공은 여 의원이 아침마다 의병장 실에 출입하는 것을 괴상히 여기는데, 당금 의병장은 여러 차례의 부상으로 심기가 몹시 불편하여 맥과 호흡이 순조롭지 않을뿐더러 때때로 출혈을 해서 기식이 엄엄하외다.

그래. 내가 종사와 의논하여 평시에는 아침마다 의병장의 맥을 보고 적응한 약을 제때 쓰라고 시킨 바이니 어찌 그를 의심할 여지가 있겠소.

옛적에 이천 선생은 누가 선배나 동료의 결함을 시비하는 것을 볼 때마다 너희는 남을 시비하기에 앞서 그의 장점을 찾아보라고 하였고, 옛 글에 이르기를 의심이 많은 것보다 더 위태함이 없고, 사욕이 많은 것보다 더 실패 될 일이 없다고 하였은즉 김공은 오늘 내게 한 말을 다시 한 번 놀려 생각하면 좋을까 하오."

성돈은 열에 뜬 안색을 지으며 소리를 지르기 시작하였다.

"영감은 재우를 두둔하는 성 싶으외다. 재우가 의원이란 계집과 좋아한다는 것은 세상이 다 아는 사실이거든. 왜 영감은 옥과 돌을 가리는 것을 시비여 의심이여 하며 오히려 이쪽을 허물 하외까"

오운의 눈에서는 갑자기 불빛이 번쩍거렸다. 그는 결연한 태도로 엄하게 말했다.

"김공은 무엇을 생각하기에 이 엄혹한 시기에 국가 동량을 함부로 헐뜻으오. 곽대감은 이 나라의 첫 의병장으로 그 성호 이미 전국을 진감하고 있소. 대감이 공이나 나나 같은 모양 필부라면 모르거니와 창궐하던 왜적들을 제압하고 위태로운 이 나라의 운명을 떠받든 기둥이거늘, 어찌 감히 망령대게 모함을 하오 김공이"

"으, 아니라니 이 내가"

하고 성돈은 오운의 말이 채 끝나기도 전에 중도에서 그의 말허리를 잘랐다. 그리고 얼굴이 고추빛이 되어 발딱 성을 내며 일어났다. 오운도 일어나서 그와 마주 섰다.

"도대체 그건 무슨 말씀일까? 그래 전장에서 계집질 하는 자가 국가 동량이고, 그런 자를 탄핵하는 사람은 모함하는 자로 돌리니 억이 막히외다 으아 참 참으로 말 못할 일이로다."

"김공 회전하오 남아 장부 도량으로 어찌 이만 작은 일에 발분함이 이토록 심하오. 김공이 무슨 말로써도 의병장의 토적보국의 위엄을 가리우지 못하며 여의원의 아름다운 덕을 훼손치 못하리니 마음을 돌림이 마땅할까 보오 옛말에 이르기를 욕심이 지나치면 예도, 의리도 저버리며 나라도, 부모, 형제도 배반하여 마침내는 금수와 다를 바 없게 된다 하였으니 김공은 이 말을 십 분 명심하기 바라오.

그 옛날 요와 순임금도 세수 그릇과 밥그릇에 좌우명을 새겨 자신을 수양하였거니, 하물며 당상도 못 되는 벼슬을 가진 하관이야 일러 무탈이오. 재삼 경고 하거니와 차후에 추한 욕심과 간특한 소행이 한 치라도 나타나면 내 추호도 용납치 않으리라."

오운의 음성은 그리 높지 않았으나 추상 같은 엄기가 돌았다. 그는 죄지은 자를 꾸짖는 어조로 계속했다.

"없는 소리에 넘어갈 자 의병대에는 없소. 나라를 망치고 만 백성의 목숨을 백리 사장의 고혼으로 만들며 그 속에 김공의 해골도 뒹굴게 하고 싶거든. 망발을 하오. 옛말에 사람끼리 소근거리는 말도, 하늘은 우뢰같이 들으며 으슥한 방에서 마음을 속이는 것도 신명의 눈은 번개와 같이 본다고 하였으니 백 번 용심하오."

말을 맺은 오운의 태도는 단호하였고, 그의 날카로운 눈에서는 푸른 빛이 뻗쳤다. 성돈은 속이 우글부글하여 오장육부가 온통 뒤틀렸으나 그의 어마어마한 기상에 기가 눌려 가쁜 숨만 발딱거렸다.

잠시 후 오운은 방문을 차고 점포 자락에 바람을 일으키며 밖으로 나가 버렸다. 오운의 마음을 흔들기는 고사하고, 상상 외의 공격과 질책을 받은 성돈은 분기를 참지 못하여 빈 방에서 이를 바드득 바드득 갈았다. 그의 눈에서는 새파란 불꽃이 잔인하게 번득 거렸다.

"이놈 어디 두고 보자. 내 목숨이 살아있는 동안 니나 재우나 온전치 못하리라."

그는 몸을 부들부들 떨며 중얼거렸다. 성돈은 이런 일이 있은 다음부터 의병장을 욕하고 헐뜯는 것으로 일을 삼았다.

재우의 귀에도 이러저러한 말이 들어갔다. 하지만 그는 화를 내는 기색조차 없이 의병대의 일을 처리해 나갔다. 의병대 안에는 무엇인가 좋지 않은 기운이 떠돌았다. 그것은 사람들의 마음을 불안케 하며 도깨비 그림자처럼 여기저기에 얼씬거렸다.

48

색마의 검은 흉계 ②

곽재우가 도원수 권율의 부름을 받고 초계에 간 날 저녁이었다. 윤탁의 주관하에 열린 막료 모임이 끝나자 구석에 말없이 앉아 있다가 먼저 문을 차고 나가던 성돈의 품에서 여러 겹으로 접은 종이 한 장이 말없이 떨어졌다.

오운은 여러 막료들이 보는 앞에서 그 종이를 펼쳤다. 그러자 맨 첫머리에 왕이 외지에 나가 있는 동안에 거처하는 임시 궁전인 의주 행궁 숙부전상서라는 글발이 두드러지게 나타났다.

좌중의 시선은 오운이 펼친 편지에 집중되었다. 막료들의 시선은 하나같이 날카로워졌다. 곽재우를 모함하는 허무맹랑한 내용으로 엮어진 편지에는 역적이 하는 짓을 보고 치솟는 의분을 누를 길 없어 상감께 상소를 올리려 하니 숙부의 의견과 소원을 바란다는 글이 적혀 있었다. 그리고 뒤끝에 이 편지를 가지고 가는 사람 편에 회답을 보내달라고 하였다.

번뜩이는 눈으로 말없이 한 번 쭉 훑어보고 그 종잇장을 방바닥에 팽개친 오운은 벌떡 일어나 밖으로 뛰어나갔다. 막료들은 격분하여 펄펄 뛰었다. 방안은 금시 벌둥지를 쑤셔 놓은 것 같았다.

이윽하여 오운이 성돈을 데리고 씩씩거리며 들어섰다. 성돈이 태연히 자리에 앉으니 그를 꾸짖는 말이 사방에서 우박처럼 쏟아졌다.

그래도 성돈은 기가 죽지 않고 배포 유하게 대꾸를 하며 일부러 냉소하는 기색을 지었다. 그 모양을 보고 오운은 너무도 격분하여 온몸을 부들부들 떨며 목을 베겠다고 하였다.

그러나 성돈은 오히려 더 기가 뻗쳐 재우와 묘례는 참을 당해야 할 죄를 지었다고 미친 듯이 소리쳤다. 핏발이 시뻘겋게 선 그의 눈은 미친 개 눈 같았다.

신대승은 더 참을 수가 없어 곁에 놓인 칼집에서 칼을 뽑아 들고 일어서며 벼락같이 소리쳤다.

"이놈 우리 의병대가 어떤 군사라고 감히 세치 혀를 함부로 놀리느냐 이 칼에 죽고 싶거든 입 방아를 함부로 찌어라. 이놈"

칼을 쥔 그의 손은 부들부들 떨렸다. 그는 한 걸음 내 깊이 성돈이 잎에 다가섰다. 그리고 칼을 더 높이 쳐들었다. 낭상 여러 사람들이 눈앞에서 무서운 일이 벌어질 것 같았다. 오운이 급히 그의 팔을 붙들어 주저앉혔다. 그래도 성돈은 눈썹 하나 까딱하지 않고 '흥' 하고 콧방귀를 끼었다

옆에서 가쁘게 숨을 쉬던 윤탁이 갑자기 궁둥이를 들썩거리며 주먹을 흔들어 버렸다.

"김공 내 말 좀 들소. 기가 막혀서"

그는 한마디 불쑥 하고는 침을 꿀꺽 삼켰다.

"흉악한 왜적의 발톱에 이강산이 짓밟히고 무고한 백성들의 피가 흐를 때 적수공권으로 의병을 모아 일어선 사람이 누구이며, 처첩들을 데리고 산중으로 도피한 자가 누구요? 의병장은 공이 고을을 버리

고 피신한 것도 책하지 않고 관장을 하던 체모를 생각하여 예로서 대하였소. 헌데 발탁한 호의도 몰라보고 어찌 추호의 근거도 없는 흉운을 날조하오 나라의 사직과 만백성을 구원하려 나선 의병장의 미덕을 허물고 세상에 드문 여의원의 미덕을 흉한 일로 만들고도 이렇듯 모함을 꾀하니, 이는 우리 의병대를 무너뜨리자는 반역이 아니고 무엇이겠소. 우리는 의병장과 더불어 손가락을 깨물어서 나라에 충성할 것을 피로 맹세한 이상 김공의 그런 행위를 묵과할 수 없소."

성돈은 그의 말이 끝나자마자 전신을 부들부들 떨며 고래고래 소리 질렀다.

"공들이 무슨 소리를 하건 나는 나의 소신대로 행동할 뿐이니 가부를 나에게 논치 마오. 공들의 작당 행위야말로 난신적자이니 후일의 후회가 없기를 바라오."

성급한 윤탁은 난신적자라는 말에 울컥 속이 뒤집혔다.

"이놈아 양반 부녀를 겁탈 하려다가 귀양까지 간 주제에 함부로 입을 놀리느냐 어이 고얀 놈이로군 하긴 후대를 두고 김씨 가문을 더럽힌 족속들이니 네놈이라고 온전하겠느냐 추물이로다."

그 말이 끝나자 자리에서 벌떡 일어난 성돈은 눈을 까뒤집고 주먹을 내 흔들며 보르르 떨었다.

"뭐라고 누굴 보고 함부로 김 씨 가문을 더럽힌 족속이요 하며 천벌을 받을 수작을 하느냐 이놈 내 의병대에 와서 파묻혀 있으니 누구를 어떻게 알고 하는 말이뇨? 내 팔대조께서는 아 태조 건국 초의 개국공신에 으뜸가는 김모이시오. 우리 칠대조께서는 이조판서 승록 대부에 이르시어 상감님의 좌우 보필로 특별히 공이 컸고, 그로 인하여 우의

정의 증직과 문정공의 시호를 받으신 이렇다 할 훈신이시고, 우리 오대조로 말한다면 벼슬에 뜻을 두지 않고 한평생 유경을 벗으로 삼아 성리에 조예가 깊으셨거늘 네놈이 무엇을 안다고 함부로 두들 대느냐 이 망할 놈아 어디 두고 보자."

그 기고만장한 행동거지를 차마 볼 수가 없어 주먹을 부르쥐고 앉았던 이운장이 벼락 치듯 대들어 성돈의 상투 자루를 덥석 움켜 잡고 부르르 떨며 뒷벽에 그의 머리를 쾅쾅 지쭟았다.

"이 천하의 몹쓸 놈아 무고한 주장을 접고 우리 의병대를 기어코 허물자는 네놈의 심보에 무엇이 들어찼느냐. 이 금수 만도 못한 놈아 사직의 운명이 위태로운 이 때 네놈은 어쩌자는 거냐 이놈 이놈"

이운장은 이 놈 소리 한 마니에 한 번씩 쾅쾅 성돈의 골통을 벽에 힘껏 지찟곤 하였다.
성돈은 "아이쿠" 소리를 연신 지르다가 몸을 가누지 못하고 앉은 자리에서 모로 '쿵' 넘어졌다.

"의병장께서 승낙만 하신다면 내 손으로 이놈을 그저 능지처참을 하련만 으…"

하고 운장은 손을 털고 물러서며 중얼거렸다. 이윽고 비틀거리며 일어선 성돈은 잦아드는 목소리로 한마디 내뱉었다.

"니놈들, 니놈 들이 천벌을 받지 않나 두고보자."

그리고는 뒤뚱뒤뚱 갈지자 걸음으로 방을 나갔다. 유탁우 그날 밤 성돈의 방을 밖에서 잠그고 파수를 세워 그의 거동을 살피게 하였다.
막료 모임이 있던 다음 날 초계에 갔던 의병장 곽재우가 돌아왔다. 막료들은 재우에게 모임 뒤 끝에 벌어졌던 일에 자세한 내용을 알리고 편지도 보여주면서 성돈에게 군율을 적용하자고 제의하였다.

오운은 따로 조용히 찾아와서 전일 성돈과의 사이에 있었던 사연의 자초지정을 이야기하였다.

그리고 성돈이 의병장을 해치려는 음흉한 마음을 품고 있으니 대오에서 축출하자는 의견을 내놓았다. 그럼에도 불구하고 재우는 오히려 갇혀 있는 성돈을 풀어주었으며, 그 일에 대해서는 일체 말을 하지 않았다.

날과 날은 시냇물인 양 속절없이 흘러갔다. 전쟁의 참화 속에서도 예나 다름없이 온갖 곡식은 무르 익고 탐스러운 과일들이 향기를 풍기는 가을이 되었다. 논마다에서는 누런 벼 이삭들이 설렁거리고, 산과 들에는 단풍이 들었다. 이 땅의 모든 생물들은 사람들이야 전쟁을 하건 말건 제 나름으로 풍성한 가을을 맞고 기뻐하는 것 같다.

그러나 인적이 그친 이 나라의 수많은 거리와 마을은 황량하였고, 묘례의 마음도 어두웠다.

가을날의 청청함은 그전처럼 사람들의 기분을 들뜨게 하지 못했다. 시원한 가을 바람은 의병대 여의원의 가슴 속에 오히려 분노와 비애를 가득 채워주고 있었다.

묘례는 지난번 막료 모임 때 의병장과 자기의 관계를 두고 이러니 저러니 걸고 든 성돈이 계속 뒤를 파며 좋지 않은 말을 돌리고 있는 것을 알게 된 후부터 혼자서 속을 무던히도 썩였다. 너무 억울하고 절통하여 눈물을 흘리며 가슴을 친 적도 한두 번이 아니었다. 그래도 의원인 그는 의병장실에 드나들지 않을 수 없었다.

그때마다 성돈의 독기 어린 시선이 줄곧 그의 뒤를 따랐다. 성돈은 길목이나 대문 밖에 나와서 새파란 불꽃이 튀는 고양이 눈으로 쏘아보며 입속 말로 무엇이라고 두덜거리곤 하였다. 그 눈길은 마치

"저 음란한 계집, 또 서방질하러 가는구나. 니년이 아무 때고 내 손
에 들어오지 않나 어디 두고 보자"

라고 하는 것 같았다.

묘례는 성돈이 아침에 정해진 시각에 의례이 길목을 지키리라는 것을 알고 있었지만, 어쩌다가 그 고양이 눈과 시선이 마주치면 가슴이 떨리고 걸음도 휘청거렸다. 색마의 검은 마수는 이렇듯 순결한 여인을 무섭게 위압하였다.

묘례는 잠자리마저 편안치 않았다. 성돈의 징글맞은 얼굴은 꿈에도 자주 나타나서 식은땀을 흘리게 했다. 그보다도 더 괴로운 것은 사람들이 추잡한 계집이라고 손가락질을 하는 듯하여 얼굴을 들고 다닐 수가 없는 것이었다. 그리하여 실하던 그의 몸은 차츰 여위어 갔다.

맑은 가을날은 따뜻한 빛과 짙은 향기로 대지를 포근히 어루만졌다. 새들은 살찐 나무가지에 앉아 재잘거리고, 푸른 하늘에는 연분홍 빛 구름이 피어나고 있었다.

묘례는 휘청거리는 다리를 겨우 옮겨 디디며 강변으로 나왔다. 붉은 해가 서산 마루에 내려앉으니 하늘가에 홍자색 노을이 어리고 눈부신 금빛 낙조는 강물 위에 비껴 흐늘거린다. 해는 잠산 사이에 산 뒤로 넘어가고 사위에 어스름이 깃들기 시작하였다.

인적 없는 강기슭 여기저기에서 한가롭게 노닐던 물새들이 보금자리를 찾아 날아가고, 강 건너편 마을의 몇몇 집에서는 저녁 연기가 모락모락 오른다. 서쪽 하늘가에 미인의 눈썹 같은 초생 달이 나타났다. 그 가냘픈 초생 달의 나른한 빛은 묘례에 시달린 마음속으로 스며들어 한없는 서글픔을 자아냈다.

왜적에 맞서 싸우는 홍의장군의 뜻을 받들어 의병들의 치료를 맡아보면서 얼마나 사는 보람을 느꼈던가. 진심을 다 바쳐 의병장을 돕는 일은 또 얼마나 즐거웠던가.

일은 비록 고되고 가슴 아픈 희생으로 눈물을 흘린 적이 한두 번이 아니지만 그 무엇도 눈앞에 어리는 밝은 광채를 흐리게 하지는 못했었다. 하건만 흉심을 품은 김성돈이 한 번 독을 쓰니 세상이 별안간 어두워지는 것 같았다. 의병장을 모해하려고 이리저리 더듬는 성돈의 검은 손은 어두운 그림자를 던지며 연약한 여인까지 움켜쥐려 한다.

초생 달도 사라지고 어둠이 그의 마음처럼 짙어지자 별들이 하나 둘 밤 하늘가에 뛰어나왔다.

캄캄한 어둠과 적막이 그를 에워싸고 사방에서 조여 들었다. 묘례는 몸서리 쳤다. 자기를 해치려 하는 자가 비단 성돈 하나만이 아닌 것 같았다.

보이지 않는 줄이 온몸을 칭칭 얽어 꼼짝 못하게 하는 것처럼 느껴지기도 하였다. 그 줄에서 벗어나지 못하면 자신을 보존할 수 없고, 나중에는 치욕스러운 누명을 쓴 채 이 세상을 하직해야 할지도 모른다. 자고로 박복한 여자의 운명이란 그런 것이었던가?

끝없이 존경하고 사모하는 의병장의 곁을 떠나기는 싫어도 다른 도리가 없다. 항차 의병장을 여의와 한 줄에 엮어 모해하려고 꾀하는 자가 있으니 어찌 의병대에 그대로 남아 있으랴.

묘례는 별들이 깜박이는 밤 하늘을 우러러보았다. 하늘이 깨끗한 자기 마음을 알고 있을 듯 하여 그는 저도 모르게 두 손을 마주 비비었다.

"창창하신 하늘이요 어리석은 저에게 힘을 주옵소서. 나라 위해 싸우는 의병장님에게 화가 미치지 않게 하여 주옵소서."

묘례는 입속 말로 빌고 사위를 둘러보았다. 하늘도, 강도, 산과 들도 모두 어둠 속에 잠기고, 먼 강촌의 불빛 또한 꺼진 지 오래다. 그는 자리에서 일어나 옷매 무새를 바로 잡고 걸음을 옮겼다.

묘례는 다음 날 누구도 모르게 행장을 꾸리고 약방을 정돈하였다.

밤은 여느 날보다 훨씬 빨리 찾아왔다. 벌써 삼경은 된 것 같다. 소쩍새는 구슬픈 울음을 그치고 귀뚜라미 소리도 끊어 진지 오래다. 그는 함들에 가득 담긴 갖가지 약재들을 서글픈 눈길로 살펴보았다.

의병장과 장수들의 건강을 생각하여 마련한 약들과 의병들의 부상에 쓰려고 정성 담아 조제한 그 약들 하나하나에는 크나 큰 정성이 깃들어 있는 것이다.

말리고, 바수고, 굽고, 조리고, 달이고, 담그고 하여 백병을 다스리며 백 가지 천 가지 약을 만들 생각으로 모아둔 약재들은 또 얼마나 많은가. 묘례는 그 많은 약과 약재들을 다시 한 번 차근차근 정리하여 놓고 눈물을 흘리며 벼루에 먹을 갈았다.

의병대에 남길 고별의 시와 동생 충에게 주는 편지를 쓰고 고리짝에서 남복 한 벌을 꺼내어 갈아입었다. 그러고 나니 가슴이 미어지고 창자가 마디마디 끊어지는 것 같았다. 묘례는 방 안을 천천히 둘러보고 나서 고리짝을 들고 밖으로 나왔다.

어둠 속을 헤치며 바람이 쓸쓸히 불어오고 하늘에는 별들이 고요히 떨고 있었다. 의병장 방 앞에 이른 묘례는 고리짝을 땅에 놓고 허리를 깊이 굽혀 절을 하였다. 방금 전만 하여도 불빛이 비치던 창가에는 지금 어둠의 컴컴한 거미들이 기어 다닌다.

그는 의병장 방의 상사를 한참 바라보다가 고리짝을 들고 발자국을 뗐다. 밤의 노기가 배인 차가운 눈물이 볼을 타고 내려 목을 적시었으나 그는 씻을 생각을 안 했다. 영문을 나서자 갑자기 찬 바람을 맞은 것처럼 서늘한 감이 느껴졌다. 묘례는 날카로운 그 무엇이 자기의 가슴을 쌀쌀하게 허비는 듯이 생각되기도 하였다. 이윽고 그는 강변 길을 천천히 걸어갔다.

49

계사년, 새 아침이 밝았다

묘례는 길가에서 서너 번 쉬고 석양 무렵이 되어서야 밀양성에 이를 수 있었다. 성문 앞에 다가간 그는 저도 모르게 우뚝 섰다. 성벽이 군데 군데 허물어지고 맨 윗부분의 성 돌들도 더러 빠져나간 것이 마치도 전란의 참화를 전해주는 듯하였다.

그래도 오래간만에 낯익은 밀양성을 대하게 된 그는 가슴이 찌르르하였다. 성문은 활짝 열려 있고 나드는 사람도 서너 쯤 보이었다.

웬 노인이 어린 손자의 손목을 이끌고 묘례 옆을 스쳐 지나가는가 했더니 두 발자국 앞에서 걸음을 멈추고 돌아섰다.

"아니 약초원댁 주부님이 아니외까 허허 그간 얼마나 고생을 하셨을까. 남복을 하셔서 이 늙은 것이 미처 몰라볼 뻔했소이다.

묘례 앞으로 한 발 다가선 노인은 흰 턱수염을 떨며 반가운 웃음을 지었다. 묘례도 고개 숙여 예를 표하고 나서

"헌데 뉘시온지"

하고 머뭇거렸다.

노인이 누군지 피뜩 생각나지 않았던 것이다.

"저 윗마을 사는 늙은이외다. 연전에 이사 와서 몇 번 댁에 신세를 졌습죠. 주부님이 돌아오셨으니 이젠 병든 우리 밀양 사람들에게 살 길이 열렸소이다."

노인은 체머리를 흔들며 또 수염 속으로 소리 없이 웃었다.

"원, 저 같은 명색 없는 여의에겐 너무 지나친 말씀입니다."

그제야 작년 이맘 때 병을 보이러 왔던 노인을 알아본 묘례도 손등으로 입을 가리며 웃고 노인의 손목을 쥐고 있는 아이에게로 시선을 돌렸다. 호기심이 가득한 눈으로 묘례를 가만히 훔쳐보던 소년은 당황하여 그만 눈길을 떨구었다. 아이의 나이는 한 열 살쯤 나 보이는데 애초로와 차마 마주 보기 어려울 정도로 여위었다. 얼굴에는 노란 꽃이 가득 피어 무슨 심한 병을 앓고 있는 것 같았다.

노인은 여의가 자기 손주에게 관심을 돌리는 것을 보자, 성 밖에 있는 의원을 찾아보고 오는 길이라면서 긴 한숨을 내쉰 후 흉악한 왜놈들 손에 아들과 며느리가 무참하게 죽은 사실을 이야기하였다.

묘례와 노인은 한동안 말없이 걸었다. 하긴 가슴 속이 칼로 휘집어 놓은 듯 아프고 명문이 꽉 막혀 말할 수 없기도 하였다. 그들은 약초원 근처 갈림길에서 헤어졌다.

일간 다시 찾아 뵙겠노라는 노인에게 고개 숙여 공손히 인사를 한 묘례는 그 자리에 우두커니 서서 기운 없이 스적스적 걸어가는 노인을 바라보았다. 그는 노인과 소년의 모습이 고개 너머 사라진 다음에야 천천히 걸음을 옮겼다. 점두 집으로 돌아오건만 그의 걸음은 몹시도 더뎠다.

햇살이 퍼지자 묘례가 돌아온 것을 어떻게 알았는지 대문간에 이웃들이 하나씩 찾아 들더니 나중에는 여러 사람이 한꺼번에 몰려들었다. 그들은 더없이 반가운 마음으로 묘례의 손을 붙들고 울기도 하고 웃기도 하였다.

마을 사람들은 묘례의 집을 고치는데 힘을 더했다. 의실 두 채의 지붕에 볏집 이영을 새로 얹고 찌그러진 문짝들도 고쳐 달았다. 비록 피난 가기 전만은 못해도 그만하면 의원의 집으로서 손색이 없었다. 그들은 잃었던 혈육을 다시 만난 듯 진심으로 기뻐했으며, 묘례의 외로운 처지를 하나같이 동정하였다.

묘례는 병든 사람들을 성의껏 치료해 주면서 마음 한 구석에 자리 잡은 고독을 적지 않게 몰아내고, 사는 보람도 느낄 수 있었다. 마을의 집집을 돌아보며 실낱 같은 목숨을 겨우 부지하고 있는 환자들을 구완해 주었다. 이렇게 바쁘게 보내는 동안 그는 쓰라린 고독을 얼마간 잊을 수 있었다.

그는 흉악한 왜적을 무찌르는 심정으로 삶의 순간 순간을 보냈다. 그에게 있어서 사람들의 생명을 위협하는 병마를 몰아내는 일은 불구대천의 원수인 왜적과의 싸움이나 마찬가지였던 것이다.

그래도 밤이 들면 역시 어쩌지 못할 애수가 가슴 속을 아프게 긁어 내렸다. 김성돈이 자기와 의병장을 모해하다 못해 종당에는 소문을 퍼뜨려서 모멸의 눈물을 뿌리며 억울하게 의병대를 나온 일을 생각하면 치가 떨렸다.

그러나 날이 밝으면 또 불쌍한 환자들을 돌보며 눈코 뜰 새 없이 일했다. 환자가 없는 틈을 활용하여 약초를 썰어서 널어 말리든가, 절구에 찧어 환약을 빚기도 하였다. 그럴 때는 건넌 방과 별채에 든 몽득이네와 분이네가 일손을 도와주었다.

해가 바뀌어 계사년 새 아침이 밝았다. 새벽에 일어난 묘례는 충을 대신하여 부모님들과 조상들의 제사를 지내고 나서 두 손을 경건하게 모아 서북쪽 하늘을 향하여 깊이 깊이 고개를 숙였다.

깨끗한 마음으로 드리는 새해 첫 인사로는 토적 보국의 기치를 들고 왜적을 치는 홍의 장군 곽재우에게 천우신조가 있기를 기원했다. 그는 또한 의병대의 의원 하린과 여러 장수들, 막료들, 의병들의 앞길에 밝은 해가 비춰 주기를 간절히 빌었다.

전란의 참화 속에서 맞는 이 설날은 더 없이 쓸쓸하고 서글펐다. 작년 설날만 하여도 온 마을이 설을 맞으며 얼마나 흥성거렸던가. 가난한 마을 사람들은 비록 설 맞이 준비를 풍성하게 하지는 못해도 일 년에 단 한 번이고, 또 이 날을 지나면 나이를 한 살씩 더 먹게 되어 설날을 진정으로 뜻 깊게 맞곤 하였다.

어느 집에서나 찾아오는 손님들을 반겨 성의껏 대접하였고, 들뜬 마음으로 일가 친척들과 이웃들을 방문하기도 하였다. 그런가 하면 이웃들 간에는 따뜻한 인정과 함께 음식들이 오고 갔다. 살뜰한 마음이 그 음식에 담기고 진정이 흐르는 사례의 인사와 웃음이 방 안 가득 차 넘치니 가슴은 마냥 후더웠다.

이는 호사를 누리는 양반 부자들은 알지도 못하고 이해조차 할 수 없는 삼성으로 순박한 이 땅, 백성들이 누리는 삶의 즐거움 이기에 그 무엇에도 비길 수 없는 낙인 것이다.

설날은 특히 아이들이 무척 좋아하는 날이었다. 아이들이 설빔으로 받은 새 옷으로 갈아 입고 오래간만에 맛있는 음식을 먹으며 좋아할 때면 부모들의 얼굴에도 웃음꽃이 활짝 피어난다. 아무리 살림이 가난해도 이 설날만은 결코 무심히 보내는 일이 없었다.

지나간 설들이 다 그러했다. 헌데 지금은 어떠한가 굴뚝에 연기 오르는 집이 거의 없고, 황량한 길에는 눈가루만 뽀얗게 날릴 뿐이다. 골목마다 찬 바람이 회오리 치는 마을은 보통 날보다 더 조용하였다.

진시쯤 되니 건넌 방의 분이 어머니가 아들과 딸을 앞세우고 안방으로 건너왔다 묘례는 분이 남매의 절을 받고 나서 그들에게 명주 댕기와 약과 한 봉지 씩 쥐어 주었다. 분이 어머니는 눈물이 글썽하여 두 손을 맞잡고 고개를 깊이 숙였다.

"주부님 귀하신 몸 보증하시어 하늘이 내리는 만복을 받으시오이다."

"고맙소이다."

"의지가지 없는 저희들에게 살아갈 길을 터 주신 이 은혜를 무엇으로 다 갚으오리까."

그러자 묘례는 이마에 흘러내린 머리칼을 쓸어 올리며

"원 별 말씀을 다 하시네. 전 오히려 약방 일을 지성껏 도와주시는 그 고마움을 어떻게 사례하면 좋을지 모른답니다"

하고 조용히 미소를 지었다.

얼마 후 별채의 몽득이네와 이웃에 사는 사람들도 찾아와 설 인사를 하였다. 묘례는 분이와 함께 부엌에 들어갔다. 그의 수중에는 다행히 묻어두었던 양곡과 술이 그대로 남아 있고, 말린 버섯도 조금 있었다.

비록 변변하지는 않았지만 그것으로 별식을 정성 들여 만든 다음 이웃들을 청하여 대접하였다. 오지 못한 사람들의 집에는 분이를 시켜 음식을 보내주었다.

어느덧 미시도 지났다. 홀로 남은 묘례는 쓸쓸하고 애달픈 마음이 배나 더해지는 것 같았다. 지난해 설날 자기 손으로 설빔을 곱게 해 입힌 조카들을 데리고 어머님께 세배를 드리던 일이 생생히 떠오르고, 조카들의 낭랑한 웃음소리도 귀에 쟁쟁 울리는 듯하니 가슴이 저리다 못하여 명치 끝까지 아파왔다.

아침부터 펑펑 내리는 눈은 한낮이 기울어서 좀 뜸해졌지만 아주 멎지는 안았다. 가뜩이나 인적 드문 길은 행적 없이 묻히고 만상이 희디흰 눈 속에 잠기니 어디가 어딘지 통 분간하기 어렵다.

눈 덮인 광막한 들에 홀로 남은 듯한 고독감에서 벗어날 길이 없다. 가슴은 여전히 아리고 쓰리다. 눈이 멎자 몽득이 부자와 식구들이 나와서 잠깐 동안에 눈을 말끔히 지웠다. 눈은 다음 날에도 많이 내렸다.

점심때가 거의 되어 아궁이 앞에 앉은 묘례는 불을 막 살리고 있는 참이었다. 금방 살아나서 실실 타오르던 불이 부엌 문이 열리며 찬 바람에 불어 삭어 들었다. 고개를 돌리니 분이가 무슨 큰 잘못을 저지른 소녀처럼 당황한 기색을 하고 서 있었다.

"얘야 왜 그러느냐"

하고 묘례는 웃으며 정답게 물었다.

"저 양반댁 마님 한 분이 찾아 왔사와요."

"양반댁 마님이라고"

묘례는 얼른 손을 앞치마에 닦고 일어났다. 분이를 데리고 나가 보니 말쑥한 양반집 여인의 우아한 뒷모습이 눈발 속에 뚜렷이 안겨왔다. 대문가에서 눈이 펄펄 날아드는 쪽을 등지고 있던 여인은 발자국 소리를 듣고 서시히 몸을 돌렸다.

"뉘 댁이신지"

하며 그 여인 앞으로 다가간 묘례는 금지 눈이 휘둥글해졌다.

"아니 산옥이가 아니요"

"언니 그간 안녕하셨어요"

산옥이 고개를 숙이며 인사말을 하니 묘례는 그의 두 손을 덥석 잡고 눈물을 글썽하며 어쩔 줄 몰라 했다.

"아, 이 추운 날에 어떻게 오셨소 어서 빈으로 들어가요. 자 어서"

산옥의 보따리를 앗아든 묘례는 기뻐 어쩔 줄을 모르며 손목을 잡아끌었다. 그 순간 먼발치서 그들을 보고 있던 분이가 제 할 일이 생각난 듯 쪼르르 부엌으로 달려들어갔다. 묘례는 방에 들어서자마자 산옥을 아 랫목에 앉히고 화로를 끌어당겨 앞에 놓아주었다.

"아이고 손이 얼음장 같네. 아 이걸 어쩌면 좋아 손을 이렇게 해요. 아니 손을 이리 내요."

산옥은 묘례가 시키는 대로 손을 맡기며

"원 언니 두"

하고 옷고름으로 눈물을 씻었다

"헌데 내가 여기 집으로 돌아온 것은 어떻게 알았어요?"
"궁벽한 심산 속에서야 어찌 알 수가 있으리까. 산을 내려 밀양성 밖에 와서 몇 달을 지내니 자연 언니 소식이 들려오길래."
"그러니 고생인들 오죽했을까"

묘례는 혀를 끌끌 차고 머리를 흔들다가 갑자기

"이런 참 이 정신 좀 봐 내 잠깐 나갔다 올게. 그 사이에 몸을 좀 녹여요"

하며 자리에서 일어나 부엌으로 나갔다. 아궁이 앞에 앉아서 불을 때 던 분이는 묘례를 보자. 해죽이 웃었다.

"니가 어느새 불을 다 피워 놓았구나"

하고 나직이 말하는 묘례의 얼굴에는 따뜻한 인정이 어려 있었다.

"이젠 어서 가봐라. 어머니가 점심상 차려놓고 기다리실 게다."

분이는 그제야 해죽 웃고 가볍게 일어났다. 분이가 나간 뒤 나들이 치 마저고리 차림을 한 산옥이 부엌 안에 들어섰다. 방 안에 혼자 앉아 있기가 답답했던 것이다.

"아랫목에서 몸이나 좀 녹이고 있으라는데 왜 나오셨소 내 곧 떡국
을 끓여 가지고 들어가겠으니 방에 가서 쉬어요"

하고 묘례가 일어나서 등을 떠미니 산옥은 몸을 틀어 피하며 실쭉한
표정을 지었다.

"언니하고는 이야기하고 싶어도 할 수 없는가 봐. 정말 너무 그러시
네."

"이야기는 후에 천천히 해도 되겠는데 무엇이 그리 바쁠까?"

묘례는 솥뚜껑을 열어 옆에 놓으며 눈을 곱게 흘렸다. 솥뚜껑이 열리
니 흰 김이 뭉클 솟아오르며 고소한 냄새가 풍겼다. 부엌에는 안개가 서
리고 훈훈한 바람이 부는가 싶었다. 아궁이에서는 장작불이 이글거리고
국솥 안에서는 맛 좋게 끓는 소리가 났다.

옷을 단정히 여민 산옥은 눈을 가느스름하게 뜨고 아궁이 앞에 다가
앉아 장작 몇 가치를 집어넣었다. 이어 탁탁 튀는 소리를 내며 검붉은 불
길이 날름거리고 환한 불 그림자가 산옥의 얼굴에서 즐거이 춤을 추었
다.

"언니 의병대에선 왜 나오셨는가요?"

산옥은 갑자기 생각난 듯 고개를 돌리고 물었다.

"그건 한두 마디로 말하기가 어려워요. 이따가 내 들려줄게."

이 같은 말을 하는 묘례의 얼굴은 금시 어두워지며 서글픈 빛을 띠었
다. 그는 떡을 잘게 썰어 국솥에 넣고 주걱으로 휘젓다가 저도 모르게 한
숨을 내쉬었다.

"올해 정초에 눈이 많이도 내리네. 어제도 오고 오늘도 오고 그냥 쏟아지니"

산옥은 묘례의 안색이 흐린 것을 보고 일부러 딴전을 피웠다. 묘례도 인차 얼굴빛을 고쳤다.

"그래 어제 오늘 눈은 아주 많이 왔어. 눈이 자꾸 내려서 귀축 같은 원수놈들을 모조리 묻어버렸으면 좋겠어."
"정말이지 이제 극악한 왜놈들에게 천벌이 내려지리다."

문을 열자 햇솜 같은 흰 눈송이들이 날아들어왔다. 밖은 하늘도 땅도 자욱한 눈발 속에 휩싸였다. 온 천지의 눈 안개가 끼어 지척을 분간할 수가 없다. 눈송이들은 나비처럼 부엌 안에 살짝 내려 앉고, 흰 김은 천정에서 몽글몽글 오르며 조금씩 문을 빠져나간다.

묘례는 제자리로 돌아와서 떡국을 그릇에 퍼 담고 주섬주섬 음식을 챙겼다. 그새 산옥이 음식을 그릇에 알뜰히 담아 놓았다.

"몹시 시장하겠소. 이젠 다 됐으니 방으로 들어가요."

묘례는 상위의 김이 솔솔 오르는 음식 그릇을 올려놓으며 산옥을 재촉했다.

"예, 그건 제가"
"됐어. 그만 둬요. 귀한 손님에게 상을 들리다니."

두 여인이 이렇듯 싱갱이 질을 하는데 분이 어머니가 삶은 달걀 몇 알과 달걀 부침 두 접시를 다 반에 올려 가지고 들어왔다. 달걀은 요즘 세월엔 대단한 귀물이었다. 집에는 아직 병아리와 같은 닭들만 몇 마리 있으니 어디 가서 힘들게 구해온 것이 분명했다. 묘례는 마음 고운 이 여인의 수고가 헤아려지니 눈시울이 뜨거웠다.

"이게 닭알이군요. 아이 이 귀한 걸 다 가져 오시다니"

하고 그는 두 손으로 상을 들면서 말했다.

"분이를 곧 보내셔요. 그리고 저녁 때 아이들하고 같이 제 방에 건너 오셔요. 산옥이 서성거리지 말고 빨리 들어가요."

분이 어머니는 여느 때 없이 수다해진 묘례를 보며 빙긋이 웃다가 인 사를 하고 밖으로 나갔다.

이어 묘례도 다반을 든 산옥을 앞세우고 방으로 들어갔다.

정초에 귀한 손님을 맞았으나 무서운 전란의 참화로 인하여 모든 것 이 귀한 때라 차려놓은 상은 간소했다. 그래도 원체 알뜰한 묘례의 솜씨 와 정성이 깃든 음식들은 담박하면서도 구미를 돋을 만치 색깔이 곱고 아주 정갈하였다. 음식도 맛깔 스럽거니와 은근히 서로 권하며 우애 있 는 자매처럼 주고받는 정 또한 자별하였다.

뜻하지 않게 산옥이를 만난 묘례는 집에 돌아온 이후 처음으로 마음 이 안정되는 감을 느꼈다. 가슴을 긁어 내리는 아픔도 다소 둔해지는 것 같았다.

그는 상을 물리자 건넌 방에 분이를 불러 음식을 주고 몽득이 한테도 가져다 주라고 하였다. 그리고는 부엌에 나가 설거지를 하고 저녁 찬거 리 준비도 대충 하고 나서 방에 들어와 산옥이와 조용히 마주 앉았다.

산옥은 사냥촌에서 지내던 것으로부터 시작하여 어머니가 해인사로 간 다음 남편 여복을 찾아 길을 떠난 전후 사연을 다 말하고 자기가 임신 중이라는 것도 숨김없이 털어놓았다.

묘례도 의병대를 나오게 된 일이며, 아무도 없는 빈 집에 돌아와서 마 을 사람늘의 병을 보면서 분주히 날을 보냈으나 밤이 되면 눈물로 베개 를 적시곤 하던 나날들의 가슴 아픈 사연을 말했다. 어느덧 짧은 겨울 해 가 저물었다.

묘례는 분이네와 몽득이네를 따로 따로 청하여 대접하였다. 몽득이 아버지 앞에는 특별히 독한 술도 한 병 내놓았다. 반가운 사람이 찾아오니 쓸쓸하던 집안에 화기가 돌고 웃음소리가 넘쳐나는 것 같았다.

이튿날부터 묘례는 온갖 정성을 기울여 산기가 임박한 산옥의 약을 지었다. 약초원에 없는 약초는 성 밖의 야산들을 오르내리며 캤다. 산옥은 묘례가 지시하는 대로 탕약이며 환약들을 빠짐없이 복용하고 이월 그믐께 순산하여 아들을 낳았다.

아이는 아버지인 여복을 닮은 듯 골격이 크고 살색도 옥처럼 맑았다. 산옥은 묘례와 상의하여 아이의 이름을 영우라고 지었다. 이 이름에는 장차 아버지를 만나고 그처럼 훌륭한 사람이 되기를 바라는 여인의 속 깊은 뜻이 담겨 있었다.

고드름이 쨍그랑 소리를 내며 처마에서 떨어지더니 바람에 실려 봄이 날아왔다. 나무가지들마다에 파릇파릇 새움이 트고 산기슭에서는 아지랑이가 아물거렸다.

묘례는 맛 없는 것을 먹으면서 산옥에게는 될수록 좋은 음식을 먹이려고 애를 썼다. 허나 이를 모를 리 없는 산옥은 저대로 마음을 쓰면서 분이 어머니에게 금은 부치와 패물을 주어 양식을 마련하게 하였다. 그러다가 달포가 지나서는 약초원에 나가 부지런히 일하는 한편 환자들을 치료하는 묘례의 일손을 정성스럽게 도와주었다.

아기는 아무 탈 없이 잘 자랐다. 어린 것이 어찌나 순한지 보챌 줄을 몰랐다. 벙글벙글 웃으며 주먹을 빨다 가는 기러기 소리를 내기도 하고, 누가 곁에 가면 샛별 같은 눈동자를 굴리며 마치 사람을 알아보는 양 빤히 쳐다보기도 하였다.

산옥은 그 귀여운 어린 것의 얼굴에서 여복의 모습을 찾아보며 자주 한숨 짓곤 했다. 어린 영우에게 아비 없는 후레자식이라는 이름이 붙거나 사생아의 불행한 운명을 주게 될지 모를 장래가 걱정스러워 소리 없는 눈물을 흘린 적도 한두 번이 아니었다.

산옥은 어린 영우가 무럭무럭 자라는 것이 더없이 기뻤다. 묘례 역시 영우를 제 자식처럼 사랑했다. 그 바쁜 속에서도 영우의 울음소리가 들리면 열일 제치고 달려들어 어린 것을 안아 달래고, 추워할 세라, 더워할 세라 애지중지 사랑을 쏟아 부었다.

약초원은 푸른 옷으로 단장하고 뜨락의 꽃나무들에도 아름다운 꽃들이 피어났다. 어린 영우는 봄과 함께 무럭무럭 자랐다. 봄볕은 따사롭고 어린 것은 재롱스러웠다. 그러나 두 여인의 불행이 가셔진 것은 아니었다. 그들은 밤이 되어 잠자리에 들면 제가끔 끝없는 시름을 안고 뒤척이었다.

50

제 2 차 진주성 대첩 ①

조선과 순치의 관계에 있는 명나라는 왜군의 조선 침략을 가만히 지켜보고 있을 수 만은 없었다.

더욱이 조선을 거쳐 명나라로 쳐들어가겠다고 하는 전쟁광 도요토미 히데요시의 호언장담을 그대로 묵과하는 것도 안 될 일이었다. 이리하여 명나라 조정에서는 원군을 조선에 보내기로 결정한다.

임진년 12월, 드디어 제독 이여송이 거느린 사 만 삼천 명의 명군은 압록강을 건넜다. 조선 관군과 의병대들은 명제독 이여송 부대와 긴밀히 협력하여 계사년 정월 초에 평양을 되찾았다.

평양 탈환을 전후하여 함경도의 의병대들도 남쪽으로 도망가는 적들을 추격, 소탕함으로써 함경도와 강원도 일대를 완전히 탈환하였다.

그 후 명군의 조력을 받는 조선 관군과 의병대들의 부단한 공격에 속수무책이 된 왜적들은 남해안의 좁은 지역으로 패주했다.

적들은 울산의 서생포, 동래, 부산, 김해, 웅천, 창원 등 경상도의 일부 지역과 남해안의 섬들인 가덕도의 천성, 거제, 거제도의 영등포, 장문포 등지에 웅크리고 앉아 호시탐탐 기회를 노리면서 강화를 재개해 왔으며, 조선 측에서도 일거에 적을 내몰 만한 역량이 아직 준비되지 못하여 큰 싸움은 될수록 피하는 방향을 취했다.

이렇게 되어 이듬해인 계사년부터는 휴전 상태나 다름 없었다. 그러나 강화 담판은 도요토미 히데요시의 오만 무례한 주장으로 이렇다 할 진전을 보지 못하고 있었다.

히데요시는 한강 이남의 경상도, 전라도, 충청도, 강원도의 일부 지역을 포함한 거의 네 개 도를 일본에 넘기고 왜군이 사로잡은 두 왕자 임해군, 순하군 중 한 사람을 인질로 삼는 등 일곱 가지 조항을 걸고 이를 받아 들이지 않으면 철수하지 않겠다고 위협하기에 이르렀다.

그리고는 부하들에게 진주성에 대한 일대 복수전을 명령하였다. 그것은 1차 진주성 싸움의 패배를 만회하여 기세를 올리는 동시에 조선 왕조의 기를 꺾어 그 일곱 가지 조항을 통과시키고 나아가서는 죽산, 충주 이남의 땅을 타고 앉자는 속셈을 가지고 내린 명령이었다.

뿐만 아니라 한강 이남은 일본에 병합시킬 계산이었다. 그런데 그 한 지역에 불과한 진주에 조선 군사가 집결하여 기세를 올리고 있으니 그것만으로도 눈꼴 사나워 그대로 놔둘 수 없었다.

덴쇼 이십년인 1592년, 10월에 하세가와 히데이치, 호소가와 주코 등이 거느리는 일만 군이 진주성을 포위하고서도 승리를 하지 못하고 헛되이 물러선 진주성 1차 싸움의 원한도 이 때에 갚으려 했다. 복수의 계획은 이듬 해인 계사년 3월 10일경부터 세워졌다.

히데요시는 마에다 도시이에와 도쿠가와 이에야스 등을 새로 출전시키고 자신도 바다를 건너와 군사를 지휘할 계획이었다. 그렇게 하여 대무력으로 일거에 진주성을 무너뜨리고 가토, 고니시, 고바야가와를 비롯한 큐슈 출신 영주들의 무력으로 상주까지 쭉 밀고 들어가 그 이남 지역을 완전히 장악할 것을 계산하였다.

허나 군량이 떨어졌다는 보고가 연속 들어오고 설상가상으로 전함이 부족하다는 호소도 그치지 않으니 직접 출정하는 것은 단념하지 않을 수 없었다.

일이 이렇게 되자 눈치만 슬슬 보던 마에다 도시이에와 도쿠가와 이에야스는 슬며시 출전을 거두었다. 다만 아사노 나가마사, 다테 마사무네와 같은 작은 세력의 왜장들만 억지로 군사를 거느리고 바다를 건너오게 되었다.

왜군 선봉장 고니시 유키나가는 그러한 공격 기도를 조선 조정에 은밀히 알려주면서

"관백은 임진년의 복수로 전력을 기울여 진주를 칠 것이니 조선 측에서는 일본군이 진주를 공격할 때 싸우려 하지 말고 성을 내놓으라고"

권하기까지 하였다.

유월 초에 성주 목사 의병장 곽재우는 경상도 관찰사 김록에게 급보하기를

'부산 등지의 바닷가 여러 곳에 있는 적들이 합세하여 북쪽으로 올라와서 함안군의 남안을 공격하여 함락시켰고, 또 한 부대는 그 수를 헤아릴 수 없었으니 기강으로부터 배를 몰고 의령현 등지에 몰려들어 마구 불을 지르고 약탈하였는데 기세가 아주 사나웠습니다. 적들은 큰소리 치기를 진주도 함락하고 장차 전라도로 진격하여 지난날 살육당한 앙갚음을 하겠다고 하였습니다'

정세는 실로 엄혹하였다. 적에게 진주를 내준다면 경상도와 전라도가 더욱 위기에 처하게 되고, 이순신이 거느리는 조선 수군의 배후도 위태로웠다. 적의 이 대공세를 피하여 일시 물러서느냐 아니면 진주를 지켜 싸우느냐 하는 갈림길에서 일부 관군과 의병대들은 적과 되도록 맞서지 않는 길을 택하였다.

계사년 유월 십사일에는 왜군 부대들이 진주성을 향하여 출동하기 시작하였다. 바로 이날 의병장인 창의사 김천일도 가장 믿는 부하 신여복

과 상의하고 군사를 인솔하여 진주성으로 들어갔다.

여복은 그동안 김천일을 도와 많은 공을 세웠다.

김천일 의병대의 뒤를 이어 여러 지방의 의병대와 관군 부대들도 결사의 뜻을 품고 진주로 집결했다. 그리하여 성 안에는 주장 김천일과 경상우도 병마절도사 최경회, 충청 병마절도사 황진, 복수장 고종후 의병장들인 남문창, 양산숙, 김해 부사 이종인, 진주 목사 서예원, 사천 현감 김준민 등이 거느리는 도합 이천 삼백여 명의 군사들이 집결되었다. 이밖에 홍계남의 부대가 남하하여 운봉에 주둔하고 단성, 삼가, 고양, 사천 등지에도 의병들이 있었다.

6월 16일 적의 선봉이 함안에 이르렀다는 첩보가 들어오니 여러 장수들은 동원에 모여 적의 공격을 막을 계책을 토론하고 김천일, 최경회를 도절제사로 추대하여 전군을 지휘, 통솔하게 하였으며, 황진에게는 순성장의 직책을 맡겼다.

이와 때를 같이 하여 강희열, 강희보, 김개, 정유경, 손승선, 정재보를 비롯한 의병장들이 성 안에 들어왔다. 그들이 거느린 의병들은 각기 삼사십 명 정도에 불과하였으나 그 기세는 비길 데 없이 높았다.

이렇듯 관군과 의병을 합친 삼천 명 안팎의 군사들은 왜군 십이 만 삼천의 대군을 상대로 결전을 준비하게 되었다. 창의사 도절제사 김천일은 조정에 진주성 방어의 준비 상황을 보고하면서 그 어려운 점에 대해

"군사는 다 해서 삼천 여명에 불과합니다. 성은 넓은데 군사는 굶주림에 시달린 뒤이고 방어도 쉽지 않으므로 안타깝기만 합니다. 진주는 실로 전라도를 막는 울타리가 되는 곳이지만, 순찰사 이하 모두가 그 차단물까지 걷어 가지고 산음 쪽으로 옮겨갔으므로 몹시 안타깝고 걱정스럽습니다."

이처럼 김천일, 최경회를 비롯한 장수들과 삼천의 군사들은 적의 대군을 막아 내기가 거의 불가능할 정도로 어렵다는 것을 알고 있으면서도

비장한 각오를 가지고 결전의 날을 기다렸다.

여복은 처절했던 동래성 싸움을 상기하면서 김천일을 송부사처럼 섬겼고, 성안의 백성들도 친혈육이나 다름없이 대하였다. 결전을 앞두고 비장한 결심을 다진 그는 이 성안 군민이 장차 어떤 운명에 놓이게 될지 알 수가 없어 가슴을 태웠다. 그리고 동래성 싸움 때처럼 백성들을 지휘하여 성벽에 약한 곳을 수리하고 돌을 날라다 쌓는 등의 일을 극성스럽게 해 나갔다.

여복은 또한 진주성의 지형을 자세히 살펴본 뒤에 김천일을 찾아가서 성 남쪽과 남강은 지세가 매우 험준하므로 적들이 그리로는 감히 침범하지 못하지만 서쪽이나 북쪽은 공격하기 좋은 장소라고 하면서 그 두 곳에 해자를 파고 물을 댈 것을 제의하여 공사를 하였다. 성의 북쪽과 서쪽의 해자를 파니 적이 쉽게 공격할 수 있는 곳은 동쪽 밖에 없었다.

왜군은 7월 18일에 손나루를 건너고, 19일에는 군사를 4패로 갈라서 단성, 삼가, 곤양, 사천 등지의 길목을 차단하였으며, 21일에는 진주의 옥봉동에서 말고개까지의 구간에 크게 세 개 선으로 진을 쳤다.

성밖 백리 안팎은 왜적들로 새까맣게 뒤덮이고 말았다. 적들은 스무 이튿날 아침에 공격을 개시하였다. 울부짖는 조총 소리와 함성이 하늘 땅을 뒤집을 듯 요란하여 그 사나움이 당장 성을 단번에 드러낼 것 같았다.

성 안에서는 순성장 황진의 지휘 하에 적들을 향하여 활을 쏘았다. 첫 접전에서 서른 놈이 화살에 맞아 죽고 부상당한 자들도 그보다 더 많으니 적들은 황급히 퇴각하였다. 왜군은 날이 저물자 또 공격해 왔다.

순성장 황진은 동문 위에 올라 적의 형세를 보아가며 침착하게 군사들을 지휘하였다. 활 한바탕 거리에 있는 놈들은 활을 쏘아 하나씩 쓸어 눕히고, 성벽에 다가붙는 놈들은 기름이 지글지글 끓는 불 뭉치와 돌 벼락으로 물리쳤다. 왜군은 다음 날 새벽까지 다섯 차례나 공격하였지만 무수한 시체를 남기고 물러나지 않을 수 없었다.

스물 사흘 날에도 낮과 밤을 이어 일곱 차례 싸워 수많은 왜병들을 죽이고 적을 격퇴하였다.

스물 나흘 날에는 육천 명의 적병이 새로 당도하여 마현에 진을 치고 또 육백 명의 군사가 더 와서 동평산 기슭을 차지하였다.

이날 저녁 무렵이었다. 긴 장대 끝에 방울 하나를 매달고 나타난 왜병 한 놈이 장대를 요란스럽게 흔들어 방울 소리를 내면서 동문 앞으로 다가왔다. 이따금 한 손으로 장대 끝에 방울을 가리키며 뭐라고 소리치는 꼴을 보니 한 번 맞춰보라는 야유가 분명했다.

건장한 우리 군사 두 명이 각각 한 번씩 활을 쏘았으나 화살은 겨우 그 놈의 팔찌에 꽂힐 정도였다. 왜병은 더욱 좋아라 날뛰더니 몇 걸음 뒤로 물러나서 껑충껑충 뛰며 돌아갔다.

도절제사 김천일, 순성장 황진을 비롯한 몇 명의 장수들이 동문 위에서 그 모양을 바라보고 있었다. 왜병이 장대를 마구 휘두르며 괴상망측한 몸짓을 하니 황진은 고리 눈을 부릅뜨며

"어 저놈 찢어 벌길 놈"

하고 중얼거렸다.

"하 저놈들이, 우리를 희롱해 보자는 꼴이로군"

천일도 어이없어 한마디 하고 곁에 선 여복을 돌아보았다.

"자네가 한번 방울을 떨궈 보게"

여복은 고개를 숙이며 빙그레 웃는 것으로 대답을 대신하고 다락을 내려왔다. 그는 성루에서 이십 보쯤 되는 곳에 이르자 먼저 화살 하나를 뽑아 발 앞 흙에 꽂고, 다른 하나는 시위를 먹였다. 동문 안 군민의 시선은 일제히 그에게로 집중되었다.

후리후리한 키에 희고 준수한 얼굴, 우람한 체구를 가진 그는 지금 진

주성 안에 그 누구에게나 미덥고 친근한 사람이었다. 활줄을 만궁으로 당겨든 채 까딱하지 않는 여복은 그 자리에 녹아서 붙어 있기라도 한 것 같았다.

사람들은 숨을 죽이고 지켜보았다. 혹 실수를 하면 어쩌나 하는 초조와 긴장 속에서 그들도 역시 손에 땀을 쥐고 굳어져 있었다. 문득 '핑' 퉁겨지는 궁연 소리가 나고 화살이 '추르륵' 날았다.

뒤이어 '와' 하는 환호성과 야무진 방울 소리가 거의 동시에 울렸다. 시위를 떠난 화살이 왜병이 들고 있는 장대 위의 방울을 맞춰 땅에 떨어뜨린 것이다. 왜병은 장대를 놓쳐버리고 어리둥절하여 슬슬 뒷걸음을 쳤다.

그 순간 또 활줄이 '핑'하고 울었다. 이번에는 환호성이 더 크게 터졌다. 울대뼈에 살대가 박힌 왜병이 내 활개를 펴고 벌렁 뒤로 나가 자빠졌다. 사람들은 너무도 통쾌하여 발을 굴렀다.

왜병 한 놈이 죽어 자빠진 놈에게로 슬금슬금 접근하다가 무엇에 놀란 듯 뒤로 물러섰다. 또 살에 맞을까 봐 겁을 내는 꼴이었다.

왜장인 듯한 자가 칼을 빼 들고 뭐라고 꽥 소리를 지르니 다른 한 놈이 또 급히 달려 나왔다. 두 왜병은 죽은 자에게 다가가 한 팔씩 잡고 개 끌듯 질질 끌어갔다. 성루에서 바라보던 사람들은 폭소를 터뜨렸다.

약이 오른 적들은 일제히 고함을 지르며 떠들어 대었다. 놈들이 총을 쏘려고 하지 않는 것을 보면 상대의 분기를 돗구어 성 안에서 끌어내 보려는 심산인 것 같았다.

잠시 후 왜병 두 놈이 진 앞으로 나와 궁둥이를 성문 쪽으로 돌려대고 추잡한 시늉을 하기도 하고, 손발을 망측하게 움직이면서 괴상한 소리를 지르기도 하였다.

그러나 사백 보는 족히 되므로 화살이 미칠 수 없는 거리였다. 순성장 황진은 즉시 순영병을 불러 구석에 있는 철궁을 신여복에게 가져다 주라고 분부했다.

철궁을 받아 든 여복은 주위를 두리번거리다가 건너편 양 버들의 상수리를 향하여 화살을 날렸다. 나무 꼭대기의 까치 둥지는 곧 박살이 났다. 그는 사백 보 거리의 과녁을 정하고 시험했던 것이다.

"허 과연 장사로 소이다"

여복이 철궁 다루는 것을 본 황진은 감탄하며 김천일에게로 고개를 돌렸다. 천일은 빙긋이 웃고 말없이 고개를 끄덕이었다. 문루 위에 있는 여러 장수들과 그 아래에 수많은 군사들은 커다란 기대를 가지고 더 긴장된 시선으로 바라 보았다.

여복은 서둘지 않고 철궁에 화살을 먹여 힘껏 당겼다 놓았다. 역시 시위가 '핑' 퉁겨지고 추르륵 소리를 내며 살이 날았다. 연거푸 나는 화살이 미치광이처럼 날뛰는 왜병 두 놈을 쓰러뜨리고 그 뒤에 멀찍이 서 있던 왜장도 쓰러뜨렸다.

네 대의 화살 중 세대가 정확히 들어맞았다. 여복은 철궁을 땅에 놓고 '껄껄' 웃었다. 그는 지금 곽재우 의병대에 있을 때처럼 과묵한 사람이 아니었다. 말을 곧잘 하였고, 자주 호탕하게 웃기도 하였다. 장수들이나 일반 군사들과 격의 없이 어울렸고 유쾌하기까지 하였다.

동래성 싸움을 치른 이후 늘 우울하였고, 죽은 줄 알았던 산옥을 다시 만나 살뜰한 정을 주고받으면서도 별로 웃지 않던 그는 어찌된 일인지 다른 사람이 되었다. 여복은 그 어떤 위험이나 어려운 일 앞에서 자신을 조금도 돌볼 줄 몰랐다.

그러면서도 그의 움직임 하나하나는 미리 정확히 타산 된 행동인 듯이 보였다. 그는 주위 사람들과 아주 가까이는 지냈으나 어느 누구도 그 마음속을 들여다 볼 수 없었다. 더구나 그가 마음속 깊은 곳에 무수한 상처를 안고 있다는 것은 짐작조차 못하였다.

다만 김천일을 비롯한 몇몇 의병들 만이 그에게 무슨 사연이 있는 것 같다고 생각할 뿐이었다.

그는 가슴을 헤쳐 시원스럽게 웃다가 문득 그치고 묵묵히 생각에 잠기는 일도 있었다. 어떤 때는 동문서답의 말도 하였다.

혈혈단신 외로운 몸이 된 여복은 산옥이가 못 견디게 그리웠다. 수심에 잠긴 그 아름다운 얼굴이 자주 눈앞에 어른거렸고, 그지없이 정다운 음성도 귀에 쟁쟁하였다. 그의 마음은 언제 어디서나 산옥과 함께 살고 있었다.

그는 모든 것을 잊으려고 애썼으나 그렇게는 되지 않았다. 여복은 날카로운 그 무엇으로 헤집고 후비는 것처럼 가슴속이 쌀쌀해지면 그 고통을 참기가 몹시 어려웠다. 그래서 일부러 큰 소리로 웃거나 사람들과 어울려 농을 하였다.

그의 웃음은 알고 보면 한없이 서글픈 것이었다. 그 웃음에는 헤아릴 수 없는 비애가 깃들어 있었다. 여복은 갑자기 자기 속이 텅 빈 것 같이 느끼는 경우도 있었다. 그럴 때면 그는 깊은 명상에 잠긴 듯 부동의 자세로 돌아갔다. 이런 그를 사람들은 더없이 존경하고 사랑하면서도 다소 어려워할 수 밖에 없었다.

여복은 진주성 싸움이 벌어지자 뭇 용사들 중에서 가장 용맹한 장사로 두각을 나타내었다. 그는 무모하다고 할 만치 용감하였다. 세상에 버림을 받은 그는 사실 두려울 것이란 하나도 없는 사람이었다.

그의 가슴 속에서는 어머니, 형님, 송부사의 원수를 반드시 갚고야 말겠다는 복수심이 끓었으며, 다른 한편으로는 죄 없는 사람들을 짐승같이 마구 천대하고 업수이 여기는 양반 세상에 대한 증오의 불길이 이글이글 타오르고 있었다. 이와 같은 감정이 결국 그를 보통 인간과 구별되는 특별한 존재로 바뀌게 되는 계기가 되었다고 할 수 있다.

제 2 차 진주성 대첩 ②

신기한 궁술로 왜군 장졸 넷의 멱을 꿰뚫고서 여복은 활과 철궁을 들고 성루로 올라갔다. 그로부터 얼마 후 적들은 조총을 미친 듯이 쏘아대며 번개 처럼 달려들었다. 스물 닷새 날의 싸움은 더 치열하였다.

적들은 동문 밖 몇 곳에 흙 산을 높이 쌓아 올리고 토굴 십을 만든 다음 그 안에서 성 안을 내려다보며 총을 쏘았다. 여복은 위험을 무릅쓰고 흙 산의 토굴에 화살을 쏘았다. 그의 화살은 컴컴한 토굴 안에 숨어 있는 왜병들을 신기하게도 맞혀 쓰러 뜨렸다. 날이 저물자 적들의 공격이 좀 뜸해졌다.

순성장 황진은 그 틈에 군사들을 지휘하여 돌과 흙으로 높은 둔덕을 쌓기 시작하였다. 그가 웃옷을 벗고 직접 돌을 옮기니 군사들은 두 말할 것도 없고 성 안의 백성들이 모두 감동되서 일을 도왔다.

김천일, 최경회를 비롯한 여러 장수들도 땀을 흘리며 일하니 적의 흙 산보다 더 높은 둔덕이 하룻밤 사이에 완성되었다. 도절제사 김천일은 지체 없이 현자 총통을 올려다 놓고 적의 흙 산 토굴을 파괴하도록 하였다.

스물 엿샛날에는 적들이 나무 괘짝을 만든 다음 그 겉에 생가죽을 씌워 뒤집어쓰고 성 밑에 바싹 접근하며 성을 허물어 보려 하였다. 성안에서는 곧 큰 돌을 밑으로 굴리고 화살을 빗발치듯 퍼부어 그 놈들을 모조리 황천길로 보냈다.

적들은 또 큰 통나무를 가져와 동문 밖에 세운 다음 그 위에 판잣집을 올려놓고 거기서 성 안을 내려다보며 불 화살을 쏘았다. 성 안의 많은 초가집이 불타버렸다. 이를 본 목사 서예원이 겁에 질려 갈팡질팡하자 김천일은 의병부장 장윤을 그 대신 임시 목사로 임명하였다.

이날 마침 큰 비가 내렸으므로 불은 다행히 크게 번지지 않았다. 그러나 활줄이 빗물에 젖어 늘어지고 화살 또한 망가진 것이 많았으며, 군사들도 지칠 대로 지쳤다. 이때 흰 종이 쪽지를 끼운 화살 한 대가 날아와 동문 장대의 기둥에 꽂혔다. 장대에서 싸움을 지휘하던 도절제사 김천일이 직접 화살을 뻗고 쪽지를 펴 들었다.

"우리 십 육만 칠천의 대군이 성을 포위하였다. 너희들은 독 안에 든 쥐와 같다. 항거하는 것이 무익하니 빨리 항복하라"

라는 왜장의 글이 적혀 있었다. 김천일은 그것을 보고 분기충천하여 붓을 휘둘렀다.

"십 육만이 아니라 백만이 쳐들어온다 해도 두렵지 않다. 우리는 오직 죽기를 무릅쓰고 싸울 뿐이다. 지금 우리의 삼십만 대군이 남하하고 있으니 너희 놈들을 하나도 남기지 않고 죽여버릴 것이다. 죽기가 두렵거든 물러가라"

이 같은 회답을 쓴 그는 즉시 신여복을 시켜 그 글을 적진에 날려 보냈다. 그 글을 본 적들은 갑자기 조총을 콩 볶듯 쏘아 대더니 함성을 지르며 몰려왔다.

성 안에서는 활을 힘껏 쏘았으나 원체 수가 많은 적의 공격을 막아 내기가 어려웠다. 살에 맞지 않은 놈들은 어느새 허물어진 성벽을 타고 넘어 왔다. 이 위험한 순간에 김준민이 거느린 군사들이 적들을 정면으로 치고 나갔다.

신여복도 자기 수하의 군사 백여 명을 지휘하여 놈들과 단병전을 벌였다. 그는 순식간에 왜병 일여덟을 쓸어 눕혔다. 병장기들이 부딪히는 날카로운 소리와 비명 소리가 여기저기서 울리고 핏방울들이 사방으로 튀겼다.

의병들 한가운데 뛰어든 여복은 적들 속에 묻혔다가 불쑥 솟아오르면서 한 번은 왼쪽으로, 다음에는 오른 쪽으로 칼을 휘둘러 한 놈씩 찍어 넘기곤 하였다. 이 처절한 백병전에서 겨우 살아남은 놈들은 성벽을 넘어 황급히 도망쳤다.

스물 일곱 날에도 왜군은 동문과 서문 앞에 다섯 개의 둔덕을 쌓은 후 대나무를 엮어 다락을 만들고 그 위에 올라가서 성안을 내려다보며 맹사격을 하였다.

이때 성안의 군사들은 포와 불화살을 쏘아 적의 디락들을 여지없이 파괴하였다. 다락들이 불나사 절삽 옷을 입은 수십 명의 왜병들이 네 바퀴 수레를 성벽에 바싹 붙이고 그 위에 올라서서 쇠 장대로 성 돌을 뽑아냈다.

김천일은 곧 군사들에게 명령하여 기름불 뭉치를 던지고 바위를 굴려 떨어뜨리게 하였다. 그리하여 적들은 모조리 불에 타고 바위에 찢겨 죽었다. 힘이 장사인 김해부사 이종인은 부하들과 함께 커다란 돌을 굴려 적들을 무수히 죽이고 물리쳤다.

하지만 서예원이 밤 경비를 소홀히 했기에 적들이 몰래 성벽을 뚫는 것도 안에서는 전혀 모르고 있었다. 왜군은 이른 아침부터 함성을 지르고 총을 쏘면서 성문으로 밀려들었다. 김천일, 최경회, 황진을 비롯한 장수들과 군사들은 있는 힘을 다하여 싸웠다.

저녁 무렵에 적들은 무너진 성 한 귀퉁이로 물밀 듯 쏟아져 들어와서 성 안에서는 백병전이 벌어졌다. 용장 신여복과 이종인, 황진 등은 칼로 찢고 찌르고 베어 적들을 수없이 죽였다.

이에 고무된 군사들은 죽을 힘을 다 해서 적을 격퇴하였다. 성 안에 들어온 놈들을 다 몰아낸 뒤에 여복은 칼을 빼 들고 소리치는 적의 괴수를 활로 쏘아 죽였다. 우두머리가 죽으니 적들은 그 시체를 끌고 황황히 물러갔다.

이 싸움에서 적은 천여 명이나 죽었다. 그러나 애석하게도 용감무쌍한 순성장 황진이 적탄에 맞아 전사하였다. 황진이 전사한 소식을 듣고 달려온 도절제사 김천일은

"싸움이 한창인 때 온 성의 기둥인 공은 어찌하여 먼저 간단 말이오"

하고 그 시신 위에 엎드려 통곡하였다. 최경회, 이종인, 장윤, 신여복 등 여러 장수들은 주먹으로 땅을 치며 눈물을 씻었다. 김천일은 최경회와 의논하고 전사한 황진의 자리에 목사 서예원을 임명하였다. 허물어진 동문 자성을 고쳐 쌓도록 하였으나 비가 억수로 쏟아져서 성벽은 새벽녘에 다시 허물어지고 말았다.

이레를 꼬박 세운 성안의 군사들과 백성들은 너무도 지쳐 기운이 다 빠져버린 듯하였다. 적들은 휴식을 해가면서 윤번으로 공격하곤 하였으나, 진주성 군민은 사십 배가 훨씬 넘는 적의 대군을 상대로 불철주야 싸우지 않으면 안 되었던 것이다.

성이 또 허물어지자 새로 순성장이 된 서예원은 갓을 벗어버리고 말에 올라 미친 놈처럼 울면서 돌아갔다. 이에 분노한 도절제사 최경회는 예원을 말에서 끌어내려 목을 베려다가 그만두고 장윤을 순성장으로 임명하였다.

날이 푸릇푸릇 밝아올 무렵에 적들은 수만 대군으로 공격해 왔다. 비장한 최후를 각오한 김천일, 최경회 이하 장수들과 군사들은 무서운 힘으로 싸웠다. 우뢰와 같은 총포 성과 함성이 하늘에 메아리 치고 땅을 뒤

흔들었다. 성 안팎으로 솟구치는 불길은 하늘을 끄슬리고, 자욱한 검은 연기는 비구름처럼 서려 햇빛을 가렸다.

적들이 개미떼처럼 기어올라 성 안으로 들어서니 용장 이종인은 활을 버리고 호위병들과 함께 나가서 놈들을 닥치는 대로 찌르고 베었다. 그 기세를 타고 임시 순성장 장윤과 군사들도 질풍같이 몰아쳐 놈들의 시체가 바다처럼 되었다.

적들이 성 아래로 쫓기자 장윤은 이종인과 더불어 칼을 활로 바꾸고는 적들을 무리로 쓸어 눕히더니 끝내 적탄에 맞아 전사하였다. 왜군이 물러간 뒤 어찌된 일인지 성 안팎에는 한동안 정적이 깃들었다.

여복은 바위에 앉아 주위를 둘러보았다. 곳곳에서 검은 연기가 자욱하게 떠오르고 붉은 화염이 깃발처럼 나부끼고 있었다. 여기저기에 험상한 시체들이 뒹굴고, 며칠 전만 하여도 싱싱하던 나무들은 푸른 빛이 전혀 없었다.

죄다 무너지고 부서지고 불타버린 성 안에는 선한 것이 하나도 남아 있는 것 같지 않았다. 그는 치참한 이 침경을 보고 머리를 설레설레 서었다. 그의 눈에서는 뜨거운 눈물이 소리 없이 흘러내렸다.

"도원수와 순변사, 감사는 여기 외로운 성을 흉악한 왜적의 총칼 앞에 내맡기고 도대체 무엇을 하고 있단 말인가. 나라에서는 어찌하여 육만의 무고한 백성을 구하려 하지 않느냐."

여복은 이곳 진주성의 운명도 왜란 초의 동래성과 다름 없으리라 생각하니 가슴이 칼로 저미는 듯 아팠다.

어찌 보면 이 역시 얼음처럼 차가운 양반 세상의 탓인 것 같았다. 그는 자기가 죽는 것은 조금도 두렵지 않았으나 아무런 뜻도 펴보지 못한 채 한을 품고 저 세상으로 가게 되는 것이 원통하였다.

숙을 땅을 정하고 보니 산옥이가 더욱 사무치게 그리워졌다. 그는 따뜻한 말 한마디 없이 그 연약한 가슴에 못을 박아 놓고 떠나온 것이 죄스러웠다. 그래서 먼 곳에 있는 산옥에게 속으로 자기의 매정 함을 사죄하며 용서를 빌었다.

이윽고 대오를 수습한 적들은 서문과 북문으로 새까맣게 몰려왔다. 아래를 굽어보니 헤아릴 수 없는 군세였다. 아마도 십 이만의 왜군이 다 몰려 나온 것 같았다. 갑자기 뇌성 병력 같은 조총 소리가 울리고는 놈들이 달려들었다.

성 안에서도 포를 쏘고 화살을 날렸다. 앞에 선 놈들이 쓰러지니 적들은 조금 주춤거렸다. 뒤로 빼는 놈들도 있었다. 왜장들은 물러서는 놈들의 목을 사정없이 베면서 군사를 내몰았다.

빗발처럼 쏟아지는 화살과 돌 벼락을 맞고 무리 죽음을 당한 적들은 여러 차례나 물러나지 않을 수 없었다. 무너진 성벽으로 기어오르는 데 성공한 놈들도 죽음을 면치 못하였다. 진주성 용사들의 날카로운 칼과 창은 그야말로 무자비 했지만 이제는 화살도 거의 떨어지고 힘도 다하였다.

어제만 하여도 백성들이 날아온 주먹밥을 짬짬이 먹으며 싸웠지만 지금은 밥을 날아올 여유도 먹을 겨를도 없었다. 옷들은 갈갈이 찢겨 나풀거렸으며, 땀과 먼지가 뒤엉켜 화염에 끄슬린 그들의 얼굴은 실로 험상스러웠다.

잠깐 물러섰던 적들은 더욱 사나운 기세로 대들었다. 드디어 서문 쪽이 먼저 무너지고 북문으로도 왜군이 쏟아져 들어왔다. 그리하여 무시무시한 백병전이 벌어졌다. 불꽃을 튕기며 맞부딪치는 병장기 소리, 악쓰는 소리, 비명 소리, 무엇인가 퍽퍽 터지는 소리로 성 안은 악마구리 끓듯 했다.

참으로 처절한 싸움이었다. 여복은 살아남은 부하들을 거느리고 마주치는 놈들을 칼로 베며 주장 김천일이 있는 남문 쪽을 향하여 나아갔다. 남문 부근에 이르니 방금 적들이 북문으로 밀려간 뒤라서 이상하게 조용하였다.

여복은 묵묵히 촉석루로 걸어갔다. 루에는 김천일과 그의 아들 상건, 그리고 복수장 고종후가 찢기고 터진 처참한 모습으로 서 있었다. 여복이 부하들과 함께 루 안에 들어서도 그들은 전혀 모르는 것 같았다.

김천일은 펄럭이는 전포의 앞섶을 여미고 북쪽을 향하여 네 번 절한 다음 몸을 돌려 서산 머리에 걸린 해를 바라보며 고요히 채머리를 흔들었다. 상투가 부러져 산발이 된 그의 머리카락과 창백한 두 볼의 험한 상처에서는 피가 졸졸 흘러내리고 있었다. 더부룩한 수염도 피가 엉켜 붙어 검붉은 빛을 띠었다.

"내 이 진주성을 끝내 지켜내지 못하였구나"

하고 김천일은 비통하게 부르짖었다.

"죄 없는 6만 백성의 생명을 극악무도한 오랑캐들의 칼날 앞에 내 맡겼으니 나보다 더 큰 죄인이 어디에 있을 거냐."

피눈물이 고인 그의 눈은 석양빛을 받아 더욱 붉게 번쩍거렸다. 이때 아들 상건이 그의 발 앞에 엎드렸다.

"아버님 왜적의 시체가 뫼를 이루었는데 어찌 그런 말씀을"

상건은 목 메인 소리로 말하다 말고 머리를 수그리며 어깨를, 후두두 떨었다.

"얘야 어서 일어나거라."

김천일의 음성은 몹시 떨렸다. 그는 몸을 굽혀 푸른 힘줄이 툭툭 붉어진 마른 손으로 아들을 붙들어 일으켰다. 상건도 아버지의 손을 잡았다 마주친 그 부자의 손들은 우들우들 떨렸다. 순국의 비장한 각오가 말 없는 가운데 오고 갔다. 이윽하여 김천일은 아들의 손을 놓고 고종후에게 다가섰다.

이제 우리 이별할 때가 되었나 보오”

“아, 판교사 영감”

고종후는 마지막 하직 인사인 듯 경건히 절을 하였다. 그것을 본 여복은 급히 김천일 앞으로 가서 그의 옷자락을 붙들었다.

“귀한 몸 보중하여 후사를 도모하셔야 할 영감마님께서 어찌 망령되이 이러시오니까 소인이 살아있는 한 이 성의 마지막 운명을 감당하오리니 두 분께서는 잠시 이 자리를 피하시오이다.”

김천일은 머리를 흔들며 담담한 어조로 말했다.

“내 죽을 땅은 바로 여기네. 삼천 군사를 다 죽이고 진주성 육만 백성을 악귀 같은 도적들의 창검 앞에 내맡긴 내가 어찌 구차히 살기를 바라겠나. 여복은 용맹한 장수이니 혈로를 뚫고 나가서 몸을 피하였다가 후일 부디 이 원수를 갚아주게.”

“영감마님께서 이 어인 말씀이오니까.”

여복은 눈물을 흘리며 김천일의 몸을 안타깝게 흔들었다.

“이 한 몸이 죽는 것은 그리 서러울 것도 없네.”

김천일은 수염을 떨며 웃더니 옷자락을 붙든 여복의 손을 조용히 물리쳤다. 그리고는 피에 잠긴 성 안을 천천히 살펴보고 눈을 꾹 감았다. 두 줄기 뜨거운 눈물이 볼을 타고 주르르 흘러내렸다. 잠시 후 그는 ‘상건아’ 하고 두 팔을 벌렸다. 상건은 오열을 터뜨리며 아버지 품에 와락 안겼다.

그는 떨리는 손으로 아들의 등을 정답게 쓰다듬어 주고 나서 누가 어쩔 새도 없이 촉성루 위에서 장맛비에 불어난 강물에 거센 소용돌이 속으로 첨벙 뛰어들었다. ‘아버님’ 하고 상건도 루에서 돌처럼 떨어졌다.

그 뒤를 이어 복수장 고종후가 몸을 날렸다. 상건이 외치는 비탄의 목소리는 처량한 메아리가 되어 쟁쟁하게 울리고 세 충의 지사를 받아들인 남강의 탁류도 슬픔에 목메어 호곡하며 흘러내렸다.

여복은 너무도 억이 막혀 그 자리에 털썩 주저앉았다. 그리고 넋나간 사람처럼 하늘을 멍하니 쳐다보았다. 비애의 그 흐릿한 하늘가에는 김천일 부자의 비장한 목소리가 그냥 떠돌고 있었다.

동래 성주 송부사 내외와 형님의 음성도 울려오고 산옥의 가느다란 흐느낌 소리까지 들리는 것 같았다. 어느 사이에 몰려왔는지 살기등등한 왜적의 한 무리가 버썩 다가들고 있었다.

"저 불구대천의 원수놈들을 박살내라"

하고 칼을 높이 쳐들면서 우렁차게 외친 여복은 번개같이 루에서 뛰어 내달렸다. 그의 영을 기다리고 있던 의병들은 창칼을 들고 그를 앞질러 적들 속에 뛰어들었다. 싸움은 격렬했다. 그것은 적 아기 뒤섞어 한데 엉글어진 부서운 혼전 난투였다.

여복은 왜적들을 쉼없이 치고 찢고 찔렀다. 찢어진 전포 자락까지 바람을 일으키며 어지럽게 흩날렸다. 그러나 수많은 적들 속에 묻힌 용사들은 하나 둘 피를 쏟으며 쓰러져 다시는 일어나지 못하였다.

여복도 몸뚱이가 깨져 사방으로 산산이 흩어지는 것을 느끼며 땅을 끌어안고 엎어졌다. 죽음의 아귀찬 검은 손이 그를 움켜쥐고 머나 먼 곳으로 끝없이 이끌어 갔다. 서, 북문 쪽에서 싸우던 최경회, 김준민과 수십 명의 군사들도 장렬한 최후를 마쳤다.

싸움이 끝나 성이 완전히 함락되자 왜군 장졸들은 남녀노소 가리지 않고 모조리 학살하는 귀축 같은 만행을 감행하였다. 그렇다고 하여 진주성의 백성들이 그저 죽은 것은 아니었다. 어떤 노인은 도끼로 적병들과 일전을 불사 했으며, 연약한 부녀들과 아이들도 쇠스랑과 몽둥이를 들고 적과 맞섰다.

적 괴수가 촉성루에서 이른바 전승 축하연을 베풀었을 때 놈들에게 강제로 끌려 나온 진주 기생 논개는 적장을 유인하여 같이 춤을 추는 척하다가 그 놈을 끌어안고 사품치는 강물에 몸을 던졌다.

그런가 하면 죽음도 그 굳센 의지를 꺾지 못하여 시체들 한가운데서 불사신처럼 일어서는 사람들이 더러 있었다. 며칠이 지난 밤에 조선 군사 하나가 바로 그렇게 살아나서 비틀거리며 성을 빠져나갔다.

홍의 장군 곽재우, 익호 장군 김덕령 ①

해가 바뀌어 1594년 갑오년이 되었다. 곽재우는 정월 초 이튿날 아침에 문득 익호 장군 김덕령이 보낸 편지를 받았다. 봉을 뜯으니 시원스러운 초서체의 글발이 한 눈에 들어왔다.

"오랫동안 흠양하여 온 장군께 이 글을 삼가 올리옵니다. 흉악한 왜적이 갑자기 들이닥쳐 우리나라가 전란의 불길에 휩싸였으나 저는 늙으신 노모의 곁을 차마 떠날 수 없어 가슴만 꺼리고 있었습니다. 그러던 차에 장군이 심묘한 계책으로 왜적을 무찔렀다는 통쾌한 소식을 접하였습니다.

저는 그때 너무도 기뻐 눈물이 저절로 흘러내리는 것도 알지 못하였고, 곧장 달려가서 축하를 드리고 싶은 마음이 간절하였습니다. 장수된 자들은 모두 살 길을 찾아 뿔뿔이 도망하고 질풍같이 삼남을 휩쓴 적들이 자리 말듯 북으로 거침없이 올라갈 때 장군이 홀로 '토적보국'의 기치를 들고 의병을 일으켜 강적을 물리칠 수 있는 길을 열었으니 능연각 상의 첫 자리에는 응당 장군의 화상을 그려야 할 것입니다. 또한 장군은 용맹한 기상을 떨쳐 적을 제압하고 길목을 막음으로써 지금 낙강 이서를 보존하고 호서, 호남이 적의 피해를 면할 수 있게 하였습니다. 그러니 백성들을 위하여 그 얼마나 다행한 일이옵니까?

그러나 저는 늘 칼날을 어루만지며 통분해하고만 있었습니다. 그러다가 지난해 8월 어머님이 세상을 떠나 장례를 치른 뒤에야 비로소 몸은 비록 거상 중에 있지만 나라를 위해 목숨을 바치는 것이 신자의 응당한 도리라 생각하고 분발하여 싸울 결심을 하였습니다. 덕령은 원래 한미한 집안 출신으로 시골에서 글 공부는 대강하였으나 병법은 익히 알지 못합니다. 다만 한때 철없는 혈기를 뽐내어 헛된 명성과 소문이 퍼졌고, 여러 선배분들이 내세워 주어 의병장이 되었을 뿐입니다.

그러므로 저는 장군을 우러러 사모하면서 밝은 지도를 바라는 바입니다. 동궁마마께서도 보잘것없는 저를 불러 분에 넘치는 칭호를 주시고 의로운 싸움에 나설 것을 교유하시었으니 하방에 미천한 선비로서 어찌 이 한 몸을 아끼오리까."

재우는 순결 무고한 애국, 충정과 젊은이다운 진심이 담긴 이 편지를 읽고 크게 감동되어 즉석에서 답서를 썼다. 2월달에도 곽재우와 김덕령 사이에는 여러 차례 편지가 있었다. 김덕령은 기상이 용맹하고 담대한 청년이었다. 그렇기 때문에 장성 현감 이귀는 관찰사에게 덕령을 추천하면서 그에 대하여 평하기를

"범을 따라 잡으며 공중으로 나르듯 민첩할 뿐 아니라 지혜는 제갈량이나 다름없고, 용맹은 관운장과 같은 사람입니다"

라고 하였다. 덕령은 자기 형 덕홍이 고경명과 함께 금산 싸움에서 전사한 이후 복수의 일념으로 가슴을 끓이면서도 거상 중의 몸이라 선뜻 결단을 내리지 못하고 있었다.

이 무렵에 담양 부사 이경린과 장성 현감 이귀가 덕령을 조정에 추천하고, 관찰사도 그에게 무기를 보내어 고무해 주었다. 이에 덕령은 드디

어 최담녕 등 벗들과 더불어 의병을 모았다. 그 후 사방에서 용사들이 구름같이 모여들어 그의 의병대는 잠깐 사이에 오천 명이 넘는 대부대가 되었다

이 때 남방 지방을 순회하던 왕세자는 덕령을 불러 그 용맹을 한번 시험해 보고 나서 그에게 익호 장군 칭호를 내렸다. 계사년 정월에는 왕 선조가 직접 사람을 보내어 그를 위무하고 충용이라는 칭호를 또 내렸다.

덕령은 그해 2월 대군을 거느리고 경상도로 진군하였다. 그는 출정하기에 앞서 진군 노정을 선포하였는데, 그것은 담양을 떠나 순창, 김해, 동래, 부산으로 향하여 바다를 건너 대마도를 정벌하고 일본 오사까 성에 들어간다는 내용이었다.

그는 또한 경상도 각 고을들에 격문을 보냈다. 그러자 적들은 제 소굴에 들어박혀 함부로 나다닐 생각을 못 했다. 이로 인하여 왜적의 빈번한 출몰과 약탈이 중단되니 백성들은 한결 숨을 돌릴 수 있었다. 왜장들은 각지의 소소한 무리들을 다 철수하여 세 곳에 집결시키고 김덕령 의병대의 출동에 대비하는 소동을 벌었다.

조정에서는 군사적 통제를 강화하고 군량 공급의 어려움을 극복하기 위하여 각 처의 많은 의병대들을 김덕령의 충용군에 소속시켰다. 대군을 거느린 덕령의 명성과 위신은 대단하였다. 그는 기세 충천하여 일본에 통문을 보내기까지 하였다.

하지만 무능한 조정에서는 일본과 강화 담판 만을 하면서 그가 마음대로 싸우지 못하게 하였다. 덕령은 하는 수 없이 진군을 멈추고 진주에 주둔하여 군사들을 훈련 시키는 한편 군량을 자체로 충당하기 위해 둔전을 실시하였다.

음력, 6월 스무 하룻날이었다. 뜨거운 볕이 땅 위의 모든 것을 태워버릴 듯 사정없이 쏟아져 내리고, 그 사이로 건풍이 살살 부니 눈에 보이지 않는 화염이 숨통을 막았다. 길 섶의 풀들은 비틀어지고 배배 꼬여 금시

말라버릴 것 같았다. 길가와 마을 들에는 사람들의 그림자조차 보이지 않았다. 그래도 의령고을 논들은 싱싱한 벼가 자라 시퍼렇고, 밀보리 밭 들 에서는 누렇게 익은 이삭들이 설렁거렸다.

인적 없는 행길가에 문득 마군 십여 명이 나타났다. 먼지를 뽀얗게 날 리며 말을 달리더니 녹음 짙은 마을 어구에 들어서자 속도를 늦추었다. 그들은 홍의 장군 곽재우를 찾아오는 익호 장군 김덕령의 일행이었다.

김덕령이 찾아왔다는 전가를 받은 곽재우는 막료들과 여러 장수들을 거느리고 영문 앞으로 달려나갔다. 덕령의 일행은 그것을 보고 급히 말 에서 내렸다. 덕령은 맨 앞에 붉은 갑옷을 입은 사람이 곽재우라는 것을 알아보고 곧장 달려와서 절을 하였다.

"일찍이 존문의 배알 할 뜻을 가졌으나 사세부득하여 오늘에야 뵈 옵니다. 소생이 김덕령이오이다."

맞절을 한 재우도 덕령의 손을 덥석 잡으며

"원로에 이 더위를 무릅쓰고 오시느라 얼마나 수고로우시었겠소"

하고 말했다.

서로 인사를 나눈 다음 곽재우 의병대의 막료들은 덕령의 일행을 의 병장실로 안내하였다. 이윽고 장간방 왼쪽에 곽재우와 그 휘하 장수들이 차례로 앉고, 오른쪽에는 김덕령, 최담녕, 최강 등 장수들이 가지런히 앉 았다. 그들은 서로 협력하여 경상도 일대의 왜적을 공격할 때 대한 계책 을 밤이 깊도록 의논하였다.

이때 여러 차례 벼슬을 사양한 곽재우에게 또 성주 목사 겸 경상우도 조방장이라는 벼슬이 내려졌다. 그동안 삼가 고을의 악견 산성에 들어가 있던 재우는 다시 의령의 가례로 돌아와서 조방장의 임무만 수행하였는 데, 부근에 주둔하고 있던 김덕령, 홍계남, 이시언 등 용장들이 그의 휘 하에 들어왔다.

곽재우는 이광악을 부장으로 김덕령을 좌영장으로, 홍계남을 우영장으로 삼고 이들과 허심하게 토론하여 모든 일을 결정하곤 하였다.

동래성에 운거하고 있는 왜군은 살인 방화를 거리낌 없이 자행하면서 인근 백성들의 재물을 마구 강탈하고 있었다. 조방장 곽재우는 이 횡포한 왜적들이 함부로 날뛰지 못하게 하려고 어느 날 김덕령, 홍계남 등과 함께 군사를 거느리고 동래성을 향하여 떠났다.

행군 서열 앞에 청강 홍의 장군 '토적보국'이라고 크게 쓴 붉은 기가 날리고 대오 중간에는 충용 익호라는 글발이 뚜렷한 적색 및 황색 기가 펄럭이었으며, 뒤에서는 붉은색으로 복수장이라고 쓴 대폭의 기가 기세 좋게 나아갔다.

그뿐 아니라 세 장수들 곁에는 순영수들이 든 영기와 오색 깃발들이 번쩍이는 창검들 가운데서 펄펄 날리고 풍악소리 유창하게 흐르니 그 기세는 참으로 하늘을 찌를 듯하였다.

선두 대열이 동래성 가까이 이르렀을 때 김덕령, 홍계남이 말을 몰아 앞으로 나서며 군호를 내렸다. 이에 응하여 비단 옷을 입고 말을 탄 군사 40여 명이 일제히 달려 나왔다. 그들은 북과 징을 치며 각색 깃발을 교묘하게 휘젓더니 마상에서 제쳤다, 뒤쳤다, 거꾸로 섰다 하며 재간을 부렸다.

문득 외마디로 외치는 덕령의 우렁찬 호령이 떨어졌다. 그 순간 전열에서 빗발처럼 화살들이 날아갔다. 그 마군들은 홀연 말머리를 휙 돌리고 날아드는 화살을 보기 좋게 칼로 쳐서 동강내며 함성을 질렀다.

이어 붉은 전포를 입은 날아다니는 비장군 김덕령과 복수장 홍계남이 장검으로 풀과 나무를 휘갈기면서 쏜살같이 말을 달리니 나무가지들과 풀들이 어수선하게 허공에 날며 바람개비처럼 말려 돌아가는 것이었다.

잠시 지나 비장군은 칼을 멈추고 휘파람을 휙 불었다. 그 휘파람 소리가 끝나기도 전에 긴 장대를 든 30여 명의 젊은이들이 대오 앞에 뛰어나와 장대를 짚고 까마득히 뛰어 올랐다가 날새처럼 사뿐히 땅에 내렸다.

비장군이 '월성' 하고 외치자 그 젊은이들은 귀신같이 자취를 감추고 긴 지게 다리를 둘씩 든 100여 명의 군사들이 나타났다. 그들은 지게 다리를 양쪽에 벌려 세우고 아슬아슬하게 높이 올라가서 그 지게 다리로 어정어정 걷다가는 공중으로 몸을 솟으며 껑충껑충 뛰기도 하였다.

왜적들은 성 안에서 입을 벌리고 이 희한한 광경을 바라보고 있었다. 적들은 애당초 총을 쏘려고도 하지 않았다. 아마도 조선의 명장들인 홍의 장군과 충용 익호 장군, 복수장, 휘하 용사들의 무쌍한 용맹에 기가 질린 모양이었다.

망우당집에는 그 상황이 아래와 같이 기록되어 있다.

'동래성을 찔렀다. 김덕령은 비장군이라 불렀고, 홍계남의 날램도 놀라웠다. 양장이 일제히 준말을 달려 동시에 장검을 휘두르면서 무예를 견주고 기예를 다하여 동해 번쩍, 서해 번쩍 하니 말은 용마나 다름 없고 검은 번개 치는 것 같았다. 이 광경을 바라보던 왜적들은 간담이 서늘하여 눈을 휘둥그렇게 뜨고 떨었다. 덕령이 거느린 장사들은 호남의 용사들로서 귀한 재능을 가진 광대, 우인들이었다. 비단 옷차림을 한 그들이 평지에서 몸을 뒤집어 뛰고, 혹은 마루에 거꾸로 서기도 하며 깃발을 세우고 북을 울려 여러 번 도전하였지만 적들은 성문을 굳게 닫고 나오지 못하였다.'

적들은 조선 주둔 왜군을 모조리 쳐 부신 뒤 일본 땅으로 공격해 들어가겠다고 선포한 비장군 김덕령이 홍의 장군과 함께 동래 성 밖에 나타났을 때 놀라지 않을 수 없었다.

왜군 우두머리들은 덕령의 이 같은 출연에 큰 위협을 느끼고 염탐꾼들을 들여보내려고 꾀하는 한편, 진주 군영의 내부 상황을 알아내기 위하여 온갖 교활한 술책을 다하였다.

덕령은 어느 날 눈치 빠르고 날랜 군사 몇 명을 데리고 진주 군영을 떠났다. 그도 적의 심상치 않은 움직임을 느꼈는지라 직접 모든 것을 알아보고 싶었던 것이다.

그로부터 사흘이 지나 진주 군영에 들린 곽재우가 이 일을 알게 되었다. 그는 덕령의 신상이 몹시 염려되어 최담녕에게 군관 두 명과 함께 동래성 부근으로 보냈다. 허나 그들 역시 수일이 지나도록 돌아오지 않았다.

여기에는 반드시 무슨 연고가 있다고 생각한 재우는 자기가 직접 나설 작정을 하였다. 그는 아침 일찍이 덕령이 타던 보루마를 끌어 안장을 얹게 하고 심복들과 동래성을 향하여 길을 떠났다. 낙강을 건너서는 적의 강점 지역이므로 바싹 정신을 차려야 했다.

일행은 험한 벼랑길에 들어서자 더욱 조심스럽게 말을 몰았다. 선두에서 나아가던 재우의 말이 사납게 울며 날뛰다가 위험한 벼랑길을 미친 듯이 달렸다 원래 덕령 외에는 누구도 다루지 못하던 말이 좁은 길에서 날뛰니 재우도 당황하지 않을 수 없었다.

그는 말고삐를 바짝 틀어 잡고 있는 힘껏 당겼으나 길이 워낙 여유 없이 좁은 길이라 말은 끝내 벼랑 밑으로 떨어지게 되었다. 그 순간 재우는 말에서 뛰어내렸다. 그러나 그는 몸의 균형을 바로 잡을 수가 없었다. 부하들은 벼랑 아래로 내려가서 피투성이가 된 재우를 구한 다음 낙강을 건너 황황히 진주 군영으로 말을 달렸다.

덕령은 동래성에 몰래 들어가서 적정을 살피고 돌아오는 길에 공교롭게도 경상좌도 병마절도사의 행차를 만나 그 자에게 붙들렸다. 덕령이 큰 공을 세울 것 같아 늘 눈에 든 가시처럼 보아오던 병마절도사는 그를 자기 병영으로 끌고 가서 사흘 동안이나 엉뚱한 시비를 걸어 갖은 모욕을 다주더니 나흘째 되는 날에야 놓아주면서 병권을 쥔 대장이 자기 본영을 떠나 직접 적정을 살피러 갔다 온다는 말이 믿어지지 않아 단속 했노라고 하였다. 덕령은 상대가 병마절도사이기 때문에 터져 나오는 분노를 간신히 억제하였다.

본영에 들어선 지 얼마 안 되어 이번에는 의식을 잃고 수레에 실려오는 재우와 만나게 되었다. 그는 급히 재우를 방에 들여다 놓이고 수행한 군관들로부터 자세한 사연을 들은 후에 수하의 장수들을 불러들여 홍의 장군을 구할 방도를 의논하였다.

덕령은 그 자리에서 의원을 초빙하고 좋은 약을 구해올 사람을 선발하여 사방으로 보내도록 하였다. 덕령은 또한 가례의 본영에도 사람을 띄워 곽재우가 중태에 빠진 소식을 전하였다. 그래서 다음 날 새벽에는 신대승이 의원 하린과 함께 왔다.

의원 하린은 약으로 다스려 보려고 하였으나 아무 보람이 없었다. 생각 끝에 상처를 째고 고름을 짜내었다. 그래서인지 푸른 독이 더 깊이 속으로 스며들어 종기가 급격히 성해 졌다. 환자는 식음을 전폐하였을 뿐 아니라 신열이 올라 때때로 혼수 상태에 빠지곤 하였다.

그것을 지켜보는 곽형과 문충, 신대승 등은 얼굴이 사색이 되어 어쩔 줄 몰라 하였다. 덕령은 재우의 신음 소리를 들을 때마다 몸을 떨었다. 지금 같아서는 며칠을 넘길 것 같지 않았다.

그는 안타까운 나머지 의원 하린에게 무작정 오늘 중으로 환자의 병을 고쳐 놓으라고 때를 썼다.

하린은 마지막 수단을 쓸 결심으로 품 속에서 밤알 만한 환약 세 개와 작은 봉지 하나를 꺼냈다.

그 봉지에는 보리알 같은 약들이 한가득 들어있었다. 환이 큰 것은 종기를 빨리 화농시켜 스스로 터지게 하는 극약이고, 작은 알갱이는 전신에 퍼지는 독을 제거하는 약이었다.

하린은 환약 하나만 써도 열이 부쩍 오르고 상처가 잠깐 사이에 곪아 터지지만 세 알을 이틀 사이에 다 써야 하며, 환자의 얼굴에 붉은 반점이 하나라도 나타날 때는 반드시 봉지 안에 있는 약을 다섯 알씩 먹이고 쉴 새 없이 고름을 싸야 한다는 것을 이야기하였다. 그리고 만일 자칫 실수라도 하면 생명을 잃게 되기 때문에 지금껏 망설였다는 것을 솔직히 털어놓았다.

그 말을 묵묵히 다 들은 덕령은 약을 빨리 쓰라고 하였다. 하린은 곧 환약 하나를 더운 물에 풀어 제우의 입에 흘려 넣고 나서 이제부터는 의원 외에 누구도 이 방에 있어서는 안 된다고 하며 다들 나가 달라고 조용히 부탁했다.

덕령은 하린의 말을 존중하여 방 안에 있는 사람들을 데리고 각기 자기의 처소로 보낸 후에 다시 들어와 환자의 옆에 앉았다. 그들 두 사람은 이틀 동안 낮과 밤을 이어 환자를 돌보았다.

덕령은 눈도 깜빡하지 않고 재우의 얼굴을 지켜보았으며, 사소한 이상이라도 있으면 하린에게 말하여 제때 손을 쓰게 하였다.

하린은 그때 자기 혼자서는 이 어려운 일을 감당해내지 못하여 큰일을 벌써 치를 수 있었다는 것을 새삼스럽게 느꼈다. 환자의 상태는 그처럼 중하고 또 끔찍 하였다. 그가 사람들을 들어오지 못하게 한 것도 바로 그 때문이었다.

덕령은 궂은 일 조차 조금도 시늡치 않았으며, 사나이의 굳센 마음과 무쇠처럼 단단한 손으로 의원을 힘껏 도와 마침내 재우를 사경에서 구했다. 재우는 그 극약을 쓰고 나서 신기하게도 사흘 만에 자리를 툭툭 털고 일어났다. 이후 문충이 가져온 약을 먹었는데 그 효과가 눈에 띄었다. 그는 덕령과 함께 하루를 더 보내고 본영으로 돌아갔다.

53

홍의 장군 곽재우, 익호 장군 김덕령 ②

어느덧 무더운 여름이 지나고 가랑잎이 우수수 날리는 가을이 왔다. 덕령은 그동안 선조 왕에게 왜적을 한시바삐 쳐야 한다는 뜻을 담아 누차 상소를 올리고 적을 공격하게 해 줄 것을 조정에 거듭 제의하였으나 허락을 받지 못했다.

그것은 이른바 강화 담판을 고려한다는 조정 대신들의 우유부단한 태도와 덕령을 시기하는 자들의 방해 책동 때문이라고 할 수 있었다.

초야에 묻혀 있던 젊은 유생이 왕과 왕세자로부터 직접 높은 칭호를 받고 한 개 도의 의병들을 통합한 큰 부대를 거느리게 되니 적지 않은 벼슬아치들과 지방 무관들이 음으로, 양으로 모해하면서 그가 공을 세울 수 있는 길을 백방으로 막아 나섰다.

이에 대한 다음과 같은 문헌 기록이 있다.

그때 김덕령의 명성을 시기하는 자들이 그의 성공을 질투하여 온갖 방법으로 방해하였다. 덕령은 적을 치기도 전에 불측한 화가 있을 것을 예감하고 항시 울분에 잠겨 주야로 술을 먹었다. 그는 어느 날 자기 아우 김덕보를 보고 이렇게 말하였다.

"네게는 나에게 용기가 있고 내게는 너의 수단이 있다면 오늘 같은
이 그 꼴을 당하지는 않았을 것이다."

덕령은 사실 벼슬살이에는 전혀 뜻이 없고 공명도 바라지 않았으며,
오로지 흉악한 왜적을 물리칠 일념으로 가슴을 끓이고 있을 뿐이었다.

그럼에도 불구하고 경상도와 충청도의 병마절도사를 비롯한 소인배
들은 그가 과거를 치른 급제자가 아니라느니, 음직도 아니며 한미한 출
신이라느니 하고 헐뜯으며 압력을 가하였다.

그즈음 제찰사로 임명된 윤두수가 거제도의 적을 칠 것을 선조 왕에
게 상주하여 허락을 받고 남원에 내려왔다. 그는 자기가 거느린 군사 수
천 명을 고성에 진주시키고, 도원수 권율, 수군 통제사 이순신, 익호 장
군 김덕령에게 군사를 합쳐 거제도의 왜적을 공격하라고 명령하였다.

이것은 주전파의 거두인 윤두수가 병권을 잡자마자 벌린 첫 작전이었
나. 도원수 권율은 거제도 공격은 승산이 있다고 보지는 않았으나 제찰
사의 지시를 거역할 수 없는지라 이순신과 김덕령에게 출전 준비를 시
급히 갖출 것을 명령하였다. 또한 곽재우, 홍계남에게도 지원, 출전을 할
수 있게 공문을 보냈다.

도원수의 공문을 받은 재우는 생각이 복잡했다. 거제도의 적들은 견
고한 성을 쌓아 금성탕지를 이루어 놓은 데다가 군사의 수가 많고, 지리
적으로는 동래, 부산, 김해 등 해안에 웅거한 왜군 무리의 포위 속에 있
는 셈이었다.

이런 조건에서 공격을 하자면 우선 병력과 무기가 적들보다 훨씬 우
월해야 했다. 그런데 군사 수는 오히려 적고, 무기 역시 적들이 가지고
있는 조총과는 비교도 안 되는 활이었다.

결국 거제도를 공격하면 실패를 면치 못하리라는 것이 불을 보듯 명
백하였다. 재우는 다음 날 일찍이 군관 몇 명을 데리고 진주 군영으로 달
려가서 덕령을 만났다.

들어 보니 거제도 공격에 대해서는 그도 같은 의견을 가지고 있었다. 그는 두 해 동안 동고동락한 군사들을 적의 함정에 빠뜨릴 수밖에 없다고 가슴을 치며 통탄하기까지 하였다.

사실 거제도 싸움에서 패하는 경우에는 그 책임을 무모한 공격을 지시한 제찰사 윤두수나 조정이 아니라 덕령이 지게 될 것이었다. 왜냐하면 이 싸움은 무쌍한 용맹과 지략을 지녔다고 보는 덕령이 하나를 믿고 벌리기 때문이었다.

이러한 실패는 익호 장군인 그의 명성을 하루아침에 떨어뜨리는 결과를 가져옴으로써 그를 두려워하던 왜적들이 거리낌 없이 날뛰게 하고 시기꾼들에게는 더 좋은 구실을 줄 수 있었다.

재우는 생각 끝에 거제도 공격의 부당함을 여지없이 밝힌 편지를 쓴 다음 도원수 권율의 진영으로 파발을 띄웠다.

본영으로 돌아간 재우는 먼저 왕의 명의로 내린 제찰사 및 도원수의 명령과 강한 적이 도사리고 있는 거제도 성의 정형을 알려주고 나서 우리 의병대가 어떻게 행동하면 좋겠는지 막료들에게 의견들을 밝히라고 하였다. 방 안에는 잠시 침묵이 흘렀다. 얼마 후 재우가 오운에게로 시선을 돌리며

"오공이 좀 말씀하오"

하고 말했다.

"도원수 대감의 명령이라니 순응하지 않을 수 없소만"

오운은 주저하는 기색으로 좌중을 둘러보며 중얼거렸다.

"바다를 건너 거제도에 들어가 싸운다는 것이 과연 어떨지 성곽도 견고하다고 하니"

이때 웃목에 앉은 성천유가 입을 열었다.

"소생이 한 말씀드리겠소이다. 우리 군사들보다 훨씬 많은 적들이 조총과 포를 가지고 지키고 있는 성을 우리가 어떻게 깨뜨릴 수 있으리까. 큰 포와 총통을 몇 백 개 싣고 가기 전에는 함락시키지 못할뿐더러 우리 군사만 많이 죽이게 될 것이외다. 그러니 상감께 상주하여 무모한 싸움을 그만두게 하며 옳은 처사가 아니리까."

그가 말을 마치자 여기저기서 찬성하는 소리들이 들렸다.

"그 말씀이 과연 옳소이다."
"지당한 말씀이외다."
"승산이 없음을 뻔히 알고 공격할 수는 없지요."
"제찰사 대감은 병가의 의견을 물어보지도 않고 상감께 상주한 모양이니 어쩌자고 그러는지. 허 참"

이렇게 한참 떠들썩한 중에 한쪽 구석에서 김성돈의 여우 기침이 뛰어나왔다.

"어흠 흠, 어명이 내렸는데 어찌 승산이 있고 없고를 가리겠소 어명을 어기는 것은 반역이고 반역을 하면 구대가 멸족된다는 걸 그래 여러분은 아직 모른단 말이오. 이미 지엄한 어명이 내렸는데도 참전을 기피하는 건 군법으로 다스려야 마땅할 것이외다. 사리를 따지면 이러한데 그린 깃을 논의에 붙이는 곽재우 목사 영감의 처사가 신히 의심스럽소이다."

그러자 성돈의 사람됨을 잘 아는 오운이 타이르듯 말했다.

"김공은 여러 상수들의 마음을 모르고 밀씀하시는가 싶소. 우리기 왜적을 치는 것은 나라와 백성을 구원하기 위함이오. 김공은 그래 우리 군사들을 무지한 왜적의 총칼 앞에 내맡겨 어육으로 만들고 사직이 망해도 기어이 싸워야만 시원하겠소. 반역은 나라를 망하게 하는 흉악한 자들이 하는 짓임을 김공이 모를 리는 없겠는데, 어찌 '토적보국'의 기치를 들고 왜적과 생사결판의 싸움을 하는 우리 장수들이 반역을 한다고 함부로 말씀하오. 그건 실로 안 될 말씀이오. 헌데 김공은"

"여러 장수들의 마음을 알고 싶지도 않소"

하고 성돈은 오운의 말허리를 끊었다.

"나는 다만 어명을 거역하는 것은 반역이라고 여길 뿐이오. 성지를 받들지 않으면 이러나 저러나 반역이라 할 수 있소.
"무엇이 우리 장수들이 반역을 한다고"

곽재우 곁에 무겁게 앉아 있던 신대승이 더는 참을 수 없어 분노를 터뜨렸다.

"충성과 반역은 때가 되면 명백히 가를 수 있소. 또 설사 대역죄를 진다 해도 목사 영감께서 질 것이니 그런 말은 두 번 다시 입에 올리지 마오"

"단지 목사 한 사람이 아니오. 그러니 나는"

"김공 그만하오 반역이요 대역이오 하고 자꾸 입을 놀리면 가만두지 않겠소."

음성을 한층 낮추어 나직하면서도 위엄 있게 말하는 대승의 관자놀이에서는 굵은 핏줄이 꿈틀거리고 눈도 무섭게 번뜩였다. 그 위협조의 말에 발끈한 성돈은 양볼을 푸들푸들 떨며 소리쳤다.

"반역을 일러 반역이라 하는데 무엇이 잘못되었다고 호령이오. 군사를 거느리는 장수일수록 대의명분을 엄히 지켜야 하거늘 어찌하여 시야 비야 하오. 신공의 용서를 바랄 내 아니니 어디 마음대로 해보오, 그 위협에 무릎을 꿇으리라 여기니 참으로 어리석소."

대승은 어이가 없는듯 '허허' 웃었다.

"김공은 충성을 표방하면서 반역이요 대역이요 하고 입에 담지 못할 죄명을 씌우려 드는데, 목사 영감은 어명을 받은 사람도 아니지 않소. 김공은 어명을 거역한다고 우리 장수들을 걸고 들지만, 왜적이 쳐들어왔을 때는 어찌하여 고을을 흉악한 적들에게 내맡겨 백성들을 적의 어육이 되게 했소. 처첩들을 끼고 산중으로 도망한 죄는 무엇이라 일러야 하겠소. 그러고 보면 김공이야말로 이 하늘 아래 머리를 들고 서 있지 못할 역신이라 아니 할 수 없소. 그러니 남을 모해할 생각은 말고 먼저 자기 마음속에 가득한 어지러운 것을 가셔버리고 눈에 낀 눈꼽을 말끔히 떼 버려야 하오.

대승이 말하는 동안 엉덩이를 들었다 놓았다 하고 입을 달싹거리며 얼굴이 새파랗게 질려 있던 성돈은 더 참지 못하고 자리에서 발딱 일어나 발을 굴렀다.

"이놈 네가 대체 나를 어떻게 보고 망발을 하느냐"

그 개차반 같은 입에서 험한 말이 튀어나오자 좌중은 벌 둥지를 쑤셔 놓은 것처럼 되어 버렸다.

"여기가 어디라고 함부로 더러운 입을 놀리느냐."

지금껏 잠자고 있던 윤탁이 먼저 우렁찬 목소리로 호령하자

"정히 망동을 부리겠소."

점잖은 오운도 한마디 하고 뒤이어 사방에서 질책이 빗발처럼 날아들었다. 질겁한 성돈은 선 자리에서 파들파들 떨며 재우의 눈치를 살폈다.

"이젠 그만들 하오."

재우는 좌중을 돌아보며 나직이 한마디 했다. 그 무거운 엄기에 눌려 방 안은 조용해졌다. 사람들의 시선은 일시에 재우에게로 쏠렸다.

"정국을 바로 보고 십분 자중하여 행동할 작정이니 그리 알고 물러들 가시오.

재우는 이런 말을 하고 눈을 꾹 감았다. 성돈이 먼저 문을 차고 후다닥 뛰어나간 뒤 방 안에는 오운과 신대승, 윤탁 등이 남았다. 그들은 재우에게 이번 기회에 김성돈을 쫓아 의병대의 우환 거리를 없애자고 제의하였다. 그래도 재우는 잠자코 듣기만 할 뿐 대답을 하지 않았다.

그는 오운 등 세 사람까지 돌아간 다음에야 천천히 서안으로 다가가서 도원수 권율에게 거제도 공격 명령의 철회를 요구하는 편지를 썼다. 글은 전일에 보낸 내용과 별로 다른 것은 없었으나 더 절절하고 곡진하였다. 곧 그것을 듬직한 군관에게 주어 도원수에게 보내면서 회답을 꼭 받아오라고 분부하였다.

그 군관은 점심 때가 훨씬 지나 빈손으로 돌아왔다. 그는 단념하지 않고 또 붓을 들었다.

그는 이순신, 김덕령 등 이름 있는 장수들을 곤경에 처하게 하고, 수많은 군사들을 사지로 몰아넣기보다는 지금이라도 상감께 상주하여 거제도 공격을 철회 시켜야 한다는 것을 절절하게 서술하였다.

이번에는 그 편지를 중위장 김명중에게 주었다. 명중은 깊은 밤 날이 흐려 지척을 분간할 수 없는 어둠 속을 뚫고 초계를 향하여 말을 달렸다. 낙동강 기슭 외줄기 길에는 강바람이 세차게 몰아치고 있었다. 한동안 달려 들판 길로 접어들자 빗방울이 '후두둑' 떨어지기 시작하였다. 빗방울은 차츰 굵어지더니 억수로 쏟아져 내렸다.

그는 흐린 하늘이 뿌옇게 밝아진 아침 녘에 초계 고을 도원수 군영에 겨우 당도하였다. 명중은 영문 수문장에게 사연을 말하고 안내를 받아 도원수 방 앞에 섬돌 아래로 가서 편지를 전하였다.

권율은 방문을 열어놓은 채 서안에 다가가서 붓을 들어 몇 자 적었다. 그것은 어명이 내린 지금 자기로서는 오직 나가 싸우는 길밖에 다른 방도가 없다는 회신이었다.

날씨는 그의 흐린 마음처럼 음산하였다. 비에 흠뻑 젖은 몸으로 점심 때쯤 되어 영문에 들어선 명중은 도원수의 회신을 의병장 곽재우에게 올렸다. 재우는 그 편지를 읽어보고 나서 어두운 얼굴로 비 내리는 음침한 하늘을 바라보며 긴 한숨을 내쉬었다.

출사 날이 다가왔다. 재우는 출사를 거부할 수도 있었으나 덕령의 신상이 염려되고 아까운 사람들이 맹랑하게 죽을 수 있다는 생각이 들어 그 싸움에 나설 것을 결심하였다.

그리하여 곽재우, 김덕령을 비롯한 장수들은 각기 자기의 군사를 거느리고 바닷가에 나가서 이순신의 수군과 연합하여 거제도로 진군하였다.

거제도의 적들은 벌써 염탐꾼의 첩보를 받고 견고한 성곽에 의거하여 완전히 싸움 태세를 갖추고 있었다. 그러므로 성벽으로 접근할 수가 없었다.

옛 책에는 그때의 전황이 다음과 같이 서술되어 있다.

김덕령은 충용이라는 깃발과 익호라고 쓴 깃발을 높다랗게 세우고 함성을 지르면서 적진으로 진격하였다. 왜적들은 성문을 굳게 닫고 성 위에 가득 올라서서 대기하고 있었다. 김덕령이 홍계남과 함께 언덕으로 올라서서 칼을 휘두르며 말을 달려 도전하였으나 성 안에 잔뜩 도사리고 있는 적들은 대포만 발사하였다.

우리 군사들은 성 가까이 접근하기만 하면 즉시 부상만 당하는 형편이었다. 형세로 보아 용이하게 공격할 수 없다는 것이 명백하게 되었다. 그리하여 우리 군사들은 부득이 회군하고 말았다.

그 후 덕령은 일본 오사카까지 진격하겠다고 하던 그 충천한 기세가 여지없이 꺾이고 높은 명성도 적지 않게 훼손되어 더욱 음울한 심연 속으로 깊이 빠져 들어갔다. 덕령을 시기하는 자들은 기뻐 날뛰면서 없는 허물을 날조하여 그를 중상 모해하였으며 무수히 무고하였다.

그해 9월 윤두수의 아우 차방사 윤근수는 호남 지방을 시찰하던 중에 김덕령이 자기 부하들과 군사들을 함부로 처형하며 살해하기까지 한다는 허무맹랑한 무고를 그대로 믿고 그를 진주에 억류해 놓은 다음 조정에 보고하였다.

이리하여 덕령은 억울하게 옥에 갇히게 되었다. 이 뜻밖의 소식을 들은 재우는 그의 운명이 장차 어떤 지경에 이르게 될지 알 수 없어 하늘을 우러러 탄식하였다.

재우는 거제도 싸움 후 군사를 조련하고 여러 가지 병기를 수리 정비하면서 적을 치기 위한 준비에 정력을 쏟아 부었다.

그는 도체찰사로 임명되어 내려온 이원익이 다른 고장의 군사를 동원하여 경상도의 왜적을 치려고 할 때 지금 형편에서는 그것이 좋은 계책이 아니라고 하면서 이렇게 말했다.

"우선 왜적이 더 진출하지 못하게 견제해 놓은 다음 산성을 쌓고 병기를 수리 정비하며 식량을 저축하면서 정세가 성숙됨을 엿보아 치는 것이 허는 허대로 치고 실은 실대로 치는 방법이라 할 수 있소이다. 범은 산에 있어야 그 위엄이 있고, 용은 못에 있어야 그 신기함을 헤아릴 수 있게 되는 게 아니리까.

만일 범이 들로 나온다면 아이들도 쫓을 수 있고, 용이 물 밖에 나오면 수달들이 웃을 것이외다. 그러므로 군사들을 이동시킬 것이 아니라 힘을 기르며 충분한 준비를 갖추어 나가다가 기회가 생기는 것을 보아 사방에서 일시에 일어나 적을 공격하여야 가히 대사를 이룰 수 있소이다."

이후 이원익은 나라의 지휘권을 틀어쥐고 있는 높은 관리로서 자그마한 지방의 의병장에 불과한 곽재우를 스승같이 존경하였으며, 그의 친근한 벗이 되었다.

1595년, 을미년 봄에도 진주 목사로 임명된 재우는 마지 못하여 여름 한철을 부임해 있었으나 벼슬살이에 뜻이 없어 가을에는 스스로 물러났다. 그는 흉포한 왜적을 빨리 몰아내고 피폐해진 나라를 부흥시킬 대신 적들과 강화 담판에만 매달리는 조정의 처사에 의분을 금치 못했으며, 자기의 이 불만을 조금도 감추지 않았다.

그가 큰 고을의 군권을 쥔 목사직에서 물러난 것은 조정의 그릇된 처사에 대한 일종의 반항이라고도 할 수 있었다. 그의 이러한 태도에 대해서는 조정에서도 모르지 않았다.

재우가 진주 목사를 그만두고 의령으로 내려가자 병소판서 이덕형이 선조 왕을 만난 자리에서

"곽재우는 기분이 상한 것 같고 일 처리에서 온당치 못한 것이 있기는 하나 군법을 엄격히 밝히고 아래 군사들을 아끼었습니다. 그는 처음에 의병을 규합해 적을 친 공로가 많았는데도 강화 문제에 대하여 언짢게 생각하고 벼슬을 버린 채 의령으로 돌아가 버렸습니다. 벼슬에 임명하고 디시 불러들여다가 일하는 것을 보아가면서 처리하는 것이 어떠 하오리까"

덕형은 또한 나라가 위급하여도 의탁할 만한 장수감이 없기 때문에 의병장들을 특별히 등용하는 것이 좋겠다고 하였으며, 사방에 시비가 너무 많은 관계로 온전한 인재를 얻을 수 없는 고충에 대해서도 이야기하였다.

54

역적의 누명을 쓰고

강화가 계속되고 식량 사정도 어려운 것을 고려하여 1596년, 병신년 초에 재우는 적지 않은 의병들을 집으로 돌려보냈다. 하지만 그들이 의병대를 아주 떠난 것은 아니었다. 그들은 일단 큰 싸움이 벌어지게 되면 지체 없이 군영으로 달려올 사람들이었다.

재우는 작은 규모의 의병대를 유지하면서 이따금 남해 연안에 출몰하는 왜적과 싸웠으며, 훈련을 강화하고 병기와 군량을 확보하는 데도 힘을 썼다.

그해 2월에 김덕령이 왕명으로 석방되어 다시 돌아오자 재우는 즉시 그를 찾아가서 위무하고, 오래지 않아 적들이 대군을 휘몰아 진격해 올 것이니 그에 대처할 준비를 함께 빈틈없이 갖추자 라는 말도 하였다.

8월 어느 날 재우는 막료들과 함께 척후에서 온 염탐의 보고를 받고 그에 대처하기 위한 토의를 하고 있었다. 문득 밖에서 사람들이 소란스럽게 떠드는 소리가 나더니 복산이 무엇에 쫓기는 듯 허둥지둥 달려들어 왔다.

"밖이 왜 그리 소란스러운가"

하고 재우가 나직한 음성으로 물어도 복산은 마치 죄 지은 사람처럼 고개를 숙이고 머뭇거리기만 하였다.

"무슨 일인지 어서 말하게"

"저 저 서울서"

"그래, 서울서 어쨌단 말인가?

복산은 그제야 고개를 들고 떠듬떠듬 말했다.

"서울 의금부에서 도사가 내려와 객사에 머물고 나장은 지금 영문 밖에 와 있소이다."

그 말에 막료들과 장수들은 가슴이 섬뜩하여 서로 눈길을 마주했다. 그래도 재우는 태연했다.

"의금부 도사가 왜 내려왔다던가"

"사또님께 나령이 내렸다 하옵니다."

방 안에 있는 사람들은 얼굴이 새파랗게 질려 어쩔 줄 몰라 하였다. 이때 영문 파수가 섬돌 아래 와서 고하였다.

"의금부 도사가 곧 이곳으로 오겠으니 사또님께서 전교를 받을 차비를 하고 기다리시라는 소식이 왔소이다."

그 말을 들은 재우는 곧 내실에 들어가서 상복을 예복으로 갈아입고 다시 나왔다. 그는 모친상을 당하여 상중에 있었던 것이다. 그는 곧 영문으로 나가서 무릎을 꿇고 전교를 받았다.

영남 의병장인 진주 목사, 곽재우를 삭탈관직하고 국영 나래 하라는 어명이었다. 잠시 후 재우는 의병장 방에 돌아와서 신대승에게 대장패를 넘겨주며 말했다.

"이제 얼마간 지나면 큰 싸움이 있게 되리니 공은 의병대의 주인이
되어 부디 만대에 빛나는 공을 세우기 바라오."

"아, 목사께서 이 어인 말씀입니까? 도대체 어찌된 일이오니까"

하고 신대승은 재우의 손을 잡고 눈물을 흘렸다. 그래도 재우는 다만

"이러지 마오"

한마디 하고는 더 말하지 않았다. 그는 자기가 어떤 죄목으로 붙들려
가는지도 전혀 모르고 있었던 것이다. 그는 눈을 들어 당상에 늘어선 장
수들과 막료들을 둘러보았다. 그들의 얼굴에는 어두운 그늘이 빗겨 있었
다. 눈길을 돌려 당하에 모여든 의병들을 보니 그들도 역시 의기소침한
모습을 하고 있었다.

묵묵히 재우는 영문을 향해 걸어갔다. 대승과 장수들, 막료들, 의병들
이 소리 없이 그 뒤를 따랐다. 그가 영문 앞에 이르자 금부 도사가 거드
름스럽게 좌우를 돌아보면서

"죄인에게 오라를 주어라"

하고 호령을 하였다. 그 말이 떨어지기 바쁘게 나졸들이 재우에게 우
르르 달려들어 의관을 벗기고 오라로 그의 몸을 칭칭 결박하였다.

"하루가 지체되었으니 서둘러야 하겠다."

금부 도사는 나장을 향하여 말하고 말에 올라 고삐를 잡아당겼다. 이
와 시각을 같이하여 내실 쪽에서 수백 명의 사람들이 밀려 나왔다. 뒤이
어 마을 사람들이 술렁거리며 모여들었다. 금부 도사는 사방을 돌아보며
눈살을 찌푸리더니

"이놈들 어디라고 함부로 달려드느냐 썩 물러서지 못할가"

하고 호통쳤다. 그리고는 군중들 속으로 말을 몰았다.

"아 애들아 썩썩 물러들 서거라 썩 비켜서거라."

나장도 나졸들을 지휘하여 사람들을 이쪽 저쪽으로 밀어 놓으며 눈을 부라렸다. 별안간 낫자루 만한 나무토막 하나가 날아들어서 금부 도사의 이마빡을 치고 그의 갓을 허공으로 날렸다.

"저 말 탄 놈을 끌어내려라"

하는 외침이 터지고 사방에서 '와와' 호응했다.

"우리 사또님 상을 못 줄 망정 어째서 붙들어 가느냐 이놈들아 당장 오라를 풀어라."

흥분한 군중은 당장 무슨 일을 칠 듯 기세 등등 하였다. 형세는 자못 험악했다. 금부 도사는 나졸이 집어다 주는 갓을 쓰고 의관을 바로잡더니 채찍을 휘두르며 소리쳤다.

"얘들아 이 난민들을 어서 쫓아버려라."

그러나 사람들이 서로 밀고 밀리며 앞뒤에서 조여드는지라. 나장도 나졸들도 군중의 그 무서운 기세에 눌려 어찌지 못하고 눈치만 보는 꼴이었다. 하는 수 없이 말에서 뛰어내린 금부 도사는 재우에게로 다가가서 오라에 묶인 그의 팔을 황망히 붙들었다.

"곽공 이를 어찌하오"

재우는 금부 도사를 한 번 쳐다보고 군중들 에게로 눈길을 돌렸다.

"분별 없이 왜들 이러느냐 모두 물러가거라."

이 한마디 말에 술렁대던 사람들의 소요는 일시에 가라앉았다.

"나로 하여금 죄를 더 짓게 하지 말라."

그는 엄숙하게 말하고 서서히 앞으로 나아갔다. 길이 트이고 가느다란 한 줄기의 한숨과 흐느낌이 군중 속으로 물결쳤다. 그가 문이 열려 있는 함거 안으로 들어가자 사람들은 또 술렁거리기 시작하였다.

"사또님께서 우리 백성들을 버리고 어디로 가시오니까 이제 우리는 과연 누구를 믿고 살아야 하오리까"

사람들은 함거를 가로막으며 목멘 소리로 부르짖었고, 또 울기도 하였다. 왜적들의 칼에 맞아 처자들이 다 죽었다는 한 중 늙은이는 함거 앞에 퍼더버리고 앉아서 주먹으로 땅을 치며 통곡하였다. 어찌나 땅을 두드렸던지, 농사일에 거칠어진 커다란 손등에서는 붉은 피가 뚝뚝 떨어졌다.

함거 앞을 가로막았던 다른 사람들도 비켜섰다. 윤탁, 신대승, 오운, 성천유, 배맹신, 권란, 이운장, 정질, 장현, 허은심, 심기일, 안기종, 김명중 등 의병대의 장수들과 막료들, 그리고 수십 명의 의병들이 비통한 심정으로 함거 안에 있는 의병장 곽재우를 바라보고 있었다. 금부도사 일행은 한동안이 지나서야 함거를 몰고 그 자리를 떴다.

서울에 이른 재우는 곧 금부의 옥에 수금되었다. 대역부도 죄인으로 취급된 그는 목에 스물 닷 근 짜리 큰 칼을 쓰고 손발에도 수갑과 착고를 차야 했다.

곽재우가 이처럼 뜻하지 않게 역적으로 취급된 것은 엉뚱하게도 이몽학 난의 연루자로 지목되었기 때문이었다.

전시의 복잡다단한 기회를 타서 그의 7월에 반란을 일으킨 충청도 홍산 고을의 이몽학 일당이 정산, 청양, 대흥 등 이웃 고을들을 쳐서 점령한 데 이어 곧장 서울로 진격해 들어가려고 하였던 큰 사건이었다.

이때 도원수 권율은 이몽학 일당이 난을 일으켰다는 보고를 받고 즉시 장계를 올려 선조 왕에게 이 사실을 알리는 한편, 전라감사 박홍로와 의병장 김덕령에게 역적들을 진압하라는 영을 내렸다.

덕령은 도원수의 명령을 받자 급히 정예한 군사들을 거느리고 군영을 떠났다. 그러나 단성과 함양을 지나 운봉에 거의 이르렀을 때 벌써 이몽학 일당이 궤멸되었다는 통보가 또 내려와 중도에서 군사를 돌려 본영으로 돌아오고 말았다.

그 후 어찌된 일인지 김, 최, 홍이 흉악한 역적들과 결탁하였다는 유언비어가 떠돌게 되었다. 여기서 김은 김덕령, 최는 최담녕, 홍은 홍계남을 가리키는 말이었다.

사로잡힌 이몽학 일당을 국문하니 그 자들은 그 소문이 사실이라고 진술하였을 뿐 아니라 곽재우와 고원백도 저희들과 한 패당이라는 허무맹랑한 말까지 하였다.

이렇게 되어 곽재우 등 다섯 명의 의병장들을 국영 나래 하라는 어명이 내렸다. 선조 왕은 그 중에서도 대군을 거느린 용맹한 장수 김덕령을 특히 위험 인물로 보고 그를 잡지 못할까 봐 근심하였다.

이에 우정승 정탁이 덕령은 그 성정과 품성으로 보나 사람됨으로 보나 잡혀오지 않을 사람이 아니라고 하였으며, 승지 서성도 결단코 모반할 사람이 아니므로 사람 하나만 보내도 능히 잡아올 수 있다고 아뢰었다.

그 말을 들은 선조 왕은 화를 벌컥 내며 그럼 네가 혼자 가서 덕령을 잡아오라고 하였다. 서성은 황공해하면서도 거침없이 그리 하겠다고 다짐을 하고 그날로 남도 쪽을 향하여 달려갔다.

하지만 선조가 이보다 앞서 도원수 권율에게 밀지를 내려 덕령을 잡아 올리라 하였느지라 권율이 먼저 손을 썼다.

권율은 목사 성윤문을 불러 왕의 밀지 내용을 알리고 무난히 잡을 방도를 상론한 후 덕령에게 빨리 도원수 영으로 오라는 연락을 띄웠다. 그리고 만일의 경우를 생각하여 군사들도 잠복시켰다.

도원수의 영을 받은 덕령은 즉시 혼자 말을 타고 달려왔다. 성윤문은 그런 덕령을 차마 그대로 체포할 수가 없어서 그의 손을 꼭 잡으며 상감 께서

"장군을 잡아 올리라는 어명이 계셨기에 오시라고 하였소이다"

그래도 덕령은 별로 놀라는 기색이 없었다.

"덕령을 잡으라는 어명이 내렸는데 목사는 어찌 나를 죄인으로 대하지 않으니까 이렇듯 대접해 주시니 감사하나 도리어 목사 영감까지 혐의를 받지 않을까 걱정되오이다."

성윤문은 눈물을 흘리며 덕령의 두 손에 수갑을 채웠다. 덕령은 머리를 흔들고 신중한 안색을 지으며 말했다.

"제가 지금 누명을 입고 화를 당하게 되었음 즉 목사께서는 엄중하게 다루어 항쇄, 족쇄로 얽어매어 주소이다. 만일 그렇게 하지 않았다가는 목사 영감도 연루되어 화를 당하게 되오리다."

이렇게 덕령이 체포되자 수많은 사람들이 매일 상소를 올려 그의 무지함을 밝히고, 이를 더욱 의심하게 된 조정에서는 쇠사슬로 그를 단단히 결박하여 중재인을 가두는 의금부의 남간에 내쳤다.
덕령이 크게 웃고

"내가 모반한다면 어찌 이런 쇠사슬로 얽어맬 수 있겠느냐"

한 번 힘을 쓰니 쇠사슬이 썩은 새끼처럼 끊어져 나갔다. 눈이 휘둥그 래진 위간은 더 무거운 항쇄, 족쇄를 채우고, 그 위에 또 굵은 쇠사슬로 그의 몸을 묶어 움직일 수 없게 하였으며, 밥도 굶겼다.
뜻밖의 변을 당하여 옥에 갇힌 재우는 아직 그러한 사연을 전혀 알지 못했고, 자기가 어떻게 되어 붙잡혀 왔는지도 모르고 있었다. 재우가 옥

에 갇힌 지 이틀째 되는 날, 그를 찾아온 형조의 관원은 신중한 기색을 짓고 말했다.

"목사께 알려드릴 것이 있으니 명심해 두었다가 추국 시에 잘 처신하시외다. 역적 무리들을 심문하는 중에 김덕령이 흉악한 역적 괴수라는 것이 밝혀지고, 목사의 성함도 그 놈들의 입에서 나왔소이다. 그런즉 죄의 유무를 기지 말고 이실직고하며 덕령이 지은 죄도 아는 대로 내놓는 게 좋으리다. 특히 덕령을 조금이라도 두둔하는 기미가 보일 때에는 큰 화가 미칠 수 있소이다. 이는 내 말이 아니라 이 옥사를 주관하시는 모 대감이 목사의 신상을 염려하여 하신 말씀이니 십분 숙려하여 처신하기를 바라오외다."

재우는 그 관원의 말을 묵묵히 듣기만 하고 대답을 하지 않았다. 형조의 관원은 잠시 머뭇거리 다가 슬그머니 돌아갔다.

다음 날 재우는 국청에서 엄혹한 추국을 받고 고문을 당하였다. 위관은 처음부터 역적의 한 장수로서 이몽학과 어떻게 공모하였는지 비로 아뢰라고 추상같이 호령하였다. 재우가 그런 일이 전혀 없다고 하니 위관은 사정없이 치도곤을 치게 하였다.

그래도 재우는 그저 이몽학을 모른다는 한마디 말밖에 하지 않았다. 몸이 찢기고 터져 만신창이 된 그는 비틀거리며 간신히 옥으로 돌아왔다. 그런데 이렇게 한 번 문초를 하고는 어찌된 일인지 사흘이 지나도록 불러내지 않았다.

지루한 낮이 가고 밤이 왔다. 이것저것 번거로운 생각을 하다가 앉은 채로 눈을 붙이고 나니 한 줄기 밝은 달빛이 은은히 흘러 들며 한없이 서글프고 처량한 심애를 자아내는 것이었다.

그는 어떻게 되어 덕령과 자기 이름이 역적의 입에 올랐는 가를 생각하는 것도 그만두었다. 인경 소리가 울린 지도 오래 지났으나 정신은 더욱 맑기만 하였다.

옥사정은 추워서 덜덜 떨며 옥문 밖에서 서성거리고 있었다.

"된장 무슨 놈의 가을 날씨가 이다지도 사납다. 비러 먹을 날씨 같으니"

창을 가슴에 안은 자세로 더그레 소매 속에 두 손을 넣어 팔짱을 낀 그는 능청맞게 덜덜 떠는 시늉을 하며 후원 순찰 장교가 오는 쪽을 향하여 마주 걸어 나갔다.

"누구냐? 용"

키다리 순찰 장교는 가까이 다가오며 나직이 군호에 대답했다.

"오 점백이가 본인이냐?"

"예 나외다. 헌데 날씨가 너무 추워 얼어죽을 지경이외다."

"변고는 없느냐"

"변고라니 당치 않은 말씀이오. 그저 추운 게 탈이지"

"정신을 바싹 차려라. 해이 되면 큰일 난다."

"왜요?"

"왜라니 죄수를 잘 지키란 말이다."

"허 그건 염려 마시오."

점백은 팔소매에서 손을 빼어 안고 있던 창을 바로 지었다.

"이봐 그 홍의장군인지 뭔지 하는 자하고 김덕령이란 자가 이번 모반에서 괴수들이라고 하더라. 충청도 이몽학이가 괴수인 줄 알았더니 참 모를 일이야"

"뭐라고요? 홍의 장군과 김덕령이가 역적 괴수라고요."

점백은 눈이 휘둥그래 져서 순찰 장교를 쳐다보았다.

"이몽학의 입에서 나온 말이라니까 그럴 수도 있지. 좌우간 오늘 그 두 사람에 대한 추국을 엄하게 한다니까 두고 봐야 할게다."

"누가 그럽디까 순찰도 공연이 식은 소리 작작하고 다니시우 그런 말 함부로 하다가 걸리면 귀신도 모르게 사자법 되리다."

"흥 이놈아 남의 걱정 말고 네 입 건사나 잘해. 어제 벌써 국청에 전지가 내린 것은 어떡하고 이 자식이 아주 깜깜이로군."

순찰 장교는 화가 난 듯 삿대질을 하며 눈을 희번덕 거렸다.

"아따 제기 그렇다면 그런 거고 내게야 뭐 상관이 있나? 다 양반이 네들 감투싸움인데"

점백은 말은 그렇게 하였지만 가슴이 싸늘해 지는 것을 느꼈다. 그래서 일부러 몸을 옹성이며 하늘을 쳐다보았다.

"젠장 얼어 죽일 것처럼 춥더니 이제 날이 셀 모양이로군. 저 별이 새파랗게 되어 껌벅거리는 걸 보니"

순찰도 샛별을 바라보고 나서 한 번 더 따져 물었다.

"그 홍의 장군이라는 자는 별일 없겠지."

"그야 물론 독안에 든 쥐신세지요."

"오늘은 아마 바른대로 불지 않다간 형장의 이슬로 되고 말게다."

순찰 장교는 말을 더 하고 싶어서 금시 물러갈 잡돌이가 아니었다.

"헌데 참 알다가도 모를 일이거든."

"일이란 날이 밝는데 교번이나 빨리 보내수시오."

점백은 순찰 상교를 빨리 쫓아 보낼 심산으로 그의 말을 못 들은 척하고 딴청을 부렸다.

"허 정말 날이 밝는 게로구나. 그래도 졸지 말어."

"졸긴 누가 존다고"

"이 자식이 무슨 대꾸질이야"

순찰 장교는 기가 거센 것을 보여주려는 듯이 어줍게 눈을 부라리고 나서 그 자리를 떴다. 점백은 순찰 장교가 모퉁이로 사라지자 옥문 앞에 와서 털썩 주저앉으며 안도의 숨을 내쉬었다. 점백은 순찰에게 들은 얘기 하는 것을 주저했다.

재우는 오늘 무서운 추국이 벌어지리라는 것을 점백이 내놓고 말하기가 어려워 그러는 게 아닌가 하는 생각도 하였다.

금명 간에 위관의 추국이 다시 있으리라는 것을 예견하고 있었으니 그런 말을 들어도 별로 놀라울 것도 없었다. 그는 어떤 엄혹한 추국이나 고문도 겁나지 않았다. 다만 역적 무리의 진술을 그대로 받아들여 나라의 위기를 한 몸으로 막아선 장수들을 잡아다가 역적의 감투를 씌우는 조정의 어리석고 무능한 처사가 가슴 아플 뿐이었다.

55

추국이 시작되고

우중충한 전각 모퉁이에서 상투가 풀려 산발이 된 사나이 하나가 맹견 같은 금부나졸들에게 끌려 나오고 있었다. 옷은 온통 피칠을 한 상태고 얼굴도 피냉이 들어 본래의 모습을 알아볼 수 없는 죄인은 국청으로 향하는 재우 일행과 마주치자 고개를 숙여 예를 표하였다.

그는 국청에서 혹독한 고문을 받고 반죽음이 되어 나오는 김덕령이었다. 그를 겨우 알아본 재우는 뜨거운 그 무엇이 목구멍으로 왈칵 치밀어오르는 것을 느끼며 고개를 끄덕여 답례하였다. 덕령과 좁은 길목에서 조우하고 별전의 넓은 뜰에 들어섰다. 임금이 친히 국문하기 위해 좌기를 차려놓은 국청은 실로 어마어마 하였다.

뜰 한가운데는 피에 젖은 형틀이 놓여 있고, 그 좌우로 곤장과 시퍼런 도끼들을 든 금부 나졸들이 어마어마하게 늘어서 있었다.

얼마 전에 흙과 모래를 섞어 깔아놓은 땅바닥은 벌써 검스레한 핏자국을 점점이 남긴 채 발길에 반반이 다져졌고, 군데군데 생신한 선지피가 낭자하였다. 땅에서는 후끈한 피 비린내가 확 풍기고 사방에서 살기 띤 눈들이 심상치 않게 번뜩였다.

재우는 사나운 나졸들이 이끄는 대로 형틀에 가서 앉았다. 잠깐 눈을 들어 전각 대청을 바라보니 임금이 걸터 앉아 있던 자리는 비어 있었다. 덕령을 직접 국문하다가 피곤하여 자리를 뜬 것이었다.

전상에는 허리에 찬 흉배로 보아 정승 판서가 틀림없을 조정 대신들이며 사헌부, 사간원 형조의 당상관들이 주런히 앉고, 또 옆에는 지필묵을 갖춘 사관이 형조의 관원들과 함께 무릎을 꿇고 있었다.

국청은 죄인을 다루는 법정이라기보다는 차라리 사람의 생가죽을 벗기는 도살장 같았다. 아닌 게 아니라 피 묻은 형장 조각들과 알몸뚱이를 철썩철썩 내려친 곤장에 묻어 올랐다가 떨어진 살점들이 스산하게 널려 있는 것이 눈에 띄었다.

웬만한 사람은 이 피에 젖은 형틀에 앉기만 해도 모골이 송연해지고 간이 졸아들게 하는 광경에 기가 꺾여 초 죽음이 되기 마련이었다.

그러나 재우의 안색은 평소나 다름없었다. 그는 지옥같이 무시무시하고 살벌한 국청을 기억에 새겨두기라도 할 듯 조용한 눈길로 살펴보기도 하였다. 기가 꺾인 것은 오히려 전상의 위관들과 형틀 좌우에 벌려선 금부 나졸들이었다. 그들은 이처럼 태연자약한 죄인을 처음 보았던 것이다.

방금 전에 심문한 덕령은 너무 당당한 자세로 항거하였기 때문에 위관들의 미움을 사고 더 혹독한 고문을 당했지만, 재우는 전혀 문초를 받아야 할 죄인 같지 않았다.

한마디로 말하여 주위의 살기 띤 분위기에도 불구하고 예의와 체모를 조금도 잃지 않은 그런 자세였다. 그래서인지 추국장 안에는 한동안 침묵이 깃들었다. 이윽고 추국이 시작되었다.

"내 바로 아뢰지 않으면 오명을 당함은 물론이오 멸문 지화를 면치 못하리라."

죄인의 여유자적한 몸가짐과 풍모에서 그가 범상치 않은 인물임을 느낀 위관이 우선 기를 꺾어 놓을 작정으로 이렇게 엄포부터 놓았으나 재우는 묵묵부답이었다.

"듣거라. 너희 집안이 대대로 높은 벼슬을 하고, 네 또한 한 고을의 관장으로서 무식한 천민이 아니거든 망극한 성은을 저버리고 어찌 역모를 꾀했느냐."

약삭 빠른 위관은 짐짓 양반 가문을 거들어 한 번 곁창질을 해보았다. 그래도 재우는 여전히 대답을 하지 않았다. 그러니 이번에는 얼굴이 수수떡같이 되어 강다짐으로 눌러보려고 하였다.

"니가 역적 괴수 이몽학과 공모하여 반란을 일으키려 했다는 것이 이미 먼저 신문한 역적들의 진술에서 다 나오고, 흉악한 역적 김덕령도 너와 결탁했음을 자복했다. 헌즉 너는 추호도 기지 말고 바로 아뢰어라. 그렇지 아니하면 살점이 흩어지고 뼈마디가 물러나리라."

그제야 재우는 눈을 들어 전상을 바라보며

"저는 이몽학이라는 자를 알지도 못하거니와 본 일도 없소이다"

그의 말소리는 비록 크지 않았지만 누구나 다 들을 수 있으리 많지 발음이 또렷하고 분명했다. 그의 이 같은 태도에서는 무서운 국청의 위엄 앞에서도 주눅이 들지 않고 예의를 잃지 않는 높은 수양과 헌헌장부의 담기가 엿보였다.

이에 위관은 놀랐다. 위관뿐이 아니었다. 추국관들 속에서는 저도 모르게 감탄하고 탄식하는 소리가 울려 나왔다. 위관은 이마에 내돋는 땀을 훔치고 나서

"역적들은 모두 네가 괴수들 중에 하나라고 입을 보이 보설했거늘, 니 감히 기망 하려느냐 네 성녕 성상을 속이고 조정을 우롱히여 너희 집안에 씨를 말리고 싶으냐"

"우로는 성상께서 계시고, 아래로는 만백성의 밝은 눈이 있거늘 어찌 없는 것을 있다 하오리까."

최후의 대답은 역시 짧았다. 어찌 보면 문초를 받는 사람이 그가 아니라 전상의 위관이나 추국관들 같기도 하였다.

"여기가 어디라고 그렇게 당돌한 말을 하느냐. 너는 다른 소리 말고 오직 네 죄가를 이실직고하여라. 너의 무리가 누구인지 어서 아뢰어라. 어찌 말이 없느냐."

위관이 펄펄 뛰며 소리를 지르고, 의금부의 관원이 그 말을 받아 대청이 쩌렁쩌렁 울리게 호령하였으나 재우에게는 그 소리가 들리지 않는 듯했다. 전상에서 거듭 떨어지는 호령이 금시 무슨 일을 낼 것처럼 요란하여도 그는 자기 집 아랫목에서처럼 태연하게 앉아 있었다.

"여봐라. 저 놈이 제 죄상을 아뢸 때까지 사정 두지 말고 매우 쳐라."

위관은 마침내 더 참지 못하고 펄펄 뛰며 분부했다. 선전관이 그 말을 우렁찬 소리로 받아 외우자 나졸들은 일제히 '예이' 하고 대답을 하였다. 힘을 주는 외마디 소리가 나면서 시커먼 곤장이 재우의 몸에 날아들었다. 곤장 십 도를 쳤을 때 위관은 매를 중지시키고 문초를 계속했다.

"너는 덕령이 말고 또 누구와 역적 모의를 했느냐"
"나는 사실을 전도하여 역적모의라는 것을 꾸며낼 수는 없소이다."

재우는 마치 곁에 있는 사람에게 이야기하듯이 예사롭게 말했다. 금방 그 무서운 곤장을 맞았건만 음성 하나 떨리지 않았다.

"니 정녕 국청을 희롱해 보려느냐"

위관은 예상 외의 큰 소리로 호통쳤다.

"없는 죄를 자작 만들어 스스로 뒤집어쓴다면 더 큰 죄를 짓는 것이니 저는 그 밖에 더 다른 말은 할 수 없소이다."

재우의 그 말에 장내는 물을 뿌린 듯 조용해졌다.

"네가 덕령과 정의가 여타 자별 하다는 데 그게 적실한고"
"그러하외다.
"그러니 너와 덕령은 못할 말이 없었을 터인 즉 그 흉악한 역적이 네게 무슨 말을 하였는지 이실직고 하여라"
"저는 덕령과는 왜적을 물리칠 의논 외에 나눈 말이 없소이다."

재우는 고개를 잠깐 들고 전상을 바라보며 조용히 말했다. 머리 터럭은 흐트러져 산발한 상태고, 몸은 터져서 피 멍이 들었으나 그의 의젓한 자세는 치음 국문을 시작할 때의 조금도 다름이 없었다.

흔히 누구나 그 부서운 형틀에 결박을 낭하기만 하면 겁에 질리거나 정신이 흐려져 정상을 벗어난 말을 하기 마련이므로 지금까지는 대체로 그 말꼬리를 붙들고 늘어져서 추국 당하는 죄인을 궁지에 몰아넣어 왔다. 하지만 재우에게서는 도저히 그런 실수를 기대할 수가 없었다.

"듣거라. 너와 덕령이 정의가 두터웠음은 이미 내 입으로 말했으니, 덕령이 대의를 거스르고 명분도 안중에 없이 행동한 것을 모른다. 하지 못하리라. 너는 덕령과 몽학 사이에 서로 완래한 사실과 조정 정사를 함부로 비난함으로써 성상을 욕되게 한 일을 아는 대로 고하라."

위관이 이번에는 덕령을 걸어 화살을 쏘고 말꼬리를 잡아 죄인을 거머쥘 잡도리였다. 재우는 그 속심을 모르지 않았으나 꼬물 만치도 두려운 생각이 없었다.

"제가 알건대는 덕령도 이몽학을 전혀 모릅니다. 덕령은 충의지심과 지조가 높은 의병장으로서 적 무리와는 한 치도 가까이할 사람이 아닌 줄로 아옵니다."

"이놈 니 감히 흉악하게 잃을 데 없는 역적 두목을 비호한단 말이냐? 그런 즉 너는 덕령 등 역적들과 한 무리가 틀림없구나. 덕령이 말고 또 누구와 손을 잡았는지 바로 고하라."

"저는 왜적을 치는 일 외에는 모르며 또 누구와 만날 겨를도 없었소이다."

군소리가 없는 재우의 대답은 한결같았다. 그는 죄인의 몸으로 위관과 추국관들 앞에서 진술하는 것이 아니라 그저 묻는 말에 긍정 혹은 부정하는 식의 답변을 할 뿐이었다. 그러면서도 의사가 뚜렷하고 주장 또한 명백히 내세울 줄 알았다. 그는 지금 무한한 안정 상태에서 아무런 위구도 느끼지 않고 편안히 앉아 있는 듯했다.

그것을 괘씸하게 여기고 또 그에 얼마간 위축 되기도 한 위관은 기세를 좀 두고 볼 작정으로 형장을 되게 치라고 벼락같이 소리쳤다.

사나운 집장 나졸이 다가와서 웃옷을 벗기고 물을 끼얹은 다음 매를 치기 시작했다. 몸에 물을 끼얹은 것은 죄인에게 더욱 심한 고통을 주기 위해서였다. 재우는 감은 눈을 뜨지 않고 내려지는 매를 무심히 세었다.

한 대, 두 대, 세 대 물방울과 함께 피가 튀기고 살가죽이 곤장에 묻어났다. 매가 내려질 때마다 몸이 산산조각이 나서 사방으로 흩어지며 허공으로 둥둥 떠오르는 것 같았다. 아픔은 별로 느껴지지 않았으나 어쩐지 정신이 가물가물하였다.

재우는 몸이 갑자기 섬뜩해지는 바람에 제정신으로 돌아왔다. 나졸이 찬물을 뿌린 것이다. 터지고 찢긴 그의 몸은 성한 곳이 없었다. 어지러이 흩어진 머리칼에서도 핏방울이 뚝뚝 떨어졌다. 집장 나졸은 진득한 땀을 흘리며 가쁜 숨을 몰아 쉬고 있었다.

전상에서 그 참혹한 광경을 바라보고 있던 우정승 정탁이 영의정 유성룡에게 뭐라고 몇 마디 하니 유성룡은 매를 잠깐 멈출 것을 지시하였다. 위관이 즉시 그 말을 받아 영을 내리고 집장 나졸은 곧 형틀에서 물러났다.

추국장은 갑자기 폭풍이 휩쓸고 지나간 뒤끝처럼 조용해졌다. 잠시 후에 유성룡의 쟁쟁한 목소리가 울렸다.

"죄인은 내 말을 듣거라. 곽재우 너는 나라가 위태로울 때 전공을 세운 장수가 아니냐 성상께서 너를 명장으로 아끼시는 은혜 망극하거늘 네 어찌 역적 무리와 한 동아리가 되겠느냐. 너는 한때 덕령 등을 휘하에 거느렸고, 거제도 출전도 같이 하였으며, 이번 역모에 덕령이 관여한 여부도 모르지 않으리니 보고 들은 대로 말해 보아라. 덕령은 원래 승미가 사납고 불칙한 행동도 거리낌 없이 하는 자이니, 우선 그 거동의 흉악 함을 말하고 차차 역모 건의 수상한 점을 거슬러 올라가 보기로 하자. 그래, 내 말이 어떠냐?

재우는 혼몽 상태에서 유성룡의 말을 들었다. 하지만 그는 한마디도 놓치지 않았다. 그는 얼마 전에 형조의 한 관원이 찾아와서 모 대감의 분부라며 국문할 때 덕령의 죄행을 거침없이 털어놓는 것이 신상에 이로우리라고 암시하던 말이 문득 상기되었다. 유성룡은 재우가 자기 말을 알아듣지 못한 줄 알고 또 한 번 반복했다.

어서 아뢰라고 소리치는 의금부 관원의 쩌렁쩌렁한 목소리가 소나기마냥 쏟아졌다. 재우는 한동안 가물거리는 정신을 가다듬고 나서 입을 열었다.

"선란으로 온 나라가 참혹한 지경에 이른 이때 흉악한 역적들의 입에 이름이 올라 치욕스러운 누명을 쓰게 될 줄을 어찌 알았으리까. 여하간에 일단 누명을 쓴 이상 그 더러운 것을 벗기는 매우 어려우리라

보이다.

하오나 덕령은 결단코 역적이 아니옵니다. 저는 덕령이 늘 나라의 사직을 보존하고 왜적과 싸우다 죽은 형의 원수를 갚으며 백성을 구원할 일념으로 분발하는 것을 보았을 뿐이고, 왜적을 칠 때 대한 말 외에는 더 들은 것이 없소이다. 성미가 사나워 군사들에게 함부로 형벌을 가한다고들 하오나 실상 그것은 군사를 정예하게 만들려는 마음으로 조련을 하고 군율을 세우는 것을 보고 그를 시기하는 자들이 꾸며낸 말에 지나지 않소이다.

덕령은 약관을 벗어난 젊은 후진으로 우국지심이 있고 용맹이 전륜한 장수오니 저는 억울하게 뒤집어쓴 역적 누명을 벗겨 주어 그로 하여금 왜적을 치도록 함이 가장 유익한 일인 줄로 압니다.”

재우는 말을 마치고 큰 숨을 몰아 쉬었다. 그는 자신과 관련되는 것은 한마디로 극히 짧은 대답을 하였지만, 덕령에 대한 물음에는 사실을 정확히 밝히는 방향에서 사리정연하게 말하였다.

그의 이러한 태도에 삼정승 이하 대부분의 관원들은 크게 탄복하면서도 다른 한편으로는 못마땅하게 여기고 있었다.

“여봐라 저놈에게 치도곤 오십 두를 쳐라.”

위관은 노기 대발하여 얼굴을 붉히며 호령하였다. 이제 그렇게 모진 매를 안기면 재우는 더 몸을 지탱해낼 것 같지 않았다. 그래서인지 전상에서 굽어보던 몇 사람은 머리를 설레설레 흔들기도 하였다.

십 도, 이십 도, 삼십 도 치도곤이 공중에서 한 번 원을 그리면 살을 물어뜯는 소리가 나고 부러진 나무조각이 허공에 튀어 오르곤 하였다. 그런데 재우는 이상하게도 아픈 감각을 느끼지 못했다. 이젠 호된 매가 도를 넘어 감각을 잃어버린 것 같았다.

그는 매가 삼십 도를 넘어서게 되었을 때에야 나졸이 헐장을 친다는 것을 알아차렸다. 형틀과 몸을 동시에 때리는 치도곤은 몸에 닿는 듯 많은 듯하면서도 사람들의 눈에는 무섭게 보였던 것이다.

이윽하여 치도곤을 마친 나졸은 이마에 땀을 씻고 형틀에서 두 발자국 물러나더니 의금부 판사를 향하여 허리를 굽신하며

"치도곤을 다 쳤사옵니다"

하고 아뢰었다. 죄인은 죽었는지 살았는지 고개를 떨구고 잠잠했었다.

"죄인에게 찬물을 쏟아 부어라"

위관은 자신 없이 한마디 분부했다. 잠시 후 섬뜩한 감촉을 느낀 재우는 슬며시 눈을 떴다. 차디찬 물이 산발이 된 머리카락과 턱 밑에서 비온 뒤에 낙숫물처럼 줄줄이 떨어졌다.

"네 그래도 바로 고하지 않겠느냐"

죄인이 정신 차린 것으로 짐작한 위관이 목쉰 소리를 내었다. 재우는 대답 대신 고개를 들고 하늘을 바라보았다.

가을 하늘은 끝 간 데 없이 푸르고 맑았다. 다정한 햇빛은 온누리에 웃음을 날리고, 높이 뜬 흰 구름은 망망한 하늘 바다에 두둥실 떠서 '둥실' 거리고 있었다. 그리고 보니 저 끝없는 하늘 가운데 불행과 고통을 모르는 천국이 있지 않겠는가 하는 생각도 들었다.

"죄인이 너무 기력이 없는 것 같으니 오늘 추국은 이만함이 어떠하리까."

좌정승 김응남이 영상 유성룡과 우정승 정탁을 돌아보며 의향을 물었다. 유성룡은 말없이 고개를 끄덕이고 정탁은

"그러는 게 좋겠소이다"

하며 두 손을 마주 비비었다. 그것을 본 위관은 기운 없는 소리로 죄인을 전옥에 되돌려 보내라는 영을 내렸다.

고되고 지긋지긋한 하루 해도 저물어가고 있었다. 어느덧 관아 안에는 붉은 낙조가 비끼고 서글픈 석양빛이 옥문 창살로 흘러 들었다. 누런 가랑잎들을 창살가로 몰아오는 으시시한 가을바람이 옷섶을 헤치고 스며들었다.

재우는 몸이 실오리처럼 풀리는 것을 느끼며 어둡고 침침한 몸 안의 나락 속으로 깊이 빠져 들어갔다. 형체가 뚜렷하지 않은 온갖 괴물들이 히죽히죽 웃으며 눈앞에서 얼씬거리는가 하면, 머리를 풀어헤친 사나이들이 피를 뚝뚝 흘리며 줄지어 나타나기도 하였다. 그는 꿈 속에서도 이렇게 진절머리 나는 고문을 받고 있었다.

꿈도 아니요 생시도 아닌 그 지긋지긋하고 괴로운 혼몽 상태는 한동안 계속되었다. 국청에서 모진 고문을 당할 때에도 신음소리 한 번 내지 않은 재우는 온 밤 악몽 속에 허덕이며 헛소리를 하였다. 열에 들떠서 비명을 지르며 펄떡펄떡 뛰기도 하였다.

56

당쟁이 낳은 억울한 죽음

김덕령은 더 엄혹한 고문을 받았다. 그것은 덕령의 명성을 시기하던 충청 병마절도사 이시언, 경상 병마절도사 김경서를 비롯한 동인파의 무관들이 그가 반역을 한다는 비밀 상소를 올려 모해하고, 반란을 일으킨 이몽학 일당까지 그를 물고 들어갔기 때문이었다.

그의 할아버지 김윤제와 스승 우계 성혼이 서인이므로 동인파의 해를 입지 않을 수 없었다. 덕령의 운명은 이몽학의 반란이 일어났을 때 이미 결정된 셈이었다.

친국하러 나온 선조 왕이 북쪽 전상 한 가운데 좌정하고 아래 좌측으로 위관들이 동행하여 자리 잡았으며, 그 상석에는 영의정 유성룡, 좌의정 김응남 우의정, 정탁 등 삼정승이 앉아 있었다.

덕령은 형틀에 결박 당하여 문초를 받았다. 위관이 이몽학과 더불어 모반한 사실을 내놓으라고 하자 그는 그런 일이 없다고 한마디로 잘라 말하고는 철문처럼 입을 꾹 다물어 버렸다.

의금부의 관원이 두 번 세 번 추상같이 호령해도 그는 눈썹 하나 까딱하지 않았다. 거의가 동인파인 영의정 이하 조정 관원들이 곱지 않은 눈길로 그를 쏘아보았다.

위관은 허무맹랑한 무고들을 열거하고 이몽학 일당의 허위 진술을 증거로 삼아 그를 역적 취급을 하면서 문초해보려 하였다. 그러나 덕령은 역시 함구 무언이었다.

이에 약이 바짝 오른 위관은 곤장도 치지 않고 비로 주리 형을 가하게 하였다. 영을 받은 나졸들이 우르르 달려들어 덕령의 두 다리를 칭칭 묶고 그 틈으로 주릿대 두 개를 넣어서 비틀었다. 그래도 덕령의 얼굴에는 괴로워하는 빛이 나타나지 않았다.

그것을 본 위관은 주릿대가 부러질 때까지 매우 틀라고 호령했다. 영이 떨어지자 나졸들은 있는 힘을 다 내어 주릿대를 틀었다. '우지직, 우지직' 뼈가 끊어지는 소리가 들리는 것 같았다. 국청 안은 조용했다. 다만 나졸들이 힘쓰는 소리와 주리 트는 무시무시한 음향이 들릴 뿐이었다.

별안간 '딱' 하는 소리가 크게 울리니 사람들은 몸을 후들 떨었다. 다리뼈가 부러진 것이다. 덕령의 얼굴은 백지장같이 창백해졌다. 이마에 땀이 송골송골 솟고 두 눈에서는 원한의 빛이 번뜩였다. 이따금 고개를 들고 전상의 임금과 조정, 벼슬아치들을 핏발선 눈으로 바라보곤 하였다. 그것은 당돌하다기보다는 절통한 분노를 담은 시선이었다.

이번에는 선조 왕이 직접 추국하였다.

"과인과 세자가 너를 지극히 사랑하여 충용, 익호 칭호를 내리고 기대하는 바가 컸는데, 내가 역적 이몽학 등과 함께 모반함은 어인 일이냐"

덕령은 그제야 입을 열었다.

"신은 나라의 두터운 은혜를 입은 몸으로써 오직 흉포한 왜적을 치고 사직의 안녕을 도모할 일념으로 지금껏 살아 왔사옵니다. 신은 이몽학과 그 무리를 본 적도 없사오며 또한 전혀 알지도 못하오이다."

선조 왕의 눈시울은 갑자기 바르르 떨리었다. 죄인의 태도가 매우 불순하게 느껴졌던 것이다.

"니 어찌 옅은 꾀로 모면해 보려 하느냐 여러 역적들의 진술은 서로 토의한 것도 아니건만, 말이 한결같고 흉악한 모략과 은밀한 기책도 갖지 않은 것이 없으며, 니가 역적 이몽학 등과 반역 모의를 한 죄상 역시 백일하에 드러났거늘, 이제 와서 과연 무슨 말로 속여 보겠느냐"

"하늘이 내려다보는데 전하 앞에서 신이 어찌 감히 죄상을 숨기오리까. 그 역적들이 설사 신과 공모한 듯이 말했다 하더라도 신은 지금 전하 앞에서 진술하는 만큼 옳으면 옳다 그러면 그르다고 할 뿐이지 털끝만치도 기지 아니 하나이다.

덕령은 가쁜 숨을 몰아 쉬고 눈을 감았다. 얼굴에서 땀이 흐르고 이마에 굵은 핏줄이 일어서 꿈틀거리는 것을 보면 지독한 아픔을 참고 있는 것이 분명히었다. 덕령은 한동안이 지나서야 정신을 가다듬고 하던 말을 계속하였다.

"신은 나라를 위해 적을 섬멸하는 것 외에 다른 뜻을 가질 겨를조차 없었사옵니다. 사실을 밝히오면 신이 능히 대적을 칠 용맹과 지모가 있다는 헛소문이 났던 까닭에 저 역적 무리들이 나라에서 신을 중히 쓰지 못하도록 가진 간교한 술책을 다 썼사오며 계속하여 모해할 기교를 꾸민 것이옵니다.

신은 칠월 십사 일에 호서에서 일어난 역적 무리를 치러 나기리는 도원수의 명령을 받고 출동하였다가 적들이 이미 진압되었다는 통지를 받고 돌아왔을 뿐 다른 것은 전혀 알지 못하옵니다. 만일 신이 역적들과 더불어 모이하고 연락을 가진 일이 있었다면 비단 그때 뿐이 아니라 반드시 이전부터 연계가 있었거나 편지 거래를 하였을 것이옵니다

이치가 이러하오니 어찌 그놈들의 간교한 말만 듣고 역적으로 지목

할 수 있사오리까. 신은 이 밖에는 더 할 말이 없사옵니다."

왕은 더 이상 국문해 보아야 별로 시원한 대답이 나올 것 같지 않으나 추국을 계속하라고 분부하고 자리에서 일어났다. 임금이 국청에서 나가자 위관은 덕령에게 더 모질고 혹독한 중형을 가하였다.

그날 저녁 선조 왕은 세 정승을 불렀다.

　"경들을 오라고 한 것은"

선조 왕은 이렇게 운을 떼고는 웬일인지 더 말을 하지 않았다. 왕 앞에 부복한 정승들은 숨소리마저 죽였다. 무슨 일로 불렀는지 짐작은 갔으나 등줄기에서는 진땀이 흘렀다. 답답한 시간이 흘렀다. 한참 만에 왕은 고개를 들었다.

　"덕령을 어떻게 판결하겠는가 의논하자고 불렀어. 그러니 공들은
　의견을 말하오"

얼마간 또 무거운 침묵이 흘렀다. 왕이 자기 의사를 내놓지 않으니 정승들도 무슨 말을 해야 할지 마음을 정하지 못했다.

　"어찌 말들을 안 하오"

그것은 짜증이 섞인 목소리였다. 요즘 그는 언제 왜적의 대규모 공격이 있을지 몰라 불안한 때에 이몽학의 난까지 겹치게 되니 머리가 실로 복잡했다. 그래도 죄상이 명백한 그 역적들의 처리는 별로 힘들 것이 없었다. 그러나 덕령은 그처럼 간단하게 처리해도 될 일이 아닌 것 같았다.

심문 과정에 비록 그의 이름이 자주 나왔다 해도 뚜렷한 증거는 쥐지 못했다. 또한 덕령이 진술한 말을 들어보면 역모에 가담한 사람으로 느껴지는 점이 없었다. 당돌하다고 할 만큼 조금도 꿀리지 않는 당당한 태도와 자기의 절통한 분노를 감추려 하지 않는 것이 특히 그러했다.

덕령을 용서해 주자니 출중한 용맹을 지닌 이 인물이 장차 무슨 일을 벌일지 모르겠고, 달리 처리하자니 백성들의 원한을 살 것 같아 참으로 난처했다.

나라가 위기에 처한 때에 능력 있는 장수 하나를 잃는 것도 안 될 일이었다. 선조 왕은 생각을 한 곳으로 집중할 수가 없고, 마음이 초조하기만 했다. 부복해 있는 정승들도 그 초조감에 감염된 듯 몸을 옹성거리고 있었다.

"어찌하면 좋을지 말들을 하오."

선조 왕이 또 한 번 재촉했다.

"아뢰옵기 황송하오나 덕령은 모반할 사람이 아니옵니다"

하고 우의정 정탁이 먼저 말했다.

"덕령이 산중에 전하의 부름을 받고 분발하여 의병을 일으켰사오니 이런 사람이 무슨 일로 역적과 한마음이 되어 모반하오리까. 역적들의 진술에서 그 이름이 나온 것도 증거가 없는 한낱 빈말이 아니오니까. 이제 명장인 덕령을 역적으로 지목하오면 흉악한 왜적들이 춤을 출 것이옵니다."

"그러니 어찌하면 좋겠소"

"덕령은 명장이오니 전하께옵서 밝게 헤아리시기 바랍니다."

"어허, 명장이라면 큰 공을 세웠을 텐데"

이 말을 들은 유성룡이 기다리기라도 한 듯 고개를 들었다.

"신은 덕령이 헛된 소문만 날뿐 아무 실속도 없는 줄로 압니다. 군사를 일으킨 지 3년이 지나도록 아무 공이 없는 그를 명장이라 함은 기당치 않사옵니다. 덕령의 죄가 있고 없고는 모르오나 공은 없사오이다."

"죄를 따져 살리느냐 마느냐 하는 터에 그건 당치 않은 말씀이오."

좌의정 김응남은 유성룡에게 한마디 나무라고 선조 왕을 향하여 머리를 조아렸다.

"신의 생각에도 그렇게 평해서는 아니 될 줄로 아오이다. 덕령이 군사를 일으킨 후 그 위력 앞에 왜적이 성 안에 박혀 감히 요동치 못하고 백성들은 삼 년 동안 숨을 돌릴 수 있었으니 어찌 공이 없다고만 하오리까. 조정에서 손발을 얽어매지 아니하고 출전만 시켰더라면 덕령의 공이 다만 그에 그쳤사오리까. 아직 싸움이 한창인 때 전하께옵서는 깊이 헤아리시어. 덕령이 제 직분에서 나라를 지키게 하시오이다."

정탁이 또 김응남의 말을 받아서 절절하게 아뢰었다.

"덕령이 명장이 아니라 함은 부당한 말이오이다. 지금 적과 싸우는 장수들 중에서 수군은 이순신이 있으니 염려 없거니와 육군에는 권율과 정문부가 있사오나 덕령에 미치지 못하옵니다. 그 같은 명장을 가벼이 버리오면 강성한 왜적을 누가 물리치며 나라의 사직을 누가 지키오리까 바라옵건데, 덕령으로 하여금 용맹을 떨치도록 은덕을 베푸시옵소서."

선조 왕은 '음음' 하고 긍정하는지 부정하는지 모를 소리를 내고 무슨 말을 할 듯하다가 그만두었다. 그는 심히 불만스러웠다. 그전에도 늘 들어온 그들의 말에는 새롭다고 할 만한 것이 조금도 없었다
유성룡이 임금의 심정을 가늠해 보는 듯 주저주저하며 입을 뗐다.

"덕령이 비록 용맹하오나 믿기 어렵고 장차 그 용맹이 어떤 재앙을 가져올지 염려되는 바도 없지 않사외다."

좌의정 김응남은 그 말에 불끈하여 온몸을 부르르 떨었다.

"영상의 말씀 같아서는 용맹하여 재앙을 가져오겠으니, 버리고 지혜 있으면 그 지혜가 또 화를 가져올까 버리고, 재주 있으면 그 재주가 무서워 버려야 하겠으니, 그러면 용맹도 지혜도 재주도 없는 무용 필부를 데리고 흉맹한 왜적을 치시려? 신은 영상이 하는 말이 이치에 맞지 않는다고 보이다. 또한 전하께옵서 충성과 용맹을 떨치도록 호은을 베푸시오면 덕령은 감격하여 큰 공을 세우리라 믿사옵니다."

눈 가장자리에 가는 경련을 일으키며 듣고 있던 선조 왕은 무릎 위에 놓은 손마저 바르르 떨었다.

"덕령과 같이 용맹하고 재주 있는 자가 모반하면 더욱 큰 걱정이니 어찌 소홀히 대하겠소. 공들은 덕령이 모반하고 아니함을 분명하게 말해보오."

"덕령은 곽재우가 공수한 대로 위인이 강직 할뿐더러 효성이 지극하였고, 군사를 일으킨 후 의심을 살만한 행위를 티끌만치도 하지 않았사오이다. 그러하오니 결단코 모반하지 아니하오리다."

우의정 정탁은 저도 모르게 근엄하면서도 격한 어조로 말하였다.
왕은 무릎 위에 놓은 손이 또 바르르 떨렸다.

"좌상도 같은 의견이 아니오"

"그러하오이다. 역적들의 간교한 말을 그대로 들어서는 아니되옵니다."

의분이 치솟는 듯 김응남의 쉰 음성도 몹시 떨리었다.

"이번에 흉심을 품은 역적들은 덕령이뿐 아니기 곽재우와 침다녀, 홍세남, 고원백 등도 지희들과 한 동아리라 하였고, 나중에는 주적 대신까지 걸어 해치려 하지 않았사옵니까? 하오니 전하께옵소 덕령의 정직과 충성을 믿으심이 마땅할까 하오이다.

왕은 잠깐 미간을 찌푸리면서 유성룡에게로 시선을 돌렸다.

"영상은 어떻게 생각하오"

"덕령의 반심 여부는 조련히 알 수 없사오니 전하께옵서 재량하시와 좋도록 처리하심이 어떠 하오리까."

유성룡은 덕령을 위해서 털끝만치도 좋은 말을 하려는 태도가 아니었다. 종시 결단을 내리지 못하는 임금의 안색은 어두웠다.

"삼공이 하나 같은 의향이라면 그대로 따르겠으나 영상의 말이 그러하니 더 두고 보아야 하겠소."

그는 침울하게 이런 말을 하고 곧 세 정승을 돌려 보냈다.

다음 날 왕은 국청에 나아가 덕령에 대한 국문을 주관하였다. 몇 차례의 추국과 독한 고문이 있은 뒤에 선조 왕은 덕령을 굽어보며

"네 어쩌자고 죄를 은닉하는고."

하고 물었다. 덕령의 태도는 변함이 없었다. 오히려 더 당당하였다.

"신은 죄가 없사옵니다. 신은 하늘을 우러러 떳떳하고 땅을 굽어 보아도 부끄러울 것이 없소이다.

모반이란 꿈결에도 생각한 적이 없소이다."

오만하다고 할 만치 분노와 항거의 빛이 역력한 그 말에 왕은 발끈했다.

"이미 백일하에 밝혀진 네 죄가 그런다고 없어질 줄 아느냐."

"신에게 죄가 있다면 이 악한 세상에 태어난 것이 신의 죄요. 군사를 일으킨 지 삼 년에 왜적을 초멸하지 못한 것이 신의 죄요. 조정 안팎의

그 많은 간신 소인배들을 없애지 못한 것이 또한 신의 죄로소이다."

고개를 들고 전상을 바라보는 덕령의 눈에서는 불꽃이 튀었다. 지존한 임금의 앞이건만 이제 와서는 공손한 빛이 거의 없었다.

"네 정녕 종시 자복하지 않고 발악하겠느냐 죽음이 두렵지 않느냐"

진노한 왕은 어느 때 없이 눈을 부릅 뜨고 수염까지 부르르 떨었다. 그러자 국청은 조용해졌다. 신하들은 황송하여 숨도 제대로 못 쉬었다. 그런 속에서 문득 덕령의 담담한 목소리가 울려 나왔다.

"신의 죽을 죄는 이미 알렸사오이다. 신은 만 번 죽어도 아까울 것이 없사오나 곽재우, 최담녕의 무리는 죽이지 마옵소서. 신에게는 나라의 은혜에 보답하지 못한 불충, 불신의 죄가 있사오나, 충성스러운 그 의병장들에게는 아무런 죄도 없사오이다. 왜적과 싸우는 장수들을 다 버리오면 나라가 어찌 소생 되오리까. 신 하나를 죽이는 것으로 그치시고 나라의 회복을 도모하시기 바라옵니다.

그 말을 들은 왕은 소매를 떨치고 일어나 그 자리를 떴다. 왕이 나간 후에 덕령은 혹독한 고문을 받고 스물아홉 살을 일기로 생을 마쳤다.

의병장 김덕령은 당시 백성들이 진정으로 아끼고 사랑하는 의병장이었다. 그들은 서로 자기가 더 많이 아는 듯이 다투어 가며 왜적을 벌벌 떨게 하는 덕령의 용맹을 자랑하기 좋아하였고, 조금씩 더 보태어 과장하면서 그의 장한 모습에 즐겨 감탄하기도 하였었다.

사람들은 저희들이 그렇듯 애중하던 덕령이 억울한 죽음을 당하자 비분을 금치 못하였으며 몹시 애석해 하였고, 그의 장거를 더욱 내세웠다. 그렇기 때문에 덕령은 죽은 후에도 비상한 힘과 재능을 지닌 전설적인 인물이 되어 백성들의 소박한 이야기 속에 살아남을 수 있었다.

형장에서 덕령을 심문할 때 그가 종시 불복하니 도끼로 그의 살점을 찍어내고 톱으로 뼈를 켜서 형체를 몰라보게 만들었다. 그래도 덕령은 끝내 불복하고 죽었다.

김덕령의 아우 김덕보는 자기 형이 비명에 죽은 것을 통탄하여 지리산으로 들어가서 세상을 등지고 살았다. 조정에서 여러 번 불렀으나 종시 나오지 않고 여생을 산속에서 보내고 말았다.

김덕령의 처 이씨는 정유년 난리를 당하여 왜적들이 그의 집에 침입하였을 때 왜놈들을 호령하고 꾸짖으며 깨끗한 절개를 굽히지 않고 죽었다.

그 후 삼남지방 백성들은 부자 형제 간에 제발 의병은 되지 말라고 경계하게까지 되었다. 그리고 서로 만나 눈물을 흘리면서 충용 장군이 없으니 우리는 왜적의 고기밥이 되는가 보다. 이렇게들 한탄하였다.

온 강토가 전란의 불길에 휩싸인 오년, 곳곳에 무덤이 날로 늘어나고, 백성들은 실오리 같은 목숨을 겨우 부지해 가는데, 왜적을 쳐야 할 장수들마저 죄없이 죽음을 당하고 있으니 얼마나 답답한 노릇인가.

재우는 온 육신이 갈갈이 찢기는 것 같았다. 아니 육신보다도 마음이 더 아팠다. 용맹한 장수인 덕령의 죽음이 더없이 절통하고 조정의 그릇된 처사가 치솟는 분격을 자아내었다.

덕령의 시체가 놓인 들꽃이 지나간 창살 밖으로는 가랑잎들이 쓸쓸히 굴러 다니고 있었다. 한없이 모진 슬픔과 분노가 재우의 마음을 괴롭혔다.

"이 나라가 장차 어찌 되려는고"

이렇게 고달픈 나날들은 좀 먹어 들어가듯이 하루하루 느리게 지나갔다. 재우는 그로부터 열흘 후에 석방되어 나왔다. 영의정 유성룡 이하 대부분의 조정 대신들과 벼슬아치들이 그의 무죄를 인정했던 것이다. 그리고 덕령의 시체는 쥐도, 새도 모르게 옮겨져서 그의 고향 선산에 안장되었다.

57

정유재란과 명량해전

늙은 도요토미 히데요시가 스물두 서나 살 난 애첩 요도기미와 어린 자식 히데요리를 위해 오사카와 교토 사이에 있는 후시미성을 만들었다. 후시미성 안에 새로 세운 모모야마 궁전 넓은 방에서는 지금 주연이 한창이다.

모두 취흥이 도도하여 떠들썩하고, 그림 채색의 아롱진 술병을 받쳐 든 계집들이 여기저기서 은근한 미소를 지으며 술을 따르고 한쪽에서는 사미센의 맑은 소리가 울려 나온다. 음식 그릇과 술병을 들고 오가는 요요한 계집들은 일부러 그러는 듯 종종 걸음을 하면서 발끝으로 치마 앞섶을 가볍게 차면서 분주히 음식상을 나른다.

이 연회에는 도쿠가와 이에야스, 마쓰다 나가모리, 후쿠시마 마사노리, 호소카와 다다오키, 구로다나가사마, 가토 기요마사, 고니시 유키나가, 나가츠카 마사이에, 아사노 유키나가 등 대영주들과 고위 관리들이 참석하였다.

미희들에게 둘러 싸여 주빈 자리에 비스듬히 앉아서 그들이 노는 꼴을 흥미 있게 바라보던 히데요시는 갑자기 헛기침 소리를 내어 주위를 집중시키고 한 손을 흔들었다. 그러자 웃고 떠들던 사람들은 일시에 조용해졌다.

"나 이제 큰 싸움을 벌리려 한다"

하고 히데요시는 좌중을 둘러보며 입을 열었다.

"나는 천하를 줌 안에 넣어 그대들에게 넓은 봉토를 나누어 주자고 하였으나 아직은 뜻을 이루지 못했다. 그러므로 나는 군사를 내고 출동시켜 해돋이 나라, 일본의 위엄을 천하에 떨칠 작정이다. 내가 오사카 성에 있을 때 명나라 사신 양방형과 심유경은 나를 일본 국왕으로 봉한다는 명 황제의 오만한 국서를 가지고 와서 나의 분기를 돋구었다. 각기 의향들을 말해보라."

그 말이 끝나기 바쁘게 가토 기요마사가 머리를 들었다.

"다이고 도노님 말씀이 지당하오이다. 명나라가 우리를 깔보는데 어찌 참고만 있소이까. 조선은 극도로 쇠약해 졌으니 대군이 들어가면 어렵지 않게 항복 받을 수 있고, 명나라도 우리 군사의 형세를 당하지 못할 줄로 압니다. 그런 즉 지체 말고 대군을 일으켜 조선을 치고 명나라로 쳐들어가서 황제를 사로잡아 그 죄를 묻는 것이 좋으리다."
"어, 네 말이 또한 내 뜻과 같다."

히데요시는 만족하여 고개를 끄덕이며 빙그레 웃었다. 구로다도 가토와 비슷한 말을 하며 발라 맞췄었다. 방 안의 분위기가 살벌해 지자 시중들던 계집들은 슬금슬금 게걸음을 하여 밖으로 나가 버렸다. 히데요시는 날카로운 눈으로 주위를 둘러보다가 고니시 유키나가에게 시선을 멈췄다.

"고니시가 말해보라."
"다이고 도노, 우리는 이 5년 동안에 너무도 많은 군사와 재물을 잃

고 기세 또한 한풀 꺾이었소이다. 그러하오니 대군을 또 일으키기보다
는 잠깐 뒤로 물러서서 숨을 돌리는 것이 어떠하올지"

"뭐라고 그럼 철병하자는 말인가?"

히데요시는 소리를 버럭 지르고 고니시를 무섭게 노려보았다. 그는
이제껏 수족처럼 믿어오던 자가 은근히 반기를 들고 나오는데 아연하지
않을 수 없었다.

"저도 별로 승산이 없다고 보이다."

도쿠가와 이에야스가 눈에 어리는 냉소의 빛을 애써 감추며 말했다.

"싸움을 오래 끌면 우선 분기를 눅자치고 집 안부터 다스려야 하오
리다."

"역시 같은 소리군."

히데요시는 매서운 눈길로 도쿠가와를 쏘아보고 나서 저도 모르게 머
리를 흔들었다. 마쓰다 나가츠카, 이시다 등도 조심스럽게 도쿠가와의
말을 지지하였다. 성미가 사나운 가토는 그것을 보고 분기 충천하여 눈
을 희번덕 거렸다.

"이제 와서 어찌 아녀자처럼 뒤로 물러서겠소이까. 그러면 싸움에서
패한 수치를 씻을 수 없고 세상에 웃음거리를 면치 못하오리다. 군사
를 몇 배로 더 늘려서라도 조선은 기어이 손에 넣고 명나라 또한 땅을
베어 바치게 함이 마땅하오이다."

가토 외 이 말을 전면으로 반대하는 사람은 없었다. 그래도 고니시와
도쿠가와 등은 교묘한 어사로 대군의 출병을 요리조리 반대하였다.

도요토미 히데요시는 이처럼 회의도 아니오 주연도 아닌 모임을 자주
열고 부하들에게 충성의 서약을 받아 내고, 다른 한편으로는 막대한 봉

토를 약속하면서 그들을 어루만지기도 하였다.

그렇다고 하여 전쟁을 반대하는 자들이 머리를 숙이는 것은 결코 아니었다. 그들은 이미 조선과 싸워 이길 수 없다는 것을 깨달았고, 장기간의 싸움에서 싫증을 느끼고 있었다.

그런 데다가 히데요시 자신이 차기 정권의 보장을 위해 단행한 히데츠키의 추방 및 그의 자살과 그의 권속 30여 명에 대한 몸서리치는 학살은 오히려 지배층 내부의 모순을 격화시켰고, 그 막대한 권력의 대들보를 좀먹어 들어가게 했다.

설상가상으로 전쟁과 부역, 가렴 잡세에 시달린 백성들의 원성이 날이 갈수록 높아갔으며, 병신년 7월의 대지진으로 나라의 혼란 상태는 극도에 이르렀다.

그럼에도 불구하고 도요토미 히데요시는 터무니없는 조선 정복 야망을 버리려 하지 않았다. 특히 수군을 보강하기 위하여 국내의 배꾼들을 죄다 동원하였으며, 새 함선들을 수없이 모았다. 그리고 조선에 주둔하고 있는 왜군들에게 서생포로부터 거제도에 이르는 요소마다 성을 쌓게 했으며, 정탐들을 각지에 들여보내 내정을 염탐하게 하였다.

이보다 앞서 일본 오사카에서의 강화 담판이 결렬되어 돌아오는 길에 나고야에 잠깐 머물렀던 조선 사신, 정사 황신과 부사 임홍장은 적들이 재침을 서두르는 것을 직접 보았는지라 부산포에 이르자 마자 파발을 띄워 왜적의 동향을 조정에 알렸다. 하지만 당시 적지 않은 왜적의 괴수들은 더 싸우기를 원치 않고 있었다.

고니시 유키나가는 병신년 12월 초 이튿날 밤에 부산으로 건너와서 아직 그곳에 머물고 있는 조선 사신 황신을 만나 이렇게 말하였다.

"당신이 조선 왕을 설복하여 왕자를 일본에 보냄으로써 히데요시에게 사죄하게 하기 바랍니다.

그렇게 하면 나는 어떻게 하든지 히데요시가 대군을 조선에 파하지 않도록 4~5개월 동안은 붙잡아 놓겠습니다. 그렇지 않으면 조선은 또 큰 전란의 대 화를 면치 못할 것입니다."

가토 기요마사도 정유년 정월 열 사흘 날 서생포에 이르자 마자 조선 조정의 송운대사인 사명당과의 회견을 요청하였다. 그리하여 3월 초에 가토의 진중에서 회담이 진행되었다. 회담 당시 가토 기요마사가 사명당에게 한 말은 다음과 같다.

"지금의 형편에서는 포로 였던 두 왕자 가운데 한 사람을 히데요시에게 보내는 길 외에 다른 화평의 길이 없다. 그러니 국왕에게 잘 말해서 4월 스무 날까지 왕자 한 사람을 보내는 것이 어떤가 그렇게라도 하여 국토와 백성이 구원된다면 그보다 다행한 일이 어디 있겠는가"

이에 대하여 사명당은

'남의 나라에 침입하여 수다한 인명을 해친 일본에 왕자를 보내어 사죄하라니 이토록 무법 불칙한 일이 어디 있느냐"

고 하며 가토의 요구를 일축해 버리고 말았다.

그렇게 되니 가토는 다음 날 죽도성과 양산성을 점거하고 서생포의 본진을 둔 다음 15일부터는 두모포에 안착하여 공격 태세를 갖추었다.

고니시 유키나가도 2월 초에 부산성을 수축하고 웅천에 방비책을 세웠다.

2월 스무 하룻날에는 왜 땅에서 조선 재침 군의 편성이 확정되었다.

제1군은 가토 기요마사의 일만 군, 제2군은 고니시 유키나가의 칠천 군, 제3군은 구로다 나가마사 모리 요시나리 외에 다섯 왜장이 거느리는 일만 군, 제4군은 나베시마 나오시케와 가츠 시게의 일만 이천 군, 제5군은 시마즈 요시히로의 일만 군, 제6군은 노도 다카가라. 이케다 히데요시, 가토 요시아키의 3명이 거느리는 일만 사천 이백군, 제7군은 하치

스카와 이에 마사오의 두 명이 거느리는 일만 군, 제8군은 모리 히데모토의 삼만 군과 우기다 히데이에의 일만 군, 그리고 부산성의 고바야카와 히데 아키의 일만군, 안골포에 주둔한 다치바나 무네시게의 오천 군, 가덕성의 다카하시의 일천 군, 죽도성 고바야카와의 일천군, 서생포 아사노 유키나가의 삼천군으로서 왜군의 무력은 도합 13만이었다.

도요토미 히데요시는 이 13만 대군을 휘몰아 먼저 조선의 절반을 차지하고 차차 나머지 땅을 먹을 작정을 하고 있었다. 그래서 그는 적국을 남김없이 일거에 밀어 치우고 나머지 힘으로써 청국을 치라고 명령하였다. 여기서 적국이요 청국이요 하는 것은 조선의 지리와 내정을 염탐하여 다섯 가지 색으로 구분하여 만든 지도의 부분들을 가리키는 말이다.

이 무렵에 경상도로 내려온 도체찰사 이원익은 먼저 곽재우를 찾아가서 적의 공격에 대처하기 위한 방도를 의논하였다. 그때 재우는 수성청야전술을 적용해야 적을 쉽게 물리칠 수 있다고 하면서 각지의 험산 유지에 산성을 쌓고 그곳으로 부근의 백성들을 집결시키면 적들은 한 알의 쌀, 한 모금의 물도 얻기 힘들게 되므로 자연이 곤궁한 처지에 빠지게 될 것이라고 말하였다.

그리고 바다로 들어오는 왜군을 소멸하여 적의 예기를 꺾는 것이 가장 중요하기 때문에 권율 휘하에서 백의종군하고 있는 이순신을 원균과 교체시켜 삼도의 수군을 통솔케 하는 것이 급선무라고 역설하였다.

원균의 모함으로 1597 정유년 2월 26일에 옥에 갇혔던 이순신은 겨우 처형을 면하고 4월 초하룻날 풀려나왔다. 그는 백의종군하라는 임금의 명령을 받고는 아무 직책도 없이 도원수 권율의 막하에 있었고, 원균이 패전한 후에야 종전의 자리로 돌아올 수 있었다.

수군의 패보를 들은 도원수 권율은 그 즉시 이순신의 사처로 찾아와서 대책을 의논하고 그가 현지에 나가 계책을 세우겠다고 하자 그 말을 쫓았다. 순신은 곧 군관 몇 사람을 데리고 길을 떠났다. 그는 8월 초사흘 정성에서 통제사를 제수하는 임금의 교서를 받았다.

이순신이 통제사로 임명되었다는 소식은 바람같이 호남 땅에 전해졌다. 이 소문을 듣고 흩어졌던 군사들이 차차로 모여들었다. 군관 9명과 군사 6명을 거느리고 옥파에 이르니 길이 메이다시피 피난 가던 백성들은 이순신이 내려온 것을 보고 비로소 안도의 숨을 쉬며 기뻐했다.

그 중 어떤 젊은 사람들은 처자를 돌아보며

"우리 장군님께서 돌아오셨으니 이젠 살았다. 나는 한 발 먼저 이순신을 따라가겠으니 나를 천천히 찾아오라고"

말하는 것이었다.

18일 회룡포에 이른 순신은 남은 전선이 겨우 10척임을 알았으나 낙심하지 않고 전라우수사 김억추를 불러 배들을 수습하라는 지시를 내렸다. 그리고 여러 장수들에게 전선들을 거북선처럼 꾸며 기세를 돋을 것을 분부한 뒤 다음과 같은 말로 군사들을 격려했다.

"우리는 다 같은 왕명을 받은 군사로서 의리를 지켜 죽음을 무릅쓰고 싸워야 할 것이다. 일이 이에 이른 이상 한 번 죽어 나라에 충성 다하는 것이 무엇이 아까우랴. 우리는 오로지 죽기를 각오하고 싸우자"

스무 아흐레 날에는 진도 벽파진으로 가서 진을 쳤다. 이날 경상우수사 배설이 군사를 버리고 홀로 어디론가 자취를 감추었다. 9월 초이렛날 적선 13척이 쳐들어왔지만 순신이 군사들을 지휘하여 불같이 공격을 가하니 견뎌내지 못하고 물러갔다.

조정에서는 수군이 너무 미약하여 적을 방어하지 못하리라 인정하고 육지에 올라와서 싸울 것을 명령하였다. 이때 순신은 아래와 같은 장계를 올리었다.

"임진년으로부터 5·6년 이래 적들이 감히 충청 전라도도 덤비들지 못한 것은 수군이 그 길목을 막고 있기 때문이었습니다. 지금 신이 전선 12척을 가지고 있사오니 죽을 힘을 다하여 싸운다면 그래도 해볼 여지가 있습니다. 만약 수군을 아주 폐지할 진데 이는 적들이 바라는 바이라 바다에서 곧장 한강으로 올라갈 것이 염려 되옵니다. 전선이 비록 적다 손 치더라도 신이 죽지 않는다면 적이 우리를 업신여기지는 못할 것입니다."

9월 15일에 순신은 우수영 앞바다로 진을 옮겼다. 불과 10여 척의 전선으로 울돌목을 등지고 있는 것이 불리하기 때문이었다. 이날 그는 수하 장수들을 모아놓고 엄숙히 말했다.

"병법에 이르기를 필사즉생하고 필생즉사라 하였다. 곧 죽기를 무릅쓰고 싸우면 살고 애써 살기를 구하려 한즉 도리어 죽는다는 뜻이다. 이는 바로 오늘의 우리를 두고 한 말이니, 모든 장수들은 행여 적과 싸울 때 삶을 구하여 비겁하게 행동하지 말라. 털끝만치라도 영을 어기는 자 있으면 군율로써 다스리리라."

이튿날 이른 아침 드디어 왜적의 전선들이 바다를 까맣게 뒤덮으며 밀려들었다. 순신은 우선 피난민의 배들을 멀찍이 세워 후원군처럼 보이게 한 다음, 수하의 장수들과 함께 전선 열두 척을 거느리고 마주 나가서 응전하였다.

그가 노젖기를 재촉하며 앞장서서 지자, 천지, 현황 등 각종 총통을 어지럽게 쏘도록 하고, 군관들을 시켜 화살을 빗발처럼 날리니 적의 무리는 감히 대들지 못하여 조금씩 가까워졌다 떨어졌다 하면서 그의 배를 여러 겹으로 포위했다.

그것을 보고 일부 사람들은 얼굴빛이 질려 어쩔 바를 몰라 하였으나, 순신은 적선이 제아무리 많아도 바로 덤벼들지 못할 터인 즉, 동요 없이 총통과 활을 쏘는 데만 진력하라고 부드러운 말로 일렀다. 그 말에 힘을 얻은 군사들은 있는 힘을 다하여 분전하였다.

적들은 그가 타고 있는 배가 지휘선임을 알아보고 번갈아 공격을 가해와서 형세는 자못 위급하였다. 너무도 큰 차이에 기가 질린 몇몇 장수들은 감히 적과 정면으로 맞설 엄두를 못 내고 멀리서 머뭇거렸다.

지휘선에서 펄럭이는 군령기를 보고 중군장, 미조항 첨사 김응함과 거제 현령 안위의 배가 가까이 다가와서 적선들 사이로 뚫고 돌아가며 세차게 들이쳤다. 안위의 배는 적선들에 바싹 접근하여 총통을 쉴 새 없이 쏘았다. 그 순간 적장의 주위로 세 척의 적선이 다가왔다.

앞에 있는 적선을 산산조각 낸 순신은 재빨리 뱃머리를 돌려 안위의 배로 다가가면서 적선들에 불벼락을 퍼붓고 활을 빗발치듯 쏘아서 세 배의 적들을 거의 다 쓰러뜨렸다. 그럴 때 녹도 만호 송여종, 평산포 대장 정응두의 배가 들어오며 총통을 놓아 한 놈도 살아남지 못하게 하였다.

순신의 화살을 맞아 물에 박힌 왜장은 아직 죽지 않고 출렁이는 물결 속에서 허우적거리고 있었다. 순신은 군사를 시켜 붉은 비단 옷을 입은 그 놈을 길고리로 길이 올리게 하였다. 누군가 그 놈을 자세히 살펴보더니 분명 왜장 마다시라고 하며 좋아하였다.

순신이 그 왜장의 목을 적들이 보는 앞에 베어 바다 가운데 던져버리자 놈들의 기세는 갑자기 한풀 꺾였다. 이 틈을 타서 그는 여러 전선들을 지휘하여 폭풍같이 밀고 들어가며 일시에 지자, 현자, 황자 총통으로 불을 내뿜었다. 그 바람에 적선 삼십여 척이 깨지고 더러는 그 자리에서 침몰되었다.

12척의 전선에 120명의 외로운 군사로 적선 수백 척을 대항하여 싸워 이긴 이 명량해전은 실로 동서고금의 어느 역사를 뒤져봐도 그 전례를 찾아볼 수 없는 대 승리로서 특이할 만한 것이었다.

이날 피난민들은 높은 산마루에 올라가서 조선 수군이 왜적을 치는 것을 처음부터 끝까지 바라보았다. 그들이 적선의 수를 세어본 것은 300척이고, 그 나머지는 연기가 자욱하여 가려볼 수 조차 없었다. 적선들이 가득 차 넓은 바다가 비좁게 보이는 중에 조선 수군의 배는 불과

10여척 뿐이라 그 위태 하기가 닭 알을 큰 돌로 누르는 격이었다.

적들이 사나운 기세로 덮치니 고군분투하는 10여 척의 전선들이 구름에 묻히고 안개에 쌓인 듯 하였으나 얼마쯤 지나자 적선들이 급히 물러나면서 통제사의 배가 우뚝 솟아오르고 적들이 도리어 달아나는 것이었다. 그 후 남도 백성들은 삼도 수군 통제사 이순신을 더욱 신뢰하게 되었다.

원균이 패한 뒤에 순신이 통제사가 되어 애써 남은 전선들을 모으고 흩어졌던 군사를 수습하였다고는 하지만 형세는 심히 외로웠고, 군량이나 무기의 마련도 없었다. 특히 군사들이 입고 있는 옷이 변변치 못했다. 이를 알게 된 주변의 백성들은 앞을 다투어 옷 가지며 양식을 가지고 찾아왔다.

58

곽재우의 담대한 기지 ①

삼도 수군통제사 였던 이순신이 조정의 무능한 처사에 의하여 옥에 갇히고 원균이 그 자리에 들어앉으니 왜군은 그 절호의 기회를 놓치지 않았다. 이순신의 실직은 적들에게 있어서 참으로 다행한 일이 아닐 수 없었다.

왜적은 경상도와 전라도로 무난히 진출할 수 있었다. 적들은 6만 4300의 우군과 4만 9천600의 좌군, 7200의 수군으로 대오를 재편성하고, 모리 히데모토가 거느리는 우군은 가토 기요마사를 선봉으로 삼아 경상도로 우키다 히데이에가 통솔하는 좌군은 고니시 유키나가를 선봉으로 하여 전라도로 출전하였다.

화왕산은 그리 큰 산이 아니지만 층암 절벽들이 여기저기 솟아 있어 몹시 험준하고 경치가 아름답고 곳곳에 절들도 많다. 그래서 옛날부터 창녕 고을의 진산으로 일러왔다.

이 산의 한 갈래인 작은 산에 기묘한 절벽들 사이로 둥실 하게 떠오른 비교적 펑퍼짐한 산 등성에 둘레 6천 척의 견고한 돌성이 빙 둘러 있다. 이 성이 화왕산성이다.

산성 한 가운데 우뚝 솟은 장대에 오르면 안개가 삼면으로 탁 틔어 서

남쪽으로 굽이쳐 흐르는 낙동강과 멀리 푸른 벌을 양쪽에 낀 강 지류들이 안겨온다. 현풍성을 수축하던 곽재우는 왜적의 대군이 또 쳐 들어오게 되자 완공을 하지 못하고 화왕산성으로 들어갔다.

재우는 돌격장 권란을 불러 화왕산성에서 황석산성으로 가는 길가에 지리상 유리한 곳을 지적해 주면서 그곳에 의병들을 매복 했다가 지나가는 왜적을 불의에 습격할 것을 일러준 후 서둘러 의병 여럿을 거느리고 감영에 올라갔다. 그는 사흘 만에 감영에서 천자포와 비격진천뢰 등 새로 만든 무기를 구해 가지고 기쁜 마음으로 돌아섰다.

부지런히 걸음을 재촉하던 그는 창녕 고을에 거의 이르러 노상에서 말을 타고 급히 달려오는 중위장 김명중과 마주쳤다. 명중은 그에게 고을 창고인 창녕 현창에 화재가 나서 군량 260석 중 30석만 겨우 건지고 화살도 거의 소각당하였음을 고하였다.

그 말을 들은 재우는 정신이 아찔하였다. 그는 데리고 오던 의병들을 산성에 먼저 보내고 명중과 함께 현창으로 달려갔다. 현창에 당도해 보니 고래등 같던 기와집 창고는 간데없고 바람에 잿가루만 날렸다.

산성으로 돌아온 재우는 그 즉시로 수량장과 김명중, 김복산, 문충 등을 불러 감영에도 가보고 초계와 도내의 의병장들도 만나며 또 이러저러한 사람들을 찾아가서 식량과 화살을 구해 오도록 부탁하였다.

창녕 현창에 화재가 나서 식량이 거의 다 타버리니 대오 안에서는 약간의 동요가 일어났다. 적에게 포위되면 영락없이 굶어 죽을 수 밖에 없으니 아무래도 성을 버려야 할 것이라고 생각하는 사람들이 적지 않았다.

재우는 더 지체하지 않고 막료 전원을 모이게 한 다음 이 난국을 어떻게 뚫고 나갈 것인가를 토의하였다. 모임에서는 화재의 원인을 먼저 밝히자는 김성돈의 지의에 공감을 표시하는 사람이 많았으나, 재우는 그것을 엄격히 차단 시키고 시급히 대책을 세우는 방향으로 논의를 집중시켰다.

일부 막료들은 군량이 없는 상태에서는 성을 내놓는 수 밖에 방도가 없음을 주장하였고, 또 다른 사람들은 지금이라도 모두가 떨쳐나서 군량을 마련해 보자는 의견도 내놓았다.

그런가 하면 식량뿐 아니라 화살도 다 소각된 지금 짧은 시일 안에 군량과 화살을 마련하기는 거의 불가능하다고 하며 그저 한탄만 하는 사람도 있었다.

이때 잠자코 듣고 있던 신대승이 적에게 성을 내주고 물러선다는 것은 신자의 도리가 아니라고 무겁게 한마디 하였다. 그러자 성을 내놓자고 주장하던 막료들은 더 말을 못하고 슬그머니 한숨을 내쉬었다. 그 순간 곽재우가 입을 열었다.

"군사를 먹여야 싸울 수 있으니 지금 형편에서 군량을 마련하는 것이 급선무요. 우리는 그 어떤 경우에도 왜적들에게 성을 내줄 수 없소. 의로운 군사는 죽음을 두려워하지 않는 법이고, 사지에 임하면 충신과 역신이 스스로 구분되는 것이니 역신이 되기를 바라시 않을 진네, 세장은 이 성과 운명을 같이 해야 한다는 것을 명심하시오. 여러 장수들에게 몇 가지 사항을 이르니 나의 뜻에 어긋남이 없기를 바라는 바이오.

첫째로, 제장은 누구를 막론하고 식량을 구하러 나갈 것이오. 식량 해결 여하에 싸움의 승패와 우리 의병대의 운명이 좌우된다고 해도 과언이 아니오. 헌 즉 자타를 불문하고 모두가 나서서 한 대박의 쌀이라도 마련하도록 하시오. 의병대 안의 동요를 가라앉히고 군량을 마련하는 것 이것이 당금 우리 앞에 나서는 가장 큰 중임이오.

둘째로, 제장들은 수하 불문하고 장령에 복종해야 하오. 만약 내리는 영에 추후라도 불복하면 사유와 지위, 여하를 불문하고 참을 면치 못할 것이오.

셋째로, 군율을 엄히 세우면서 의리로서 군사들을 돌볼 것이오. 이

셋 중에 어느 하나도 소홀히 여겨서는 절대로 안 되겠소."

말을 마친 재우는 군영 판에 피로서 엄숙히 서약하고 화살을 꺾은 후 그 군영 판을 장수들에게 돌렸다. 그는 모임이 끝나자 식량을 구해올 수 있을 듯한 막료들과 장수들, 의병들에게 임무를 주어 각지로 떠나 보냈다.

그런 다음 재우는 곧 바로 현풍 고을에 가서 현감에게 성의 위급한 실정을 알리고 황황히 돌아섰다. 이렇게 한꺼번에 많은 일을 처리한 뒤에야 그는 창고를 지키던 파수 두 사람을 감옥에 가두게 하였다.

그날 저녁에도 재우는 여느 때와 마찬가지로 군막 주변을 돌아보았다. 군막들에서는 깊이 잠든 의병들의 코 고는 소리가 들려왔다. 그들은 낮 동안 이제 있을 싸움 준비를 하느라 여러 가지 일에 부대끼어 곯아 떨어진 모양이었다.

그런데 유독 한 사람만은 잠들지 못하고 밖에 나와 넋을 잃은 사람처럼 이리 지척, 저리 지척 거닐고 있었다. 재우는 대뜸 이 어려운 때 술을 마셨구나 하는 생각이 들어 분기가 왈칵 치밀었으나 그 하는 거동을 보려고 아무 기척도 내지 않았다.

잠시 후 그 사나이는 괴이한 신음소리를 내며 털썩 주저앉더니 두 손으로 얼굴을 싸쥐었다.

'그렇다면 무슨 말 못할 사연이라도 있는 것이 아닐까?'

재우는 그리로 슬금슬금 다가갔다. 인기척을 느끼고 머리를 든 그 사나이는 재우를 보자 기겁을 하여 땅에 엎드리더니 현창에 불을 놓은 놈이 저라고 하며 울었다. 그는 김성돈의 종 수용이었다. 재우는 수용을 진정시키고 창고에 불을 놓게 된 경위를 조용히 물었다.

이렇게 되어 수수께끼로 남아 있던 현창의 화재 원인이 밝혀지게 되었다. 이럭저럭 오 육년을 무사히 지내온 성돈은 재침한 왜적의 대군이 밀려오는 판에 성 안에 갇혀 있다가는 귀신도 모르게 죽을 것이 두려워 현창 양곡을 불사르는 궁리를 한 것이었다. 그러면 곽재우도 용 빼는 수가 없어 성을 부득이 내놓지 아니할 수 없고, 저도 죽음을 면하게 될 것은 스스로 자명한 이치였다.

그뿐이 아니었다. 성돈은 대바르고 두려움을 모르는 곽재우가 밉살스럽기 그지없었고, 어느 때든지 한 번은 그에게 무서운 봉변을 당할 것 같아 잠자리마저 편안치 못했다. 그러 하다면 먼저 손을 써서 그를 망하게 하는 것이 상책 중에 상책이라 여겨졌다. 일단 이 같이 작정을 하고 보니 마음이 후련해졌다.

이를 악물고 결단을 내린 성돈은 자기집 종인 수용을 불러 현창에 불을 놓아 아무도 모르게 감쪽같이 하며 무슨 일이 있어도 말을 해서는 안 된다고 못을 박기까지 하였다. 그리하여 성돈의 거사가 단행되어 양곡은 하늘로 날아가고 의병대는 무서운 위기에 직면하게 되었다.

허나 일은 그것으로 끝나지 않았다. 수용은 상전이 시기는 대로 헌창에 불을 질렀지만 그 후 벌어지는 일이 예상 외로 큰 데 놀라 크나 큰 죄의식을 안고 끝내는 의병장 앞에서 있는 사실을 죄다 털어놓는 데 이르렀다.

다음 날 아침 재우는 의병 전원을 훈련장 앞에 모이게 하고 대상에 높이 앉아 성돈과 수용의 죄를 다스렸다. 그래서 제 살 구멍을 찾던 끝에 군량을 불태운 성돈은 오히려 목이 달아나 먼저 저승길을 걷게 되었고, 그의 어리석은 종 수용도 상전을 따라가는 신세가 되고 말았다.

동요하는 대오를 수습하기 위해 중죄를 지은 성돈을 서울로 압송하지 않고 현지에서 처형한 재우는 며칠 지나 그 사유를 상세히 밝힌 장기를 조정으로 올려 보냈다.

그는 의병들의 급식량도 전보다 훨씬 줄였다. 식량이 얼마쯤은 해결되겠지만 왜적이 들이닥쳐 성을 포위하게 될 경우 장기전을 할 수도 있으므로 식량을 최대한 절약하지 않으면 안 되었다.

하루에 한 두 끼 죽을 쒀 먹기도 하였다.

재우는 실로 난감하였다. 이제 과연 어찌하면 좋단 말인가? 창녕 고을에서는 식량을 구할 길이 없고 단단히 신칙하여 내보낸 사람들도 양곡을 마련하여 들어 오자면 며칠은 더 있어야 한다.

그런데 굶주리는 군사들을 가지고 왜적의 대군이 들이닥치면 무슨 수로 막아내겠는가 그는 절벽 강산을 마주 선 듯하여 가슴을 쳤다.

성을 떠나 수많은 의병들의 생명을 구해 보자는 생각도 없지 않았다. 그렇지만 성을 내놓는다는 것은 흉악한 적들이 무사히 지나가도록 길을 열어주는 행위로 여겨졌다. 그렇다고 굶주린 기아 군을 거느리고 흉악한 대적과 맞서기도 난감한 일이었다.

재우는 적의 염탐이 성 주변을 돌아다니리라 짐작하고 우선 무술 경기를 하기로 작정했다. 왜적들로 하여금 이 편의 당당한 위세를 보여주는 것도 필요하였다.

며칠 후에 명중이 영산과 밀양 일대에서 열 섬의 양곡을 보내주었다. 그 중에는 충 에게서 창녕 현창에 화재가 난 소식을 듣고 묘례가 장만한 쌀 세 섬과 돼지 두 마리와 약간의 술이 들어 있었다.

여러 날을 제대로 먹지 못하고 굶주리게 되니 의병들 가운데서 자리에 누워 일어나지 못하는 사람도 더러 있었다. 재우는 명중이 가져온 쌀로 밥을 짓고 돼지를 잡아 음식을 만든 뒤 환자들부터 먹이게 하였으며, 술 모두와 일부 고기는 무술 경기에 참가하는 용사들에게 내주었다.

이틀이 지나자 재우의 종숙 곽준과 사촌형 곽재겸이 각각 쌀 닷 섬씩 마련해 가지고 당도하였다. 그래서 급한 고비는 넘기게 되었다. 그러나 그런 소량의 식량으로 그 많은 의병들을 먹이려면 어림도 없었다.

위기가 없어진 것은 아니었다. 의병들과 똑같이 적은 밥과 죽을 먹는 재우의 얼굴은 눈에 확연히 들어날 만큼 수척해졌다. 몸이 약해지니 감옥에서 받은 상처도 도지기 시작하였다. 그래도 의병들 앞에 나서면 여전히 굳세고 미더운 의병장이었다.

그는 마음속으로 약간의 동요가 있었으나 부하들 앞에서는 그것을 조금도 표현할 수 없었다. 그런 까닭에 정신이 가물가물하여 쓰러질 듯 한 적도 여러 번 있었지만 끝내 의지의 힘으로 지탱해 냈다.

그는 이 같은 상태에서 이 난국을 어떻게 뚫고 나갈 것인가를 줄곧 모색하였으며, 만일 식량을 제때 해결하지 못한 채 왜적의 공격을 받으면 무슨 수로 적을 방어할 것인가 하고 머리를 쓰고 병서에서도 답을 찾아봤다. 또한 옛 장수들이 적용한 수법도 상기해 보고 여러 가지 교묘한 수를 생각하는데 몰두하지 않을 수 없었다.

성 안에서는 지금 무술 경기가 한창이다. 높은 성벽 위와 그 아래 넓은 공지에서는 울긋불긋한 각색 깃발들이 펄럭이고 완전 무장을 갖춘 의병들이 질서 정연하게 도열 해 있다. 의병들이 끼니는 비록 변변히 때우지 못했어도 풍악 소리에 흥겨웠고, 구령과 함성 소리는 드높았다.

햇빛을 받아 눈부시게 번쩍이는 금색 술을 단 깃발들에 도열한 의병대의 의기는 자못 엄숙하였다. 반공에 자그마한 조롱박들이 수없이 매달려 간들거리고, 땅 위에노 과녁들이 주름이 꽂혀 있다. 궁수들이 차례로 나와서 목표물을 쏘아 맞힐 때마다 환성이 터지고 북소리가 둥둥 울린다.

단 위에는 의병장 곽재우와 그의 종숙 곽준, 사촌형 곽재겸을 비롯한 장수들이 앉아 있다.

곽준과 곽재겸은 어제 아침에 각기 쌀 닷 섬씩 싣고 서로 약속이나 한 듯이 이곳 화왕산성으로 달려 들어왔다.

문득 젊은 의병 한 사람이 급히 달려와서 의병장 앞에 보복하였다. 영산 쪽에 나가 있던 염탐이다.

"이미오 왜직의 회후가 오늘 아침 유기 성 부근에 침입 하였수이다.

"알겠다 물러가거라."

재우는 아무렇지도 않은 듯 예사롭게 말하고 빙그레 웃었다. 그리고는 의병들의 활 솜씨를 한동안 주의 깊게 바라보다가 일어나더니 천천히 단을 내려 활 터로 갔다.

그는 표식 해 놓은 자리에 이르자 마자 군중의 시선을 모으며 전통에서 화살 한 대를 뽑았다. 어느새 '탱' 궁연이 퉁겨지고 시위를 벗어난 화살이 하늘 중천에 떠 있는 조롱박을 보기 좋게 꿰뚫었다.

겨냥 없이 쏘는 듯한 화살이 그렇게 연이어 날았다. 열 번 쏘아서 목표를 다 맞추니 군중 속에서 일어나던 가벼운 탄성은 불씨의 폭풍 같은 환호로 변하였다.

북소리도 기세 좋게 둥둥 울렸다. 그 뒤로 곽재겸이 화살 열 대를 날려서 여섯 대를 마쳤다.

거의 백 오십 보 거리에 주먹만한 과녁을 명중한다는 것은 그리 수월한 일이 아니므로 사실 그 정도의 성적도 대단하다고 할 수 있었다.

재겸이 활터에서 물러나자 곽준이 또 나와 활을 잡았다. 그는 일곱 과녁을 명중하였다. 이 역시 쉽지 않은 재주였다.

감탄하는 군중의 설렘이 얼마간 잠잠해 졌을 즈음에 갑자기 요란한 군악이 울리고 활잡이 마군들이 먼지를 뽀얗게 일구며 쏟아져 나왔다. 소란한 말발굽 소리 사이로 화살이 과녁에 들어맞는 소리가 콩 치듯 들려왔다.

다음은 별군의 사냥꾼들이 나타났다. 그들은 말을 타고 내달리며 여러 곳에 세워 놓은 짚으로 사람 모양을 만든 허수아비를 향하여 일월 천리도를 던졌다. 날카로운 단도들이 수많은 허수아비의 면상과 가슴팍에 빈틈없이 꽂히자 군중들은 갈채를 보내며 좋아하였다.

말을 타고 달리며 작대기로 공을 치는 무예의 하나인 격구와 마군이 타는 말 위에서 부리는 여러 가지 재주인 마예가 벌어졌다. 그 기예들은 실제 싸움 과정에 더욱 익히고 단련시킨 것인지라 평시에 보던 재간과는 판판 달랐으며 사람들의 눈을 현혹시킬 만치 신기해 보였다.

창을 든 무사들이 양쪽에서 각각 말을 달려 마주 나와 겨루는 장면도 참으로 볼 만하였다. 눈이 날리는 듯한 창들이 어울려 춤을 추고, 창과 창이 야무지게 부딪히는 소리가 '쟁쟁' 하였다.

그들의 소맷자락은 새의 날개처럼 너울거렸다. 마상에서 적수와 치고 막고 찌르며 몸을 뒤틀어 피하는 등의 그 모든 동작은 얼마나 실전과 근사 하였던지 단순한 경기가 아니라 무서운 백병전을 방불케 하였다.

하지만 그런 각종 무예보다도 굉장한 파괴력을 가진 포의 위력이 사람들의 마음을 더 기쁘게 해주었다. 포수들은 의병장 곽재우의 영이 떨어지기 바쁘게 과녁 삼아 세운 세 채의 움막을 겨냥하여 포를 쏘았다.

하늘이 무너지는 듯한 포성이 울리고 이어 움막들이 풀썩풀썩 쓰러지더니 뇌성 벽력 같은 폭발 소리에 고막이 먹먹해 졌다. 군중은 기세 충천하여 함성을 지르고 재우는 입가에 빙그레 웃음을 띠웠다. 그의 이 같은 거동에서는 부하들을 아끼고 사랑하는 남다른 기쁨이 엿보였다.

59

곽재우의 담대한 기지 ②

무술 경기는 저녁 무렵에 끝났다. 곽준은 재우가 하룻밤만 더 쉬라고 붙들었으나 한 시각이 급하여 기어이 밤길을 떠났다. 재겸도 자기 고장으로 돌아갔다. 종숙 곽준 일행과 사촌형 재겸을 배웅하고 재우는 깊은 생각에 잠겨 성벽 위를 거닐었다.

식량이 아직도 들어오지 않으니 속이 바작바작 타고, 왜적 대군의 공격을 방어할 계책도 서지 않아 안타깝기 이를 데 없었다. 그는 성곽을 다돌고 첫 새벽을 알리는 닭 울음소리가 들릴 무렵에야 자기 처소로 돌아왔다.

왜적의 수만 대군이 쳐들어온다는 것을 알고 있는 일부 막료들은 초조한 빛을 감추지 못했고, 의병들 속에서도 그러한 기색이 없지는 않았다.

오히려 다음 날부터 성안에서는 흥겨운 풍악 소리가 울려 나왔다. 하지만 성 주변의 분위기는 자뭇 엄숙하였다. 낮에는 성벽 위에 울긋불긋한 깃발들이 펄럭이고 무수한 창검이 번뜩였으며, 밤에는 횃불로 인해 성이 온통 불야성을 이루었다.

곽재우는 낮과 밤에 한 번씩 성안을 순회하고 그 나머지 시간은 장대 위에서 보냈다. 그는 장대 가운데 앉아서 막료들과 한가이 이야기를 주고받지 않으면 거문고를 열심히 타고 신대승을 상대로 바둑을 두었다.

장수들과 의병들은 그 엉뚱한 거동을 보고 의아해하는 기색을 감추지 못했다. 이따금 많지 않은 왜적의 무리들이 성 주변에 얼핏 나타났다가는 사라지곤 하였다. 성안의 허실을 알아내려고 하는 적의 척후가 분명했다.

그럼에도 불구하고 재우는 조금도 변화가 없었다. 그는 오히려 음악의 세계에 더 깊이 빠져 들고, 바둑 두기에 몰두했으며, 무슨 기쁜 일이라도 있는 듯 늘 얼굴에 밝은 웃음을 지었다.

며칠 후 드디어 적의 대군이 눈앞에 나타났다. 그 병력이 어찌나 많았던지 길이 가득 차서 성을 에워 쌓았는데도 양산 쪽으로 뻗은 길에서도 꼬리가 보이지 않았다.

바로 그 시각에 수량장과 명중, 복산, 충 등은 적지 않은 식량을 수십 마리의 말에 싣고 밤낮을 줄곧 달려 창녕에 이르렀다.

그들은 석들이 여러 겹으로 성을 포위한 것을 보고 억이 막혀 그 자리에 주저앉아서 땅을 치며 통곡하였다. 몇 시간만 앞당겼더라도 식량 실은 부담마들이 무난히 산성 안으로 들어 갔으련만 지금은 어찌할 도리가 없어 가슴이 터질 듯 하였다.

그렇지만 산성의 장대에 앉아 있는 재우는 그것을 알 리가 없었다. 그는 막하 장수들을 불러 적들이 공격을 개시하기 전에는 절대로 흥분하지 말라는 영을 내리고 몇 가지 필요한 지시를 한 뒤 신대승, 윤탁 등과 더불어 바둑을 두었다.

일부 장수들은 조급한 마음에 의병들을 시켜 물과 기름을 채운 가마 밑에 불을 피우기도 하고, 큰 돌들을 날라다 놓기도 하였다. 얼마 후 이를 알게 된 재우는 순영병을 보내 그 일을 중지시키고 명령 없이는 한 치도 움직이지 못하게 하였다.

성 안의 한 시각, 한 시각은 터질 것처럼 긴장이 흘렀으나 장대에서는 바둑을 두며 웃는 소리가 들리고 흥겨운 풍악이 은은히 흘렀다. 그럴 때 동문 쪽 성곽에서 적들의 거동을 살피던 박사제가 참다 못하여 달려와서

"사또께서는 수만 대군의 공세에 어떻게 대처하시려고 바둑만 두십니까?"

하고 엄숙히 물었다.

"허, 박공은 근심도 많으시오"

재우는 여전히 바둑을 대며 입을 열었다.

"맹폭한 솔이 장차 새를 채려 함에 날개를 움직이지 않으면서 낮게 날고 사나운 범이 짐승을 덮치려 할 때는 귀를 붙이고 땅에 엎디나니 이제 왜적의 괴수도 성을 치기 전에 반드시 성안의 동정을 살필 것이외다. 또 이미 우리의 무술 경기 소식도 들었겠다. 포의 위력도 모르지 않을 것이라 적장이 병법을 안다면 감히 범접을 못 하리다. 헌즉 박공은 적의 동향을 잘 살피어 제때에 알려주기나 하오"

박사제는 그제야 마음이 놓이는지 웃으며 물러갔다. 적들은 어찌된 일인지 먼발치에서 바라보기만 하였다. 이따금 적장인 듯한 자들이 말을 타고 앞으로 나와 성을 손으로 가리키며 뭐라고 지꺼리는 것 같았으나 그런 다음에도 공격은 하지 않았다.

성벽 위의 요소마다 창을 든 군사들이 근엄하게 서 있고, 가끔 평시나 다름없이 오가는 군사들도 있으니 이상하게 생각되는 모양이었다.

이윽고 적들은 성 주변에 좀 더 가까이 접근했다. 성벽 위에서 큰 소리로 외치면 무슨 말인지 알아들을 만한 거리였다. 그런데 어인 영문인지 의병장은 바둑을 두며 호탕하게 웃고 있었다.

얼마 후 그 곁에서 거문고를 안고 있는 악공이 줄을 통기었다. 거문고의 맑은 소리가 울려 퍼지니 적들은 잠시 설레다가 조용해졌다. 애수를

띤 그 구슬픈 곡조는 바르르 떨리면서 허공에 떠돌았다. 의병들도, 이른 바 무사도를 뽐내는 왜적들도 무심히 들을 수 없는 그런 애절한 곡이었다.

거문고 소리는 점차 그 무엇을 하소연 하는 듯 서글픈 속삭임으로 번져가며 듣는 사람의 가슴을 후벼내더니 거칠고 둔탁한 소리가 울렸다. 한동안 목놓아 우는 통곡처럼 몸부림치던 거문고의 음색은 적절한 한 구비를 지나 혹은 느리게 혹은 빠르게 흐르며 허회 자탄으로 넘어갔다.

의병들은 저도 모르게 눈물을 흘리고, 왜병들은 고향 땅에 두고 온 부모, 처자를 생각하며 속으로 가슴을 쥐어 뜯었다. 거문고 소리는 크지 않았지만 이백 보 안팎에서는 가려 들을 수 있을 만큼 분명하였다. 어쩌면 간신히 들릴 수도 있었으나 여하튼 사람의 심금을 울리는 그런 곡조였다.

재우는 사람들의 슬픔을 자아내는 거문고 소리가 그친 뒤 미소를 짓고 바둑판을 밀어 놓으며 자리에서 일어났다. 그러자 웅장하고 위엄 있는 거인의 모습이 왜적들의 안개 낀 눈앞에 우렷이 솟아올랐다.

그가 장대 난간에 유유히 다가서니 돌연 젓대와 퉁소의 구성진 가락이 엷은 구름을 흔들며 높이 떠올랐다. 서로 교차되는 그 아름다운 음향은 잔잔한 바람에 실려 퍼져가면서 맑고 푸른 하늘가에 파문을 일으키고 조용히 귀 기울이는 사람들의 구곡간장을 구비구비 녹였다.

이어 거문고, 가야금, 비파와 북, 장구, 해금, 피리 및 태평소 한 쌍으로 된 삼현 육각의 풍악이 장엄하면서도 은은하게 흐르더니 취타, 군악소리가 새로이 일어나며 뇌성 벽력을 몰고왔다.

왜군 장졸들은 하나같이 팔을 늘어뜨리고 얼이 나간 귀신처럼 서 있었다. 낯설은 이국의 전장에 끌려 나온 지체 낮은 왜장들과 대다수의 왜병들은 말할 것도 없고, 괴수 가토 기요마사조차, 이렇듯 사람의 마음을 뒤흔드는 음악으로 인하여 절반 혼이 나가지 않을 수 없었다.

가토는 그 전부터 홍의장군 곽재우와 그 군사들의 소문을 많이 들어

왔고, 정찰을 내보냈던 자들도 입을 모아 화왕 산성 군사들의 기세가 장엄하고 군율 또한 신기할 정도로 엄숙 하다는 보고를 듣고 어떻게 할까 망설이던 차였다.

너무도 예상 밖의 정황에 부딪힌 가토는 고개를 기웃거렸다. 성 안에서는 한가로운 풍악이 울려 나오니 그것이 도대체 무엇을 의미하는가? 한 개 작은 성에 보잘 것 없는 군사를 가지고 어찌 저렇듯 태연할 수 있는가 하는 뜻이었다.

특히 붉은 갑옷을 입은 홍의 장군이 바둑을 두며 수하 장수들과 담소하는 것이 이상하였다. 엷은 꾀를 써서 위기를 모면해 보려는 행위일까 하는 생각도 해보았으나 그런 것 같지는 않았다. 아니 그것은 속임수라기보다는 너무도 자신만만한 표현이었다.

달리 보면 저희들의 수만 대군도 하찮게 보며 전혀 안중에 두지 않는 태도요 희롱이었다. 기껏 약을 올려 먼저 공격하게 한 다음 강한 일격을 가하기 위해 일부러 그러는 것 같기도 했다. 가토는 홍의 장군 곽재우가 흉중에 그 어떤 비상한 계책과 전법을 품고 있는 것 같아 두렵기까지 하였다.

이리저리 궁리하던 끝에 군사를 약간 뒤로 물렸다. 한편 재우는 적들이 움직이는 것을 보고 창대의 가운데 자리에 가서 다시 앉았다. 삼현 육각의 풍악과 떠들썩한 취타 소리는 더 흥취 있게 울리고, 성벽에 바싹 다가붙은 의병들 속에서 웃음꽃이 피어났다.

며칠째 멀건 죽물로 줄인 창자를 달래는 그들은 허기지고 기진하여 기운을 차릴 수 없었으나 그리 의기소침한 편은 아니었다.

의병장 곽재우는 웃음 띤 표정을 짓고 무슨 이야기도 하고 짤막하게 몇 마디 지시를 주기도 하였다. 종사 곽형이 높은 장대 한가운데서 전신을 드러내고 있는 부친의 신상을 염려하여 낮은 자리로 옮겨 앉을 것을 권하니

"왜적들도 병법을 알려든 어찌 가벼이 대들겠느냐, 하하하'"

하며 껄껄 웃을 뿐이었다.

망우당 집에는 '군사들은 선생을 보기를 벽력같이 엄하게 보고 귀신처럼 신기하게 생각하였다' 라는 구절이 있다. 이는 의병장 곽재우의 비범한 군사 지휘와 통솔력을 말하는 것이다.

그는 이때 부하들을 대할 때 성을 내거나 꾸짖는 일이 없었다. 그의 거동과 안색이 이렇듯 시종여일하니 화왕 산성 안에 굶주린 의병들은 적 대군의 포위 속에서도 두려움을 몰랐다. 그의 엄청난 배짱과 태연은 부하들의 불안을 가셔주고 그들이 자신만만한 투지를 가지게 하기 위하여 필요한 것이었다.

풍악 소리가 멎은 후 적들은 조총수들을 앞에 세우고 그 자리에 주저앉아 쉬었다. 불의의 습격이 두려운 장졸들은 편안히 쉬기도 어려워하는 눈치였다.

해가 저물자 신신한 바람이 불이었다. 성벽 위에 세운 깃발들이 바람을 안고 기세 좋게 펄럭였다. 장대 앞에는 장수 수자를 크게 써놓은 대형 기가 휘날리고, 그 좌우에 '토적보국' 천강 홍의 장군이라 새긴 대폭의 청홍 깃발이 바람에 나부꼈다. 성 좌편에는 청룡기가, 우편에는 백호기가 날리고 성벽을 빙 돌아가며 각색의 깃발들이 다투어 펄럭였다.

적진 곳곳에서 흰 연기가 가물거리며 피어 올랐다. 적들이 밥을 지어 먹고 공격을 하겠는지 혹은 쉬겠는지는 알 수 없었다. 어떻든 경계를 더 엄히 하지 않으면 안 됐다.

허기진 의병들 속에서는 정신을 잃고 쓰러지는 사람이 여러 명 나타났다. 재우는 그들을 급히 구완하게 하고 나서 성곽을 천천히 돌아보았다.

해가 서산 마루로 넘어간 지 얼마 안 되어 엷은 어둠의 장막이 서서히 내려 덮이고 동산 위에 달이 솟아올랐다. 이와 때를 같이 하여 성 안에서는 수없이 많은 횃불들이 타오르며 잔잔한 풍악 소리가 맑은 8월의 월색을 타고 은은히 퍼져갔다.

밤은 밤대로 양군을 여유 없이 긴장시켰다. 성 안의 의병들도 성 밖에 진을 벌린 왜군 장졸들도 편히 잘 수 없었다.

그래도 의병들은 적들을 빤히 내려다보며 감시하였으나 왜병들은 불안과 초조에 쌓여 어쩔 줄 몰라 하였다. 당연히 성 안에서 벌어지는 일을 알지 못하는 적들이 초조하여 공포에 질릴 것은 당연했다.

왜장 가토 기요마사는 온 밤 성을 치겠는가 말겠는가 궁리하였지만 종시 결단을 내리지 못했다.

그것은 성안의 허실과 계략을 알지 못하여 공격하기가 두려웠기 때문이었다. 날이 훤히 밝아오자 조선 군사들의 습격이 무서워 떨던 왜병들은 한결 활기를 띠었다.

공포의 귀신은 낮보다 밤에 더 무섭게 찾아들게 마련이다. 밤새 숨도 크게 못 쉬던 그들은 제법 사나이답게 웃으며 떠들어 대기도 하였다. 싸움에서 두려움을 모른다고 스스로 자부하는 가토 기요마사 역시 안도의 긴 숨을 내쉬었다.

가토는 막하 장수들을 불러 경계를 엄히 하도록 신칙하고 장막에 들어앉아 골똘한 생각에 잠겨 머리를 굴렸다. 어떻게 해야 할지 아직 방향이 잘 서지 않았던 것이다.

그런데 이번에는 성을 치는가 마는가를 궁리하지 않았다. 화왕 산성 공격은 벌써 포기한 상태였다. 그가 속을 태우는 것은 성을 치지 않고 그냥 앞으로 나아가는 이유를 그럴듯하게 꾸미기 어려운 까닭이었다. 가토 기요마사는 한낮이 기울 무렵에 가서야 마침내 구실을 찾아냈다.

구실인 즉 방비가 튼튼한 요새인 화왕 산성을 함락시킬 수 없고 무모한 희생만 많이 낼 수 있으니 그럴 바에는 차라리 내버려 둔 채 황석 산성과 남원성을 공략한 뒤 서울로 쳐들어가는 편이 가장 묘한 계책이라는 것이다.

싸움에서 패하여 위신이 땅바닥에 떨어지는 것보다는 차라리 불리한 접전을 피하는 게 상책이 아니겠는가. 가토는 특별한 점도 없는 이 꾀를 생각해 내는 데 하루 반이라는 시간을 허비하였다.

용기를 뽐내는 몇몇 장수들은 성을 치자고 팔을 걷고 나섰으나 눈을 부라리며 호령하여 꾹 눌러버리고 말았다. 그런 중에도 무엇인가 미타하고 꺼림직한 점이 없지 않는지라 조선 군사들이 길목을 지키다가 벼락같이 칠 수 있으니 각별히 조심하라고 말하는 것도 잊지 않았다.

가토 기요마사는 드디어 철수 명령을 내렸다. 왜군의 후속 대열까지 성을 에돌아 가는 것을 본 재우는 전승을 알리는 복을 크게 울리도록 하였다. 성안에서는 감격과 기쁨의 환성이 터졌다.

의병들은 서로 부둥켜안고 울고 웃으며 기뻐 어쩔 줄 몰라 하였다. 그럴 때 숲 속에 들어가 숨어 있던 수량장 이하 세 사람이 쌀을 실은 말들을 몰고 남문으로 들어왔다.

그리하여 곽재우 이병대는 위기에서 구원되었다. 가토 기요마사는 화왕 산성을 그냥 버리둔 재로 진격하면 후안이 있을 듯하고, 또 행군 도중에 갑자기 습격을 당하는 경우도 생길 것 같은 예감이 들었지만 군사를 휘몰아 무작정 앞으로 나아갔다.

위험한 적수인 홍의 장군 곽재우의 군사들과 정면으로 맞서는 것 보다는 그 편이 훨씬 나았다. 하긴 그가 미타해 하는 게 공연한 근심이 아니라는 것을 곧 알게 됐다.

우선 낙동강에 이르니 배가 한 척도 없었다. 그래서 주변에 나무를 닥치는 대로 베서 뗏목을 만들고 다음 날 아침 강을 건너기 시작하였는데 강 양쪽에서 화살이 빗발처럼 쏟아졌다. 그뿐이 아니었다. 적지 않은 사상자를 내고 겨우 강을 건너자마자 또 졸경을 치르게 되어 아주 쓴맛을 보았다.

어디서 날아오는지 모를 화살들과 모난 돌멩이에 의하여 수십 명의 군사를 잃게 된 참사가 빚어졌다. 그 중에는 가토의 종이 셋이나 있었다.

하마터면 가토 자신도 목숨을 잃을 뻔했다. 이에 화가 상투 끝까지 치받쳐 오른 가토는 조선 군사들을 모조리 잡아 죽이라고 호령하였다.

어찌나 노했는지 사납게 찢어진 그의 눈에서는 시퍼런 불이 금시 뻗쳐 나올 듯 하였다. 하지만 그의 추상 같은 호령도 아무 보람이 없었다. 조선 군사들은 어느새 자취를 감추어 버려서 종적이 묘연했다.

왜군 장졸들은 정신을 바짝 차리고 빠르면서도 조심스러운 걸음으로 전진하였다. 험한 길목에 들어서게 되면 우선 주변을 샅샅이 훑어 보고서야 행군을 계속했다. 그처럼 조심히 전진했어도 조선 군사들의 습격은 종시 그치지 않았다.

가토 기요마사는 네 차례나 불의의 습격을 받고 수백 명의 장졸을 잃었다. 불행은 몹시 심술궂은 것이어서 전혀 예상치 못 했던 방향으로 찾아오곤 하였다. 안전하게 여겨져 마음 놓고 가는 데서도 참변이 일어났다.

황석 산성을 눈앞에 두고 협곡을 지날 때에는 양 벼랑 꼭대기에서 쏟아져 내리는 돌 벼락을 맞고 또 화살에 맞아 적지 않은 사상자가 생겼다. 가토 기요마사와 그의 군사들을 공포에 떨게 하면서 골탕을 먹인 것은 권란이 거느리는 별군의 의병들이었다. 그리하여 왜군은 지치고 피로한 몸으로 황석 산성 부근에 겨우 이르게 되었다.

60

승군장, 효명스님 ①

　한강 지류인 여강 동쪽, 봉미산 아늑한 숲 속에 신륵사라는 절이 있다. 신륵사는 고려 말의 고승 나옹이 불도를 닦고 법을 설하다가 죽은 후 그 제자들이 그의 사리를 석종에 안장하고 법당을 세워 생겨나게 된 절이다.

　절의 이 같은 유래가 사람들의 마음을 끌어당기는지, 아니면 유벽하고 한적한 심산 속 절이 뜻 있는 이들을 스스로 오게 한 것인지 여하튼 이곳에는 수백 년 동안 명사들과 도승들의 발길이 그치지 않았으며, 세상이 다 아는 고려 말의 문인 목은 이색도 은거해 있었다고 한다.

　목향 냄새가 은은히 풍기는 절에 들어서면 목탁 두드리는 소리와 경 읽는 소리가 조용히 들려 마치 인간과는 인연이 먼 딴 세상에 온 듯이 느껴지기도 한다. 보통 때는 중들을 천하게 여기며 멸시하던 양반들도 야릇한 신비감에 휩싸여 어느 정도 위압되지 않을 수 없다.

　추석을 며칠 앞둔 달밤이다. 절의 주지와 중들이 불상 앞에서 엄숙하게 재를 올리고 있었다. 이 날 따라 특별히 주지가 직접 경문을 낭독했다. 촛불들이 어둠을 밝히며 흔들거리고 목향 연기가 가물가물 피어 오르는 엄숙한 분위기에 요령 소리와 목탁 소리가 잔잔히 울려 퍼진다.

부드러우면서도 우렁우렁한 주지의 목소리는 목탁 소리와 어울리며 비장하게 울렸다. 그들은 지금 사악무도한 왜적들을 저주하면서 나라를 위해 목숨을 아낌없이 바친 사람들의 천도제를 올리고 있는 것이다.

이 땅을 지키다 장렬하게 전사한 사람들은 천국에 태어나고, 무고한 백성들을 마구 살육하는 왜적들은 지옥에 떨어지게 해달라고 송상현, 정발, 신각, 유극량, 김천일, 고경명, 황진, 조헌 등 충의지사들의 위패를 정중히 앞에 놓고 부처님께 제를 올리는 법당 안의 분위기는 자못 숭엄했다.

이는 신륵사가 생긴 이래 처음 있는 일이었다. 일체 중생을 사바 고해에서 제도하는 불 보살의 대자대비를 체득하기 위하여 도를 닦는다는 이 불제자들도 왜적의 침략으로 불바다가 된 조국 강토를 그저 보고만 있을 수 없었다.

그들은 살생을 금하는 불가의 계행을 어기는 한이 있더라도 왜적을 칠 결의에 충만 되어 있었다. 그것은 중도 역시 이 나라의 백성이기 때문이었다.

건장한 중들이 모두 하나같이 경건한 자세로 합장하고 있는데, 그 중에서도 맨 앞자리에 있는 중은 몸이 유달리 웅장하고 용모가 준수했다. 목베 장삼에 가사를 걸쳤을 망정, 그 인품이 사내 중에 사내라고 할 만치 두드러져 보였다.

가만히 눈을 감고 고개를 숙인 그의 얼굴에는 온갖 욕심을 버리고 잡념을 벗어난 사람만이 가지는 지극히 평온한 기색이다. 퍽 젊어 보이는가 하면 나이가 지긋한 듯도 한 그는 신륵사의 젊은 사미들이 존경하는 효명 스님이었다.

여러 중들이 다 흩어지자 효명 스님도 자기 처소로 돌아왔다. 방에 들어온 그는 곧 초에 불을 단 후 가부좌를 틀었다. 그리고는 어지럽게 흐트러진 망념을 뒤로하고 고요히 나를 비추어 보는 지관 공부를 하는 듯이 또 눈을 감고 몸을 까딱 움직이지 않았다.

하지만 그가 생각하는 것은 불교에서 말하는 소위 무상 무아의 진리를 추구하는 세계가 아니었다. 그는 왜적을 치던 싸움의 나날들과 절에서 5년간을 지내는 동안에 있었던 일들을 조용히 돌이켜 보고 있었다.

이 효명 스님은 다른 사람이 아니라 2차 진주성 싸움 때 무수한 상처를 입고 쓰러졌다가 기적적으로 살아 시체 더미를 헤치고 나온 신여복이었다.

깊은 밤에 성을 빠져나온 여복은 동녘이 밝아올 무렵 어느 산속 절 근처에서 또 의식을 잃었으나 다행히도 중들의 눈에 띄어 구원 되었다. 그곳 중들은 진주성의 용사인 그를 지성으로 돌봐 주었다.

그로부터 20여 일 지나 상처가 아물고 건강이 어느 정도 회복되니 여복은 여러 중들의 권고를 받아들여 신륵사로 자리를 옮겼다.

하지만 쇠약해진 그의 몸은 좀처럼 나아지지 않았다. 그는 사지를 자유로이 움직일 수 없었고, 걸음도 제대로 걷지 못했다. 그러니 답답하여 견디기가 몹시 어려웠다.

울적한 심사를 날래느라고 절의 구석신 방에 들어앉아 불교 경선을 읽었다. 처음엔 심심풀이로 시작하였으나 점점 그 진리의 중심에 근접하게 되었다.

불교의 교리에도 마음에 드는 구석들이 많이 있었다. 그러나 일상 도덕에 관계되는 규범들은 참작하는 것이 더 필요한 것 같았다. 하지만 인간의 평등을 주장한 대목들은 그의 마음을 강하게 끌어당겼다.

그는 때때로 불교 경전을 읽는데 너무 열중하여 세상과 자기 자신을 잊어버리기도 하였다.

절의 주지와 법당에 향불을 피우는 일을 맡아 하는 노전승은 그것을 보고 매우 기뻐하면서 그에게 불교 서적들을 가져다 주곤 하였다.

그리하여 총명한 여복은 1년 남짓한 기간에 대장경을 비롯한 여러 가지 불교 책들을 다 읽고 여느 중들이 한 평생을 바쳐야 얻을 수 있는 불가의 깊은 지식을 얻게 되었다. 불법을 자신에게 부족한 것들로 받아들였기 때문에 그의 지식은 살아 있었다.

그는 불가에 의지하기 위해서가 아니라 앞으로 나아갈 길을 찾으려고 불교의 경전들을 열심히 탐독하였던 것이다.

여복과 자주 접촉하는 과정에 그의 진한 매력을 알게 된 주지와 노승들은 그를 진심으로 동정하면서 이젠 그 말썽 많은 사바세계에 대한 미련을 버리고 부처님과 불법에 귀의하여 수도할 것을 권하였다.

여복은 중이 되어 일생을 산속에서 살아갈 생각은 꿈에도 없었지만, 아직은 건강이 여의치 않아 그들의 권고를 일단 받아들이기로 하였다. 하긴 그에게 있어서 절과 불가는 그리 생소한 세계가 아니었다.

일찍이 소년 시절에 불도를 닦으려고 한 적이 있는 그는 만일 서울 부근 절에서 마음이 선량한 송상현을 만나지 않았던들, 오늘에 이르도록 중 생활을 중단 없이 계속하였을 것이었다.

그리고 보니 사람의 운명이란 참으로 기이하고 묘한 것이다. 여하간 이렇게 되어 그는 세속을 멀리 떠나 머리 깎고 중이 되었으며, 효명으로 법명을 얻었다.

극히 짧은 기간에 불가의 방대한 지식을 섭렵한 여복은 얼마 안 되어 절에서 무시할 수 없는 존재가 되고, 상당한 지위를 차지할 수 있었다. 이는 전란의 크나 큰 참변이 빚어낸 아주 희귀한 현상이 아닐 수 없었다.

그리고 여복이 개인으로 보면 거센 태풍 속에 던져진 기구한 운명의 큰 바람이 잦은 뒤 그 여파에 밀려서 우연히 가 닿은 기슭이기도 하였다. 여복은 이 산중 절간에 들어온 지 얼마 안 되어 신륵사와 그 부근 승려들 속에서 가장 존경받는 스님 중 한 사람이 되었다.

효명 스님 여복은 어느 누가 보아도 덕행이 갸륵한 선승이고, 분명 보살 행의 공덕을 열심히 닦는 사람이었다. 그러나 실은 다만 그렇게 보였을 뿐, 속세와 인연을 아주 끊은 것은 아니었다.

그는 전란의 참화가 계속되고 있는 나라의 어려운 형편을 한시도 잊지 않았고, 악귀 같은 섬 오랑캐들에 대한 증오로 항상 가슴을 끓이고 있었다.

다른 한편으로는 산옥을 사무치게 그리워하였으며, 자기를 천대하고 조롱한 양반 세상을 저주하였다. 여복은 크나 큰 증오와 원한과 그리움을 마음속 깊이 묻어두고 티끌 만큼도 나타내지 않을 뿐이었다. 그가 항시 상념에 잠긴 듯이 보이는 것은 바로 그 때문이었다.

여복은 건강이 빨리 회복되지 않는 것이 안타까웠다. 마음 같아서는 당장 격전장으로 달려나가고 싶었다. 그는 초조한 심정을 억제하기 위해서 남모르게 몸부림 쳤으며, 일부러 대장경을 열독하였고, 물을 길어서 목마른 사람에게 주는 급수 공덕을 쌓는 사람처럼 행동하기까지 하였다.

그는 차츰 젊은 사미들과 친숙해 졌고, 서로 허심하게 이야기를 나눌 수 있는 기회도 가지게 되었다. 출신이 비천한 사미들은 모진 굴욕과 학대를 받아오다가 산속으로 들어온 젊은이들로서 저마다 눈물겨운 사연을 안고 있었다.

여복은 그들에게 옛날 인간 세상에 출연했던 부처 서가여래가 모든 중생을 위해 법을 설했다는 불교의 기본 교리 중에서 필요한 규범들과 도덕의 원리들을 알기 쉽게 들려줬다. 또한 일체 중생은 불성을 가졌으므로 누구나 도를 닦아 부처가 될 수 있고 인간은 평등하다고 한 부처의 설법 내용을 뜻 깊게 들려주기도 하였다.

여복은 좀 더 허물없는 사이가 되자 왜적들이 도처에서 자행한 살육 만행과 그로 인하여 빚어진 참상을 있는 그대로 들려주며, 세상이 다 아는 서산대사, 사명당, 영규와 같은 대 선사들이 승병을 거느리고 그 악귀들을 지옥에 몰아넣은 무용담으로 그들의 마음을 크게 격동시켰다.

여복은 출가한 지 수 년 만에 건강이 좋아져서 여러 중들과 어울려 한때의 소일거리로 무예를 닦았다. 그에게서 궁술과 검술을 즐겨 배우는 젊은 사미들은 효명 스님이 무예에서도 뛰어난 실력을 가지고 있음을 곧 알게 되었다.

정유년 여름, 남해안의 좁은 지역에 몰려 있던 적들과 왜국 본토에서 보낸 수만 대군이 다시 대거 침략하였다는 소식이 산중으로 날아들었다. 여복은 이 소식을 들은 즉시 주지에게 왜적을 치러 나갈 뜻을 말했다.

그러자 주지는 절의 노장들과 의논하여 젊은 사미들로 승군을 조직하게 되었다. 이렇게 되어 나라 위해 목숨 바친 순국 열사들의 명복을 비는 의식이 엄숙하게 거행된 것이다.

부처님께 제를 올리고 사흘이 지난 음력 8월 그믐날 효명 스님이 거느린 승군은 하산하게 되었다. 신륵사 주지와 일생을 산 속에서 살아온 노승들은 산 밑에 내려와 출전하는 승군들을 배웅해 주었다. 떠나는 승군 대오에 경건히 합장한 노승들의 주름진 얼굴에는 못내 섭섭해하는 빛이 어려 있었다.

이 무렵 조정에서는 청주 천안 쪽에서 진격해 들어오는 적군은 도체찰사 이원익으로 하여금 군사를 죽산에 진출시켜 막게 하고, 도원수 권율이 거느린 관군의 일부와 충청병사 이시언의 군사들은 직산에서 북상하는 적을 방어하도록 조치를 취하였다.

이를 이미 알고 있는 여복은 40여 명의 승군을 인솔하고 이천, 죽산, 안성을 거쳐 곧장 직산으로 들어가서 도원수 권율을 만났다. 도원수는 그에게 다른 의병대들과 협력하여 적들을 소사평으로 유인할 임무를 주었다.

여복은 지체 없이 승군을 천안 방향으로 이끌어 갔다. 혹은 40명, 혹은 5~60명씩 되는 의병대들이 그 뒤를 따랐다. 유인대는 도합 250여 명이었다. 승군은 적과 맞서자 활을 쏴 단번에 20여 명을 쓰러뜨리고 날쌔게 물러섰다.

적들은 승냥이 마냥 사나운 기세로 승군을 추격하였으나 미리 대기하고 있던 의병들에게 또 공격을 받았다. 끝내, 관군과 승군의 맹렬한 공격이 가해졌다. 250여 명이 일제히 함성을 지르며 활을 쏘고 돌 벼락을 안긴 것이다. 적들이 잠깐 주춤거리는 틈을 타서 의병대들은 슬쩍 빠지고 승군만 남아 활을 계속 쏘면서 서서히 퇴각하였다.

유인대는 이 같은 방법으로 모리 데루모토와 구로다 나가마사의 대군을 뒤에 달고 소사평까지 왔다. 살기등등한 적들은 9월 5일 새벽에 조선 관군이 기다리는 매복지로 깊숙이 들어왔다.

　새벽 안개가 감도는 소사평 주변은 조용하였다. 적들은 지세가 험한 것을 보고 혹시 복병이 있을까 하여 긴장을 늦추지 않았으나 선두 대열이 그곳을 거의 벗어나도록 별다른 징후가 없으니 마음을 놓는 눈치였다.

　바로 그 순간 방포 소리가 한 번 크게 울리고 이어 화살이 빗발처럼 적들 속으로 날았다. 왜병들은 아우성을 치며 이리 닫고 저리 뛰고 하였어도 그 무서운 화살들을 피할 수가 없었다. 적들이 당황하여 뒷걸음을 치니 별안간 우뢰 같은 함성이 일어나며 숲 속에서 관군들이 달려 나왔다. 창검을 빗겨 들고 내닫는 그 용사들 속에는 목베 장삼을 입은 승군들의 모습도 보였다. 치열한 공방전은 이틀 동안 계속되었다.

　적들은 저희들의 수가 많은 것을 믿고 이리떼 같이 악착같이 덤벼들었지만 결국 많은 시체를 남기고 퇴각하지 않을 수 없었다. 승병장 효명 스님이 거느린 승군은 관군과 함께 패주하는 석을 추격하면서 연일 남진하였다.

　그 중에서도 여복의 능숙한 지휘로 단 한 명의 사상자도 내지 않은 승군은 더욱 기세 충천했다.

　승군들을 무척 아끼고 사랑하며 싸움이 있을 때마다 늘 선두에서 용맹 무쌍한 효명 스님의 이름은 관군들과 백성들 속에 알려지게 되었다.

　그리하여 승군 대오도 그 사이에 늘어났다. 깊은 산속 절에 있던 중들이 효명 스님의 소문을 듣고 찾아와서 승군에 편입되었다.

　하지만 승군은 적들을 불의에 기습하여 소탕하는 여러 차례 싸움에서 적지 않은 전과를 거두면서도 군량을 제때 이어 대지 못하여 적지 않은 곤란을 겪지 않으면 안 되었다.

　관권을 쥔 자들은 그들에게 군량을 보장해 줄 생각은 전혀 하지 않았다. 군량을 해결하지 않고서는 대오를 유지하기도 어려운 형편이었다.

그래서 여복은 하는 수 없이 적을 치고 군량을 빼앗을 작정을 하였다. 그는 눈치 빠른 사미들을 선발하여 적들이 웅거하고 있는 곳들로 정찰을 보냈다.

그러던 어느 날 저녁 무렵 무천이라는 사미가 반가운 소식을 가지고 달려왔다. 무천은 청도의 산골 안에 들어 박혀 있는 시마즈 군의 잔당 200여 명이 어디서 쌀을 실은 수레 열대여섯 채를 몰아 오더니 그대로 세워 놓고 우선 굶주린 배를 채우느라 여념이 없다고 하였다.

여복은 즉시 휘하 승군들을 거느리고 길을 떠났다. 밤 공기는 차가웠다. 하늘에서 희미하게 빛을 뿌리는 달과 별들도 가을 추위에 오돌오돌 떨고 있었다.

승병들은 인적 없는 길을 묵묵히 걸었다. 삼경쯤 되어 적들이 있는 근처에 이르자 산기슭에서 승냥이 울음소리가 들려왔다. 위험이 없으므로 주저 말고 오라는 신호였다.

여복은 지형을 찬찬히 살펴본 다음 대오를 네 개조로 나누고 두 조는 앞뒤 길목을 지키며, 기본 주력인 두 조는 적을 양쪽에서 들이치되 신호에 따라 일제히 행동할 것을 지시하였다.

승병들은 서두르지 않고 불빛이 보이는 집들 가까이 접근해서 주위를 살피니 우선 반 정도 허물어진 담장 안팎으로 무질서하게 쌓여 있는 쌀섬이며 여기저기 널려진 십여 채의 수레들이 눈에 띄었다.

마당 여러 군데 피워놓은 화로 불과 술 취한 왜병들의 건들거리는 몰골도 안겨왔다. 소도 한 마리 잡은 듯 커다란 갈비를 물어 뜯는 놈, 술을 쳐 마시고 만취하여 꺼떡꺼떡 조는 놈, 잔을 든 채 혀 꼬부라진 소리로 노래를 부르는 놈을 비롯하여 각양각색의 모습들이 취기 어린 불빛 속에서 흔들거렸다.

승병들을 더 바짝 접근시킨 여복은 화로 불 앞에서 비틀거리는 놈 하나를 겨냥하고 힘껏 당겨 활 시위를 놓았다. 이를 신호로 승병들은 일제히 활을 쏘며 함성을 질렀다.

왜병 열 서넛이 한꺼번에 화살을 맞고 쓰러졌다. 발길에 채이고 짓밟힌 화로 불들은 매캐한 연기를 피어 올리면서 산지사방으로 불티들을 날리고 왜병들은 당황망조하여 갈팡질팡 아우성을 쳤다.

방문을 걷어차고 뛰어나온 두목들이 칼을 휘두르며 사태를 수습해 보려 하였으나 그럴수록 혼란은 더욱 커지기만 하였다.

질탕스런 주연이 한창이던 마당은 순식간에 아비 귀환의 지옥으로 변하였다. 적들은 별로 대항도 못해보고 무리로 쓰러졌다. 간신히 목숨을 건진 왜병들은 많은 시체와 부상자들을 남기고 황급히 줄행랑을 놓았다.

이 대담한 습격은 잠깐 사이에 끝났다. 노획한 무기들과 쌀 섬들을 수레에 싣고 유유히 그곳을 떠났다. 이날 밤 적에게서 빼앗아낸 쌀은 자그마치 60섬이나 되었다.

61

승군장, 효명스님 ②

    승군은 영산에서 경상우병사 정기룡이 지휘하는 관군과 협력하여 왜적의 큰 무리를 격파하고 패주하는 적들을 뒤쫓아 밀양으로 향하고 있었다.

    때는 삼복이 시작되는 음력 6월 중순이라 찌는 듯 무더웠다. 땀을 뻘뻘 흘리며 하루 종일 험준한 산을 타고 어려운 길을 걸어야 했던 그들은 밀양성에서 시오리 정도 떨어진 어느 산간 마을에 이르러 숙영하게 되었다.

    승군은 원래 산길에 익숙한 중들의 대오인지라 큰 길보다 질러가는 산속의 오솔길을 더 좋아하였다. 그들은 이 마을에서 하룻밤 묵어간다고 해도 예정했던 날짜를 이틀이나 앞당겨 밀양성에 들어설 수 있었다.

    재빨리 숙영 준비를 마치고 저녁밥을 지어 먹은 그들은 휴식하라는 승군장의 지시가 떨어지기 바쁘게 시원한 물로 몸을 식히고는 편히 쉴 준비를 하였다. 벌써 적당한 자리를 잡고 큰 대자로 누워서 코를 고는 젊은 승군들도 있었다.

    그것을 보고 혼자서 빙긋이 웃은 여복은 길에 나섰다. 그는 어디나 숙영을 할 때면 꼭 그 주변을 돌아보곤 하였다. 그래야 적들과 불시에 조우

하더라도 당황해 하지 않고 싸울 수 있기 때문이었다.

낮이 긴 여름절이라 해는 아직 서산에 걸려 있었다. 가없이 맑은 하늘에 떠있는 구름들은 황금빛 햇살을 받아 오색 영롱한 빛을 발하고 있었다. 시냇가에서는 아이들 서넛이 뛰어다니며 놀고 있었다.

그는 갈증이 나서 주위를 살폈다. 마침 건너편 집 싸리 울타리 옆에 있는 자그마한 초가집이 얼핏 눈에 띄었다. 여복은 그리로 발길을 돌렸다.

맑은 샘이 끊임없이 펑펑 솟아오르는 우물 가에는 물을 담았을 젖은 바가지가 얌전하게 놓여 있었다. 그는 차디찬 물을 한 바가지 듬뿍 떠서 뱃속이 시원해 질 때까지 한참이나 꿀꺽 꿀꺽 마셨다. 그리고는 빈 바가지를 제자리에 놓고 천천히 일어나며 갑자기 무엇에 놀란 듯 눈을 크게 떴다.

조금 전엔 닫혀 있던 사립문이 반쯤 열리고 그곳에는 언제 어디서 나타났는지 모를 웬 젊은이 하나가 우두커니 서서 서산으로 넘어가는 해를 하염없이 바리보고 있었던 깃이다.

머리를 흰 수건으로 질끈 동이고 한 손에 괴나리 봇짐을 든 젊은이는 분명 먼 길을 걸어온 듯한데 묵어 갈 곳을 정하는 것 같았다.

여복은 그가 이상하게 마음이 끌려 가까이 다가갔다. 그 호리호리한 몸매와 거동이 어쩐지 낯익어 보였다. 젊은이는 발자국 소리를 들었는지 조용히 돌아섰다. 그 순간 여복은 숨이 콱 막히고 심장도 멎는가 싶었다. '아 산옥' 이렇게 속으로 힘껏 외치며 걸음을 멈춘 여복은 혹시 착각이 아닌가 하여 공손히 합장하였다.

"혹시 임진년에 동래성서 사시던 송산옥이라는 여인을 모르시오니까"

"예, 무슨 말씀이온지"

"소승은 혹시 송산옥이라는 분을 알고 계시지 않는가 말씀드렸소이다.”

“제가 바로 송산옥, 헌데”

젊은이는 몸을 부르르 떨면서 간신히 입술을 움직였다.

“산옥”

“내, 내가 신여복이오.”

여복이 한 걸음 성큼 내디디자 젊은이는 얼이 나간 사람처럼 그 자리에 굳어졌다.

“나를 이 나를 못 알아보겠소. 나는 신여복이요.”

여복은 다시 목이 꽉 메인 소리로 부르짖고 와락 달려들어 손을 잡았다. 남복 차림을 한 산옥도 그의 손을 마주 잡으며

“낭군님, 아 낭군님”

하고 부르더니 그 넓은 가슴에 얼굴을 묻고 오열을 터뜨렸다. 그토록 애타게 찾아 헤매던 끝에 드디어 낭군을 만났는데 산옥은 아무 말도 못하고 어깨를 떨며 그저 눈물만 흘릴 뿐이었다. 여복은 떨리는 손으로 산옥의 등을 쓰다듬었다. 그도 역시 벙어리가 된 듯 입을 열지 못하였다.

아, 생사를 오가는 싸움터와 적막한 깊은 산 중에서도 잊은 적 없는 여인, 오매불망 그리고 또 그리던 산옥이 아닌가.

어느덧 해는 산 뒤에 숨고 서쪽 하늘가에는 노을이 불타고 있었다. 점점 스러져가는 햇빛의 여광이 찬란히 뻗쳐서 푸른 하늘을 온통 연노랑색으로 물들였다. 날이 저무니 더위도 한결 가시고 선선한 바람이 불어왔다.

얼마 후 그들은 승군 숙영지가 굽어 보이는 나지막한 산등성이로 올라 너럭 바위에 나란히 앉았다. 여복은 그제야 산옥을 찬찬히 살펴보았다. 말할 수 없이 기뻤고 모든 것이 꿈 같았다. 세상에 이런 일도 있는가

싶었다.

　박쥐들이 날아다니기 시작하자 날이 차츰 어두워졌다. 불타던 저녁 노을 빛이 꺼져 버리자 아득히 높은 하늘가에서 하나 둘 별들이 튀어나와 깜박이고, 동산에 두둥실 떠오른 달이 은은한 빛을 뿌렸다. 주위에는 포근한 고요가 깃들었다. 이 고요 속에서 두 사람은 소담스럽게 이야기를 주고받았다. 그들은 마치도 이 하늘 아래 저희들만 살고 있는 듯하였다.

　5년이라는 짧지 않은 세월 속에 묻혀 있던 눈물겨운 일들이 완연히 자태를 드러내며 그들의 눈앞으로 물 흐르듯 흘러갔다. 그리하여 여복은 산옥의 본 이름이 희분이고, 양반이 아니라 저와 처지가 비슷한 서얼의 딸이며, 자기에게도 귀여운 아들이 있다는 것을 비로소 알게 되었다.

　그는 가슴이 후더웠다. 오래도록 속에 들어차 있던 얼음덩어리가 녹기 시작하고 그 대신 전에 없던 따뜻한 물결이 가득 차 넘치며 출렁거리는가 싶었다.

　그는 산옥의 손을 다정히 잡고 나직한 음성으로 그간의 있었던 일들을 이야기하였다. 자신이 겪은 몸소리 치는 사건들을 되도록 감추느라 하였지만, 그래도 중이 된 사연을 말하자니 진주성 싸움에서 천행으로 살아남게 된 것을 이야기하지 않을 수 없었다.

　산옥은 여복의 말을 들으며 슬프게 울기도 하고, 간간이 웃기도 하였다. 그리고는 한없이 정다운 어조로 위로해 주었으며, 아들 영우에 대한 말을 하면서 마음을 기쁘게 해주기 위해 애를 썼다.

　여인의 그 부드러운 말로 인하여 여복의 명치에 늘 매달려 있던 그 굳고 무거운 것이 사르르 녹아 내리면서 하많은 원한과 고뇌가 어느 정도 시원하게 가셔졌다.

　"히히 난 이 모든 게 그시 꿈만 같소. 내가 그대를 알게 된 것도 중이 되어 그대와 다시 만난 것도, 그대가 나의 아내이고, 나에게 사랑스러운 아들이 있다는 것도"

"정말 꿈이 아닐까. 정녕 꿈이거든. 깨지 말았으면"

이 말을 하고 나서 산옥과 여복은 마주보며 웃었다.

여복은 언제 환속하겠느냐고 산옥이 농말을 하였을 때 장삼 자락을 쳐들어 보이며 이 중의 옷은 오늘 이 자리에서 벗어버린 거나 마찬가지라 하며 웃었고, 과거 시험 말이 나왔을 적에는

"아서라 내 벼슬에서 뭣하리오"

하면서 머리를 설레설레 흔들기도 하였다.

그는 죽는 것을 꼬물만치도 두려워하지 않는 사람이었다. 허나 이제부터는 제 생명을 함부로 버릴 수가 없었다. 산옥도 그 시각에 남편 여복이 무사하기를 천지신명에게 빌고 있었다.

물론 그렇다고 하여 여복이 싸우러 나가지 않았으면 하고 바라는 것은 아니었다. 오히려 산옥은 여복이 큰 공을 세우고 돌아오기를 간절히 기원했다. 또한 저도 남편과 어린 아들을 위해 몸을 잘 보중해야 하겠다는 생각을 하였다.

산옥을 품에 꼭 안은 그는 한동안 말이 없었다. 두 사람은 언제까지라도 그렇게 앉아 있을 것 같았다. 하지만 얼마 후에 여복은

"어 날이 밝는구나"

하고 아쉬운 듯 말하며 사방을 둘러보았다. 산옥은 흘러내린 머리카락을 쓸어 올려 매만지고 머리 수건을 꼼꼼히 고쳐 맸다.

동녘 하늘이 검푸른 빛을 띠며 훤해 오고 희미하게 보이던 나무들이며 마을의 초가집들이 또렷한 형체를 드러내기 시작하였다. 하늘에는 몇 개의 별이 남아 가냘프게 떨고 있었다. 잠을 깬 참새들이 이슬 맺힌 나뭇가지에 앉아 재잘거리고 있었다.

여복과 산옥은 그 자리를 뜨기가 몹시 아쉬웠으나 일어나지 않을 수

없었다. 그들은 밀양성에서 다시 만날 것을 약속하고 헤어졌다. 그리하여 여복은 승군들의 숙영지로 내려가고 산옥은 곧장 밀양을 향하여 길을 떠났다.

여복은 해박한 지식과 뛰어난 무예의 절륜함을 가지고 있는 인재였으나 자신을 소박하고 정직한 보통 백성의 한 사람으로 생각했으며, 그래서 분수에 지나친 것은 넘겨다 보지도 않았다. 그는 입신양명하여 높은 벼슬을 하고 부귀 영화를 누리고 싶은 마음은 털끝만치도 없었다.

이제는 사랑하는 아내와 더불어 자식들을 훌륭하게 키우고 마음 내키는 대로 글을 지어 세상에 전할 수만 있다면 그것으로 족하였다.

하늘이 차츰 흐려지며 컴컴해 오더니 가랑비가 보슬보슬 내렸다. 구접스럽고 언짢은 날씨였다. 빗발은 비록 가늘었으나 대오를 지어 행군하고 있는 승군들은 어느 사이에 옷이 흠뻑 젖었다.

물이 줄줄 흐르는 가사 장삼은 거추장스럽고 질적한 땅에 젖은 진흙은 자꾸만 묻어서 걷기가 몹시 싱가셨다. 더구나 매섭게 부는 마람이 귀찮게 옷을 잡아당기고, 천둥 소리는 어서 가라 재촉하는 듯 멀리서 우릉우릉 뒤쫓아 왔다.

그래도 승군들은 머리를 숙이고 똑 같은 대열을 지어 쉼없이 걷고 또 걸었다. 진창의 무거운 발을 빼서 툭툭 털어가며 한 걸음, 두 걸음 힘겹게 옮겨 디디는 그들의 얼굴에는 아주 신중한 기색이 어려 있었다.

이 무렵 울산, 사천, 순천, 부산 등 남해안의 좁은 지역으로 몰린 왜적들은 한 자리에 붙박혀 있기가 갑갑한 듯 수시로 이웃 고을들에 나가서 노략질을 하였다. 승군은 지금 영산 고을 남쪽 마을들을 마구잡이로 약탈하고 있는 시마즈 요시히로군의 일부 잔당들을 치기 위해서 걸음을 재촉하는 중이었다.

비교적 큰 마을이 먼발치서 바라보이는 곳에 대오가 이르자 멀리 앞서가던 척후병이 숨 가쁘게 달려와서 백 수 십 명쯤 되는 왜적들이 금방 수십 호의 농가들을 노략질하고 마을을 벗어나고 있다고 고하였다.

승군장 여복은 서두르지 않고 침착하게 지형을 살펴본 다음 대오를 두 패로 갈라 숲이 무성한 길 양편에 매복시켰다. 승군들은 숲 속에 몸을 감추고 뛰는 가슴을 진정시키며 적을 기다렸다. 이윽고 구슬픈 소쩍새 소리가 세 번 들려왔다. 적이 가까이 다가온 것을 알리는 신호였다.

뭐라고 지껄이는 왜말 소리가 들리더니 나무가지들 사이로 후줄근한 왜병들의 모습이 보였다.

활을 잡은 여복은 앞에서 말을 타고 거들먹거리는 놈을 겨냥하였다. 짜릿한 복수의 쾌감으로 인하여 그의 몸은 살짝 떨렸다. 하지만 가만이 마음을 다잡은 그는 시위를 당기고 한동안 석장군처럼 까딱도 하지 않았다.

온 천지가 숨을 죽인 듯했다. 팽팽한 줄이 '핑' 퉁겨지자 선두에서 오던 놈이 뒤로 발랑 꺼꾸러져 말에서 떨어졌다. 그러자 고동 소리가 길게 울렸다. 우뢰 같은 함성이 터지며 승군들이 다투어 쏘는 화살들이 휙휙 빗발 속을 뚫고 날아갔다.

단말마의 비명 소리가 여기저기서 스산하게 들려왔다. 뜻하지 않은 불의의 타격에 당황망조한 왜병들은 미친개 마냥 이리 뛰고 저리 뛰며 아우성을 쳤다.

왜장 한 놈이 그 혼잡 속에서도 검을 빼 들고 꽥꽥 소리치며 대오를 수습해 보려고 하는 꼴이었으나 이미 혼이 다 빠져서 허둥거리며 도망가는 놈들을 도저히 멈춰 세울 수 없었다.

몸이 홍모와 같이 가벼워진 것을 느낀 여복은 칼을 치켜들고 튕기듯 벌떡 일어나 내달렸다. 그 뒤를 따라 승군들이 일제히 뛰어나갔다. 무시무시한 함성과 왜병들의 비명 소리가 한데 뒤섞이고 천지를 뒤흔드는 기합 소리, 창칼 부딪히는 소리, 호통치고 악을 쓰는 소리로 하여 싸움터는 소란스럽게 웅성거렸다.

승군들은 마치 고양이가 쥐를 잡듯이 도망치는 왜병들을 따라 잡아 쳐 죽였고, 얼결에 장창과 검을 내둘러 맞서는 놈들 에게도 죽음을 선사했다. 우두머리를 잃고 진이 무너져 오합지졸이 된 왜병들은 산을 주름

잡아 펄펄 날아다니다시피 하는 승군의 적수가 못 되었다.

점점 굵어지는 빗발 속에서 왜적 오랑캐들의 붉은 피가 빗물과 함께 고랑을 지어 흘러내렸다.

죽음을 겨우 면한 왜병들은 저마다 갑옷을 벗어버리고, 병쟁기들도 팽개치면서 꽁지가 빠지게 달아났다.

여복은 그것을 보고 즉시 징을 치고 깃발 신호를 보내어 매복시켰던 승병들을 불러냈다. 징 소리가 요란하게 울리니 건너편 숲 속에서 별안간 함성이 일어나며 아장 무천이 거느린 승군들이 뛰어나와 적들을 추격하였다.

형세가 얼마나 다급 했던지 숨이 턱에 닿아서 뛰는 왜병들 가운데는 저절로 엎어져 혼절하는 놈도 있었다. 이 싸움은 그리 오랜 시간을 요하지 않았다.

잠깐 사이에 크게 이긴 승군은 불과 두세 명이 작은 상처가 날 정도의 부상을 당히였을 뿐 아무런 손실도 입지 않았다. 그러나 왜군 잔당은 반수 이상이 죽고 겨우 목숨을 선셔 달아난 놈들의 경우에도 성한 자가 별반 없었다.

싸움이 끝나니 내리던 비도 그치고 하늘은 다시 흐린 장막을 거두었다. 승군은 적들에게서 빼앗아낸 양곡과 병쟁기들을 거두어 가지고 마을로 들어갔다. 적들이 몰고온 여섯 채의 수레에는 양곡 외에도 천이며 그릇가지들을 비롯하여 잡다한 물건들이 가득 실려 있었다.

여복은 이 물건들을 마을 사람들에게 고루 나누어 주고 쓸모가 있는 병쟁기들은 따로 잘 보관하도록 하였다. 승군은 마을에서 하룻밤 편히 쉬고 다음 날 밀양으로 돌아왔다. 그 후 여복은 밀양과 양산 주변을 싸다니는 왜적 잔당들을 찾아내어 죄다 몰아냈다.

그는 왜적 무리가 있는 곳을 알기만 하면 수시로 군사를 거느리고 달려가서 남김없이 소탕하여 버렸다. 복수를 갈망하여 서리 빛을 토하는 그의 칼은 도처에서 번뜩였고, 그때마다 수많은 왜군 장졸들의 시체가 산야에 뒹굴었다.

그의 용맹은 갑자기 배가 된 듯하였다. 여복은 승군들 앞에서 여전히 말이 적고 매사에 침착한 효명 스님으로 남아 있었으나 얼굴빛이 그전처럼 침침하고 어둡지는 않았다.

다시는 만나지 못할 줄로 알았던 산옥이가 참된 아내의 새 모습으로 눈앞에 나타난 다음부터 그는 딴 사람이 되었던 것이다. 여복은 겉만 보면 중이 틀림없었다. 하지만 그의 마음은 벌써 부처님 세계를 멀리 떠나 있었다.

지금 그는 아내와 아들을 가진 보통 사람이었다. 사랑하는 산옥이와 귀여운 영우는 항상 그의 가슴 한 구석에 살고 있었다. 가족은 승군들을 인솔하여 가는 행군 길에도 여복의 마음을 훈훈히 덮여 주었고, 숙영의 잠자리에도 마찬가지였다. 여복의 입가에는 전에 없던 밝은 미소가 귓가에 걸리곤 하였다. 그래도 일단 싸움이 벌어지면 그의 눈에는 돌연 핏발이 서고, 그 억센 손에 든 칼은 사람들을 깜짝 놀라게 할 만치 바람 가르는 소리를 내며 윙윙 울었다.

승군은 한 자리에 오래 머물러 있지 않았다. 그들은 때로 부산과 동래, 울산 사이를 왕래하며 적을 불의에 기습했고, 그렇지 않으면 순천 지경에까지 들어가서 왜적을 소탕 하기도 하였다.

당시 관군 장수들 중에는 승군장 효명처럼 대담한 작전을 수행하는 사람이 별로 없었다. 이를 알게 된 도원수 권율과 경상좌병사 성윤문, 경상우병사 김응서 등 장수들은 장계를 올릴 때 승군장 효명의 특출한 전공을 언급하지 않을 수 없었다.

그렇지만 조정에서는 단지 그를 위무하고 어루만져 더 잘 싸우도록 하라고만 지시할 뿐, 크게 표창할 생각은 애초에 하지도 않았다. 물론 여복은 자기의 전공이 조정에 어떻게 보고되는지 전혀 알지 못했고, 또 그런 부분은 조금도 관심이 없었다.

제 4 부

마침내 끝나는 전쟁

62

마침내 끝나는 칠년 전쟁 ①

　이 무렵 좌우 두 개 군을 편성하여 남원을 차지하고 직산을 거쳐 안성과 죽산 부근에까지 진출했던 왜군의 기세 등등한 진격은 어인 일인지 별안간 퇴각으로 변하였다.

　왜군은 직산 소사벌 싸움에서 호된 타격을 받은 후, 사방으로 압박해 들어오는 의병들에게도 뒤통수를 얻어맞아 진퇴양난의 궁지에 빠졌고, 이순신이 다시 수군통제사가 되니 제해권도 빼앗기고 말았다. 이렇게 정황이 급변하자 왜적 괴수들은 독 안에 든 쥐 신세를 면해 보려고 황황히 서둘렀다.

　충주를 타고 앉았던 가토 기요마사의 군은 급히 조령을 넘은 뒤 상주, 비안, 군위, 영천, 경주, 울산을 통과하여 10월 중순경에는 서생포에 안착하였으며, 모리 데르모토군은 죽산에서부터 진천, 청주, 보은, 황간을 지나 추풍령을 넘고 금산, 성주, 현풍, 창녕, 밀양으로 빠져 부산에 들어갔다. 구로다 나가마사군은 청주를 떠나 상주, 대구, 밀양을 거쳐 양산에 들어가 눌러 앉았다.

　이때 세 개의 방면군으로 재편성한 조선 관군은 도처에서 적들을 맹렬히 공격하여 적지 않은 전과를 거두었다. 두 번에 걸친 울산 도산성 공격, 두 차례의 고금도 해전, 전라도 무주와 산음에서 포위 공격, 덕산의 시마즈 군에 대한 기습, 사천 신성에서의 격전, 순천성 공격 등 큰 싸움들에서 적들에게 심대한 타격을 주었다.

이쯤 되니 왜장들은 동쪽의 울산성과 서쪽의 순천성을 내주어야 한다는 논의가 빈번하게 일어났다. 그러나 가토 기요마사와 가토 요시야키가 견결히 반대하고 도요토미 히데요시도 이를 허락하지 않아서 결국 가토 기요마사는 울산성을, 고니시 유키나가는 순천성을, 시마즈 요시히로는 사천성을 지키기로 합의했다.

조선 관군은 1598, 무술년 8~9월에 이르러 총공격 준비를 끝냈다. 이 무렵 후시미성에 있는 히데요시는 중병에 걸려 있었다. 그의 병은 매우 위독하여 희망이 없는 상태였다.

일족을 멸족시켜 남은 혈육이 기껏 해야 젖내나는 히데요리 뿐이라 후사도 걱정되고 조선에 들어간 군사들도 패배를 면치 못하다 보니 히데요시는 몹시 불안했다. 죽음의 여신도 생글생글 웃으며 그를 지옥문 앞으로 떠밀고 갔다. 그는 무섭고 끈덕진 죽음과 맞서 더 이상 버틸 수 없음을 통절히 느꼈다.

히데요시는 어느 날 도쿠가와 이에야스와 마이다 도시이에를 불러 내 죽음을 당분간 비밀에 붙이며 어린 히데요리를 잘 도와줄 것을 당부하고 나서 조선과는 기회를 보아 강화 담판을 성립시키되 조선 왕자를 인질로 끌어오든지, 해마다 공물을 바치게 하든지 여하간 일본의 체면에 손상이 가지 않는 방향에서 매듭을 짓고 군사를 철수시킬 것을 지시하였다.

그는 스스로의 터무니없는 어리석음을 깨닫지 못한 채 지옥에 떨어졌다. 히데요시가 죽자 왜군 진영 안에서는 수습할 수 없는 혼란이 일어나기 시작했다. 몰래 도망치거나 투항하는 장졸들이 갈수록 늘어나고, 괴수들 간의 알력도 우심해졌으며, 군량마저 떨어져 더는 지탱하기 어려운 지경에 이르렀다.

9월에 조선 관군은 드디어 총 공격을 개시하였다. 9월 21일 평안도,

강원도 경상 좌도의 군사들로 이루어진 동로군을 기본 주력으로, 왜군 선봉장 가토 기요마사의 군사를 비롯하여 수많은 왜군이 웅크리고 있는 울산의 도산성을 공격하는 한편, 김응수가 거느린 군사들을 적의 배후인 동래로 진출시켰다.

도산성을 치는 동로군의 주력은 먼저 성 밖에 설치된 외책을 점령하여 그곳의 적들을 소멸하고 군량과 마초를 모조리 불태워 버렸다. 이날 싸움에서 조선 관군은 수많은 적을 죽였다.

도산성이 비교적 난공불락인 점을 이용하여 적들은 좀처럼 성 밖으로 나오지 않으므로 부득이 공격을 중지하고 경주 쪽으로 철수하였다.

한편 동래의 적들을 소탕한 김응서의 부대는 동쪽에 진을 치고 부산의 적들에게 벼락 같은 타격을 가하였다.

중로군은 사천에 있는 적을 공격하였다. 이에 다급해진 적들은 사천의 신성을 본거지로 하여 그 북쪽의 구성과 주변에 방어진을 펴고 대항하였다. 그래서 조선군은 세 방향으로 공격하여 수많은 적을 섬멸하고 전방 진지를 점령하였다.

정기룡이 거느린 군사들은 9월 27일에 적들을 기습하여 수백 명을 죽이고, 29일에는 구성을 차지함으로써 적들을 좁은 신성으로 몰아 넣었다. 승군은 관군과 협력하여 왜군들에게 맹공격을 가하였다.

호용무쌍한 장수 정기룡은 승군장 신여복을 만나자마자 곧 그와 서로 마음이 통하였다. 정기룡은 효명이 범인이 아닌 출중한 인물임을 알아보고 그와 여러 가지 일을 의논하였고, 그의 의견을 매우 존중하였다. 용맹하면서도 늘 조용하고 매사에 침착한 승군장 효명은 어느모로 보나 소홀히 볼 인물이 아니었다.

곽재우는 300명의 정예로운 군사를 뽑아 출정군을 새로 편성하고 실전을 방불케 하는 훈련을 진행하고 있었다. 그는 이 훈련을 통하여 출정군의 의병들이 어떤 불리한 정황 속에서도 능히 적들을 제압할 수 있게 준비시켰다. 이같이 만반의 준비를 갖춘 곽재우는 시월 스무 아흐렛 날

출동 명령을 내렸다.

이른 아침부터 징소리, 나팔 소리, 요란하게 군영을 들었다 놓고 소라 부는 소리가 세 번은 길게, 한 번은 짧게 난 뒤 느린 북소리가 울리자 출정군은 각각 100명씩 선봉대, 중군, 후군으로 나뉘어 본영을 떠났다.

늠름한 마군들이 씩씩하게 앞을 서고 보군이 뒤따랐으며, 물자와 군량을 실은 부담마들도 대오와 함께 나아갔다. 천강 홍의 장군이라고 쓴 기를 선두로 하여 가지각색 깃발들이 바람에 펄럭이고 창검들이 늠름하게 번뜩였다. 본영에 남은 의병들과 인근 백성들이 길에 나와 보무도 당당히 행군하는 의병대를 오래도록 배웅했다.

사흘째 되는 날 저녁, 울산에서 십 리 떨어진 나지막한 야산에서 대오를 멈춰 숙영 명령을 내리고 울산의 도산성과 개운포 등지로 정찰을 내보냈다.

어디선가 징글맞은 승냥이 울음소리가 들려왔다. 높아졌다, 낮아졌다 하며 길게 끄는 흉악한 짐승의 울음소리에는 소름이 끼칠 만큼 사람의 마음을 불안게 하는 그 무엇이 깃들어 있었다. 새우는 그 소리에 무심히 귀를 기울이며 군막을 오가고 있었다.

승냥이의 울음이 멎으니 어둠 속에서 호리호리한 사나이가 불쑥 나타났다. 개운포에 보냈던 의병이다. 그 의병은 치를 떨며 고하기를 방금 개운포 맞은편 마을을 덮친 왜적들이 무고한 백성들을 잔인하게 난도질하고 어린 아이들 조차 산채로 불 속에 던지는 것을 보게 되어 적정을 다 알아내지 못한 채 급하게 달려왔다고 하였다.

그 말을 들은 재우는 아침에 출동하려던 계획을 변경하지 않을 수 없었다. 서둘러 의병들을 깨웠다. 왜적들의 손에 수많은 사람들이 무참히 죽을 것을 생각하니 일각도 지체할 수 없었다. 잠시 후 그는 의병대를 거느리고 살육이 벌어지고 있는 마을을 향하여 달렸다.

의병대가 도착하니 이미 왜적들은 갖은 만행을 다 저지르고 자취를 감춘 뒤였다. 아직도 수십 호 농가들이 황황히 불타고 있는 마을은 온통 쑥대밭이 되어 있었다. 놈들은 남녀노소 가리지 않고 닥치는 대로 살육하였다. 목을 매서 난도질을 하고, 그것도 부족하여 어떤 어머니는 어린애를 업은 채로 처참하게 살해 당했다.

형언 할 수 없는 고통 속에서 죽어가는 사람들의 울부짖음, 어린아이들의 애처로운 울음소리로 하여 늦가을의 차디찬 땅도 몸부림치고, 무심한 하늘도 떨었을 것이다. 재우와 의병들의 눈앞에 펼쳐진 것은 그야말로 차마 눈 뜨고 볼 수 없는 기막힌 참경이었다.

불길이 아직 있는 것으로 보아 왜적들이 그리 멀리 간 것 같지는 않았다. 재우는 날쌔고 눈이 밝은 젊은이들로 척후를 내보내고 의병들과 함께 불타는 마을을 돌아보았다. 눈에 밟히는 끔찍스러운 모든 것을 묵묵히 보며 걸어가던 그는 우지끈하고 요란한 소리를 내며 주저앉는 집 앞에서 걸음을 멈추었다.

그 집 앞에는 너무도 처참하게 난도질로 죽임을 당한 여인들과 아이들의 시체가 즐비하게 널려져 있었다. 형체를 알아볼 수 없게 만든 시체들 앞에 선 재우는 돌부처가 된 듯 몸을 까딱도 하지 않았다.

이윽고 그는 '음' 하고 걷잡을 길 없는 분노와 슬픔이 한데 뒤섞인 신음소리를 뱉었다. 그는 무고한 백성들이 이같이 참혹하게 살육 당한 것이 자기의 불찰인 듯이 생각되었다.

정찰 보고를 듣고 일각도 지체함이 없이 달려온 그였건만, 좀 더 서둘렀다 해도 이 정도에 이르지는 않았으리라는 생각, 그리고 한 발 늦었구나 하는 내심의 목소리가 뼈 아프게 뇌리를 치는 것은 어쩔 수 없었다.

긴 속눈썹이 덮인 그의 눈에서는 불현듯 두 줄기 눈물이 소리없이 흐르고 어깨는 소스라치게 떨렸다. 그는 자기가 울고 있다는 것도 의식하지 못했다. 마을을 돌아보고 온 신대승이 재우 곁으로 다가왔다.

"이제 어찌하면 좋으리까 어서 말씀을 하시외다."

대승이 안타깝게 말했다. 그래도 재우는 듣지 못했다. 크게 소리치다시피 거듭 말 해서야 그는 비로소 고개를 들었으나 무슨 영문인지 모르고 눈물에 젖은 눈으로 그저 멍하니 대승의 얼굴을 쳐다보기만 하였다.

"분부를 내리셔야 하지 않겠소이까."

"뭐라고 분부를"

"군사들에게 분부를 내리십시오."

"분부를 아니 저, 아 그렇지."

망연자실했던 재우는 갑자기 깜짝 놀라며 몹시 당황해 하였다.

"시신들을 빨리 거두어 안장해야 하겠소."

그는 마침내 얼이 나간 상태에서 깨어나며 정확한 지시를 내렸다.

이때 건장한 의병 두 사람이 열대여섯 살 된 처녀를 앞세우고 재우 앞에 불쑥 나타났다. 이들 두 의병은 왜적의 진중에서 빠져나온 처녀를 우연히 만나게 되어 의논 끝에 저희들만 중도에서 급히 돌아서 오고, 다른 사람들은 개운포로 갔다고 보고하였다. 재우는 처녀에게 왜적들의 형편과 갇혀 있는 사람들의 상황을 물었다.

이에 처녀는 서두르지 않고 조리 있게 이야기하기를 저는 왜적들이 금방 약탈해 온 재물을 군막 주변에 쌓느라 혼잡이 일어난 틈을 이용하여 몰래 도망하였는데, 그 병력은 대략 200명 정도이며, 방비책 같은 것은 안중에도 없는 듯 문을 지키는 자가 겨우 두 세 놈이고, 파수도 잘 세우지 않는 것 같다고 하였다.

또, 그 놈들이 해변가의 처용암이라는 큰 바위 굴 속에 수십 명의 처녀들과 여인들을 잡아 가두고 갖은 곤욕을 다 보이고 있으며, 그 주변에도 무고한 백성들을 가두어 둔 집들이 있다고 말했다. 처녀의 말을 다 들은 재우는 전신을 부르르 떨었다. 그는 즉시 의병대를 거느리고 개운포로 향하였다.

처녀를 앞세운 재우는 어둠을 뚫고 묵묵히 나아갔다. 도중에 척후로 나갔던 의병들을 만났다. 그들의 말도 처녀가 이야기한 것과 똑같았다. 의병대가 개운포 목책 밖에 이르니 날이 푸름푸름 밝아오고 있었다. 그리 높지 않은 목책이 어렴풋이 안겨왔고, 기슭을 치는 파도 소리만 들릴 뿐 사위는 쥐 죽은 듯 고요하였다.

명중이 사냥꾼들을 데리고 한 발 먼저 가서 목책을 지키던 파수들을 조용히 처치하고 육중한 문을 열었다. 이어 소리 없이 목책 안에 들어선 의병들은 바짝 긴장하며 왜군 군막으로 접근하였다. 헌데 일이 참 공교롭게 되었다. 소변을 보려고 밖에 나왔던 왜병 한 놈이 그들을 보게 된 것이다. 겁에 질려 소리를 지르며 군막 안으로 뛰어들어가자 잠에 곯아 떨어졌던 놈들이 깨어났다.

의병들은 재빨리 군막들에 접근하여 불화살을 쏘았다. 불길이 사방에서 일어나고 조용하던 부근은 삽시에 수라장으로 변하였다. 군막에서 뛰쳐나온 왜병들은 놀란 토끼처럼 정신없이 이리 뛰고 저리 뛰었으며, 당황망조하여 어쩔 줄 몰라 하다가는 화살에 맞아 쓰러지곤 하였다. 이것은 싸움이라기 보다는 차라리 사냥터의 짐승몰이라고나 해야 할 것이었다.

정신을 차린 놈들이 더러 총을 쏘기는 하였으나 목표 없는 그 탄환들은 헛되이 허공을 날았다.

"한 놈도 남김없이 모조리 베어라"

재우는 칼을 높이 들고 쉰 목소리로 영을 내렸다. 그가 타고 있는 말도 흥분하여 앞발을 높이 쳐들고 '웅' 하고 소리를 질렀다.

둥둥 북소리가 울리고 의병들은 함성을 지르며 내달렸다. 재우를 선두로 한 마군이 앞에서 짓쳐 들어가며 갈팡질팡하는 놈들을 말발굽으로 짓밟고 칼로 내려 찍었다. 뒤에 남은 놈들은 보군들이 나아가면서 마저 끝장을 냈다.

왜군 장졸들 중 어떤 놈들은 다급히 말을 잡아타고 문 쪽으로 내뺐다. 재우는 두 눈에 불을 켜고 그 놈들을 뒤쫓았다.

왜적들은 목책을 빠져나가려고 하였으나 뜻을 이룰 수 없었다. 문마다 의병들이 지키고 있었던 것이다. 독 안에 든 쥐 신세가 된 적들은 달아나는 것이 더 불리하다고 생각되었던지 되돌아섰다.

그리하여 적과 아를 분간하기 어려운 혼전이 벌어졌다. 칼날의 소낙비에 왜병들의 소름 끼치는 단말마의 비명 소리는 점점 더 높아갔다. 재우는 불타는 복수의 열정으로 맹렬하게 칼을 휘둘렀다. 그의 칼에 네댓 놈의 목이 날아갔다.

갑자기 건너편 군막 부근에서 왜병들이 목소리를 합쳐 뭐라고 울부짖는 소리가 들려왔다. 이때 하용수가 말을 타고 재우 곁으로 달려왔다.

"저놈들이 투항하겠다고 합니다."

"투항, 투항이 다 뭐냐"

쌍심지를 켠 재우의 눈은 삼엄하게 번뜩였다.

"짐승 같은 놈들이 저 악귀들이 살려달라고 안 될 말이다. 한 놈도 살려두지 말라"

"알겠소이다."

하용수는 짤막하게 대답하고 그 왜적들이 있는 곳으로 말을 몰았다. 마군 십 여 명이 용수와 같이 달려갔다. 잠시 후 왜병들의 울부짖음이 뚝 멎고 비명 소리들이 울려 나왔으나 그것도 오래 가지는 않았다.

"악귀들을 죽여라 죽여라."

재우는 이를 악물고 같은 말만 되뇌이며 도망가는 놈들을 추격하였다. 그의 입에서는 오직 왜적을 죽이라는 말만 튀어나올 뿐이었다. 그전 같으면 투항하는 놈들은 해치지 말라고 분부했겠지만 지금은 사뭇 달랐다.

흉악무도한 왜적 악귀들을 씨도 남기지 않고 지옥에 몰아넣고 싶은 불붙는 욕망과 걷잡을 길 없는 복수심이 그를 전혀 딴 모습으로 만들어 버린 것이다. 크나 큰 증오의 불덩이를 품은 의병들의 검도 추호의 용서가 없었다.

처용암의 굴 속에 있던 여인들이 풀려 나오고, 그 맞은편 집들에 갇혀 있던 사람들도 밖으로 쏟아져 나왔다. 그들은 의병들과 함께 고함을 지르며 몇 놈 안 남은 왜병들을 쫓아가서 모조리 붙들어 뭇매를 안겨 죽였다. 결국 이 싸움에서 살아남은 왜적은 단 한 놈도 없었다.

왜적의 마수에서 벗어난 사람들은 의병들을 얼싸안고 뜨거운 눈물을 흘렸다. 재우는 노획한 물자들 중에서 양곡의 일부와 소소한 물건들을 그들에게 나누어 주고 전리품들을 수습하여 말 등에 싣도록 하였다.

어느새 쟁반 같은 붉은 해가 동산으로 두둥실 떠올랐다. 의병대는 개운포를 떠나 숲 속으로 들어가서 서둘러 아침밥을 지어 먹고 휴식도 없이 건너편 마을로 향하였다.

한동안이 지난 뒤에 의병대는 잿더미가 된 마을로 들어섰다. 밝은 데서 보게 된 광경은 밤에 본 것보다 훨씬 더 끔찍스럽고 처참하였다. 의병들은 비분의 눈물을 머금고 시신들을 거두어 정성 스러이 묻어주었다.

저녁 무렵이 되어서야 일을 끝내고 야산에 올랐다. 그들은 화톳불들을 피워놓고 덤덤히 밥을 먹은 다음 자리에 눕자마자 곧 잠이 들었다. 하룻밤을 꼬박 새우며 두 차례의 싸움을 치른 데다가 온종일 어려운 일에 부대낀 피곤이 한꺼번에 몰려든 모양이었다.

재우도 잠든 의병들을 돌아보고 나서 자리에 누웠다. 의병들은 마치 이렇게 다리를 쭉 뻗고 편히 자보는 것이 난생 처음인 듯이 요란스레 코를 골았다. 이튿날 아침 재우는 이백 여 명의 의병들과 도산성을 향해 출발했다.

63

마침내 끝나는 칠년 전쟁 ②

늦가을의 해는 어느새 서산 마루에 걸리고, 황혼의 정막이 깃든 마을은 고요하다. 평소 같으면 집집의 굴뚝에 저녁 연기가 모락모락 피어 오르는 촌가의 정서가 그윽하게 안겨 오련만, 연기는 고사하고 잿가루만 뽀얗게 흩날리는 광경이 눈을 가시처럼 아프게 찌른다.

창공 높이 뜬 솔개들은 향방을 잃은 양 울산 갯벌을 어지러이 맴돌고, 태화강의 물에 몸을 적신 물새들은 구슬프게 우짖으며 반 벌거숭이가 된 숲으로 날아든다.

도산성은 울산 동남쪽 7리 지점의 독립 봉인 돌산 위에 자리 잡고 있는 산성으로서 동해만의 입구와 태화강 하류가 합쳐지고, 의령천이 서쪽으로 흘러 동, 남, 서해 세면이 자연 해자를 이루고 있으므로 밖에서 공격하기는 불리해도 방어에는 아주 유리하였다.

도산성 정찰을 나갔던 의병이 돌아와 적정을 보고하였다. 재우는 그 의병의 말을 듣고 왜장들이 헤이 해진 부대의 군율을 세우려고 아침마다 군사들을 내몰아 훈련을 시키면서 매일 100여 명 정도의 군사들을 식량 약탈 조로 내보내는데 그 놈들이 남문으로 출입한다는 것을 알 수 있었다.

의병대는 도산성 남문으로 통하는 길목을 지키고 있다가 식량 약탈 떠나는 왜적 무리를 번개같이 덮쳤다. 불의의 봉변을 당한 적들은 여기서 태반이 지옥으로 떨어졌다. 요행 살아남은 놈들은 병쟁기도 다 팽개치고 정신없이 달아났다.

재우는 별군의 사냥꾼들로 하여금 도망하는 적들을 추격하게 하는 한편, 의병들을 으슥한 숲 속에 매복시켰다.

사냥꾼들은 일월 천리도를 날리며 성벽 가까이 접근하였다. 남문 장대에서 이를 내려다본 왜장은 천둥같이 노했다. 제 수하의 군사들이 소수의 조선 군사들에게 황황히 쫓기는 것을 보니 참을 수가 없어 수백 명의 군사를 성 밖으로 보내 보잘 것 없는 조선 군사들을 단번에 무찔러 버릴 심사인 것 같았다.

사냥꾼들은 싸우는 척하면서 기세를 올리는 적들을 꼬리에 달고 숲 속으로 깊숙이 들어갔다. 적들이 매복지 안에 완전히 들어서자 재우는 공격을 명령하였다.

고동 소리가 길게 울리고 이어 천지를 뒤흔드는 함성이 일어났다. 왜적들은 억수로 퍼붓는 화살의 소나비를 맞고 아우성을 치며 무리로 쓰러졌다. 사방에서 날아오는 화살에 넋이 나간 놈들은 대항도 변변히 못하였다.

적장이 칼을 휘두르며 호령하였으나 제정신을 잃은 놈들이라 들은 척도 하지 않았다. 적들은 총을 아무렇게나 되는 대로 쏘고는 오던 길로 되돌아섰다. 어떤 놈은 잔등에 두세 개의 화살이 꽂힌 채로 냅다 뛰었다. 재우는 궁한 적들을 뒤쫓지 않고 그대로 내버려 두었다.

잠시 지나 대오를 두 패로 가른 그는 서로 신호에 따라 행동할 약속을 정하고, 한 패는 신대승에게 지휘를 맡겨 서문으로 떠나 보냈다. 다른 한 편은 재우가 동문 쪽으로 데리고 갔다. 이렇게 하여 동문과 서문 근처 숲 속에 각각 자리를 잡은 그들은 어두워 지기를 기다렸다. 밤이 이슥하여 왜병들이 잠에 곯아 떨어졌을 무렵 의병들은 행동을 개시하였다.

재우가 먼저 의병들을 동문의 성벽 가까이 데리고 나와서 성 안으로 화전을 쏘아 넘겼다. 수많은 화살들이 꼬리에 불을 달고 유성처럼 성벽을 연속 날아 넘어 들어갔다. 그들은 매 사람당 열두 세개의 불화살을 날려 보내고 슬그머니 다른 곳으로 이동하였다. 왜적들은 깜짝 놀라 성벽 위에 올라서서 조총을 마구 쐈다.

밤 하늘에 화광이 번쩍이고 천둥 못지않은 총소리로 인하여 하늘 땅이 통째로 뒤흔들리는 것 같았다. 그렇지만 탄환은 아무도 없는 숲 속으로 날아가서 나무 밑둥이나 땅에 박힐 뿐이었다.

총소리가 좀 뜸해지니 이번엔 서문 쪽에서 불화살이 성벽 안에 날아들었다. 의병들은 장소를 바꿔가며 한동안 화전을 쏘고 나서 하늘 높이 솟아오른 세개의 불화살 신호에 따라 소리 없이 철수하였다.

의병들이 통쾌하게 휘둘러 놓은 도산성은 벌 둥지를 쑤셔 놓은 것처럼 소란스러웠다. 왜적들은 온밤 부질 없는 소란을 피우며 돌아 치느라 눈도 붙이지 못히였다.

원한의 눈불로 인하여 배가 뇐 증오, 절동한 슬픔 속에서 화산처럼 숫구치는 격노의 불길은 때로 뜻밖의 기적을 낳는다.

곽재우 의병대는 개운포 부근 마을에서 왜적이 저지른 치 떨리는 만행을 목격한 후 세 번을 치열하게 싸웠으나 희생자가 한 명도 나지 않았다. 약간 다친 경상자가 열 서넛이고 중상자는 셋인데, 그것도 생명의 위험을 받을 만큼 큰 부상은 아니었다. 실로 놀라운 일이라 아니할 수 없다.

물가에 가득하던 달빛이 차츰 희미해지고, 하늘과 물이 맞닿은 아득히 먼 수평선으로 부터 나온 푸른 기운이 어둠을 서서히 밀어내더니 금쟁반 같은 해가 바다 위에 둥실 솟아올랐다. 1598, 무술년 12월 17일 새 아침이 밝은 것이다.

바다는 한없이 다정한 품에 안았던 해를 놓기 아쉬운 듯 하늘을 향해 몸을 섞고, 해도 이별을 아끼는지 차마 선뜻 손을 놓지 못한다. 서로 끌거니 당기거니 하는 바다와 해, 눈부신 물기둥은 일렁이는 파도 위에서 몸부림치고 비단 주름 같은 잔물결들 사이사이로 금빛 햇살이 퍼져간다.

해가 더는 지체할 수 없어 마침내 손을 놓고 멀어지니 해를 따라 오르던 물기둥도 저절로 쓰러진다. 갑자기 개미 등 같은 섬들이 푸른 안개를 헤치고 바다 가운데서 우뚝이 자태를 드러낸다. 아름다운 진홍색 새벽 노을이 햇발과 함께 곰실거리며 바다 위에 흐른다.

판옥선 뱃머리에 우뚝 서서 바다의 장엄한 해돋이를 바라보던 삼도수군 통제사 이순신은 조용히 눈길을 돌렸다. 질서정연하게 정박해 있는 전선들이 한눈에 안겨온다. 이제 출전하여 왜적들과 맞서는 이 한 번 싸움으로 7년 전란의 운명이 결정 될지도 모른다. 모름지기 이 싸움은 가장 치열한 격전이 될 것이다.

"아, 진정 이 날을 얼마나 고대하여 왔던가."

태풍이 옷자락을 부여잡고 마구 흔들어 대는데 순신은 깊은 생각에 잠겨 의식을 놓은 듯 움직이지 않는다. 한껏 가늘게 뜬 그의 눈가에는 잔주름이 잡혔다.

조선 수군 일만 여명과 명나라 수군 오천 명, 전선들도 삼백 척이 넘는다. 이만 해도 대단한 군세이다. 허나, 이는 쉽게 이루어진 것이 아니다.

정유년 7월에 원균이 한산도 싸움에서 참패를 당하여 수백 척의 전선들과 2만여 명의 수군을 한꺼번에 다 날려버렸으니 일년 수 개월 만에 이 정도로 회복되었다는 것은 참으로 믿기 어려운 일이다.

1598, 무술년 3월 17일 순신은 고금도로 진을 옮겼다. 고금도는 강진에서 남쪽으로 30여리 떨어진 섬으로써 산이 첩첩하고 경치가 아름다우며 옆으로는 넓은 들이 펼쳐져 있어 농사 지으며 살아가기도 좋은 곳이었다.

지금은 수군의 병력도 이미 8천을 헤아리게 되어 군량 걱정을 안할 수 없었다. 하지만 이 걱정은 얼마 뒤에 스스로 풀렸다. 삼도 연안을 왕래하는 백성의 배들이 앞을 다투어 양곡을 바쳐 십여 일 만에 만여 석 군량이 확보되었던 것이다.

순신은 지난번 한산도에서 한 것처럼 피난민들을 섬에 받아들여 안착시켰다. 각지의 피난민들이 이 소문을 듣고 모여들었다. 그들은 자리를 잡기 바쁘게 집을 짓거나 움막을 짓고 땅을 일구어 씨앗을 뿌렸으며, 일부는 어업을 하였다.

순신은 백성들에게 호소하여 구리며 쇠를 거두어 총통들을 만들었고, 나무를 찍어서는 배를 만들었다. 이렇게 되니 고금도에 들어와 사는 사람만도 수만을 헤아렸고, 군사의 위세는 예전 한산도 시절에 비해 몇 배나 더 강해졌다.

정유 재침 이후 명나라에서는 수차례에 걸쳐 많은 군사를 보냈으며, 무술년에는 수군 도독 진린이 거느리는 5천 명의 군사들이 고금도로 오게 되었다. 이 소식이 고금도에 전해지자 순신은 군사를 풀어 산짐승 사냥을 하고 물고기도 잡아 사슴, 멧돼지, 노루, 생선들을 가득 쌓아 놓으면서 술도 많이 마련하였다.

또한 진린이 거느리는 전선들이 오는 날에는 군사 위의를 갖추고 멀리 마주 나가 성대히 맞아 주었으며, 그들이 도착하자마자 큰 잔치를 베풀었다. 이날 명나라 군사들은 종일 즐겁게 보내면서 통제사는 과연 훌륭한 장수라고 입이 마르도록 칭송하였다. 진린도 마음속으로 대단히 기뻐했다.

진린은 통제사와 진중에 오랜 기간 같이 있으면서 그가 군사를 지휘, 통솔하는 것을 접하고는 진실로 명장의 이름이 헛되지 않았다고 감탄을 금치 못했다. 이로부터 진린은 매번 싸움에 임해서는 자연스럽게 순신이 있는 판옥선으로 옮겨와 그의 도움을 받기를 원했으며, 명나라 군대의 지휘권마저 넘겨주다시피 하였다.

그리고 순신을 부를 때는 반드시 '리야' 혹은 '리통제'라 하며 지극히 공경하는 뜻을 표했다. 그뿐이 아니었다. 명장인 순신의 높은 인격과 고

결한 풍모에 매혹된 이 명나라 수군 도독은 임금에게 올리는 글에서

"이순신이야 말로 하늘을 날로 삼고 땅을 씨로 삼을 재주가 있고, 해를 목욕시킨 공이 있습니다 라고 하기까지 하였다."

이 무렵 왜적들은 더는 지탱하기 어려운 지경에 이르렀다. 바다에서는 물론이고 육지에서도 패배에 패배를 거듭하였다.

도요토미 히데요시가 죽은 뒤에는 진영 안에 혼란이 더욱 커져서 장수들이나 일반 병졸들 마저 오로지 목숨을 보존하여 본국으로 내뺄 궁리만 하였다. 왜적들은 살아날 구멍수를 찾아 바닷가로 쉼 없이 꾸역꾸역 모여들었다.

9월 15일에 적들이 도망갈 길을 찾으려 한다는 정보를 받은 순신은 진린과 함께 전선들을 거느리고 고금도를 떠나 19일에는 좌수영 앞에 이르고 20일 순천 배다리로 나와서 진을 쳤다. 그들의 바로 앞에는 고니시 유키나가의 진지가 있었다.

순신은 정찰을 통하여 왜적들이 노루 섬에 군량을 비축해 둔 것을 알게 되자 전선들을 보내서 그 섬을 들이치고 적지 않은 양곡을 실어 나르도록 한 후 나머지는 불살라 버렸다.

어느덧 12월이 되었다. 초겨울 날씨는 서서히 더 큰 추위를 몰아오고 있었다. 그러나 왜적들은 이순신이 지휘하는 조명 연합군이 두려워 한 자리에 붙박힌 채 한 걸음도 나올 생각을 못했다.

적장 고니시 유키나가는 생각다 못하여 총칼을 한 배 가득 실어 삼도 수군 통제사 이순신에게 보내면서 더는 싸우는 것을 원치 않아 군사를 거두어 본국으로 돌아가려 하니 길을 열어달라고 애걸하였다.

"내가 임진년이래 적을 잡은 것이 무수하고, 또 노획한 총과 칼도 산더미 같은 터에 원수와 사사로운 교섭을 터서는 무엇하랴"

간교한 왜장의 청을 칼로 베듯 단호히 일축하여 버렸다. 이순신이 다시

삼도수군 통제사가 된 이후 흉악한 왜적을 쳐 부시며 지내온 1년 수개월 간의 투쟁 행로를 보면 그가 만대에 빛날 장수임이 더욱 확연 해 진다.

수군 통제사 이순신은 광대무변한 바다를 바라보며 깊은 생각에 잠겨 있다. 명량 싸움에서는 겨우 열두 척의 전선과 백수 십 명의 군사로 330 여 척을 헤아리는 적의 대군을 이겼으니 그에 비할 바 없이 자라난 오늘 의 군세로는 더 큰 위력을 떨칠 수 있다.

허나 급히 도망치려고 한 곳에 집결되고 있는 왜적 부대들도 일찍이 맞서 보지 못한 대 병력이 틀림없을 것이다. 그러니 어쩌면 7년 전란을 이 한 번의 큰 싸움으로 끝내게 될지도 모를 것이니 이 역시 그리 쉽지는 않으리라.

해는 점점 더 높이 떠오른다. 바다는 사품치며 뒤설랜다. 기슭으로 밀 려오고 또 밀려오는 물결은 '처얼썩' 바위에 부딪쳐서는 수만의 은 구슬 이 되어 산산이 흩어진다. 파도가 밀어내어 거품을 일으키며 치솟는 물 갈퀴. 냉기를 품은 해풍에 옷자락이 퍼덕인다. 햇빛을 받은 반짝이는 물 결이 내 달아와서 뱃전을 드세게 지며 뛰어 오른나. 마지 전군만마가 지 쳐 들어오며 서슬 푸른 칼날을 번뜩이는 것 같다.

지나온 싸움의 나날들이 눈앞에 방불이 떠오른다.

"얼마나 많은 젊은이들이 나라를 위해 목숨을 바쳤던가. 왜적의 전 선들은 대체 몇 백 척이 바다 밑에 가라앉았으며, 또 고깃밥이 된 원수 놈들은 몇 천 몇 만이던가. 곧이어 벌어질 격전도 그러하리라. 아름다 운 이 나리 강토를 황폐하게 만들고, 무고한 우리 백성들을 잔인무도 하게 살육한 원수 놈들을 어찌 곱게 돌려보내랴. 그 더러운 목숨을 어 떻게 하나 부지해 보려고 갖은 발악을 다하면서 고통스럽게 죽어가는 놈들이 비참한 아우성과 비며 소리가 파도 거친 바다 위에 오래오래 남아 있게 해야 한다. 흉악한 저 섬 오랑캐들이 한 놈도 성한 채로 돌 아가게 해서는 안 된다. 결단코 안 된다."

순신의 눈은 예전에 볼 수 없던 서슬 푸른 빛을 띄고 번쩍인다. 그의 눈에는 사나이의 결심을 굳게 다지는 결연한 빛이 어렸다.

"리 통제 아, 리 통제"

문득 귀에 익은 소리가 들린다. 그는 천천히 고개를 돌렸다. 오른쪽에서 명나라 수군 도독 진린이 작은 배를 타고 다가오며 환하게 웃는다.

"무슨 생각을 그리도 골똘히 하시오"

손짓을 해가며 말하는 것을 보니 이런 뜻이다. 순신도

"자 어서 배에 오르시오"

하는 의미로 손짓을 하였다. 배를 가까이 한 진린은 옷자락을 걷어쥐고 통제사의 판옥선에 성큼 뛰어올랐다. 그가 타고 온 작은 배는 물결 위에서 흔들흔들 춤을 춘다. 두 사람은 곧 통사를 사이에 두고 마주 앉았다.

"도독께서 이리도 일찍 이 사람을 찾아오시니 웬일이시오 아무래도 특별한 일이 있는 것 같소구려"

순신이 웃으며 은근히 물으니 진린은 손을 내저었다.

"허 일은 무슨 일 그저 가슴이 답답해서 리야를 만나야 속이 시원히 열리겠기에"

이 명나라 장수는 성미가 좀 급한 편이다. 헌 즉 큰 싸움을 앞두고 마음이 초조하고 급하여 혼자 가만히 앉아 있기가 실로 힘들었던 모양이다. 아니나 다를까 그의 입에서는 끝내 그 말이 튀어나온다.

"리야께서는 대체 언제 출장 하시려는지 이 사람은 참으로 궁금하게 생각하지 않을 수 없소이다."

"뭐 그렇게 조급해 할 것까지야 아무튼 적들은 노량을 빠져야 달아날 수 있으니 더 이상 지체하지는 아니할 것이외다. 오늘 어떤 첩보가 들어오는지 두고 보십시다. 내일 아니면 모레쯤은 놈들이 움직일 듯도 한데"

"아 그런가요? 그렇다니 마음이 놓이는군. 너무 오래 지체되면 속이 끓어서 견디기가 어렵죠.

"허허허 도독의 성미도 무던하시지요. 하지만 왜적은 반드시 노량 앞으로 빠질 터이니 과히 마음 쓰시지 않아도 되리다. 또 오늘 저녁에 는 틀림없이 새로운 징후가 나타날 게고, 그에 따라 우리의 행동 방향 도 더 명백해 지리다."

순신이 껄껄 웃으니 진린도 덩달아 큰 소리로 웃는다. 진린은 늘 이러 했다. 매사를 순신게 물어서 결정하였으며, 군무에 관한 일은 크나 작으 나 일일이 문의하였고 의사를 달리하는 적이 기의 없었다. 그것은 통제 사가 하는 일은 언제나 빈틈이 없음을 잘 알고 있는 데다가 평소에 그의 능숙한 일 처리를 보면서 번번이 탐복하여 왔기 때문이다.

진린은 조선국 수군 통제사 이순신을 무척 존경하였으며 그에게 감복 하는 것을 조금도 꺼리지 않았다. 두 장군은 이런저런 이야기를 한참 나 누다가 헤어졌다.

날이 어두워지자 고니시 유키나가는 횃불을 들어 남해에 있는 저희 편과 서로 신호를 주고 받았다.

곤양, 사천 등지에 또아리를 튼 수군의 응원을 얻어 노량으로 빠져서 도망하려는 것이다.

순신은 수하 장수들에게 영을 내려 만반의 준비를 갖추고 대기하게 하 였다. 터질 듯이 긴장된 가운데서 다음 날 열 여드레 날도 훌쩍 지나갔다.

64

마침내 끝나는 칠년 전쟁 ③

저녁 무렵에 정찰을 나갔던 정찰 군관 돌산이 돌아왔다. 돌산은 순신이 가장 신임하는 군관들 중에 한 사람이다. 의병장 곽재우가 현풍, 영산, 창녕 등지로 원정을 나갔을 때 부상당한 채 사냥촌을 떠난 돌산은 세간리 군영에 머물지 않고 전라 좌수영을 찾아갔으며, 그 후 많은 전공을 세우고 진급을 하게 되어 일약 군관으로 올라섰다.

"적선들이 유시에 남해로부터 무수히 나오는 것을 보았습니다. 그중 일부는 오목포로도 갔으나 거의가 노량으로 모여드는데 그 수를 헤아릴 길이 없었습니다. 대강 세어보니 오백 척은 넘을 듯 하였습니다."

돌산은 통제사 앞에서 적정을 간단명료하게 보고하였다. 순신은 그보고를 듣고 고개를 끄덕이며 빙그레 웃었다. 이 총명한 젊은이를 보니 1594, 갑오년 9월 말에 곽재우, 김덕령과 함께 거제도를 공격하던 일이 떠오른다.

그때, 의병의 기치를 제일 먼저 들었던 의병장 곽재우를 처음 대하게 된 순신은 서생의 몸으로 병법을 익히 알고, 군사를 능숙히 지휘 통솔하는 그의 능력에 놀랐으며, 저런 사람과 손잡고 같이 왜적을 친다면 얼마나 좋으랴 하는 생각까지 했었다. 곽재우는 어느모로 보아도 출중한 인물이었고, 대군을 영솔 할 만한 영걸로도 보였던 것이다.

큰 싸움을 앞둔 이 시각, 어찌하여 이 같은 기억이 떠오르는지 이상하였다. 가슴 속에 아로 새겨진 많은 사람들을 그려보았다. 자신이 걸어온 곡절 많은 인생 행로도 조용히 더듬었다.

인생의 최종 정리라면 아직 이르지만 여하간 많은 것을 회고하게 되는 것을 어찌 할 수 없었다. 순신은 돌산을 대견한 눈길로 바라보며 또 한 번 빙긋이 웃었다.

　"내가 오늘 수고 많았다. 오늘 밤 큰 싸움이 있을 것이니 그리 알고
　돌아가서 조금이라도 쉬거라."

돌산이 공손히 절을 하고 물러간 뒤 전황을 살폈던 정찰선이 와서 적정을 자세히 고하였다. 그들의 보고도 돌산이 말한 내용과 별반 다른 것이 없었다. 순신은 서둘렀다. 그는 진린 도독과 야속을 전한 후 밤 10시 선후에 선선들을 서느리고 노량으로 향했다.

전선마다 노를 힘있게 겼는다, 순풍에 도폭들이 한껏 부푼다, 바람도 힘을 내어 떠밀어주는 듯 배들은 어둠 속에서 살같이 달린다. '찰싹찰싹' 뱃전을 치는 물결 소리에 군사들은 말이 없고 바다는 고요하다.

초겨울 쌀쌀한 냉기가 옷 속을 헤치고 스며들었다. 무서운 폭풍을 안고 가는 전선들도 이 시각은 조용하다. 시간이 흘러 달도 서쪽으로 기울고 있었다.

순신은 홀로 장대 위에 올라 하늘을 우러러보며 원수를 무찌를 맹세를 굳게 다졌다. 배들은 여전히 미끄러지며 소리 없이 내달았다. 노량에 이르니 전선들이 모여들어 혼잡을 이루었다.

바다를 새까맣게 뒤덮은 배들로 인하여 바다가 좁아 보일 지경이다. 순신은 깃발 신호를 보내 전선들을 전진시켰다. 조명 연합군은 그의 지휘 하에 학익진으로 벌리며 나아갔다.

통제사가 타고 있는 천자선 1호의 장대 위의 독전기가 힘있게 펄럭인다. 홀연 우렁찬 북소리가 일어나며 함성이 터졌다. 그와 동시에 우뢰 같은 총통 소리가 터졌다. 여기에 포문을 열어 합류하자 바다를 통째로 뒤엎는 듯한 굉음이 거친 파도를 타고 유성 마냥 흐른다.

불이 사방에서 벙긋벙긋 빛나고 기다란 불 줄기들이 끊임없이 뻗친다. 적선으로 날아가는 화전들이 줄줄이 이어지는 것이다. 지자, 천자, 현황, 그 밖의 각종 총통들이 불을 토하고 편전, 대장군전, 피령전이 적선을 향해 빗발같이 건너간다. 어느새 10여 척의 적선들이 불길에 휩싸였다. 화광이 충천하니 하늘도 불이고 바다도 온통 불 천지다.

왜군 지휘선 중에 하나인 큰 층집 배, 비단 휘장에 불이 달렸다. 왜장은 칼을 휘둘러 불 달린 휘장을 치며 고래고래 소리 지른다. 그러니 왜병들이 우르르 뛰어나와 미친 듯 칼을 내두른다. 휘장을 걷어내고 불을 끄려는 것이다. 그 순간 배 밑창이 명중 되서 구멍이 뚫렸다.

층집 배는 한쪽으로 기울어지며 물속으로 기어들어가기 시작했다. 다급해진 왜적들이 물에 뛰어 들었고, 어떤 놈은 화마 같이 널름대는 불을 등에 달고 물속으로 곤두 박혔다. 저마다 목숨을 구하여 도망할 길을 찾기에 분주하다. 솟구치는 불길, 타래 쳐 오르는 연기, 하늘도 불에 끄슬려 빛을 잃었다. 달도 별들도 가뭇없이 자취를 감추었다.

살같이 내달으며 불을 토하는 전선들이 바람을 일으키고, 바람은 불의 형세를 더욱 돋우어 파도마저 이글거린다. 죽음의 불 바람을 휘 뿌리는 화포들의 뇌성 벽력, 총통들의 둔중하고 야무진 소리들, 그 사이로 아우성치고 헤덤비며 죽음의 그림자를 부질없이 휘저어 보면서 내지르는 단말마의 비명 소리도 쉼없이 들려온다.

쩍 벌린 입으로 화염을 내뿜으며 접근한 거북선들이 밑창을 들이받아 깨진 배들도 적지 않다.

원수들의 빠져나갈 길을 막고 좌충우돌 들이치는 수군들의 기세는 하늘을 찌를 듯 높다. 화살이며 탄환들을 우박처럼 퍼붓다가 갈구리로 왜선들을 끌어당겨 놓고 그 배에 뛰어드는 용사들의 칼날에서는 번개가 인다.

제일 먼저 몸을 날려 3층으로 된 층집 배 안에 성큼 발을 들여놓은 돌산은 처음 마주한 왜장을 단칼에 처치하고 옆으로 달려드는 놈을 두 동강으로 베고는 또 한 놈을 드센 발길로 걷어 차서 사품치는 바닷물에 처박았다. 다른 군사들도 칼을 번개같이 날려 반항하는 놈들을 모조리 쓸어 눕혔다.

김응암, 안위, 유형, 송여종 등 장수들도 한편으로 적선들을 들이받아 깨뜨리고, 한편으로 적선들에 뛰어들어 찌르고 베고 후려갈기고 하여 왜군 장졸들에게 무수한 죽음을 선사했다.

동으로, 서로 배들을 몰고 다니며 손수 북채를 들고 싸움을 독려하던 순신은 명나라 수군 도독 진린이 적의 포위망에 걸려 위험하게 된 것을 보고 뱃머리를 돌리게 하였다. 그는 앞을 막는 적선 들에게 화포를 연신 발사하면서 곧장 진린이 있는 곳으로 배를 몰아갔다.

화포들이 우뢰를 토하고 화전들이 번개를 치지 진린의 배를 포위하던 적선늘에서는 물길이 지솟았다. 순신의 군관늘이 앞에 나와 활을 연속으로 쏘니 두 척의 배에 있는 왜적들은 거진 다 죽었다. 그 순간 발포 만호 소계남 등의 전선들이 벼락같이 달려들어 지자, 현자 총통을 연이어 놓아 왜선 여러 척을 단번에 부숴버렸다.

진린은 통제사가 적의 탄환이 빗발치는 속에서 몸소 자기를 구원해 준 것을 알고 감격했다. 새로이 힘을 얻은 그는 기를 휘두르며 전선들을 지휘하여 적들을 무섭게 들이쳤다.

총소리, 시위 소리의 함성과 연달아 터지는 화포 소리가 귀청을 때리는데 대항하는 왜군의 기세는 갈수록 잦아든다. 적들도 총포를 놓고 활을 쏘기는 하였으나 계속 이어지지는 못했다. 그것은 이미 죽어가는 자의 발악이라 볼 수 밖에 없었다.

싸우고 또 싸우는 중에 먼동이 터 왔다. 날은 훤히 밝아지기 시작해도 연기가 자욱하여 향방을 가려 보기가 어려웠다. 적선들 가운데 벌써 3분의 2는 불태우거나 깨트리고 침몰시켰다.

순신은 이 기세를 몰아 더욱 드세게 적을 공격하였다. 북채를 들고 싸움을 격려하는 그의 눈에서는 불꽃이 튀었다. 그 좌우에 버티고 선 맏아들 회와 조카 완은 활을 쏘면서도 적들의 동정을 예리한 눈길로 살폈다.

금빛 투구에 붉은 갑옷 차림을 하고 있는 왜장이 괴상한 소리를 꽥꽥 지르며 지휘하는 것이 불빛 사이로 언뜻언뜻 보이자 완은 재빨리 살을 먹인 시위를 힘껏 당겼다가 놓았다. '핑' 퉁겨지는 궁연 소리에 이어 화살이 날아가 왜장의 왼쪽 눈에 박혔다.

어찌나 궁력이 강했던지 피령전이 그 놈의 눈을 꿰고 들어가서 뒤통수로 빠져나왔다. 왜장이 죽어 자빠지니 그 배에서는 큰 혼란이 일어났다. 바로 그 찰나 총통들이 일제히 몸을 떨며 분노를 터뜨려 적선을 통째로 뒤엎었다.

깨어진 뱃조각들, 갈갈이 찢어진 도폭들, 갖가지 괴짝들이 바다 위에 어지럽게 떠돌고, 살아보겠다고 허우적거리며 헤엄을 치는 왜병들도 많았다.

순신은 왜적들이 도망치지 못하게 퇴로를 차단 하고 앞뒤에서 맹공격을 가하였다. 이 흉악한 도적 무리들은 한 놈도 살아서 돌아갈 가망이 없었다. 원수들은 발악했다. 무질서한 조총 소리가 콩 볶듯 일어났다. 허나 그럴수록 오히려 왜군 장졸들의 시체는 늘어갈 뿐이었다.

순신은 웬일인지 주춤거렸다. 그러더니 손에 든 북채를 맥없이 떨어뜨렸다.

"어허 분하다. 조금만 더 싸우면 가증스러운 섬 오랑캐들을 남김없이 소멸하게 되는 것을"

그는 가슴을 움켜쥐고 그 자리에 천천히 주저앉았다. 어디선가 날아든 탄환이 그의 가슴을 뚫은 것이다. 소스라치게 놀란 회는 활을 놓고 와락 달려들어 순신을 안았다. 완도 엎어지다시피 다가와서 그를 안아 일으키려고 하였다.

"나를 그대로 놔두거라. 순신은 간신히 손을 쳐들어 저었다. 지금 싸움이 한창이니 부디 내가 죽었단 말 내지 말거라."

그는 괴로운 숨을 몰아 쉬며 이같이 말하다가 말 끝을 채 맺지 못하고 그대로 운명하였다. 때는 1598, 무술년 12월 19일 새벽, 바다와 맞닿은 동녘 하늘가에는 여명이 밝아왔다. 삼도 수군 통제사 이순신은 이렇게 당년 쉰 네 살을 일기로 애석하게도 세상을 떠났다.

지휘선이 잠깐 침묵을 지키니 적들은 그 틈을 타서 다시 공격으로 나왔다. 회와 완은 정신을 차리고 이순신의 시신을 조심스럽게 안아 방에 모셨다. 이 일은 단지 이들 두 사람만이 알고 있을 뿐, 순신이 가장 신임하는 군관 송희립도 감감 몰랐다.

밖으로 나온 그들은 다급히 장대로 달려 올라갔다. 북이 다시금 둥둥 울리고 화포들이 포문을 열었다. 우뢰와 같은 화포 소리, 함성 소리, 하늘과 바다가 통째로 뒤흔들린다. 회는 북채들 들어 북을 치고 완은 기를 힘있게 휘저었다.

통제사를 대신하여 싸움을 지휘하던 완은 명나라 수군 지휘선이 포위에 든 것을 재빨리 포착하고 사공들을 재촉하여 배를 급히 몰아갔다. 거북선들이 좌우로 지쳐 들어가며 연기를 피우고 화포를 놓았다. 그러자 진린의 배를 에워싼 적선들에서는 연달아 불붙은 화염이 확확 피어났다.

고함을 지르고 아우성치는 왜적 무리들과 적선들은 서로 부딪히며 도망가기에 바쁘다. 불은 이 배에서 저 배로 자꾸 번져가고 불붙은 적선들은 방향을 잃어 비틀거리며 저희 편의 배들을 마구 들이 받았다. 깨진 배 조각들도, 물위에 뜬 돛대들도 황황히 불타고 사방 어디에나 연기가 가득 피어났다. 노량 바다는 문자 그대로 불바다이다. 이제는 온전한 적선들은 얼마 안 남았다.

어느덧 날이 활짝 밝았다. 조명 연합군의 전선들은 기세 충천하여 패주하는 적을 추격하기 시작했다. 승리한 수군 용사들의 드높은 함성과 함께 붉은 해가 수평선에서 불쑥 솟아올랐다.

적선 사 백 수십 척이 불타고 깨지고 물속에 잠기고 왜군 2만여 명은 물귀신이 되었다. 결국 적선 오백 여 척 중에서 반쯤 온전한 오십 여 척만이 겨우 잔명을 보존하여 도망갈 수 있었다.

싸움이 끝나자 진린은 배를 급히 몰아 조명 연합군의 지휘선인 천자선 1호가 있는 곳으로 다가왔다.

"리 통제, 리 통제"

진린은 멀리서부터 손짓을 하며 소리쳤다.

"리 통제 어디 얼굴을 좀 봅시다. 아 어디 계시오? 통제사는 어서 나오시오. 어서 나오시오."

그러나 천자선 1호에서는 잠잠했다. 여느 때 같으면 이 부름에 응하여 통제사가 나서며 환하게 웃으련만, 어찌하여 그림자도 보이지 않는가 왜 아무런 소리도 없는가?

"아니 리통제 어이 대답이 없으시오."

무엇인가 불길한 것을 예감한 듯 진린의 목소리는 떨렸다. 잠시 후 뱃머리에는 통제사 대신 그의 조카 완이 나섰다.

"작은 아버님은 작은 아버님은 돌아가셨습니다."

완은 간신히 이런 말을 하고 울음을 터뜨렸다.

"뭐라고"

진린은 완의 말이 잘 믿어지지 않는지 눈을 크게 뜨며 한 번 반문하고 그를 멍하니 쳐다보더니 그대로 배위에 고꾸라졌다. 그는 몸을 잠깐 일

으켰다가 또 엎어지며

"돌아가시다니. 리야께서 돌아가시다니. 어, 리야는 전사하시었어도
나는 구해 주시었고"

하고 울었다. 통제사가 전사였다는 말이 진중에 전해지자 바다 가운
데서 곡성이 일어났다. 곡성은 명군의 진 중에서도 크게 일어났다. 그들
은 전례 없는 승리의 기쁨도 뒤로 하고 목놓아 울고 또 울었다. 그 울음
소리가 바다에 가득 차고 넘치니 파도 치는 무심한 물결도 목매어 통곡
하는 것 같았다.

애국 명장 이순신이 전사하였다는 소식은 곧 바람처럼 호남 땅 곳곳
으로 날아갔다. 호남 지방 사람들은 전란 초기부터 왜적을 격멸하여 청
사에 길이 빛날 공을 세운 이순신의 희생을 두고 진정으로 가슴 아파했
으며, 마치 어버이를 잃은 듯이 슬퍼하기를 마지 않았다. 그들은 모두

'장군이 전사하였으니 이제 우리는 누구를 믿고 사느냐'

고 하면서 서로 붙들고 눈물을 흘렸다.

의병장 곽재우도 이 소식을 듣고 땅을 치며 울었다. 순신이 전사하였
다는 소식이 전해지자 호남의 온 지방 사람들은 통곡을 하지 않는 이가
없었다. 심지어 늙은 할머니와 어린 아이들까지도 슬퍼하면서 울음을 터
뜨렸다.

'애석하다 소정이 사람을 제대로 쓰지 못하여 순신이 자기 재능을
한껏 펴볼 수 없게 하였으니, 만약 병신년, 정유년에 순신이 통제사 직
책을 유지 했더라면 어찌 한산 싸움이 패하고 호남과 호서가 적의 소
굴로 되었을 리가 있겠는가. 아, 애석한 일이다.'

이것은 이순신의 희생을 애석하게 여긴 그 시기 역사 기록의 한 대목
이다.

삼도수군 통제사 이순신의 죽음은 이렇듯 온 나라에 큰 충격을 주었다. 이순신의 영구가 고금도를 떠나 그의 집이 있는 아산으로 가는 길에서는 곡성이 그치지 않았고 백성들은 남녀 노소 할 것 없이 길이 꽉 차게 나와 울면서 수 십 리씩 영구를 뒤따랐다.

간소 하나마 정성이 어린 장례를 올리고 마치 저희 부모를 여읜 듯 통곡하는 시골 선비들도 있었다. 통제사 이순신과 오랫동안 생사 운명을 같이 하여 온 그 수하 장병들은 그를 위하여 전라 좌수영 북쪽에 사당을 세웠다.

이것이 바로 충민사이다. 호남 백성들은 저마다 스스로의 재물로 사당을 짓고 그의 비석을 깎아 세우기도 하였다. 전국 각지 사찰들과 전라도 경내의 절들은 이순신을 위하여 천도제를 지극 정성으로 올렸다.

의승장으로서 7년간이나 통제사 이순신의 지휘를 받으며 많은 공을 세운 바 있는 자운이란 중은 백미 600석으로 노량에서 크게 수륙제를 올렸다. 순신의 두터운 신임 속에서 수군에 지성껏 양식을 대어 온 중 옥형은 충민사에 내려와 매일 물 뿌리고 비질하며 지내다가 생을 마쳤다.

그런가 하면 왜적들의 손에 참혹하게 부모를 잃은 전북 익산지역, 함열 사람 박기서는 공의 부음을 듣고 삼년상을 지냈고, 소상에도 멀리 아산까지 찾아가서 제사 참례를 하였다.

이순신을 사랑하고 존경하는 마음은 영남 백성들의 경우에도 이와 다름이 없었다. 그들은 한산도 가까이에 있는 착량에 움막을 짓고 배를 낼 때마다 반드시 공에게 제사 지냈다.

이런 것들을 일일이 다 열거하자면 끝이 없다. 이순신은 노량 싸움에서 전사하였지만 그의 넋은 이 나라 백성들의 정신 속에 살아 있었다. 칠년간에 걸친 임진 전쟁은 그 크나 큰 승리의 한 부분을 마련한 삼도 수군 통제사 충무공 이순신의 장렬한 최후와 때를 같이 하여 마침내 막을 내렸다.

65

글을 마치며

호전광인 도요토미 히데요시는

　"유감천만이로다"

리는 글을 남긴 후 지승의 지옥 문을 열었고, 조선 침략은 결국 왜군의 패배로 종지부를 찍었다.

일본 고서들에는 다음과 같은 기록들이 있다.

　"큰 공을 세운 제장들에게 땅을 분여하고 나니 일본 60여 주에 더는 여지가 없어졌기 때문에 불평을 품은 무리들의 영토욕을 충족시키기 위해 군사를 대외로 움직인 것이다.

일본 서고사

　"영주들의 자원과 세력을 침략전쟁에 소모 시켜서 폭발하려고 하는 바람의 기운을 밖으로 돌려 세움으로 하여 히데요시 자신이 정권 안전 유지를 위해 이 전쟁을 일으킨 것이다"

그런가 하면 일본의 명사들 중에는 히데요시가 전쟁을 일으킨 것이

"늙그막에 모처럼 생긴 외아들 쓰루마스의 요절에 너무도 상심하여 그 울화를 털어버리기 위해서이다"

라는 사람도 있고

"천하가 평정되고 보니 무력을 쓸 데가 없어졌다. 그러나 불타는 공명심, 호전욕, 정복욕은 그로 하여금 누를래야 누를 길 없어 헛되이 군사를 조롱한 것이다"

라고 주장하는 사람도 있었다.

그의 공명심은 실로 턱없이 컸다. 그는 멀고 가까운 나라들을 모두 정복하고 천하를 호령함으로써 자기의 이름을 역사에 길이 빛내고 싶은 마음이 간절하였다.

호리 마사오키의 저서 조선정벌기에는 이와 관련된 이야기가 두드러지게 실려 있다.

오다 노부나가는 사츠마 출전시에

"무리에 대한 정벌이 조속히 성공하면 주고쿠 지방을 모조리 그대에게 주겠다. 그대는 그런 희망을 품고 큐슈를 정벌하라, 인원은 추가적으로 계속 보내겠다"

이에 히데요시가

"주고쿠를 평정하면 부장들에게나 한 고을씩 나누어 주십시오. 나는 큐슈를 정벌하겠습니다. 그리고 큐슈가 평정된 다음에는 나에게 한 해 분의 연공만 주십시오. 그것으로 군사, 군량, 함선을 갖추어 가지고 조선을 치겠습니다. 그 후에 조선을 나에게 주십시오. 그때는 조선을 나에게 주겠다는 교서를 받아야 하겠습니다. 조선을 먹으면 대 명국으로 달리겠습니다. 큐슈도 조선도 문제없습니다"

옆에 있던 부장들은 이 말을 듣고 어이가 없어 했다. 그러나 히데요시의 탐욕이 마음에 든 노부나가는

"나라의 운명은 제 땅을 우선 안정시키기 위해서 주력하는 데 달려 있다. 여하간에 그대의 뜻대로 하라"

히데요시는 조선, 명, 인도를 치는 것이 국내 각지에 할거하고 있던 영주 따위의 정벌처럼 손쉬운 것으로 오산하였다. 그는 조선 침략을 시작할 당시에 선봉군을 먼저 보내고 저도 출전 하겠노라며 교토를 떠나 큐슈, 나고야 지휘소로 가면서도 이제는 동양 천하가 제 손에 들어온 것처럼 의기양양해 하였다.

일본전사 조선역에 의하면

다이묘들의 환대를 받으며 한 달 만인 4월 25일에 나고야에 도착한 히데요시는 나고야 성문 앞에 이르자 마상에서 갑자기 벌떡 일어나서 괴상한 소리를 버럭 지르자 심민의 군사들도 뒤따라 힘성을 울렸다고 한다.

아마도 그는 조선, 명, 인도, 남양 그 모든 땅덩어리들을 틀림없이 그것도 아주 손쉽게 한입에 삼킬 수 있으리라고 확신했던 모양이었다.

히데요시는 조선 침략을 준비하면서 탄환을 만들기 위해 엄청난 연(납)을 사들이는 한편, 엄명을 내려 어디서나 무기와 싸움에 필요한 기재들을 만들고, 해안 고을들에서는 함선을 건조하도록 하였으며, 온 나라에서 식량을 빨아 올렸다.

그 바람에 일본 60여 주는 발칵 뒤집히다시피 됐다. 다이묘들은 서로 뒤지지 않겠다고 백성들을 마구 채찍질하였다. 백성들로부터 빼앗은 군량 48만 명분, 말 모이는 바닷길을 통하여 나고야로 수송했다.

히데요시는 백성들을 내몰아 나고야 성을 새로 수축하고 오사카에서 나고야에 이르는 도로를 닦았으며 숙영지들도 많이 세웠다. 이처럼 큰 공사들이 벌어지니 수많은 장정들과 뱃사공들은 강제로 징집 되니 가출 신세라 하지 않을 수 없었다. 백성들만이 아니라 다이묘들의 처자들도

수도의 인질로 끌려 올라오는 판이었다.

히데요시는 군사들을 바다 건너 조선으로 보낸 후 나고야를 향하여 가는 도중에 고바야카와 다카가게의 영지인 큐슈의 나지마에서 사흘을 묵었다. 큐슈의 나지마에서 부산, 동래를 함몰했다는 고니시 유키나가의 4월 22일 첫 첩보를 받고 기뻐서 어쩔 줄 몰라 하였다.

그런데 나고야에 이르자 또 김해성을 침탈 했다는 구로다 나가마사의 첩보에 이어 28일에는 가토 기요마사로부터 경주를 함몰한 소식이 들어왔다.

이에 히데요시는 극도에 달한 기쁨을 억제할 수가 없어서 마치 온 천하를 손에 넣은 심정으로 붓을 들었다. 나고야에 한 달 정도 머물러 군사들을 조선으로 순차적으로 보낸 다음 서서히 바다를 건너려고 하였는데, 나고야에 와서 빠른 첩보를 받고 보니 잠시도 견딜 수가 없다.

"당장이라도 바다를 건너고 싶으니 배를 빨리 되돌려 보내라. 보내지 않으면 아무거나 여기서 손쉽게 구할 수 있는 대로 군사 1만이건 2만이건 간에 잡아 끌고 조선으로는 가지 않고 직접 명나라로 건너가고 말겠다. 너희들에게 지지 않겠다."

이렇게 호언장담으로 일관된 편지를 보낸 다음에도 그는 들뜬 마음을 종시 가라앉히지 못하고 며칠 후에는 애첩 요도기미에게 5월 단오 명절 축하장을 보내며 말하기를

"머지않아 조선 서울도 점령할 것이니 그대는 기쁜 마음으로 즐거이 지내라 명나라도 먹게 된다.

9월 명절은 명나라 땅에서 맞이하기를 바란다"

오월 열 엿새 날 서울 함락의 첩보가 들어오니 히데요시는 정말로 미친 사람이 되고 말았다. 그 소식을 접한 지 이틀 만인 열여덟 날에 그는 벌써 25조항으로 된 '대명 경리학'의 방침이라는 것을 발표하는 데 이르

렀다.

1조부터 15조에는 서울을 베이징으로 옮기고 생질 히데츠기를 관백의 자리에 올려놓기 위해서 그에게 출정의 마음 준비를 시킬 때 대한 것과 군량, 무기, 군용금, 기타 여건이 언급되었다.

16조 17조는 히데요시의 본영 및 조선을 고바야카와 미아베에게 맡기기 때문에 그 두 사람은 만반의 준비를 갖추고 있으면서 기다려야 한다는 내용이 들어 있고

18조부터 20조에서는 일본 천왕을 베이징에 옮겨 앉게 하며, 일본 황자나 천왕의 동생 중에서 한 사람을 새 천왕으로 정하여 즉위 시킨다고 하였다.

19조부터 21조에는 히데요시의 동생 히데에도시 또는 우키다 히데이에를 일본 본토의 관백으로 삼고, 조선은 노부나가의 아들이 아니면 히데이에게 맡긴다는 것이.

22조에는 천왕이 베이징까지 가는 노정과 숙영 준비에 필요한 일들이

24조에는 교토의 주라쿠 다이를 맡아볼 사람은 아직 고려 숭에 있다는 것이 지적되어 있었다.

25조는 미아베와 이시가와에게 출전 준비를 하라는 내용으로 되어 있었다.

이 대명 경략의 방침이 발표되자 적지 않은 사람들이 이러면 장차 일본이 멸망하지 않겠는가 하고 근심하였다. 그러나 히데요시는 이미 온전한 정신이 아닌지라 세상이 두려운 것이란 하나도 없었다.

"이 전쟁은 자는 사람의 목을 자르는 것과 무엇이 다르겠는가"

당시 조선의 규사가 약한 것을 얕보고 한 말이었다. 하긴 왜군은 부산에 발을 들여 놓은 지 불과 20일 만에 서울을 점령할 수 있었다.

무능하고 비겁한 양반 벼슬아치들과 소위 무인들이 거느리는 관군은 불시에 쳐들어온 왜적과 맞서자 마자 물먹은 담벽처럼 와르르 허물어졌

다. 그만큼 준비가 없었던 것이다.

그러나 조선 백성들은 히데요시의 말과 같이 잠자코 있던 것은 아니었다. 그들은 누가 시키지 않아도 스스로 의병을 일으켰으며 도처에서 왜적을 무찔렀다. 서울이 함락되고 임금이 북쪽으로 피신해도 백성들의 의기는 조금도 꺾이지 않았다. 오히려 그 때문에 더욱 분발하였다고 할 수 있었다.

왜군은 이르는 곳 마다 의병들의 끊임없는 반격을 받아야 했다. 의병들은 백성들을 무참하게 살육하는 원수들을 추호도 용서하지 않았으며, 자기 향토를 지켜 용감하게 싸웠다. 그런 까닭에 왜군은 관군보다 의병을 더 무서워하였다.

의병들의 활동은 몇 개 지역에 국한된 것이 아니었으니, 왜군의 발길이 닿는 곳이면 어디에나 의병들이 있었다. 홍의장군 곽재우가 '토적보국'의 기치를 들고 처음으로 기병하자 곳곳에서 왜적 격멸의 깃발을 들고 나와 온 나라는 잠깐 사이에 의병 대오로 뒤덮였던 것이다.

곽재우 의병대의 대부분은 농민들이었고, 인간 이하의 천대를 받는 관노, 사노, 장인바치, 백정 같은 천민들도 많았다. 또한 글 읽던 선비와 장사를 업으로 하는 상인들이 의병대에 들어와 있는 경우도 있었다. 그런가 하면 순전히 산속의 중들로 이루어진 부대들도 적지 않았다.

바로 이 의병대들이 왜군을 불의에 기습 소탕하고 또 여러 고을들을 지켜 맹견같이 사나운 적의 예기를 꺾어 놓음으로써 관군으로 하여금 대오를 수습해서 새로이 재편성할 수 있는 조건을 만들어 주었다. 하지만 전쟁 초기에 관군이 다 무능했던 것은 아니다.

이순신이 지휘하는 조선 수군은 옥포 앞바다 싸움부터 한 번의 실수도 없이 연전연승 하였으며, 육전에서도 신각이 양주 해유령 전투에서 첫 승리의 함성을 올린 이후 적지 않은 전과를 거두었다.

하지만 대부분의 벼슬아치들은 말할 수 없이 비겁하였다. 그로 인하여 많은 관군이 별로 싸워보지도 못하고 물먹은 담 무너지듯 패하기도 했거니와, 싸우는 의병들에 대한 벼슬아치들의 방해 책동 또한 그 못지 않게 컸다.

일만 대군을 거느렸던 의병장 김덕령은 지용을 겸비한 뛰어난 장수였던 까닭에 역적 누명을 쓰고 죽어야 했고, 수군 장수 김대인도 그러했다. 대인은 많은 전투에서 공을 세웠지만 그 후 무능한 원균 수하에 들어갔기 때문에 참혹한 패배의 쓴맛을 보았고, 끝내는 전라 좌수사 이유익에 의해 역적의 모함으로 비명에 죽었다.

이순신 휘하에서 용맹을 떨친 바 있는 대인은 단신으로 수많은 왜적을 쓸어 눕혔다. 그는 배가 침몰하니 물에 뛰어들어서 나무 토막에 의지하여 활을 쏘았다. 대인은 일찍이 중이 되어 절에서 젊은 시절을 보냈고, 중년에 환속하여 유랑 걸식하면서도 공부를 하여 무과에 급제한 사람이었다.

그는 조선 수군이 참패한 칠천도 앞바다 싸움에서 구사일생으로 살아난 후 다시금 군사를 모아 적을 쳤다. 성정이 강직하고 기개가 높은 그는 양반 사대부들에게 한 번도 굽힌 일이 없었다. 신분이 천하기 때문에 오히려 더 고자세였다. 특히 지체가 높은 고관 대작들 앞에서는 더욱 그러했다. 대인은 양반 벼슬아치들과 빈번이 충돌하였다. 그래서 그의 신변을 염려하는 사람이 적지 않았다.

어느 날 술좌석에서 전라 좌수사 이유익이 집안의 지체를 내세우며 상대를 깔보는 태도로 나오자 대인은 그 거만한 콧대를 여지없이 꺾었다. 이런 일이 있은 지 얼마 안 되어 그는 이유익에게 모함으로 의금부에 잡혀갔다. 대인은 무서운 추국을 당하는 도중에 피를 토하고 죽었다.

삼도수군 통제사 이순신은 여러 차례의 해전에서 혁혁한 전공을 세운 탓에 미움을 받아 옥중 고초를 겪지 않으면 안 되었다. 왜적들은 그가 옥에 갇힌 것을 알게 되자 이제 바다는 근심하지 않아도 된다고 하면서 좋아라 했다.

이와 유사한 사례는 의병장 정문부에게서도 찾아볼 수 있다. 함경감사 윤탁연은 첫 업무로 정문부를 잡을 잡도리를 하였다. 이 자는 원래 오래전부터 국록을 먹어온 높은 벼슬아치로서 조정에서 갈라진 분조의 사명을 띠고 임해군과 함께 함경도로 들어 왔다. 그렇지만 안변서 순하군 일행을 만나 같이 북으로 향할 때는 왜적이 철령을 넘어 뒤쫓아 온다는 소식을 듣게 되자 왕자도, 배정하는 임무도, 분조의 사명도 다 버리고 병이 나서 더는 못 가겠다고 고집을 부리고는 북청에 슬그머니 떨어져 있다가 남모르게 삼수 땅으로 들어가서 숨어 있었다.

의주에 있는 조정 행재소에서는 그것도 모르고 탁연을 함경 감사로 임명하였다. 그 후 천연스럽게 감영을 차린 탁연은 함경도 일대에서 가장 명망이 높은 정문부가 꺼림칙 하였다. 그래서 심복 정현용과 결탁하여 정문부를 모함하는 낭설을 퍼뜨렸다.

이 자는 의병장 정문부를 의리도 없는 공명분자, 왕과 조정을 속인 죄인이라 하며 그의 죄상을 밝힌다는 명목으로 그를 네 번씩이나 잡아다 문초를 하였다. 그러나 정문부는 그에 굴하지 않고 오로지 나라를 위하는 한마음으로 왜적을 무찔렀다.

윤탁연은 갖은 흉계를 일삼던 끝에 정문부를 의병장 직책에서 몰아내고 그 대신 정현용을 그 자리에 앉혔다. 이를 알게 된 백성들은 정현용을 배격하고 정문부의 복귀를 요구하였으며, 심지어 많은 의병들이 대오를 떠나는 일까지 벌어졌다.

이로 인하여 의병대는 거의 붕괴 상태에 이르렀고, 왜적들은 좋아라 했다. 기세가 한풀 꺾인 관북 의병대의 패전이 거듭되니 윤탁연도 울며 겨자 먹기로 정문부를 제 자리에 옮기지 않을 수 없었다.

충청도 순찰사 윤성각도 의병장 조헌을 백방으로 모해하였다. 1591, 신묘년에 충청도 순찰사로 임명된 윤성각은 한 도의 행정권과 병권을 쥔 벼슬아치로서 응당 왜적을 치는 싸움의 선두에 서야 했다. 그럼에도 불구하고 윤성각은 용인 전투에 참가하는 척하고는 전혀 싸울 생각을 하지 않았으며, 도리어 용감하게 싸우고 있는 조헌 의병대의 의병들이 군적에 올라 있다 하여 모조리 잡아갔다.

그것은 평범한 유생이 의병을 모아 왜적을 치는데 순찰사로서 도대체 무엇을 하였느냐는 여론이 일어나 죄를 입을 것이 두려웠기 때문이었다.

윤성각은 조헌이 청주성의 왜적을 소멸한 승첩 장기를 가지고 떠난 사람을 중도에서 붙잡아 못 가게 하였고, 의병대가 노획한 수만 석의 양곡 더미에 불을 지르는 망동도 서슴없이 감행하였다.

또한, 조헌 의병대가 임금을 호위하기 위해 북쪽으로 진군하려 할 때는 제 죄상이 드러날 것 같아 금산의 적을 힘을 합쳐 같이 치자고 감언이설 하다가 조헌이 공주 감영에 찾아가서 싸우러 나갈 것을 요구하니 요리조리 구실을 붙여 꼬리를 뺐다. 그리하여 결국 조헌의 의병대는 왜적과 맞서 고군분투 끝에 칠 백 용사들이 모두 장렬한 최후를 마치게 되었다.

그런 즉, 무능한 조정대신들, 비겁하기 짝이 없는 벼슬아치들은 왜적과 싸웠다기 보다는 횡포한 적늘이 더욱 미쳐 날뛸 틈을 마련해 주고, 싸우는 의병들을 조력의 길로 끌아넣는 천추에 용납 못할 죄를 서시든 셈이었다.

홍의 장군 곽재우, 익호 장군 김덕령, 최담녕, 홍계남, 고원백 등 의병장들 역시 역적 연루의 혐의를 받고 모진 고문을 받았다. 이 밖에도 죄 없이 피해를 본 사람이 허다하다.

각기 고향 땅에서 의병대로 떨쳐 일어선 이 나라 백성들은 왕과 조정의 관원들이 아무런 대책도 없이 황황히 피난 가고, 도망가도 왜적과 용감하게 싸웠고, 관군이 여지없이 패하였을 때에도 주저없이 적을 공격하였으며, 벼슬아치들이 대오를 흩어 놓으려 하면 더 굳게 뭉쳐서 왜적을 치고 승전고를 울리는 것으로 대답하곤 하였다.

이런 점에서 보면 임진왜란은 백성들이 왜적을 소탕하고 빛나는 승리를 이룩한 전쟁이었다고 할 수 있다. 한마디로 말하여 임진왜란은 백성들 자신이 스스로 감당하여 치른 전쟁이었다.

전쟁에서 승리하여 가장 빛나는 영웅담을 기록한 이 나라 백성들은 또 역사의 새로운 장을 써나가고 있다. 그들이 품은 희망은 언제나 꺼지지 않고 반짝이는 진주 구슬 같은 불꽃이다.

백성들은 이 불꽃을 더없이 소중히 여겼으며, 그것이 피어나 찬란한 빛을 뿌리게 되면 행복이 성취되리라는 것을 굳게 믿고 있다. 순박한 백성들의 이러한 염원은 희망의 불꽃을 보듬고 가는 물줄기처럼 흘러야 할 곳으로 줄곧 흐른다.

역사는 그 물줄기를 따라 수많은 고비를 돌고, 암초를 극복하며 서광을 향하여 한 걸음, 두 걸음 전진하고 있다.

김 우 진

· 작가
· 전 미래의학 연구소 소장
· 전 중국 정법대 조선반도 연구센터 선임연구원

〈저서〉
『만화로 배우는 요가 '모크샤'』 (생활지혜)
『병을 고치는 음식 이야기』 (동아시아)
『중종반정과 삼포왜란』 (유튜브 드라마)
『포스코 오디세이아』 (유튜브 드라마)
『붉은 민들레-홍의장군과 임진란의 백성들』 (정음서원)

피눈물 산천을 물들인
붉은 민들레 - 홍의장군과 임진란의 백성들

처음발행일	2026년 4월 5일
지 은 이	김우진
펴 낸 이	박상영
펴 낸 곳	도서출판 정음서원
주 소	서울특별시 관악구 서원7길 24, 102호
전 화	02-877-3038
팩 스	02-6008-9469
이 메 일	jm3press@gmail.com
신 고 번 호	제2010-000028호
신 고 일 자	2010년 4월 8일
I S B N	979-11-94270-00-3, 03810
정 가	27,000원

값 27000 원

ISBN 979-11-94270-00-3